猎人笔记

Записки
охотника

[俄] 屠格涅夫
Иван Тургенев

宋杰 译

民主与建设出版社

©民主与建设出版社，2017

图书在版编目(CIP)数据

猎人笔记／（俄罗斯）伊凡·谢尔盖耶维奇·屠格涅夫著；宋杰译.
— 北京：民主与建设出版社，2017.4（重印，2019.1）

ISBN 978-7-5139-1456-7

Ⅰ.①猎… Ⅱ.①伊… ②宋… Ⅲ.①中篇小说–俄罗斯–近代
Ⅳ.①I512.44

中国版本图书馆CIP数据核字（2017）第058735号

猎人笔记
LIE REN BI JI

出 版 人	许久文	
作　　者	［俄罗斯］伊凡·谢尔盖耶维奇·屠格涅夫	
译　　者	宋　杰	
责任编辑	刘树民	
封面设计	亿德隆	
出版发行	民主与建设出版社有限责任公司	
电　　话	（010）59417747　59419778	
社　　址	北京市海淀区西三环中路10号望海楼E座7层	
邮　　编	100142	
印　　刷	三河市天润建兴印务有限公司	
版　　次	2017年4月第1版	
印　　次	2019年1月第2次印刷	
开　　本	880mm×1230mm　1/32	
印　　张	12	
字　　数	340千字	
书　　号	ISBN 978-7-5139-1456-7	
定　　价	39.80元	

注：如有印、装质量问题，请与出版社联系。

Ив. Тургеневъ

一个人应当好好地安排生活，要使每一刻的时光都有意义。

——屠格涅夫

CONTENTS 目录

霍尔和卡里内奇　001

耶尔莫莱和磨坊主妇　013

草　莓　泉　025

县城里的医生　035

我的邻居拉吉洛芙　045

独院地主奥夫谢科夫　053

里戈甫村　071

淡褐色的草场　083

美丽的梅恰河畔的卡奇扬　103

庄　园　121

账　房　135

孤　狼　153

两个地主　163

列别江集市　173

塔吉雅娜·鲍里索芙娜和她的侄儿　185

死　亡　199

酒　店　213

彼得·彼得洛维奇·卡拉塔耶夫　231

约　会　249

希格罗县的哈姆莱特　259

潘捷列伊·切尔托普哈诺夫　283

切尔托普哈诺夫的末路　303

骷　髅　337

车轮声响　351

森林和草原　367

霍尔和卡里内奇

任何人，只要到过泊尔霍夫县和兹拉德县，都一定会惊异于奥加尔省和卡鲁伽省两地居民在外貌和精神两方面的显著差异。奥加尔省的农民一个个身材瘦小，有点弯腰驼背，总是愁眉不展，眼神忧郁。穿着破衣烂衫和树皮鞋，住的是勉强可以遮风避雨的山杨木破棚屋。还要服劳役，从来不做买卖，最多只能吃饱肚子。而卡鲁伽省的代役租农夫身材较高大，洁净的面孔白里透红，目光勇敢而快活，都做奶油和松焦油的买卖，平时穿着整洁，每逢节日总是穿上长筒靴，住在宽敞明亮的松木房舍里。

奥加尔省的村庄（现在说的是奥加尔省东部）周围全是耕地，附近沟壑纵横，且久而久之都变成了臭水沟和烂泥塘，除了几株可以随意砍伐的爆柳和两三株细得难以成材的白桦树，方圆一俄里之内再看不到一株小树。房屋挨挨挤挤，屋顶上盖着腐烂泛黑的麦秸……在卡鲁伽省则是另一种景象，村子四周绿树环绕，枝叶茂盛苍翠，房屋排列整齐、错落有致，屋顶覆盖木板，大门都加闩上锁，栅栏篱笆整齐有序，找不出一处歪斜和倾伏，过往的猪狗甭想随意进去游荡，对于放猪的人而言，在卡鲁伽省也能更放心。在奥加尔省，想必不消五六年，那一点儿仅存的可怜巴巴的树林和灌木丛，也将消失无踪，就连沼泽地也可能无处寻觅；在卡鲁伽省恰好相反，郁郁葱葱的防护林，绵延数百俄里，沼泽地也延伸出数十俄里，就连快要绝灭的黑琴鸟、性情温和的沙锥鸟也在这里繁衍生息，连走路时都常会惊动忙碌的山鹬，扑啦啦地飞起来，令猎人和猎犬惊喜万分。

一天我到兹拉德县去打猎，在荒地里遇到了一位卡鲁伽省的小地主波鲁迪金。此人打猎成癖，在打猎方面可算世界翘楚，为人也很和善。可美中不足的是：他曾经向省里所有的富家小姐求过婚，不仅遭到拒绝，而且还被禁止再次登门。他怀着沉痛的心情，向他所有的亲友和熟人诉说自己的不如意，但仍把自己果园里的酸桃和其他未熟的果子，送给姑娘们的双亲作为见面礼。他总爱不厌其烦地重述同一个自认为很有趣的笑话，却从来未曾逗笑过别人。他对阿基姆·纳希莫夫的作品和小说《宾娜》推崇至极。他的一条狗名唤"天文学家"。他有些口吃，说话有时还带点儿乡音，经常把"但是"说成"蛋时"。在家里用法国式的烹饪方法，据他家的厨子理解，法式烹饪方法的奥秘，就在于将每种食品的天然味儿彻底改变。这位高明的厨师做的肉有鱼腥味儿，做的鱼带有蘑菇味儿，最奇妙的是通心粉——一股子火药味儿。然而，除了这些寥寥的无伤大雅的不足之外，波鲁迪金先生确实是本地的翘楚。

我和波鲁迪金刚认识才一天，他就热情邀请我到他家去住宿。

"有五六俄里才到家，"他说道，"徒步走太远了，我们还是先到霍尔曼家去歇会儿吧。"

"霍尔曼是谁呀？"

"我的雇农……他家离这儿很近。"

我们就向霍尔曼家走去。霍尔曼家坐落在一片林中空地上，这是一片收拾得平平整整的耕作地，并且只有霍尔曼独家的住宅。宅院里有好几幢松木房舍，四周圈着栅栏。正房前边还有一个细柱子搭起来的敞棚。我们两人径直走进院子，一个二十多岁的小伙子出来迎接我们，他模样漂亮，个子很高。

"啊，菲加！霍尔曼在家吗？"波鲁迪金先生问他。

"不在家，进城去了。"小伙子露出一排雪白的牙齿，笑眯眯地回答道，接着又问道："要准备马车吗？"

"是的，小伙子，要一辆马车，再给我弄些格瓦斯。"

我们走进屋里。墙由原木垒成干干净净，甚至没有挂此地常见的苏兹达尔木版画。在屋角处一尊带有银质衣饰的巨大圣像前，点着一盏神灯。屋里摆着一张菩提木桌子，明亮如几，好像才擦洗过。无论是原木中间还是窗框上，都没有看到普鲁士甲虫飞快地爬来爬去，也没有藏着狡猾的蟑螂。那个小伙子很快就回来了，端来了一杯妙不可言的格瓦斯，用小木盆装着一大块白面包和十几条腌黄瓜。他把这些食品在桌子上摆好，自己就靠着门框站着，时不时微笑着望望我们。我们还未来得及吃完这些，一辆马车就已经来到台阶前。我们走出屋一看，车夫是个鬈发男孩子，看模样只有十四五岁，正在费劲地勒着一匹强健的花斑马。五六个高大强壮的小伙子站在马车周围，都和菲加长得一模一样。"都是霍尔曼的儿子！"波鲁迪金说道，"都是小霍尔曼。"陪同我们走到台阶上的菲加接过话来，"还没来全呢，波塔普到树林里去了，西多尔跟老霍尔曼进城去了……小心点儿，瓦夏，"他转过身来嘱咐那个赶车孩子，"赶得要又快又稳当，车上坐的可是老爷。遇到沟坎，孩子，走得慢一点儿，否则，搞坏了车子不算，别颠疼了老爷的肚子！"听到菲加的俏皮话，其他几个小霍尔曼都嘻嘻哈哈地笑了起来。波鲁迪金先生神气地喊道："把'天文学家'也放到车上！"菲加兴冲冲地抱起摇头摆尾的狗放进马车。

这时，瓦夏把缰绳放松，我们的马车便向前驶去。走了一段路，波鲁迪金先生突然指着一所矮小的房子，对我说："那是我的办公室。怎么样，去看看吧？""悉听尊便。"他一面下车，一面说："现在我已经不在这儿办公了，不过看一看还是值得的。"这幢小房有两个房间，如今空空荡荡。看房子的是个独眼的老头，正从后院跑过来。"你好，米尼奇，"波鲁迪金对他说，"弄点水来吧！"独眼老头转身进屋，转眼的工夫就拿来了一瓶水和两个杯子。"请尝尝吧，"波鲁迪金对我说，"这是我们这儿的泉水，特别清凉爽口。"我们两人各喝了一杯，这时，独眼老头向我们深深鞠了一躬。"好，我们现在可以走了吧？"我的新相识说，"我在这儿做了一笔相当划算的交易，卖给阿里卢耶夫四俄亩的树林，价钱很不错。"我们重又上了马车，半小时后，就来到了波鲁迪金的宅院。

"请问，"晚餐时我问波鲁迪金，"为什么您那个霍尔曼不和其他雇农住在一起，而要单独居住？"

"因为他精明能干。大约二十五年前，他的房子在火灾中烧光了，他就跑来恳求我的父亲（当时尚健在）：'尼库拉·库茨米契老爷，请您开恩，允许我搬到您家树林里的那片沼地上去吧！我可以交代役租，租金高一些也无所谓。''你干吗非要搬到沼地上呢？''我就要这样。只不过有一条，尼库拉·库茨米契老爷，您不要再给我任何活干，至于多少租金，就请您来决定好了。''那就一年五十卢布吧！''好，一言为定。''你给我记住，可不准拖欠！''放心吧，绝不会！'这样一来，他就迁到了沼泽上去，而且一直住到现在，从那时起，他就得了个绰号叫霍尔曼。"

"这么说，他发财了？"我问道。

"发财了。现在他向我交一百卢布的租金，我也许还要涨价哩！我已经好几次对他说：'你干脆赎身算了吧，霍尔曼，喂，赎身得了！'可是这个鬼精灵却耍滑头，硬说没那么多钱……哼！压根不是这么回事！"

第二天，喝过早茶以后，我们就立即动身去打猎。穿过村子时，波鲁迪金让马车夫停在一幢低矮的房子前，大声喊道："卡里雷奇！""马上就来，老爷，马上就来，"院子里有人回应道，"我系好树皮鞋就来。"我们的马车慢慢向前行进，刚走到村子，一个四十来岁的人追上了我们。此人又高又瘦，向后仰着一颗小脑袋瓜，他就是卡里雷奇。他那张被晒黑了的脸上有寥寥几颗麻子，看上去很和善，很讨我的欢心。卡里雷奇（后来我才听说）每日都陪同主人去打猎，帮主人背猎袋，有时还替他背猎枪，探寻何处有飞禽，还得弄水、采草莓、支帐篷、找马车等。若是没有他的陪伴，波鲁迪金先生真会一筹莫展、寸步难行。卡里雷奇性格异常活泼和顺，总是不停哼着小曲儿。他还是个乐天派，眼睛总是不断地四处张望，说话带点鼻音，微笑时总是眯起蔚蓝色的眼睛，又爱经常抚弄稀疏的山羊胡子。他走起路来不快，步幅却很大，挂着一根细长的棍子做拐杖，慢慢走着。这一天我们交谈了好几次，服侍我的时候他毫无奴仆的卑躬相，伺候主人就像照顾小孩子一般。

烈日炎炎的中午，酷热逼迫我们找个阴凉的地方避一避，卡里雷奇便领我们到密林深处，那儿有他们的一个养蜂场。他将我们引进一间小屋，四壁挂满了芬芳的干草，他安顿我们在新鲜的干草上躺下休息，自己把一个有小网眼的袋状东西戴在头上，拿起刀子、罐子和一块燃烧的木片，到蜂房去为我们割蜜。我们喝着搅拌了蜂蜜的泉水，湿润透明、芳香甜美，便在蜜蜂单调的嗡嗡声和树叶的沙沙低语中进入了梦乡……一阵微风唤醒了我的梦，我睁开眼睛，看到卡里雷奇坐在半敞开着的门的门槛上，专心致志地用小刀又雕又挖，好像在做一柄木头勺子。他的脸就像黄昏的天空一样明朗又温和，我静静地观察了好长一会儿。这时波鲁迪金先生也醒了，但我们并没有立刻起身。长时间的步行加上甜蜜的沉睡之后，静静地躺在干草上，该是多么舒服的一件事：全身都松散了，只有一种懒洋洋的舒适，热气轻柔地扑面而来，那种甜蜜的倦怠之意叫人不愿睁眼。我们终于还是慵懒地爬了起来，出去悠闲漫步了一会儿，直到天边映出红霞。

晚饭时我谈起了霍尔曼以及卡里雷奇。"卡里雷奇是个善良的农夫，"波鲁迪金先生对我说道，"是一个勤快而乐于助人的人，但却不能老实地干农活，因为我总是找他做伴。他叫我给拖住了，每天都要陪我打猎，您想想，哪儿还有空闲去干活。"我同意地点点头，闲聊了一会儿之后我就睡觉了。

第二天一大早，波鲁迪金先生就进城去和邻居比秋科夫打官司。比秋科夫强行耕种他的田亩，而且还在耕地上鞭打了他的一个女雇农。我只好自个儿出去打猎，到夕阳落下的时候，我顺路走到霍尔曼家。在他家门口，我遇到一个秃顶的老头儿，此人宽肩阔背，体格结实健壮——这个小老头儿正是霍尔曼。我怀着强烈的好奇感将霍尔曼仔细端详了一番。他酷似古希腊哲学家苏格拉底：高高的额头，也是疙疙瘩瘩的，小眼睛，翘鼻子，还有点儿翻鼻孔。我们一起走进了房间。招待我的还是前天见到的那个菲加，他送来牛奶和黑面包。霍尔曼坐在一条长凳上，沉稳地抚弄着弯弯曲曲的胡子，同我聊了起来。他仿佛自视很高，说起话来缓慢自得，动作也很稳健，有时还会从长长的胡子下面露出些许笑容。

我和他聊种地，聊谷物收成，也聊了乡下过日子的事儿……他仿佛认同我的所有话，从不表示异议。只是后来我自己倒觉得过意不去，因为有些话说得实在不得体，我们的谈话似乎出现了不和谐的调子。霍尔曼有时说话令人费解，可能因为他太过拘谨了吧。下面我举一段对话作例子：

"我不明白，霍尔曼，"我问他，"你干吗不愿向东家赎身呢？"

"我干吗要赎身？如今我和东家相处融洽，我也能如数交上役租……我的东家是个好人。"

"可是成为一个自由人该多好！"我说道。

霍尔曼斜睨了我一眼。

"当然。"他说道。

"那你说说，你干吗不想赎身呢？"

霍尔曼不以为然地摇摇头。

"老爷，你说我拿什么赎身呢？"

"嘿，得了，你这个老头儿……"

"霍尔曼要是自由了，"他似乎是在低声自言自语，"那些嘴上没毛的家伙就该都来欺压霍尔曼了。"

"那你干脆也剃光胡子算了。""胡子什么都算不上，胡子是草，想割就可以割。"

"那你为什么不割掉？"

"啊，霍尔曼也许还要经商呢，商人的日子要舒坦一些，而且还能留胡子。"

"怎么，你不是已经在那儿做生意了吗？"我又问他。

"那不过是小买卖罢了。奶油和焦油的生意。怎么样，老爷，现在要不要套车？"

这时我想："真是精明的老头，说话如此小心。"

但是我却顺口回答："不必了，我不要车。明天我打算在你家周围溜达，如果方便，我今夜想借住在你的干草房里。"

"非常欢迎。可是您在干草房过夜，大概会不大舒服吧？我还是吩咐老婆子给您铺上床单，摆好枕头吧。喂，老婆子！"他一边站起来，一边喊道，"老婆子，这儿来！菲加，你和她们一块儿。老婆子都是些蠢货。"

一刻钟之后，菲加提着灯把我送到干草房里。我躺在馨香扑鼻的干草上，有一种温馨舒适的快活感，整个心都仿佛沉醉在干草的芳香之中，狗蜷缩在我的脚旁。菲加向我道了晚安，吱的一声关上了门。我躺了很久，却一直睡不着。这时，一头慢腾腾的母牛走到了门口，突然间呼哧呼哧喘了两口气，相当的粗鲁，仿佛并没有意识到它愚蠢的行为已经打扰了尊贵客人的清梦，于是狗恶狠狠地冲着母牛狂吠起来。一头猪也打门口经过，还不断地哼哧着。附近有匹马嚼着干草，不时打着响鼻，周遭的一切都变得令人烦躁……这又不是一个让人休息的好场景！我无奈地辗转反侧，始终无法平静、轻松地入眠，或许说，现在的我真是烦透了。您一定可以体会这种想入眠的急切的心情，可是又无可奈何。最后我终于睡着了。

天大亮了，菲加把我唤醒。我特别喜欢这个快乐活泼的小伙子。同时据我观察，老霍尔曼也很欣赏这个儿子。这一老一少还经常相互说笑逗趣。老头出来招呼我。不知是因为我在他家过了一夜还是因为别的，今天霍尔曼对我比昨天热情得多。

"已经为您烧好了茶，"他笑眯眯地对我说，"一起喝茶去吧。"

我们坐在桌边。霍尔曼的一个儿媳妇，一个体格强壮的年轻女人，端来了一罐牛奶。他的儿子们，一个接一个地走进屋。

"你真有福气，儿孙满堂，人丁兴旺啊！"

"是啊，"他嚼着一小块糖，一边说道，"他们对我和我的老婆子都很好，没什么好抱怨的。"

"都和你住在一起吗？"

"都住在一起。他们都愿意一起住，那就一起吧。"

"都结婚了吗？"

"就是这个调皮鬼还没成亲呢，"他指着菲加说，这个小伙子又习惯地靠在门框上，"还有瓦夏，他还小，过几年再说。"

"我干吗要结婚？"菲加反驳他，"我现在这样挺好，娶老婆干啥？找来斗嘴，不是吗？"

"哼，说得倒好听，鬼东西……我知道你的鬼主意！戴个银戒指到处逍遥……成天只知道跟丫头们胡闹，'好了，不要脸的讨厌鬼！'"老头子模仿着丫头们的腔调说，"我知道你打的什么鬼主意，只顾自个儿开心！"

"娶老婆有什么好的？"

"老婆是个壮劳力，"霍尔曼一本正经地说，"老婆会侍候男人，听使唤。"

"我要个壮劳力干吗？"

"还说干什么，你不是只图清闲吗？我早就清楚你们的鬼主意。"

"好，那你就给我讨个老婆吧。咦，怎么啦？这回没话说了吧，说话呀！"

"唉，算了，算了，你这个调皮鬼。看，咱们也不怕吵得老爷心烦。尽管放心，我会给你讨老婆的……唉，老爷，您可别见怪，孩子还小，不明事理规矩。"

菲加毫不在乎地摇摇头……

"霍尔曼在家吗？"一个熟悉的声音从门外传来，话音未落，卡里雷奇便走进屋来。他捧着一束野草莓，是专门采来送给自己的铁哥们霍尔曼的。老头子亲热地欢迎他。我惊奇地望着他，令我意想不到的是，一个庄稼汉竟也会这样"温柔多情"。

这一天我们很晚才出去打猎，比平时晚了三四个钟头。此后三天我都住在霍尔曼家里。两位新相识征服了我，使我很高兴。不知道我的哪一点令他们放心，他们无拘无束地和我谈天说地，我也饶有兴味地听着他们讲话，观赏着他们。这一对朋友没有任何共同之处：霍尔曼善于思索、认真务实，擅长搞经营管理，是个纯理性主义者；卡里雷奇则与他截然不同，是个理想家、浪漫主义者，对一切充满不要命的热情，而且是个好幻想的人物。霍尔曼干事讲求实效，因此他建房起屋，积攒钱财，同主人和其他权势者和睦相处；卡里雷奇则不然，穿树皮鞋，勉强糊口，满足于刚填饱的肚子。霍尔曼子孙满堂，人丁兴旺，一大家子人和和气气，全家都对他俯首帖耳；卡里雷奇曾经娶妻成家，却是妻管严，无儿无女，结果弄成了孤家寡人。霍尔曼摸透了主人波鲁迪金的秉性和为人；卡里雷奇对自己的主人肃然起敬，言听计从。霍尔曼很喜欢卡里雷奇，无时无处不庇护他；卡里雷奇也喜欢霍尔曼，而且很敬重他。霍尔曼不善言谈，脸上虽浮现出微笑，却胸有成竹；卡里雷奇虽然健谈，却不像城里人那样伶牙俐齿地说些奉承话……但卡里雷奇也有很多特殊的长处，就连霍尔曼也心悦诚服。比如，能念咒止血，治好惊风和狂犬病，还能打掉蛔虫。他也善于养蜂，有一双无所不能的手。因此，当着我的面，霍尔曼请卡里雷奇帮忙把新买的一匹马牵进马房，卡里雷奇就真心诚意、郑重其事地来完成好朋友的要求以解除他的疑心。卡里雷奇爱自然；霍尔曼则更接近人和社会。卡里雷奇不善思考，淳朴而轻信；霍尔曼则目光远大，甚至以玩世不恭的态度来对待生活，他久经人世，见多识广，我从他那里学到了不少事。例如，从他的述说中了解到，每年夏天，开镰割草之前，各个村子里都必定会来一种式样别致的小四轮马车。车上坐着一个人，身穿长衫，专程来卖大镰刀。如果付现钱买，要价就是一个卢布二十五戈比到一个半卢布；如果赊账，就要付三个卢布纸币或一个银卢布。当然，庄稼人买镰刀都是赊账。此人过两三个星期便来收账。燕麦刚刚收割，庄稼人手头便有钱了。他们和卖镰刀的人一块去酒店，在酒店把账结算清楚。有些地主便想乘机捞上一笔，用现金买下镰刀，然后按赊价赊给庄稼人。谁知庄稼人却不买这个账，因为赊地主的镰刀就没意思了，他们就没法用指头弹着镰刀听声音了，也不能把镰刀拿在手中翻来覆去细细观看，也无法再同狡猾的镰刀贩子反反复复争价钱了，"喂，怎么样，老兄，这次的货可不怎么样啊，再便宜点吧？"在买卖小镰刀时，也是玩同样的把戏，有所不同的是，这时老娘们儿也掺和进来了，有时镰刀贩子被惹火了，竟会动手打她们。这下就糟了——捅了马蜂窝，老娘们儿可不干了，小商贩只好压价钱，但老娘们儿也会吃大亏。那是在做另一宗买卖时发生的事：造纸厂采购原料的人将此事委托给一些破布贩子来干，在某些县里，这类人有个绰号叫作"鹰"。这些"鹰"从商人处拿到二三百卢布，便出门来到处寻找猎物。但是，这些人和那种捕猎高超的鸟可是迥然不同，他们不是公然大胆地去进攻和捕获，而是要耍一些阴谋诡计。"鹰"把他们的车子在村庄附近的树林子或灌木丛中藏好，然后只身来到农户人家的后院或后门口晃荡，佯装过路旅客或者闲散漫步之人。凭着感觉，农户的老娘们儿就可以猜测出他的到来，便鬼鬼祟祟地跑去同他会面，匆忙进行交易。为了能卖几个小钱，有些老娘们儿不光是把所有的废弃破布卖给"鹰"，甚至经常把自己老公的衬衫、上衣和自己的裙子也卖给了他。最近老娘们儿又有了新花招，那就是偷偷摸摸地把自己家里的大麻及布料偷出来，再以同样的方法卖出去。这么一来，"鹰"的收购范围就扩大了许多，而且还有了新的"生财之道"！但农户人家的老公们也学鬼了，稍有一丝风吹草动，一在有"鹰"来到的可疑之处，他们就立刻采取戒备和防范的对策。坦白说来这个够丢人吗？卖大麻本是老爷们儿分内的事，而且他们的确也在干这份生意，但不是到城里去卖，因为进城很不容易，与其自己运到城里去，还不如卖给外来的小贩子更方便些。这些小贩子不带秤，交易时就按四十把作为一普特。可是读者诸君应该知道，一把意味着什么，俄罗斯人的手掌是什么样的，尤其是在手掌要发挥"精诚效力"的时候！诸如此类之事，对我这个不谙人世奥秘又对农村生活了解甚少的人（*正如我们奥加尔省人所说的*）来说，真是大长见识。

不过，在我们闲聊过程中，霍尔曼不光是自己喋喋不休，他也问了我很多问题。当他听到我曾经到过国外，好奇心使他更有兴致了，问的事情也就更多……卡里雷奇的好奇心更胜于他。但是，卡里雷奇的主要兴趣是听我讲述自然美景、高山大川、瀑布奇观，以及新奇的建筑物和繁华都市。霍尔曼却对行政管理和国家体制方面更感兴趣，他总是很有条理地进行分析和询问："这些事儿在他们那里跟我们这儿一样是吗，还是有什么不同？""喂，老爷，说一说到底是怎么样的。"卡里雷奇听我解说的时候，只是不停地表示惊奇和赞叹："啊！天哪，竟有这种事儿！"霍尔曼不然，只是一声不吭地听着，双眉紧皱，陷入沉思，只是偶尔说道："我们这里可没法这么做，要能这样该有多好，才合情合理。"请各位读者见谅，我无法向你们转述他提出的全部问题，而且也没有必要。但我却从我们的交谈中得到一个观念，读者无论如何都猜不到这一点，这个观念就是：彼得大帝真正体现出了俄罗斯的精神气质，而这正好由他的革新精神而来。俄罗斯人对自己的力量和勇毅有十分自然的情怀，情愿为之苦也要进行变革，他们很少沉湎于自己的过去，勇于面对自己的未来。凡是好的和先进的东西，他们都喜欢；凡是合理的东西，他们都能愉快地接受。至于它们来自何方，则不属于他们的关心范围。他们喜欢嘲笑德国人呆板且没有感情的理性。但是在霍尔曼看来，德国人是一个富有好奇心而又未开化的小民族，他也乐于学习他们。

出于特殊地位和事实上的独立性，霍尔曼跟我所说的许多话，都是别的农夫讲不出来的，即使是用撬棍也撬不出来，用磨也磨不出来的。霍尔曼确实很清楚自己的地位。只是在和霍尔曼交谈的时候，我才第一次听到了俄罗斯农民那种淳朴而机智满满的语言。就霍尔曼的身份而言，他的知识还是很丰富的，却是个不识字的文盲。卡里雷奇却识文断字。霍尔曼常常说："这个浪荡鬼还识字，他养的蜜蜂成活率很高，而且从来都不会莫名其妙地死去。""你让孩子们念书了吗？"霍尔曼好半天没吭声。"菲加识字。""那几个孩子呢？""都不识字。""为什么呢？"老头儿没有回答，并乘机扯到了别的话题上。看来不管他有多么精明，某些方面他还是有偏见又固执己见，甚至冥顽不化。比如说，他打心底里对妇女存有强烈的轻视，他心情好的时候，拿她们开心取乐或者搞恶作剧嘲弄她们。他的老伴是个吵闹而啰唆的老太婆，一天到晚待在炕上喋喋不休地咒骂。儿子们没办法，谁也不搭理她，可是媳妇们都让她给治得百依百顺，怕她就像供奉神灵一样。难怪在一支俄罗斯民歌中婆婆这样唱道："你不打新媳妇，你不打老婆，算什么成家的男子汉，算什么儿子尽孝心……"有一次我想为媳妇们打抱不平，试图唤起霍尔曼的怜悯心，但是霍尔曼神色自若地驳斥："何劳你费心……芝麻绿豆之类的，她们爱怎么吵都行……要是劝解，她们反而会更来劲儿，再说，也犯不着自找烦恼。"有时这凶婆子爬下炕来，把看家狗从过道里叫来，对它嚷道："过来，过来，狗崽子！"她抡起烧火棍朝瘦巴巴的狗脊背一顿好打，或者站在敞棚下，跟所有过路人"骂街解闷"（**按霍尔曼的说法**）。可她却很怕丈夫，只要他一发号施令，她就立刻乖乖地爬到炕上。

但是，更令人感兴趣的，还是听听卡里雷奇和霍尔曼之间的争吵，特别是牵涉到波鲁迪金先生时，吵得就更有意思了。卡里雷奇说："霍尔曼，你不要在我面前对他说三道四。"霍尔曼则反唇相讥："那他为啥连一双靴子也不给你做呀？""嘿，靴子，看你说的，我要靴子干吗呀？我是个庄稼汉。""我也是个庄稼汉，可是你看……"说到这儿，霍尔曼抬起脚，把他那双毛象皮做的靴子给卡里雷奇看。卡里雷奇回答道："哎呀，谁比得上你呀！""那么，至少他也该给你点钱买树皮鞋呀，你每天从早到晚陪他打猎，大概一双树皮鞋穿不到第二天吧？""他给过我买树皮鞋的钱。""是的，赏钱真多，去年不过给了你一枚十戈比小银币。"卡里雷奇气恼地扭过脸去，霍尔曼却朗声大笑，这时他那双小眼睛眯成了一条细细的缝。

卡里雷奇是个好歌手，还弹了一会儿三弦琴。霍尔曼听着听着，忽然兴致勃勃地晃着脑袋哀伤地唱了起来。他很喜欢唱《我的命运啊，命运！》。菲加便趁机拿他的老爹打趣："老人家，有什么伤心事啊？"但霍尔曼仍旧用手托着面颊，双眼微合，感叹命运的不公……可是，平时再无比他更勤快的人了：他那双手总是闲不住——不是修马车，就是修整栅栏、查看马具等。但他不太讲究干净，有一次我和他提到这一点，他却回答说："屋子里应该有住人的味道。"

"那你去看看，"我反驳他说，"卡里雷奇的蜂房里可是非常干净。"

"老爷，蜂房如果不干净，蜜蜂可就不肯住了。"他长叹一声。

"请问，"有一回他问我，"你有世袭领地吗？""有。""离这儿有多远？""大约一百俄里。""那么，老爷，你住在自己领地上吗？""是的。""估计你经常打猎消遣吧？""确实这样。""这样很好，老爷，你就放心打松鸡吧，可是要记住村长要经常更换。"

到了第四天薄暮，波鲁迪金先生派人来接我。我和霍尔曼告别时，还真有些舍不得。我与卡里雷奇一块儿上了马车。"好，别了，霍尔曼，万事如意。"我临别时说道，"别了，菲加。""别了，老爷，再会吧，可别忘了我们。"我们的车启动了。晚霞刚刚映出红光。"明天准是阳光普照。"我望着晴朗的天空。"不，要下雨了。"卡里雷奇不同意，"看，鸭子在一个劲儿拨水，而且青草的味儿也重。"马车驶进了树林里，驾车台上卡里雷奇随着车身一起颠簸着，一面轻声哼起歌来，一面不停眺望着晚霞……

第二天，我便离开了波鲁迪金先生热情的领地。

（一八四七年）

耶尔莫莱和磨坊主妇

薄暮，我与猎人耶尔莫莱一起"狩猎伏击"。但是狩猎伏击是怎么一回事儿，大概诸位读者并不全知道，那么就请诸位听我说一说吧。

春色正好，在夕阳余晖的映衬中，您背上猎枪，不带猎犬，去找一片树林，在树林边上选个合适的地方，仔细察看一番四周，再检查猎枪的引火帽，然后再和同伴对个眼神。一刻多钟以后，太阳落山了，但树林里还很明亮，空气芬芳令人清爽，鸟儿啁啾，悦耳动听，嫩绿的小草如同宝石般闪耀光彩，令人赏心悦目……您就悉心静候吧！

树林里渐渐暗了下来，晚霞给树木涂上一层薄薄的红光，从树根到树干缓缓地涂抹着，越涂越高，从低处似乎快要生发出春枝新绿的树枝，悄悄地移向静默地做梦的树梢……少顷，树梢也变暗了，艳红色的天空慢慢变蓝。树林的气息逐渐浓烈起来，散发着令人温馨的潮润。轻柔的风到达您身边，也停下了脚步陪伴着您。鸟儿开始入梦——当然不是所有的鸟。鸟的种类繁多，习性各异，入眠时间也各不相同：最早入梦的是燕雀，稍后便是红胸鸲，迟迟不睡的是黄鹂。树林里面愈发暗了，树木一株一株地隐入黑暗之中，汇成一团漆黑的庞然大物，蓝色的天空中星星羞怯而顽皮地眨着眼睛。鸟儿几乎全部酣然入梦，只有红尾鸲和小啄木鸟还无精打采地低鸣着，就像吹口哨一样……又过了片刻，它们也悄然无声了。于是，柳莺再一次在您的头上清脆悦耳地歌唱，黄莺躲在夜色中凄婉地哀泣，最后夜莺也出来啼鸣婉转。

正当您等得按捺不住时，突然——这种话只有猎人才能理解，静谧之中传来了一种奇特的呱呱和嗡嗡声，然后你就会听到那急促而有节奏的翅膀扇动声——这是山鹬发出来的声响，它们优雅地弯着长喙，从昏暗的白桦树后面轻盈地飞出，迎接您为它们布下的子弹的筵席。

诸君可否听明白了，这就称之为"狩猎伏击"。

这回我和耶尔莫莱就是去狩猎伏击。不过，请各位读者见谅，我还得向大家介绍一番耶尔莫莱。

这个人四十五岁左右，瘦高个儿，鼻子又长又尖，窄脑门，一双不大的灰眼睛，乱蓬蓬的头发，厚嘴唇上常挂着一副嘲笑神情。这个人一年四季总是穿着一件黄色的德国样式的土布上衣，腰系一条宽带子，下身是一条蓝色的灯笼裤，头上戴着某个破落地主一时高兴赏给他的一顶羊皮帽，腰带上总系着两个口袋，身前的一个巧妙地扎成两半，分别装着火药与霰弹，身后的一个是用来装猎物的。至于引火的棉絮，耶尔莫莱总是从他那顶魔术师般的皮帽子中往外掏。他卖猎物的收益完全可以为自己买一个不错的弹药囊和大背包，他却好像从来不曾想过要买。他总照老样子装他的枪，而且从来都不会把火药和霰弹随意撒落出来，或因混在一起而出现危险，他那干脆巧妙的手法，常令旁观者叹为观止。他那支单孔的猎枪装着火燧石，而且具有强烈的后坐力。因此耶尔莫莱右边面颊要比左半边肥大。那他是怎么用这样蹩脚的枪击中猎物的？就是最精明的人也想象不出来，但他却总是弹无虚发。

耶尔莫莱还有一条出色的猎犬，它叫瓦特列卡，一个很奇怪的家伙。耶尔莫莱从来不喂它吃食。"我才不喂狗呢，"他坚定地说道，"何况狗有灵性，它自己会找食吃。"没错，尽管瓦特列卡瘦到了连不相干的过路人看到都于心不忍的程度，但它仍活得很自在，而且活得年头很长。不论遇到什么危难，它都不会临阵脱逃，从来都没有背叛主人。它只有一次失足，那是在它年轻的时候，因为爱上了一条小母狗，所以才离家在外面游荡了两天，此后，再没有这么犯傻过。瓦特列卡最令人推崇的本性是：世上的一切事物对它而言，都可以一种冷漠的态度来对待。如果现在谈论的不是狗，那么我就用"悲观"这个词。它一般都是蹲着，短尾巴卷在身子下面，眉头紧皱，全身不时哆嗦几下，而且从未笑过（*众所周知，狗特别爱笑，而且笑起来很可爱*）。瓦特列卡很丑，那些仆人一闲下来总是恶毒地嘲弄它的尊容，但无论嘲弄还是殴打，瓦特列卡都能毫不在乎地忍受。

它倒是能惹厨子们的开心，它和所有的狗一样有个弱点，香气扑鼻而又热气沸腾的半掩着门的厨房里，常常会伸进它饥饿难耐的狗嘴，厨子们便立刻丢下手中的活儿，大声喊骂着来驱赶它。每次出猎，瓦特列卡都显露出它那永不疲倦的耐力和灵敏的嗅觉。然而，若是偶尔追到一只中弹受伤的兔子，它就会一口叼住，巧妙地远远躲开主人，根本不理会他用听得懂或听不懂的方言的喝骂，它钻进绿树下面，有滋有味地享用这顿盛宴，直到把整只兔子吃得一干二净。

耶尔莫莱是我邻村一个老派地主的家仆。老派地主不喜欢"鹬鸟"一类的野味，而爱吃家禽。只有在有特殊意义的日子里，譬如生日、命名日和选举日，老派地主的厨子才烹烧长嘴鸟。因为俄罗斯人向来有这个癖好：越是不知道怎么做，做的劲头儿也就越大。这种狂热劲儿能让他们想出最奇怪的调制方法，结果令大部分客人睁大眼睛好奇地望着餐桌上的美味佳肴出神，却没有丝毫勇气去品尝。正如俗话所说，只敢饱眼福，却对不起肚子。耶尔莫莱按主人的规定，每月送两对松鸡和山鹑到厨房里，而主人根本就不关心他栖身何处，怎样度日，完全凭他自己。人们不和他交往，也不向他寻求帮助，认为他是个一无是处的人，或像我们奥加尔人所说是个"废物"。连火药和霰弹也一点都不发给他，这就叫以其人之道还治其人之身，因为他从来都不喂狗。耶尔莫莱是个怪家伙，自在逍遥、无忧无虑得像只小鸟，总喜欢聊天闲扯，看起来又懒又笨。他好酒贪杯，走到哪儿住到哪儿，拖着两条腿摇摇晃晃的——就这样拖拖拉拉地走，一昼夜可以走五六十俄里。

他平生经历过无数冒险事儿：在沼地里、大树上、屋顶上、桥洞下睡觉，犹如家常便饭；多次被关在阁楼里、地窖里、棚子里；枪也丢了，狗也不见了，衣服也没了，遭到长时间殴打——然而，没过多久，他又整整齐齐地回来了，还背着猎枪，带着那条狗。虽然说他总是一副心情不错的样子，显得气定神闲，但是却不能说他是个无忧神仙似的人。一言以蔽之：他是个怪家伙。他很爱和体面人聊天，尤其是在喝酒的时候喜欢侃侃而谈，但从来不是喋喋不休，而是适可而止，聊上一会儿就起身走人。"喂，你这鬼东西，到哪里去呀？黑咕隆咚的。""去恰普林诺村。""去那儿干什么？恰普林诺村离这十几俄里远哪。""去那个村的庄稼汉索夫隆家里去住一晚上。""你就在这儿过夜得啦。""不，不在这儿。"于是，耶尔莫莱带着他的猎犬瓦特列卡消失在黑魆魆的夜幕里面，穿过一片片丛林和一汪汪水洼，赶往恰普林诺村。而那个庄稼汉索夫隆很可能将他拒之门外，甚至会给他两巴掌，或者破口大骂："三更半夜的，别来打扰我们好人家的清梦。"然而，耶尔莫莱有些特殊本领，大概无人能及：春汛期间他可是一个捕鱼的高手，两只空手就能捉虾，单凭感觉就能找到野味，会招鹌鹑，还会驯养猎鹰，最绝的是捕捉那些会唱"魔笛""杜鹃飞渡"的夜莺……但是他唯独不会训练猎犬，因为他在这件事上没有足够的耐性。

耶尔莫莱已有妻室，他每个星期回家一次。他妻子住在一间歪歪斜斜几近倾塌的小屋里，孤苦伶仃地过着朝不保夕的可怜日子，只是还没来得及饿死罢了，过了今日不知能否活到明天，从未享过一天清福，真是有苦说不出。耶尔莫莱一直无忧无虑，虽心地善良，但对自己的老婆却粗暴而冷酷。在家里总是盛气凌人、飞扬跋扈——对老婆张口就骂，伸手就打，所以这个可怜婆娘在他面前总是低三下四的，而且不知如何才能讨他欢心，一看他那副凶神恶煞的样子，便全身发抖，不知所措。她常掏出最后一个铜子儿买酒侍奉他，当他作威作福地在炕上呼呼大睡时，她总是关怀备至但又心惊胆战地给他盖上自己的皮袄或是别的什么，并且小心翼翼地在身旁守候着他，随时任他驱使。

他无意中暴露的那副凶狠残暴的样子，我也曾不止一次看到，我尤其不愿意看到他咬死被打伤的野禽时的那副凶巴巴的样子。但耶尔莫莱在家里顶多不超过一天，一离家出外游荡，他就变成较乖顺地"耶尔莫尔卡"了——方圆百里的人们都喜欢这样称呼他，他自己似乎也很喜欢这个卑称，因此有时，他也这样称呼自己。最为卑下的奴仆在这个流浪汉面前，也会充满一种优越感，也许正因如此，他们才不嫌他，还表现得十分亲热。许多庄稼汉起初也都爱捉弄他，追逐他就像捉兔子一样，捉住以后逗弄够了，然后再放掉他。后来他们知道他是个怪东西，就不再理他，要么也不再跟他过不去了，甚至还会给他面包吃，谈天说地好不亲热。找来做猎师的就是这样一个家伙，和他结伴儿到伊斯塔河畔一片很大的桦树林去"狩猎伏击"。

在辽阔的俄罗斯大地上，有很多河流同伏尔加河一样，一边是起伏的山峦，另一边是如茵的草地，伊斯塔河也如此。这条窄窄的小河蜿蜒流淌，恰似一条蛇爬行时的样子，整条河流连半俄里直道都找不到。站在陡壁峭岩上，望得见大约十几俄里流域内的河堤、池塘、磨坊、一片片爆竹林圈做篱笆的菜园和果园。伊斯塔河盛产各种鱼，多到数不清，尤其是圆鳍雅罗鱼（*大热天里庄稼汉们，在灌木丛下一伸手就能够捉到*）。一些小巧的沙钻鸟，咕咕低鸣，在清凉泉水潺潺涌流的河岸陡峭山崖上盘旋飞舞。一群群野鸭子游到水塘中间，提心吊胆地环顾四周。峭壁阴影庇护下的苍鹭，悠然自得地在河湾中停立。

我们耐心等待着伏击，一个多小时以后，总算打到两对山鹬。我们打算在日出之前，再碰碰运气（*早晨也能打伏击*），因此决定到附近的一家磨坊中去借宿一夜。我们穿过树林，走下山冈。看到暗蓝色的波浪在河里翻卷起伏，空气中弥漫着夜间的湿漉漉的气息，逐渐形成笼罩在万物之上的雾霭。我们走到磨坊院门前，举手敲敲大门，院子里立即传来几声狗的吠叫。"谁呀？"一个睡眼蒙胧而又沙哑难耐的声音问道。"过路的猎人，我们来借宿。"没有回应。"给钱可以吧？""我得问问主人……嘘，该死的狗！……瞎叫唤什么，滚一边儿去！"我们听见这个雇工走进屋去了，但是没过多久他又回到大门口。"不行，主人说了，不能放你们进来。""为什么不让进去？""他害怕，你们是猎人，都带着火药，万一引起火来，没准儿会烧光整座磨坊。""胡扯！""真的，前年我们的磨坊就失过一次大火，有一群牲口贩子来过夜，也不知他们干了些什么好事，就着起火来了……""可是，伙计，我们总不能在露天里过夜呀！""随你们便……"只听见他边说着，边往回走，拖着的靴子还啪嗒作响。

耶尔莫莱气坏了，一怒之下用各式骂人话骂他们，最后也只能无可奈何地说："咱们还是到村里去吧。"说着他又长叹了一口气。但我们知道村子在两俄里外开外……"咱们就在这里，在外面过夜好了，"我无望地说道，"今天夜里还算暖和，就在外面对付一夜吧，给他们一点钱，求磨坊老板弄点麦秸给我们就好了。"耶尔莫莱没有别的办法，也只好同意了我的想法。于是我们就再次去敲门。"你们到底想咋样，怎么又来敲门？"那个雇工在门里说，"不是都说过了吗，不行！"我们告诉他我们的想法，雇工又回屋跟主人商量去了，不一会儿，就和主人一起走到了大门边。

这回还算不错，吱呀一声，旁边的小门开了。磨坊老板出现在我们面前，这是一个大块头儿：身材高大，脑满肠肥，后颈就像公牛一样肉乎乎的，挺着一个圆滚滚的大肚子。这次他答应得干脆爽快。在离磨坊百步以内的地方，有一个到处透风的小敞棚，他们抱来麦秸和干草，将草棚铺好。那个雇工把茶炊放在河畔草地上，蹲在那儿用管子使劲儿吹气生火，倒显得很热心……炭火很快燃了起来，闪耀着火光。在光亮之下这才看清楚他的脸，是个年轻小子。磨坊老板跑去叫醒了他的妻子，折腾了好久，他竟主动提出要我到屋里去过夜。我喜欢露宿，因而婉言谢绝了他的邀请。磨坊主妇用牛奶、鸡蛋、土豆和面包来招待我们，茶炊不一会儿就沸腾了，我们于是喝起茶来。河面上雾气氤氲，弥漫在空中，好像已沉沉入梦，风儿也沉寂了。秧鸡此起彼伏的啼鸣打破了周遭的静谧，有轻微声响从磨坊水车轮子旁边儿传来，那是水点从轮翼上往下滴落，水从堤坝的闸门往外渗流在作响。我们生起了一小堆火，耶尔莫莱在火上烤土豆，我便趁这会儿工夫打起瞌睡来……那细碎的低语声，尽管很低，还是惊醒了我的睡梦。

我抬头望向四周，磨坊女主人正坐在一个木桶上，在和我的猎师耶尔莫莱闲聊。我从她的衣着举止和说话口音，判断出她是个地主家的女仆——而非农妇或者小市民的女儿。直到这时我才看清她的模样，她看上去大约三十岁，脸庞虽然清癯苍白，却风韵犹存，特别是那双忧郁的大眼睛吸引了我的注意。此刻，她正把两肘支在膝头，手托着脸庞。耶尔莫莱背对着我坐着，正往火里添加劈柴。

"热尔图赫村又闹起牲畜瘟疫了，"磨坊女主人说道，"伊凡神甫家的两头母牛都染上疫病啦……但愿上帝保佑我们！"

"你家的几头猪怎么样啊？"耶尔莫莱沉默了片刻，问道。

"全都好好的呢。"

"给我一头小猪崽子该多好。"

女主人没有回答，却长叹了一口气。

"是谁和您一块儿来的？"她问道。

"科斯托马罗村的一位老爷。"

耶尔莫莱抓了几根树枝，投入火中，树枝立刻噼啪作响，浓浓的白烟直冲着他的脸扑来。

"你丈夫凭啥不准我们进屋？"

"他害怕呗。"

"嘿，这个胖子，大肚皮……亲爱的，阿琳娜·季莫费耶芙娜，给我弄些酒来喝吧！"

磨坊女主人站起身，消失在黑魆魆的夜幕中。

耶尔莫莱小声地哼起歌来："为了寻找心爱的姑娘，我到处流浪，靴底磨光……"

阿琳娜带回一小瓶酒和一个杯子。耶尔莫莱欠身起来表示谢意，他画了个十字，把一小瓶酒一饮而尽，"好酒啊！"他满意地夸道。

阿琳娜又坐在木桶上。

"怎么样，阿琳娜·季莫费耶芙娜，如今你还常常难受不舒服吗？"

"是啊，总闹难受。"

"怎么个难受法？"

"一到夜里就咳嗽个不停，难受死了。"

"老爷大概睡着了，"耶尔莫莱稍稍算计了一下说道，"你可别看医生，阿琳娜，要不然会更难受的。"

"我是没去呀。"

"来我家散散心好啦。"

阿琳娜低下头去，并不作答。

"要是你来，我就把家里那个，把我那个婆娘赶跑，"耶尔莫莱接着说，"真的把她赶跑。"

"你叫醒老爷吧，耶尔莫莱·彼得洛维奇，您看，土豆都烤熟了。"

"让他多睡一会儿好了，"我忠实的仆人心平气和地说道，"他跑路太累啦，睡得正香呢。"

我在干草上翻了个身。耶尔莫莱立刻起身走到我身边。

"土豆烤好了，请吃点吧。"

我走出敞棚。磨坊女主人见我出来，立刻从桶上站起身，想要离去。我便主动和她说话。

"你们租这座磨坊很久了吧？"

"去年圣灵降临节时租的，已经是第二年啦。""你丈夫是哪里人？"

阿琳娜没听清楚我的问话。

"你丈夫是哪里人？"耶尔莫莱接过话茬儿，大声重问了一遍。

"别廖夫人，别廖夫城里的。"

"你也是别廖夫人吗？"

"不，我是地主老爷家的仆人……原先是地主老爷家里的人。"

"哪个地主老爷家？"

"兹维尔柯夫老爷家的。我现在是自由人。"

"哪一个兹维尔柯夫？"

"亚历山大·西雷契。"

"你给他太太当过婢女吧？"

"你怎么知道的？的确！"

我怀着异乎寻常的同情和好奇望了望阿琳娜。

"我认识您家老爷。"我补充了一句。

"您认识他？"她低声问道，并低下了头。

说到这里，我倒是应该告诉诸位读者，我为什么如此同情阿琳娜。

当年我滞留在彼得堡时，凭着偶然的机会结识了这位兹维尔柯夫先生。此公身居要职，社会地位显赫，是一位知识渊博而又精明强干的名流。他的夫人胖得出奇，多愁善感到神经过敏，因此喜爱乱哭乱闹，而且凶悍异常——是一个俗里俗气而又乖张怪僻的女人。他有个宝贝公子，这个浪荡子骄横无赖而又愚不可耐。兹维尔柯夫先生的模样实在奇特，一张宽得几乎成了方形的大脸盘，一双耗子般的小眼睛，总贼溜溜乱转，大鼻子鼻孔朝天尖尖地向上翘着，额头上沟壑丛生，剪短了的花白头发像刺猬的箭刺朝天支棱着，两片薄嘴唇总是上下开合不息，再看那副装出来的笑容，简直令人寒毛耸立。而兹维尔柯夫先生的站相，也令人难以恭维：两条大腿劈开，两只圆滚滚的手插在衣兜里。

有一回，我和此公一同坐着马车出城，我们便闲聊开来。兹维尔柯夫真算得上老江湖，见多识广，他趁机给我指点迷津，开导我怎样走"人生之路"。"请原谅我直言不讳，"末了，他那尖嗓子滔滔不绝地给我讲了起来，"你们年轻人，所有的都一样，对一切事物的判断和解释，都太草率无知而盲目自信，你们对生于斯长于斯的祖国几乎一无所知。先生们，你们并不熟悉俄罗斯，您对我谈论这个，谈论那个，嗯，关于奴仆的问题……很好，我不愿和您争论，这一切，您谈得都很动听，但是对他们这号人您根本就不了解，不明白他们到底是帮什么人（*兹维尔柯夫先生大声地擤擤鼻涕，又嗅了嗅鼻烟*）。那好，我来给您讲一件令人啼笑皆非的事，没准您会感兴趣。"（*兹维尔柯夫例行公事地咳嗽两声，清了清嗓子*）

"想必您清楚我太太的人品如何，恐怕再也找不到比她心肠更好的女人。您一定会承认这一点吧。她的女仆们过的可不是凡夫俗子日子，简直是在伊甸园……但是我太太有一条自己的原则：不用出嫁了的女孩子做侍女。这样做确实很有道理，您想，要是生了孩子，拉拉杂杂的事一大堆，这个女孩子哪还顾得上关心夫人，怎么能照料和侍候她的衣食起居呢？她又不会分身术，肯定不把这些事放心上了。是个人都会这样吗。哦，有那么一次，我们两夫妻坐车路过自己的村子，这件事可有许多年了，让我想想，啊，估计十五六年了。我俩看到村长家里有个小姑娘，是他的闺女，模样漂亮又可爱，而且言谈举止也都很讨人欢喜。于是，我太太就和我说：'柯柯'——您知道吗，她平时总这么亲昵地叫我——'咱们带这个小姑娘去彼得堡，我挺中意她的，柯柯……'我便说道：'那好，我们就带她走吧。'不说您也能想到，村长对我们感恩戴德，不知如何是好，您可知道，这种天上掉馅饼的事儿，他就是连做梦也不敢想。可是那个小姑娘猛然一听，竟然哭起来了。这也好理解，一下子就离开父母，心里难过吗……一句话，这也是人之常情。但是没过多久，这孩子就和我们处得很不错。起初分派她到侍女室，当然先得调教调教了。您猜如何！小姑娘进步还真快，简直令人惊奇，我的太太就看中了她，对她尤其偏爱，事事都离不开她了。后来就不要别人服侍，破格提升她为贴身婢女了，这可不是闹着玩的呀！真该替她说句公道话，我的太太从未用过这么好的丫头，可以说从未有过，这个小姑娘手脚勤快，很有主见，稳重大方，百依百顺——样样都让您称心。可是，说心里话，我的太太过于娇宠她了，给她穿好衣服；主人吃什么，她跟着吃什么；主人喝什么茶，她跟着喝什么茶……真的，待她不薄，还要怎么样呢？她就这样侍候我太太，尽心尽力地服侍了十年。结果突然有一天，让您想都想不到，阿琳娜——对，那侍女名叫阿琳娜——没有禀告一声就闯进了我的书房，扑通一声就跪下了……这件事儿，说老实话，真是是可忍，孰不可忍。一个下人，无论何时都不能忘记自己的身份，是吧？”

　　“‘你想怎样？’亚历山大·西雷契老爷，求您开恩了。’‘到底怎么啦？’‘请准许我出嫁。’说老实话，当时我真是吃惊不小，‘你这个蠢丫头，难道你不知道，太太身边儿没有别的丫头吗？’‘我会照样伺候太太的。’‘胡扯，胡扯！太太从来就不用出了嫁的丫头。’‘玛拉妮娅可以顶替我呀。’‘少做美梦了！’‘那就听任您发落了……’老实说我当时真给气糊涂了。坦率地告诉您，我这个人哪，生平最不能容忍的就是忘恩负义。至于我的太太，不必再废话，您已经知道她有多好——简直是天使下凡，人世间再也没有比她更善良的人了，连心眼最坏的人都不忍心伤害她、抛弃她。我把阿琳娜赶出书房以后，心中暗想：没准儿她会回心转意的，会懊悔的。要知道我真不相信一个人会不讲良心，会忘恩负义。但是，您猜怎样？过了半天，阿琳娜再一次来见我，还是要嫁人。”“不瞒你说，这一次我真生气了，一怒之下把她撵了出去，对她说了几句厉害话，还警告她：我要把这件事儿告诉太太。我真不知道该怎样发泄我的满腔怒气。嗬，好戏还在后头呢，还有更令我惊奇的事儿。几天后我的太太气冲冲地来到我这儿，泪流满面，激动得不得了，吓得我手足无措。我忙安慰她，焦急地问道：‘到底出什么事啦？’‘阿琳娜……’您知道这件事儿我都不好意思说。‘哪会有这种事！……是哪个人哪？’‘是听差的彼得卢什卡！’这还得了！我听了后立马暴跳如雷。我这个人哪，一向办事认真，来不得半点儿虚假和马虎！彼得卢什卡没有过错，惩罚他也没什么大不了的，可是他是无罪的呀，也怨不得他。至于阿琳娜吗……哼，就怪她，哼，哼，她活该，没什么好客气的了！当然喽，我当即吩咐人剪光她的头发，剃了个大光瓢，给她穿上粗布衣服，立刻赶她到乡下去了。我的太太却失掉了一个能干的好丫头，这也是让她逼得没办法了，只好这样，一不做二不休，难道还让她一个人把家里弄得鸡飞狗跳的吗？还是长痛不如短痛，一刀割掉这块烂肉为好！唉，唉，现在您自个儿想想吧，您知道我太太，这，这，这……那真是个天使啊！她真的舍不得阿琳娜走，阿琳娜也很明白这一点，竟然连脸都不要。啊？不，您说说看……不是这样吗？还能怎样待她呢？到头来，这也是被逼无奈呀，又不是我们对她不好！对我来说，就因为这丫头无情无义，弄得既伤心难过，又上火气恼，好久都缓不过来。再怎么说，这种人就是没良心，不讲情义！真是像狼一样，不管你怎么养，它终归要跑回野林子里去的。这也是一个教训，今后做事再不能这么当好人，不过，我这也是想向您掏心窝子罢了……"

兹维尔柯夫没有再说下去，他扭过头，使劲儿地压抑着那耿耿于怀的愤怒心情，用斗篷紧紧地裹住气得发抖的身子。说到这儿，我想诸位读者该明白了，为什么我对阿琳娜怀着一种特殊的同情了。

"你嫁给磨坊老板很久了吗？"

"两年了。"

"怎么，老爷准许了吗？"

"花钱赎的身。"

"谁花的钱呀？"

"是萨维里·阿列克谢耶维奇。"

"这个人是你什么人？"

"我丈夫（耶尔莫莱不动声色地笑了笑）。怎么，大概老爷对您提起过我吧？"阿琳娜沉默了一会儿，然后问我。

我真不知道该如何回答她。

"阿琳娜！"磨坊老板远远地喊道，她便循声而去。

"她丈夫人怎样？"我问耶尔莫莱。

"还可以。"

"他们有孩子吗？"

"有过一个，但后来死了。"

"那么，是磨坊老板看中了她，还是因为别的什么？他赎她出来，花了不少钱吧？"

"那就不清楚了。她识字，干他们这一行的，这一点，用处还是挺大的。因此他就相中了她。"

"你认识她很久吗？"

"很久啦。我从前常到她主人家里去，他们庄园离这儿很近。"

"你也认识那个听差彼得卢什卡吗？"

"彼得·瓦希利耶维奇吗？当然认识。"

"那他如今在哪儿呢？"

"当兵去了。"

我们都沉默了一会儿。

"看样子，她的身体不怎么样吧？"

"糟透了！……哦，明天一大早这场狩猎伏击会很好。您最好还是先睡上一会儿。"

一群野鸭子高声鸣叫着从我们的头顶飞过，而且能听得出来，它们就落到了离我们不远处的河面上。仿佛等待着我们明日的伏击，这真是上帝对我们最好的恩赐和眷顾！天越来越黑，也越来越冷了，树林开始湿气密布，这是夜幕到来的征兆，最终一切都会被这潮气所笼罩或说是庇护，庇佑着夜间出没的动物的日常行动和白昼动物的常规休息。夜莺在树林里高声歌唱着，是为夜的来临专门创作的独唱歌曲。夜莺并不孤独，它沉醉在自己的歌声中，那悠转的歌声是把我们带入美梦的通道。我们钻进干草堆，便进入了梦境。

（一八四七）

草　莓　泉

　　八月初，天气通常都是酷热难耐。在这种时节，从中午十二点到下午三点，即使是最狂热的打猎迷也都不外出打猎，即使是最忠诚的狗也只跟着猎人的靴子转，寸步不离，只热得吐长了舌头，难受得眯起眼睛。无论主人怎样斥骂，它只是可怜而又委屈地摇着尾巴，一脸无能为力而又无可奈何，但是绝不肯跑到主人前面或独自去寻觅。

　　有一天，我就是在这样赤日当空的天气里出门打猎。一路上又热又累，真想找个阴凉之处躺下去，哪怕是休息片刻也就心满意足了，但是我还是竭力支撑着、忍受着。我那条不知疲倦的狗也不停地在灌木丛中来回跑动寻觅着，虽然它明白自己的狂热不会有什么收获。闷人的炎热迫使我考虑：不能再这样毫无意义地撑下去了，要设法保持最后的体力。我挣扎着来到了我宽厚的读者已经熟悉的伊斯塔河边，走下陡峭的斜坡，踏着湿漉漉的黄沙，走向这一带小有名气的"草莓泉"。清泉从岸边的一条裂缝涌出，裂缝渐渐变成了一条窄小深邃的峡谷。在离此处二十几步远的地方，泉水源源不断地流进河里，清澈的水流还发出欢快的潺潺之声。峡谷两边的斜坡布满了茂密的橡树林，泉水的周围绿草如茵，草莓长得不高，有如平展的天鹅绒。摇曳着的泉水，几乎从来都照不到阳光。我信步走到泉水旁，草地上放着一个桦树皮制成的水瓢，这是过路的农夫留下的，为了方便大家饮水。

　　我畅饮一番后，便找个阴凉地躺了下来，同时向周围环顾了一下。在泉水注入河流之处，形成了一个水湾。因为泉水与河水在此处交汇，水面上总是波光粼粼。水湾旁边，两个老头儿背对着我坐着。其中一人体格结实，身材高大，穿着一件墨绿色上衣，整洁齐楚，戴着一顶绒线便帽，在那儿钓鱼。另一个则身材瘦小，穿着一件打补丁的皱外衣，头上没有戴帽子，膝上放着装鱼饵的小罐，时而抚摸着满头白发，好像是担心晒得太过头了。我又细细端详了一下，才认出他，原来是舒米欣诺村的斯焦普什卡。请允许我向读者介绍一下此人。

舒米欣诺村是个大村子，坐落在距我的村子数俄里远的地方，那里有一座为圣科齐马和圣达米安建造的石头教堂。教堂的对面曾经有一座繁荣一时的地主豪宅，周围分布着各种附属建筑物：房屋、棚舍、杂用间、马厩、作坊、地窖、车棚、澡堂、临时厨房、客房和管理人员住的厢房、温室、民众游艺场和其他一些用途各异的房舍。起初一个富豪大地主住在这里，日子一直过得太平安乐，可是忽然某天凌晨，这一切财富全都毁于一场大火。大财主一家就迁往别处去了，这座豪宅也就荒废了。这一大片焦土和废墟被耕作成菜园，有些地方至今还能看见断壁残垣、残缺不全的地基。人们用没有烧掉的原木马马虎虎地搭建起一间小屋，用十年前为了建造哥特式凉亭而置办的船板盖了屋顶，拨给园丁米特罗方和他老婆阿克西妮娅和七个子女居住，指派米特罗方在这里种植蔬菜，以供给远在一百五十俄里外的主人一家享用。另外还把一头提罗尔种的母牛分派给阿克西妮娅饲养，这头奶牛是专程从莫斯科买来的，价值不菲，可惜的是它却失掉了产奶能力，买来之后它就从来没有产过奶。同时阿克西妮娅还照管着一只深褐色的凤头公鸡——这是唯一的一只"老爷家的"家禽。一群孩子因为太小，没有分派到什么活干，因而这群小家伙个个都变成了小懒虫。

我曾在这个园丁家里住过两次，我途经此地时经常向他买黄瓜，但是不知道是什么原因，这些黄瓜在夏季就已长得很大，皮又黄又厚，可是却淡而无味。就是在他家里，我第一次看到斯焦普什卡。除了米特罗方一家之外，这里还有寄住在独眼寡妇小屋里的老格拉姆，此人是一个年高耳背的教会长老。此外再没一个仆人留在舒米欣诺村了。因为我要介绍给读者诸君的这个斯焦普什卡，不能把他看作一个正常人，特别是不能把他当作仆人。

人生在世，每人都得有一定的社会地位关系和人际交往。当仆人也好，即便不领工钱，至少也得有份所谓"口粮"。然而斯焦普什卡却从未得到过补助，他无亲无故，仿佛是打石头缝里蹦出来的，无人知道他的存在。这个人来历不明或者干脆没有来历，没有人了解他或提到他，人口普查恐怕也查不到他头上。有一种似是而非的谣传，说他当年当过某某人的仆从。然而，他究竟是什么人，打从什么地方来的，是什么人的儿子，怎么会住在舒米欣诺村，从哪儿搞来的那件皱巴巴的外衣，而且是一年到头靠这一件过活，他居住在什么地方，靠什么度日——对于这么多问题，任何人都一无所知，而且，说实在的，也无人对此感兴趣。特罗费梅奇老爷对所有仆从的家谱都了如指掌，还能一直上溯到第四代，也只有一次谈到斯焦普什卡：记得已故老爷阿列克谢·罗马纳契旅长出征回来时用辎重车带回一个土耳其女人，她是斯焦普什卡的亲戚。

在逢年过节时，按照古老的俄罗斯风俗，要用荞麦馅饼和绿酒款待所有人家——即使是在这种时候，斯焦普什卡从来也不上餐桌，也不走近酒桶，也不鞠躬行礼表示祝贺或谢意，也不去吻老爷的手，绝不会为了祝贺老爷的健康而将管家用胖胖的手斟满的酒在老爷面前一饮而尽。除非是有哪一个好心人从他的身旁走过，顺便赏给这个可怜虫一块吃剩的馅饼。复活节时，他也不来参加接吻礼，但是也从不卷起满是油垢的袖子，也不把他的红鸡蛋从自己身后的衣兜里拿出，也不喘着粗气、眨着眼睛，把红鸡蛋献给少爷或太太。夏天，他就住在鸡窝后面的储藏室中；冬天，就住在澡堂更衣室里，天气太冷的时候，他就在干草棚里过夜。人们对他已经熟视无睹了，有时还随意地踢他一脚，但是却没有谁同他搭话或聊天。那么他自己呢？好像平生就从未开过口。

那场火灾之后，这个无人关照而又身无长物的人，就在看园子的米特罗方家里栖身，或者如奥加尔人所说的，在这个园丁家里"赖着"不走了。园丁米特罗方从不搭理他，也从未说过："你就在我家里住吧。"但是也从来没有赶过他走。斯焦普什卡其实不住在园丁的房子里，而是在菜园子里混日子。他行走来往、一举一动，都是一声不吭。打喷嚏或咳嗽时，都是提心吊胆地赶紧捂住嘴。他整天忙碌，就像蚂蚁一样，但是总不作声。他忙忙碌碌地活着，就是为了糊口，填饱肚子不至于饿死。确实，他若不是一天到晚为填饱肚子而操劳，为了能苟延残喘，我的斯焦普什卡早就饿死了。每天早晨一睁眼，还不知道晚上拿什么来充饥，他活得该有多么艰难和痛苦！有的时候，你看斯焦普什卡在墙根下蹲着啃萝卜，大吃大嚼，或者捧着脏不溜丢的卷心菜在吃。有时又吭哧吭哧地提着一桶水上什么地方去。有时又在一只锅子底下生起火，从怀里摸出几块黑东西放到锅里去。有时又在自己住的小窝棚里拿块木头敲来敲去，用钉子钉起来，做成一个面包架子。他干这些的时候，也是背着人干的，唯恐有人发现或者看到，偶尔谁要是看他一眼，他就立刻躲起来。有时，他又出门两三天，当然，照例没有人注意他的行动。他一转眼又出现了，在墙根下偷偷架锅生火。他那张脸小得不能再小，眼睛泛黄，头发垂落到眉毛上，尖尖的鼻子，耳朵却又大又透明，就像蝙蝠的耳朵一样，胡子看样子是半个月前剃过的，总是这个样子，不短也不长。我在伊斯塔河岸上遇到的，正是这个斯焦普什卡还有另外一个老头。

　　我走到他们的跟前，打过招呼之后，就同他们并排坐下。我一看，斯焦普什卡的同伴原来我也认识，此人名叫哈米伊洛·萨维里耶夫，是彼得·伊利契伯爵家中已赎了身的家奴，绰号"雾"。他住在泊尔霍夫一个患肺病的小市民家里，那是我经常投宿的一家旅店老板的住处。经过奥加尔大道的青年官吏以及出门闲逛的家伙（裹在花条羽毛被子里的商人是看不到这一切的）至今还能看到，在离特罗伊茨基大村子不远处的路边，有一座完全废弃的木质二层楼房，孤零零地矗立着，屋顶已经坍塌，窗子也都钉死了。在阳光灿烂的中午时分，这座废弃的楼房就显得更加荒芜凄凉了。彼得·伊利契伯爵当年曾住在这里，伯爵曾是上世纪一位好客的大富翁。有时候，全省的富豪和知名绅士都到他家里来拜访做客，主客在家庭乐队那震耳欲聋的乐声中，在花炮的轰鸣和焰火的噼啪声中纵情歌舞。如今，不仅是路经这座荒废的贵族邸宅的老妇，会为已逝的韶光嗟叹不已，恐怕每个人都会同样感慨和叹息。这位伯爵年复一年地大开筵席，一年又一年地在谄媚的宾客中间满面微笑地周旋。然而很不幸，再多家产也不够他一掷千金。结果弄得倾家荡产，不得不到彼得堡去谋求一官半职，却一无所获，最后竟穷困潦倒地死在一家旅店里。

"雾"正是在他家当过管家，他在伯爵生前就获得解放证书，成了自由之身。他已经七十多岁了，容貌端正，有一张讨人喜欢的脸。"雾"总是笑眯眯的，而且笑得和善而庄重，如今，只有在叶卡捷琳娜时代生活过的人才会有这样的笑容。他说话时总是从容不迫，缓慢地开闭着嘴唇，亲切地眯缝起眼睛，说话带点儿鼻音。就连擤鼻子，嗅鼻烟也都像当成一件重要事情般从容不迫。

"喂，咋样，哈米伊洛·萨维里耶夫，收获不小了吧？"我问他。

"请您自己看看鱼篓子吧，我已经钓到了两条鲈鱼，还有五六条大头鲲，斯焦普什卡，快拿来看看。"

斯焦普什卡把鱼篓子递给我看。

"斯焦普什卡，近来日子过得如何啊？"我问他。

"没……没……没……没什么，老爷，还凑合吧。"斯焦普什卡结结巴巴，仿佛舌头上垂着个砣。

"米特罗方身体咋样？"

"好，可……可不是，老爷。"

这个可怜的人回答完，便扭过了头。

"鱼不咋喜欢咬钩啊，""雾"说起话来，"天这么热，鱼都躲到凉快地方睡大觉去了。斯焦普什卡，帮我上个鱼饵吧（斯焦普什卡捏出一条蚯蚓，在手掌上啪啪地拍了两下，上到钓钩上，还吐了两口唾沫，然后就递给了'雾'），谢谢，斯焦普什卡……哦，老爷，"他又向我问，"您是出来打猎的吧？"

"正是。"

"噢，您的猎犬是英国种，还是芬兰种？"

这个老头儿总喜欢找机会显示自己的聪明，好像是在告诉你："我们也见过世面！"

"它是什么种我也不清楚，但是它非常不错。"

"啊……你还有别的猎犬吗？"

"有两群呢。"

"雾"笑了笑，摇了摇头，接着说了如下的话：

"确实如此，有的人爱狗如命，但有的人就连白送都不要。依照我这么点见识，养狗的人，可以说，主要是为了讲讲排场，显显阔气……干什么都要讲气派，就连看狗的人也应该讲气派。已故的伯爵——愿他的灵魂上天堂——其实压根不懂打猎，但他也养狗，每年还都出去打猎一两次。身穿金色丝条镶边的红外套的看狗人在院子里集合，吹起号角，准备出猎。伯爵大人神气十足地出门，仆人立刻把马牵过来。伯爵大人上马后，狩猎主管捧着他的脚，放进马镫，然后摘下帽子，把缰绳放进去，双手捧着呈递上去。伯爵大人的鞭子一响，看狗人齐声吆喝，浩浩荡荡走出院子。马夫骑着马，紧跟在伯爵大人身后，还用绸带牵着老爷最宠爱的两条猎犬，还得精心地照看。马夫高骑在戈萨克马鞍上，红光满面，一双大眼睛骨碌碌乱转——当然啦，这种场合还会有众多来宾或贵客同行。浩浩荡荡，又可以开心游乐，又可以摆摆排场，要多气派有多气派……哎呀，脱钩了，真见鬼！"他忽然一抬钓竿，说道。

"听说伯爵一生一世都潇洒气派，真的吗？"我问他。

老头儿冲鱼饵上吐了两口唾沫，便抛出了钓钩。

"那还用说，他是一位富贵达人吗。常常有人从彼得堡来，可以说，来拜访他的都是一些地位显赫的大人物，个个都佩蓝色绶带吃饭。再说，伯爵也很会招呼客人。还常常把我叫去交代：'明天我要几条活鲟鱼，一定要叫人送来，明白了吗？''明白，大人。'伯爵家里那些个绣花外套、假发、手杖、头等香水和花露水，还有鼻烟壶、巨型油画，全是从巴黎订购的。伯爵一举办宴会——那可了不得！漫天焰火飞舞，府中门庭若市！有时甚至还要鸣炮。光那支家庭乐队就有四十多人。乐队指挥是一个德国人，可是他竟摆起架子来，狂妄地要求和主人家同桌进餐。伯爵听了大发雷霆，立即下令把他撵走了，还说：'我家乐队没有指挥照样可以演。'

当然，什么事情都要经过老爷的吩咐和同意。只要一跳起舞就是通宵，跳的都是拉科塞斯和马特拉杜尔……好……好……好……上钩了！好家伙！（老头儿从水里拉上一条小鲈鱼）斯焦普什卡，拿过去。老爷说到底也还是老爷，得有老爷的派头。"老头儿把钓钩抛进水以后，又接着说，"他的心地也不错。偶尔生气打打你，可是没过多久就忘了。只有一件不好，养妞头。唉，这些妞头，全都不是好东西！就是这些下贱货弄得他倾家荡产。要知道，这些妞头都是从下人里面挑出来的。按理说，她们也该知足了吧？可是不，你就是把全欧洲的宝物都给了她们，她们也还不知道！可也是，干吗不随心所欲地享享清福呢？——这本来是老爷的家事，但是搞破产了总是不对的，尤其是有一个妞头名字叫阿库琳娜的……现在也死了——愿她上天堂！她本是普通人家的丫头，西陀夫甲长的闺女，但是却成了一个泼妇！凶得很，闹起来竟敢打伯爵的耳光。伯爵完全迷上了这个妖精。我的侄子不小心洒了一点可可在她的新衣服上，她就送他去当了兵……唉，送去当兵的可不只他一个。唉，不管怎么说，那真是个好时候！"老头儿长叹了一口气，又最后补充了一句，就低下头去，不再吭声了。

"依我看，你家老爷一定很严厉吧？"沉默片刻以后，我又问道。

"那个时候就是这么办的啊，老爷。"老头摇了摇头，反驳道。

"现在可不兴这么办了。"我注视着他，说道。

他瞟了我一眼。"如今当然好些了。"他含混地说了这么一句，远远地抛出了钓钩。

我们坐在树荫下，即便如此也还很是闷热。空气仿佛凝固了，火辣辣的面孔渴盼着迎面清风，但却没有一丝。蓝天渐渐暗下去了，太阳毒火四射。在我们正对面的岸上，是一片金黄的燕麦田，有些地方还野草丛生，竟连一棵麦穗都不动。在稍稍低洼的地方，有一匹农家的马站在齐膝深的河里，慵懒地摇动着湿漉漉的尾巴。偶尔有一条大鱼从低矮的灌木丛下浮上来，吐一会儿水泡，又偷偷沉入水底，留下一圈圈细纹。蝈蝈在发黄的草丛中鸣唱，鹌鹑的叫声却显得慵懒而又无奈，鹞鹰展开双翅，平稳地滑过田野上空，又常常在一个地方停留下来，但很快又展翅翱翔，把尾巴展成扇子的模样。

　　我们热得难受，一动也不想动，只是呆呆地坐着。忽然一阵脚步声从我们身后的河谷里传来，有人正朝着草莓泉走来。我回头一看，只见一个农夫，五十岁上下，灰尘满面又汗流浃背，身穿一件衫衣，足蹬树皮鞋，背着一个背篓和一件上衣。他快步走到泉水旁边，喝饱了水，然后才站起身。

　　"啊，是弗拉斯吧？""雾"看了他一眼，大声喊道，"你好哇，老伙计，上帝把你从什么地方带来的呀？"

　　"你好啊，哈米伊洛·萨维里耶夫，"那个农夫说着向我们走来，"打从大老远的地方来。"

　　"你去哪儿了？""雾"问。

　　"去了一趟莫斯科，拜见老爷。"

　　"去干什么？"

　　"去求他。"

　　"求他做什么呀？"

　　"求他减轻一点代役租，要不改成劳役租，再不就让我挪个地方……我儿子没了，现在我自个儿实在撑不下去啦。"

　　"你儿子死了？"

　　"是啊。"那个农夫略微沉默了片刻，又补充道，"从前他在莫斯科当马车夫。实际上是替我缴代役租。"

　　"怎么，难道你们如今还得缴代役租呀？"

　　"是得缴的。"

　　"那么，你家老爷说什么啦？"

　　"老爷说什么啦？他把我撵出来啦！他吼着说：'竟敢径直闯到我这儿来！真是吃了熊心豹子胆啦！管家是干什么的？'他说，'你首先得报告管家。再说，我又能把你换到什么地方呢？'他又说，'先还清欠的代役租再说。'他简直气得不得了啦。"

　　"怎么，你就这样老老实实回来了？"

　　"是啊，回来了。我本来还想问，我儿子死后是否留下点什么。可是没问明白。我对儿子的东家说：'我是菲利普的爹。'可他却说：'我怎么知道你是他爹？再说了，你儿子啥也没留下，他还欠我的债呢！'这样，我没办法，就只得回来了。"

这个农夫还笑着跟我们说了这些事儿，好像是在谈论不相干的人。但是他那双皱在一起的小眼睛却满含泪水，嘴唇抽搐着，簌簌发抖。

"那你现在怎么办，回家去吗？"

"不回家还能去哪儿呢？当然回家。我的老婆子没准儿现在还在饿肚子。"

"那你最好还是……那个……"斯焦普什卡忽然开口，可是立刻难为情了，于是他不再说话，开始在鱼饵罐里翻找。

"那你就去找管家吗！""雾"有些惊疑地望望斯焦普什卡，说道。

"我找他干吗？我还欠着租钱。我儿子死前病了整整一年，他自己也欠着代役租呢。可我现在不咋担心了，反正从我身上榨不出什么了……哼，老兄，不管他想出什么花招，反正都没用，我都不问了，反正我是豁出去了！（农夫大笑起来）不管什么鬼花招，总管金齐良·谢苗内奇，反正……"农夫弗拉斯又笑了起来。

"怎样？这件事不太妙啊，弗拉斯老弟。""雾"慢腾腾地说。

"怎么不妙了？不……（弗拉斯不说下去了）真热！"他用袖子擦擦脸，又说道。

"你的东家是谁啊？"我又问他。

"瓦列里安·彼得洛维奇伯爵。"

"是彼得·伊利契的儿子吗？"

"是彼得·伊利契的儿子，""雾"回答，"彼得·伊利契生前就把弗拉斯那个村子分给他了。"

"他怎么样，还健康吗？"

"很健康，感谢上帝，"弗拉斯答道，"脸上红彤彤的，还泛着油光。"

"啊，老爷，""雾"转身对我说，"要是被分派在莫斯科就好了，在这儿还得缴代役租。"

“一份地多少租金？”

“一份地九十五卢布。”弗拉斯答道。

“再说了，耕地少得可怜，都是东家的树林。”

“而且听说树林子也给卖掉了。”农夫补充道。

“看，你听听！……喂，斯焦普什卡，给我上鱼饵。斯焦普什卡，喂？咋了，睡着了？”

斯焦普什卡提了提神，那个农夫在我面前坐下。我们又都不说话了。对岸有人唱起了凄哀的歌……可怜的弗拉斯在愁苦之中无法自拔……

半小时以后，我们分手了，各自走开。

（一八四八年）

县城里的医生

　　这是秋天里发生的事情。有一天我从离庄园很远的野外打猎归来，不想在路上着了凉，全身上下没有一处舒服，看样子是要生病。幸好发烧时，我已经赶到了县城，便赶紧住进一家旅馆。我派了个人去请医生。半小时后，来了一位县城里的医生，此人身材瘦小，满头黑发。经过询问和检查，他给我开了剂常用的发汗药，还给我贴上了芥末膏。然后迅速地拿起一张五卢布的钞票，塞进了翻卷过来的袖口中。此时他嘶哑地咳嗽了一声，打量了一下周围，正打算回去，可是不知为何又和我攀谈了起来，于是就暂时留下。我还在发烧，正愁没法打发时间，而且担心今夜睡不好，因此很高兴能有一个好心肠的人和我说说话，也许有助于缓解病情。于是吩咐上茶，我与医生便谈了开来。此人倒也伶俐机智，说话口齿清楚、话语风趣。

　　人世间总有些奇事。有些人和你长期交往共事，关系密切，你却从来不曾和他好好交心谈一谈。有的人和你刚结识，却相见恨晚，一见如故，彼此就像做忏悔一样，交换埋藏在心底的一切秘密。不知为何，我竟博得了我这位新相识的信任，他居然"毫无隐讳"地把一件极为罕见的事情说给我听。现在，我就把他讲给我的故事转达给忠实的读者。我尽量保留这位医生原来的腔调和语言。

　　"不知道您是否认识。"他用有气无力地颤抖着的声音说道（很明显是因为吸多了列别索夫烟草所致），"您也许知道本县有个法官帕维尔·卢基奇·梅洛夫吧？……不知道……啊，这不要紧（他清清嗓子，擦擦眼睛）。我给您细细道来，这件事儿吗——让我再好好想想——就是在大斋期发生的，当时正在解冻。我正赶上在他家，也就是说在这位法官家里，几个人在那儿玩纸牌。我们这位法官人很好，嗜玩纸牌。突然（我的医生很喜欢用'突然'这个词）有人告诉我：'有人找您。'我便问：'有什么事儿？'那人又说道：'有人送来了一张字条——也许是病人家里送来的吧。'我接着说道：'请把字条给我看看。'一看，果真是病人家里送来的，噢，很好，您知道，我就靠给人看病谋生。

"原来如此，字条是一个守寡的女地主写给我的。她写道：'我的女儿病重垂危，请看在上帝的面上，若能出诊，我马上就派马车接您。'嗯，出诊倒没什么，可是她的住处离城有二十多里，而且又是午夜，路也很不好走！何况她家不很殷实，甭想能拿到两卢布以上的出诊费，连两卢布也不一定能保证，或许拿到一些粗麻布或一些衣物就已经不错了。可是您也明白，治病救人才是头等大事——病人都危在旦夕了！我没多想，就把牌给了常任委员卡利奥宾，匆忙跑回家里取出诊器械。出门一看，一辆装饰简单的马车已停在了台阶前面。马是农用马匹，鼓鼓的肚子，毛像毡子一样贴在身上。马车夫为表示敬意，有意摘掉帽子坐在那里。嘿，我心里琢磨：看这寒酸相，伙计，你的主人一定不是金银满箱的富豪。不怕您见笑，说实话，像我们这样无钱无势之人，干什么事都要思虑再三啊。假如马车夫在那儿神气得像公爵，帽子也不摘，如果再加上一点怪里怪气的冷笑，还不断地摇着马鞭子，那您准能挣到两张大票子！但这一回我就猜到了，别做美梦了。不过，我又一想，钱倒没有那么重要，最要紧的还是治病救人哪！我随身带上必备药品，就登车出发了。不由您不信，简直没有比那条路更坏的了，一会儿要穿越小溪，一会儿又是雪，一路泥泞，还有水坑。走着，走着，又遇到一道某些地方决了口的堤坝——唉，一路上不知遇上多少麻烦，难走极了！

"可我们到底来到了病人的家，房子不大，屋顶用麦秸铺成。屋里还亮着灯，大概是在等我呢。一位头戴便帽的庄重的老夫人出来迎接，她焦急地说道：'救救命吧，病得很重，看样子很危险呀！'

"'请您放心，千万别着急……病人在哪儿呢？'我安抚她。

"'请，请这边走。'

"我过去一看，是一间很小的房间，屋子很整洁，屋角里燃着一盏神灯，在昏暗的灯光照耀下，一位约莫二十岁的姑娘脸色苍白地躺在床上，四肢略显僵直，已经失去了知觉。她发着高烧，呼吸都很吃力——患的是热病。房间里还有两个姑娘，是她的姐妹，都吓得不知如何是好了，眼睛哭得又红又肿，像田野里熟透了的番茄，脸色惨白而惊恐，仿佛遇到了火灾一般。想必她们自出生到现在，都未曾经历过如此重大的事情。她们的表情相当的僵硬，可能是由于吓怕了，可能是夜以继日的照料已经无法再使她们有丝毫的情感。她俩异口同声地说：'昨天还好好的，有说有笑，进食都很正常。今天早上却喊头疼，到了晚上就成这个样子了。'

"我照样安慰她们，说的还是那句话：'请放心，千万别着急。'

"您明白，作为医生，我只能这么说，这是我的职责。于是，我开始检查病人。我先给她放了点血，叫人帮忙给她贴上了芥末膏，又开了一副合剂。这期间我的目光一直不曾离开过病人，看了又看，说实在，我生平还不曾看到过这样美貌的姑娘——总之一句话，是一位出众的佳人！看着她病成这样，一种怜爱之情油然而生。她生得十分迷人可爱，还有那双眼睛……太好了，谢天谢地，此刻她到底安稳一些了，出了一身汗，仿佛清醒些了。她望了望四周，笑了，还抬起手摸了摸脸庞。……两个姐妹赶紧向她俯下身去，轻声询问：

"'怎么样？舒服些了吗？'

"'没什么，似乎好一点儿了。'她说完，就别过了脸。

"我再仔细一看，发现她已睡着了。我就叮嘱大家：好了，病人现在需要安静，让她好好休息。于是我们大家蹑手蹑脚地出去了，只留一个侍女在床前随时侍候她。客厅的桌子上放着已经烧好了的茶炊，还摆着牙买加甜酒——医生给人看病，这种酒是必备的。母女三人给我敬过茶，请我在那里暂住一夜，我答应得很爽快。天色已晚，何况也无处可去！老太太一直愁叹连连。我便安慰她：

"'您不必如此担心和忧伤，一定会好的，还是先去休息吧，都深夜一点多钟了。上年纪的人不宜过多操劳。'

"'要是有什么事，您就叫人来唤醒我，好吗？'

"我随口答应道：'好，好，您尽管放心，有事一定叫您。'

"老太太听了就回房休息去了，两个女儿也各回房间去。她们在客厅里为我准备好了一张床，我随即也躺下，可是总是辗转反侧——真奇怪！我好像疲不可支，心里却总是惦记着我的病人。我实在忍不住，突然间坐了起来，心想，我还是去看看我的病人现在到底怎样？她的卧室紧挨着客厅。于是我就下了床，悄悄地打开了她的房门，心儿不知为何怦怦直跳。我进屋一看，那个侍女睡得正香，还张着嘴打呼噜呢，这个懒东西！病人脸冲着我躺在床上，伸着两只手，样子可怜兮兮的！我轻轻地走了过去，她突然张开眼，定定地看着我！

"'您是谁？什么人？'她有气无力地问道。

"'小姐，请别害怕，我是您的医生，来看看您现在怎样。'我有些难为情地答道。

"'您是医生？'

"'是的，我是医生，医生……您家派人把我从城里接来，我给您放过血了，小姐，现在您就安心静养吧，过两三天，愿上帝保佑，我会治好您的，您也就康复了。'

"'啊，是的是的，医生，您千万要治好我，我不能死啊！求求您了，求求您多费心了！'

"'您怎么了，千万别急，上帝一定会保佑您康复的！'

"我琢磨着，可能她又发烧了。我给她把了把脉，果然不出所料，她确实又烧起来了。她仍然盯着我，还猛然抓住我的手，哀求：

"'我要告诉您，我为啥不想死，我要告诉您，告诉您……这会儿只有我俩。只求您一点，别告诉任何人，您听我说……'

"我俯下身去，她的双唇几乎都贴上了我的，她的头发碰到了我的脸——坦白告诉您实话，当时我的脑袋都晕晕乎乎了——她开始低声倾诉……唉，可是我什么也没听明白。啊，她是烧糊涂了说谵言吧？她说了又说，而且语速愈来愈快，似乎不是在说俄语。她到底说完了，全身还簌簌发抖，头枕在枕头上，还伸出一个指头警告我：

"'您记住，医生，千万不能告诉任何人！'

"安抚她费了我不少精力，我给她喝了点儿水，叫醒了她身边的侍女，这才离开了她的房间。"医生停了片刻又猛劲儿地嗅嗅鼻烟，呆呆地愣了一阵。

"然而，"医生又继续说了下去，"第二天，病人并没有好转的迹象，这很出乎我的意料。我思前想后，突然决意留下来，尽管还有别的病人在等着我……您明白，对病人不能随意推托或怠慢，这样不利于我行医就诊。然而，第一，这儿的病人的确是危在旦夕；第二，老实说来，我对这个病人已有好感了，更何况这一家人都对我很好。虽然母女三人不是什么豪富之家，但是她们个个都很有教养。父亲是一位学识渊博、著书立说的学者，显而易见，他是因贫困而死，但生前已让自己的女儿们受过极好的教育，而且留给她们丰富的藏书。不知是由于我全身心地护理病人，还是出于别的什么，总之我敢断言，她们待我就像对待亲人一样。更何况，道路泥泞，根本无法通行，可以说，交通全断了，也没法子到城里去买药。病人一直都不见好，一天又一天这么过去，真是让人心急如焚！但是，这样一来，您猜……（医生又不说话了，呆呆地坐了一小会儿）我真不好意思接着说了，而且也不知道如何是好（他又嗅了嗅鼻烟，咳嗽了两声，喝了一口茶）。干脆实话告诉您，我的病人……怎么说好呢……直说了吧，我的病人爱上我了。或许不是，或许不是这样的……不过……确实难以启齿……"医生没说完就难为情地低下了头，面红耳赤。

"不，不，"医生有些激动地继续说，"怎么可以说她爱上了我！一个人应该有自知之明，不该忘掉自己是谁。我的病人非常有教养，聪慧好学而又知识渊博，可是我呢，就连拉丁文都差不多忘得一干二净了。至于我的模样和身材（医生苦笑着打量了自己一番），好像没有什么能引以为傲的，或者有什么迷人之处。可上帝并没有让我成为一个傻瓜：我不会颠倒是非或信口胡说，我也是通情达理的。比方说，我心里明白，亚历山德拉·安德烈耶芙娜——这是我的病人的名字——亚历山德拉·安德烈耶芙娜对我不是产生了爱情，可以说不过是表示友好和尊敬，我自己怎么能想入非非呢？尽管她自己在这方面出了岔子，可是她那时是怎样的情况，您无须费神就能明白。但是……"医生显得有些慌张，虽然有些断断续续，却是一口气说完了这一番话，然后又加上一句："我好像有些语无伦次，这样说您什么也没听懂……那就让我有条有理地对您说吧！"

他举起茶杯，一饮而尽，情绪较为平静地继续说："嗯，嗯，是这样。我病人的病情一天比一天坏，一天比一天重。先生，因为您不是医生，您不知道我们医生怎么想，尤其是当我们最初推测出自己面对病魔无能为力时的那种心情。对病人已经无计可施了，那时自信心就全没啦！你突然间胆子就变小了，小得不可想象。你仿佛觉得，你把自己的医术全都忘掉了，病人开始怀疑你，不敢真心相信了。别人也发觉你心虚没谱了，不情愿向你述说病情，用不信任的目光看着你，交头接耳，议论纷纷……唉，糟透啦！你心中一直琢磨着，一定会有专治这种病的特效药啊，只要能弄到就成啊！对啊，不就是这种药吗？快试试吧，不行，不是！还没有等到药力生效呢，自己就先乱了阵脚，一会儿用这种药，一会儿又用那种药。急得没辙，又赶紧去翻阅医书。心想就是这种药，就在这儿呢！说实话，有时是随意乱翻，想撞撞运气，没准恰巧碰上呢。但是，这时病人已经快没救了。急中生智，忽然想到，也许别的医生会有办法，能治此病。于是你就提议会诊。——我一个人哪负得起这个责呀！这种时候你竟成了一个一无是处的蠢货！可是，后来也就习惯了，也就不觉得有什么于心不安。人死了，那也不怨你，因为你是按规矩办事。但是，有比这个还叫人受不了的，那就是你自己早就知道救不了病人的命，但人家还都全身心地——干脆说盲目地相信你，那时心里该多么过不去啊！

"亚历山德拉·安德烈耶芙娜的一家人不正这样吗？她们一家就是这样地信任我，相信我有回天之力，根本就忘记了她们的病人正生死攸关。可我自己呢？只能说些无关的话来安慰她们，但我自己早就吓得魂飞魄散！真是到了山穷水尽的地步。偏偏路又不能走，派车夫去买药，几天的工夫都回不来，真是屋漏偏逢连夜雨，倒霉事都让我摊上了，我还能怎么办？只得天天守候在病人床边，真是片刻不离、寸步不移啊！只能给她讲故事，说笑话，逗她高兴，或者和她玩纸牌。老太太还是老泪纵横地感谢我，但是我心里已经像热锅上的蚂蚁。凭良心说，有什么可谢的啊！我跟您说实话，不，实话告诉您，我已经为我的病人倾倒了——事到如今，我也不必隐瞒或者说谎了——我爱上了我的病人。亚历山德拉·安德烈耶芙娜对我恋恋不舍，总是让我守护着她，除此之外不许任何人进她的房间。她和我很谈得来，一会儿问我家住何处，日子过得怎样，一会儿又问我有哪些亲人，平时与谁往来。有时，我觉得她不应该说那么多的话，怕她累着，便劝阻她不要再说。可是完全制止她，我又办不到。我时常双手抱头，苦思冥想，自责道：'你这是干什么呀？你这个骗子！'

"可她却紧紧地拉住我的手，一直不肯放开，那双眼睛总是凝望着我，看呀,看呀,一看就是很久,总也看不够似的。有时又转过头去,长叹道:'您真是个大好人!'她的手烧得发烫,眼睛大而无神,让人看了要多难受有多难受。她又说道:'嗯,您真好,您是个大好人,您完全不像左邻右舍……真的,您和他们不一样,您和他们不一样……我从前怎么不认识您呢?我们为什么没早些认识呢?'我赶紧说:'亚历山德拉·安德烈耶芙娜,别多想了,您此时应该安下心静养……我真的,我觉得我配不上您,没有哪一点值得您如此抬举,如此器重……看在上帝的分上,您还是安心静养为好,养病是头等大事……一切都会好的,您一定能恢复健康的。'"

　　说到这儿,医生略微倾了倾身子,挑挑眉毛,接着说道:"她们和邻人都不怎么来往,因为地位低的人配不上她们,而她们自己呢,有强烈的自尊心,对富人又不肯攀附。我这么和您说吧,她们一家很有教养——所以,您知道,我也很荣幸跟她们交往。说到我的病人,她只让我一个人看护她,否则都不肯吃药……可怜的姑娘,非得要我搀扶着她,勉强才吃得下药,然后两只眼睛就总望着我,怎么也看不够——我的心头有如小鹿乱撞。但是她病痾日沉,我看着可真心疼。心里总在想,她要死了,她一定难逃鬼门关。您相信吗,我真的无比心酸,哪怕让我替她去死,让我进棺材,只要她能好好地,我都心甘情愿!但是,她的母亲和姐妹也一直看着我,盯着我,渐渐地不那么信任我了。'怎么样?好些了吗?''不要紧,不要紧',什么叫不要紧啊,都已昏迷不醒了,还说什么不要紧!一天深夜,我又是独自守候在病人身边。侍女正在那儿酣睡,鼾声雷响……说来也难怪,这个侍女也够可怜的了,实在够她受的,大概是太累了。每到晚上亚历山德拉·安德烈耶芙娜都很难受,发着高烧,几乎彻夜难眠。有时辗转反侧地一直折腾到半夜,最后好像睡着了,因为她躺着安静了。屋角里圣像前亮着一盏神灯,照耀着她苍白的面孔。我动也不动地坐在那儿,低垂着头,也打起了瞌睡。突然,我的腰似乎被人推了一下,我立马转过头去。哎呀天哪!我的病人亚历山德拉·安德烈耶芙娜瞪圆了眼睛,死死地盯着我。嘴张开,脸烧得通红。'您觉得如何?''医生,我是不是没多久活头了?''哪儿的话!''不,医生,不,我求求您了,求求您了,不要只安慰我……不要总说我会痊愈,如果您知道我没希望了……您听我说,看在上帝的面上,您就行行好,请不要骗我了!'她呼吸急促,异常激动地说。

"'亚历山德拉·安德烈耶芙娜，您可别这么想！'

"'您听我说，我压根就没睡着，我一直在看您，而且很久了……看在上帝的分上……我很相信您，您是一个善人，一个老实忠厚的人，为了这世上神圣的一切，我真心恳求您——不要瞒我了，对我说实话吧！您要知道，这对我有多么重要啊。医生，行行好吧，实话告诉我吧，我是不是完了？'

"'这可叫我怎么跟您说才好呢？亚历山德拉·安德列耶芙娜，您可别这样想。'

"'看在上帝的面上，可怜可怜我，我恳求您了！'

"'我不能骗您，亚历山德拉·安德烈耶芙娜，您病得很重，可上帝有一颗仁慈的心……'

"'我要死了，我真的要死了……'她似乎有些亢奋，表现得很高兴。我有些惊慌失措了。'您别慌张，不要慌张，有什么好怕的呢？我一点儿也不怕死。'她突然挣扎起身，还用一只胳膊支撑着。'这会儿……好，这会儿我可以向您倾诉一切了。我诚心诚意地感谢您，您是一个善良的好人，我爱您……'我有些惊呆地望着她，我心里很害怕。'您听到了吗？我爱您！''亚历山德拉·安德列耶芙娜，我可不配得到您的爱。''不，不，您不了解我，不了解我……'她忽然伸出双手，抱住我的头亲吻着。告诉您吧，我几乎叫出声了。我突然跪了下来，把头埋在她的枕头里，她沉默不语了，用手颤抖地抚弄着我的头发。我听到她的哭泣声，于是，我就尽我所能安慰她，叫她不要激动或伤心——说心里话，此时我真不知道该对她说什么——我说道：'别把侍女吵醒了，亚历山德拉·安德烈耶芙娜。我感谢您，请您相信我，请安静一些吧。''行了，别说了，别说了，'她反复念叨，'怎么样都无所谓。哼，醒了也好，哼，有人进来也好，都不管它了，反正我快死了……可是，您怕什么？您顾虑什么？把头抬起来，您大概不爱我吧？可能是我弄错了……如果真是这样，那就请您原谅我吧。''亚历山德拉·安德烈耶芙娜，您为什么这么说呢？我爱您，亚历山德拉·安德烈耶芙娜。'她直直望着我的眼睛，伸开双臂，说道：'那你就拥抱我呀！'

"我跟您说实话，我怎么没疯掉呢。我察觉，我的病人是在活生生地折磨自己。我也看得出来，她已经神志不清了。啊，那时我似乎懂得，如果她不是因为知道自己将不久于人世了，她怎么会想到我呢？想象一下，一个姑娘，活了二十五岁，还不曾体味活着的快乐就要离开人间，就要死去，真是一件悲恨交加的事啊！正因为如此，她痛苦万分，所以在绝望之余，就把我当作救命稻草——您现在该明白了吧？

"她紧紧抱住我，怎么也不肯放开。我再三求她：'亚历山德拉·安德烈耶芙娜，请您体谅我，您更应该怜惜您自己呀！'她却说道：'为什么呀？还有什么值得怜惜的呀？反正我是要死的……'她一直重复着这句话。'如果能治好我，继续活下去，那我一定还要做个体面的姑娘，那我才真的会难为情，真的要难为情了……可是现在还有什么要紧的？''是谁和您说，您要死了？''唉，算了，别说了，你骗不了我，你不会说谎话，瞧瞧你自己吧，都不会自圆其说！''您别着急，您会康复的，亚历山德拉·安德烈耶芙娜，我一定会治好您，我们会求到您母亲的允许，请她祝福我们。我们要结为名正言顺的夫妻，我们一定会有幸福的生活。''好，好，你答应我了，我应该死了……你同意了……你对我说过了……'我听了以后感到很痛苦，很多缘由使我痛苦。想想吧，的确有时一些小事儿，看似无关紧要，却让人痛苦万分。这时，她忽然问起了我的名字，不是问我的姓，而是问我的名。尴尬的是，我的名字要多俗气有多俗气，叫作得利丰。嗯，嗯，叫得利丰，叫得利丰，父名伊凡内奇。在她家里时，全家人都称我医生。我也没法子，只好说：'我叫得利丰，小姐。'她眯起眼睛，摇了摇头，还用法语低声说了几句什么——唉，估计不是什么好话吧——然后很不自然地笑了笑。就这样，我跟她在一起几乎过了整整一夜，直到早晨才离开她的房间，犹如入魔了一般。到了下午，喝过茶之后，我才又进了她的房间。我一看，大吃一惊！我的天哪，我的天！她已经脱相了，完全认不出来了——比殡葬时棺材里的尸体还要难看，只是还有那么一口气。我向您发誓，我到现在还没弄明白——完全没弄明白，我当时怎样能忍受这种残酷的精神折磨。我的病人已经奄奄一息了，她苟延残喘了三天三夜——多么难熬的三个夜晚啊！她又对我说了些什么呀！——最后一夜，那种情况您无论如何也想象不出来——我坐在她身边，心里一直在默祷，只有一个心愿——祈祷上帝：早点儿召唤她回去吧，也让我立即随着她去吧！

"突然，她的老母亲闯进了房间……我昨天告诉她这位母亲，病人已经无药可救了，应该去请牧师了。病人看到母亲来了，立刻说：'啊，很好，你来了，快看看我俩，我们相爱了，我们已经彼此盟誓订婚了。''她这是怎么了，医生，她怎么了？'我惊恐万状，吓得魂不附体，急忙说：'她是在说胡话，烧昏头了……'可病人马上抢着说：'得了，得了，你刚才和我说什么了？完全不是这么一回事！你都已经接受了我的订婚戒指。……你为什么要说谎作假呢？我母亲是个善良人，她会宽恕我们的，她会理解的，我马上就要死了——我干吗要说假话呢？快把手给我……'我一下子跳起来，跑出了房间。当然老太太也猜到了。

"可是，我不想再打扰您了，而且，说实在的，我一想起这些，心里就无比难过。我的病人第二天就故去了。愿她早升天堂！（**医生急匆匆地说，又长叹了一口气**）她临终前要求家里人都出去，只让我一个人陪着她。'请原谅我吧！'她异常痛苦地说道，"也许我对不住您，病啊……可是您一定要相信，我从未像爱您那样深深地爱过任何人……请别忘掉我……要好好保存我的戒指。'"

医生伤心地扭过了脸，我握住他的手以表同情。"唉！"医生有些害羞地说道，"咱们聊点儿别的好了，或者玩玩纸牌，输赢不要太大。说心里话，我们这种人，不配为这种高尚的情感而痛苦。我们这种人，只求结婚过安稳的日子。孩子不为吃穿号哭，老婆不因缺食少穿而吵闹。后来我曾正式结婚娶妻……可不是吗……娶了个商人的女儿做老婆，还有七千卢布的陪嫁。她名叫阿库琳娜，也是个粗俗的名字，倒很配我的名字得利丰。实话告诉您，这个女人很刁泼，幸好成天就爱睡懒觉……怎么样，玩玩纸牌吧？"于是，我们就开始玩起纸牌来，每局只有一戈比的输赢。医生得利丰·伊凡内奇赢去了我两个半卢布。他赢这么多，也算大获全胜，心满意足了，直到很晚才尽兴而归。

（一八四七年）

我的邻居拉吉洛芙

　　每逢秋天，丘鹬就常常成群结伙地聚集在古老的菩提树园子里。奥加尔省这种古老的菩提树园子真是数不清。我们的祖先在选择定居地时，有个惯例——一定要选出两三俄亩的好地儿建造果园，还要有菩提树的林荫道。可是，过了五十年或者七十年，这些所谓的"贵族安乐窝"就逐渐消逝无踪了。不是年久倾圮，就是拆毁变卖了，包括附设的附属砖石瓦屋也都化作了一堆废墟。苹果树都枯死了，被伐作木柴，而那些栅栏和篱笆也都没有了影子。只有这些菩提树，历经岁月风霜，还顽强地活着。枝叶依然繁茂，树干依然挺拔。它们威严地挺立于四周的耕地之中，向我们这些不肖子孙讲述着"早已长眠于九泉之下的父辈"的创业史。

　　这样的老菩提树是一种极好的树木——连最无情的俄罗斯农民也不舍得挥起斧头砍伐它。尽管它的叶子很小，可树枝却异常茁壮，强劲有力向四面八方伸去，形成一片巨大的绿荫，坐在树下乘凉真令人神清气爽。

　　一次我同耶尔莫莱到野外去打鹌鹑，途中，我在路旁发现这么一座废弃的园子。我俩朝园子走去，一进树林，就有一只丘鹬扇动双翅从灌木丛中扑啦啦地飞起来，于是，我就放了一枪。就在此刻，从离我几步远的地方传来一声尖叫，我循声望去，看见一个姑娘把头伸出来张望了一下，满面惊惶失措，很快就消失不见了。

　　耶尔莫莱飞快跑到我身旁说道："您怎么能在这儿开枪啊，这儿住着一位地主。"

　　我还没来得及回答他的话，我的猎犬也没来得及欢跳着叼回我打死的猎物，就听到了一阵急促的脚步声，从树林中跑出一个蓄着小胡子的高个子男子，怒容满面地站在了我的面前。我急忙不停地道歉，通报了自己的姓名，并表示愿意把在他的领地上打到的猎物奉还给他。

"好吧，"他开心地笑着对我说道，"我可以收下您的野味，但要答应我一件事，请您在我的家里用餐。"

说实在的，我不大想接受他的提议，但是又不好推辞。

"我是这里的主人，当尽地主之谊。我是您的邻居，敝姓拉吉洛芙，也许您早听说过吧，"我的新相识接着说，"今天是星期六，寒舍的饭菜也许还能待客，否则我就不敢贸然相邀了。"

我和他寒暄了几句，就和他一起走了。我们沿着刚打扫过的小径走出菩提树林，然后走进一个菜园。在一片老苹果树和繁茂的醋栗丛间，是一棵棵圆圆的浅绿色的卷心菜，蛇醉草呈螺旋形攀缘而上，菜畦里还插满了密密的干树枝，上面缠绕着干枯的豌豆藤，南瓜一个个又大又圆，仿佛在地上打滚，依傍在篱笆旁的荨麻，又高又大，在微风中不停摇曳着，熟透了的一条条黄瓜在布满灰尘的多角叶子下面，等着采摘，有两三处花草丛生：鞑靼金银花、接骨木、野蔷薇——那是往日"花坛"遗留下来的。在一个池水有点发红和发黏的小鱼池旁边，有一口井，四周水洼遍布。一只只鸭子在水洼中不住拍着翅膀，蹒跚而行；一条狗正在草地上专心啃着骨头，全身颤抖，眯着眼睛；一头母牛正在懒洋洋地吃草，全身花斑遍布，不时地用尾巴抽打着瘦骨嶙峋的脊背，估计是驱赶牛蝇吧。

走着，走着，小径转了个弯，穿过粗大的爆竹柳和一株株笔直的白桦树，便可以看到一幢木板顶的老式房子，房子是灰色的，在阳光的照耀下，光亮、白皙，屋顶呆呆矗立着的烟囱多等待着、静候着某时某刻徐徐升起的袅袅炊烟，确实这就是它们的任务。门前歪歪斜斜的台阶稍显凌乱，台阶的裂缝处长满了翠绿的小草，它们顽强地生长在狭小的空间里，却依旧是那么的怡然自得，在它们身上快乐是如此的简单！但台阶是整洁的，并不像那些已经荒废的空隙，一看就是有熟人经常关照。走到房前，拉吉洛芙停了下来。

"不过，"他友善地看着我的脸，说，"我此刻细细考虑了一下，也许您并不十分高兴光临寒舍，若是果真如此……"不等他说完，我便恳切地告诉他，恰恰相反，我很乐意到他府上去用餐。"好，那就请吧。"

他诚恳地邀请道。我们一起走进房间。一个穿着又长又厚的蓝色呢大衣的小伙子从台阶上走下欢迎我们。拉吉洛芙立刻吩咐仆人拿白酒给耶尔莫莱喝。我的猎人向着这慷慨大方的主人的后背恭恭敬敬地鞠了一躬。我们穿过了前室，那里贴着色彩斑斓的图画，还挂着许多鸟笼，走进一个不大的房间——拉吉洛芙的书房。我把猎枪取下，放在了屋角里。这时，那个身穿长大衣的小伙子急忙走过来，麻利地帮我掸着灰尘。

"好了，现在我们就去客厅吧，"拉吉洛芙亲切地说，"请您见见家母。"

我跟在他身后走向客厅。进入客厅一看，房间中央摆着长沙发，上面坐着一位身材不高的老太太。老人身穿褐色连衣裙，头上戴着顶白色便帽，面孔清瘦但和善，眼中流露着忧伤和胆怯的神情。

"哦，母亲，我介绍一下，这位先生是我们的邻居××。"

老太太欠欠身子，以表施礼欢迎，枯瘦的双手依然拿着一个袋子一样的粗毛线织的手提包。

"您光临寒舍已经很久了吗？"她眨着眼睛问我，声音柔弱轻微。

"不，刚到不久。"

"打算长住此地吗？"

"我想住到冬天。"

老太太默默地坐着，没再说话。

"这位是，"拉吉洛芙又指着一个高高瘦瘦的人向我介绍说（*我刚才走进房间时没有看到此人*），"这位是菲多尔·米海伊奇。喂，菲多尔，快给客人展示你的艺术才能吧，干吗要躲到屋子角落里去呢？"

菲多尔·米海伊奇立刻从椅子上站起身，伸手从窗台上拿过来一把很不怎么样的小提琴，拿起琴弓，但却不像通常那样握住琴弓的末端，而是握着弓子中部。把小提琴支在胸前，闭上双眼，然后伴着吱吱嘎嘎的琴声，哼唱着跳起舞来。此人看上去约七十岁，瘦骨嶙峋，那件又长又肥的外套，在他的身上悲哀地摇晃着。他跳得很起劲儿，那颗小小的秃脑袋有时孔武有力地摇晃，有时又有气无力地摆动，青筋突露的脖子伸得很长。他不住地踏着舞步，偶尔也弯下两膝，相当费劲儿地跳着。他那没有牙齿的嘴巴发出苍老刺耳的歌声。

拉吉洛芙也许是从我的表情上觉察，菲多尔那所谓"艺术才能"并没给我多少愉悦之感。

"啊，很好，老人家，够了，"主人说，"你可以去'犒劳'自己一番了。"

菲多尔·米海伊奇立刻把小提琴放回原处，先向我鞠了躬，依次又向老太太和拉吉洛芙鞠了躬，然后退了出去。

"他原本也是个地主，"我的新朋友接着说道，"而且还是个家财万贯的大富翁，可是被他挥霍光了。家境败落了，现在只好寄居在我这儿。当年得意的时候，他可算得上全省头号的风流浪子，抢了两个别人的妻子，家里还养着歌手，他自己也擅长歌舞。您要不要来点儿白酒？饭菜已经准备好了。"

一个正值豆蔻年华的姑娘走进房间，就是先前我在园里看到的。

"这位是奥莉雅！"拉吉洛芙略微转一下头，"请多关照指教……好，我们就餐吧。"我们走入了餐厅，分别就座。此刻，那位受到"犒赏"的菲多尔·米海伊奇老头兴奋异常，两眼放光，鼻子泛红，唱起了《胜利的雷炸响吧》。他们在屋角单独为他设了一张小桌，没铺桌布，但摆着餐具。因为这个可怜老头不太注重卫生，因此主人让他和大家保持一定距离。在饭前他先画了个十字，叹了口气，然后立即狼吞虎咽起来。饭菜很可口，确实好。因为是星期六，自然又端上抖动着的果子冻和"西班牙风味"的甜点心。刚一落座进餐，这位在陆军兵团服役十几年并且到过土耳其的拉吉洛芙，便天南海北、口若悬河地畅谈起来。我一边洗耳恭听，一边悄悄端详着奥莉雅。

奥莉雅算不上出众的美人，但确实有吸引人的特别之处。她的脸上透着一种娴静而又坚定的神情，前额宽阔白净，满头浓发（秀发），那对褐色的眼睛，虽然不很大，却是水汪汪般的清澈，显得十分聪颖又富有朝气。无论是谁，处在我今天这种境地，都会魂不守舍。她似乎非常专注地听着拉吉洛芙的每一个词，每一句话。她脸上所表现出的神情，不仅仅是兴致勃勃，更有一种深切的好奇。

就年龄而言，拉吉洛芙可以当奥莉雅的父亲，但他称呼她用"你"，这里似乎大有奥妙，于是我立即推测出她并非他的女儿。谈话中，当说到他妻子之时，他便指着奥莉雅补充道"她的姐姐"，奥莉雅立刻红了脸，而且害羞地垂下了眼睛。见此，拉吉洛芙略微沉默了一下，就转换了话题。

老太太吃饭时一直默默无言，她几乎什么也没吃，也没有向我——客人——敬酒劝餐。她那饱经风霜的面孔上总是隐隐露出一种怯懦和失望的期待，同时还隐隐现出一种令人心酸的垂暮的哀愁。

将要散席之际，菲多尔·米海伊奇本想为主人和客人们唱祝颂歌，但是拉吉洛芙望了我一眼，便示意他不必唱。老头摸了一下嘴唇，眨眨眼睛，鞠了一躬之后重新坐下，但只是坐在椅子边儿上。

用完餐后，我跟拉吉洛芙又来到他的书房。

凡是魂牵梦绕于一种思绪或者沉溺于一种强烈愿望的人，在言谈举止方面必然能够观察到一种共同点，表面上也会有某些相似之处，无论这些人在品格、才能、社会地位与教养方面的差异如何之大。我越是仔细观察拉吉洛芙，就越觉得他属于这一类人物。他聊天时，海阔天空无所不至。他既谈论经济问题、收成、割草，也谈论战争、县城里的流言，以及即将举行的选举。他谈论这些时，并无一点儿牵强附会，且总是那么兴致勃勃、意趣盎然。可聊着聊着却又突然连声长叹，一下瘫倒在安乐椅里，就好像繁重劳动以后筋疲力尽一样，有气无力地抚摸着面孔。他那颗心仿佛充满善良和温馨，洋溢着火热和真诚。尤其令人惊奇的是，我怎么也看不出他对下述事情有什么热情；无论是对饮食、对狩猎、对库尔斯克的夜莺、对患有癫痫的鸽子，还是对俄国文学、对同步马、对匈牙利式的骠骑兵外衣，抑或对玩纸牌和打台球；无论是对省城和都会的旅行、对造纸厂和糖厂、对巧夺天工的亭台楼阁、对骄横的拉帮套的马匹，甚至对过于肥胖而把腰带系在腋下的马车夫，以及那些摆阔而不知道为何一动脖子眼睛就歪斜成怒目而视状的马车夫……对这一切全都不很感兴趣。

"那么他到底是怎样的一个地主呢？"我暗地里琢磨。可是他绝非那种故作忧郁、对自己命运怨天尤人之人。正好相反，他从不苛求于人，而是十分殷勤热情，并且总愿谦卑地亲近和结交每一个人，不管他顺从自己还是反对自己。确实，您还能觉察到，他不会和任何人成为交心朋友，或者和任何人真正地亲近，这倒并非是因为他不需要和别人交往，而是因为他太过于内向，把自己的全部经历都暂时深埋于心。我细心观察着拉吉洛芙，无论怎样也想象不出，他现在或任何时候是个无忧无虑之人。他算不上一个美男子，但他的目光，他的微笑，乃至他的全身，都暗藏着一种异常吸引人的魅力，确实暗藏着，且深藏不露。如此一来，我就想进一步地了解他，更加喜欢他。当然，尽管他偶尔也显露出地主和乡下人的粗鲁来，但他毕竟还是一个讨人喜欢的好人。

此刻，我们正谈到新近上任的县长，忽然门口传来奥莉雅的声音："茶已准备好了。"我们便回到了客厅。菲多尔·米海伊奇仍坐在原来的角落里，也就是窗户和门中间，还谦卑地缩着两脚。拉吉洛芙的老母亲正在织袜子。一阵阵秋日凉气和着苹果的芬芳，穿过敞开的窗户从园中飘进了客厅。

奥莉雅正忙着倒茶。我借此更加仔细地观察了她。她同所有城里姑娘一样，不多说话，至少我看得出她不是个无聊会觉得苦闷，同时又想说些中听悦耳之话的人。她没有那种因有难言之隐而发出的叹息，不在额头下乱转眼睛，也不做那种飘忽不定的幻想或露出难以捉摸的微笑。她的目光安详娴静，就像一个享受过大喜或者遭受过大惊之后而选择休息的人。她的走路姿态、她的举止都果断大方。我喜欢她。

我又与拉吉洛芙聊了起来。我已经回忆不起来，当时不知怎么就谈到一个为人共知的观点，即一些最不值一提的小事给人留下的印象，往往胜过那些惊天动地的重大事件。

"是的，"拉吉洛芙说，"对此我有亲身体会。您知道，我娶妻成家过。但结婚没多久……刚三年，我的妻子便难产而死。当时我想，没有她，我无法独自活下去。我非常难过，悲恸欲绝却又欲哭无泪——就好似傻了一样。我们给她穿好寿衣，停放在灵桌上，就在这个房间里。来了一个牧师，又来了几个教堂执事，他们唱安魂曲、祈祷、焚香祭拜。我在地上叩头跪拜，却没流一滴眼泪。我的心好像变成了石头，脑袋也如此——觉得全身都异常沉重。第一天就这么熬过去了。您会相信吗？到了夜里我竟还睡得着！第二天清晨我走到我妻子遗体那儿。正值夏天，太阳从她的脚一直照到头，而且闪闪发光。我猛然间看到……（拉吉洛芙说到这里，不由得打了个冷战）您猜怎么啦？她的一只眼睛没有完全闭合，一只苍蝇正在上面爬着……我一下子昏倒在地，等到苏醒过来，我便号啕大哭，不停地哭——自己再也控制不住了……"

拉吉洛芙沉默了。我看看他，又看看奥莉雅。我一辈子也忘不了她的表情。老太太把袜子放在膝上，从手提包中取出手帕，悄悄抹眼泪。菲多尔·米海伊奇忽然站起身，拿过他的小提琴，扯着沙哑生硬的嗓子唱了起来。他也许想让我开开心，但我们一听他唱，都不由得哆嗦起来。拉吉洛芙见状，立即叫他不要再唱了。

"但是，"他接着说，"过去的事情到底过去了，一去不回。而且毕竟……世上一切都会好起来的——也许是伏尔泰说的吧。"他赶紧补充道。

"是的，"我答道，"的确如此。而且一切不幸都是可以忍受的，天底下没有闯不过的难关或是解脱不了的困境。"

"您这么想吗？"拉吉洛芙问，"嗯，您的话或许有道理。还记得我在土耳其时，有一次我得了创伤热，在军队医院里躺着，只剩一口气了。唉，我们住的那家医院实在太次了——当然，战时能住进医院，就该感谢上天了！忽然又送来大批伤员，往哪儿安排他们呢？医生急得四处乱转，就是找不到空床位。后来他们走到我床前，问助手：'还活着吗？'那人回答说：'早上还活着。'医生弯下腰听了听我还有气。这位医生大老爷不耐烦了。'这家伙快完了，'医生说，'马上就要死了，肯定活不了啦，还在这儿受罪干吗，只是拖延时间，白占着床位，妨碍别人。''唉，'我心想，'完了，倒霉了，米海伊洛·米海伊雷奇……'但我还是活了下来，康复了，直到今天还活得好好的，正像您看到的一样。可见您的话是对的。"

"无论如何，我的话都是对的，即便那时您真的不幸去世，那您依然是闯过了难关，解脱了困境。"

"当然，当然，"他附和着，使劲儿拍了下桌子，"只要横下心。在难关和困境中犹豫不决又有什么好处呢？何必拖拖拉拉呢，应及早解脱才好。"奥莉雅听到这里，迅速起身走到园子里去了。

"喂，菲多尔，跳个舞吧！"拉吉洛芙大声吩咐。菲多尔应声而起，踏着神气活现的独特舞步，在房间里跳起来了，舞姿就如同众所周知的"山羊"在驯服的狗熊身旁表演一样。他边跳边唱："在我们家的大门旁……"

一辆疾走马车奔跑的声音从门外传来，片刻后，一个高大的老人走进房间，他背阔肩宽，身体十分硬朗，这就是独院地主奥夫谢科夫。因为奥夫谢科夫是一位不同凡响的独特人物，因此我请读者允许，我将于另外一篇中再详细地谈谈他。

此刻，在这里我要再补充几句。第二天一大早我和耶尔莫莱出发打猎。奔波一番之后就回去了。过了一个星期，我再次去拜访拉吉洛芙，但他和奥莉雅都不在。又过了两个星期，我听说拉吉洛芙突然离家出走不知所向，撇下了年迈的母亲，带着他的小姨子失踪了。此事在全省闹得沸沸扬扬，到处都议论纷纷。直到这时，我才恍然大悟，明白了当拉吉洛芙谈到他妻子时，奥莉雅为什么会流露那种表情。不单是怜悯，而且还散发着嫉妒的醋意。

离开乡村之前，我又抽空去探望了拉吉洛芙的老母亲。我在客厅里见到了老妇人，她正和菲多尔·米海伊奇用纸牌玩"捉傻瓜"。"您的公子有音讯吗？"我最后迫不得已才问老太太。老太太顿时老泪横流。以后，我就再也没同她说起有关拉吉洛芙的事了。

（一八四七年）

独院地主奥夫谢科夫

　　亲爱的读者，我要向诸位介绍一位年过七旬的老翁，他身材高大，体态丰满，容貌略似科莱洛夫，一双神采奕奕而又充满智慧的眼睛在低垂的长眉之下闪耀着，他很有精神，说话从容不迫，步履迟缓而稳健，此公就是奥夫谢科夫。他总是身穿一件肥大的蓝色长礼服，长长的袖子，纽扣总是从上到下一个不漏地扣得整整齐齐，颈上围着一条浅紫色的绸围巾，脚蹬一双擦得油光锃亮的长筒皮靴，还带着流苏，乍看上去，此人很像是一个富商。

　　奥夫谢科夫的两只手非常漂亮，柔软白嫩，在同人交谈时，常常用手抚弄着长礼服的衣扣。他的威严和镇定、机智和慵懒、刚直和固执，常让我回想起彼得大帝时代以前的贵族王公……要是他穿上古代的无领长袍，那就更像了。他是旧时代遗老遗少中的一员。

　　乡邻们都很敬重他，以与他交往为荣。同时代的独院地主们也都很崇拜他，从远处一看到他，便毕恭毕敬地脱帽致意，并且把他引为骄傲，视为典范。一般说来，在我们这里，直到今天，很难说清楚独院地主与普通农民的不同之处。他们的家业跟农民的几乎差不多，或者说还比不上农民，小牛犊还没有荞麦高，几匹不死不活的瘦马，连马具都是绳索做的。

　　可是，奥夫谢科夫倒是例外，虽然他不算是富翁。他和他的妻子同居一室，屋子狭小但很舒适整洁，家里仆人也寥寥无几，他让他们都身穿俄罗斯民族服装，还称他们为雇工。他们也给他耕地种田。他从不假冒贵族，也不佯装地主，他从不曾像人们所说的那样"忘乎所以"地摆谱。初次被邀请入席时，他绝不马上落座；新客人到来，他一定要起立欢迎，但他那庄重而可亲的神态，却显示出一种威仪，使客人们不由得对他肃然起敬，把腰弯得更低向他鞠躬施礼。奥夫谢科夫谨遵古风，并非由于迷信（他的心灵豪放而自由），而是习惯的缘故。就像他不喜欢坐带有弹簧座的马车，因为他认为这种马车并不舒服，他比较喜欢乘坐赛跑马车，或是乘坐带皮垫子又式样别致的小马车，还喜欢亲自驾驶他那匹枣红色的良种马（他养的马全是枣红色的）。他的马车夫是个红面颊的小伙子，剪着圆弧形的头发，穿着一件浅蓝色外衣，头戴矮顶羊皮帽，腰里束着一条皮带，恭恭敬敬地与他并排坐着。奥夫谢科夫总是睡午觉，每逢星期六都要洗个澡，读的书一律是宗教书（读书的时候，总是郑重地把一副圆形的银框眼镜架到鼻子上），生活很有规律，每天早睡早起。他的胡子总是刮得干干净净，头发理成德国式。他款待客人时非常热情、诚恳，却从不向他们鞠深躬、行大礼，而是不卑不亢；也从不匆忙奔走而显得过于殷勤，不用什么干果和腌制的东西招待客人。"太太！"他从容不迫地说道，依然坐着，只是把头略微地转向他的妻子，"拿些好吃的东西招待客人吧。"他认为出卖粮食是一种罪过，因为粮食是上帝的恩赐。

一八四〇年，闹饥荒，粮食奇缺。在粮价飞涨之时，他把家中全部的存粮分发给邻近的地主以赈济农民。到了第二年，他们纷纷带着实物满怀感激来报答他的救济。乡邻们遇到什么疑难和纷争，经常跑来请奥夫谢科夫解决，为他们评理和调解，他们几乎都服从他的评判、听从他的忠告。很多地界纷争问题就是因他的帮助而解决的。但是在两三次调解女地主间的争端之后，他便郑重声明：从此再也不为女人之间的争端调解。他讨厌忙乱着急、张皇失措，讨厌婆娘们之间的扯皮和无聊斗嘴。有一次他家不知为何着了火，一个雇工慌张地跑进他的房间，大喊大叫："着火了！着火了！""哎，你干吗大嚷大叫？"奥夫谢科夫从容地说道，"给我帽子和手杖……"

他喜欢亲自驯马。有一次，一匹未驯服的比丘柯烈马拉着他顺着山坡飞奔而下，一直冲向山谷。"哎，好了，好了，你这乳臭未干的小马驹，你会摔死的！"奥夫谢科夫以温和的口气对它说。刹那间，他和他这辆马车连同车上坐的小孩还有那匹马，一起飞也似的翻进了山谷。真是不幸中的万幸，谷底有好些个沙堆。老天保佑！全体人员平安，只是那匹比丘柯烈马的一条腿脱了臼。"你看见了吧,"奥夫谢科夫从地上爬起身,依旧用平静的口气说道,"我不是提醒过你吗?"

他有一位贤妻,与他简直是天造地设的一对——达吉亚尼·伊里尼奇娜·奥夫谢科娃。她是一位身材修长的女性,端庄高雅、沉默寡言,头上总是围着一条棕色的绸围巾。虽然她平时看上去有些严肃冷淡,但没人抱怨她严苛无情,正好相反,很多穷人都称她为好妈妈和大恩人。她的脸庞端正清秀,一双乌黑的大眼睛,两片薄薄的嘴唇,直到如今还风韵犹存,足以证明她当年是位鼎鼎大名的美女。遗憾的是,这一对老夫妇没有孩子。

亲爱的读者,诸位已经知道,我是在拉吉洛芙家认识这位老人的,几天之后,我就去拜访了他,他恰好在家。当时他正坐在一把皮质安乐椅上,读着《经文月刊》。他的肩上有一只灰猫趴着打瞌睡。他依照自己独有的习惯,亲切而又庄重地接待了我。我们两人便聊了起来。

"卢卡·彼得洛维奇,"聊天时我顺便问,"从前,在您的时代,是否比现在好一些。"

"我可以这样告诉您,那个时候有的地方确实更好一些,"奥夫谢科夫回答,"我们的生活过得更安定,也更富足,确实不错……不过,总而言之,还是现在要好。等到您的孩子长大成人了,一定更好。"

"卢卡·彼得洛维奇,我还以为您会向我夸耀旧时代呢。"

"不,我认为旧时代并无什么特别值得炫耀之处。举例来说,您现在是地主,是和您那位已故祖父一样的地主,可您却没有那般威风和势力了!再说,你本来就不是那种人,我们如今也受别的地主的欺凌,但这种事看来还是在所难免的。唉,俗话说得好,或许麦子磨过后终会变成面粉的——也就是说,也许熬来熬去,日子会更好过一些。是啊,我年轻时见惯了的东西,如今再也看不到了。"

"都是些什么事呢?您举个例子说说吧。"

"要举例子,那就再来聊聊您的祖父好了。这位老太爷可算是个威风凛凛的人物!他常欺压我们这些难兄难弟。您也许知道吧——自己的田亩怎么会不知道呢——从切普雷金到马利宁诺有那么一块地——如今是你们家的燕麦地——要知道,这块地本是我们家的财产,确确实实是我们的。

但您的祖父却硬从我们家里夺走了，他骑着高头大马出来，随随便便一指说道：'这是我的领地。'这块地就成了他的财产了。先父（祝他早升天堂）是性情刚烈、宁折不弯的人，他咽不下这口气。有谁愿意把自己的土地白白舍弃呢？于是他就向法院起诉了。但只有他一个去告状，别人都没跟去，都怕你们这位老太爷。甚至还有人跑去向您祖父告密，说彼得·奥夫谢科夫告了他的黑状，告他霸占人家土地。您的祖父听了立刻大发脾气，马上派他的猎师帕乌什带了一伙家丁闯进我们家，不由分说就抓走我父亲，带到你们家的世袭领地上。那时我还是一个小家伙，光着脚跟着去了。您猜怎样？这伙人把我父亲带到你家的窗户底下，抡起棍棒就一顿揍，真是凶狠极了！但您的祖父却在阳台上看热闹，您的祖母也在——坐在场前。我父亲就大声疾呼：'大娘，玛丽娅·瓦希利耶芙娜，求您怜悯我，为我说说情吧！'可是她毫不理会。无论怎么呼喊，她都无动于衷，反倒挺直了身子，以便看得更清楚。他们硬逼我父亲声明交出这块田亩，还强迫他要为饶他不死而感恩戴德，于是这块田就成了你们家的了。真是太过分了！您不妨去打听打听，问问你们那些庄户人家，这块地叫什么？人们会异口同声地回答，叫'棍棒地'，因为它是用棍棒夺来的。正因如此，我们这些无权势的小人物对从前这种事情，没有什么好怀恋的。"

我真不知道该如何回答奥夫谢科夫，而且也不敢抬眼正视他的脸。

这位老人依然心平气和地侃侃而谈，他继续说："那时我们还有一位乡邻，他姓科莫夫，名叫斯潘杰，父名尼克托波利昂内奇。他可整苦我父亲了，真是绞尽脑汁来折腾人。这个人嗜酒如命，还喜欢大摆酒席、宴请宾客，几杯白酒下肚，就开始耍酒疯，用法语说'这很好'，舔舔嘴唇——就大闹特闹，真是天翻地覆！他派人去'请'所有的邻居都到他的家里来。他把马车都备好了，就在你家的门口等着。要是你不去，他立马就亲自闯进你家里——这可真是个大怪物！他清醒时从不说谎，可是一喝起酒可就没谱了，胡吹乱侃起来：说他有三栋房子在彼得堡喷泉街——一栋是红色的，有一个烟囱；另一栋是黄色的，有两个烟囱；第三栋是蓝色的，没有烟囱。又胡吹他有三个儿子（其实当时他还是个光棍，压根就没结过婚）：老大在步兵队伍里当差，老二在骑兵队伍里服役，老三在家还没出去干事……又说，三个儿子每人都有一栋房子，大儿子家的客人都是海军将领，将军们常拜访老二家里，老三家里全是美国客人！说到这里，他就站起来说道：'为我的大儿子干杯，祝他健康，他最孝顺我！'并且痛哭流涕。如果有人不跟着举杯祝贺，那就倒霉了。他就会大骂：'我一枪毙了你！'还扬言：'还要暴尸街头，不许埋葬……'

"有时来了兴致，他突然跳起来叫道：'上帝的恭顺奴仆们，快来跳舞，可以自娱自乐，也可以让我开开心！'他让你跳，你就得跳，还得玩命地跳。他把自己家里农奴的女儿们可折腾苦了。让她们通宵达旦地合唱，一刻也不许停，一直唱到旭日东升。谁唱得最卖劲儿，嗓门最高，就会受到奖赏。要是唱得嗓子哑了，没劲儿了，他就用手托着下巴，伤心地叹起气来：'唉，我这无人疼爱的孤儿呀！无依无靠，谁都不理我这个可怜儿！'每到此时，马车夫便立马跑过来给姑娘们加油鼓劲儿。

"不知为何，他喜欢上了我的父亲，真没办法！他差点把父亲给折腾死，本来会把我父亲逼进棺材的，但老天有眼，他自己先完了。是他大醉时瞎折腾，从鸽子棚上跌下来摔死了。……看，从前我们的乡邻中就有这样一些宝贝！"

"沧海桑田——世道大变了！"我说道。

"对呀，对呀，"奥夫谢科夫赞同地说道，"真可以这样说：在过去历朝历代，贵族们生活得过于奢侈了。至于说到达官贵人，就更没法说了，这号人物我在莫斯科见得太多了。听说，如今那里也没这号人物了。"

"这么说您去过莫斯科？"

"去过，那是老早以前了。我现年七十三岁，去莫斯科那年才十六岁。"奥夫谢科夫感触很深地叹了一口气。

"您在那儿都见到过什么人？"

"看到过很多达官贵人，形形色色的都看到过，他们的生活可谓是一掷千金、奢华至极，真叫人惊叹不已。可是这些人中无人可以和已故伯爵阿列克谢·格雷高利耶维奇·奥尔洛夫·切斯明斯基相比。我之所以能常见到阿列克谢·格雷高利耶维奇，是因为我的叔父是他府上的管家。伯爵的府邸位于卡鲁伽门附近的沙波洛夫卡大街。他才是一位真正的达官贵人！那种神采风度，那种文明度量，真是难以想象，真是难以言表。身材高大，仪表威严，神采奕奕。还有那双眼睛，炯炯有神，光彩逼人！你还没结识他，没有接受他时，他仿佛令你害怕，望而却步。等到你一接受他，他就会让你感到温暖得如同太阳一样，使你通体欢畅。他对人一视同仁，无论是谁，他都亲自接见。他性情爽朗，爱好一切。赛马时跟什么人比赛都行，而且总是亲自披挂上阵。他从不一开始就超过对手，他不难为对手，也不让人灰心，只是到了最后才赶到最前面。他从不扬扬自得或以势压人，比赛之后，总是亲切和蔼地安慰对手，还连声称赞对方的马匹。

　　"他喂养的翻筋斗的鸽子都是最好的。他常到院子里散心，坐在安乐椅上，吩咐把鸽子放出来。四周的房顶上站着很多仆人，手握猎枪提防鹰鹫来捕猎。伯爵脚前放着个大银盆，里面盛满了水，他就从水里看漫天飞舞的鸽子。有无数穷人和乞丐都得过他的救济，靠着他的恩赐得以活命……他施舍出的钱财真是数之不尽！可是他要是发起脾气来，那可真有些雷霆万钧，让人惊恐万状。可是遇到这种时候，你也不必惊慌：用不了多少工夫，他就会转怒为喜，很快露出笑容。他一大宴宾客，几乎能醉倒全莫斯科的人！他又是一个机智超群的人！他还打败过土耳其人。

　　"他这个人啊，还喜欢角斗，他把全国各地大力士都请到他家里来：有从图拉来的，也有从哈尔科夫和唐波夫来的。他把谁摔倒了，就奖赏谁；如果有人把他摔倒，他不仅给那人丰厚奖赏，而且还要亲吻……还有，当我逗留在莫斯科时，他发起了一场俄国空前盛大的猎犬比赛：他把全国的狩猎高手都请到他家，规定了具体的比赛日期，还给了三个月准备期。全国各地的狩猎高手都蜂拥而至。还带来了很多的猎犬和猎犬师——哈，一支浩浩荡荡的大军，真是千军万马！首先是大开筵席，然后'大队人马'就开拔到城郊去比赛。看热闹的人从四面八方像潮水般涌来，真是人山人海，壮观非凡啊！您猜怎样？您祖父的那条猎犬真叫棒，胜过了所有前来参赛的猎犬！"

　　"是那条米洛维特卡吗？"我问道。

　　"是！正是米洛维特卡，是米洛维特卡。伯爵于是就恳请您的祖父：'把你这条猎犬卖给我吧，多少钱都行。'您祖父却说：'不，伯爵，我不是狗贩子，也不是商人，就是我穷到衣衫褴褛的地步，我也不会卖。可是为了向您表示敬意，即使是要在下的荆妻，我也可以拱手相让，就是米洛维特卡不能卖。我甘愿做俘虏、当人质。'阿列克谢·格雷高利耶维奇听了以后，连连称赞：'佩服至极。'于是，您的祖父便用马车把这只米洛维特卡带回家去。后来米洛维特卡死时，您祖父还奏着哀乐为它送葬，并把爱犬葬在了花园里，还在坟前立了刻有铭文的墓碑。"

"如此看来，阿列克谢·格雷高利耶维奇对任何人都不欺负了？"我说道。

"是啊，俗话说得好！阎王好见，小鬼难缠哪！"

"那个帕乌什又是怎样一个人物呢？"沉默一会儿，我又问道。

"怎么，您知道米洛维特卡的故事，却不了解帕乌什是何许人？他是您祖父的猎师头头，也是经管猎犬的人。您祖父喜欢他就像喜爱米洛维特卡一样。他是个胆大包天的家伙，不管您祖父叫他干什么，只要一声吩咐，他就立刻去办，哪怕是出生入死、上刀山下火海也在所不辞。他一叫起猎犬来，那声音简直使森林为之一动。可一旦他的倔劲儿上来，什么也不管，跳下马背，往地上一躺。猎犬听不到他的呼叫声，那可糟了。看到猎物的新鲜足迹，也不去追踪，哪怕是再好的猎物，近在咫尺也不去搜捕。嘿，您的祖父见此情景，立刻怒不可遏！'不绞死你这坏小子，我就算白来这世上走一遭！我要抽你的筋、剥你的皮！我要把你这恶棍大卸八块！'可是骂到最后还是得派人去问他要干什么，为什么不吆喝猎犬去追捕猎物。帕乌什在这种情况下就是要酒喝。等到灌完了酒，便从地上爬起来，又不要命地去吆喝猎犬了。"

"看起来，您也很喜欢打猎吧？卢卡·彼得洛维奇。"

"喜欢倒是喜欢……确实，但不是现在，现在我大展宏图的好年华已经过去了，那时青春年少……不过您要知道，身份的差别也是很麻烦的，干起来并不轻松。我们这样人没必要跟在贵族老爷后面张罗。确实，在我们这种人当中也有些酒鬼，整天游手好闲，跟着那些贵族老爷们逍遥，可是这又有什么可高兴的呢？只不过是自取其辱，自讨没趣！有时他们一高兴，拿你寻开心。给你一匹不像样的劣马，走路一瘸一拐的；动不动就一把掀走你的帽子，然后往地上一丢；有时又用鞭子来轻轻抽你几下，就像打马一样。可是你呢，自始至终还要赔着一张笑脸，让人家开心取乐。不，我可得告诉您，身份越是卑微，就越要有骨气，不然就只能是丢人现眼，自取其辱。”

"是啊，"奥夫谢科夫感叹一声，接着又说道，"自我立身处世以来，流年似水。如今时代不同了，世道也变了，尤其是在大贵族之间，我也看到了不少变化。那些领地少的人，或者做官就职，或者远走他乡。而那些领地多的人呢，也是今非昔比。这些大地主，划分地界时的落魄样子，我可是见得多了。值得告诉您的是，现在一见他们，我心里高兴，因为他们不像从前那样作威作福，也不像从前那样飞扬跋扈，而是变得斯文随和了。而且有一点让我惊奇莫解的是，他们个个学识丰富，说起话来引经据典，叫人佩服得五体投地。可是对实际问题却一窍不通，连自身利益是否受害也都弄不明白，因而连他们的农奴管家都可以随心所欲地戏弄和哄骗他们，像玩弄马轭一样。

"您大概认识亚历山大·弗拉基米洛维奇·科罗辽夫吧？这可是一个有头有脸的贵族。英俊超群，家财万贯。上过大学，好像还游历过外国。言辞伶俐，举止文雅，为人谦逊，见到我们都要握手致意。您可知道此人……那我就和您说说。上个礼拜，我们应经纪人尼基福·伊利契之邀，到别辽佐夫村去聚会。经纪人尼基福·伊利契对我们说：'诸位先生，现在必须划分地界了，其他一些地区比我们走得快，这是很不光彩的，会惹人笑话。我们现在就开始干吧。'于是就开始了划分地界的工作。和往常一样：商讨起来，争论不休，我们的代理人闹起了别扭。第一个吵起来的却是波尔菲里·奥夫钦尼科夫，这个人凭什么吵闹呢？他身无立足之田，原本是他哥哥委托他来办理这件事的。""他扯着嗓门儿嚷起来：'没门儿！你们别想骗我！没门儿，我可不是白痴！我可不会上当受骗。快把地图拿来！还有土地测量员，你们以为，我会马上交底吗？——做梦！你们还是拿地图来，有图为证，就是这样！'他一边说，一边拍着地图。还把玛尔法·德米特列芙娜骂了个狗血淋头。她大声嚷道：'你胆敢糟蹋我的名誉？'他便反唇相讥：'把你的名誉给我的栗色马，我都不要。'最后给他喝了玛德拉酒，才算堵上他的嘴，不再闹了。刚刚安抚了他，紧跟着别人又吵闹起来，吵吵嚷嚷闹得不可开交。

"我那可爱的亚历山大·弗拉基米洛维奇·科罗辽夫坐在屋角里，咬着手杖柄，无可奈何地直摇头。我觉得十分尴尬，确实难为情，真想跑走躲开。他会怎么想我们呢？回头一看，亚历山大·弗拉基米洛维奇已经站起身，示意要讲话。经纪人赶紧说道：'诸位，诸位，亚历山大·弗拉基米洛维奇要讲话。'贵族到底是贵族，真算通情达理，全体在场者立刻鸦雀无声。于是亚历山大·弗拉基米洛维奇开始讲话，他说：'我们似乎忘记了我们为何要到这里来聚会。'又说道：'表面看来，划分地界对领主有利，而且必须这么做，但实际上究竟为了什么呢？——是为了减轻农民负担，让他们的耕作更方便一些，让他们能应付赋税的劳役。不然像现在这样，实在太麻烦了。他连自己要种的地都不知在何处，得跑到五六里远的地方去耕作，而且也没办法处罚。'亚历山大·弗拉基米洛维奇后来还说：'对农民的福利无动于衷，那是地主的罪过。'又说：'归根结底，如果仔细考虑周全，就会明白，其实农民的利益和我们的利益是一致的：他们的日子过好了，我们也就好过了；他们日子过得不好，我们也好过不到哪儿去……所以说，为了芝麻绿豆的一点小事，就吵个没完，也是一种罪过，是不划算的愚蠢行为……'他不厌其烦地说了又说，这些话要多精彩有多精彩！而且句句都动人心弦。

"那些贵族们听了，一个个都羞得低下了头。我感动得热泪盈眶。说真的，连古书也没讲得这么深刻呀！可是结果又怎样？他自己的那四俄亩荒草丛生的沼泽地，说什么也不让出来，死活都不肯卖。他还腆着脸说："我会吩咐家丁去把这块沼泽地的水排走弄干，我要在这块地上建一座改良的制呢厂。'他又振振有词地说：'我早就选中了这里，关于这件事我都计划好了……'若是真的，也算情有可原，可根本不是那么回事！只不过因为亚历山大·弗拉基米洛维奇·科罗辽夫的邻居安东·卡拉西科夫不舍得给科罗辽夫的管家一百卢布罢了。

"最终也一事无成，我们也只得不欢而散。直到今天，亚历山大·弗拉基米洛维奇还认为自己没错，还常常不知羞耻地谈论那个制呢厂，但到现在他也没让人去把那块沼泽地排水弄干。"

"那他怎么管理自己的领地呢？"

"全套新方法。农民们都怨声载道，却又拗不过他。亚历山大·弗拉基米洛维奇弄得还真不错。"

"原来如此，卢卡·彼得洛维奇，原本我还以为您是保守派呢。"

"我嘛，自当别论，我既不是贵族，也不是地主。我那点产业又算什么呢？我又没有本事升官发财，立身处世只求光明磊落、合法合理，这就感谢上帝了！年轻的先生们都不喜欢过去的一套，我很赞赏他们……现在应该聪明一些了。只是有一点不怎么好，年轻的先生们自以为是，又不会脚踏实地干实事儿。他们像玩木偶一样耍农民，瞎折腾一阵子，玩坏了，就丢开不要。于是，农民重又落到农奴出身的管家或者德国管事的手心里受罪。最好是能有一个出众的年轻先生站出来做个表率，让大家明白：就应该这样干！结果到底怎么样呢？难道我就这样死去，真的就看不到新局面了吗？这岂非荒谬至极？老的一套过时了，新的一套却又这么难诞生！"我真不知如何回答奥夫谢科夫是好。他回头望望，凑近我身边，接着小声说："您听说过关于瓦希利·尼库拉伊奇的事吗？"

"没有，不曾听说过。"

"请您给我看看，这事儿多么稀奇！真是让我百思不得其解。这是从他那些庄稼汉传出来的，但我听了以后却弄不清楚怎么一回事。您知道，他年纪轻轻，刚刚继承了母亲的遗产。于是就跑到自己的世袭领地。庄稼汉们都好奇地跑来看自己的主人。庄稼汉们一看，惊奇万分！这位老爷竟穿着一条棉绒裤子，活像个车夫，脚上一双绲边靴子，身穿一件红色衬衣，上衣也像赶大车的，一脸大胡子，头戴一顶奇形怪状的帽子。长相也怪里怪气的——好像是喝醉了，但又不像真的醉了，有点疯疯癫癫。'你们好啊！'他问候大家，'兄弟们！愿上帝保佑你们。'庄稼汉们都给他鞠躬行礼，可是都不敢出声，您知道，因为他们都害怕。他自己仿佛也很害怕。于是他就对这些人说：'我是俄罗斯人，你们也是俄罗斯人。我爱俄罗斯的一切，我有一颗俄罗斯之心，我身上流的也是俄罗斯的鲜血……'说着，他突然命令道，'来，伙计们，大家唱一支俄罗斯民歌吧！'

"庄稼汉们一听，一个个吓得魂不附体，两腿直抖，有个胆大些的也只唱了半句，立刻就蹲下去，藏到别人身后去了。唉，怪就怪在这里，我们那里也有这样的地主，都是些出名的游手好闲的浪荡子，一个个胆大包天。确实如此，穿着打扮和马车夫别无二致，自己也跳舞，还弹六弦琴，整天跟仆人们混在一起，唱啊，吃啊，喝啊，也跟庄稼汉在一起大吃大喝。但这位瓦希利·尼库拉伊奇却像一位深闺大院的千金小姐，只知道读书作文，要不就朗诵赞美诗什么的，不和任何人交往，见到生人就远远躲开，总是独自在花园里散步，好像有满腹忧愁并显露出一副寂寞无聊的样子。他家从前的那个管家起初没弄清底细，总是忐忑不安，害怕得要死，还没等瓦希利·尼库拉伊奇来呢，他就在农户家东跑西窜，见到所有人都鞠躬施礼，就像一只馋嘴的猫一样，偷吃人家的东西，心里有鬼！庄稼人一看心中可乐开了花，心里暗暗地解恨：'哼，不要装样子了！伙计，走着瞧吧，到时就和你算账！''宝贝儿，马上你就要倒霉了，看你还神气得了几天，你这个害人精！'可是到头来还是那么一回事——让我怎么跟您说呢？连上帝也不明白是怎么回事！瓦希利·尼库拉伊奇叫来管家，还没对他说什么呢，自己倒先弄了大红脸，而且您想想，连呼吸都急促了：'你为我办事一定要秉公守信，不准仗势欺人，明白了吗？'但从此以后他就再没召见过管家。他住在自己的领地里逍遥自在，好像跟他的农户没有任何关系似的。如此一来，那个管家就平安无事了，可是庄稼汉们谁也不敢去瓦希利·尼库拉伊奇那里，因为他们害怕。这还不算稀奇的，还有更离奇的事呢：这位老爷还给他的农户鞠躬行礼，和蔼地望着他们，他们反而吓得慌了神。您说这事多怪，先生……也许因为我老糊涂了？到底怎么回事呢？——真是弄不明白！"

我对奥夫谢科夫说，这位瓦希利·尼库拉伊奇先生也许是病态吧。"有病？算啦！你看他长得膀大腰圆，肥头大耳的，年轻力壮……天知道是什么毛病！"奥夫谢科夫长叹了一声。

"好了，我们不谈贵族了。"我急忙说道，"您还是给我讲讲关于独院地主的逸闻趣事吧，卢卡·彼得洛维奇，好吗？"

"那又有可讲的呢？算了吧……"他急忙推辞道，"好吧……有些事也可以说给您听，可说什么好呢？还是别讲了吧！（奥夫谢科夫挥挥手）咱们还是喝茶好了。和庄稼汉一个样，就是庄稼汉吗。老实说来，我们这些人又能怎样呢？"

他说完就不吭声了。茶端上来了。这时，他的妻子达吉亚尼·伊里尼奇娜起身，走到我们身边又坐下。那天晚上，她有好几次静悄悄地走出去，又静悄悄地走了回来。房间里也立刻寂然无声。奥夫谢科夫神情庄重地喝着茶，从容不迫地一杯连着一杯。

"今天米嘉来过一次了。"达吉亚尼·伊里尼奇娜低声说道。

奥夫谢科夫立刻紧皱眉头道："他来干什么？"

"是来赔礼道歉的。"

奥夫谢科夫不耐烦地摇摇头。

"唉，您说说，"他把脸转向我说，"这些亲戚，让我怎样来应付他们才好呢？不搭理又不合适……这不，老天竟然赏给我这么个宝贝侄子。论聪明，这小子没什么可挑剔的，办事也伶俐，学识也不错，不过，照我看来，这孩子没什么前途。他本来是给公家做事，后来说不干就辞职不干，说什么没有好前程。难道他是个贵族不成？话得这么说，就算他真是贵族，那也不能立马就当上将军哪！好，现在倒不错，在家里逍遥起来。……这也没什么大不了的，可是谁想他当上讼棍了！专替那些庄稼汉写状子、写呈子，给乡警们出鬼点子，揭土地丈量员的老底，出出进进，成了酒店的常客，结交一些不三不四的市侩小人，还经常和旅馆里打杂的一起鬼混。这不明摆着是自找麻烦吗？区里和县里的警察局长都警告他好几次了。多亏他能说会道、胡吹乱侃，把他们逗得乐不可支，但后来还是给人家添了不少麻烦。……算了，不提了，他是不是还等在那间小屋里呢？"他扭过头来对他的老伴说，"我还不了解你吗，总是发善心护着他。"

达吉亚尼·伊里尼奇娜急忙走到门口，叫一声："米嘉！"

米嘉应声走了进来，他看样子二十八九岁，身材高高的，体形匀称，一头鬈发。他一看我在，就在门口站住了。他穿了一身德国式的衣服，但是一看肩上那大得很不相称的皱褶，就知道是俄国裁缝剪裁的，做工也是俄罗斯式的。

"喂，过来吧，过来，"这位老人说，"有什么好害臊的呀？要感谢你的伯母，她替你说过好话，求过情了。……哎，先生，我来和你介绍一下，"他指着米嘉对我说道，"这是我的亲侄子，但是我没办法管好他！浪子回不了头了！（我和米嘉相互鞠了躬）你说说看，你在那边又惹出什么乱子，他们为什么告你？说给我们听听。"

米嘉明显不乐意当着我的面来谈这件事。"以后再说吧，伯父。"他低声请求。

"不行，为什么要等以后再说呢，现在就说明白。"老人坚持要他说，"你呀，又耍什么花招，难道我还不了解你，难道在这位地主先生面前觉得难以启齿？那倒不错，那就洗心革面吧。现在你就说，说呀，你倒是说呀，我们都听着呢。"

"我有什么难以启齿的呢？"米嘉毫无愧色摇头晃脑地申辩道，"伯父明断。列舍济洛夫的几个院地主来找我说：'老弟，帮帮忙吧。'我便问道：'是什么事儿呢？''是这么一回事儿：我们的粮仓是很不错的，也就是说，真是好得不能再好了，可是忽然来了个当官的，说要奉命到我们这里来检查粮仓。检查之后，这个当官的说，'你们的粮仓管理很混乱，糟糕透顶，有严重管理不善之处，我一定要汇报上级。'我们听后就问道：'究竟哪里管理不善呢？'他却说：'这个问题吗，我自己有数……'于是我们就聚在一起，想出一个解围的办法。塞些钱给那个当官的，这叫花钱买平安。但那个普罗霍雷奇老头却不同意，他说：'这样只能使他们这号人更贪婪，更无法无天地勒索了。这样不成，难道我们就没有地方说理啦？'我们听他说得在情在理，就照他说的办——不给钱。但那个当官的却恼羞成怒，提起诉讼，递上呈子。这会儿就传我们到庭打官司。'我就接过话茬儿问：'那么你们的粮仓是否一点毛病也没有呢？''上帝作证，确实无可挑剔，储粮的数量也是法定的。'我又说：'那你们就没什么好担心的了。'于是我帮他们写了状子。现在不清楚双方谁能胜诉呢。……至于为这件事情，有人到您这来诬告我，来搬弄我的是非，那不是明摆着的吗。是谁都应该向着自家的人吗。"

"是谁都一样，可是你哪，就不是！"老头儿低声、严厉地说，"那你就再说说，你和舒托洛莫夫的农夫们又在那儿搞什么鬼？"

"您怎么知道的？"

"我当然能知道了。"

"那我就摊开说好了，这件事我也没错，再请您明察。舒托洛莫夫农夫们的乡邻别斯潘金租种了他们四俄亩地。可他硬说：'那是我的四亩地。'舒托洛莫夫的农夫们在付代役租，他们的地主又在国外。您想想吧，在这种情况下还有谁会为他们主持公道呢？但那块地确实是地主租给他们的。所以他们就找我，求我说：'给我们写一张状子吧。'我于是就写了。但让别斯潘金知道了，就吓唬我，扬言：'我要把米嘉这小子的后胯骨从大腿里剥出来，要不我就把他的脑袋从肩膀上砍下来……'那咱们就走着瞧好了，看他怎么砍，我的脑袋到现在还好好的呢。"

"哼，先不要得意忘形地胡吹，你迟早得丢了那颗脑袋。"老头儿又担心又生气地说，"你真的是完全疯掉了！"

"哎，伯父，不是你亲口对我说过……"

"我就猜到了，猜到了你要和我说什么。"奥夫谢科夫打断了他的话，"不错，我说过，做人要光明磊落，而且应该乐于助人，有时甚至要牺牲自己的一切。但是你一直都这么做？不是总有人请你下馆子？他们请你喝酒吃饭，给你鞠躬施礼，还说：'德米特里·阿列克谢伊奇，好心的先生，请帮帮忙吧，我们一定会感谢你的。'于是乎，就悄悄塞给你一个银卢布或者五卢布的钞票。你说，是不是？有没有这种不可告人的事？你给我说说清楚，到底有没有？"

"这种事儿确实我不对，"米嘉低着头不好意思地说道，"但我从来都没拿过穷人的钱，从来不丧良心。"

"现在你没拿，等哪天你困难了，就该毫不犹豫地伸手了。不丧良心……哼，你呀，好像你一直是完美正义的守护者！但你却忘了鲍尔卡·别列霍多夫这家伙吗？是谁为他东奔西跑，为他卖命奔波呢？是谁包庇了他？你说呀！"

"别列霍多夫那是他自找的……"

"他挪用公款……能算芝麻小事吗？别开玩笑！"

"但是，伯父，您要知道，他很穷，穷得叮当响，老婆孩子还一大堆……"

"他很穷，很穷……穷什么！他是个酒徒，他是个赌棍，他是个无赖——他就是这么把自己折腾穷的！"

"他是因为心里难受才喝酒的，他想借酒浇愁。"米嘉低声辩解。

"因为心里难受！得，既然你心肠这么好，那你就应该做点儿实事帮助他，而不是跟他一起去酒店喝酒。他就会信口胡扯骗人，而你倒真信他的鬼话！"

"他真的是个大好人……"

"在你眼里谁都是好人！……看，怎么样，"奥夫谢科夫转身对他老伴说道，"给他送去了吗？哦，就在那儿，你知道……"达吉亚尼·伊里尼奇娜点点头。

"你这些天都去哪儿了？"老头儿又问米嘉。

"在城里。"

"一定又是在那里打台球，喝闲茶，再不就是弹吉他，要不跑衙门，坐在后屋里写状子，再不就跟那些商人的子弟们瞎胡闹，是这么一回事吧？你倒给我说说看！"

"就算如此吧，"米嘉嬉皮笑脸地答道，"哎呀，差点忘了，安东·巴尔菲内奇·冯济科夫请您周日到他家赴宴。"

"我才不到这个大肚子家里去呢。招待你吃的鱼那么贵，一百多卢布，可是油的味道却那么怪，原来是哈喇油。一辈子也不想搭理他！"

"啊，我还遇见了菲多茜娅·哈米伊洛芙娜了。"

"哪一个菲多茜娅？"

"就是地主加尔宾钦科家的，加尔宾钦科就是那个买下了米库利诺村产业的地主。菲多茜娅原来是米库利诺村人。她在莫斯科当了女裁缝，出了代役租，向来按时缴纳租金，每年一百二十八个半卢布……经营裁缝店可是顶呱呱的，在莫斯科无数人找她做衣服。但这个加尔宾钦科写信叫她回来，还把她扣在这里不准走，却又不分派什么活给她。她走投无路，很想赎身，而且也跟主人说过这件事，但加尔宾钦科就是不答应。伯父，您和加尔宾钦科很熟，就请您给她说说情吧！菲多茜娅为了赎身，花多少钱都愿意。"

"不是你破费吧？是吗？啊，那么好吧，我去说说，我去替她说说情。

不过，我不敢担保一定就能说成。"老人不十分乐意地说道，"这个加尔宾钦科，天晓得，是十里八乡有名的吝啬鬼，为人刻薄至极。他专门倒卖期票，放高利贷，竞买土地……是谁弄这个宝贝到我们这儿来的呀！唉，我讨厌这些外来人！他们个个都很难对付，所以这件事也不是那么轻而易举。不过，还是试试看好了。"

"伯父，您就帮帮忙吧。"

"好，我就帮这个忙。但是你可要注意啦，千万要小心！好了，好了，不要解释了。算了，算了！只是以后要多小心，要不然，米嘉，你没有安生的一天，真的，弄不好你要倒霉的。我不能老是帮你解围呀……我又不是一个权大势大的人。好了，现在你去吧。"

米嘉走了。达吉亚尼·伊里尼奇娜也跟着出去了。

"给他弄点茶点吧，好心的太太，"奥夫谢科夫望着她的背影大声说道，"这孩子并不蠢，"他继续说，"他心地也不错，我只是放心不下他。……啊，实在抱歉，总是唠叨这些家庭琐事耽误您半天工夫。"

话音刚落，通往前室的门开了，走进来一个矮子，花白头发，身穿一件天鹅绒大衣。

"啊，弗兰茨·伊凡内奇！"奥夫谢科夫高兴地说道，"您好！近来可如意？"

亲爱的读者，请允许我向诸位介绍这位先生吧。这位弗兰茨·伊凡内奇·布莱恩是我的邻居，一个奥加尔省的地主，费了好一番工夫才获得俄罗斯的荣誉称号。他生在奥尔良，父母均为法国人，他跟着拿破仑的侵略军来到了俄国，充当鼓手。刚进俄国，一切都还顺利，于是我们这位法国佬也雄赳赳气昂昂地入侵了莫斯科。但在逃窜回国途中，这个可怜的布莱恩先生却差点被冻僵，狼狈不堪，战鼓也不知丢到哪儿去了，结果被斯摩棱斯克的庄稼汉给活捉了。庄稼汉们把他关在一个停产的羽绒厂里过了一夜，第二天一大早，就把他带到堤坝旁边的一个冰窟窿边上，让这位大军的鼓手赏脸钻到冰下面去。布莱恩先生吓得魂飞魄散，实在接受不了他们的一片盛情，就用法语哀求斯摩棱斯克的庄稼汉们发发慈悲，放他回奥尔良。他说：'诸位先生，那儿有我亲爱的母亲。'但庄稼汉们大概不知道奥尔良城在哪儿，因此没听这一套，还是要把他扔进弯弯曲曲的格尼洛捷尔河，到河里旅行一番。就在这伙人乱哄哄地抓着他的脊背往下推的时候，忽然一阵马铃声从远处传来。布莱恩听了喜出望外，好像看到了救星。只见堤坝上驶来一辆大的带篷雪橇，高高的后座，还铺着五光十色的毛毯，驾套的是三匹黄褐色的维亚特卡马。雪橇上坐着一个肥胖的地主，身穿狼皮大衣，红光满面，神气十足。

"你们在那儿做什么呢？"他问庄稼汉们。

"我们要把这个法国佬扔进河，老爷。"

"哦。"地主无动于衷地答应了一声，扭过头就要走。

"先生！先生！救救命吧！"可怜的法国佬大叫起来。

"哼，哼！叫什么叫！"穿狼皮大衣的地主怒气冲冲地责骂道，"可恶的东西，跟着拿破仑纠集了十二个民族来侵略俄国，放火烧了莫斯科不说，还盗走了伊凡大帝钟楼上的十字架，罪无可赦！这会儿却叫起先生来了。当年的威风哪儿去了？这会儿夹着尾巴喊救命了！倒霉活该，报应！……咱们走，费尔卡！"马拉着雪橇又赶路去了。

"喂，慢点儿，停停！"地主又说话了，"喂，你这个法国佬，懂音乐吗？"

"救救我，救救我吧，慈悲的先生！"布莱恩一遍遍哀求道。

"你瞧这个野蛮的部族！居然没有一个人懂俄语！缪泽克，缪泽克。萨威……缪齐克……嗯？萨威？（音乐，音乐，你懂吗？）哎，你说呀！坎普勒内·萨威，缪泽克，嗯？（听懂了没有，你懂音乐吗？）波亚诺……茹艾……萨威？（钢琴，你会弹吗？）"

布莱恩终于听懂了地主的问话，立即点头示意他懂："是的。先生，是的，我懂，我是个音乐家，什么乐器我都在行！是的。先生……救救我吧，先生！"

"嘿，算你走运，"地主感叹地回答，"乡亲们，饶了他吧。我赏你们二十戈比酒钱。"

"谢谢，老爷，谢谢。请您带走他。"

布莱恩被吩咐上了雪橇。他高兴得几乎透不过气来，感激得痛哭流涕，全身发抖，一个劲儿给这位地主、车夫以及那群庄稼汉鞠躬，千恩万谢。他只穿了一件有粉红色带子的绿色绒衣，在凛冽冬日里都快冻僵了。地主看看他那冻得发青的脸孔，便一声不响地把他裹进自己的皮大衣里，就这样把他带回家里。

仆人看了，全跑了过来，七手八脚地忙着给这个法国佬取暖，暖和过来以后，让他饱餐一顿，又让他换了身衣服。然后，地主便带他去见自己的女儿们。

"喂，宝贝们，"地主对女儿们说，"我给你们找来了一位教师。你们不总缠着我找一个人来教你们音乐和法语吗？看，我现在就给你们找来了一位法国人，他还会弹钢琴……来吧，先生，"他说着，一面指着一架五年前从卖香水的犹太人那里买来的钢琴，"给我们表演表演你弹钢琴的技巧，弹吧！"布莱恩心惊胆战地坐在椅子上，因为他平生从未碰过钢琴，更别说弹了。"弹吧，弹弹吧！"地主不断催促着。这个可怜虫魂不附体地敲击着琴键，就像敲鼓一样，胡弹了一会儿……"当时我心里一直犯嘀咕，"后来他和别人讲起这件事时说，"我的救命恩人肯定会揪住我的领子，撵我出去。"然而出人意料的是，这位被迫即兴表演的音乐家弹完了，竟平安无事，真叫他惊喜万分！因为那位地主老爷听了一会儿，竟还很赞赏，还很友好地拍拍他的肩膀。"很好，很好，"地主说，"看来你还真有点音乐才能。好了，现在休息一下吧。"

两个星期之后，布莱恩就从这个地主转到了另一个地主家。那个地主富有且学识丰富，他很喜欢布莱恩那种活泼而温良的性格，并且把养女嫁给了他。从此他便时来运转，不仅找到称心如意的工作，还摇身一变成了贵族。后来布莱恩又把自己的女儿嫁给了奥加尔地主洛贝萨尔耶夫——一个退役龙骑兵，此人还会写诗，于是他也跟着迁到奥加尔定居。

就是这个布莱恩，或者像现在这样，都称他弗兰茨·伊凡内奇，也就是刚刚走进奥夫谢科夫房间里的那个矮子，他们两个是一对好朋友。

但是，估计读者诸君听得有些不耐烦了，我确实和独院地主奥夫谢科夫聊得太久，因此我就不再啰唆个没完了。

（一八四七年）

里戈甫村

　　"去里戈甫村吧，"一次，读者诸君早已熟悉的耶尔莫莱对我说，"我们可以在那里打到许多野鸭。"

　　尽管真正的猎人并不特别热衷于射野鸭，但暂时还没有别的野物可以捕猎，倒可以靠射猎野鸭子作消遣（*正值九月上旬，丘鹬还没有飞来，我已经厌倦在野地里去追捕那些鹧鸪*），我于是采纳了猎师的建议，就到里戈甫村去了。

　　里戈甫是草原上一个大村子，村里有一座非常古老的石砌圆顶教堂。另外还有两个磨坊，就建在沼泽地上的罗索塔小河边。这条小河流到距里戈甫村五俄里不远处，就形成一个宽阔的大池塘，池塘的一些地方芦苇丛生，奥加尔人称它为"马伊尔"。就在这片池塘里，在水湾处，或在芦苇丛中的幽静之处，栖息着许多种类各异的野鸭子：绿头鸭、半绿头鸭、针尾鸭、小水鸭、潜鸭等，种类和数目多得不可胜数。一小群一小群的野鸭经常在水面浮游钩或飞翔，一听到枪响，鸭群便会像乌云一样飞得铺天盖地，令猎人不由得握住帽子，还会拖长了声音感慨："唉呀——呀！"

　　我同耶尔莫莱沿着塘边一路搜寻，却空手而归。原因之一，野鸭极其胆小而又机灵，很少在靠近岸边的地方浮游钩；第二，即使有离群掉队的，或者是不知凶险傻不拉叽的小水鸭，被我们射中丢了性命，我们也只好望洋兴叹，因为我们的猎犬无法在茂密的芦苇丛中将之找到并叼回来。尽管我们的猎犬拥有高尚的牺牲精神，但是它既不会游泳又不会潜水，只能白白地让尖利的芦苇叶把宝贵的鼻子划得鲜血淋漓。

　　"不行啊，"耶尔莫莱终于恍然大悟地说道，"可不能这么办，得设法弄一条小船来才行……我们还是先回里戈甫村吧。"

于是我们只好回去——先去里戈甫村。可是没走几步，一条不像样的狗就钻出繁茂的爆竹柳丛迎着我们跑了过来。狗的身后跟着一个中等身材的男人，他身穿破旧的蓝上衣和黄背心，下身穿着一条不灰不白的裤子，裤腿随随便便地塞进破烂的长筒靴里，一条红围巾围在脖上，背着一支单筒猎枪。这两条狗相遇以后，便照狗的习性用那种独有的方式，即像中国宫廷中那种相互寒暄的繁文缛节，相互嗅闻着交际起来。但那位新伙伴看来胆怯又不好意思，耷拉下尾巴，竖起耳朵，龇牙咧嘴地挺直了四条腿，全身颤抖地打着转。

两条狗正忙着交际，那个陌生的人走到我们面前，恭恭敬敬地鞠了一躬。此人看上去二十五六岁，浅棕色的长发波浪状直立着，还散发一股浓浓的格瓦斯气味，一对棕色的小眼睛亲热地眨着，大概因为牙疼，脸上还系了块黑手帕，满面堆着甜腻腻的笑容。"请允我自我介绍，"他用柔和而讨喜的声音说，"我是本地猎人弗拉基米尔，听说您大驾光临，而且得知您来到了池塘，如蒙不弃，我愿为您效犬马之劳。"

猎人弗拉基米尔说起话来拿腔拿调的，活像扮演情人的地方青年演员。我接受了他的一番好意，并且在去里戈甫的途中，了解了他的生平。他是一个赎身的家奴，年少时曾学过音乐，后来又当过侍从，识文断字。从他的言谈举止中，我可以推断出，他一定读过一些闲杂无聊的书籍，而现在呢，就像大多数俄罗斯人一样浑浑噩噩，一贫如洗，是个无业游民，衣食无着、听天由命。他说话故作高雅，有意自夸。由此可见，他是个爱拈花惹草的浪荡公子，而且追逐女性时，大都能出手不凡、马到成功，因为俄罗斯姑娘都喜欢伶牙俐齿、口若悬河之人。此外，我还从他的言谈中察觉出他经常游荡：有时走访左邻右舍的乡邻和地主，有时去城里走亲访友。他还会玩纸牌，在省城里也交际甚广。他很擅长耍笑脸，笑起来的那副样子真是千变万化。他最会伪装的笑脸，是当他专心听别人讲话时，嘴角流露出的那种恭顺而沉稳的微笑。他认真聆听你的讲话，他对你表现出毫无保留的赞同，但是又绝对不失尊严，似乎要告诉你，倘若有机会，他也会发表自己的高见。

耶尔莫莱没有受过教育，更谈不上"温文尔雅"了，对他就不必讲什么交际礼仪而直呼他为"你"了。当然我也发现，弗拉基米尔对耶尔莫莱称呼"先生您……"的时候，神情中带着一种耐人寻味的嘲弄。

"您为何要系一块手帕？"我向弗拉基米尔问道，"牙疼吗？"

"哦，不是，"他回答，"这是粗心大意导致的恶果。我有个朋友，一个大好人，但根本就不会打猎，是他误伤的，这也没什么好稀奇的。有一天他跟我说：'亲爱的朋友，带我去打打猎吧，我想领教领教打猎究竟是怎么一回事。'我当然不愿让他失望，因此就给他一支猎枪，带他一起去打猎。我们打了好久，累了，想休息一会儿。我当时就坐在一棵树下，他却不休息，一直摆弄着猎枪，练习开枪射击的动作，还把枪口对准了我。我叫他别再搞了，可是他没有经验，不听我的劝告。结果枪"砰"的一声走火了，我的下巴和右手食指就无影无踪了。"

我们来到里戈甫村。弗拉基米尔和耶尔莫莱一致认为，没有小船就无法打猎。这时弗拉基米尔便说："苏契卡有一条平底船，但就是不知道他把船藏在哪儿，还得先找到他才行。"

"去找谁？"我问道。

"这里有一个人，绰号'小树枝儿'。"

弗拉基米尔便带着耶尔莫莱找苏契卡去了。我跟他们约定好了，在教堂边上等着他们。我在墓地上信步闲走，顺便看看座座坟墓，忽然看到一块发黑的方形墓饰，四面铭刻着碑文。一面用法文刻着：勃兰士伯爵德奥费尔·亨利之墓；另一面刻着：法国臣民勃兰士伯爵遗骸安葬于此石下，生于一七三七年，卒于一七九九年，享年六十二岁；第三面刻着：愿逝者安息；第四面刻着：此石下安眠着法国侨民，他出身高贵，智慧超人；他痛悼妻子和亲友遇难，逃离暴君，家国难见；栖身俄罗斯寻寻安宁，年老时得到了礼遇和供奉；教养儿孙，敬奉双亲，愿上帝保佑他永远安寝。

耶尔莫莱和弗拉基米尔以及那个外号奇特的苏契卡一起回来了，打断了我的沉思。

那个名叫苏契卡的人打着赤脚，衣衫褴褛，脏兮兮的，一看便知以前的他一定是个家奴，六十岁左右。

"你有小船吗？"我问他。

"船倒是有，"他低声回答，却战战兢兢的，"就是破得不像样。"

"能用吗？"

"恐怕……全都脱了胶，木楔子还都从槽眼里掉出来了。"

"这有什么关系，凑合着用呗！"耶尔莫莱接过话茬儿，"可以用碎麻堵一堵。"

"当然可以堵，也许能用。"苏契卡表示同意。

"你是干什么的？"

"给地主家打鱼的。"

"你既是打鱼的，那你的船怎么会破成这样呢？"

"我们的河里压根就没有鱼。"

"池塘有带铁锈味的漂浮物，鱼活不了。"我的猎师在行地解释。

"既然如此，"我对耶尔莫莱说道，"去搞些碎麻来堵一堵船的槽眼，快点！"

耶尔莫莱去找碎麻了。

"弄不好，我们会沉到水里去吧？"我对弗拉基米尔说道。

"沉不了，"他答道，"不管沉不沉，看上去，池塘好像不怎么深。"

"是的，池塘不怎么深。"苏契卡应和着说。他说话的样子有些怪，睡眼惺忪，"塘底都是水藻和水草，塘里也长满了草。但有的地方也有深坑。"

"但是，要是水草太多了，"弗拉基米尔接着说，"船就不好划了吧！"

"平底船压根儿不是划的，要撑篙才可以。我还是和你一起去吧，我那儿有篙，要不，用锹也行。"

"用锹不太好吧，有些地方可能够不到底。"弗拉基米尔说。

"这倒也是，恐怕不行。"

我坐在墓石上等耶尔莫莱回来，弗拉基米尔出于礼貌，在我不远处也陪我坐了下来。苏契卡压根不懂这一套，仍旧站在原处，低着头默默不语，习惯地反背着两只手。

"请你说说，"我冲着苏契卡问道，"你在这儿给主人打鱼多久了？"

"第七年了。"他回答，突然打了个冷战。

"你从前是干什么的呀？"

"赶马车的。"

"是谁不让你再赶马车了呢?"

"新的女主人。"

"哪个女主人?"

"就是把我买来的那个。您不知道。就是那个阿瘳娜·季菲耶芙娜,生得很丰满,年纪也大了。"

"那她为何要分派你去打鱼呢?"

"我不知道。她离开了自己唐波夫的领地,千里迢迢来到我们这儿。召集起家里所有的奴仆,就出来接见我们。最初,我们逐个吻了她的手,她倒还没说什么,也没发脾气。后来就挨个盘问我们:干什么的?负责什么活计?轮到我时,她问:'你是干什么的呀?'我回答说:'赶马车。''赶马车?哼,你凭什么赶马车呀?瞧瞧你那德行,哪儿配赶马车!你就给我当渔夫吧,刮干净胡子。无论何时到我这儿来,都要送上鲜鱼!听明白了吗?'从此我就当上渔夫了。她还吩咐'你要当心,要把池塘管得水清鱼多的',鬼才知道我怎么才能把池塘管理得水清鱼多呢?"

"你以前是谁家的仆人?"

"是谢尔盖·谢尔盖伊奇·别赫捷辽夫家的。我是他继承下来的家奴。但跟着他没干多久,总共六年多。我就是一直给他赶马车,可不是在城里——他在城里另有马车夫,我是在乡下的。"

"你从年轻的时候就赶马车吗?"

"哪里的话!我是在谢尔盖·谢尔盖伊奇家里才赶马车的,从前我是厨子,但也不是在城里当厨子,而是在乡下。"

"那你又是给谁家当厨子呢?"

"给从前的主人阿法纳西·涅费德奇当厨子,他是谢尔盖·谢尔盖伊奇的伯父。里戈甫村就是他买下的,就是阿法纳西·涅费德奇买下的,谢尔盖·谢尔盖伊奇继承了这份产业。"

"他从谁那儿买下的呢?"

"从塔季雅娜·瓦希利耶芙娜那儿买下的。"

"是哪一个塔季雅娜·瓦希利耶芙娜呀?"

"就是五年前去世的那一位，在泊尔霍夫近旁……不，是在卡拉契夫近旁，是个老处女，一直没出嫁。您不认识她吗？我们就是从她父亲瓦希利·谢苗内奇手中转到她手下的，我们在她手下的年头可不少……有二十多年了。"

"你在她那儿也当厨子吗？"

"起初当厨子，后来又弄到个弄咖啡的差使。"

"当了什么？"

"弄咖啡的差役。"

"这种差事是干什么的呀？"

"我也不清楚，老爷。是在饭厅里打杂，还另外起了个名字叫安东，不再叫库兹马了。这是女主人吩咐的，只能照办。"

"这么说你原来名叫库兹马了？"

"是，叫库兹马。"

"你就一直当咖啡师吗？"

"不，除了这个差使以外，还当戏子。"

"真的吗？"

"当然是真的，还上台演过戏呢！我们的女主人还在自己的宅院里盖了个戏园。"

"你演过什么角色？"

"您说什么？我没听清楚。"

"我问你在戏台上都干些什么？"

"您不知道吗？他们硬把我拉去，打扮了一番，我就上了台，时而站着，时而坐着，到底是站着还是坐着，那就要看情况而定了。他们叫我说什么，我就说什么，叫我怎么说，我就怎么说。有一回我还乔装成一个瞎子。他们还在我的两只眼皮下面各放了一粒豌豆。可不是吗！"

"那以后你又干过什么差事呢？"

"以后我又当上了厨子。"

"为什么又让你去当厨子呢？"

"因为我的兄弟跑掉了。"

"啊，那你在第一个女主人的父亲手下都做什么了？"

"各种各样的差使。开始当小厮，当车夫，当园丁，后来又驯过猎犬。"

"当猎犬师？是不是还带着猎犬骑马？"

"可不是吗，带着猎犬骑马摔得可厉害了。连人带马一起摔倒，马也摔伤了。我们的老主人真叫一个厉害，立即叫人狠揍了我一顿，然后就打发我到莫斯科去给一个皮匠当学徒。"

"去当学徒！难道你当猎犬师时还是个孩子？"

"哪还是什么孩子，当时我都二十了。"

"二十岁怎么还当学徒啊？"

"但哪敢不服从主人的命令啊！他说能当，大概就能呗。幸好没过多久他就死了，他们又把我叫回了乡下。"

"你什么时候学的厨师手艺呢？"

苏契卡抬起干瘪的黄脸，苦笑了一下，"这玩意儿还用学吗？难道老娘儿们不是天生会做饭吗？"

"原来如此，"我又说道，"库兹马，你这一辈子可经历了不少事儿啊！可是，既然这儿没有鱼，你还在这儿打鱼干什么呢？"

"老爷，我认为这样倒好。还有什么好抱怨的，干这活计我还求之不得呢，真要感谢老天开恩。还有一个跟我一样的老头子——安德烈·普贝尔——女主人分派了他一个苦差使：到造纸厂汲水。她说：'白吃饭是罪过……'普贝尔还盼着女主人有朝一日开恩，他的一个表侄在女主人的事务所做事，答应为他向女主人求情。求什么情呀！可我倒亲眼看见普贝尔给他的表侄磕头了。"

"你家还有什么人？成过家吗？"

"没有，老爷，没成过家，已故的塔季雅娜·瓦希利耶芙娜——愿她升天堂！——不许家里任何一个仆人结婚。绝对不许！她总是说：'我没嫁人，日子不是过得也很好吗？为何要结婚？荒唐！'"

"那你如今靠什么过活？发工钱吗？"

"不发，老爷，发什么工钱呀，不饿肚子，就算谢天谢地了！我知足常乐。上帝保佑我们的女主人长寿！"

这时，耶尔莫莱回来了。

"船修好了，"他郑重地说，"快去拿篙子吧你！"

苏契卡赶紧跑去拿篙子。我跟这可怜老头聊天时，猎人耶尔莫莱回来了，他一直轻蔑地望着他。

"这个人有点傻，"苏契卡走了以后他说道，"一个十足的没教养的家伙，只不过是个乡巴佬。还够不上家仆的资格，他一张口就会吹牛胡扯。他怎么演得了戏，您倒想想！跟他聊天，那才是白费工夫！"

大约十分钟以后，我们就登上了苏契卡的平底船了（我把猎犬留在一间小屋中，让马车夫叶古基尔照看）。我在船上觉得不太舒服，但是打猎的人一向很能将就，不怎么讲究。苏契卡站在船尾撑船，我和弗拉基米尔坐在船上搭着的一块横板上，耶尔莫莱坐在船头。破船尽管用碎麻堵上了，但我们脚下很快就冒出水来了，幸亏天气还行，风平浪静，池塘仿佛是在沉沉入睡。我们的小船慢慢游动，简直像爬行一样。老头子苏契卡每一次都费好大力气才能从烂泥中把篙拔出来，还缠上了很多水草丝。睡莲那密实而繁盛的叶子也给船的游动增加了不少麻烦。

我们终于抵达了芦苇丛，这下子可热闹起来了。野鸭看到我们突然入侵它们的领地，张皇失措地从池塘里一哄而起，在水面飞翔。我们立马举枪射击。随着砰砰枪响，我们眼看着这些短尾巴飞禽在空中翻着筋斗，然后沉甸甸地倒栽入水中，那种心情真不错。当然，我们无法捡回中弹的全部野鸭子，因为受轻伤的一下子钻进水里去了，有些被打死的又都掉到幽深茂密的芦苇丛中。连耶尔莫莱那锐利的眼睛也找不到它们的踪影，只好望着芦苇丛兴叹了！尽管这样，到了吃午饭的时候，我们的小船上已经盛满了野鸭子，满载而归！

令耶尔莫莱非常高兴的是，弗拉基米尔的枪法实在无法恭维，他每次都射不中。他不仅表示惊讶，而且还要检查一次枪，吹一吹枪膛，然后做出一副百思不得其解的样子，并且一再解释他击不中的原因。耶尔莫莱和平时一样，弹无虚发，百发百中，而我呢，一直都打不准，这次也不例外。苏契卡用从小效劳主人的那种眼神看着我们，有时还大声嚷嚷："那边，那边还有一只鸭子！"他还不停地在背上挠痒痒，但不是用手，而是扭动肩胛来止痒。

天公作美——天气特别好，朵朵白云在湛蓝如洗的碧空中，轻舒漫卷，缓缓地飘游而过，水中清晰地映出倒影，真是令人赏心悦目！轻风摇动池塘四周的芦苇，簌簌作响，绚烂的阳光照射着宽阔的水面，有些地方像钢铁一样泛着光芒。河边丛生的芦苇也突然静谧了起来，不再有野鸭穿梭的声响。想必是被我们吓破了胆，早就不知躲藏在哪个隐秘的角落，甚至不敢轻易地探头出来。但这一切不是死灰般的吓人的安静，而且一种愉悦狩猎后心情舒爽的快乐的宁静。这一刻一切都是神清气爽。上天待我们真是不薄呢！我可爱的上帝啊！

就在我们兴致勃勃地准备回村的时候，突然发生了一件很扫兴的事情。其实我们早发现小船开始漏水，而且船里的水越积越多。于是，我们就分派弗拉基米尔用瓢往外舀水，幸亏我的猎师有先见之明，从一个粗心大意的农妇那里偷拿了一只瓢。他本意是以防万一，这会儿可派上用场了。在弗拉基米尔尚未渎职之际（一直忙着舀水），一切都平安无事。可是到了狩猎即将满载而归的时候，那些野鸭子仿佛有意跟我们逗趣，一大群一大群地飞起来与我们告别，使我们忙得不可开交，当我们正忙着射击的时候，却忘了小船漏水的情况。突然，由于耶尔莫莱的一个猛烈得过了头的动作（他拼命想从水面上捡回一只打死了的鸭子，致使他全身都压向了船的一侧），我们这只小破船一歪，便灌进来许多水，小船刹那间就沉向了塘底，万幸的是在水浅的地方。

我们同时惊呼起来，但来不及了，一个个都成了真正的落汤鸡——我们都站在了齐喉咙深的水里。四周的水面上漂浮着船上的死鸭子。就是现在想来也还心有余悸，更何况当时呢！我的同伴们一个个都吓得脸色煞白（我当然也不例外，脸色恐怕好看不到哪儿去，绝对不是红润的），事后又觉得滑稽好笑。说实在，当时根本没觉得好笑，光是胆战心惊了。我们都把枪举在头顶，苏契卡大概已经习惯了模仿主人的动作，也把长篙高举过头（这才叫真正好笑呢）。

还是耶尔莫莱更为老练，首先打破这沉默而张皇的局面，他开口了。"呸，倒霉透啦！"他往水里吐了一口唾沫，气冲冲地责骂道，"怎么会出这种事儿！都怪你，"他把气都撒到苏契卡身上，"你这叫什么船哪！"

"对不起，都怨我……"苏契卡老头儿连声赔着不是。

"你的本事也够大了，"耶尔莫莱没好气地转过身来责备弗拉基米尔，"你怎么回事？你怎么不舀水呢？你，你，你……"此时弗拉基米尔已经无力为自己辩解，只见他全身抖得像筛糠似的，冷得上下牙咯咯打战，不知所措地苦笑着。他本来伶牙俐齿，又好附庸风雅，自命清高，此刻全都消逝无踪了！

那条该死的小船在我们脚下轻轻摇晃着。当小船刚沉入水时，我们骤然间觉得水冰凉彻骨，但一会儿以后也就不觉得那么凉了，刚沉船时的那种恐慌过去之后，我眺望了一下四周。十几米之外全是芦苇荡，从芦苇丛中向远方望去，能够看到池塘岸边。

"这下子可糟了！"我心想。

"我们怎么办呢？"我又问耶尔莫莱。

"总得想个办法离开，反正不能在这过夜呀！"他回答，"喂，拿着这支枪。"他吩咐弗拉基米尔道。

弗拉基米尔听话地接过了枪。

"我去找水浅的地方。"耶尔莫莱很有把握地说道，就仿佛所有的池塘都会有浅滩——他握着苏契卡的篙子，小心翼翼地试着水的深浅，便朝着岸边蹚了过去。

"你会游泳吗？"我问耶尔莫莱。

"不会，不会游。"芦苇荡中传来他的声音。

"哎，这可危险，弄不好会淹死的。"苏契卡忧心忡忡地嘀咕着。他其实不怕会有什么危险，而是怕我生气责备他。过了一会儿，他似乎不怎么担心了，只是有时呼哧呼哧地喘两口粗气，表现出既不着急又无所谓的神情，他认为即便如此，我们几个人也无法摆脱当时的困境。

"这不明摆着是白白送死吗？"弗拉基米尔既为他担心，又认为冒这个险是不必要的，才说出了这句丧气话。

一个钟头过去，还不见耶尔莫莱的影子。这一个钟头对于我们是何等漫长又难耐呀！起初我们还和他相互亲热地招呼，但到后来他对我们的回应逐渐变少了，最后竟然彻底不作声了。村里传来了晚祷的钟声，悠长不断的钟声更加重了我们的焦虑和忧愁。我们都不说话了，彼此尽可能避免对视。野鸭子在我们头顶盘旋，飞来飞去，有些想落在我们身旁，但不知为何又突然飞走，还惊恐地嘎嘎叫着。我们全身逐渐发麻、发僵，寒冷、饥饿、疲惫和焦虑交织在一起。苏契卡懒洋洋地眨着眼睛，似乎就快睡着了。

等啊，等啊，终于把耶尔莫莱等来了！我们仨都为之一振，心中真有说不出的高兴。

"喂，怎么样，快说说！"我们不约而同抢着问。

"我一直蹚到岸边，找到路了。我们快走吧。"

我们真想拔腿就走，但是耶尔莫莱却从浸在水里的衣兜里掏出一条绳子，把我们打的水鸭子的腿逐个拴起来，又用牙咬住绳子两端，然后才向前慢慢走去。我们四人便鱼贯而行，弗拉基米尔跟着耶尔莫莱，我跟着弗拉基米尔，苏契卡老头儿在最后。离岸边还有二百多米之际，耶尔莫莱放心大胆地走了起来，而且一步不停地向前走去（*我非常佩服他，路线烂熟于心*），只是不时高声提醒"向左走，右边有个大坑"或者又喊"向右走，左边会陷下去"。有的地方，水都淹到了我的脖子，苏契卡可就惨了，因为他比我们个子都矮，有两次还呛了水，被水灌得直吐白沫。耶尔莫莱凶巴巴地对他一个劲儿吼道："喂，喂，喂！"苏契卡听了拼命地挣扎，死命蹬着两条腿连蹦带跳地往上蹿，终于跋涉到了水浅的地方。即便是在最危险的情况下，他也没敢抓我大衣的后襟。我们四个终于脱险了，费了好大劲儿才到达岸边，个个筋疲力尽，像个泥猴似的湿漉漉的，真成了名副其实的"落汤鸡"！

约莫两小时之后，我们已经坐在一间宽敞的干草棚里，还设法弄干了衣服，准备吃晚饭了。马车夫叶古基尔是个动作迟滞，反应迟钝的人，又总是小心翼翼、唯命是从，一副没睡醒的样子。他站在大门口，盛情相邀苏契卡抽烟（*我发现俄国的马车夫见面都自来熟*），苏契卡一个劲儿抽着，结果弄得恶心起来，又咳嗽，又吐痰，看来抽得过瘾而痛快。弗拉基米尔已累得一塌糊涂，歪着头，话也不想说了。耶尔莫莱却聚精会神地替我擦枪。

几条狗在周围飞快地摇着尾巴，焦虑地等着吃香喷喷的燕麦粥。马在屋檐下扬腿跺蹄地嘶鸣。太阳快落山了，余晖染红了天空，映着晚霞的云朵变成金黄色，在天空中飘着，越发稀薄，形成缕缕云丝，犹如被梳理的金色羊毛。

这时，从村子里传来动听的歌声……

（一八四七年）

淡褐色的草场

　　这是七月里的一个艳阳天，这样晴朗的天气，只在气候长期稳定的时候才遇得上。从早晨起，天空就是晴朗的。朝霞不是像火一样烈焰喷射，而是泛着柔和的红晕。太阳既不像酷热干旱时那样火红，也不像暴风雨前那样的黯淡，而是清净明丽而又灿烂宜人——从一片狭长的云朵下冉冉上升，放射出清丽娇艳的光芒，随即又融进淡淡的云团中。太阳给舒卷的云朵镶上了亮闪闪的细边，犹如蛇一样蜿蜒屈伸，那种光彩就像刚出熔炉的白银……但是，快看，那夺目的光芒又迸射出来，于是，一轮巨大的圆形发光体，欢乐地、壮观地、迅速地腾空而起。中午时分，经常会出现许多又高又圆的云朵，灰色中闪耀着金黄，边缘处镶着软绵绵、柔乎乎的白边儿，仿佛是无数小鸟散布在波澜壮阔的河流上，四周环绕着条条清澈湛蓝的支流。这些云朵几乎一动不动地悬挂在高空。在极目远眺的遥远天际，云朵又互相吸引靠近，甚至拥抱融合在一起，再也看不到散落在云朵之间的蓝天了。但是那些拥抱融合在一起的云朵，因为它们都渗透了光和热，也渐渐稀薄起来，后来也变得像天穹一样蔚蓝。天边的颜色是朦胧的淡紫，整整一天都不曾变化，而且周围都是如此，没有一处显得阴沉灰暗，没有一个地方有雷雨的预兆，只是有些地方飘荡着浅蓝色带子，那便是不易察觉的细雨飘洒的标志。到了傍晚时分，这些云朵便没影儿了。那最后的一批云朵，略显黑色，像烟雾一样飘浮不定，在夕阳余晖映照之下，仿佛在天边绽出朵朵的玫瑰。像太阳冉冉升起时一样徐徐降落下去，嫣红的光辉在夜幕渐进的大地上空短暂停留之时，金星已经在天边展现出容颜，就像有人小心地端着的蜡烛一样，轻轻颤动着、闪烁着。在这样的日子里，一切色彩都显得柔和而清澈，而不是浓艳重彩。一切都使人觉得亲切而安详。这样的日子里，有时也会有些燥热，在田野的坡地上就像置身于蒸笼里一样闷热。但阵阵微风会吹散积蓄起来的热气，而那股骤然拔地而起的旋风——是天气稳定时必然会出现的征候——卷起数条擎天柱一样的白色气流，沿着大路和片片耕地呼啸着飞驰而过。在干爽的空气中飘荡着苦艾、收割了的黑麦和荞麦的气味，甚至在入夜前一小时还感觉不到任何湿气。这种风和日丽的天气，恰好是庄稼人企盼的收获的好天气。

正是在这样晴朗的日子，有一次我去图拉省契伦县射猎松鸡。这次可是大丰收，我找到并射猎到了很多野味。猎袋撑得满满的，背起来把肩部勒得生疼，但是我一直兴致不减，等我决定回去的时候，晚霞已经消失在天际，寒冷的暗影开始变得浓重了，并且在不断地扩大，尽管夕阳余晖中的天空还很明亮。我加快了脚步，急急忙忙穿过一大片高高的灌木丛，爬上一座小山坡，看到的却不是我意料之中那片熟稔的平原（**右边有一片橡树林，远处有一座低矮的白色教堂**），而是我完全陌生的地方。我脚下是一条伸向远方的狭长山谷，正对面茂密的山杨树林像一面峭壁般高耸于前。我惊疑地收住了脚步，环顾四周，"唉！"我心想，"糟了，我完全走错路了，迷失了方向，太偏右了。"我对自己迷失方向很是惊愕，于是匆忙走下了山坡。令人不快而又凝固不动的潮气立刻笼罩了我，犹如走进了冰窖一样。谷底的野草长得又密又高，全都湿漉漉的，白茫茫的一片，仿佛平平展展的台布，走在上面令人有些担心。我立即走向另一边，向左转弯，顺着山杨树林走去。蝙蝠已经出来了，在早已入梦的山杨树冠上到处飞翔，在苍穹中神秘地盘旋和颤动。高空中一只迟归的鹞鹰飞驰而过，急匆匆地飞回自己的巢。"对了，我只要走到那一头，"我琢磨着，"马上就会有路了，唉，我已白白走了一俄里多，真够冤枉的！"

我终于走到树林的那头，却依然无路可走。我面前是大片大片未曾采伐过的低矮的灌木丛，穿过灌木丛远眺，是一片空旷而寂凉的原野。我又止步沉思起来。"真奇怪，怎么搞的？我这是来了哪儿？"我回想着这一天，"哈！原来这是巴拉辛灌木林！"我最后惊叫起来，"是的，没错！

那边可能就是辛捷耶夫小树林……见鬼，我怎么走到这儿来了？竟还走了这么远！真奇怪了！现在又得折向右了。"于是我转向右，穿过了一片灌木林。夜色有如阴云一样铺天盖地压了下来，越来越近，越来越浓，好像浓雾一般，黑暗也从四面八方升起，甚至从高空倾泻下来。我发现了一条坎坷不平、杂草丛生的小路，就沿着这条小路走下去，仔细注视着前方。周围景物很快全都黝黑一片，寂静异常，偶尔传来鹌鹑的几声啼鸣。一只小型的夜鸟伸展开柔软的翅膀，静默地低低飞着，差点儿撞到我身上，但立即张皇失措地飞向一旁。我出了灌木林，沿着田埂走去。此时我已经难以辨别稍远一点的东西了，四周的田野朦胧一片。再望向远处，黑压压的夜幕渐渐地包围过来，越发近了。我的脚步在凝滞不动的空气中低沉地回响。黯淡的夜空又呈现出蓝色——但此时已是夜晚的蓝色了。星星在夜空中闪闪烁烁好似羞怯的孩子调皮地眨着眼睛。

　　我刚才以为的那片小树林，原来是一座黝黑的圆形山冈。"我到底是在哪儿啊？"我又问了自己一次，并且第三次止步下来，用探询的目光看了看我那条英国种黄斑猎犬季安卡，因为狗是所有的四腿动物中最有灵性和最通人性的。但是这条四腿动物中的翘楚也只是摇着尾巴，无精打采地眨着疲惫的眼睛，没有给我任何有用的提示。我看着狗不由得惭愧万分，于是便不顾一切地向前闯去。忽然我茅塞顿开，当即明白了该往哪里走。我绕过一座小山冈，走到一片并不很深、周围都耕作过的凹地里。一种奇怪的感觉立即向我袭来。这片凹地很像一只标准的圆形大锅，边缘向底部缓缓地倾斜，底部矗立着几块巨大的白石头——它们仿佛是爬到这里来秘密会晤一样——这里异常寂静荒僻，天空异常呆板单调，凄凉地高悬在头顶，我的心不由得抑郁起来。这时突然从巨石中传来一只小野兽微弱而悲哀的惨叫。我赶忙回身爬上了山冈。之前，我一直满怀希望，总以为能够找到归路，此刻我才不得不承认，我完全迷失了方向，便完全放弃了寻找归路的希望，周围已经被黑暗所统治，根本就辨认不出路径。只好硬着头皮跌跌撞撞地向前走，借着微弱的星光，走吧，走到哪儿算哪儿……我费劲儿地拖着双腿，就这样又跋涉了半个多钟头。我平生从未到过如此荒凉之地，无论望向哪里都没一点儿亮光，万籁俱寂，只听得到自己的脚步声。缓坡的山冈一个接着一个，田野一片又接着另一片，好像没有尽头。而且又突然冒出一片片灌木丛，枝枝杈杈几乎刮到我的鼻子。我一面走着，心里还在琢磨：干脆找个地方躺下休息，等天亮再说吧。就这样走着，来到悬崖边上，脚下就是深不见底的深涧，真是太可怕了！

我急忙收回已经抬起的一只脚，透过幽暗而朦胧的夜幕，看到不远的地方有一片大平原，一条宽阔的大河环绕着这片平原，呈扇形流向远方，仿佛给平原镶上了一道银边儿。河面上隐约闪耀着金属般的光芒，表明河水奔泻的方向。我所在的山冈突然笔直向下，形成了一个陡峭的山崖。它那庞大高耸的轮廓，在苍茫夜空中有如突兀而起的黑魆魆的怪物。就在我眼前，在这突兀而起的悬崖和平原交切成的角落里，在河流仿佛静止了的地方，出现了一面黑色镜子似的地方。在峭崖底部，有两堆相邻的篝火喷着红彤彤的火苗，篝火上方烟雾弥漫。篝火周围晃动着几个人影，时而清楚地映出一个小小的人头，鬈发在火前飘动……

我终于明白自己走到何处了。这片草原就是我们这儿有名的淡褐色草场。现在赶回家去已经不可能了，再说还是在这样黑暗的夜里，更何况我的两条腿已经累得难以继续了。但是我仍决心走到篝火那里，跟那些我误认作牲畜贩子的人在一起，先挨到天亮再说。我较为顺利地走下了山冈，但还没来得及放开手中拉扯着的最后一根树枝，就有两条大狗猛扑向我，抖着全身蓬松的白毛，恶狠狠地吠叫着。就在这一瞬间，从火堆那里传来清脆的吆喝声，有两三个半大孩子噌地一下子从地上站了起来。我回答了他们的大声询问。他们飞快地跑到我面前，立刻叫回了那两条狗，它们对我的猎犬季安卡的出现惊奇万分。我跟着他们走到篝火前面。

我本以为是牲口贩子坐在篝火前，其实不然。他们是邻近村子的农户孩童，深夜时分在这里看守马群。在我们这儿，盛暑炎夏之时，人们常常在夜里把马赶到野外吃草，白天苍蝇和牛虻成群，搅扰得它们不得安宁。因此天黑之前人们都把马群赶出去，到日出之前再把它们赶回来——农家孩子都爱这么干，将其视为一大乐事。他们都光着头，穿着旧皮袄子，骑着欢蹦乱跳的马到处游耍。兴高采烈地呼喊着，在马背上颠簸，手舞足蹈地欢笑。沿着大路飞奔，扬起一团团黄色尘雾。马蹄声震荡着幽远宁静的夜空，马儿都竖着耳朵扬蹄飞奔。跑在最前头的是一匹枣红色的长鬃烈马，尾巴竖着，四蹄飞快倒换着，凌乱的鬃毛上挂着许多牛蒡种子。

　　我对孩子们说，我迷了路才走到这里。他们问我从哪儿来，然后沉默了片刻，便在篝火前给我让出一个座位。我们聊了片刻，我就躺在一丛被啃光枝叶的灌木丛下面，抬起眼睛张望四周。这种景象奇妙而诱人。篝火四周有一个鲜红的圆形光圈在颤动，仿佛被黑暗的夜幕囚禁在那里一样。篝火熊熊燃烧着，火光偶尔迸出光圈。细长的火舌向上冒着，仿佛要舐舐柳树的秃枝条，奔突到一定高度又消失无影。当火势弱了以后，那又尖又长的黑影就像怪物一样扑过来，有时甚至直闯到篝火余烬上，黑暗与光明在这里搏斗和厮杀。有时，当火势减弱、光圈变小，随着拥上来的黑影，突然就现出一个生着弯曲白鼻梁的枣红马的马头，或是一个纯白毛色的马头，怯懦而迟钝地呆望着我们，接着低下头，急急忙忙地嚼着高高的野草，嚼着嚼着，一会儿就不见了。只是时不时传来它那不住的咀嚼声和响鼻声。

　　光亮处很难看清楚夜幕中的景象，周围一切景物都仿佛被一层黑幕遮了起来。但是眺望远方，在天地相连之处，还能隐约看出丘陵和树木长长的黑影。晴朗的夜空神秘地高悬在我们的头顶，显得异常庄严肃穆，气势磅礴而又雄浑。呼吸着这种奇异而醉人的清新气息——这是俄罗斯夏夜所独有的气息令人神清气爽，多么好啊！四周一切都酣然入梦，万籁俱寂。只是偶尔从附近的河流中传来大鱼跃出水面浪花飞溅的声响，岸边的芦苇被涌动的波浪轻轻地冲击着，低低地瑟瑟作响，两堆篝火噼噼啪啪地演奏着单调枯燥的小夜曲。

　　孩子们环绕着篝火坐着。曾想把我吞下肚的那两条狗也蹲在篝火旁，它们有好长一段时间对我坐在这儿耿耿于怀。狗睡意蒙眬地眯着眼睛，斜睨着篝火，有时又盛气凌人地吠叫几声，先是大声吠叫，后来就变成嘶哑的哀鸣，好像在为愿望的破灭而惋惜。孩子一共有五个：费嘉、巴甫鲁沙、伊莉莎、柯斯嘉和凡尼亚（我是从他们的谈话中得知他们名字的）。现在我就把他们一一介绍给诸位读者。

第一个，也就是年长的那个，叫费嘉，看样子约莫十四岁，这个孩子身材匀称，模样很漂亮，五官清秀而略显小巧，生着一头浅黄色的鬈发，眼睛闪闪发亮，总是笑眯眯的，愉快和漫不经心各占一半。从衣着和举止等方面来看，他一定生于富裕之家，到野外来不是为了生计，而是为了找乐子。他身着一件镶有黄边的印花布衬衣，披一件有点瘦小的新外套，勉强挂在他瘦削的肩膀上。浅蓝色腰带上挂着一把小梳子。穿着一双合脚的矮腰皮靴，一看便知，一定是他自己的，而非他父亲的。

第二个孩子是巴甫鲁沙，一头乱糟糟的黑发，一双灰眼睛，颧骨略宽，脸色苍白，还有一些稀疏的麻子，端正的大嘴巴，大脑壳。身材正如人们所说的，像个啤酒桶一样矮矮胖胖。这孩子并不漂亮——这一点用不着多说——可我却对他很有好感，我喜欢他的机灵和豪爽，而且说话很有劲儿，有点男子汉的气质。他穿着平常，只不过是普普通通的麻布衬衣和打补丁的裤子。

第三个小男孩是伊莉莎，相貌一般，鹰钩鼻，长脸，流露出一种迟缓而忧愁的神情，显得有点儿病恹恹。双唇抿得紧紧的，不怎么开口，总是双眉紧皱，眼睛微眯，仿佛害怕火光似的。他的头发黄得几乎发白，一绺绺从小毡帽底下钻出来，他常用两手把小毡帽往耳朵上拉。他脚蹬一双新树皮鞋，还裹着包脚布，腰系一条绕了三圈儿的粗绳子，紧紧捆着他那件整洁的黑色长袍。看模样，他和巴甫鲁沙都不超过十二岁。

第四个小男孩是柯斯嘉，十岁左右，他那一副满腹心事的样子，以及忧郁和悲哀的目光，引起我的好奇。他的脸庞又小又瘦，还有不少雀斑，尖尖的下巴就像松鼠一样，小小的嘴，薄薄的嘴唇。但是那双乌溜溜的眼睛却水汪汪的，显得大而有神，给人一种奇妙的感觉。这双眼能表达出语言（至少是他的语言）所表达不出来的心意。他的身材矮小而虚弱，衣着破旧。

最后一个孩子是凡尼亚，刚开始的时候我竟没有注意到他。他席地而卧，蜷作一团，身上盖着一张皱巴巴的旧席子，安安静静、一声不吭，只是偶尔伸出头来，一头浅棕色的鬃发。看样子，最多不超过七岁。

　　我就一直躺在篝火旁的灌木丛下，目不转睛地端详这五个小男孩。在一处篝火上吊着个小铁锅，锅里煮着土豆。巴甫鲁沙在那儿看着，他跪在地上，用一块长木片往沸腾的水里扎，看看土豆是否熟了。费嘉躺在篝火边，用一只胳膊支着头，上衣的衣襟敞着。伊莉莎坐在柯斯嘉身旁，依旧使劲儿眯着眼睛。柯斯嘉稍稍低着头，两眼却一直望向远方。凡尼亚仍然老老实实地躺在席子下。

　　我佯装睡着了，几个孩子又渐渐地聊了起来。起初他们海阔天空无所不谈，说完明天要干的活，又谈到了马匹，但是费嘉突然转问伊莉莎，仿佛重又聊起中断的话题，问道："喂，你说说看，你真的见过家神吗？"

　　"没有，我没有见过，再说家神是看不到的，"伊莉莎用无精打采而又沙哑的声音回答，这种声音和他的表情真是绝配，"但是我却亲耳听到过……而且不止我一个。"

　　"那你是在哪里听到的呢？"巴甫鲁沙追问道。

　　"就在原来的打浆房里。"

　　"这么说，你们常去造纸厂了？"

　　"当然了，经常去。我和我哥哥阿甫久什卡还是磨纸工呢。"

　　"哦，你们还当过工人呢！"

　　"好，你说说看，你是怎么听到的？"费嘉问。

　　"是这么一回事。有一次我和我哥哥阿甫久什卡、秘海耶夫村的菲多尔、斜眼睛依凡施卡和红冈的另一个依凡施卡，和苏霍卢科夫家的依凡施卡，还有另几个伙伴都在那儿。总共十多个人——一个班的人都齐了。那天我们都得在打浆房里过，本来不用在那儿过夜，可监工纳扎罗夫不让我们走。他说：'伙计们，你们干吗要回家？明天的活很多，伙计们，你们犯不着回去了。'于是我们就没走，住在了造纸厂里，都躺下准备睡觉了，这时阿甫久什卡却问，'哎，弟兄们，要是家神来了可怎么办哪？'还没等到阿甫久什卡说完，忽然就听到有人在我们的头上来回走动，我们躺在下面，他就在上面走，就在水车轮子旁边。我们听到，他正走着，踩得木板一颤一颤的，吱吱作响。后来他又从我们的头顶上走过，忽然，水哗哗地流到轮子上，冲得轮子转动起来，轧轧地响个不停。这水是打哪儿来的呢？水闸明明是关得好好的呀。我们都觉得奇怪，是谁把闸门打开让水流过来的呢？但是轮子转了一会儿，又转了几下后就不再转了。那个没露面的家伙又上去走向门口，又从楼梯上走下来，听他的脚步声，还不慌不忙的。楼梯板让他踩得嘎吱嘎吱地，要多响有多响……啊！他走到我们的门口了，站了一会儿，再一会儿，突然门砰的一声打开了。我们吓得不得了，偷偷一看，却什么也没有看到。忽然一个大桶上的格子框活动了起来，腾空而起，并在空中游来荡去，好像什么人在那儿刷洗一样，一会儿又回到原来的地方。接着，另一个大桶上的钩子脱开了钉子，又钩在了钉子上。后来好像又有人走到门口，还突然大声咳嗽起来，好像是一只羊，可是声音真响……我们吓得挤成一团，互相钻到对方的身子下面……那一回差点就把我们的魂给吓没了！"

"还真有这种事儿！"巴甫鲁沙说，"那他为啥要咳嗽呢？"

"不知道，或许着凉了？"

大家许久都没吱声。

"喂，看看，"费嘉打破沉默，问道，"土豆煮熟了吗？"

巴甫鲁沙又用木片捅了捅。

"没熟，还生着呢……听，拍水声，"他转过脸向着河流，接着说，"大概是梭鱼吧……看，一颗流星飞过去啦。"

"喂，弟兄们，我也来给你们说件事，"柯斯嘉用清脆的声音说，"你们可要注意听啊，这是前几天我爸爸讲的。"

"好，我们一定好好听。"费嘉鼓励他。

"你们都知道镇上那个木匠加甫里拉吧？"

"嗯，是，知道。"

"那你们知不知道，他为啥总那么不高兴，总是不喜欢说话，知道吗？我爸爸说，有一天他到树林子里摘胡桃，迷了路，不知道走到哪儿去了。他走着，走着，一看，不对头！怎么也找不到路，这时天已经黑透了，没法子，他只好坐在一棵树下，心里寻思，先在这儿等到天亮再说吧。他刚一坐下，就睡着了。正迷迷糊糊的，听到有人叫他。他睁眼一看，一个人也没有。他又瞌睡起来了，就又听到有人叫他。他再一次睁开眼睛，看了又看，看到他面前一根树枝上坐着个美人鱼，身子摇晃着，叫他走过去呢。那个美人鱼在笑，笑得可厉害啦。月亮很明亮，亮堂堂的，把周围的东西都照得一清二楚——兄弟们啊，什么东西都看得到。美人鱼继续叫他，她仍旧在树枝上坐着，全身又白又亮，就像一条石纹鱼或者鲈鱼，要不就是一条鲫鱼，也是白白的闪着银光。木匠加甫里拉简直惊呆了，那个美人鱼前仰后合地大笑，还不停地招手叫他过去。加甫里拉已经站起来了，正打算走过去，可是，一定是上帝点化了他，他就在自己的身上画了个十字……弟兄们啊，他画这个十字可费了好大的劲儿啊！他画完十字后，弟兄们啊，那个美人鱼就不再笑了，而是忽然放声大哭，美人鱼哭啊哭啊，简直停不住啦，还用头发擦自己的眼睛，她的头发是绿色的，就像大麻的颜色。加甫里拉望了望她，还问她：'美人鱼，你为什么哭了？'美人鱼就对木匠说：'你这个人，不该画十字，你本应该与我甜甜蜜蜜地过一辈子。我哭了，我很伤心，因为你画了十字。这样一来，不仅我伤心，你也要难受一辈子。'说完，弟兄们啊，她就没影了，加甫里拉立刻就醒悟了过来，明白了该怎样走出树林。但是从那时起，他就郁郁寡欢。"

"哎呀！"大家都不作声了，沉默片刻之后，费嘉说，"那个美人鱼怎会伤害一个虔诚的基督徒的心，他不是没顺从美人鱼吗？"

"算啦！"柯斯嘉说，"木匠加甫里拉自己都说，她的声音难听又悲哀，活像癞蛤蟆的叫声。"

"你爸爸亲口这么说的吗？"费嘉又问道。

"没错，他亲口说的，我躺在高脚床上，一字不漏全听到了。"

"那就怪啦！木匠为什么总是不开心呢？美人鱼唤他过去，那是喜欢他呀。"

"哼，还喜欢他呢！"伊莉莎接过话茬儿，"说什么呀！她是想挠他的痒痒，她想干的就是这个。她们这些美人鱼就爱恶作剧。"

"这儿一定也有美人鱼吧。"费嘉说。

"没有，"柯斯嘉答道，"这里可是个福地，而且又很开阔，鬼鬼神神都不来，只不过就是离河太近了。"

大家都不作声了。忽然远方传来一声悠长的、响亮的、如同呻吟的声音。这是一种神秘的夜间啼鸣，在万籁俱寂之时常会有的一种声音。这种声音响起来，升到空中，还不停地震荡，慢慢扩散向四面八方，最后再也听不到了，完全沉寂无声。这时，你再仔细地听一听，似乎什么也没有，可是还有余音缭绕。就好像有人在天边不住叫喊，树林里仿佛又有一个人与他相呼应，发出尖锐刺耳的狂笑，接着，河面上也掠过一阵微弱的唑唑声。

孩子们吓得面面相觑，浑身发抖……

"上帝保佑我们！"伊莉莎胆怯地祷告。

"嘿，你们这些胆小鬼！"巴甫鲁沙喊了起来，"到底怕什么呀？快看，土豆熟了（孩子们都挤到锅前，拿着热腾腾的土豆吃了起来。只有凡尼亚依然在席子下面躺着，一动也不动）。你怎么了？"巴甫鲁沙问道。

凡尼亚仍旧躺着不动，土豆很快就被一扫而光。

"伙计们，"伊莉莎又说，"你们听说了吗，前些天我们的瓦尔纳威茨出了一件奇事？"

"是发生在堤坝上那件事吧？"费嘉问道。

"对，对，是在堤坝上，就是在那条被水冲坏的堤坝上。那个地方不吉利，很不太平，而且又很荒僻。周围都是凹地、山谷，山谷里蛇又很多。"

"噢，究竟怎么啦？你快说呀……"

"是这样的，费嘉，你大概也不知道，我们那儿埋了一个淹死的人。这个人是很久以前，也就是池塘还很深的时候淹死的，他的坟还在那儿，只是不怎么显眼了，只剩一个小土堆。就在前不久，管家把看猎犬的耶尔米尔叫去，对他说：'耶尔米尔，你去邮局跑一趟。'我们这个耶尔米尔经常去邮局。他把他的狗全给训练死了，不知为什么狗在他手里都短命，被他折腾得，不过他倒是一个很出色的驯犬师，好到不能再好的地步。听到总管的交代，他就骑马进城去了，可是他在城里游荡了好久，喝得大醉才往回走。这天夜里明月当空，到处敞亮。耶尔米尔骑着马过堤坝，他一定得经过这条路。这个驯犬师正骑马走着，忽然看到那个淹死鬼的坟上有一只小山羊不停地转来转去，一身白色鬃毛，样子很逗人爱。耶尔米尔寻思：'我把它逮回去吧，干吗放它走呢。'于是他跳下马来，把羊逮住，搂在怀里，那只羊可乖了，一点儿都不挣扎。耶尔米尔抱着羊朝马走了过去，谁知那匹马一看就直向后退，打着响鼻，还摇头晃脑的。但耶尔米尔喝住马，并且抱着羊骑上了马，策马继续向前。他把羊放在自己身前，看着那只羊，羊也瞪着眼睛看他。一路走，一路看，耶尔米尔心里害怕啦，想，我还从没看到过羊这样死盯着人的眼睛看呢。他壮壮胆儿，心想这也没什么好怕的。他温存地抚摸着羊，嘴里还发出咩咩的声音，那只羊忽然龇着牙，对他叫道：'咩，咩！'"

讲故事的孩子还未来得及讲完，那两条狗忽然站起来，全身颤抖着，吠叫着，飞快地从篝火旁跑走了，很快消失在夜幕只中。孩子们全都吓坏了。凡尼亚也掀开席子噌地跳了起来。巴甫鲁沙嚷着去追那两条狗。狗吠声渐渐远了，只听到马群受惊而狂乱的奔跑声。巴甫鲁沙大声呼喊着："阿灰！阿毛！"过了一会儿，听不到狗吠声了。巴甫鲁沙的叫声也渐渐远了。又过了一会儿，孩子们都大惑不解地望向彼此，仿佛在等着什么事发生一样。突然传来了一匹马奔跑的蹄声，这匹马猛停在篝火旁，巴甫鲁沙抓着马鬃，飞身下马。两条狗猛地冲进火光的亮圈里，立刻蹲下，吐着红红的舌头。

"那边怎么了？出什么事了？"孩子们异口同声地问。

"没什么，"巴甫鲁沙挥着手回答，"也许是狗嗅到了什么。我想是狼吧。"他喘着粗气，一面不慌不忙地补充道。

我不由得欣赏起了巴甫鲁沙。此时这孩子显得很可爱。他那张本不漂亮的面孔，由于骑马疾驰了一会儿，显得很有生气，充满勇敢刚强的男子汉气概。他手里连一根棍棒也没有，深夜里赤手空拳，毫不犹豫地去追狼。我望着他，心想："多好的孩子！"

"你们看见过狼吗？"胆小的柯斯嘉问。

"这里时常有狼出没，而且不少呢，"巴甫鲁沙回答，"不过只在冬天，狼才找人的麻烦。"

巴甫鲁沙又坐到了篝火前。坐下时还把一只手放到一条狗毛茸茸的脑袋上。这只受宠若惊的动物以一种感激和得意的神情望着巴甫鲁沙，久久不肯转过头去。凡尼亚又钻到席子下边去了。

"伊莉莎，你讲的故事真吓人。"费嘉说。他家是个富裕的农户，因此总是带头说话（但他的话并不多，好像怕言多语失有损身份）。"真见鬼，这两条狗又在叫了。是啊，我听说，你们那儿不怎么吉利。"

"你是在说瓦尔纳威茨吗？谁说不是！可不吉利了！听说，有人不止一次在那儿看到从前的老爷——已死的老爷，听说他穿着长外套，总是唉声叹气，一个劲儿在地上找东西。一天特罗费梅奇老爷爷遇见他，就问：'伊凡·伊凡内奇老爷，您在地上找什么东西呀？'"

"老爷爷问他吗？"费嘉惊讶地接话问道。

"是的，是在问他。"

"啊，特罗费梅奇真胆大……哎，那个老爷怎么说？"

"他说：'我在找断锁草……断锁草'，声音低低的，'伊凡·伊凡内奇老爷，你要断锁草干吗？'他说：'待在坟墓里真难受，憋得直发慌，特罗费梅奇，我想出来，太想出来了……'"

"还真有这种事！"费嘉说，"这么说来，他没活够哇。"

"太奇怪了！"柯斯嘉说，"我还以为只在追悼亡灵的星期六才能看得到死人呢。"

"死人不管何时都看得到。"伊莉莎毫不怀疑地接着说。在我看来，这个孩子比别人更清楚乡下的一切迷信传说。"但是在追悼亡灵的星期六，你能看到这一年要死的那个活人。只要在那天晚上坐在教堂门口的台阶上，目不转睛地向着大路上望就能看得到。有谁走过你面前的大路，就注定这一年要死。去年我们那里的乌丽雅娜老奶奶就到礼拜堂的台阶上看过。"

"啊，那她看到谁了吗？"柯斯嘉好奇地问道。

"可不是吗。起初她坐了好久，连个人影也没看到，也没听到。只听到好像有一条老狗在什么地方号叫，叫个不停。突然间她看到一个只穿衬衣的小男孩顺着大路走过来。她仔细一看，走来的是菲多谢耶夫家的依凡施卡。"

"就是春天死去的那个孩子吗？"费嘉插嘴问道。

"就是他。他连头也不抬一下地走着——乌丽雅娜认出是他——后来她再一看，一个老太婆走了过来。她又仔细看看，哎呀，天哪！——是她自己在走，是乌丽雅娜她自己。"

"真的是她自己吗？"费嘉问道。

"真的，就是她自己。"

"那是怎么一回事呢，她不是还没死吗？"

"这不是还不到一年吗。你看着她病成那个样子，都快咽气了。"

孩子们又都不说话了。巴甫鲁沙把几根干树枝扔进火里。顿时腾起一片火焰，树枝立刻变黑变红，噼啪作响，火上浓烟升腾。小树枝渐渐弯曲了，烧着的一头翘了起来。火舌猛烈地颤抖着、飞舞着，火光射向四面八方，尤其是向上猛蹿。突然，不知从什么地方飞来一只白鸽，一直飞进圈里，全身都映照着明亮的火光，它惊恐地在上空盘旋了几圈，就扇动翅膀飞走了。像是在百般尝试后，失望地逃跑似的。没有了鸽子，周围又陷入了安静中，或许平时的日子，这种安静是快活的、助燃的，但在一系列谈话之后的宁静，却不怎么能让人快乐起来。没有生命的宁静，死气沉沉的一切都制造出一种特殊神秘的气氛，或许这是我们内心在作弊，或许本来就如此，总之，在这样特殊的时刻，真是糟糕透了。

"鸽子一定是迷路啦。"巴甫鲁沙说道，"现在只能乱飞，飞呀，飞呀，飞到哪儿算哪儿，就在那等到天亮呗。"

"喂，巴甫鲁沙，"柯斯嘉问道，"这是不是一个虔诚的灵魂飞向天堂，你说是吗？"

巴甫鲁沙没有立刻作答，只是又往火里扔了一把干树枝。

"也许是。"巴甫鲁沙终于开口说道。"巴甫鲁沙，我问你，"费嘉说，"在你们夏拉莫沃也看到过'天兆'吗？"

"就是说太阳突然没有了，对吧？当然见过。"

"你们大概都吓坏了吧？"

"不光我们害怕。我们老爷，虽然老早就告诉过我们，你们要看到天兆了，别害怕，可是等到天昏地暗的时候，他自己也吓得要命。在用人的屋子里，女厨子一看到天黑了，你猜怎么样？她立马抢起烧火棍把炉灶上的锅碗瓢盆全打碎了还嚷嚷着：'世界末日来啦，现在谁还顾得了吃饭呀！'这么一折腾，汤全都流掉了。小哥，我们村里还有这样的传说，如果白狼到处跑，人都得被吃掉，猛禽要飞来，那个托蒂什科就要到了。"

"这个托蒂什科是什么人？"柯斯嘉问道。

"连这你都不知道？"伊莉莎抢着说，"喂，兄弟，你怎么弄的，托蒂什科都不知道？你们村的人都是傻瓜，全都是傻瓜！托蒂什科可神通广大了，他就要来了。他特别神通广大，他如果来了，谁也抓不住他，对他束手无策。比如说吧，庄稼汉都想抓住他，拿着棍棒去追他，把他团团包围起来，但他会障眼法——他一使障眼法，包围他的人就会自相厮打。再比如说，如果抓住他关进牢房，他就要求给他一瓢水喝，等到把水瓢给他端来，他就一头扎进水瓢，一下子就没影了；如果给他戴上镣铐，只要他双手一使劲儿，镣铐就掉到地上了。哎，就是这个托蒂什科要来了，他在城乡到处游荡。这个托蒂什科可是个神出鬼没的神通，专事引诱基督徒……唉，谁都奈何不了他，一点办法也没有……他可是神通广大，厉害得很……"

"唉，是啊，"巴甫鲁沙不慌不忙地接着说，"托蒂什科就是这么个人。我们那里的人都在等他来呢。老人们早就说过啦，天兆一出现，托蒂什科就要来了。后来天兆真的出现了，全村的人都跑到街道上，野地里，等着要发生什么事。你们都知道，我们那儿地方开阔，坦荡如砥，一眼能望到很远的地方。大家都干瞪着两眼，看呀看呀，忽然就从镇上走来一个人，已经在下坡，模样要多奇怪有多奇怪，脑袋大得吓人……所有人都惊叫起来：'哎呀，托蒂什科来了！哎呀，托蒂什科来了！'大家都魂飞魄散地四散奔逃！我们村长吓得钻进沟里。村长老婆的身子卡在了大门底下，死命地号着，把自己的看家狗也吓得连蹦带跳地吠叫，挣开狗链，跳过篱笆，没命地向树林里跑。还有库兹卡的爹道罗费奇，也吓得钻进了燕麦地里，蹲下来，急中生智地学鹌鹑叫。他说："杀人魔也许会可怜鸟儿。'所有的人都被吓得没命啦！没想到来人原来是我们的木匠瓦维拉，他买了个大桶，顶在了脑袋上。"

孩子们听完都笑得前仰后合，接着又都不作声了，这种情况对旷野里聊天的人是常有的事。我环顾了一下四周，夜色浓重深沉，薄暮时潮湿的凉气被午夜干爽暖和的气流所替代了，暖和的夜气还要持续很久，它像软布幔一样笼罩着沉睡的田野。还要等上很长的时间，才能传来早晨的第一阵沙沙声、簌簌声和飒飒声，才能看见黎明时分初降的露珠。天空中没有月光，这些日子，月亮很晚才会露出皎洁的面容，无数金色的星星仿佛是一双双晶莹的眼睛，竞相眨动着、闪烁着，随着银河一起静静地运行。确实，你仰望着星空，仿佛隐约觉得地球在飞快运行。忽然河面上先后两次传来奇怪、刺耳而又哀伤的叫声，片刻之后，那种叫声在远处回荡着……

柯斯嘉打了个寒战，说："这是什么声音？"

"是苍鹭的叫声。"巴甫鲁沙不动声色地答道。

"是苍鹭，"柯斯嘉跟着重复着，"巴甫鲁沙，我昨晚听到的是什么声音呢，"他停了片刻，又问道，"你大概也知道……"

"你究竟听到了什么？"

"我遇上了这么一回事，我从石岭走出来，就一直朝着沙什基村走去。一开始是走在我们的榛树林里边，后来就到了一片草地——你知道吗，就在那儿，就在山谷大转弯的地方——那里不是有个大水塘吗？你知道的，塘里芦苇丛生，我就从塘边上走了过去。弟兄们啊，我忽然听见有人在水塘里呻吟，哼哼唧唧的，非常难过痛苦。哎……哎……哎呀……哎呀呀！真把我吓了个半死，弟兄们啊！天色很晚了，呻吟声又那么惨。我听了以后，也难过得快要哭了……这到底怎么一回事呀？哎！"

"前年夏天，一伙强盗把守林人阿金害死在水塘里了。"巴甫鲁沙说，"大概是他的冤魂在诉苦吧。"

"原来是这么回事啊，弟兄们啊，"柯斯嘉瞪圆了本来就很大的眼睛，"我原来压根儿就不知道阿金淹死在这个水塘里。幸亏不知道，要不然非吓个半死。"

"但是，听说有些刚出来的小青蛙，"巴甫鲁沙接着说，"叫起来声音也很惨的。"

"青蛙？得了吧，那才不是青蛙叫……怎么可能……（这时，苍鹭在河上又叫了几声）哎，对了，是这个家伙叫的！"柯斯嘉仿佛茅塞顿开，"好像是林妖大叫。"

"林妖压根就不会叫，是哑巴，"伊莉莎抢先说，"林妖只会拍手噼啪作响……"

"这么说来，你见过林妖了？"费嘉嘲弄地打断他的话。

"没有，没见过，千万可别让我看到！但有人看到过。前几天，我们那儿就有一个人让林妖给迷惑了。林妖领着他走呀走，总是在树林里走，但是总在原地转来转去……一直转到天亮，费了好一番周折才跑回家。"

"那么，他看见林妖了吗？"

"看见了，他说，林妖高高大大，全身黑糊糊一片，身上还裹着什么东西，好像躲在大树后面，看不太清，像是要避开月光似的，睖着一双大眼睛东张西望，还不停地眨着……"

"哎呀！"费嘉吓得哆嗦了一下，耸耸肩膀，大声喊叫，"呸！"

"为什么世上会有这种坏东西呢？"巴甫鲁沙说，"真是的！"

"别骂，留点神，林妖会听见。"伊莉莎忙说。

孩子们又都默不作声了。"看呀，快看呀，伙伴们，"凡尼亚忽然用清脆的童声说，"快看天上的星星，就像一窝窝蜜蜂一样！"

他一边说，一边伸出那张稚嫩的小脸，用小拳头支着脑袋，缓缓抬起他那双温和的大眼睛。几个孩子也都抬眼望着天空，望了好久。

"喂，凡尼亚，"费嘉温存而关切地问道，"怎么样，你姐姐安妞特卡身体可好？"

"挺好的。"凡尼亚回答，他的发音有点含糊。

"你告诉她，叫她来玩。"

"好，我一定告诉她。"

"你转告她，我有件小礼物要送给她。"

"那送不送给我呢？"

"也送给你。"凡尼亚轻松地舒了口气。

"算了，用不着给我。你还是送给她吧，她可是咱们的好伙伴。"凡尼亚又在原地躺下。巴甫鲁沙站了身，端起那个空锅。

"你要去哪儿？"费嘉问。

"去河边打些水，我渴了。"

两条狗也站起来跟他一块儿去了。

"小心点，别掉到河里啦！"伊莉莎望着他的背影喊道。"怎么会掉进河里呢？"费嘉说道，"他会小心的。"

"对，他会小心的。可是有的事也说不准，正当他弯下身打水的时候，没准儿水怪会拽住他的手，把他抱去。以后人家就会说，这个孩子是自己失足落水……其实哪是自己掉下去的呀？"伊莉莎侧耳仔细听了一听，又说，"听，他已经钻进芦苇丛了。"芦苇真的向两边晃动，并且窸窸窣窣地作响。

"听说傻婆娘阿库琳娜自从落水以后，就疯疯癫癫的了，有这回事吗？"柯斯嘉问道。

"是的，自从落水以后，她就变成现在那副可怜样子！听说，从前她还是个大美人呢。是水怪毁了她。水怪没料想会有人很快救她上来，就在水下把她给毁掉了。"

（我好几次碰到这个阿库琳娜。她衣衫褴褛，瘦得吓人，肮脏的脸像炭一样黑，两眼呆滞无神，就像没睡醒似的，总是龇牙咧嘴，并且一连好几小时在路上游来荡去，或者在同一个地方打转转，把两只瘦巴巴的手紧抱在胸前，就像囚在笼中的野兽一样，倒换着两脚打转。不管你和她说什么，她都不懂，只是不时疯狂而又痉挛地哈哈傻笑。）

"听说，"柯斯嘉接着又说，"阿库琳娜是因为遭了情人的欺骗，才投河自尽的。"

"就是因为这回事。"

"你还记得瓦夏吗?"柯斯嘉又伤心地问。

"你说的是哪一个瓦夏呀?"费嘉问道。

"就是淹死的那个瓦夏呀,"柯斯嘉答道,"就是淹死在这条河里。多好的一个孩子呀!唉,那个孩子真好!他妈菲克丽斯塔可喜欢他了,可疼瓦夏了!菲克丽斯塔好像早就预感到小儿子会在水里遭难。每逢夏天,瓦夏跟我们这群小伙伴偶尔到河里玩耍和洗澡,她就会吓得心惊胆战,全身抖个不停。人家的妈妈都不在意,只管拿着洗衣盆大摇大摆地从河边走过去。菲克丽斯塔一看可不得了啦,赶快把洗衣盆放在地上,大呼小叫:'回来,快回来,我的宝贝儿!啊,回来,快回来,我的心肝宝贝!'唉,天晓得他怎么淹死的。一天,他在河边玩儿,他妈妈也在,忙着弄干草,忽然听到仿佛有人在水里吐水泡儿的声音,一看,就只看到瓦夏的帽子在水面上漂。从此,菲克丽斯塔神经就失常了。她常到瓦夏淹死的地方去,就在那儿躺着。真可怜呀!她一躺在那儿,就唱起歌来——你们还记得吗,就是瓦夏唱的那支歌——她唱的就是这支歌,边唱边哭,哭呀,哭得可伤心啦,哭着向上帝诉苦……"

"看,巴甫鲁沙回来了。"费嘉说。

巴甫鲁沙端回满满一锅水,走到篝火旁。

"伙伴们,"他沉默了一会儿,说道,"有点儿不对头。"

"怎么一回事?你怎么了?"柯斯嘉赶忙问道。

"我听到了瓦夏的声音。"

几个孩子都吓得浑身发抖。

"你没事吧?你没怎么样吧?"柯斯嘉声音颤抖着问道。

"唉,是真的。我正弯腰去打水,就听见瓦夏唤我的名字,真是他的声音,仿佛是从水下传来的:'巴甫鲁沙,巴甫鲁沙,喂,到这儿来。'我吓得倒退几步,可水到底还是打上来了。"

"哎呀,天哪!哎呀呀,天哪!"几个孩子都画着十字说道。

"这是水怪叫你呀,巴甫鲁沙,"费嘉说,"我们刚刚还在说他呢,就是谈论这个瓦夏。"

"哎呀，这可不是个好兆头。"伊莉莎有些不安地说道。

"啊，没什么，不必管它！"巴甫鲁沙满不在乎地说，平静了下来，"死活在劫难逃，只能听天由命了。"

孩子们都没说什么，很明显是巴甫鲁沙令他们感触颇深。几个孩子都在篝火旁躺下，看来要睡觉了。

"这是什么声音？"柯斯嘉猛然抬起头来问道。

巴甫鲁沙仔细听了片刻，然后说道：

"这是丘鹬飞过去时发出的叫声。"

"它们飞去哪儿呀。"

"听说是飞向没有冬天的地方。"

"真有这样的地方吗？"

"有。"

"距这儿远吗？"

"很远，很远，飞过温暖的海洋就到了。"

柯斯嘉长出了一口气，合上了眼睛。

我来到孩子们身边已经有三个多小时了。月亮终于爬上了天穹。但我们却没有立刻发现它，因为它还是又细又弯的月牙儿。在这没有明亮月光的夜晚，就像先前那样美好壮观。不久之前还高悬在天的那些星星，已经快要落到黝黑的天际去了。此刻万籁俱寂，正像以往天将破晓的时刻一样，万物留在幽甜的梦境里。空气中浓烈的气味正渐渐消失，潮气又慢慢扩散开来。夏夜多么短啊！……孩子们都不作声了，睡着了，篝火也灭了，狗也打起瞌睡来了。在微弱而又幽暗的星光下，我看见它们趴在地上，垂着头也在打瞌睡。我也有点睡意蒙眬，并很快进入了梦乡。

一阵清风吹过我的脸庞。我睁开双眼，天色已经破晓。明丽的朝霞还未露出嫣红的脸庞，但是东方已现出鱼肚白。环顾周围，一切景物都能看得见了，只是还有点模糊。灰白的天空渐渐明亮了，渐渐蔚蓝了起来，凌晨的寒气还有些凉凉的。星星时而微弱地闪烁几下，时而消逝不见。地上越来越潮湿了，树叶怀抱晶莹的露珠。有的地方已经传来了人的话语、牲畜的喧闹，黎明时的微风已经在大地上飘游、吹拂。

我的身体经微风的吹拂，也心旷神怡地轻轻颤动。我为之一振，爬起身来，走到孩子们身边。几个孩子围着余烬尚在的篝火，仍然香甜地睡着，只有巴甫鲁沙抬起上半身，专注地看看我。

我向他点头致意，沿氤氲着雾气的河边走上回家的路。我刚走出不到两俄里，在我的四周，在广阔的捧着露珠的草地上，在前面那些嫩绿的山冈上，从一片树林到另一片树林，从后面尘土飞扬的大路上，在一片片露珠闪亮、朝霞染红的灌木丛上，在越发稀薄透明的晨雾笼罩下羞谷谷泛着蓝光的水面上，从而露出碧蓝的水面上，到处都全映照着那温暖明媚的晨光，起初是鲜红的，然后是正红的，金黄的……万物复苏，都活跃了起来，唱歌了，欢笑了，说话了，忙碌了。到处都有大颗晶莹剔透的露珠映着朝霞闪耀红光，恰似那澄澈明亮的钻石。清新悦耳的钟声迎面传来，仿佛被朝露洗濯过一般纯净悠扬。忽然一群倦意全失的骏马精神抖擞地从我身旁飞驰而过，赶马的正是我认识的那几个孩子……

可惜的是，我必须补充一句：巴甫鲁沙就在这一年夭折了。他不是淹死的，而是坠马身亡。真可惜，多好的一个小家伙啊！

（一八五一年）

美丽的梅恰河畔的卡奇扬

　　我们坐着一辆运货马车打猎归来,我们打猎归来坐的是一辆运货马车,一路上颠颠簸簸很难受。阴霾弥漫,使这夏日的天气更加窒闷难挨(众所周知,这种天气,通常比大晴天更热得让人难以忍受,尤其是一丝风都没有的时候)。我觉得很不舒服,一路上睡意蒙眬,打着瞌睡,身子摇摇晃晃,也只能闷闷不乐地忍耐着。坎坷道路上扬起的白灰洒了我一身,又得听着干裂的车轮子吱嘎作响,心中更加烦躁,突然,我车夫的异常不安的情绪和惊慌失措的动作,引起了我的注意,原来此前他也在打瞌睡,甚至比我睡得更熟。他接连勒了好几次马缰,在驾车台上忙乱地折腾起来,嘴里不停地吆喝着马,又不时地往边上张望。我环顾四周,我们的马车正在一片耕种过的开阔平原上前进。邻近有几个不高的,也是耕种过的小丘,成波状缓坡伸向平原。一片五俄里长的空旷荒原尽收眼底,远处是一片片的小白桦林,只有它们那圆形或齿形的树冠,隔断了几近笔直的地平线。条条小路在原野上蜿蜒曲折,纵横交错,有的延伸到洼地就失去了踪迹,有的又曲曲弯弯地爬上小丘,其中一条在我们前面五六百步处和我们正走着的大路交叉在一起。

　　我在那条小路上看见一队人马,就是我的车夫一直观望的那一队。

　　那是出殡的队伍。前边慢腾腾地走着一辆套着单马的车,车上坐着一位牧师,一名教堂执事在他身旁赶着车。马车后面跟着四个庄稼汉,没戴帽子,抬着一口蒙盖着白布的棺材。棺材后面跟着两个农妇。突然,其中一个农妇悲哀地尖声哭号起来,我侧耳细听,她的哭泣混杂着诉说。这单调乏味、撕心裂肺而悲恸欲绝的哭号,在空旷的原野中震荡着,回旋着,显得凄惨异常。我的车夫拼命地挥鞭催马,他想超越那队送葬的人马。在路上遇到送葬的或者死者，是个凶兆。车夫果然在送葬的队伍还没到大路的时候，就超越他们飞驰过去。但还没等到我们的车走出百步之外，突然猛地一震，一下子就歪倒了，差点儿就翻车。车夫用力勒住狂奔的马儿，挥了一挥鞭子，啐了一口。

"出什么事啦？"我急忙问他。

车夫没有回答我，只是一声不吭，不慌不忙地爬下车。

"到底出什么事啦？"

"车轴断了……全烂掉了。"他忧郁地回答，并气急败坏地整理一下拉套的马的套皮，使得那匹马直歪向一边，后来才站住了。马打了个响鼻，抖擞了一下，悠然自得地用牙齿在前腿的小腿上挠起痒痒来。

我走下车，在路上站了一会儿，忽然生出一种模糊不快的困惑。右面的车轮几乎全被压到车底下了，无奈地把轮毂向上顶着。

"现在可怎么办？"我不禁问道。

"就怪那个倒霉的死鬼！"我的车夫气冲冲地说，用鞭子指了指出殡的人马，那队人马已经拐上了大路，正向着我们这边走来。"我向来都留神这种事儿，"他接着说，"碰到死人，必定倒霉……果然应验了。"他又去折腾那匹拉套的马。这匹马看见他神色不对又恼火的样子，便倔强地动也不动，只是有时神色庄重地摇摇尾巴。我围着马车前后转悠了很久，最后站在轮子前面。

这时出殡的队伍追上了我们，我们的车挡在路上，这伙悲哀的人群只得从大路拐到草地上去，绕过我们的马车。我和车夫都摘下帽子，给牧师点头鞠躬，和抬棺的人对视了一下。他们费力地走着，宽胸脯一高一低地起伏着。棺材后面走着的两个女人，有一个上了年纪，面色惨白。她那张呆滞和因悲伤过度而几乎变形的脸，仍保持着庄重肃穆的神情。她默默地走着，有时抬起那瘦巴巴的手，擦擦她那薄薄的凹陷的双唇。另一个女人是一个二十五六岁的少妇，眼睛哭得通红，热泪长流，脸都哭肿了。她经过我们面前的时候，暂时停止号哭，并用衣袖捂住了脸。但是当棺木刚刚绕过我们，折回大路的时候，她又悲恸欲绝、撕心裂肺地号啕起来。我的车夫一言不发地目送着均匀颤抖着的棺材。看棺材过去之后，他扭头对我说道：

"这是给木匠马尔丹出殡，就是利雅波沃那个木匠。"

"你怎么知道的？"

"我一看这两个女人就知道了。那个老太太是他的母亲，年轻的那个是他老婆。"

"怎么，他是病死的吗？"

"是病死的，害了热病。前天管家还派人请医生了，真不巧，医生没在家。这个木匠是个大好人，喜欢喝点儿酒，可木匠活是顶呱呱的。看，他的老婆多伤心呀……但是，谁都知道，女人的眼泪最不值钱。女人的眼泪和水一个样……真的一点儿不假。"他弯下身，从马缰下爬过去，两手握住马轭。

"可是，"我说，"我们究竟该怎么办？"

我的车夫先用膝盖顶住了辕马肩部，摇了两下马轭，摆正辕鞍，然后又从马缰下爬回来，顺手推了一下马的脑袋，便走到车轮旁边。他在那儿边注视着车轮，边慢腾腾地从怀里掏出一个扁扁的桦树皮制的鼻烟盒，扯住皮带揭开盒盖，将两个胖胖的手指头伸进盒里（**这两个指头伸进去还不怎么容易**），把鼻烟揉了一揉，歪歪鼻子，便不紧不慢地闻了起来，每闻一下，总要长长呼哧一声，而且难受地眯着泪汪汪的眼睛，沉思起来。

"喂，怎么样？"我又有些着急地问道。

我的车夫仔细地将鼻烟盒装进衣兜，没用手，而是动动头皮，让帽子扣到眼眉上，便心事重重地爬上驾车台。

"你要去哪儿呀？"我有些惊疑地问。

"请您上车吧。"他若无其事地回答，同时拿起缰绳。

"可我们的车怎么走呢？"

"能走，您尽管放心。"

"可是车轴……"

"请您上车吧。"

"但车轴断了呀……"

"车轴断是断了，但我们还能勉强走到移民村……也就是说，慢慢凑合着走吧。那边有一片树林，林子后边，靠右面有一个移民村，叫尤金村。"

"照你看，我们的车能走得到吗？"

我的车夫又没有回答。

"我还是自己走路好了。"我说。

"请便吧……"

于是他挥挥鞭子，车就开动了。

尽管车子的右边前轮差点儿就掉了下来，而且转动起来要多奇怪有多奇怪，但我们还真凑合着走到了那个移民新村。在一个小山坡上，那个轮子差点就飞了出去。但是我的车夫恶狠狠地大吼一声，我们的马车竟还安然无恙地下了小山坡。

整个尤金村只有六幢低矮的农舍，都已经东倒西歪了，但村子刚建起来没多久，有些院落篱笆还没有圈好。我们的马车进村后，没有遇到一个人，街上一只鸡也没见到，也没听见狗叫声。只是当我们的车走到一个干裂开来的洗衣槽附近时，里面跳出了一条短尾巴黑狗，却一声不吭，立刻慌慌张张地从大门下钻了进去。那条狗一定渴极了，因而才钻进洗衣槽里面去的。我们走进了第一座农舍，推开过道的门，呼唤这家主人，却没有人回应。我又唤了一次，只听见另一扇门里传来猫的那饥肠辘辘的叫声。于是我踢开门，一只瘦巴巴的猫在黑暗中闪了闪绿莹莹的眼睛，悄悄从我身边溜走了。我把头伸进屋子观望，里面黑咕隆咚，一个人也没有。我回到院里，仍没碰到一个人。牛棚里有头小牛哞哞叫唤了几声。一只跛脚的大鹅一瘸一拐走向旁边。我又走进第二家农舍，屋子里仍然没有人。我走到了院子里……

在阳光灿烂的院中央，就是所谓的太阳地里，躺着一个人，不，确切说来，是趴着一个人，上衣蒙着头，我推测那是个小男孩。离他几步开外的草棚下，有一辆运货的旧马车，马车旁边站着一匹套着破旧马具的瘦马。阳光通过破旧棚顶的窄洞洒进来，马蓬松的枣红色鬃毛上添了许多斑驳的光点。旁边一只高挂着的鸟笼子里，椋鸟在欢叫着，从它们那半空中的巢穴里好奇地向下观望。我走到那睡在太阳地的人的身旁，呼唤着他……

他抬起头，一看见我，立马站了起来，"什么，你要什么？有事吗？"

他睡眼惺忪地说着。

我没有马上回答，因为他的模样吓了我一大跳，原来他是个五十多岁的矮个子，一张布满皱纹的黑黝黝的脸，尖尖的鼻子，一双小得几乎看不见的棕色小眼睛，脑袋上浓密的黑色鬈发，像个蘑菇扣在头上一样。他的身躯显得孱弱又瘦削，眼神怪异到无法用言语形容的地步。

"你有什么事？"他又问我们。

我跟他说明缘由。他慢慢眨着眼睛，一直盯着我，听我说完。

"就是说，你能给我们搞一根新车轴吗？"我终于说道，"我可以付钱。"

"可是你们是干什么的？打猎的吗？"他细细打量了我一番，然后问道。

"是打猎的。"

"你们一定是打天上的鸟……和林子里的野兽吧？你们杀害上帝的生灵，让无辜的鸟兽流血，难道没罪过吗？"

这个奇怪的小老头说话时拖着长长的声调，他的声音里没有一点衰老的味道，反而甜蜜动听，活力洋溢，犹如女人的声音那么温柔，这种声音令我很惊奇。

"我可没有现成的车轴，"他沉默了一会儿，又说，"这上边的轴又不合适（他指了指他那辆小运货马车），你们的马车一定是大的吧？"

"在村子里能弄得到吗？"

"这也算村子！这里没什么人有车轴……而且谁家都没人，全都干活去了。你走吧。"他忽然这么说，然后重又躺在地上。

这令我始料不及。

"喂，老人家，听我说吧，"我拍拍他的肩膀说，"劳驾，请帮帮忙吧。"

"你快走吧！我累得要死要活的，今天去了趟城里。"他对我说，又把衣服蒙在脑袋上。

"劳驾啦！"我继续说，"我……我会付给你钱。"

"我不要你的钱。"

"请帮帮忙吧，老人家……"

他抬起上半身，盘着两腿坐在那儿。

"我带你去树林采伐地吧，也许会有办法。有几个商人在那里买了一片林子——真是造孽，他们砍掉了树林子，盖了个事务所，真是造孽。你可以在他们那定制一个车轴，或者买个现成的。"

"那真是太好了！"我高兴地喊道，"太好了！……我们现在就去吧。"

"橡木车轴可是好车轴。"他接着说，却没有站起来。

"离伐木的地方远吗？"

"三俄里。"

"不远！我们可以坐你的马车去。"

"不行……"

"那么我们就走路吧，走吧，老人家！我的车夫还在街上等着呢。"

老头很不乐意地站了起来，跟我一块来到街上。我的车夫正在生气，他要饮马，但是井里的水很少，味道也差，根据车夫们的说法，这可是要紧事。可一看到那个老头，就咧嘴笑了，点点头，喊道："啊，卡奇扬！你好呀！"

"你好，耶罗费，你这个直肠子！"卡奇扬不怎么热情地回答。

我立刻把卡奇扬的主意告诉了车夫。耶罗费表示同意，就将马车赶进院子。当他老练而麻利地忙着卸套之际，卡奇扬用肩膀靠着大门站在那儿，闷闷不乐地看着他，又闷闷不乐地看着我。他好像有点惶惑不安。据我观察，他不太喜欢我们这两个不速之客的来访。

"怎么，把你也给迁来了？"卸马轭的时候，耶罗费突然问卡奇扬。

"我也被迁来了。"

"唉！"我的车夫透过牙缝，含糊不清地说，"你可知道，木匠马尔丹……你认识利雅波沃的那个马尔丹吗？"

"认识。"

"唉，他死了。我们刚刚碰到给他送殡的棺材。"

卡奇扬哆嗦了一下。

"死了？"他说完，就低下头。

"真的死了。你怎么不好好给他治治呢？大家都说你会治病，说你是医生。"明显地，我的车夫是在开这个老头的玩笑，挖苦他。

"怎么，这是你的马车吗？"我的车夫接着说，并向着马车耸耸肩膀。

"是我的。"

"唉，车呀……车呀！"他重复了两遍，抓住车辕，几乎把车给翻过去，"车呀！你坐什么去伐木地呢？我们的马套不进这样的车辕子，我们的马又高又大，可是你这算什么呀？"

"我可不知道，"卡奇扬答道，"不知道用什么拉你们去，要不就用这头畜生吧。"他又唉声叹气地补充了一句。

"就用这头牲口？"耶罗费接着说，然后就走到那匹驽马前，鄙夷地用右手中指戳了戳马脖子。"看，"他责难地说，"都睡着了，没用的东西！"

我让耶罗费赶快套上马。我想亲自跟卡奇扬去采伐地，因为那里常常有松鸡出没。等套好那辆小马车，我便带着我的狗将就着坐上车，车身是用树皮做的，凹凸不平，坐在上面很不舒服。卡奇扬也缩成一团，坐到前面的栏板上，依旧愁眉不展地拉着长脸。这时耶罗费走到我面前，神秘而低声地对我说："老爷，您跟他一起去，那就有意思了。您不知道他有多奇怪，是个真正的疯子，要不然外号怎么叫跳蚤呢。我不知道您是怎么看他的……"

我本打算告诉耶罗费，到目前为止，我认为他是一个正常人，明白事理，可我的车夫没等我说完，又以同样的口气继续说："您可留点儿神，看他是否带您去那个地方。而且您得亲自挑选车轴，要挑根结实些的……喂，怎么样，跳蚤，"他又高声说，"你们这儿能弄到点面包吃吗？"

"你自己去找吧，也许能找到。"卡奇扬说完，拉拉缰绳，我们就出发了。

出乎我意料的是，他的马跑起来倒还不错。卡奇扬一路都没吱声，我问他什么，他都不大愿意回答，即便回答也是含混不清。我们很快就到了采伐地，又在那儿找到了事务所——一座高高的木房，孤单地矗立在河流边上。那条河只用一道堤坝马马虎虎拦住，成了一个池塘。我在事务所里见到了两个年轻伙计。他们的牙齿都雪白发亮，眼睛甜润润的，说话也甜蜜亲切，而且口齿伶俐，笑容甜美，却显得有些狡黠。我向他们买了一根车轴，就回到了采伐地。我本以为卡奇扬会在停车处等我，不想他却忽然走到我的面前。

"怎么，你想去打鸟吗？"他问，"去吗？"

"想去，如果找得到的话。"

"我和你一起……可以吗？"

"可以，可以。"

我们就出发去打鸟。砍掉的树木共有一俄里长。坦白说来我留意观察卡奇扬的时间，比看我的狗的时间还多。"跳蚤"这个绰号和他还真般配。他那个乌黑乌黑的、没有遮盖的小脑袋（可他那头浓发代替得了任何一种帽子）在灌木丛中时隐时现。他走起路轻巧灵便，压根儿不是走，而是蹦蹦跳跳，还时不时弯下身，将一些草揣进怀中，自言自语嘟哝几句，用一种困惑而惊奇的目光，不住打量我和我的狗。在低矮的灌木中，在采伐地上，经常飞舞着一些灰色小鸟，从这棵树飞上那一棵树，啾啾地鸣着，忽高忽低。卡奇扬模仿着鸟叫，和它们呼应着。一只小鹌鹑吱吱啾啾地唱着，一只云雀飞下来，在他头顶扇动翅膀盘旋，高声歌唱着，卡奇扬也随着云雀一起唱，他依旧不和我说一句话……

天气晴朗，比刚才更好了，可仍旧那么炎热。在澄澈透明的天空中，高高的稀疏的云朵慢悠悠地飘着，呈乳白色，有如春天迟融的积雪，又像伸展着翅膀的风帆，又扁又长。边缘就像蓬松柔软的棉花，每一个瞬间都在缓缓地，但又明显地变幻着。这些云朵正在消融，因此没有留下阴影。我和卡奇扬在采伐地上走了很久。一个个低矮的树墩子，都有些发黑了，周围长满了细嫩而光滑的枝条，新生的嫩枝还不足一寸。树墩上边还生着很多海绵状的木瘤，一个个圆圆的，还镶着灰边，火绒就是用这种木瘤熬制出来的，草莓也在上面伸展着粉红色的卷须，上面还生着一簇簇蘑菇，密密麻麻。我的双脚常被晒热了的长草绊住。树上到处是微微泛红的嫩叶，闪烁着金属般的光泽，使人眼花缭乱。随处可见的一串串浅蓝色的野豌豆，一朵朵金黄色的毛茛花，半紫半黄的蝴蝶兰，令人目不暇接、赏心悦目。一些几乎湮没于荒草中的小路上，布满了红色小草，它们呈带状分布，勾勒出昔日车辙。就在这些小路边上，堆放着一俄丈见方的木柴，一垛一垛数不清，天长日久雨打风吹，柴垛已经变得黑糊糊的。这些柴垛投下一片片斜方的阴影，却不是浓荫——除此之外再没有别的阴影了。微风时而吹动，时而岑寂，时而又强风骤起，迎面而来，仿佛要狂风大作，周围一切都活跃了，欢呼起来，左摇右晃地摆动着，连羊齿植物那柔软的枝梢也妩媚地跳起舞来。你正想享受一下凉风送爽呢，可谁知风一下又消逝无踪了，一切又都静寂下来了。只有蝈蝈仿佛生气般吱吱地叫了起来——这种持续而无味的大合唱，懒洋洋的，像催眠曲一样，使人昏昏欲睡。这种恼人的叫声倒很称中午的烈日炎炎。这声音仿佛是炎炎烈日晒出来的，仿佛是晒烫了的大地呼唤出来的。

　　一路上，我们连一群鸟也没有遇上，两手空空地来到了另一片采伐地。在这儿，一株株刚被伐下的白杨悲哀地躺在地上，把青草和小灌木都压在了身下，其中有几株树上的叶子还是绿的，但却已经蔫了，无精打采地挂在静止的树枝上，另外一些白杨的叶子已经枯萎了，卷曲了。在湿漉漉的发亮的树墩边上堆着很多新砍下的木片，呈金黄色，还散发着奇特的味道——异常好闻的苦味儿。在远处，邻近树林的地方，响着沉闷的斧头声，过一会儿，就有一株茂盛的大树慢慢倒下来，就好像在伸展着臂膀庄重而纡缓地鞠躬……我转悠了许久，一只野禽也没有找到。最后，终于从长着一大片苦艾的橡树丛中飞出一只秧鸡。我举枪射击，一枪命中，只见那只秧鸡在空中翻转了一下，便倒栽葱似的跌了下来。卡奇扬听到了枪声，立刻捂住眼睛，呆呆地站立不动，直等到我装好枪捡起那只秧鸡为止。等我继续走向前，他才走到被打死的秧鸡掉落的地方，弯腰去看溅在草地上的血滴，伤心地摇摇头，惊恐地朝我望了一眼……后来我听到他低低的声音："罪过呀！……唉，真是罪过！"

　　烈日似火，我们终于被逼进树林，我急不可耐地跪倒在一片高高的榛树丛下面，树丛上方有一棵新长出来的槭树，挺拔秀颀，神采飞扬地伸展着它的翠枝碧叶。卡奇扬在一株被伐倒的白桦树的树干上坐下。我注视着他，树叶在高处轻轻地摇动，投下了浅绿色阴影，在他那用深色上衣马马虎虎裹着的虚弱的身体上，还有他那张瘦小的脸庞上缓缓地移动着。他一直低垂着头颅，始终不声不响，使我感到索然无味，便仰躺在地。只能自找乐趣了，我便开始欣赏那些交错纵横的枝叶在明朗的高空中静静嬉戏和变幻。仰卧在树林里眺望空中，是一件妙趣横生、难以言表之事！你会觉得自己仿佛是在眺望深不可测的大海，这片无边无际的大海仿佛就在你身下，你觉得树木不是从地面往天上生长，而是一些巨大的植物根系从上面垂落下来，直落到玻璃一样明净的波浪之中。树上的叶子时而有如绿宝石一样玲珑剔透，时而浓重起来，变成金黄的墨绿色。在遥远的某处，细细的树梢有一片单独的叶子，静静地映在一片湛蓝透明的天空中，旁边有另一片叶子轻轻摇动，就仿佛鱼儿在水中摆动着尾巴，树叶的这种动作是自发的，而不是由于风的吹拂。一朵朵白云，有如一座水下仙山异境，静静漂游过来，又静静漂游过去。忽然之间，这片大海，这夺目闪光的空中，这些沐浴着阳光的浓枝密叶，全都波动起来，有如闪烁的光芒颤动起来，接着就发出一阵清新而颤动的簌簌声，恰似忽然涌来的微波那潺缓而细碎的絮语声。你静静地，纹丝不动地凝望，心中溢满了无限的喜悦，多么甘美，多么恬静，那真是难以言表。你望着，望着，明净的蓝天在你双唇上绽开一朵微笑，这朵笑容也像蓝天一样纯洁无瑕。于是，一件接一件的幸福往事，就像天穹中的行云一样涌现在你眼前，又像那一朵朵飘浮的白云，轻柔徐缓地从你的心头飘过。而且你会觉得你的目光愈看愈远，直到拉着你进入那静谧而光明的神秘高深的境界中去，你已无法离开这至高至远之地……

"老爷，喂，老爷！"卡奇扬突然用高亢的声音呼唤我。

我欠起身，惊奇万分。因为此前他就连回答我的问话都很被动，这时却突然主动和我搭话。

"什么事？"我问。

"请问，你为什么要打死这只鸟？"他的眼睛直直盯着我，问道。

"什么为什么？……秧鸡——这是一种野味，可以吃的。"

"老爷，你不是为了吃才打死它，你才不会吃它呢！你是为了找乐子才打死它的。"

"要知道，你自己不也吃鹅肉或鸡肉吗？"

"那些是上帝规定给人的食品，但秧鸡却是森林中自由翱翔的鸟儿，不单是秧鸡，还有许多其他的生物。所有森林里、田野里和河流里的生物；还有沼泽地中和草地上的；天上飞的、地上跑的生物——杀害它们都是罪过，要让它们在世间自由生存，直到自然死去。人有他们定好了的食物，人吃的喝的是别的一些东西：粮食——上帝的赐予——和上天降下的甘霖，还有从祖先那儿传下来的家畜和家禽。"

我惊奇地望着卡奇扬。他说话流畅自如，每句话都不假思索，平和而有分量、庄重而又亲切，说到兴奋之处还闭上眼睛。

"那么，照你看来，捕鱼也是罪过了？"

"鱼是冷血动物，"他坚定地回答说，"鱼是无声的生物。鱼不知道恐惧，也不知道欢乐。鱼是一种不会说话的生物。鱼无知无觉，它的血也不是活的……"他略停了片刻，接着说道，"血，血是神圣的东西！血不能暴露在光天化日之下……让血见光，那可是天大的罪过，天大的罪过，没有比这更可怕的事情……唉，天大的罪过呀！"

他叹了口气，就低下头来不作声了。说实在的，我莫名惊奇地看了看这个奇怪的小老头。他的话真不像是农夫之言，普通的老百姓是讲不出这一番大道理的，一般善辩之士，也说不出这番话。这是深思熟虑之后说出来的庄重又独特的话——我平生从未听过这种话。

"卡奇扬，请告诉我，"我开始问，视线却一直停留在他那激动得略微泛红的面孔上，"你是干哪一行的？"

他没有立马回答我。他的眼睛惶惑地转了片刻。

"我遵照上帝的旨意过活，"他终于回答，"至于说干的是哪一行吗——不，我哪一行都没干。我这个人一无所长，从小就是这样，能干点什么就干点什么，我干什么也干不大好，我干什么也不是很灵，我不是有本事的人！我身体不怎么样，又笨手笨脚的。譬如说吧，每逢春日，我就去捉夜莺。"

"捉夜莺？你不是说过吗，不论是森林里的还是田野里的，不管是天上飞的还是地上跑的生物，都是不可以伤害吗？"

"说得对，是不该杀害它们。死亡是不可避免的，到了该死的那一天，必然要死，看看木匠马尔丹吧。木匠马尔丹本来活得不错，可是却短命。他的老婆又为丈夫哭泣，又为幼子落泪……不管是人还是别的生物，终有一死，无人可逃……但是我并不是把夜莺杀死，我绝不会伤害它！我捉夜莺，不是让它们遭罪受，不为了害它们的性命，是为了让人们高兴，是为了让人们开心取乐。”

“你是到库尔斯克去捉夜莺的吗？”

“去库尔斯克，但也去一些远的地方，这要根据情况而定。我常在沼泽地上，在森林里过夜，一个人在田野里，在荒郊过夜。在那些地方可以听到丘鹬唧啾，兔子吱吱叫，还有野鸭呱呱的声响……晚上我注意倾听，早晨我仔细倾听，天刚发亮，我就在灌木丛上布下网……有的夜莺唱得那么悲哀，那么可怜……美妙的歌声，动听极了。就是太可怜了，太悲哀了。”

“那你也卖夜莺吗？”

“卖是卖，都卖给善良的人。”

“那你还做些什么事？”

“什么做什么事呀？”

“就是还做什么活呀？”

老头儿好久没作声，“我什么也不做……我什么也干不好。可是我认字。”

“你认字吗？”

“我认字。这可要感谢上帝和一些善人的帮助。”

“你有妻子儿女吗？”

“没有，没有妻子，也无儿无女。”

“怎么啦？是死了吗？”

“不，压根就没结过婚。我一生命运不济。这一切全是上帝的安排，我们都照着上帝的旨意过活。可是人生在世必须做一个正直的人——这才是顶重要的！也就是说，要合上帝的心意。”

“你有亲戚吗？”

“有……不过……就那样……”

老头儿支支吾吾，不肯再说了。

“那请告诉我，”我又说道，“我听见我的车夫刚才问你，为何不治好马尔丹。这么说，你真会治病了？”

"你的车夫是为人正直，"卡奇扬若有所思地回答，"也不是无错可挑。他说我是医生，可我算什么医生呢，又有谁能治病呢？还不是依着上帝的安排。有一些……草呀，花呀，确实很灵光。就拿鬼针草来说，就是一种对人很有用的草，车前草也一样。说说这些草，也没什么不体面的，因为这都是些圣洁的草，是上帝的恩赐。可另外一些草就不一样了，它们虽然也能治病，有灵验，但却是有罪的草，甚至提及它们都是一种罪过，除非一面做祈祷……当然，有一些咒语……谁若是相信，谁就能得救。"他放低声音，补充道。

"你什么药也没给马尔丹吃吗？"

"我知道的时候已经迟了，"老头回答，"可是这又有啥关系呢！生死在天。本来木匠马尔丹就不是长寿之人，因而他在世上是活不久的，果真如此。是啊，凡是在世上活不久的人，连太阳给他的温暖，也不像给予别人那么多，每天吃饭也没什么用，仿佛命中注定了，他要去另一个世界……啊，愿上帝让他的灵魂安息吧！"

"你们迁到我们这里很久了吗？"沉默片刻之后，我问道。

"不，不很久，大概四年。老主人还在世时，我们一直住在旧地方，可是，现在的监护人就把我们迁到这里了。我们的老主人心慈面软、与人为善——愿他早日升上天堂！但是监护人也不错，看来，非这样做不可。"

"你们以前住在哪里呢？"

"我们住在美丽的梅恰河边。"

"那个地方距这儿有多远？"

"大概一百俄里吧。"

"啊，那里比这里好吧？"

"比这儿好……比这儿好。那里辽阔而自由，到处是河川，那是我们的故乡。可是，这个地方狭窄而干旱……我们在这儿太过孤单冷清。在我们那儿，在美丽的梅恰河边，你可以爬上小山坡，一看，天哪，这是什么呀？多美啊！啊，又有河流，又有草地，又有森林，那边有一座礼拜堂，再过去又是草地。你能看到很远的地方……你看吧，看吧，哎呀，实在太美了！这儿呢，土地确实更好，是种庄稼的好土，庄稼人都这么说，是很好的土壤，的确，种上的庄稼到处都长势喜人。"

"喂，老人家，怎样，你实话告诉我，你一定很想回家乡去看看吧？"

"是啊，要是能回去一趟该多好啊。但是，到处都不错。我没有家室拖累，喜欢到处跑跑，说实在的，整天待在家里有什么意思？所以应该出去走走看看，"他提高声音继续说，"能够使人精神更爽快。太阳温和地照耀在你身上，上帝看你也看得更清晰，唱起歌来也更加甜蜜。你到处看看，会看见一种草，你看清楚了，就采一些吧。那儿还有水流动不停，比如说泉水吧，那是圣水，你就放开肚皮喝个够吧——你要记住。天上有鸟儿自由自在地飞翔，自由自在地歌唱……库尔斯克周边是一片片辽阔无边的草原，真是一望无际，真美呀！看了后，令人惊奇而喜悦。那是上帝的恩赐！据说，这儿的草原一直延伸到温暖的大海洋去，那儿有一只声音美妙的鸟儿名唤'格玛云'，树上的叶子无冬无夏四季常青，永不凋零，金色的苹果挂满在银树枝头，所有的人都过着富足、平等而又满意的生活……我要是能去那儿该有多好啊……我去过的地方确实不少！我去过罗姆内，去过辛比尔斯克——那是一座很美的城市，也去过莫斯科——那里到处都是金光耀眼的圆顶教堂，我去过'奶娘奥卡河'，去过'亲爱的茨纳河'，也去过'母亲伏尔加河'。我看到过许多的人，许多虔诚的教徒，也游历过许多正派而体面的城市。因此，我很想到那边去，而且……不光是我一个有罪之人……有很多其他穿过皮鞋的人，一路要饭，去追寻真谛……是啊！要不整天窝在家里又有什么意思呢，不是吗？人世间没有正义……"

说这最后几句话时，卡奇扬的语速很快，几乎这就是事实，让人听个清楚。后来他又说了几句什么，我根本就听不清了，他脸上那种奇怪的表情，叫我不由得想起"疯子"。后来他咳嗽了几声，清了清嗓子，仿佛才醒过神来。

"多好的太阳啊，"他轻声说道，"这是上帝的恩赐！树林里多么温暖呀！"

他耸耸肩膀，又沉默了片刻，漫不经心地环顾四周，便低声哼起歌来。我听不清楚他那拖着长调的歌曲的全部歌词，只是听清了如下两句："我的名字叫卡奇扬，有个绰号是跳蚤……"

"噢！"我想，"这支歌是他自个儿编的。"

突然他全身哆嗦了一下，直盯着树林深处，歌声也止住了。我回头一看，一个七八岁的农家小女孩，穿着一件蓝色无袖长衫，头包一块格子头巾，一只晒黑了的胳膊挎着一个篮子。她大概没有想到会遇上我们，就像一般所说的突然"撞上"了我们，因此便呆愣在青翠而茂密的榛树丛中的草地上，站在树荫下面，惊慌失措地看着我们，两只眼睛乌溜溜的。我刚来得及看清楚她，她就飞快躲到树后面去了。

"安妮什卡！安妮什卡！到我这儿来，别害怕。"老头儿亲切地呼唤。

"我怕。"尖声尖气的声音传来。

"别怕，别怕，到我这儿来。"

安妮什卡默默离开她的藏身之处，悄悄地绕了个圈子——她那双小脚走在茂密的草地上几乎无声无息——从老头儿身边的树丛中走出来。可是这小女孩并不像我方才根据她矮小身材推断的那样只有七八岁，而是一个十三四岁的小姑娘了。她虽然又瘦又小，但是身材却很匀称，模样秀美伶俐，那张漂亮的小脸蛋儿很像卡奇扬的脸，尽管卡奇扬的样子并不漂亮。两个都是尖脸盘，同样奇怪的眼睛，调皮而真挚、深沉而敏锐，举止也一样……卡奇扬仔细打量了她一番，她就站在他身旁。

"怎么，采蘑菇呢？"

"是的，采蘑菇。"她羞答答地微笑着回答。

"采得多吗？"

"不少。"她很快看了他一眼，又笑一笑。

"有白的吗？"

"也有白的。"

"让我看一看，让我看一看……"小姑娘放下挎着的篮子，并把一片盖在蘑菇上的大牛蒡叶子掀开一半。"哎！"卡奇扬弯下腰，又说，"采得多好啊！安妮什卡真能干！"

"怎么，卡奇扬，这是你的女儿？"我问道。安妮什卡的面庞上微微泛起了红云。

"不是，哦，是亲戚。"卡奇扬故意做出一副漫不经心的样儿。"哦，安妮什卡，你走吧，"他立即又补充道，"你回去吧，要当心点儿……"

"干吗让她走回去呢？"我打断他的话，"让她和我们一起坐车回去吧……"

安妮什卡的小脸红得有如罂粟花一样美丽。她双手抓起篮子上的绳子，不安地看了看老头。"不用了，让她自己走回去吧，"他仍旧懒惰又淡漠地说道，"没事，她自己可以走回去……你走吧。"安妮什卡很快走进林子里去了。卡奇扬向她的背影看了一小会儿，然后低下头，微笑了。在这悠长的微笑中，在他和安妮什卡简短的交谈中，还有在他与她说话时的语调中，蕴涵一种难以言传的深沉慈爱和温柔亲切。他再次向着她走去的方向看了又看，又会心地笑笑，摸着自己的脸，点了几下头。

"你为什么这么快把她打发走了呢？"我问他，"我还想买她的蘑菇呢……"

"如果您真要买，等回到我家里也可以。"他回答我。这是他第一次称呼我"您"。

"真是个可爱的小姑娘。"

"不……哪里……哦……"他仿佛不很情愿地回答，而且从这时起又像起初那样沉默了。

我看得出来，不论我如何想法子让他再开口，也是无济于事，于是我只好走向采伐地。这时已经不怎么热了，可我此次打猎不利，或者就像人们常说的那样，这是晦气，或者倒霉。于是我只得带着一只秧鸡以及新买的车轴回移民村去了。马车走进院子时，卡奇扬突然转身对我说："老爷，真对不起，是我念了咒，让所有的野禽都躲开你。"

"你怎么让野禽躲开的呢？"

"我自有一套。你的狗再好再机灵，可是什么用场也派不上。人呀，看上去无所不能，不是吗？可不是，对野物不也束手无策吗？"

我本想劝说卡奇扬，要他别相信"念咒"能驱逐野物。恐怕自己也是枉费心机，因此我没有再对他说什么。何况这时我们的马车一转弯，就进了大门。

安妮什卡不在家，她回来过了，因为她已经把一篮蘑菇放进了屋子。

耶罗费一看到新车轴，便横挑鼻子竖挑眼了一番，然后才安上它。一个钟头之后，我们就上路了。临走时我留下一些钱给卡奇扬，起初他无论如何也不肯要，可是后来想了想，把钱在手里拿了一会儿，就揣进衣兜了。在这一个钟头里，他几乎一言不发。他依然靠在大门上，也不理我的车夫的责备，极冷淡地同我告别。

我们刚往回走时，我发现我的耶罗费坐在那里闷闷不乐。大概是他在村子里什么吃的也没有找到，饮马水槽也特别不好的原因吧。我们就这样催马上路了。他带着不乐意的神情坐在驾驭座上，从背后都可以看出他的别扭劲儿。他很想和我聊上几句，却非得等着我先开口。而在等待之际，他只是自己低声唠叨抱怨，拿马出气，毫无意义而又恶毒地咒骂。"村子！"他喃喃自语，"这也算是个村子！想弄点格瓦斯解解渴，连格瓦斯都没有。嘿，我的天哪！水呀，糟透了！（他使劲地啐了一口）黄瓜、格瓦斯，全都没有，什么都没有！哼，你呀，"他对右边拉套的马大声吆喝，"我可看透你啦，你这个狡猾鬼！你大概只想偷懒耍滑头！（使劲儿抽了它一鞭子）这匹马滑头起来了，从前这畜生有多听话呀……哼，哼，我看你敢回头！"

"耶罗费，我问你，"我开始说话，"卡奇扬到底是个什么样的人物呀？"耶罗费没有立刻作答，他向来是一个思考再三而不轻易乱说的人，但是我立即猜透了他的心思，我的问题令他心满意足。

"跳蚤吗？"他拉拉缰绳，终于开口了，"是个怪人，简直是疯子，真是世上独有，还很难找到第二个呢。他就跟，哦，就跟我们这匹黄灰马一个样，也是不安守本分的……就是说，耍滑头，不好好干。不过，当然了，他干活也好不到哪儿去，他身体太弱了，不过，总是不大好……他从小就这副德行。最初跟他的叔伯们一起赶车送货——他们都是车老板，赶的是三驾马车。干了一阵之后，他大概是厌烦了，就不干了。于是就闲在家里，可是时间长了他又待不住了，他就是这么不安分——活像一个跳来蹦去的跳蚤。多亏遇上了一位善良的主人，不强求他干活，随他自己怎么混。从此他就自由自在了，到处游来荡去的，活像一只无人管的山羊。他这个人古怪极了，天晓得是怎么回事儿。有时候像个树桩子一样——整天木讷，毫不作声；有时候突然说起话来，可是天晓得，他说的是些什么。有这种人吗？真没有见过。他就是这么一个乖僻的人，总是怪怪的。可他却很会唱歌，而且唱得呱呱叫——真不坏，真不坏。"

"他真会治病吗？"

"治什么病啊！……哼，他哪里会治病！他这种人怎么能治病呢！可我的瘰疬病倒是让他给治好了。"他沉默了一会儿，又说道，"他哪里会治病呀！整个一个不折不扣的大傻瓜。"

"你老早就认识他了吗？"

"老早就认识。我俩当年都住在基乔夫村，我们是邻居，都住在美丽的梅恰河畔。"

"那么，安妮什卡是他的什么人？就是我们在树林子里遇到的那个小女孩，他的亲戚吗？"

耶罗费回头望我一眼，咧开满口黄牙，笑了一笑。

"嘿！……是的，是他的亲属，这孩子是个孤女，没有妈妈，而且也不知道她的妈妈是谁。唉，就算是他的亲属吧，因为这孩子跟他长得实在太像了……她就住在他家里。这个女孩子很是伶俐可爱，不用多说，是个好姑娘，卡奇扬疼她疼得简直不得了，这个孩子可真好。而且他，您大概不信，他还想教安妮什卡认字呢。真的，他真的会教她认字，他就是这么一个人，让人捉摸不透的怪人。他这个人做什么都反复无常，是个不知深浅的人……咦，咦，咦！"我的车夫突然不说话了，勒住马，把身子弯向一边，闻起空气里的一种什么味道。他说："好像有一种焦煳味儿？一点儿也不错！新车轴就是不中用……我好像上过油了……好，再去弄些水来吧，这里正好有一个池塘。"耶罗费不慌不忙地爬下车，解下水桶，到池塘里打水去了。他回来往车轴上浇水，听到轮毂遇水吱吱作响的时候，便高兴起来了……在不到十俄里的路上，耶罗费往发烫的车轴上浇水浇了六七次。等我们到家里时候，天已经黑透了。

（一八五一年）

庄　园

　　有一个青年地主与我相识甚久，他的名字和父称是埃尔卡季·巴伯雷奇，姓比诺奇金，他的宅院距我的领地约有十五俄里，他是个退役的近卫军军官。在他的领地上，有各种各样的野生飞禽。他的庄园造型别致，出自一位法国建筑师的手笔，家里仆从的衣着是清一色的英国式样。此人在膳食方面很是讲究，又殷勤好客。可不知为何，人们都不怎么喜欢走访他家。他处世通情达理，为人正派，受过良好教育，颇有贵族风范，也担任过公职，曾在上流社会混过一番，目前正在经理产业，干得也很不错。

　　正如这位埃尔卡季·巴伯雷奇经常自诩的那样，他处事严明果断而又铁面无私，对手下人关怀备至，连处罚也是为他们着想，为他们好，"对他们就该像对孩子一样"。每当谈到这一点，他总是不厌其烦地自夸："他们都是愚昧无知之徒，我亲爱的，必须考虑到这一点。"在遇到不快的事情，难免有发火之时，他总是能节制自己，尽量避免粗暴的举动，总是能压低声音竭力平心静气地指着那个人说道："怎么弄的，老兄，难道我没有提醒过你吗？"或是："你怎么了？我的朋友，可要想清楚了！"他从不大吼大叫，只是轻轻咬咬牙、撇撇嘴。

　　他身材不高，却风度翩翩，容貌也不错，一双手保养得白嫩洁净，指甲也修剪整齐。双唇红润，面容端正，天庭饱满，阳刚之气油然而生。笑声朗朗，欢快悦耳，笑起来的时候，总眯起那双神采奕奕的褐色眼睛，显得和蔼可亲。他很讲究穿着，追求时尚。他订阅许多法国书刊、报纸和画册，然而却不太喜爱读书。一本《终生流浪的犹太人》勉勉强强才读完。但他却擅长玩纸牌。纵观此公言谈举止，埃尔卡季·巴伯雷奇可算本省最有教养的贵族和最令人艳羡的候选良偶之一，上流社会的女士们都对他心驰神往，尤其迷恋他风流倜傥的神采。

他为人处世很是精明，安身立命像猫一样小心翼翼。他自涉足世事以来，从不招惹是非，虽然有时也喜欢自我表现、恃强凌弱、令人难堪。他憎恶不正当的交际——唯恐有损自己的名声。可在得意忘形之时，他常标榜自己是伊壁鸠鲁的信徒，虽然他向来对哲学无甚好感，称哲学为德国智者想入非非的食粮，甚至还称之为妄言。他也很喜欢音乐，玩纸牌时会声情并茂地低声哼唱，还能哼几句《路西河》和《松纳普拉》，但不知为何唱起来却有些音高刺耳，实在令人不敢恭维。他每年总是到彼得堡过冬。家里陈设十分整洁，连马车夫也受到他的熏陶，每天都洗马轭、刷上衣，还自觉洗脸。但埃尔卡季·巴伯雷奇家的仆人一个个都郁郁寡欢。不过，在我们俄罗斯，愁眉苦脸与睡眼惺忪是无人介意的，本来就难以分辨。

埃尔卡季·巴伯雷奇说话时，语调柔和而悦耳，很讲究抑扬顿挫，仿佛每个字都得意地从他那洒满香水的漂亮髭须中喷跃出来。聊起天来还常夹杂着几句法语，譬如："妙不可言。""当然啰！"

由于上述种种，我并不乐意与他交往，如果不是为着到他那儿去打松鸡和鹧鸪的话，我也许会跟他断绝往来。在他家里做客，总让你感觉到一种莫名的不自在。即使周围一切都很舒适，你也无法开心起来！尤其是每天晚上，一个满头鬈发的仆人出现在你面前，看着他身穿一件带纹章纽扣的浅色外衣，恭恭敬敬而又低声下气地为你脱靴子的时候，你必定会觉得：倘若把这个面色苍白、身体瘦弱的仆人，突然换成一个宽颧骨、偏鼻子、身体强壮的小伙子——此人像是刚被主人从地里叫回来似的，穿着一件不久前赏给他的土布外衣，而且已有十多处开线裂口了——你必定会很开心，甘心去冒险。哪怕让他在脱靴子时连你的小腿一起给拉掉……

纵然我对埃尔卡季·巴伯雷奇没什么好感，可有那么一回，我还是在他家里住了一夜。次日早晨，我就吩咐车夫套好我的四轮马车，但是主人却不放我，坚持要我用过他的英国式早餐再走。盛情难却，我只好暂时先留下。于是，他便把我请进他的书房。早点除了茶以外，还有肉饼、煮得很嫩的鸡蛋、奶油、蜂蜜、干酪等。两个侍仆都戴着雪白的手套，恭恭敬敬地站在那里，侍候周到，机灵而殷勤。我们坐在波斯式的长沙发上用餐。

埃尔卡季·巴伯雷奇身穿着一条肥大的绸裤，黑色丝绒上衣，头戴一顶非斯卡帽，足蹬一双黄色的中国拖鞋。他品着茶，不时笑出声，欣赏着自己的指甲，吸着烟，腰部还靠着一个坐垫，总而言之，他看上去神采飞扬，心情极好。早餐让他很满意，吃饱喝足后，他神气活现地给自己倒了一杯红酒，把酒杯拿到唇边，忽然紧皱双眉。

"怎么没热一热酒呢？"他用一种很是粗鲁锐利的声音问一个仆从。

那名仆从惊惶失措，呆若木鸡，吓得面色苍白。

"我在问你话呢，伙计！"埃尔卡季·巴伯雷奇不动声色地继续说道，眼睛却死死地瞪着他。

可怜的仆从不知所措地站着，倒换着双脚，手拧着餐巾，无言以对。埃尔卡季·巴伯雷奇低下头，若有所思地锁住眉头，斜睨了他一眼。

"请别见怪，亲爱的朋友，"他忽然又春风满面地说道，同时又亲亲热热地捅捅我的膝盖，然后又瞪着那个仆从，"好了，去吧！"略停片刻，他又这么吩咐了一句，然后扬起眉毛，按响了铃。

于是一个黑胖的人走了进来，他满头黑发，低额头，一对肿眼泡。"菲多尔的过失……你去处理吧。"埃尔卡季·巴伯雷奇小声地发号施令。"遵命。"胖子答应一声便出去了。

"您看看。亲爱的朋友，这就是乡村生活带给人的不快。"埃尔卡季·巴伯雷奇兴致盎然地评论，"哎，您着急要去哪儿？先别走，坐下来休息一会儿吧。"

"不坐了，"我答道，"我该走了。"

"就知道打猎！唉，对你们这些打猎迷，我可真没办法！那么您现在要去哪儿呢？"

"去利雅波沃，离这儿四十多俄里。"

"去利雅波沃？哈，太好了！这么说我一定得陪您一趟了。利雅波沃离我的领地什比洛夫卡没多远，最多不到五俄里，我已经有好久没去什比洛夫卡了，总是没空，这回正好！太巧了！您先去利雅波沃打猎，晚上就去我的领地什比洛夫卡，那该多妙啊！我们又可以共用晚餐了，咱们要带一个厨子，您就在我那里过夜。妙！妙！"他没等我答话，马上又说，"一切都能安排好的……喂，谁在那儿？叫人快点给我们套车，快点儿！您没去过什么比洛夫卡吧？我实在不好意思请您在我管家的小屋里过夜，不过，我知道您不会介意，您不怎么计较这些，到了利雅波沃，没准儿要在干草棚里过夜……好，那咱们就走吧，快点！"

一边走着，埃尔卡季·巴伯雷奇还唱起了一支法国浪漫曲。"大概您不太清楚，"他晃着两腿，接着对我说，"在我那里还有缴纳代役租的农户呢。如今一切都按宪法办事，又有什么法子呢？不过，他们倒能按时向我缴纳代役租。说实在话，我老早就想让他们改缴劳役租，问题是没那么多土地呀！就这样，令我奇怪的是，到头来，他们怎么对付得了呢？不过，这就是他们的事了。我那块领土的总管倒是个能干的家伙，精明强干，是个栋梁之才！到了那儿您就能亲眼看到。说实话，真是天赐良机呀！"

真没办法！本来上午九点就该上路的，结果这么一折腾，一直拖到下午两点。只有打猎的人才能理解我此时的焦急。可是埃尔卡季·巴伯雷奇却不慌不忙。正如他自己说的，他想借机好好地消遣游乐一番。因此，他带了一大堆东西，所需之物一应俱全：内衣、食品、饮料、香水、软垫，还有令人眼花缭乱的梳妆盒。这么多东西，足够勤俭持家的德国人消费一年。一路上，每当马车下坡之时，埃尔卡季·巴伯雷奇总是不厌其烦地向车夫嘱咐一句简短而又必须遵照执行的话，因此我可以断定他是一个名副其实的胆小鬼。不过，这趟旅行却一帆风顺，只是驶过一座刚修过的小桥时，厨子乘坐的那辆马车翻车了，后车轮压着了厨子的肚子。

一看到自己专用的卡费姆摔到车底下，埃尔卡季·巴伯雷奇认定非同小可且大惊失色，立刻派人去问，摔伤了手没有？听到平安无事的答复后，这才放下心来。由于此类事，我们在路上耽搁了很久。我同埃尔卡季·巴伯雷奇乘坐一辆马车，等到这次旅行即将抵达终点时，我已经觉得苦闷难熬了，尤其是在这几小时的行程中，我的这位朋友露馅了，可以说是原形毕露。我们终于到达了目的地，但不是利雅波沃，而是直接来到什比洛夫卡。其实我的原定计划并非如此，既然都这样了，还有什么法子呢。反正今天打猎算是泡汤了，只得定下心来听从安排。厨子比我们早到了一会儿，看来是早就安排好的，相关人员已得到了通知，我们的马车刚到村寨门口，村长（总管的儿子）就已经在那里恭候了。这是一个彪形大汉，一头棕黄色头发，在马上脱帽致敬，身穿一件新上衣，却没有系扣子。

"索夫隆怎么没来？"埃尔卡季·巴伯雷奇问道。

村长跃下马背，先向东家深深地鞠一躬，接着恭恭敬敬地说："您好，埃尔卡季·巴伯雷奇老爷。"随后稍稍抬起头，整整身子，紧接着回答主人的问话，"索夫隆到彼得罗夫去了，已经派人去叫了。"

"好，那你就跟我们来吧！"埃尔卡季·巴伯雷奇吩咐道。

为表示敬意，村长把马拉到边上，然后跃上马背，让马小步跟在车后，手中拿着帽子。

我们的马车在村子里行进，碰上几个农民坐在一辆空的货车上，看样子，他们刚从农场回来，一路上歌声不断，搭着两条腿坐在车帮上，全身不停颤动，摇来摆去。但是一看到我们的马车和村长，立刻不作声了，赶紧都起身肃立，脱帽致敬（夏天还戴着棉帽子），仿佛在静候命令。埃尔卡季·巴伯雷奇大发慈悲地向他们点点头。

一看就知道，由于我们的到来，整个村子都紧张了起来。身穿花格裙子的农妇投掷木片轰赶着那迟钝而又专爱凑热闹的狗；一个瘸腿老头儿，满脸胡子差点盖住眼睛，更是慌张，赶紧从井边水槽拉开一匹尚未饮饱的马，还莫名其妙地打了马肚子一下，随后立刻鞠躬施礼；身穿长衫的小男孩哭喊着奔向屋里，把肚子趴到高门槛上，低着头，跷着脚，赶紧连滚带爬地钻到门里去，躲进黑咕隆咚的前室，再也没敢探个头；就连母鸡也惊慌失措地钻进大门下；只有一只大公鸡无所畏惧地站在大路上，仿佛穿着一件缎子背心一般，黑油油的，一条不正常的红尾巴大到都快碰到鸡冠子了，正打算引颈啼鸣呢，但一见这种阵势，也不知所措地逃走了。

总管的宅院不和村民的房舍挤在一块儿，而是在繁盛的绿色大麻田中独自矗立，我们把车停在他家的大门口。比诺奇金先生以一种高贵的姿态脱下了斗篷，走出马车，得意扬扬地扫视了一下四周。总管的老婆殷勤备至地迎接了我们，深深鞠了一躬，然后又上前来吻主人的手。埃尔卡季·巴伯雷奇特意让她受宠若惊地吻了个够，然后才走上台阶。在前室黑乎乎的角落里，村长老婆也毕恭毕敬地侍立着，她有鞠躬施礼的胆量，但没敢过来吻主人的手。在冬天没有取暖设备的凉房里——在前室右边——另外两个妇女已经在那儿忙碌开来。她们清理走了各种废物、空罐子、硬邦邦的皮袄、油钵，还把一个肮脏的旧摇篮也搬了出去，里面还放着一堆破布，然后又用浴室里的扫帚打扫灰尘。埃尔卡季·巴伯雷奇轰走她们，坐在圣像下面的一条板凳上。马车夫们紧接着便把随车带来的各式的箱笼和其他应用物品搬进屋，每个人都轻拿轻放，走起路来也轻手轻脚，不让笨重的皮靴发出大的响声。

趁着这会儿，埃尔卡季·巴伯雷奇询问村长关于收成、耕作以及其他农活的情况。村长的回答他觉得差强人意。但是村长有些精神不振，回答问题也有些吞吞吐吐，就好像在用冻僵了的手指头去扣外衣纽扣。他站在门边，总是提心吊胆地来回张望着，给来去匆匆的侍从们让路。我从他那宽阔的肩背向后望去，正好看到总管的老婆在前室里偷偷殴打一个女仆。忽然传来了马车声，在台阶前停了下来，总管随即走进屋来。埃尔卡季·巴伯雷奇称之为栋梁之才的这位，个头不高，背阔肩宽，已经白发苍苍，却体格结实。一个红红的鼻子，一双蓝色的小眼睛，蓄着扇形胡子。此公的尊容，使我不得不顺便说两句：自俄罗斯强大以来，国内还从未见过哪位达官贵人不留着大胡子的，有的人本来脸上只有稀稀落落的几根，忽然就变出一脸大胡子，就像光轮一样，不知这些毛打哪儿钻出来的！估计这个总管是在彼得罗夫被灌醉了，脸胀得就好像浮肿了一样，而且全身泛着浓烈的酒气。

"哎呀，您哪，我们的衣食父母，我们的大恩人，"他拿腔带调地献媚邀宠，脸上现出一副受宠若惊的神情，几乎快要感激涕零，"盼到您莅临本村，真难得啊！请伸出您的手，老爷，伸出您的手。"他一边说着，一边已经噘起嘴唇了。埃尔卡季·巴伯雷奇慷慨大方地满足了他的心愿。

"喂，索夫隆老伙计，你一切都顺利吧？"他亲热地问道。

"啊，您哪，我们的衣食父母！"索夫隆高声回答，"怎么能不顺利呢！您瞧，我们的衣食父母，我们的大恩人，您的莅临可让我们这个小村子蓬荜生辉！给我们带来一辈子都享不尽的福分！上帝保佑您，埃尔卡季·巴伯雷奇，上帝保佑您，托您的福，诸事顺心。"

说到这儿，索夫隆略略停了一会儿，不声不响地看了看主人，随后感情立刻又上来了（同时酒劲儿也在发作），再次要求吻手，说起话来更加装腔作势了。

"哎呀，您哪，我们的衣食父母，我们的大恩人啊……咳，真是的！我真高兴得不知如何是好！……我看到您莅临简直是难以置信……啊，您哪，我们的衣食父母！"

埃尔卡季·巴伯雷奇看看我，欣慰地笑了笑，感慨地说道："太感动人了，是不是？"

"啊，老爷呀，埃尔卡季·巴伯雷奇，"总管又在念叨，"您这是怎么啦？突然就大驾光临，您简直都急死我了，老爷，您预先并没通知我您要光临呀？今天晚上在哪儿住宿呢？瞧这个地方多脏啊，到处是灰……"

"不要紧，索夫隆，不要紧，"埃尔卡季·巴伯雷奇微笑着说道，"这儿挺不错。"

"啊呀，我们的衣食父母——这里还算挺好的？这怎么说呀，这种地方只配给我们庄稼人住！可您……啊，您哪，我的衣食父母，我的大恩人，啊，您哪，我的衣食父母呀！……请饶恕我这个没用的奴才吧，我真是疯掉了，真的，我真的傻了，太不知好歹了！"

这时晚餐已经摆好了，埃尔卡季·巴伯雷奇开始用餐。

总管把他儿子撵了出去——嫌他喘气太重。

"喂，老人家，地界分得怎样？"比诺奇金先生问道，还刻意学着庄稼人的说话腔调，同时朝我挤眉弄眼。

"地界全都分好了，老爷，全都托您的洪福。清单前天就已经列好了。赫列诺夫的人一开始说什么也不答应……好老爷啊，真的，他们就是死活也不答应。他们三天两头改来变去，一会儿要这样，一会儿又要那样……鬼才知道他们到底想怎么样！简直是一群彻头彻尾的大傻瓜，老爷，全是些不知好歹的蠢货。可我们呢，老爷啊，全遵照您的吩咐，老爷，您怎么吩咐我们就怎么照办，全都经过叶戈尔·德米特利奇的同意。"

"叶戈尔已经向我报告过了。"埃尔卡季·巴伯雷奇煞有介事而又气度不凡地说道。

"那是当然的，老爷，叶戈尔·德米特利奇理所当然该向您报告。"

"这样说来，你们皆大欢喜？"

索夫隆等的就是这一句话。"哎呀，我们的衣食父母，我们的大恩人哪！"他重新拉长了这种谄媚的腔调，"那还用说吗？我们的衣食父母，我们无时无刻不在为您向上帝祈福。土地吗，当然是少了一点儿……"

比诺奇金打断了他的话："啊，好了，好了，索夫隆，我知道，您可是我最忠实仆人。那么，再说说，粮食打得怎么样了？"

索夫隆叹息一声。

"唉呀，我们的衣食父母，粮食打得可不咋样。是这样，埃尔卡季·巴伯雷奇老爷，让我向您详细禀报，出了一件事儿（*说到这里，他把双手一摊，凑到比诺奇金先生跟前，弯腰探身，一只眼睛眯着*），在我们的地里发现了一具死尸。"

"这到底是怎么一回事呢？"

"我也不清楚，我们的衣食父母，老爷，不用猜，一准是冤家捣的鬼。所幸我们早发现，而且还是在靠近别人地界的地方。不过，实话说来，死尸确实是在我们的地里，我趁着还没人发现，马上叫人把死尸弄到别人的地里去了，还派人专门守在那儿，我还预先嘱咐了自己的人，叮嘱他们千万别声张和传扬出去。为防万一，先下手为强，我马上去找警察局长说明此事与我们一概无干系，而且还请他喝了茶，给他酬谢。老爷，您看处理得合适吗？反正这件事算在别人头上了，不然的话，一具死尸，即使两百卢布也不好办啊。"比诺奇金先生听到自己的总管一肚子阴谋诡计，笑个不停，而且不止一次地向我点头夸赞："多精明强干哪，是不是？"

我们进完晚餐，夜幕已经降临。埃尔卡季·巴伯雷奇吩咐收拾餐桌，又让人抱来干草。侍仆为我们在干草上铺好床单，摆好枕头，侍候我们就寝。索夫隆领到了次日的安排之后，就回到自己屋里去了。埃尔卡季·巴伯雷奇临睡前，和我又聊了一会儿和俄罗斯农民优秀品质有关的话题，同时还告诉我，自打索夫隆掌管这片产业，什比洛夫卡的农户从未拖欠过一个子儿的租税……不久传来了更夫敲梆子的声音，又听到某个房间里一个婴儿啼哭了起来，很明显，他还未养成怕打扰我们入睡的自我牺牲精神……

我们在哭声中进入了梦乡。

翌日清晨，我们起了个大早。我本来打算起程去利雅波沃村，可埃尔卡季·巴伯雷奇执意留我去参观他的领地。恭敬不如从命，我也正想去见识见识索夫隆这位栋梁之才的丰功伟绩，眼见为实，也可以找找乐子。

总管来了。今天他身穿蓝色外衣，系着一条红腰带。说话不像昨天那样喋喋不休了，一双眼睛炯炯有神，到处乱转，时刻盯着老爷察言观色，答老爷的问话也有条不紊了，显得很是精明强干。他先陪我们去了打谷场，索夫隆的儿子也跟在我们的身后，这个村长身材高大粗壮，言谈举止都显得愚不可及。地保费道谢伊奇也跟着我们一起来了，他是一个退伍士兵，留着密密的口髭，总是一脸奇怪的表情，就好像很久以前受了什么惊吓，从那以后一直保留着这副怪模样。

我们参观了打谷场、干燥棚、烘干房、库房、风车、家畜圈、秧苗、大麻田，这些东西确实安排得井然有序。只是农民一个个带着闷闷不乐的表情，令我疑惑不解。参观所到之处，索夫隆除了讲求实效，还顾及到了美观。所有的沟渠两旁都种着爆竹柳，在打谷场上的禾堆中间还留出供通行的小路，上面还铺着沙子，风车上还装上了风信子，活像一只张大嘴吐着红舌头的狗熊，在砖砌家畜圈上，还砌了一个希腊式墙头，墙头下面有白粉题字："此乃家畜圈。公元一千八百四十年建于什比洛夫卡村。"

埃尔卡季·巴伯雷奇开心得不得了，扬扬得意地用法语向我讲述代役租制的种种妙不可言，但是他又说，劳役租制对地主更有利——但也无须和他计较这些，他爱怎么说都行！……他还时不时开导总管，为他出主意，怎样种马铃薯，怎样调理家畜饲料，等等。

索夫隆洗耳恭听主人的训诫，有时也提出两句异议，但是始终没有赞颂埃尔卡季·巴伯雷奇是衣食父母、大恩人了，只是再三强调，他们的地太少，最好再买一些。埃尔卡季·巴伯雷奇听了，大方地答道："这有什么难的，买就买吧，就以我的名义买吧，我赞成。"索夫隆听了这番话，不再吭声，只是捋捋胡子。

"那我们现在去树林子里转一转吧。"埃尔卡季·巴伯雷奇又说。于是马上有人给我们牵来坐骑，我们便纷纷上马直奔树林，或者像我们常说的，去"禁区"游览一番。在这片"禁区"里，我们看到一派人迹罕至的荒凉景象。埃尔卡季·巴伯雷奇对此很是满意，连声夸赞他的总管治理有方，还亲亲热热地拍拍他的肩膀。比诺奇金先生对于造林所持的观点，和俄罗斯人的见解别无二致，因而乘此机会给我讲了一个在他看来很有意思的逸闻：有一个风趣幽默的地主在开导他的护林人时说："把他的胡须拔掉一半，用来证明过度砍伐无法让树林繁茂起来……"可是，在其他方面，索夫隆和埃尔卡季·巴伯雷奇都赞成新办法。

回到村子后，索夫隆又陪我们去看他不久前刚从莫斯科订购的一台簸谷机。这确实是台不错的机器，但是，假如索夫隆知道在后来的游览途中，他们和他的主人会遇到极其不快的事情，他就绝对不会和我们一起待在他家里了。原来出了这么一件事，我们刚出库房，便看到一出闹剧的上演：就在离开房门不远处，有一个脏水坑，三只鸭子正在其中逍遥自在，水坑旁边却跪着两个农民，一个是六十岁左右的老头，另一个是二十上下的小伙子，两个都身穿破旧的麻布衫，打着赤脚，腰上都系着绳子。地保费道谢伊奇在那儿和他们费力周旋着。如果我们在库房里多待一会儿，他也许就劝走了他们。很不巧，恰在此时，两个农夫看到了我们，于是便挺直了身子呆立在那儿。村长一见就张大了嘴，无所适从地握紧了双拳，也呆立不动了，埃尔卡季·巴伯雷奇紧皱双眉，咬着嘴唇，迈步走到两个请愿者前边。两个农夫还没开口说话便跪下来给他叩头。

"你们这是要干什么？有什么请求非要见我不可？"他用严厉而带鼻音的语调发问（这一老一少两个农夫互相看了一眼，没敢出声，只是眯缝起眼睛，好像要躲避阳光似的，就连呼吸也急促起来）。

"喂，怎么啦，你们究竟要干什么？"埃尔卡季·巴伯雷奇又追问不舍。突然转过身问索夫隆："他们是谁家的？"

"是托波列耶夫家的。"

"喂，你们究竟要干什么？"比诺奇金先生再次发问，"你们难道没有舌头吗？你说说，你有什么要求？"他冲那个老头儿点了点头，又说道，"别害怕，蠢货。"

老头儿壮壮胆，伸直了黑乎乎、皱巴巴的脖子，撇着青紫的嘴唇，声音嘶哑地说："老爷，为我评评理，主持公道吧！"说着，又趴在地上叩了个响头。那个小伙子也跟着叩了个头。

埃尔卡季·巴伯雷奇傲慢地瞥了一眼他们的后脑勺，高仰着头，两只脚叉开站着。

"主持什么公道？你想控告哪个？"

"老爷，发发慈悲吧！为我出出气吧。我们都快被活活折磨死了……"老头儿气呼呼地说道。

"哪个折磨你了？"

"是索夫隆·雅科夫雷奇呀，老爷。"

埃尔卡季·巴伯雷奇沉默片刻又问道：

"你叫什么？"

"安季波，老爷。"

"这是什么人？"

"我的小儿子，老爷。"

埃尔卡季·巴伯雷奇又沉默了一会儿，还抚弄了一下胡子。

"嗯，他怎么折磨你了？"他问，透过小胡子望望跪着的老头。

"老爷，我的家都快活生生被他给拆散了。老爷，我的两个儿子还没有轮到服兵役的时候，就让他给拉去当兵了，如今又硬逼着我的第三个儿子去当兵。老爷，昨天他抢走了我们家的最后一头母牛，又狠狠地打了我的老伴儿——看，就是这位先生。"（他指了指村长）

"哼。"埃尔卡季·巴伯雷奇不满意地哼了一声。

"不要让他毁了我们一家人，恩人哪！"

比诺奇金先生眉头紧皱。

"这到底是怎么回事？"他气恼地低声问总管。

"禀告老爷，这是个酒鬼，"总管用前所未闻的最为恭敬的语调回答，"老爷容禀，他是个浪荡汉。都已经欠了五年的租子啦。"

"索夫隆·雅科夫雷奇替我缴了欠租，老爷，"老头接着诉苦，"已经缴了五年了，缴完租之后，他就让我做牛做马，老爷，还有……"

"那你为啥要欠租呢？"比诺奇金先生大声喝问（老头胆怯地低下头），

"是不是总爱喝酒，整天在酒馆泡着吧？（老头想张嘴说话）我可看透了你们这些酒鬼！"埃尔卡季·巴伯雷奇气冲冲地吼道，"你们整天就知道喝酒，懒洋洋地躺在坑上，指望着老实家伙替你们卖力气。"

"他是个胡搅蛮缠的无赖！"总管添油加醋。

"嗯，这还用说吗？肯定是这么回事，我就不止一次亲眼见过。一年到头，就知道闲游闲逛，到现在才知道磕头求饶！"

"老爷，埃尔卡季·巴伯雷奇，"老头心碎地哀求着，"请您大发慈悲，救救我们吧，我可不是那种人啊！我再也忍受不下去啦！我向上帝起誓！索夫隆·雅科夫雷奇就是看着我不顺眼，为什么看着我不顺眼——让上帝来评判吧！我们一家人就这样被他活活拆散了，老爷。连这最后一个儿子……连这个……（老头那双皱纹遍布而又苍老昏瞀的眼睛已经老泪纵横了）发发慈悲吧，为我们主持公道吧……"

"还不止我们一家子。"那个小伙子也开口了……

埃尔卡季·巴伯雷奇忽然火冒三丈，"问你了吗！啊！没问你，就别说话！竟敢随便插嘴！不许你插嘴，听到了吗？给我闭嘴！哎呀，天哪！这还了得，反了你了。成何体统！老弟，在我这儿可别想造反……在我这儿……"埃尔卡季·巴伯雷奇前跨一步，但是也许顾及我在场，便扭过脸，把手插进裤兜，"请别见怪，亲爱的先生。"他故意勉强笑了一下，明显地压低了声音。"荣誉的背面不怎么光彩……喂，够啦，够啦，"他没有再看那两个农民，很不耐烦地说，"哎，我会吩咐下去的……够啦，你们走吧！（跪在地上的父子二人仍然没有起身）哎，我不是已经告诉你们了吗……够啦！你们走吧，我会吩咐下去的，听到了吗？"

埃尔卡季·巴伯雷奇转身背对着他们，"到死都不会知足！"他生气地从牙缝里挤出这几个字之后，就大步走回临时的宿夜处。索夫隆紧跟在主子身后。地保瞪直了眼睛，似乎想乘机溜之大吉。村长把气撒在鸭子身上，把它们从水坑里赶了出去。请愿的一老一少起身呆立了一会儿，向对方无可奈何地互相看看，然后有气无力地回家去了，连头也没回。

大约两个钟头以后，我们已经到了利雅波沃，而且同我相识的庄稼汉安巴基斯特一块儿准备去打猎了。在我离开什比洛夫卡之前，埃尔卡季·巴伯雷奇对索夫隆一直吹胡子瞪眼睛。

我同安巴基斯特聊起了什比洛夫卡的农民们，谈到了比诺奇金先生，我也问他是不是认识那里的总管。

"是索夫隆·雅科夫雷奇吗？噢，是他呀！"

"这个人怎样？"

"是一条狗，压根就不是人！这样的狗，连库尔斯克也找不到。"

"为什么呢？"

"什比洛夫卡村名义上是那个……他到底姓什么来着？喏，就是那个比诺奇金的产业，但掌管产业的并不是他，而是索夫隆说了算，是他独当一面。"

"真的吗？"

"那还有错！他统治这个村子就像自己的产业一样，那边的农民人人欠他的债，每一个人都像奴隶一样，给他累死累活。支使这个赶车，使唤那个干这干那……呼来唤去的，任他使唤，可把人折腾苦了！"

"好像他家的田亩并不太多呀？"

"不太多？单从赫列诺夫一家人那里，他就租了八十亩，在我们这里他也租了一百二十亩，还有他自己的连成片的一百五十亩。而且他不单是靠经营土地发财，还倒卖马匹、牲口，还有柏油、牛酪，外加大麻，凡是能赚钱的事儿，他都干尽了！这家伙是个机灵鬼，真是聪明过分！这个鬼东西，发大财了！最可恨的是，他心狠手辣，动不动就张口骂人，伸手打人。是头不折不扣的畜生！压根就不是人！大家都说他是一条狗，见人就咬，是条疯狗！"

"那他们怎么不控告他呢？"

"哎呀！他们的老爷才懒得过问这些事呢！只要无人欠租，乐得清闲，他才不操那份闲心呢，他还管啥呢？嗯，你去告他，试试看，"安巴基斯特停了片刻，又说道，"哼，他就会把你……嗯，你去试试……没用！他一准儿要收拾你的……"

这时我想起安季波父子的请愿，就跟他说了一下当时目睹的情况。

"等着瞧吧，好戏还在后头呢！"安巴基斯特把握十足地说，"这下他不剥去安季波的三层皮才怪，准得把他整个吞下去。说不定，这会儿村长正在揍他。你说，这个可怜老头这下可倒霉了！他凭什么要受这份罪呢。你大概不知道，他在村民会上跟他争吵过，就是那个总管，安季波一准忍无可忍了。这种吵嘴没什么大不了的，不过是芝麻绿豆的小事！可是总管却记恨，想方设法来报复他，于是就开始整安季波。现在把这个老头整得受不了了！这个总管是一条狗，是一条疯狗！上帝饶恕我诅咒他——这个家伙就是拣软柿子捏，狡猾透了。谁家要是有钱，人口又多，他连碰都不敢碰一下呢。这个秃鬼！可是这一次对安季波就太过分了，太飞扬跋扈了，就是欺负人家太老实了。还没轮上他儿子去服兵役，就硬给拉去当兵了，真是欺人太甚，真是一条货真价实的疯狗——上帝饶恕我诅咒他。"

看，这主仆二人就是这样两个货色！我们聊完后，就出发打猎去了。

（一八四七年）

账　房

秋天，我遇上了这么一件事。

我背着猎枪在野地里折腾了好几小时了。库尔斯克大道旁有一家旅店，我的三套马车就停在那儿等我。冷冷的细雨下个不停，从一大早就下了起来，活像个老处女一样喋喋不休一刻不停，没脸没皮地死缠着我不放。真是烦死人，实在无奈，我只好在附近找个躲雨的地方——哪怕能避上一会儿也好。我停下来向四处张望，忽然看到豌豆地边上有一所矮小的草棚，我便迈步走过去，到了跟前，我朝草棚檐下一望，看见一个很是瘦弱的老头，他立即令我想起了鲁滨孙在他所滞留的孤岛上的一个情景：他在山洞里发现了一只奄奄一息的山羊。老头儿蹲在地上，眯着那对黯淡无光的小眼睛，就像兔子。这个可怜人的牙齿掉完了，急忙而又胆怯地嚼着又干又硬的豌豆粒，在嘴里翻来覆去。他只顾嚼嘴里的东西，竟丝毫也没察觉我走到了他身边。

"老大爷！喂，老大爷！"我呼唤着他。

他嘴巴停住不动了，高扬眉毛，吃力地睁大了眼睛。

"你说什么？"他的声音沙哑又含糊。

"这儿附近有村子吗？"我问。

老人又咀嚼了起来。很明显他没听清楚我的问话。因此我便提高嗓门大声地重复了我的问话。

"村子吗！……你找村子干吗？"

"我要躲雨。"

"什么？"

"躲雨。"

"哦！"他挠了挠那晒黑了的后脑勺，"嗯，你呀，嗯，就这么走，"他忽然含混地说，一面随便挥挥手，"那……那，你就沿着林子走，走吧，一直向前走，前面能看到一条路。你别走上这条路，不要走这条路，要一直向右，一直走，一直走啊，一直走……你就会走到阿纳尼耶沃村。穿过它也可以去西托夫卡村。"

因为老头说话断断续续……我听起来很费力。好像他的胡子碍着他说话，而且舌头也不怎么听使唤。

"你是哪儿人？"我问。

"什么？"

"哪儿人，你是？"

"阿纳尼耶沃村的人。"

"那你在这里干什么呢？"

"什么？"

"你干什么呢，在这里？"

"在这里看地。"

"你看地里的什么东西呀？"

"看豌豆。"

我觉得很是好笑。

"算啦，你年纪不轻了吧！"

"老天知道。"

"你的眼神不太好使吧？"

"什么？"

"眼神不好使吧？"

"不好。有时啥都看不到。"

"那你怎么看豌豆呢？这不是胡闹吗！"

"这就要问那些管事的了。"

"管事的！"我心里寻思，看着这个可怜的老头，不由得怜悯起来。老头在怀里摸索了一会儿，掏出一块硬硬的面包，就像小孩一样啃了起来，一个劲儿把本来就塌陷了的两颊往里缩。

我朝树林子走去，照老人指点的方向，向右，一直走，一直走，终于进了一个大村子。村子里有一座石砌教堂，是新式的，也就是说是带廊柱的，还看见一座高大宽敞的地主宅院。透过蒙蒙细雨，我从老远处就看到了一幢木板顶的房子，屋顶上还竖着两个烟囱，僵硬而呆板。它高过了别的房子，大概是村长的住宅。当然，只有地位略高的人才能享受优厚的待遇，但同时也是出于方便，这样必会使人一眼认出谁是这里的尊贵者。于是，我就走向那幢房子，希望能在那儿找到茶炊，喝上加糖的热茶，最好还有不太酸的鲜奶油。现在的我对这些食物是那样的渴望，一种从未有过的发自内心的狂热需求。依我的判断，我希望在那里能得到想要的来填满我强烈的欲望。

　　我带着那条被雨淋得哆嗦个不停的狗登上台阶，进了过道，推开门一看，屋里陈设和一般人家不同，只看到几张堆满了办公用纸的桌子，两个红色柜橱，肮脏的墨水瓶，很重的锡质吸水砂盒、细长的鹅毛笔。一张桌子旁边坐着个二十多岁的小伙子，带着病容的脸有点儿浮肿，小眼睛，前额圆鼓鼓的，鬓发又浓又长，他身穿一件灰色的土布外套，显得很整齐，只不过领口和前襟都油光光的。

　　"有何贵干？"他突然抬头问我，那神情就像一匹被人拉着顶毛而仰起头的马。

　　"这里是管家的住宅……还是……"

　　"这里是领主的总事务所。"他打断我的话，"我正在值班……难道您没有看见牌子吗？我们专门钉了牌子。"

　　"这里有可以烤衣服的地方吗？村子里哪一家有茶炊？"

　　"怎么没有茶炊呢，"这个身穿灰外套的小伙子一本正经地回答道，"您可以到季莫菲神甫那儿，或者去仆人的屋子，要不就去找纳萨尔·塔拉塞奇，再不去找看家禽的阿格拉菲娜也行。"

　　"你跟谁聊呢，蠢货？搅得让人没法睡觉，真是蠢货！"从隔壁房间里传出怒冲冲的呵斥声。

　　"来了位先生，问哪儿可以烘烤衣服。"

　　"怎样的先生？"

"我不认识，背着猎枪，还带着条猎犬。"

隔壁的床铺咯吱咯吱地响起来。一个人随着开门声走出来，此人五十来岁，身材矮胖，脖子粗得像公牛，鼓眼泡，一张圆滚滚的脸满是油光。

"有何贵干？"他问我。

"想烘干衣服。"

"这可不是烘衣服的地儿。"

"我不知道这里是办事处，但是我可以付钱……"

"这么说来，这儿或许能烤，"胖子立刻回答，"好，请这边来（他领我到另一个房间，而非他方才走出的那间）。您就在这个房间，行吗？"

"好……能否给我弄点儿茶和奶油呢？"

"可以，马上送来。您先脱下衣服，休息一下，茶一会儿就能送来。"

"这是谁的领地？"

"是女主人叶莲娜·尼库拉耶芙娜·洛斯尼雅科娃的。"他说完就出去了。

我环顾四周。这个房间与事务所仅隔一道板壁，紧挨着这道板壁摆着一张又大又长的皮沙发，两把皮的靠背椅，椅背高高的，摆在唯一一扇朝着街道的窗子两边。墙上糊着绿墙纸，还带着粉色花纹，上边还挂着三幅大油画。一幅画着一条戴蓝色链子的猎犬，上面还有题字："我的欣慰。"狗脚旁一条河流过，河对岸的松树下，蹲着一只大得不成比例的兔子，只是竖着一只耳朵。另一幅画着吃西瓜的两个老头，西瓜后面的远处，看得到希腊式的廊柱，上面也有题字："逍遥宫。"第三幅画着个躺着的半裸美女，画很有透视感，膝盖红润，脚后跟胖乎乎的。我的猎犬立刻相中了这个长沙发，费了好大气力才爬了进去，大概由于沙发底下灰尘太多，它不停地使劲儿打着喷嚏。

我信步走到窗前，看到从领主的宅院到事务所间穿过街道，歪歪斜斜地铺了许多木板。这实在是个不错的办法，路就好走多了。因为这一带是黑土地，外加阴雨连绵，到处泥泞不堪。

这座地主宅院背朝街道，它周围的情况和多数地主庄园的周边情况相同。姑娘们都穿着褪色的印花衣服，匆忙走着；男仆们跋涉在满地烂泥之中，看样子走得很费力，因而不时停下，又满腹心事地挠挠后背；一匹马拴在那里，慵懒地摇着尾巴，高仰着头啃着栅栏；一伙母鸡咯咯直叫；火鸡像患了肺病似的彼此呼应着叫个不停……一间昏暗的破旧小屋子，大概是澡堂吧。在低矮的台阶上，坐着个体格强壮的小伙子，弹着六弦琴，正扯着嗓子高唱一支著名的情歌："唉——我就要流浪到荒凉的远方，就要告别这迷人的温柔乡……"

这时那个矮胖子走进了房间。

"给您送茶来了。"他满脸带笑地说。

穿灰外套的小伙子，即事务所的值班员，端进一大堆东西：一个茶炊、一把茶壶、放在破茶碟里的茶杯，还有一罐鲜奶油和一串硬得像石头的泊尔霍夫面包圈。他把这些全摆到了一张用来玩牌的旧桌上。矮胖子看到一切都料理好了，就走出了房间。

"他是什么人？"我问值班的小伙子，"是管家吗？"

"不是，他以前是会计主办，如今更加神气了，升做事务所主任了。"

"难道说你们没有管家？"

"压根就没有，只有一个总管，叫米海纳·维库罗奇，但却没有管家。"

"那么有执事吗？"

"当然有。是个德国人，叫卡尔·卡雷奇·林达曼道尔，不过他不管事。"

"那么你们这儿到底谁说了算？"

"女主人自己。"

"噢，原来这么回事！你们事务所里有几个人办公？"

小伙子略微思索了下说："六个人。"

"是些什么人？"我又问他。

"哦，是些这样的人：先是会计主办，瓦希利·尼克拉耶维奇；还有四个办事员：彼得、彼得的弟弟伊凡，还有一个也叫伊凡，还有柯斯凯金·纳尔季佐夫，还加上我，不过还有别人，不能全数出来。"

"你们的女主人大概有很多家仆吧？"

"不，不那么多……"

"那到底有多少？"

"总共大概有一百五十吧。"

我们两人都沉默了一会儿。

"喂，你写字一定很漂亮吧？"我又问。

小伙子听了很高兴，笑嘻嘻地点了点头，去事务所拿来了一张写满字的纸。

"这就是我写的。"他笑着说道。

我一看，是一张灰色的四开纸，上面用粗犷而又漂亮的笔迹写着如下一些大字：

通　告

　　　第二百零九号阿纳尼耶沃村领主庄园事务所主任通令总管
米海纳·维库罗奇：接到该通令后立刻查明：谁人昨夜醉入英国
式花园，大肆唱淫秽小调，惊扰了法籍家庭女教师安瑞妮女士的
安眠？守夜人职责何在，何人守夜在园中而放任此等浪荡之为？
上述一切，当遵令查明并迅速呈报本事务所。

事务所主任尼库拉·赫沃斯托夫

通告上还盖着个大大的带家徽的图章："阿娜尼耶沃村领主庄园总事务所之印"，下款还有一行批文："务必切实执行。叶莲娜·洛斯尼雅科娃。"

"这么说来，是女主人亲手批的啦？"我问。

"当然是她亲手批的了，她总是亲自批阅。否则就是一纸空文，根本无法生效。"

"啊，那你们要下达这道命令给总管？"

"不，他自己来看，也就是说，是念给他听，因为我们这个总管大字不识一个（值班的小伙子又沉默了一会儿）。您看怎样？"他又笑嘻嘻地问道，"写得很漂亮吧？"

"很好。"

"但内容可不是我写的。是柯斯凯金起草的，他在这方面很在行。"

"怎么？你们写通告还要先打草稿？"

"不先打草稿可怎么行呢？只有打了草稿才能写得清楚、明白。"

"你的工资是多少？"我接着问。

"三十五卢布，外加五卢布买靴子。"

"够你花了吗？"

"足够花的了。在我们的事务所工作可没那么容易，不是随便什么人都可以进的。说实在的，我是碰上好运气了，我叔叔是管派工的头。"

"你日子过得怎样？

"还不错。不过，说实在的，"他叹了口气接着说，"做我们这种工作的，比如说，要是跟着商人，日子就会更好过。是的，在商人那儿干，会好得多。昨晚有一个商人从维尼奥夫来我们这儿了，他的一个雇工就是这样对我说的……好得很哪，没别的可说的，好得很哪。"

"怎么，难道说商人会给更多的薪水？"

"才不是呢！你一和他要薪水，他就会揪着你的脖子让你扫地出门。不，你在商人那儿做事儿就得讲信用，还要担风险。那他就供你吃喝穿用，什么都会给你，只要讨他喜欢，他会给你更多……那还要薪水干什么！根本就用不着。而且商人的生活不太讲究，跟我们一样是俄罗斯式的。跟他出门办事，他喝茶，让你也喝；他吃什么，你跟着也吃什么。商人……怎么说呢，商人和地主老爷可不一样。商人不要威风，他要是生了气，揍你两下，就没事了，不会揪住你不放，也不会骂你。跟着地主老爷那才是倒大霉了！怎么他都不满意。你端茶给他，或者吃的什么，他就会挑三拣四，'哎呀，茶不对味呀！哎呀，吃的东西都臭了！'那你端出去，在门外站上一会儿，然后再端去给他。这回他说：'哦，这下好了，哦，现在没臭味了。'至于那些地主婆，告诉您说吧，地主婆更能把你活活折腾死……就更甭提那些小姐了！"

"费久什卡！"胖子的吼叫声从事务所里传来。

值班的小伙子马上跑出去了。我喝了一杯茶，就躺在沙发上睡着了，睡了约莫两小时。一觉醒来，还有些懒洋洋的，我便又闭上眼睛，想再打个小盹，但又睡不着了。

这时事务所里的人在低声谈话，我不由得侧耳细听。

"是的，是的，尼库拉·耶列梅伊奇，"有人说，"是的，是的，这一点不能不考虑，确实不能不考虑……咳（说话的人咳嗽了一声）！"

"您可要相信我，加夫里拉·安东纳奇，"是胖子的说话声，"难道我还不知道这里的规矩吗，您自己好好想想吧。"

"尼库拉·耶列梅伊奇，要是连您不知道，还会有谁知道？您在这儿，可以说，是第一号人物。那么，您说这件事儿该怎么才好呢？"是那个我所不熟悉的声音，接着问道，"那么，咱们到底怎么定呢，尼库拉·耶列梅伊奇？很想听听您的见解。"

"还谈什么定不定的呀，加夫里拉·安东纳奇，这么说吧，这事全听您怎么定夺——您似乎对这不大感兴趣吧。"

"可不能这么说，尼库拉·耶列梅伊奇，这是哪儿的话呀？我们是在谈生意、做买卖，我们就是要买货。尼库拉·耶列梅伊奇，我们就吃这碗饭的。

"八卢布。"胖子一字一顿地说。

一声叹息传来。"尼库拉·耶列梅伊奇，您这是狮子大开口，太多了！"

"不能再少了，加夫里拉·安东纳奇，说良心话，真的不能再少了。"

两个人都不作声了。

我悄悄欠欠身子，透过板壁缝向那边张望，胖子背朝我坐着。一个商人坐在他的对面，四十岁左右，瘦巴巴的，面色白中带青，病歪歪的，只见他不停抚弄着胡子，两眼滴溜溜直转，撇着嘴唇。

"今年秋天的秧苗长势喜人，"商人又说，"我一路上都在仔细观察。从沃罗涅日朝这边走，地里的秧苗都很好，可以算得上头等的了。"

"秧苗确实很不错，"事务所主任应声说道，"可是，您也知道，加夫里拉·安东纳奇，别看秋天长势好，春天怎么样还很难说呢。"

"确实如此，尼库拉·耶列梅伊奇，一切都听从上帝安排，您说得完全对……你们的客人大概该醒了吧？"

胖子转过身，仔细听了一听……

"没醒，还在睡着呢，不过，也许……"

他又走到门口听了一听。

"没醒，还睡着呢。"他重复道，就又回到了原来坐的地方。

"喂，那您说怎么办，尼库拉·耶列梅伊奇？"商人又说话了，"这桩小生意总能成交吧。那就这样吧，尼库拉·耶列梅伊奇，那就这么办吧，"他伶俐地眨着眼睛，"给您老送上辛苦费，两张灰的和一张白的，那边呢（他朝着主人宅院点点头）六个半卢布，做个手势吧，怎么样？"

"四张灰的。"事务所主任回答。

"那么，三张怎么样！"

"四张灰的，白的不要。"

"就给三张，尼库拉·耶列梅伊奇。"

"那给三张半，少一个戈比都不行。"

"三张，尼库拉·耶列梅伊奇。"

"别再啰唆了，加夫里拉·安东纳奇。"

"您太难办了，"商人咕咕哝哝地说着，"那我还不如直接去跟女主人谈好了。"

"那就请便好了，"胖子不客气地说，"早怎么不去呀，何必到我这儿来自找麻烦呢？自己直接去谈那才叫好呢！"

"唉，算啦，算啦，尼库拉·耶列梅伊奇。您还真生气了！我不过是随便说说而已！"

"哼，随便说说，究竟愿不愿意……"

"得了吧，我都说过了，刚才不过开开玩笑而已，何必真往心上去呢？好了，就三张半吧，真拿你没办法。"

"本来应该要四张呢，我真是个大傻瓜，何必这么急呢。"胖子有点儿懊悔地说道，"那边、那边，女主人那边，是六个半，尼库拉·耶列梅伊奇——粮食六个半卢布行吗？"

"六个半卢布，都已经说好了。"

"那么，咱们就击掌为证吧，尼库拉·耶列梅伊奇（商人伸开手指拍了事务所主任的手掌一下）。上帝保佑您！（商人站起身）那么，尼库拉·耶列梅伊奇老兄，我现在就去求见女主人，并且对她说，尼库拉·耶列梅伊奇已经跟我讲好了是六个半卢布。"

"您就这么着吧，加夫里拉·安东纳奇。"

"那么现在就请您笑纳吧。"

商人递了一小沓票据给事务所主任，鞠了一躬，摇摇头，用两个手指头捏起帽子，耸耸肩膀，身体呈波浪形动了一下，很有礼貌地走出了房间，靴子咯吱作响。

尼库拉·耶列梅伊奇走到墙角，我能看得出，他是在仔细数着商人交给他的票据。这时，一个人从门口伸进来脑袋，火红头发，满脸络腮胡子。

"喂，怎么样？"那人问道，"全都谈好了吧？"

"全都谈好了。"

"多少？"

胖子烦恼地摆摆手，指了指我待的那个房间以示意。

"哦，那好吧！"话音未落，那个脑袋就不见了。

胖子走到桌子旁边，坐了下来，打开了账簿，拿过算盘，上上下下地拨着算珠。他不用右手食指拨弄，而用中指，这就显得更有派头。

值班的小伙子走进房间问："有什么事儿吗？"

"西多尔从戈洛普廖克来了。"

"啊！好，叫他进来。稍等一下，稍等一下……你先去看一下，那位先生是不是还在睡，还是已经醒了？"

值班的小伙子轻轻走进了我的房间。

我已把头放在猎袋上枕着，闭上了双眼。"还没醒呢。"

值班的小伙子回到事务所，低声说道。

胖子不高兴地咕哝了几句。

"好，叫西多尔进来吧。"他终于吩咐道。

我于是又欠起身。

这时走进来一个高个子庄稼汉，三十来岁，膀大腰圆，红光满面，一头棕发，卷曲的短胡子。他在圣像前祷告了片刻，然后向事务所主任鞠了个躬，两手拿着帽子，恭恭敬敬地站在那儿。

"你好，西多尔。"胖子一边拨着算珠，一边打招呼。

"您好，尼库拉·耶列梅伊奇。"

"喂，路上好走吗？"

"还行，就是有些泥泞。"（那个庄稼汉说话很慢，声音也低）

"你老婆好吗？"

"她还能咋样呢！"

那个庄稼汉叹了口气，一条腿向前伸了一下。尼库拉·耶列梅伊奇把笔夹在耳朵上，擤擤鼻子。

"哦，你来这儿有什么事儿吗？"他接着问，一边把格子手帕放回衣袋。

"是这样，尼库拉·耶列梅伊奇，听说是向我们要木匠。"

"怎么，你们那儿难道没有木匠？"

"我们怎么没有木匠呢，尼库拉·耶列梅伊奇，我们那是林区——谁都知道的。不过，现在正是最忙的时候啊，尼库拉·耶列梅伊奇。"

"最忙的时候！是这样，你们都给别人做工去了，就是不愿给女主人干活……其实又有什么不同之处呢？"

"活计都还一样，一点儿不差，尼库拉·耶列梅伊奇……只不过……"

"只不过什么？"

"工钱太……那个……"

"这又怎么啦！看，你们也太自以为是了！还敢挑挑拣拣的，少来这一套！"

"那也得把事儿说清楚，本来一个星期能干完的活，非让我们磨一个月不可。不是一会儿木料少了，就是一会儿又使唤我们到花园里去扫路。"

"这又怎么啦？这是女主人亲自吩咐的，谁敢不听？我犯不着和你磨嘴皮子！"

西多尔没敢再作声，只是在那儿无奈地来回倒换着两只脚。

尼库拉·耶列梅伊奇歪过头，专心拨弄起算珠。

"我们那儿的，庄稼汉……尼库拉·耶列梅伊奇……"西多尔终于又说话，结结巴巴的，"让我给您老人家……这个……就在这儿。"他把生满老茧的大手伸进怀中，掏出一个带红条的手巾包。

"这是干吗，这是干吗，蠢货，你疯了吗？"胖子立刻打断了他的话，

"去吧，快去我家吧，"他说着，一边硬把手足无措的西多尔往门外推，"你先去问问我老婆……她会请你喝茶，我马上就到，你先去吧。可别害怕！听见了吗？快去吧！"

西多尔走了出去。

"多冒失……笨得像熊！"事务所主任望着他的背影，咕哝着，摇摇头，重又拨拉起算盘。

街上忽然吵吵嚷嚷的——"库普里扬！库普里扬！库普里扬可不能惹了！"这喊声越来越近，传到了台阶上，片刻之后，一个人走进了事务所。这个人身材矮小，像得了肺病似的，长鼻子，大而无神的眼睛，显得神气活现，他身穿一件破旧的常礼服，有着布里斯绒领子，扣子很小，背着一捆柴，有五六个人聚在他周围，七嘴八舌地嚷嚷着："库普里扬！库普里扬神气起来了！库普里扬当大夫了！当大夫了！"但身穿布里斯绒衣领礼服的人却不理会同伴们的瞎起哄，看样子满不在乎，他迈着稳健而不慌乱的步子走到炉子边，弯腰放下柴捆，然后直起身，从后面的兜里掏出鼻烟盒，睁大眼睛，开始往鼻孔里塞掺灰的草木榍子。

这一群乱哄哄的人拥进屋子时，事务所的胖主任紧皱着眉头站了起来，但等他弄清怎么一回事之后，就笑了笑，并且吩咐他们不要太大声，因为隔壁有位猎人正在睡觉。

"怎样的猎人？"两个人抢着问。

"是一位地主。"

"啊！"

"随他们瞎嚷嚷好了，"库普里扬两手一摊说道，"这事和我无关，我才不管这一套呢！只是可别惹我！我当上大夫了……"

"当大夫了！当大夫了！"那伙人又一起兴奋地叫嚷起来。

"这是遵照女主人的命令吗。"库普里扬耸耸肩膀继续说，"你们就等着看好戏吧，还要叫你们去养猪呢。我原本是个裁缝，一个很不错的裁缝，是在莫斯科头等师傅那儿出师的，还给将军做过衣服……我这种本领无人可及。但你们有什么本事值得骄傲？有什么值得骄傲的呢？你们又怎么样，还不是听女主人使唤？都是些好吃懒做的饭桶！除了吃白食就什么也不干！要是放我走，我能自食其力，不会饿死，也不会走投无路。只要发给我身份证，我就会按时缴代役租，主人一准儿满意。但你们会怎么样呢？你们就会彻底完蛋，像苍蝇一样死掉，立刻玩完！"

"胡扯！"一个小伙子立马打断他的话，他生了一脸麻子，一头浅黄色头发，打着一条红领带，衣袖的肘部都磨破了，"你带着公民证出去混过，结果主人连半戈比的代役租都没收到，自己也没赚到一分钱，只好勉强拖着两条腿回到家里，统共就剩一件破褂子，竟还有脸吹牛皮！"

"还能怎么办呢？康斯坦东·涅尔泽奇！"库普里扬厚着脸皮说，"一个人一旦谈上了恋爱，就倒大霉了，就完蛋了。等你活到我这把年纪时，再来对我说三道四吧！"

"你可算是爱上了个大美人了！地道的丑八怪！"

"不，你可不能这么瞎说，康斯坦东·涅尔泽奇。"

"鬼才信你这一套！去年在莫斯科，我看到过她，我亲眼见到的。"

"是的，去年她的确不那么漂亮。"库普里扬说。

"不说这个了，各位，"一个满脸粉刺的人（可能是仆从吧）用无心而轻蔑的语调说，他又瘦又高，一头梳得油光光的鬈发，"叫库普里扬·阿法纳西奇给我们唱一唱那支小曲儿。喂，来吧，快唱吧，库普里扬·阿法纳西奇！"

"好啊，好啊！"大家都附和道，"亚历山德拉真厉害！给库普里扬出了个大难题，没什么可说的了。快唱吧，库普里扬！亚历山德拉，真有你的！"

"这儿可不是唱歌的地方，"库普里扬坚决不唱，他说，"这儿是事务所！"

"事务所关你什么事，或许你也想当办事员了吧！"康斯坦东粗野地取笑他说，"准保是这么回事！"

"全听从主人安排。"这个可怜的人信口回答。

"瞧吧，瞧吧，他想得多美呀，瞧吧，瞧他那副模样！嘿！嘿！哈！"

在场的所有人都大笑起来，一个十五六岁的男孩子的笑声最大，前仰后合，他大概是仆役中有权势之人的儿子。他身穿一件带铜纽扣的背心，系着一条浅紫色的领带，肚皮圆鼓鼓的。

"喂，库普里扬，说真的，"看样子尼库拉·耶列梅伊奇也被逗得来了兴致，便连吼带笑问道，"当大夫大概也没那么自在吧？恐怕很没趣吧？"

"那又怎么啦，尼库拉·耶列梅伊奇，"库普里扬说道，"确实，您现在荣升我们事务所主任，这无可争辩，可您也走过背字儿呀！您不是也住过庄稼人的小茅屋吗？"

"在我面前，你可要当心点，别得意忘形了！"胖子气呼呼地打断他的话，"你这个蠢货，人家拿你寻开心，你连这个都听不出来？人家愿意搭理你，你该感谢人家才像话。"

"我是随口胡说，尼库拉·耶列梅伊奇，对不起，请别介意，千万别往心里去……"

"既然是随口胡说，那倒也没什么。"门开了，一个小伙计跑进来："尼库拉·耶列梅伊奇，女主人吩咐你去她那儿。"

"谁在女主人那儿？"他问了小伙计一句。

"阿克西妮娅·尼基季什娜和一位打从维涅奥夫来的商人。"

"我现在就去。喂，伙计们，"他用坚决的语调说，"最好和这位刚当上大夫的人一块儿离开这里。万一让那个德国佬跑来碰上了，又要去告状了。"

胖子把头发抚弄整齐，用那只几乎全被衣袖遮住的手捂着嘴，咳嗽了一声，系好衣扣，然后大步奔向女主人那儿。很快，这一伙人和库普里扬也都跟他走了。

事务所里，只剩下我和那个已认识的值班小伙子，他开始削鹅毛笔，削着削着，就趴在那儿睡着了。几只苍蝇立刻趁机纷纷爬上他的嘴巴。一只蚊子落在他头上，摆着架子不慌不忙地把刺刺进他软乎乎的肉里。先前来过的那个红头发、络腮胡子的脑袋又伸进门，张望了片刻后，便扭着他那奇丑无比的身躯走进了事务所。

"费久什卡！喂，费久什卡！就爱睡觉！"火红头发的脑袋喊道。

值班的小伙子被惊醒了，睁开眼睛从椅子上站起身。"尼库拉·耶列梅伊奇到女主人那儿去了吗？"

"已经去了，瓦希利·尼克拉耶维奇。"

"哦！哦！"我心想，"看来他就是会计主任。"

会计主任在屋子里不停地走动。可是，从那走路的姿势来看，与其说是走来走去，还不如说是溜来溜去更为合适，那样子活像一只猫。他身穿着又肥又大的黑色旧燕尾服，但后襟却特别瘦。他把一只手放在胸前，另一只手不住拉扯着那条马毛做的领带，系得又高又窄，神色紧张地转着头。脚蹬一双山羊皮的靴子，走起路来轻便而又没多大响声。

"今天有一位打从雅古什金来的地主打听过您。"值班的小伙子对他说。

"啊，他来找过我，说些什么了？"

"他说，他晚上在丘秋列夫那儿等您。还说：'我有一件事要和瓦希利·尼克拉耶奇商量！'但他没说到底是什么事。他说您知道的。"

"嗯！"会计主任应了一声，走到窗前。

"喂，尼库拉·耶列梅伊奇在事务所吗？"一个人在过道里大声问。话音未落，一个高高大大的人闯了进来，看样子正在发脾气，脸型不很端正却富于表情，很有气魄，穿着整洁。

"他不在这吗？"来人扫视了一下屋子，然后问道。

"他到女主人那儿去了，"会计主任回答，"您有什么事就和我说吧，巴维尔·安德列伊奇。您就告诉我吧……您找他干什么？"

"我要干什么？您想知道我要干什么吗？（会计主任有些神经质地点了点头）我要教训他一顿，这个卑鄙下流的大肚子，专会搬弄嚼舌的卑鄙小人。让他搬弄嚼舌吧，我就教训教训他！"

巴维尔气冲冲地坐在椅子上。

"您怎么啦？巴维尔·安德列伊奇，您怎么啦？何必生这么大气！消消火吧……您不害臊吗？您可别忘了您说的是谁，巴维尔·安德列伊奇！"会计主任咕咕哝哝地劝说着。

"说的是谁？他升任了事务所主任又怎么样，我才不在乎！嘿，谁能评评理呀，非要选拔这么一个家伙！这不等于放羊进菜园吗？"

"算了吧，算了吧，巴维尔·安德列伊奇，算啦！别提了，没啥大不了的事……这种小事儿不值一提！"

"哼，老狐狸，摇尾巴讨好去了！我就是不走，就是要等他回来。"巴维尔越说越来气，用力拍了一下桌子。"嗬，大驾光临了，"他望着窗外说道，"真是说曹操曹操就到，我们正恭候大驾呢！"（他站了起来）

尼库拉·耶列梅伊奇走进事务所，满面春风，但一看到巴维尔，就有些慌乱。

"您好，尼库拉·耶列梅伊奇，"巴维尔慢悠悠地迎上前，意味深长地用讥讽的语气问候，"您好。"

事务所主任没吭声。

商人那张脸出现在门口。

"你怎么不说话呢？"巴维尔逼迫他，"啊，不……不，"他又接着说，"这可不成，有理讲理，吵吵嚷嚷都无济于事！不，你还是自己坦白好了，尼库拉·耶列梅伊奇，你为什么总是坑害我呢？你为什么非要把我毁了不可呢？哎，你说说看，你倒是说呀！"

"这儿可不是和你争吵的地方，"事务所主任有点心虚地说，"而且也不是时候。不过说实在的，有一点让我莫名其妙，你说我想坑害你，有何证据？况且，我又怎么能迫害到你头上呢？你又不在我这个事务所里做事。"

"你别装糊涂了！"巴维尔生气地说，"果真那样就更倒霉了！你何必自欺欺人装模作样呢？尼库拉·耶列梅伊奇……别再装糊涂了，我说什么，你心里明白！"

"不，我就是不明白。"

"不，你很明白！"

"不，我向上帝发誓，我真不明白。"

"你还敢向上帝发誓！既然这样，那我问你，你就不怕上帝的惩罚吗？啊，你为啥非得把那个可怜的姑娘逼上绝路不可呢？说呀，你究竟想让她怎么样？"

"你到底在说谁呀？巴维尔·安德列伊奇。"胖子故作惊疑地问。

"嘿呀！你这不是明知故问吗？我说的是塔季雅娜！你应该惧怕上帝

的惩罚——你说说看，你为啥要报复？你就不知道羞耻？你都是有家室的人了，你的儿子都快有我高了。我也是个堂堂正正的男子汉，我也要成家立业……我要娶她，我这样做也在情在理呀。"

"这件事儿也怪不到我头上呀，巴维尔·安德列伊奇，是女主人不许你结婚。这是女主人的吩咐！关我什么事？"

"关你什么事？你跟那个老妖婆，跟那个女管家不是一丘之貉吗？难道不是你嚼舌头说坏话的吗？唉，你说呀，难道不是你编排各种瞎话来陷害这个无依无靠的姑娘？就是因为你搞鬼，她才从一个洗衣工沦落为洗盘子的，不是全仰仗你的恩德吗？她不是挨打就是挨骂，穿粗布短衫，不也要感谢你的仁慈和怜悯吗？扪心自问，你对得起自己的良心吗？真无耻，真无耻，你这个老不死的鬼东西！你会因造孽而中风死掉……看你到底怎样向上帝忏悔。"

"您就骂吧，巴维尔·安德列伊奇，您就骂吧……让您骂个够！"

巴维尔更加怒不可遏。"什么？你想吓唬我？"他火冒三丈地说道，"你以为我真怕你呀？哼！伙计，你找错人了！我有什么可怕的？此处不留爷，自有留爷处——我到哪儿都可以自食其力，到处都有饭吃。你呢？你就不行了！你只能在这儿混几顿饭，无事生非，贪小便宜……"

"看，他越说越猖狂啦，"办事处主任打断他的话，实在忍不下去了，"一个跑江湖的，是个名副其实的江湖骗子，屁也不懂，还硬充什么医生！你们都来听听——呸！倒像个大人物似的！"

"哼，江湖医生，如果没我这个江湖医生的话，你这位大老爷早就完了，早就烂在坟里了……我真后悔干吗治好你的病呢？"他气愤地补充。

"你治好了我的病？得了吧，你是想毒死我，你给我吃芦荟。"事务所主任强词夺理地说道。

"可是除了芦荟，别的药对你都不管用啊，那又怎么办呢？"

"卫生局严禁使用芦荟！"办事处主任紧咬不放，"我要控告你！你真想害死我——一点儿没错！可是上帝阻止了你的阴谋！"

"算了吧你们，都别吵了，二位……"会计主任开口劝解。

"你别管！"事务所主任大喊，"他就是想毒死我！听明白了吗？"

"我干吗要毒死你？听我说，尼库拉·耶列梅伊奇，"巴维尔气鼓鼓地说，"我最后一次请求你……你实在把她逼得走投无路了——我无法再忍受下去了。你可别再逼我们了，听见没有？我可以告诉你，要不，我向上帝发誓，我俩中间总有一个要遭报应，你可听清楚啦！"

　　胖子暴跳如雷。"我才不怕你呢！"他吼了起来，"你给我老实听着，你这乳臭未干的毛小子！我收服了你老爹，把他搞得一败涂地！他就是你的样板，你给我放聪明些！"

　　"别跟我提我父亲，尼库拉·耶列梅伊奇，别提他。"

　　"滚开！我才不听你这一套！"

　　"我提醒你，别再提这件事！"

　　"我提醒你吧，你别太嚣张了！你以为女主人真的缺你不可呀，如果要从咱们俩里面挑一个，保证没有你的份儿，老弟！谁都不准胡闹！（巴维尔气得全身发抖）至于塔季雅娜这个姑娘吗，她活该！不信你就等着瞧吧，她受罪的日子还在后头呢！"

　　巴维尔抬起双手扑向前去，事务所主任重重地栽倒在地板上。

　　"把他抓起来，铐上……"尼库拉·耶列梅伊奇哼哼呀呀地叫起来……

　　当天我就回家了。

　　一星期之后，我听说女主人洛斯尼雅科娃把巴维尔和尼库拉两人都留下来侍奉她，而辞掉了塔季雅娜。很明显，这是卸磨杀驴呀！

（一八四七年）

孤　狼

　　我狩猎归来时已近傍晚，乘坐的是一辆轻便马车，离家还有七俄里路。我那匹训练有素的马在大路上神气地奔驰，扬起滚滚烟尘，时而打打响鼻，还轻轻摇一摇耳朵。那条狗虽已疲不可支，但仍寸步不离地紧跟着马车跑，犹如被拴在车后一样。

　　暴风雨即将来临。前方已经有一大片浅紫色的阴云，从树林后面慢慢升起，放眼望去，一条条长长的灰色雨云，正铺天盖地地迎面驰来。爆竹柳好似受到惊吓一样摇曳不停，发出声声哀怨。闷热的天气顿时变得湿冷湿冷的，周围也马上昏暗起来。我立刻挥缰打马，赶着马车向河谷疾奔而去，穿过一条生满柳树毛子的干涸的小河道，爬上了河岸，又钻进一片树林。此时我面前出现了一条掩映在浓密的灌木丛中弯弯曲曲的路，暮色苍茫，走起路来就更艰难了，无奈只好放慢马车的速度。一株株百年老橡树和椴树的根须四展，横竖不等地在深深的车辙里交错，马车在这里颠簸碾压过去，使我的马直打趔趄。

　　突然狂风大作，在空中怒吼，地上的林木也狂啸起来，豆大的雨点猛烈地抽打着繁密的枝叶。电闪雷鸣中，倾盆大雨泼洒下来。我的车子缓慢而又艰难地前行，但是没走几步，就被迫停了下来，我的马陷进了烂泥。而此时天已变得黑漆漆的，几乎伸手不见五指。我用尽全力才躲进一片树丛，弯下身子，捂住了脸，束手无策地等待暴风雨过去。猛然间划过一道闪电，我看见面前出现了一个高大的身影。我惊疑地打量着，这个高大的身影突然从我的马车旁边钻了出来。

　　"你是什么人？"这个人闷声闷气地问道。

"那你又是什么人？"

"我是这儿的护林人。"

我也说了自己的姓名。

"啊，久仰久仰！您这是回府吧？"

"是呀，可是您看，遇上了大风雨……"

"可不是怎的，好大的雨呀。"那个人回答。

一道闪电的白光照亮了护林人的全身。紧接着一个响雷轰隆一声炸响。大雨继续倾泻着。

"雨短时间内不会停的。"护林人又说。

"那可怎么办呢？"

"要不然，我带您到我的小屋里避避雨，您看如何？"他迟疑地说。

"那就麻烦您了。"

"请您坐稳。"

于是，他走向马头，抓住笼头把马拉了出来，我们费力地走向前。我的马车犹如一叶孤舟在大海里摇荡。我一面紧紧抓住车垫子，一面唤着我的狗，那匹可怜的母马费力地跋涉在泥泞之中，一步一滑，跌跌撞撞地前行。护林人在车辕前左右摇晃，如同一个鬼魂。我们就这样一步一滑地走了好半天，最后我的向导终于停下了脚步。

"咱们到家了，老爷。"他平静地说。

吱嘎一声，篱笆门打开了，几条小狗崽子吠叫起来。我借着闪电的光芒，抬头一看，一个篱笆大院中有一幢小房，昏暗的灯光从窗子里射出。护林人把马拉到台阶旁，然后敲门。

"就来，就来！"一个清脆的声音响起来，接着又是赤脚走路的声音。哐一声，门闩打开了。一个十一二岁的女孩子出现在门槛上，她穿着一件旧短衫，腰系布条，手里提着一盏灯。

"快为这位老爷照路。"护林人对小女孩说，又对我说："我把您的马车带到敞棚里去。"

小女孩瞧瞧我，提着灯为我照亮，快步进屋，我便紧跟着走进屋中。

护林人只有一个房间，由于烟熏火燎而显得黑乎乎的，又小又矮，屋子里空空如也，没有一点摆设，没有高脚床也没有隔板。只见墙上挂着件破皮袄，长板凳上有一支单筒猎枪，屋角是一堆破布，炉旁有两个大瓦罐，桌上点着松明，有气无力的，忽明忽暗。屋子中间有一根长竿子，一头挂着个摇篮。小女孩熄灭了手中的提灯，坐到一张小板凳上，右手悠晃着摇篮，又用左手去调理着松明。

我环顾四周，心中既郁闷又哀伤。深夜造访农舍，真令人不快。

婴儿在摇篮中急促而又沉重地呼吸着。

"就你自己住在这儿？"我问小女孩。

"是的，就我自己。"她用低得几乎听不到的声音回答道。

"你大概是护林人的女儿吧？"

"我是他的女儿。"她仍小声回答。

门吱呀响了一声，护林人低着头走进屋里。他顺手提起吊灯，走到桌边，把吊灯又点着了。

"您大概不习惯点松明吧？"他随着话音抖抖满头的鬈发。

我看了看他。我平生从未见过如此魁伟强壮的人。他高高的个子，肩宽背阔，十分强悍。淋得湿漉漉的麻布衬衫把全身的肌肉绷得鼓鼓的。弯曲的黑色络腮胡子几乎把那坚毅而严肃的面孔遮住了一半，两道浓眉几乎连在了一起，一双褐色眼睛并不很大，但却炯炯有神，显出一股阳刚之气。他两手轻松地叉在腰间，站在我的面前。

我先向他道了谢，然后问他的名字。

"我名叫福马，"他应声回答，"有个绰号叫孤狼。"

"啊，原来你就是孤狼？"

我十分惊奇地又打量了他一番。我早就不止一次地从耶尔莫莱和其他人那儿听到过关于护林人孤狼的传闻了。周围的农民怕他就像怕火一样。据他们说，走遍天下，再找不到一个像他这样忠于职守而精明能干的人了：谁也别想拿走一把树枝，真要是拿走了，无论何时，哪怕半夜三更，他也会突然出现在你的面前，你也甭想反抗，他力大无比，况且又如同魔鬼一样机智灵敏……任凭什么办法别想打动他。请他喝酒，用钱收买，都是白费心机，他是软硬不吃。甚至连一些善良人也不止一次地想干掉他，但是都无法得逞！

周边的农民就是这么评论孤狼的。

"原来你就是孤狼啊，"我重复了一次，"老弟，我早就听别人谈起你，你办事真是铁面无私，不留情面。"

"我不过是尽职尽责而已，"他阴郁地回答，"总不能白吃主人的面包不做事呀。"

他从腰间抽出一把斧头，坐在地上，劈起松明来。

"怎么，你没有妻子吗？"我问他。

"没有。"他答道，用力砍了一斧头。

"也就是说，死了？"

"不……是的……是死了。"他说完，扭过脸去。

我沉默许久，他抬眼看了看我。

"和一个过路的城里人跑了。"他辛酸地一笑。

小女孩低下头，这时婴儿突然醒来，哭了，小女孩立刻奔向摇篮。

"唉，把这个给他。"孤狼说，他把一个肮脏的奶瓶递给小女孩。"抛下这么个小东西就走了。"他指了指婴儿。

他说完，起身走到门口，忽然又转过身。

"老爷，您可能，"他问，"不吃我们那样的面包吧？但我家里除了面包……"

"我不饿。"

"好，悉听尊便。我本应给您生上茶炊，却没有茶叶。我去照应一下您的马吧。"

他走出屋去，随手带上门。我又趁机环顾了一下周围，觉得这间屋子比刚进来时显得更凄凉了。松明熄灭，散发着一种令人窒息的苦涩味，令我很难受。小女孩仍一动不动坐在那里，低垂着眼睛，不时伸手晃一下摇篮，同时又把肩上滑下的衣服拉上去，一双光脚老老实实地耷拉着，一动也不动。我从没经历过如此难受的环境，虽然我对这一切并没有什么恶意。此刻的我心中充满了好奇感，是一种迫不及待想要摆脱宁静，探求我想要的答案的冲动。但是我的想法却被此刻的冷漠打破了，我有些失望，甚至有些晕晕欲睡。于是，我得设法摆脱这个局面。

"你叫什么？"

"邬丽塔。"她把那张悲愁的小脸垂得更低了。

护林人走进屋，坐在板凳上。

"暴雨就快过去了，"他静静地坐了一小会儿后，对我说，"您要是想回家，我就送您出林子。"

于是我站起身。孤狼顺手拿起猎枪，查看了一下火药。

"怎么还带着枪？"我问。

"有人在林中捣乱，在偷砍母马谷中的树。"他说这一句，是为了解答我那疑惑的目光。

"你是从这儿听出来的？"

"是在院中听到的。"

我们一同走出屋子。雨已经停了，远方还聚着一大团一大团黑沉沉的乌云，偶尔还划过一道道长长的闪电，但在我们头上已经能看见深蓝的天空，星星也在稀薄的流云后边闪闪发光，黑暗中依稀可见被淋得湿透和被风吹得直摇晃的树影。

我们仔细聆听着。护林人摘下了帽子，低下头。

"听……听，"他忽然说，并且伸出一只手指着，"瞧，他们专门挑这样的夜晚来干坏事。"

可是除了树叶的响声外，我什么都没有听到。

孤狼从敞棚下把马牵出去了。他又不很放心地说："如果我送您去，恐怕他们会乘机逃走了。"

"那我就和你一起，怎样？"

"好，就这么办！"他随口答应道，又把马牵回去，"咱们先逮住他，然后我再送您。现在就走。"

孤狼走在前面，我紧随他身后。他对路径很是熟悉，一路上都不停步。虽然时而停下来，那也是为了辨听斧头砍树的声音。

走着，走着，他低声问道："怎样，听见了吗？听见了吗？"

"还是没听清楚呀。"

孤狼无奈地耸耸肩膀，我们走进河谷，风仿佛一下子停住了，砍树的声音传进了我的耳朵，一声声，听得很清楚。穿过湿淋淋的杂草和荨麻，我们急匆匆地奔向前，砍树的声音愈来愈清晰，声音也愈来愈大。

"砍倒了……"孤狼自言自语地说。

此时的天空越来越澄澈，树林里也更明亮了一点。我们终于跋涉出了河谷。

"请您先在这儿等上片刻。"护林人悄悄对我说，他毛着腰，端着枪，钻进了树丛。

我有些紧张地倾听着。在持续不断的风声中，从不远处传来了轻微响声——用斧头小心砍断树枝的声音，马车轮子轧轧作响，马打着响鼻，但声音很低……

"哪里去？站住！"狐狼不可违抗地命令。

另一个人像兔子一样苦苦哀求。他们互相厮打了起来。孤狼气喘吁吁地骂道：

"胡扯，胡扯，你甭想从我的手心里逃走……"

我立刻跌跌撞撞地跑向厮打和吵嚷的地方。护林人正在砍倒的树旁忙碌着：他用力把那个偷树的人按倒在地，正用腰带反绑着那个人的双手。我跑了过去，孤狼大获全胜地站起身，并把那个偷树的人拉了起来。我看到一个衣着褴褛的庄稼汉，浑身湿透，满脸乱蓬蓬的长胡子。一辆货车，边上站着一匹瘦巴巴的马，半身盖着一领疙里疙瘩的草席。护林人一言不发，那个庄稼汉也不作声，只是不停摇着头。

"放了他吧，"我在孤狼耳边为他说情，"这棵树我来赔。"

孤狼没有理睬，伸出左手抓住马鬃，右手则揪着偷树人的腰带。"哼，你这个蠢货，有什么花样都使出来吧！"他厉声喝道。

"能捡起斧头来吗？"偷树人苦苦哀求着。

"当然啦，怎么能丢掉斧头呢？"护林人说着，一面捡起斧头。我们就一起走了，我走在最后。

稀落落的雨点又从天上掉下来，不一小会儿又下起了倾盆大雨，我们顶风冒雨，费了好大周折才回到了小屋。孤狼把那匹抓回来的瘦马放到院子中央，把偷树的人带进屋子，松了松捆着他的腰带，叫他坐在屋角。那个小女孩本来正在炉边睡觉，被进来的人给吓醒了。她惊恐地跳起来，胆怯地望望我们，没敢作声。我在板凳上坐下来。

"哎呀，这雨真够大的，"护林人说，"现在可没法走，等一会儿再说吧，您是不是躺下休息一会儿？"

"不用了，谢谢。"

"因为您在这里，我才没把他关进贮藏室，"他指指那个庄稼汉，"可那个门闩……"

"就让他待在这里吧，别惩治他了。"我打断了孤狼的话。

那个庄稼汉愁苦地望着我。我暗暗发誓，无论如何也要想办法放了这个可怜人。他老老实实坐在板凳上，在灯光辉映下，我还能看清他那张憔悴的脸，皱纹丛生，黄眉毛向下耷拉着，眼睛流露出惊恐不安的神情，瘦得可怜。

小女孩躺在地板上，就在这个庄稼汉脚边上，又睡着了。孤狼坐在桌边，双手托着头，屋角里蟋蟀叫了起来……雨噼噼啪啪地敲打着屋顶，又顺着窗户哗啦啦地流下来……三个人谁也没作声。

"福马·库茨米契，"偷树的人忽然开口，声音沙哑，又有些颤抖，"啊，福马·库茨米契。"

"干什么？"

"求你高抬贵手，放了我吧。"

孤狼没理他。

"放了我吧……饿得实在没法子啦……放了我吧！"

"你们这号人难道我还不清楚吗？"护林人用阴冷的语调驳斥道，"你们村里的人都一样，除了贼，就是小偷。"

"放了我吧，"那个庄稼汉再三哀求，"管家……把我一家人都坑苦了，都逼上绝路了，我没骗你……放了我吧！"

"逼上绝路！……再怎么说也不该偷东西呀！"

"放了我吧，福马·库茨米契……请你开恩，别断送了我的性命。你也知道，你的主人一定会打死我的，真的！"

孤狼扭过头，压根不看他。那人全身痉挛地颤抖着，犹如在闹热病。连脑袋也抖个不停，呼吸也变得急促不匀了。

"放了我吧，"他灰心绝望地苦苦哀求着，"放了我吧，求你发发慈悲吧，放了我吧！我赔钱还不行吗？真的，发发慈悲吧。饿得实在受不下去了……孩子们饿得直哭，你知道，我被逼得走投无路了。"

"那你也不该做贼呀！"

"就把我那匹马，"庄稼汉继续恳求道，"就用那匹马作赔偿吧，我只有这头牲口了……放了我吧！"

"绝对不放！别再啰唆了。这事儿我也没法做主。要是放了你的话，东家非责罚我不可，再说，也不能纵容你们呀。"

"放了我吧！我实在穷得没办法了，福马·库茨米契，我实在穷得没办法了……放了我吧！"

"少来，我早就看穿你们了！"

"放了我吧！"

"哼，我才不跟你瞎啰唆呢！给我老实坐着，要不然我可不客气了……你可要识相点！没看到有老爷在这儿歇脚吗？"

那个可怜人无奈地低下头……孤狼打了个呵欠，头伏在桌上。雨还是下个不停。我耐心等待着，看这件事究竟怎么收场。

庄稼汉猛然挺直了身子，两眼喷着怒火，脸涨得通红。"哼，好哇，你干脆吃了我好啦，不怕噎死，你就来吃吧！"他眯起眼睛，撇着嘴，怒气冲冲地咒骂，"好哇，来吧，你这个罪该万死的催命鬼，屠夫！来喝基督的血吧！喝吧！"

护林人转过身去。

"我对你说尽好话，你这无情的坏蛋，吸血鬼，你听进去了没有？"

"你醉了吧，怎么骂人呢？"护林人惊讶地责问，"怎么，你发疯了吗？"

"我醉了又怎样……又不是花你的钱，你这十恶不赦的凶手，你是野兽，野兽，野兽！"

"你再敢逞凶……我就要收拾你了！"

"我豁出去了！不就是一死吗？没了马，叫我怎么活呀？你杀了我得啦，反正都是死。饿死，被你杀死，还不都一样。全都死绝了吧！全都死绝了！……可是你呀，走着瞧吧，你迟早要遭报应的！不得好死！"

孤狼忽地站了起来。

"打吧，你打吧，"庄稼汉发疯般地叫着，"打吧，来，来，你就打吧……"小女孩惊恐万分地跳起来，两眼直直地死盯着他。"打吧，打吧！"

"你给我闭嘴！"护林人大喝一声，并且向前跨了两步。

"算了，算了，福马，别跟他一般见识，"我大声劝解道，"你就放了他，放他走吧。"

"我非说不可！"那个倒霉的人仍然骂个不停，"总归一个死，有什么大不了的！你这杀人犯，你这恶棍，野兽，你这个挨千刀的，不得好死！走着瞧吧，你狂不了几天了！总会有人和你算账的，就等着遭报应吧！"

孤狼猛然抓住他的肩膀。我立刻冲过去搭救那个庄稼汉。

"请住手，老爷！"护林人向我喊道。

我可不害怕他这一套，而且已经伸出援手。可意料之外的事令我很是惊奇。不想他一下解开了捆着那个人的腰带，揪着他的衣领子，把帽子扯到他的眼睛上，打开门，猛地把他推出屋子。

"牵上你的马赶紧滚吧！"护林人望着他的背影大吼，"给我当心点，下次我可不……"

他回到屋里，不知道在屋角里折腾些什么。

"喂，孤狼，"最后我夸奖地说，"你真叫我惊叹不已，没想到你这么仗义，我看得出来，你真是个有情有义的好人。"

"唉，别夸了，老爷，"他懊恼地打断我的话，"只求您别说出去，我就感激涕零了。还是让我送您走吧，"接着他又说，"您可知道，这种蒙蒙细雨停不了，不必等了……"

从院里传来了那个庄稼汉马车走动的响声。

"听，他走了，"他小声说，"下次我可不会放过他……"

半个钟头后，他一直把我送出林子，然后分手道别。

（一八四八年）

两个地主

　　承蒙读者的深情厚意，我曾有幸地向诸位介绍了住在我附近我的几位绅士。现在请容许我再次借机（对我们这些作家来说，一切都是借机说说）介绍两位地主给诸君。这是两位很值得尊重而又为人友善的人物，赢得了周边几个县的敬重，我经常去他们那里打猎。

　　那么，就让我先向诸君介绍一下退伍陆军少将维雅切斯拉夫·伊拉利昂诺维奇·赫伦斯基。此人高高的个子，身材曾经庄严威武，如今有些发胖了，但是丝毫不显得老态龙钟，甚至不能说是一个上年纪的老翁，而是正值精力鼎盛之年，即所谓的年富力强。确实，当年他很是标准、端正，但曾经讨人喜欢的相貌已经多少有些变形了，双颊松弛下来，眼角皱纹密布，如同光线一样向外放射着，还有寥寥几颗牙齿，正如普希金引用的萨迪的诗句所说的"有的已离开人世"。从前可能是淡褐色的浓密华发，但是现在所剩下的全都变成了淡紫色，这是罗姆奈市场买来的一种洗发剂造成的，是从一个伪装成亚美尼亚人的犹太人那儿买来的。但是，维雅切斯拉夫·伊拉利昂诺维奇却步履稳健，笑声洪亮，走路时马刺叮当作响，还神气十足地捻着髭须，一再声称自己是个老牌骑兵。实际上大家都知道，真正上了年纪的人，从不说自己已老了。他平时总穿一件常礼服，纽扣一直系到脖颈下，带着领带，结也打得很往上，衣领浆得很硬，穿着一条军装式的裤子，上面还带着花点儿，帽子盖住了额头，露着整个后脑勺。

　　他心地很好，但是有些见解和习惯却不同于一般人，说有些古怪。比如，对于那些钱不多地位也不高的贵族，他绝不俯视或平等相待。在同这些人说话的时候，他总把半个腮帮子紧紧贴在空白的硬领子上，对他们歪着头侧目而视，或者猛然用亮闪闪的目光扫视一下他们，但却毫无表情，不仅默然不语，还把整个头皮都动了起来，即使开口说话，也是另一种腔调和辞令。比如，他从不客气地说"谢谢您，巴维尔·瓦希利伊奇"，或者"请您到这儿边来，好吧，哈米伊洛·伊凡内奇"，而是很随便地说"谢了，巴尔·阿西里奇"，或是"请这边来，米哈尔·瓦内奇"。而对待那些社会地位卑微的人，他的态度就更为奇怪和傲慢了，对他们更是冷眼相待或干脆视而不见，眼也不抬。告诉他们自己的意见，或下达命令之前，总以一种不信任的口气接连问道："你叫什么？你叫什么？"还总把第一个词说得很响，其余的词儿却快得几乎听不清，因此他的话听起来特别像是鹌鹑叫。

他这个人整天瞎忙活，又非常抠门，视财如命，不懂怎样当家理财。他雇用一个退伍的骑兵司务长当管家，这是一个傻乎乎的小俄罗斯人。不过，要说真的，经管产业的事儿，我们这儿无人能比得上彼得堡的一个达官贵人。他从管家的报告中便能发觉，他的领地的烤禾房常常失火，给粮食造成了损失。于是，他便发布措辞严厉的命令："今后，烤禾房里的火没有彻底熄灭以前，严禁放置谷禾。"这位显贵又想在他的全部田亩里都种上罂粟，很明显是在打一种极简单的如意算盘：罂粟比黑麦更赚钱，因此种罂粟更容易发财。他还命令他的女农奴都戴上头饰，而且还要按照彼得堡寄来的样式制作。女农奴们确实遵命照办，直至今日，他的领地里的女农奴们都还戴着这种头饰，和以往不同的是，如今都戴在帽子上面了……

闲话少叙，再接着聊一聊维雅切斯拉夫·伊拉利昂诺维奇吧。此公又是一个色鬼。只要他在自己县城里的林荫道上遇见美女，便立刻跟随而去，垂涎三尺，骨头软得就连两腿走路都不听使唤了，那副丑态真能让人笑掉大牙。他还沉溺于玩牌，但是只找比他身份低的人玩。这些人称他"大人"，于是他就无所顾忌地斥骂人家。等到他和省长或是其他什么大员打牌的时候，他就判若两人了。他总是满面堆笑，卑下地点头，善于对这些大人物察言观色——全身都装出一副殷勤献媚的丑态……即使输了，也硬装出一副心悦诚服的模样，哪敢埋怨和发火！维雅切斯拉夫·伊拉利昂诺维奇还不学无术，几乎从不读书，一旦拿起书本，便装出一副令人作呕的样子：眉毛胡子一起像波浪般动起来，并且还是从下颏开始向上波动。尤其是偶尔（当然是在客人面前）阅读《评论报》时，那模样更叫人看了就恶心。

选举时，他可是一个举足轻重的人物，可是因为不肯破费，而拒绝接受首席贵族的荣誉。"诸位明公，"他经常和推选他的贵族们说，"感谢诸公抬举，我决意悠闲自得、安度余生。"语气异常谦恭而又自傲。说完这一番推辞之言后，他把头左右摇晃几下，然后把下颏和两个腮帮子紧贴在硬邦邦的衣领上。他年轻时，给一个大人物当过副官，对这位大人物总是俯首帖耳，连称呼他时都要用尊称，即不只叫名字，还得加上父称。据说他不只是给他当副官，似乎要干的活儿还真不少。譬如，他还曾穿着全套仪仗礼服，领钩纽扣都弄得齐齐整整，在浴室里给自己的上司搓背——这只是传闻，也不一定全可信。但是，说来也怪，这位赫伦斯基少将不喜谈论自己的军旅生活，就像未曾经历过战斗一样。

赫伦斯基将军喜欢独居，住在一所不大的宅子里。他这一生还未曾享受过夫妻生活的欢愉，因此直到如今还是光棍一个，倒是一个选婿择偶的最佳人选。不过，他家有个女管家，三十五六岁，乌黑的眼睛，乌黑的睫毛，丰满诱人，娇艳多姿，但不知为什么却有唇髭，平日穿的衣服浆得平平整整的，每逢周日就罩上细纱做的护袖。

这位独身将军维雅切斯拉夫·伊拉利昂诺维奇也有大展风采之时，那就是在地主富人们宴请省长和其他大员的盛宴上，他的表演精彩至极。在这种场合下，他要么坐在省长大人右侧，要么在他不远处。在宴会刚开始的时候，他还能安稳持重，正襟危坐，身体略微向后挺，也不左右张望，只是转动眼珠扫视两旁在座者的后脑勺和竖着的硬领。可是等到接近散席的时候，他便活跃起来，开始向周围满面堆笑地致意（宴会一开始他就一直频频向省长微笑），有时还举杯祝酒，建议为女士们，或者用他的话来说，为"地球的精华"而干杯。除此之外，赫伦斯基将军在一切隆重的仪式和公开的典礼上、在考场上、在教会仪式上、在公众集会和展览会上都表现得极为出色，在接受祝福时也很出众。不仅他自己，连他的奴仆的表现也是不同凡响：在岔路口、渡口，或在其他人多杂乱之处，他们都文质彬彬，绝不大声喊叫或是无理取闹，只在人们阻挡他们前行之时，才以动听悦耳的腔调说"请原谅，请原谅，请让赫伦斯基将军先行一步"，或者说"劳驾，让赫伦斯基将军的马车……"丝毫不差，他的马车是辆老掉牙的旧车，侍仆们的号衣也破旧不堪（**不用细说，全是那种带红边的灰色号衣**）。那匹马的岁数也够大，几乎是一辈子为他效劳。但是，赫伦斯基历来不讲究奢华，还认为摆阔气有失身份。

赫伦斯基不很健谈，大概没有适宜的机会让他展示雄辩之才。因为他不喜欢无谓的争论，而且根本不愿去耍嘴皮子争吵。他总是有意回避冗长的谈话，尤其是和青年人在一起的时候。他这样做确实不无道理，不然如今这些人就更难对付了，他们不听你那一套，甚至还会对你有失礼貌。若是在比他更有身份的人面前，赫伦斯基总是闭口不言。但是对那些比他身份低的人，在那些他平时不屑一顾或仅限于普通交往者的面前，他就换了另一副嘴脸，说起话来简短生硬，经常使用如下词句："可是，您说的话无甚意义"，或是"阁下，我还是不得不警告您"，或是"但是，您该清楚，您是在和什么人打交道"，总是这样。那些邮政局长、常任议员还有驿站长们都对他束手无策而又敬畏有加。他从不在家里待客，还是一个货真价实的吝啬鬼、老财迷。

尽管有如此一些瑕疵，他总还算是一个很不错的地主。乡邻们一致评论他是"一个老派军人，一个慷慨大方之人，一个安守本分之人，一个爱发牢骚之人"。只有一个省检察官，当人们谈论起赫伦斯基将军的优秀品质和可褒之处时，他猛然冷笑起来——大概是由于嫉妒吧……

关于赫伦斯基将军的逸闻就到此为止，下面咱们来聊聊另一个地方的故事吧。

马尔达利·阿波罗内奇·斯杰古诺夫比起赫伦斯基，则是截然相反的另一种人物。他大概从未在任何地方任过公职，历来也没人把他看作一个模样出众的男子汉。马尔达利·阿波罗内奇是个矮个儿小老头，圆滚滚的身子，下颌胖得都成了双了，头顶的头发也掉光了，一双手肉乎乎的，挺着个大肚子。他嗜好交往，殷勤好客，谈笑风生。正如人们所说的那样，他活得很是如意。无冬无夏，他总是身穿一件条纹长袍。有一点倒是和赫伦斯基将军相同：两人都是光棍汉。

马尔达利·阿波罗内奇手下有五百多个农奴。在管理自己的产业上，他只是流于形式，譬如，为了赶时髦，早在十年前就在莫斯科的布杰诺普公司买进一台打谷机，但是却锁进仓房，就算完事了。只是在晴朗夏天的日子里，他才坐上一辆竞走马车，到田野上去游玩一番。看看庄稼，乘兴采一些矢车菊，然后就打道回府。

马尔达利·阿波罗内奇崇尚古风。生活各方面都古板至极，就连住宅也是老式建筑。他的前室里弥漫着一种格瓦斯、动物油脂、蜡烛和皮革的味儿；房间右面摆着一个餐具柜，里面有烟斗毛巾之类的东西；餐室里挂着列祖列宗的肖像，陈列着一大盆天竺葵和一架老掉了牙的钢琴，还有苍蝇在飞舞；客厅里摆着三张长沙发和三张桌子、挂着两面镜子以及一架声音沙哑的自鸣钟，钟上的珐琅已经发黑，还有两个雕花的青铜指针；房间里有一张书桌，上面乱糟糟地堆着一些纸张；中间立着一扇蓝色屏风，胡乱地贴着从上世纪的各种书刊中剪下来的插图；有几个书柜，里面的书都散发着霉味，挂着蜘蛛网，还盖满灰尘，有一把宽大的安乐椅，一扇意大利式样的窗户，还有一扇原本通往花园的堵死了的门……总而言之，陈设家具一应俱全。

马尔达利·阿波罗内奇有很多奴仆，一律老式装扮：高领的蓝色长外套，不显眼的深色裤子和标志身份的黄色背心。他们把客人全称为"老爷"。给他经营产业的总管是个农奴出身的大胡子。管家务的是个满脸皱纹的吝啬的老太婆，总是包着一条褐色头巾。马尔达利·阿波罗内奇的马厩里喂着三十多匹马，毛色和品种五花八门，各式各样的都有。他出门访友时，总是乘坐一辆自选的四轮马车，重一百五十普特左右。

他酷爱交际，接待客人极为殷勤和热情，酒宴极为丰盛，也就是说，因为俄式酒宴容易使人大醉，因此一开场就是马拉松式的，往往是一边吃一边玩纸牌，迟迟不肯散席或撤席，一折腾就是一整夜。他可是个逍遥自在之人，不仅从不做事，甚至连占卜书也很少看。

众所周知，此类地主在我们俄罗斯多得数不清。或许有人会问：我为什么要说起他来，为什么非要提到这么一个人物呢？……那就有劳诸位，听听有一次我去拜会马尔达利·阿波罗内奇的逸事吧。

那是夏天的一个傍晚，七点多钟，我去他家拜访。他家刚刚做过晚祷，一个年轻的牧师正坐在客厅门口的一把椅子上，看上去还很拘束，大概刚从神学院毕业没多久。马尔达利·阿波罗内奇见我来访，同平常一样热情款待我。他对每个来访客人都很真诚，这是因为此人心地本质善良，而且是个热心肠。

这个小牧师看到我来了，便站起身，拿起帽子准备向主人告辞。

"稍等一下，稍等一下，牧师，"马尔达利·阿波罗内奇还拉着我的手，说道，"别急着走……我已经吩咐人去给你拿白酒了。"

"多谢，我不会喝酒。"牧师难为情地小声推辞道，脸弄得通红。

"胡说！干你们这行的人怎么可能不会喝酒！"马尔达利·阿波罗内奇不信任地说道，"尤卡什！尤卡什！拿酒给牧师！"

尤卡什是个老头子，约莫八十岁，长得高高瘦瘦的。只见他端着一个带肉色斑点的黑漆托盘走进来，盘子上放着一杯白酒。

牧师连忙再三推辞。

"干了吧，牧师，这样推来让去的，成何体统吗。"

恭敬不如从命——年轻牧师推辞不过，只好一饮而尽。

"好，牧师，现在你可以走了。"

牧师鞠了一躬便告辞了。

"啊，好了，好了，你走吧……真是个大好人。"马尔达利·阿波罗内奇目送他离开，还不住地夸赞，"他这个人很不错，只是有一样——太年轻了。死抱着清规戒律不放，连酒都不敢喝。哎，您近来怎样，我的先生？我们去凉台上聊聊吧——瞧，多美妙的傍晚呀！"

我们二人便来到凉台，坐下聊了起来。马尔达利·阿波罗内奇向下看了看，突然像挨了一枪似的呼叫起来。

"这是谁家的鸡？这是谁家的鸡？"他大叫起来，"这是谁家的鸡跑到咱家花园里来了？尤卡什！尤卡什！快去看看，这是谁家的鸡跑到咱家花园里来了？是谁家的鸡？我交代过多少次了，交代过多少次了？"

尤卡什拔腿跑了过去。

"成何体统！"马尔达利·阿波罗内奇再三吵嚷，"真是胡闹！"

这几只鸡可倒霉透了！直到今天我也还记得，有两只芦花鸡和一只白色凤头鸡，正怡然自得地在苹果树下游荡，而且不时长长地咯咯叫上几声，抒发当时的欢悦。谁知突然大难临头。光脑袋的尤卡什挥舞着大棍飞奔过来，另外还有三个强壮的仆人，一齐扑向这几只鸡。一场闹剧就此上演，那几只鸡吓得拼命咯咯乱叫，拍打着翅膀，连飞带跳地奔逃。几个仆人的表演更好玩儿，左堵右截去抓呀、捉呀，连滚带爬，却怎么也逮不住。这位地主老爷在凉台上声嘶力竭地号叫："抓住！抓住！抓住！快抓住！快抓住！快抓住呀！快抓住呀！这是谁家的鸡？谁家的鸡？真讨厌！"几个仆人折腾得大汗淋漓，终于把那只凤头鸡逮住了，按在地上抓到了手里。这场闹剧刚落下帷幕，一个十一二岁的小姑娘从篱笆墙上跳进了花园，披头散发的，脸好像很久都没有洗过，手里还拿着一根树条。

"啊，原来是她家的鸡！"马尔达利·阿波罗内奇得意地说，"是车夫叶尔美尔家的鸡！看，这不是叫他家的娜塔尔卡来弄鸡来了……他怎么不派帕拉莎来呢。"他又小声说了一句，同时又狡黠地一笑，"喂，尤卡什，别忙鸡的事儿了，快把娜塔尔卡给我抓来。"

可是，直喘粗气的尤卡什还没跑到惊慌失措的小姑娘那儿，女管家不知从什么地方钻了出来，揪住她的胳膊，在她的嘴上扇了几下……

"打得好！对，打得好！"地主又凶恶地叫起来，"该打，叫你记住，该打，叫你记住！叫你记住，记住！"接着他又叫道，"把鸡扣下，阿芙多季娅。"然后转过脸来精神焕发地对我说，"先生，这次打猎收获怎样，怎样呀？您看，我都弄得一身大汗了。"说完之后，马尔达利·阿波罗内奇便纵情大笑起来。我们依然站在凉台上。这确实是个美妙的黄昏。

仆人给我送来了茶。

"请问，"这时我才问他，"马尔达利·阿波罗内奇，搬到河谷后面大道边上的那几户人家是您的农户吗？""是我的……有什么不妥当的吗？"

"您怎么弄的？这可要怪您，马尔达利·阿波罗内奇。分给他们的房子太狭小肮脏了，那里上不巴天下不着地的，周围没有一棵树，也没有鱼塘，水井也只有一眼，再说那一眼井怎么够用呢？难道真的就没有别的去处了吗？听说，您把他们以前的大麻田也要回去了？"

"我还能怎么办呢？这可是划地界划过来的呀。"马尔达利·阿波罗内奇振振有词地回答，"这样划地界我也弄不清楚呢（他指指自己的脑袋）。为什么要这样划，我看不出有何好处。至于我要回来的大麻地，也没有在那里挖鱼塘啊——这些事吗，我自有道理。我是个讲规矩的人，要按着老规矩来办。在我看来，老爷无论何时都是老爷，庄稼汉无论何时还是庄稼汉——这是天经地义的。"

他把道理说得这么明白，我也没必要再说什么了。

"再说了，"他又往下说，"那些庄稼汉都不是什么好东西，他们活该吃苦遭罪。尤其是他们那里有两户特别难缠的人家，先父——祝他升入天堂——尚在人间的时候，就讨厌他们，很不喜欢他们。跟您说句贴心话，这可是我深有体会的：老子是贼，儿子也一准是贼。这是谁也改变不了的……唉，这就是遗传，这就是遗传，亘古不变的吗！实话告诉您，我已经把那两家给拆散了，他们的小子还没轮到去当兵呢，我就把他们弄去当兵了，这边派一个，那边塞一个，看他们还有什么花招！可即使这样，还是没法子斩草除根呀，他们这些人可能生孩子了，一个接一个生起来没个完，真可恶！"

此时周围全都鸦雀无声，只有风还不肯岑寂休息，一阵阵吹来，每次吹来之后，还从马厩那边传来什么东西有节奏的时断时续的敲击声。马尔达利·阿波罗内奇端起茶碟喝之前，先张了张鼻孔——众所周知，地道的俄罗斯人喝茶时都有这样的习惯——但是他又停下来，侧耳倾听，点点头，品了口茶，然后就把茶碟放在桌子上，仿佛是情不自禁地应和着那种敲击声，脸上堆满极其友善的微笑，喊着："啪嗒嗒！啪嗒！啪嗒！"

"这是什么声音啊？"

"这是我交代他们干的，在责打一个不规矩的家伙……就是那个管餐室的瓦夏，您认识吗？"

"哪个瓦夏？"

"就是前几天伺候咱们吃饭的那个，满脸络腮胡子。"

不论怎样的愤怒，也无法拒绝马尔达利·阿波罗内奇那明亮又柔和的目光。

"您这是怎么啦，青年人，您怎么样？"他摇晃着脑袋说道，"您为什么这样看着我？怎么，难道我是个大坏蛋？这就是恨铁不成钢吗，打他也是为他着想，想必您也该明白。"

不久，我就起身告辞。我乘车路过村子之时，正好遇上了管餐室的瓦夏。他正边吃核桃边逛街呢。我吩咐马夫停车，把瓦夏叫过来。

"喂，伙计，你今天挨罚了吧？"我问他。

"您怎么会知道？"瓦夏反问一句。

"您家老爷告诉我的。"

"老爷亲口说的吗？"

"他为什么要罚你呀？"

"怨我自己，先生，是我该罚。我们这里不会不分青红皂白就打人，我们这儿从来不随随便便打人的，从不这样。我们老爷可不是那种不讲理的人，我家老爷……在省里这样的老爷也是少有的。"

"走吧！"我吩咐车夫。

"这就是老俄罗斯！"我在归途中反复在想。

（一八四八年）

列别江集市

亲爱的读者诸公，打猎的主要好处之一就是您既然要打猎，就不得不从一个地方不断奔波到另一个地方，这种活动可以愉悦一个闲人的身心。

当然，有时（*尤其是在雨天*）也并不那么愉快，比如，在乡间的土路上奔波，或者在无路可寻的荒野中穿行，不管遇见谁，你都要叫住他问路："喂，朋友，请问我们要去莫尔多夫卡，该怎么走？"到了莫尔多夫卡，还要向傻乎乎的乡下婆娘（*男人都下地去干活了*）打听：离大路旁的旅店还有多远路程？怎么走法？等到你坐在马车上又走了十几俄里，发现并没有什么旅店，只看到一个破落不堪的村子，是地主家的胡多布普诺沃村。您只好硬着头皮向村里走，不料却惊动了大猪一群——它们正在路中央没耳朵深的黑褐色烂泥里打滚，绝没想到有人会来惊扰它们的安宁。接下来更不自在，更令人不快，要走过一座座摇摇晃晃的小桥，再穿过一条条山谷，还要趟过两岸都是沼泽的小河，在泥沙和水中跋涉。幸而走上一条在绿色原野之中曲折向前的大路，又足足颠簸了一天一夜，甚至是几天几夜。或者——上帝保佑，千万可别碰上——在一面写着数字二十二，另一面写着二十八的路程标前面，一下子又陷进了污泥，一连几小时都无法脱身，这当然不愉快了。还有更让人感到无味和不快的是：一连几个星期顿顿是鸡蛋、牛奶和人们赞不绝口的黑麦面包……但是这些麻烦和不快，却可以换来猎人才能体会到的别样的乐趣。题外话就此打住，最好还是言归正传吧。

由于上述那一番话，我就不再向读者赘述，四五年前，我是怎么来到列别江最热闹的集市的。我们这些打猎爱好者一向行踪不定，通常都是一时心血来潮，在某一天清晨就乘上马车出发，离开祖传领地，并计划好次日晚上回来。可是，有时向前走着，走着，一路还不停地射猎着鹬鸟，结果就不自觉地走到了景色如画的彼乔拉河畔。况且，大凡爱养狗的人，也都很宠爱骏马——因为马是世界上最为高尚可贵的动物。因此，我就到了列别江，先在旅馆小憩一会儿，然后换了身衣服，便去集市了（*旅店的一名茶房，高高瘦瘦的小伙子，二十来岁，以悦耳的鼻音告诉我，一位公爵大人，某团的马匹采购员，就在这家旅馆下榻；另外还住着许多绅士；又说每晚都有茨冈人唱歌，戏院正在上演〈特瓦尔多夫斯基老爷〉；还说马的价格很高，但都是好马*）。

在集市广场上，停着数不清的大车，一列列排成长队，望不到尽头。大车后面就是种类各异的马匹：大走马、养马场的马、比秋格马、拉货车的马、驿马，还有普通的农家马，另外还有一些肥壮的马。全照毛色在那里分类展示，马背上披着色彩缤纷的马衣，一匹匹都用短缰绳牢系在木架上，怯懦地斜眼看着马贩子手中那为它们所熟知的鞭子。草原上的贵族们从一两百俄里之外送来家养马，由一个老迈的车夫和两三个迟钝的马夫看管。这些马摇着长脖子，踏着马蹄，不耐烦地啃着木桩子。一匹匹黄褐色的维亚特卡马紧依在一块儿。有大走马，马尾呈波浪形，蹄肘毛茸茸的，臀部胖得圆滚滚的，颜色各异。灰色带圆斑点的，铁青的，枣红色的，都像雄狮般威严沉稳地站着。伯乐们一个个都聚精会神地站在这些上等马面前，评头论足，久久不愿离去。在排着大车的街道上，三教九流的人来往穿梭。各种身份地位的、不同年龄的、奇形怪状的、肤色各异的，全都汇集此处。有身穿蓝上衣、戴着高筒帽的马贩子，狡猾地窥视着，等候着买主光临。有生着鼓眼泡、满头鬈发的茨冈人，他们疯了似的跳来跳去，一会儿看看马的牙齿，一会儿又扳起马腿或拉起马尾上看下看的。他们总是忙得不可开交，又吵又骂，又做中介人，又帮着摇签抓阄，对某一个戴军帽、身穿海狸皮领军大衣的采购员纠缠不休。看，那个膀大腰圆的戈萨克，高高地骑在一匹脖子同鹿一般的瘦马上，非要"完整"地卖不可，也就是说把马鞍和笼头同马一起卖掉。有些庄稼汉也来逛马市，穿着腋下已经破了洞的皮袄，不要命地在人群中到处挤，一窝蜂地拥向套着"试用马"的大车。或者，在边上什么地方，靠着机灵能干的茨冈人的帮助，费尽口舌而不厌其烦地讨价还价，买卖双方接连击掌一百次，末了还是各执己见。这时他们讨价还价的对象——一匹披着破席子的蹩脚马——只是在那儿眨着眼睛，仿佛此事压根儿就与它无关。事实也是如此，挨谁的鞭子不还是一样？有几个宽额头的染了胡子的地主，脸上流露出一股威风凛凛的神情，头戴波兰式四方帽，呢子外衣半套半披在身上，一副居高临下的架势，正同一个戴绒帽子和绿手套的大肚子商人谈话。各种兵种和团队的军官们也到这里来闲逛。一个身材高大的德国籍胸甲兵也在这儿，正在冷漠地问一个瘸腿马贩子："这匹栗毛马怎么卖？"一个十八九岁的浅黄色头发的骠骑兵也在忙乎着，为一匹瘦瘦的溜蹄马挑选拉套的马。一个驿站车夫，头戴一顶装饰着孔雀毛的矮帽，身穿褐色上衣，一双皮手套披在窄窄的绿腰带上，正在挑选一匹辕马。马车夫们也都没闲着：有的在为自己马的尾巴编辫子，有的给马的鬃毛上淋水，有的又在毕恭毕敬地为主人出主意。交易成功的人，有的跑进大酒店饮酒消闲，有的到小饭馆去坐一坐，这要看各人的贫富情况而定。人人都在这里奔跑着、叫喊着、争吵着，推推搡搡，叫嚷笑骂，争执和解，个个都忙得不可开交，脚上、腿上，连膝盖上都沾满了污泥。

我想为我的四轮马车挑三匹良驹，因为我的马都不太中用了。我已经相中了两匹，第三匹却还没有来得及挑选好。我吃过一顿晚饭，但现在我不愿描述它（埃涅阿斯早就知道，回忆往昔的悲哀是多么不快之事）。之后我便走向所谓的咖啡厅，这里每晚都有马匹采购员、养马场场主和一些外地来的客人聚会。在弥漫着草灰蒙蒙的烟雾的台球室里，有二十几个人在玩耍和闲谈。其中有浪荡的青年地主，身穿骑马短上衣和灰裤子，留着很长的鬃发，小胡子上涂了油，神气活现地向四周观望。还有几个哥萨克打扮的贵族，脖子显得很短，眼睛有些浮肿，也在哼哧哼哧地喘着粗气。商人们则坐在一边儿，即所谓的"另席"上。几个军官自在地随意闲聊着。打台球的人中有一位是公爵，此人二十二三岁，表情快活而又略显高傲，身穿一件敞开的常礼服，露出红色绸衬衣，下面穿一条肥大的丝绒灯笼裤。和公爵对垒的是退职陆军中尉维克多·哈罗巴科夫，两人正玩得难解难分。

这个退职中尉维克多·哈罗巴科夫约莫三十岁，皮肤黑黑的，身材瘦小，满头黑发，深棕色的眼睛，脸上趴着一个扁扁的狮子鼻，每逢选举和集市，他都必然到场，对此还异常热心。他走起路来可笑至极：活蹦乱跳，神采飞扬地甩着两只弧形的手臂，歪戴着帽子，把深灰色的红棉布衬里的军大衣袖子也卷了起来。哈罗巴科夫很会奉承和巴结彼得堡巨富的纨绔子弟，陪他们一起吸烟、喝酒、玩牌，和他们称兄道弟，拍马屁。这些纨绔子弟为什么赏识他呢，的确很令人费解，因为他既不滑稽，也不适于供人寻开心。确实，他们对待他只是像对待一个并无恶意，却又毫无利用价值的人一样，随便和他玩玩而已，因此和他混上两三个星期之后，就不再答理他了，连招呼都不打，他也自知无趣，也就不再纠缠他们了。这个陆军中尉哈罗巴科夫有一个特点，就是一两年里，总是重复一句话——不管是否恰当，他自认为是一句很逗趣的俏皮话，实则无趣至极。然而令人惊奇的是，鬼才知道为什么大家听了还都发笑。八年前他无论走到何处，都要说这么一句话："我谨向您致敬，衷心感谢。"那时他所奉承和巴结的那些人每次还会笑个不停，甚至前仰后合，还要一遍遍地重复"谨向您致敬"。后来他又改成一句较为复杂的话："不，您真是的，这是什么——结果，结果就是这样了。"不想这一句无趣的话，竟然大获全胜。过了两三年，他又发明了新的俏皮话："且勿着急，神痴之人，都裹着羊皮。"诸如此类的废话，却为他混到了吃喝穿用（他的财产早就挥霍一空，现在只能靠狐朋狗友混日子）。

　　请您注意，除了上述拙劣表演，此人就一无是处，没什么本事可以为别人效劳。不错，他又是一个大烟鬼，一天能抽一百支"茹科夫"烟。而且打台球的姿态真让人无法恭维：右脚抬得比头还高，瞄准时发疯地把台球杆在手里转来转去——这些动作毕竟不合所有人的口味。他又很能喝酒……可是在俄罗斯想靠喝酒出名可不容易……一句话，他能混到这般地步，真令人费解，我觉得这完全是个谜。不过，他尚有一点可取之处：他为人很小心，从不把他人的隐私到处传扬，不揭别人的老底，不说别人的坏话。

　　"嘿，"一看到哈罗巴科夫，我就立刻想道，"他现在又有什么新的口头禅了？"

　　公爵击中了白球。

　　"三十比零。"一个脸色发黑，眼睛下面有黑圈的患肺痨的记分员大声喊道。

　　"砰"的一声，公爵又把一个黄球击进台球桌的袋子里。

"嘿，真够准的！"一个胖商人从丹田之处发出赞扬，喊过了，他却又不好意思了。他坐在角落里的一张晃悠悠的单腿桌子边上，幸而没人注意到他，于是他松了一口气，伸手摸摸胡子。

"三十六比零！"记分员用鼻音喊道。

"喂，怎样，老兄？"

公爵问哈罗巴科夫。

"怎样？还用说吗，勒勒勒拉卡利奥奥昂的确勒勒勒拉卡利奥奥昂！"

公爵不禁一笑，并问道：

"怎么回事，怎么回事，再说一遍！"

"勒勒勒拉卡利奥奥昂！"退职中尉自鸣得意地重复了一遍。

"噢，这是他如今的口头禅了！"我暗想道。

公爵把一个红球打进袋子里。

"哎呀！别这样，公爵，别这样，"一个小军官嘟嘟哝哝着，这个家伙红眼睛，小鼻子，浅黄色头发，脸上带着孩童般的睡态，"别这样打……应该是……别这样！"

"到底应该怎么样？"公爵回过头去问他。

"应该……那样……用双回球的打法。"

"是吗？"公爵从牙齿缝里挤出这句话。

"怎么样，公爵，今晚去听茨冈人唱歌吗？"这个小军官不知所措地接着说，"斯焦什卡要唱呢……还有伊柳什卡也唱……"

公爵没理他。

"老弟，勒勒勒拉卡利奥奥昂。"哈罗巴科夫狡诈地眯起了左眼。

公爵却放声大笑起来。

"三十九比零。"记分员报告。

"零就零……看，我来打这个黄球……"

哈罗巴科夫又在手里转了几下台球杆，瞄准了打去，却滑了一杆。

"唉，勒拉卡利奥昂！"他生气地叫道。

公爵又笑了起来。

"怎么，怎么，怎么？"

哈罗巴科夫却不愿再重复他的口头禅了，应该显显本事了。

"您滑了一杆，"记分员说，"让我在球杆上涂些白粉……四十比零！"

"对啦，各位先生，"公爵对所有在场者说，没有针对某人，"你们知道吗？今晚在戏院里非得叫维尔热姆比茨卡娅出来谢幕不可。"

"当然，当然，一定要叫维尔热姆比茨卡娅出来……"好几个绅士争先恐后地喊起来，都为有机会回答公爵感到无上光荣。

"维尔热姆比茨卡娅可是一个出色的演员，比索普尼雅科娃强多了。"屋角里一个戴眼镜，蓄着小胡子，一副可怜样子的人尖声尖气地说道。这个人真可怜！他本来打从心眼里就很爱慕索普尼雅科娃，可是公爵对他却不屑一顾。

"茶房，把烟斗拿来！"一个身材高大，容貌端正，气宇不凡的绅士从系着领带的喉咙里迸出这句话。根据种种迹象可以看出，这是一个货真价实的赌棍。

茶房跑去拿烟斗了，他回来时，就禀告公爵大人，驿站车夫巴克拉格要见他。

"啊！好，叫他等一下，再拿点酒给他喝。"公爵吩咐道。

"是。"

正如后来有人告诉我，巴克拉格是个青年驿站车夫，模样很漂亮，很讨人喜欢。他很受公爵青睐，公爵送给他马，和他一起赛马，有时竟到了形影不离的地步——连几天几夜都和他在一起……公爵原本是一个花花公子，挥金如土而放荡不羁，现在却判若两人了……他散发着一身浓浓的香水味儿，衣服整洁笔挺，神采不凡！他忠于职守，忙于公务，最主要的是，他为人处世很是谨慎。

屋里的烟草味呛得我眼睛难受。我最后一次听过哈罗巴科夫的叫声和公爵的笑声之后，就回到旅馆里我自己的房间。我的茶房正在为我收拾床榻，给我在一张窄的长沙发上铺好被褥。沙发有个弯形的靠背，棕垫也有些塌陷。

第二天，我便去各家院子里看马，先从马贩子西特尼柯夫家开始，因为他是个小有名气的马贩子。我进了便门，到了一个铺着沙子的院子里。老板西特尼柯夫正好站在敞着门的马厩前，他已经上了年纪，是个身材高大的胖子，穿着一件有高翻领的兔皮外套。他看到我来了，就慢慢迎上前，双手把帽子举在头顶待了一会儿，拖长了声音说道："啊，您好，大概是来看马的吧？"

"是的，我是来看马。"

"请问，要怎样的马？"

"让我看一看您都有些怎样的马。"

"好的，好的。"

我们一块儿走进马厩。干草堆里站起几条白色哈巴狗，摇晃着尾巴向我们跑来。一只长胡子的老山羊不乐意地走到了一旁。三个马车夫，身穿硬邦邦的满是油污的皮袄，一声不吭地向我们鞠了一躬。左右两边，在一个个垫得高出地面的马栏里，拴着三十几匹马，匹匹膘肥体壮，身上都洗刷得干干净净。一些鸽子在拴马的横木上到处飞，咕咕叫着。

"您要干什么用吗？是骑的，还是做种马？"西特尼柯夫问我。

"既能骑，也能做种马。"

"明白了，明白了，明白了。"马贩子一字一顿地说，"彼佳，把'银鼠'牵出来，给这位先生看一看。"

我们走进院子。

"要不要从屋里拿一个凳子出来？不想坐？那就悉听尊便吧。"

马蹄咚咚地叩打着地板，鞭子"啪"的响了一声，彼佳牵着一匹体态匀称的灰马从马厩里跳了出来，彼佳四十来岁，肤色黑黑的，一脸麻子。彼佳让马扬起前蹄直立了一会儿，又带着马在院子里遛了两圈，接着熟练地勒住马让人观看。"银鼠"伸腰挺直了身子，打了两个响鼻，翘起尾巴，转了转头，瞟了我们一眼。

我想："这家伙训练得倒还不错！"

"让它随便活动一下，别管它，让它随便好了。"西特尼柯夫说着，目不转睛地盯着我。

"您看，如何？"末了他问我。

"马倒是不错，只是两条前腿不怎么靠得住。"

"腿绝对没问题！"西特尼柯夫信誓旦旦地回答，"还有臀部……您仔细看看……宽得像炕一样，上面睡觉都行。"

"蹄腕骨略微长了一点儿。"

"一点儿都不长！良心作证！让它跑一跑，彼佳，让它跑一跑，要大步，对，大步，大步跑……别让它跳。"

彼佳又牵着"银鼠"在院子里跑了几圈。我们都没作声。

"好了，把'银鼠'牵回去吧。"西特尼柯夫说，"把'老鹰'牵出来给我们看看。"

"老鹰"是一匹荷兰种公马，全身黑亮得像甲虫一样，臀部下垂，腰身纤细但强健有力，看样子，确实要比"银鼠"好一点儿。这匹马属于猎人们常说的"一劈一砍一抓"那一类，也就是说，走起路来前腿向左右两边扭来甩去，却很少向前踢腿。中年商人都喜欢这种马，因为它跑起来就像腿脚灵便的茶房正经的走路姿势。饭后出去闲逛或吹风，用这种马单独拉车是很合适的。拉着粗制的轻便马车，走起来姿势美观，弯着脖子又很卖力气。车上坐着饱得动不了的车夫，胃烧得难受、胖得喘不过气的商人，以及身穿浅蓝色绸外衣、头裹浅紫色头巾的商人老婆，全身的肥肉随着车的颠簸而上下颤动不停。我也没要这匹"老鹰"。西特尼柯夫又给我看了几匹马……

最后，我看中了一匹灰色的沃耶科夫种的壮马，马身上还带着圆斑点。我很高兴，不自主地拍了拍马脖子。西特尼柯夫立马摆出一副冷淡相。

"怎样，这匹马拉车行吗？"我问。

（说到大走马时，往往都不说跑得如何。）

"行。"马贩子不动声色地回答。

"能不能试一试？"

"当然可以。喂，古茨亚，把追风套上车。"

古茨亚是一个高明的驯马师，驾着车在街上跑起来，在我们身边来回跑了有三四趟。这匹马果真跑得很不错，脚步毫不凌乱，臀部也不颤，抬腿轻便，运蹄自如，伸展着尾巴，一直保持着阔步前行。

"你这匹马怎么卖？"

西特尼柯夫开口要价不菲。我们就在大街上讲起价来，忽然有一辆三套驿车从街道拐弯处隆隆飞奔而来，车马搭配很适宜，跑到了西特尼柯夫家门口，神气十足地停了下来。那位公爵先生就在这辆豪华的狩猎用的马车上，哈罗巴科夫坐在他身旁。驾车的就是巴克拉格……真够神气的！仿佛他驾着这辆车连耳环都钻得过，好家伙！两匹拉套的枣红马小巧而灵活，又黑又亮的眼睛，黑油油的腿，神态活跃，行动敏捷。只要一声呼哨，就会风一般地跑得没有踪影！深褐色的辕马像天鹅一样傲慢地仰着脖子，挺着胸脯，四条腿站得像箭一样笔直，不停摇头晃脑，高傲地眯着眼睛……漂亮极了！堪与伊凡雷帝复活节出游时乘坐的马车媲美！

"欢迎光临寒舍，大人！"西特尼柯夫惊呼起来。

公爵跳下马车，哈罗巴科夫从另一边慢悠悠地爬下车。

"你好，伙计……有马吗？"

"大人要马，怎么会没有呢？请进吧……彼佳，把'孔雀'牵出来！叫人把那匹'人人夸'也备好，先生，至于你的事儿，"他转身对我说，"明天再说吧……福姆卡，拿一张凳子给公爵大人。"

彼佳从我刚才没留意的一间特殊的马厩里牵出了那匹"孔雀"。这是一匹深红色骏马，跑起来四蹄腾空。西特尼柯夫故意扭过头去眯起眼睛。

"啊，勒拉卡利昂！"哈罗巴科夫兴高采烈地高呼起来，"瑞姆萨（太好了）！"

公爵笑了起来。

费了好大劲才儿勒住"孔雀"。它拖着马夫在院里不停跑着，直逼到墙边才制伏它。"孔雀"打着响鼻，全身颤抖，慢慢驯服了，可是西特尼柯夫却又来招惹它，冲它扬起鞭子。

"往哪里跑？看我怎么收拾你！嘘！"马贩子亲热而又威吓地说，一面兴奋地欣赏着自己的马。

"多少钱？"公爵问。

"既然大人要买，给五千好了。"

"三千。"

"不行啊，公爵，请原谅……"

"跟你说，就三千，勒拉卡利昂。"哈罗巴科夫插嘴道。

他们的交易尚未谈成，我就走了。在这条街尽头拐角处，我看见一所灰色小屋，门上贴着张大白纸。纸上画着一匹马，马尾巴像烟囱一样直竖，脖子很长，马蹄下有几行古体写法的文字：

> "此处有各种毛色之马匹出售。此处马匹均是从唐波夫地
> 主阿纳斯塔塞·伊万内奇·车尔诺巴依之著名草原养马场运到列
> 别江集市来的。皆属体格优良之马，驯练完善，脾性温顺。请买
> 主先生同阿纳斯塔塞·伊万内奇本人商洽；如阿纳斯塔塞·伊万
> 内奇不在，可同马夫纳扎尔·库贝什金商洽。买主先生，请对老
> 汉多多关照！"

我站住。心想，那我就来看看大名鼎鼎的草原养马场场主契尔诺拜先生的马吧。

我原本想从便门走，但是不想便门闩上了。于是，我只好敲门。

"谁呀？是买马的吗？"屋里传来了女人的尖嗓。

"是买马的。"

"就来，先生，就来了。"

便门打开了。我看见一个五十多岁的妇人，不戴帽子，穿着靴子，皮袄敞开。

"请进来，主顾，我现在就去禀报阿纳斯塔谢·伊凡内奇……纳扎尔，喂，纳扎尔！"

"什么事？"马厩里传来一个七十来岁的老汉模糊的声音。

"准备好马，买主来了。"

老妇人跑进了屋子里。

"买主，买主，"纳扎尔埋怨地咕哝着，"我马尾巴还没洗完呢。"

"啊，真够悠闲的！"我想。

"你好，先生，欢迎莅临！"悦耳的声音从我身后传来。我回头一看，一个中等身材的老头站在我面前，身穿蓝色大衣，满头白发，一双漂亮的蓝眼睛，笑容可掬，备显亲切。

"你要买马吗？好吧，先生，好吧……请先去我那里喝杯茶吧？"

我谢绝了。

"好，请便吧。先生，请原谅，我是按旧礼节行事（契尔诺拜从容地

说）。要知道，我这儿什么都很随便……纳扎尔，喂，纳扎尔……"他没有提高嗓门，只是拉长了声调。

纳扎尔，一个皱纹丛生的小老头，生着一个鹰钩鼻子，蓄着山羊胡子，出现在马厩门口。

"先生，你要怎样的马呀？"契尔诺拜先生接着问。

"不要太贵，能拉带篷马车就可以了。"

"好，拉车的马也有，好吧……纳扎尔，把那匹灰马牵给老爷看看，你知道，就是最边上的那一匹，还有那匹额带白斑的枣红马，就是美人儿生的那一匹，知道了吗？"

纳扎尔又回到马厩。

"你就拉着笼头把马牵出来吧。"契尔诺拜先生在他身后喊。"先生，"他用闪亮而亲切的目光望着我的脸，又说，"我这儿可和那些马贩子不一样——他们太可恶了！什么花招都使得出来，姜、盐和酒糟都用上了，真是活见鬼！"

牵出来的两匹，我都相不中。

"好，那就牵回去吧，"契尔诺拜说，"再牵两匹来给我们看一看。"

又牵出来两匹新的，最后我选了一匹较为便宜的。我们就开始谈价钱，契尔诺拜先生不急，说话很得体，还郑重地向上帝发誓，这使我不得不"多多关照这位老人"了——于是我就付了定金。

"好吧，"契尔诺拜先生说，"请让我按老规矩，把马缰绳从我的衣襟里交到你的手里……你会因为买到好马而对我感激不尽……真是一匹宝马！结实得像核桃一样……还没上过套的……不折不扣的草原马！用什么马具都可以。"

他画了个十字，然后将自己的大衣襟托在手上，牵住马笼头，把马交到我手中。

"现在这匹马归你了……喝杯茶吧？"

"不，多谢，我该回去了。"

"请便吧……现在就让我的马夫跟你送马去吧！"

"好，若是方便，现在就送去。"

"好的，老弟，好的……瓦希利，跟这位先生一起去吧。把马送去，收了钱带回来。那么，再会了，先生，上帝保佑你。"

"再会，阿纳斯塔谢·伊凡内奇。"

瓦希利给我把马送到了旅社。我第二天一看，这匹马原来有气肿病。我想把它套上车，但它拼命后退。用鞭子抽它，它却蹶了起来，连踢带踹，而且干脆躺在地上不起来了。没办法，我只得去找契尔诺拜先生。我问："契尔诺拜先生在家吗？"

"在家。"

"您怎么弄的，"我问道，"您怎么卖给我一匹有气肿病的马？"

"有气肿病？哪有这么回事！"

"还是瘸腿的，而且脾气可倔啦。"

"瘸腿的？我可不知道，肯定是你的车夫不知怎么的弄伤它了……我在上帝面前发誓……"

"按理说，阿纳斯塔谢·伊凡内奇，您应该马上收回这匹马。"

"这可不成，先生，您可别见怪，这可是规矩。马一牵出门，事儿就完了，你应该先看看清楚才对。"

我明白怎么一回事了，只好自认倒霉，苦笑一下就走了。所幸的是，这次教训让我付出的代价还不算太昂贵。

两三天后，我就离开了列别江，一周以后，我在归途中又经过列别江市。我又来到咖啡厅，遇到的差不多还是上次看到的那些人，又看到了那位公爵在打台球。但哈罗巴科夫先生没有逃脱自己的宿命，浅黄色头发的小军官已经取而代之，得到了公爵的宠幸。那位可怜的中尉哈罗巴科夫又当着我的面试了一次他的口头禅，还以为也许会像从前一样博得别人的欢心，没想到公爵不但没有发笑，反倒皱起眉头，还不屑一顾地耸耸肩膀，哈罗巴科夫自讨没趣地低下了头，畏缩地躲到屋角，一声不响地给自己装着烟斗……

（一八四八年）

塔吉雅娜·鲍里索芙娜和她的侄儿

热情快乐的读者，让我们携手一起乘车去郊游一番吧。今天的天气非常晴朗，五月的天空湛蓝湛蓝的。爆竹柳的叶子油滑亮泽，闪闪发光，像刚刚洗过一样。大道宽阔而平坦，覆盖着绵羊爱吃的红色小草。大道的两侧，有一座座平缓的小丘。在小丘那长长的坡上，绿油油的黑麦随着微风轻摇曳着她们的绿裙翠裳。一朵朵云彩在天空中飘游，投下来一片片淡淡的阴影，亲吻着漫坡的黑麦田。举目眺望，远处是一片片黑魆魆的树林，一方方粼波闪闪的池塘，一座座橙黄色的村庄。成群结队的云雀飞舞着，遮蔽了天际。它们发出婉转动听的啼鸣，突然，又急急忙忙地俯冲下来，站在一座座小土堆上，伸长脖颈向四处观望。一只白嘴鸦站在路上，像在行注目礼，欢迎着您的到来，它直望着您，身子紧贴在地面上，目送您的马车过去之后，才蹦跳两下，十分不情愿而又笨拙地飞到一边。在河谷那边的山坡上，一个农夫正在耕田。一匹短尾花斑的小马驹，摇晃着蓬松的鬃毛，撒着欢儿地追着一匹母马，不时发出尖细的嘶鸣声。

我们的马车驶入了一片白桦林。树林里散发出的清新的气息扑鼻而来，令人心旷神怡，只想永远沉醉其中。我们的马车继续向前行进，村庄的寨墙已出现在我们眼前。车夫跳下车来，马儿打着响鼻，帮拉套的马不停地回头张望，辕马甩着尾巴，把头贴在轭上……寨门吱吱嘎嘎地打开了，车夫重又坐到车上说道："走吧！我们的眼前就是村庄了。"经过了五六个院落，我们便向右转弯，走进一片洼地，接着又驶上一条堤坝。在一片小池塘边，有苹果树和丁香树围成的一个个圆形树冠。在树冠后面，我们看到了一座木屋，红色的屋顶已经褪色，上面竖着两根烟囱。车夫赶着马车沿着围墙向左走，遇到了三条很老的长毛狗，它们发出了嘶哑的叫声。

我们的车驶进了一扇敞开的大门，神气活现地在院子里兜了个圈子。经过马厩和库房板棚时，我们看到一位老婆婆侧着身子跨过高门槛，走出敞着门的储藏室。她是个老管家，车夫彬彬有礼地向她鞠了一躬。他勒着马缰绳，终于在一间小屋子的台阶前停下车，小屋有着明亮的窗子，可屋的墙壁已是黑乎乎的了……我们来到的地方，正是塔吉雅娜·鲍里索芙娜的家。看哪，她还亲自打开了通风窗，在向我们点头致意呢！"伯母，您好啊！"我们齐声向她致意。

塔吉雅娜·鲍里索芙娜是一位约五十岁的妇人，她有着一对灰色的金鱼眼，大大的，向外凸着，鼻子扁扁的，面色红润，双颊丰满，形成自然而富态的双下颏，使得她的脸上越发地流露出亲切和蔼又慈祥的神情。她很年轻就结婚了，但不久后就不幸寡居。塔吉雅娜·鲍里索芙娜是一位很娴雅的女人，她静静地住在自己的小庄园里，从不外出游玩，和乡邻们也很少交往，但她很喜欢接待年轻人。她出身于没落潦倒的地主之家，不曾受过任何教育，这也许就是她不会讲法语的缘故ını。她不是一个见多识广的人，甚至连莫斯科都不曾去过。尽管有这些缺憾，但她为人却朴实善良，思想和感情都是那样纯洁大方，很少沾染那些小地主婆娘们都有的怪癖和不良习惯，这着实令人感到惊奇、令人赞叹。说老实话，一个女人常年住在偏远的乡村房舍里，从不说三道四，从不搬弄是非或怨天尤人，和人交往总是落落大方、不卑不亢，遇事从来不焦躁或愁眉紧锁，也从不因为好奇而失措或颤抖，真可谓是奇迹！

她平时穿一件灰色的塔夫绸连衣裙，头上戴着一顶配有雪青色飘带的白色便帽。她喜欢吃点零食，但很有节制。制作蜜饯、干果以及腌菜等事，她都交给女管家去操办。那么您也许会问，她成天都干什么事情呢？看书吗？不，这位塔吉雅娜·鲍里索芙娜很少管理家务。冬天里她就只管坐在窗前织袜子，夏天里就到花园里去逍遥：种种花、浇浇水、喂喂鸽子，或者逗猫玩，一连几个钟头兴致不减。如果有客人来了——尤其是她所喜欢的年轻人，到她家里来玩，塔吉雅娜·鲍里索芙娜就心花怒放了。她会殷勤热忱地请客人入座，款待客人喝茶，兴致勃勃地听客人讲话。她总是笑容满面，有时还亲切地拍拍客人的脸，但她自己却很少说话。所有人要是遇到不幸或者不顺心的事，都愿意向她倾诉，她又是真心地安慰，又是热心地出主意想办法，帮客人们排忧解难。年轻人们都喜欢向她诉说家中的难言之隐和个人秘密，他们很信任她，激动起来还会伏在她的肩上痛哭呢。她喜欢和客人面对面坐着，胳膊轻轻地支着头，十分同情地望着客人的眼睛，亲切地微笑着，令客人情不自禁地想着："您是一位多么可敬可爱的女人啊，塔吉雅娜·鲍里索芙娜！请允许我对您说心里话吧！"

在塔吉雅娜·鲍里索芙娜家里，在她家那几个不大但却很安适的房间里，人们总是感到舒适和温暖。如果可以如此形容的话——她家的天气总是晴朗的。换句话说，她家里的气氛总是欢快的。塔吉雅娜·鲍里索芙娜真是一位令人惊异的女人，但却没有人对她感到怀疑不解。她有健全的头脑，性格坚强举止大方，对别人的不幸她总是能给予热情的关注，对别人的喜悦也总是衷心地表示欢喜和祝贺。总之，她的一切美德，仿佛与生俱来一般，她不必再花费精力苦心思索去获取。人们对她绝对没有不满或异议，因此，得到她热情相待的人也无须向她表示谢意。

她特别喜欢看着年轻人嬉闹和玩耍。她把两只手交叉着抱在胸前，仰着头，眯着眼，笑容可掬地坐着，只是偶尔忽地叹一口气，说道："哎呀，我的孩子们，孩子们呀！"这时，人们都很想走到她的面前，握住她的手，衷心地对她说："听我说，塔吉雅娜·鲍里索芙娜，您不知道自己的价值，尽管您非常质朴，尽管您并非学识渊博，但是您却绝非等闲！"只要一提到她的名字，人们就会产生一种非常熟悉且和蔼可亲的感觉。人们都喜欢说起她的名字，她的名字能给他们带来微笑。例如，有好多次我在途中向庄稼人问路："大哥，到格拉乔夫村该怎么走啊？"那庄稼人会脱口而出地说："先生，您先到维亚佐沃耶，再从那里到塔吉雅娜·鲍里索芙娜家。

等您走到了塔吉雅娜·鲍里索芙娜那儿，无论是谁都会给您指路的。"庄稼汉提到塔吉雅娜·鲍里索芙娜时，都会意味深长地点点头。

塔吉雅娜·鲍里索芙娜的房子不是很大，因此仆人并不多，这和她的处境以及身份很相称。她把宅院、洗衣房、贮藏室和厨房都交给女管家阿嘉菲娅去料理。阿嘉菲娅原来是她的奶娘，一个心地善良但动不动就哭的老太婆，她的牙齿已经掉光了。她的手下还有两个健壮的姑娘，两个人的脸庞都像安东诺夫苹果一样，红润光泽，紧绷绷的。年近古稀的波里卡尔普担任侍仆，是女管家的助手，他还兼管厨房的事务。这个老头子是个古怪的人，他见多识广，学问不错，还是一个退职的小提琴手。他很崇拜维俄提，同时又非常痛恨拿破仑——正如他自己所说："波拿巴季什卡是我不共戴天的敌人。"他非常喜欢夜莺，他在自己的房间里喂养了五六只夜莺。早春时节，他会一连好几天守候在鸟笼子旁边，企盼着第一声莺啼。守候到第一声莺啼时，他便兴奋激动地用双手捂住脸，接着就吟唱起来："唉，可怜哪，可怜的小夜莺！"唱罢，他会泪如泉涌地伤起心来。波里卡尔普也有一个帮手，这便是他的孙子瓦夏。这个小家伙是个十二三岁的小男孩，长着一头令人喜爱的鬈发，还有一双机灵的大眼睛。波里卡尔普十分疼爱自己的小孙子，一天到晚和他嬉笑、玩闹，千叮咛万嘱咐地呵护着他。他还教他读书写字，讲做人的道理。"瓦夏，"他对他的孙子说，"你说，波拿巴季什卡是个大坏蛋，是个大强盗。"

"那你会给我什么奖励呢，爷爷？"

"给你什么奖励？嗯……什么也不给你。你是哪儿的人呀？难道你不是俄罗斯人吗？"

"我是阿姆岑人，爷爷，我是在阿姆岑斯克出生的呀。"

"啊，小傻瓜！阿姆岑斯克又在哪儿？"

"那我怎么知道。"

"阿姆岑斯克就在俄罗斯呀，小傻瓜。"

"在俄罗斯又怎么样？"

"怎么样？已故的斯摩棱斯克公爵大人米海洛·伊拉利奥诺维奇·戈列尼舍夫·库图佐夫在上帝的帮助下，把可恶的强盗波拿巴季什卡从俄罗斯国土上赶了出去。为庆祝这次大胜利俄罗斯人民还编了一支歌：'波拿巴什卡没法跳舞了，他把吊袜带跑丢了'。你要明白，是公爵库图佐夫拯救了你的祖国。"

"这和我有什么关系？"

"哎呀，你这个小傻瓜，太傻了！若不是库图佐夫公爵大人把波拿巴季什卡那个大坏蛋赶跑了，现在一准会有法国佬拿着大棍子敲打你的脑袋。法国佬会走到你的面前说着法语：'你好吗？'然后就劈头盖脸地打起你来。"

"那我就用拳头捣他的肚子！"

"那他就用法语咿哩哇啦叫起来：'你好，你好，到这儿来。'然后他就会抓住你的头发，狠狠地揪你的头发。"

"那我就踢他的腿，狠狠地踢，使劲儿地踢，踢他那长满疙瘩的麻秆腿。"

"这倒不假，他们的腿又细又长，像麻秆似的。喂，那他要是捆住你的手你该怎么办？"

"我才不会乖乖地让他捆呢，我就会叫马车夫米海伊来帮我。"

"但是，瓦夏，要是你和米海伊都对付不了法国佬，那该怎么办？"

"哪里会对付不了呢！米海伊可有劲儿了！""啊，那你们打算把他怎么样呢？"

"我们就打他的屁股，往死里打。"

"那他要是喊'别打了，别打了，饶了我吧！'你又该怎么办呢？"

"那我们就对他说：'就不饶你，你这个该死的法国佬！'"老人开心地赞许道："瓦夏，我的宝贝孙子，真是好样的！啊，那你就大声地喊：波拿巴季什卡是个强盗！"

"那你可得给我糖啊！"

"好小子！"老人无可奈何地呵呵大笑起来。

塔吉雅娜·鲍里索芙娜很少与别的女地主交往，她们一个个也都不喜欢到她家里来。她不善于也不愿意和她们周旋，听着她们絮絮叨叨地瞎扯，她会觉得索然无味，然后就会打瞌睡。即使她强打精神或振作一下，使劲儿睁开眼睛，那也毫无办法，还是想要打瞌睡。总之塔吉雅娜·鲍里索芙娜就是不喜欢这种女性朋友。在她的男性朋友中，有一个性格温柔和顺的好小伙子。他有一个姐姐，是个三十八岁半的老处女。这位老处女心地很善良，但是性情乖僻，怪异而狂热，很容易突然发作做出些古怪举动来。她的弟弟经常把塔吉雅娜·鲍里索芙娜的情况说给她听。一天早晨，这个老处女心血来潮，二话不说就吩咐仆人给她备马。她爬上马背就来到了塔吉雅娜·鲍里索芙娜家。她穿着一条连衣裙，头上戴一顶帽子，蒙着绿色面纱还披散着鬈发，没有通报女主人的家仆就直接闯进了前厅。塔吉雅娜·鲍里索芙娜抬头望见一个人猛地冲进来，吓得手足无措，本想站起来应酬，但却被吓得两腿发软。"塔吉雅娜·鲍里索芙娜，"客人用祈求的声调说，"请原谅我的唐突，我知道我突然造访有失礼貌。我是您的朋友阿列克谢·尼克拉耶维奇的姐姐，我从他那里听到许多有关您的情况，因此决心前来拜访，想和您成为朋友。"

"不胜荣幸，欢迎光临寒舍。"被吓到的女主人一时还没回过神来。客人摘下帽子丢到一边，稍稍抚弄了一下鬈发，紧挨着塔吉雅娜·鲍里索芙娜坐了下来。她握住女主人的手说："啊，这就是她了，"她感慨着又有点神经兮兮地说了起来，"这就是那位善良、开朗、高尚的女圣人了！这就是那个淳朴而又有深刻思想的女人了！我太高兴了，太高兴了！今后，我们会和睦相处的！我真的不虚此行！她正如我想象的那样。"她凝望着塔吉雅娜·鲍里索芙娜的眼睛，轻声地补充了一句，"你真的没生我的气吗，我的亲人，我的好人？""千万别这么说，我很高兴认识您。您喝点茶吧。"客人很有礼貌地微微一笑。"多么真诚，多么爽朗。"她喃喃自语。"亲爱的，请让我拥抱您一下吧！"最后，客人热忱地向女主人发出邀请。

这个老处女在塔吉雅娜·鲍里索芙娜家里足足坐了三个钟头，那张嘴还一直喋喋不休地唠叨。她竭尽全力地向这位新相识表明自己的身价。这位不速之客走了以后，筋疲力尽的女主人立马去洗了个澡，喝了几杯椴树花茶，然后就躺到床上休息。但是第二天，老处女又来了，一坐就是四小时，临走时还一再表明，以后要天天来拜访塔吉雅娜·鲍里索芙娜。您瞧瞧，她是想使这位她所谓天性丰厚的人得到充分发展，并弥补她在教育方面的欠缺。如此看来，她非把塔吉雅娜折腾个半死才会甘心。幸好不久情况有了变化。过了两三个星期，她对她弟弟的这位女友完全失望了。不久，她爱上了一个过路的青年学生，立刻跟他热烈而频繁地通起信来。她在信中总是祝愿他能过上神圣而美好的生活。她希望这位年轻人能表示"完全"奉献自己的决心，只要他能称自己为姐姐，她就心满意足了。她还在信中大段大段地描写自然风光，谈论歌德、席勒、培堤那，还有德国哲学等——这一切终于使可怜的青年人陷入悲观绝望。但蓬勃的青春活力还是战胜了绝望。有一天早晨他醒来时，突然感到非常憎恨他的"姐姐及好友"，一气之下，差点儿狠打自己的侍仆一顿，以消胸中的晦气和愤怒。此后很长一段时间里，只要听见有人谈论或是提到崇高而又纯洁的爱情，他就恶心得翻肠倒胃，就会对那个人恨之入骨。自从受到老处女的折磨后，塔吉雅娜·鲍里索芙娜比从前更疏远那些邻近女人们了。

呜呼！人间一切都变幻无常，我讲述给诸位的这位善良女地主的种种琐事，已经成为过眼烟云。过去笼罩着她家的那种宁静和谐的气氛被永远地破坏了！如今，她的一个侄儿住在她家里。他是从彼得堡投奔来的一个美术家，在她家里已经住了一年多了。这件事的始末如下：

七八年前，塔吉雅娜·鲍里索芙娜家曾抚养过一个父母双亡的孤儿。这个孩子当时有十二三岁，是她已故的哥哥的儿子，名叫安德里沙。安德里沙有一双水汪汪的闪闪发亮的眼睛，一张小嘴巴，端正的鼻子，高高的前额，显得很漂亮。他的声音悦耳动听，他很爱清洁，穿戴整齐，举止彬彬有礼，对待客人殷勤热情，经常怀着寄人篱下的感恩情感亲吻姑妈的手。

往往你刚一进门，他就会立刻给您端过来椅子。他从来不调皮不淘气，平日里总是一副沉默寡言的模样，行走坐卧也都是静悄悄的。他总爱坐在屋角里看书，文静又温顺，甚至都不靠在椅子背上。若有客人走进来，安德里沙便自动起立，彬彬有礼地笑着，而且还会羞红了脸。客人告辞了，他又在原地坐下，从兜里掏出带小镜子的梳子，仔细地梳理着自己的头发。

他从小就喜欢画画。只要弄到一张纸，他立刻就向女管家要来一把剪刀，认真地把纸裁成长方形，并在四周画上花边儿，接着就开始画起来。通常他会画一只瞳孔很大的眼睛，或者画一个又高又直的鼻子，或者画一幢带烟囱的房子，烟囱里还冒出袅袅炊烟，或者画一条像长板凳一样的"侧面"的狗，或是一棵小树，树上还落着两只鸟，并在画下题款："安德列·别洛夫佐罗夫，某年某月某日，画于小布勒基村"。塔吉雅娜·鲍里索芙娜命名日将临之际，他专心致志精细画地忙乎了两三个星期。到了命名日，他第一个上前向敬爱的姑母表示祝贺，并捧上了一个系着粉红色绸带的纸卷。塔吉雅娜·鲍里索芙娜欢欣地吻了小侄儿的额头，然后解开了纸卷。展现在姑母面前的是一座圆形的，大胆畅想而画出的殿堂：堂前有一排廊柱，中间有一个祭坛，祭坛上放着一颗燃烧的心，边上还有一顶花冠。在弯曲的封带上，工整地写着："献给姑母塔吉雅娜·鲍里索芙娜·波格达诺娃，以表真挚的敬爱。您的侄儿。"塔吉雅娜·鲍里索芙娜为这种创造感到惊奇，同时又为他的孝心感动得热泪盈眶，吻了吻他的额头，并赏给他一个银卢布。她对他并不十分喜爱，因为她不喜欢这个孩子奴颜婢膝的性情。后来安德里沙逐渐长大，塔吉雅娜·鲍里索芙娜又开始为他的前途操心。一个意外的机会使她摆脱了困境。

事情的经过如下：七八年前，有一天，一位六等文官，同时也是勋章的获得者拜访塔吉雅娜·鲍里索芙娜。此人姓捏奥利安斯基，名字和父称是彼得·米哈伊雷奇。捏奥利安斯基先生曾在附近的县城里当过官，那时他也常来拜访塔吉雅娜·鲍里索芙娜。后来他升职了，调任到彼得堡并进入了内阁。由于身居要职，他经常因公出差。有一次他想起了这位老相识，就顺便来她家拜访，打算好好地休闲放松一下。在幽静的乡村生活的怀抱中散散心可以洗去在官场工作的疲惫感。塔吉雅娜·鲍里索芙娜一如既往地热情接待了他，于是这位捏奥利安斯基先生……但在继续讲述这个故事前，亲爱的读者，还是让我先介绍这位新登场的人物吧。

捏奥利安斯基先生胖胖的，身材不高也不矮，有一张温柔和善的脸。他的两条腿短短的，手臂短而粗胖，他常身着一件肥大又考究的燕尾服，在雪白雪白的衬衣上系一条又宽又长的领带，衬衣的绸面背心上还挂着一条金链。他的食指上戴着一枚宝石戒指，头上戴着淡黄色的假发，说起话来语调恳切而又温文尔雅，走起路来步履轻松，从不发出任何声响。他笑容满面如沐春风，双目炯炯有神，眼珠子总是快活地转动着，然后他会愉快地把领带埋在双层的下颔里。总之，此人是一位开朗的正人君子。上帝赐给他一副慈悲心肠，他很爱激动，听到伤心事就泪流满面，听到喜悦之事也很容易欢悦狂喜。他很热衷于艺术，可以说他的身上燃烧着一股朴实的热情——一股真正的朴实的热情。这大概是因为捏奥利安斯基先生没有太高的艺术修养——如果不说恭维之词的话，可以说他对艺术是一窍不通。说来这也倒是一件怪事。他的这股热情从何而来，又是有着什么样神秘莫测的缘由，真是令人费解。看样子，他仿佛是一个讲求实际的正人君子，甚至可以说，他事实上就是一个平凡庸碌之辈。在我们俄国，诸如此类的人物多着呢。

这类所谓的喜欢艺术的人和艺术家，身上往往沾染着一种令人作呕的味道。同他们交往，与他们交谈，实在是一件让人烦腻的事，因为你会发现，从头到尾，他们就好像是涂了蜜抹了糖的木头人。比如，他们从来都不叫拉斐尔作拉斐尔，也从不称柯勒乔作柯勒乔，而总说成"神圣的桑齐奥，举世无双的德·奥莱格力"，说起话来还总把"欧"全都发成"奥"的音。他们把那些粗俗可鄙、平庸无能、傲慢自诩、才思匮乏的画家都吹捧为天才。他们张口闭口便总是离不开"意大利的碧空、南国的柠檬、布伦塔河畔馨香的气息……"或是"啊，瓦尼亚，瓦尼亚，"或者"啊，萨沙，萨沙，萨沙，萨沙"之类的无聊感叹。他们还经常满怀激情地一起商量着说："我们应该到南国一游，到南国一游！要明白，就心灵而论，我们都是希腊人，古希腊人！"在展览会上，我们可以看到他们在部分俄罗斯画家某些作品前的精彩表演（必须指出，这些人物大都是狂热的爱国者）。他们忽而倒退两步，仰起头来欣赏，忽而又移走到画前仔细观看。他们的眼睛一直闪动着光芒，甚至忍不住热泪盈眶"啊，我的天哪！"观赏到最后，他们会激动不已颤抖着惊呼，"太有感情了，太有感情了！啊，栩栩如生，真是栩栩如生啊！真是妙笔传神啊！真是妙笔传神啊！真是构思巧妙！匠心独运啊！"可他们在自己客厅挂的画又是一些什么货色呢？每天晚上到他们家品茶聊天，听他们高谈阔论的又是什么样的美术家呢？他们呈献给这类美术家观赏的透视景物又是什么呢？右边是一把地板刷子，擦得亮堂堂的地板却堆放着垃圾，窗子旁边的桌子上放着一个被熏得黄乎乎的茶炊。主人身穿晨衣，头戴一顶小压发帽，两边的腮帮子还油光闪亮。再看看那些来访者究竟是些什么货色吧！男的是一些蓄着长发的缪斯门徒，一群狂热不羁、轻蔑笑闹之徒，女的则是些面色苍白的娇小姐，而且还在主人家的钢琴旁发出尖叫，表现得幼稚无知庸俗可笑！然而在俄罗斯的上流社会正盛行这样的风气：一个人不能只是迷恋一种艺术，而应对所有门类的艺术都略知一二，当然精通所有是再好不过的。所以当你听到这些所谓的艺术家们还对俄罗斯文学特别是戏剧很有鉴赏力时，你也就无须为怪了。戏剧《查科鲍·撒纳扎尔》就是为他们创作的。然而这类所谓的文学都是千篇一律地描写天才生不逢时或者壮志难酬的不幸遭遇。也只有这类天才与人类及全世界进行斗争的"历险记"才能打动"艺术家们"的心。

　　捏奥利安斯基先生到来的第二天，在喝茶闲聊之后，塔吉雅娜·鲍里索芙娜便吩咐她的侄儿拿他的画拿给客人看。"他在您这儿画的吗？"捏奥利安斯基颇惊奇地问道，同时满怀关切地转过身去望着安德里沙，"可不是吗，他会画画。"塔吉雅娜·鲍里索芙娜笑着回答道，"他非常喜欢画画！更难得的是没有老师教他，所有的都是他自学的。""啊，好，快

给我看看，快给我看看。"捏奥利安斯基先生连忙说。安德里沙脸都羞红
了，不好意思地笑着把自己的画册递给了客人。捏奥利安斯基摆出一副行
家的样子翻阅着画册。"画得很好，小朋友。"最后他说，"真棒，画得
太棒了！"于是他抚摸了两下安德里沙的头。安德里沙急忙吻吻他的手。

"您看，多么有才华！恭喜您，塔吉雅娜·鲍里索芙娜，恭喜您。""可
是彼得·米哈伊雷奇，想给他在这儿请一个老师是没法请到的。到城里去
请吧，开销又太大。我们的邻居阿尔达莫诺夫家里就有一位画家，听说很
有水平。可是女主人不让他给别人讲课，她说这样做会损害自己的艺术修
养。""嗯，"捏奥利安斯基随即低下头，像在思考什么，然后他又抬起
头皱着眉看了看安德里沙，"好，我们等一下再商量这件事吧！"他突然
冒出来这么一句话，搓了搓双手站起身来。

　　就在同一天，他请塔吉雅娜·鲍里索芙娜和他单独商谈。他俩关起门
来，过了大约半小时，他们把安德里沙叫了过去。安德里沙走进屋里，只
见捏奥利安斯基站在窗前，兴奋得红光满面，两眼炯炯有神。然而，我们
善良和美丽的塔吉雅娜·鲍里索芙娜却坐在屋角里擦着眼泪。"唉，安德
里沙，"她终于开口了，"快谢谢彼得·米哈伊雷奇先生！他要关照你，
带你去彼得堡。"安德里沙喜出望外，一下子惊呆了。"你老实对我说，"
捏奥利安斯基先生用威严的声调以长辈的口吻说道，"小朋友，你是不是
想成为一个美术家，你是不是明白要对艺术肩负起神圣使命？""我希望
成为美术家，彼得·米哈伊雷奇。"安德里沙满心欢喜，抑制不住内心的
激动，颤抖地答道。"既然如此，那我就非常高兴了。"捏奥利安斯基继
续说，"我知道，让你离开你所敬爱的姑母，是很难过的事情。你对她一
定怀有一种极其深刻的感激。""我非常尊敬和热爱我的姑母。"安德里
沙打断他的话，说完，他不停地眨着他那双大眼睛显出一副乖顺地神情。
"当然，当然，这是再明白不过的事啦！这是值得赞扬的。不过，你好好
想想，等以后你取得成功，你的姑母将会多么高兴啊！"捏奥利安斯基满
意地点头笑道。"安德里沙，乖孩子，快拥抱我一下吧。"善心的女地主

低声说道。安德里沙扑过去搂住她的脖子。"好了，现在快去谢谢你的恩人吧！"女主人说。安德里沙便抱住了捏奥利安斯基的大肚子，踮着脚，好不容易才够到他的手。恩人已经把手缩回去了，但又不能如此拒绝一个孩子，总得使这个孩子开心吧。满足一下他的心愿，同时也可以欣慰一下自己，何乐不为？于是他又把手伸出来，握了一下安德里沙那等待着的小手。两天之后，捏奥利安斯基先生便带着他刚刚收养的孩子回彼得堡了。

在安德里沙走后的三年时间里，他的姑妈还能经常收到（附寄有画作的）从彼得堡来的信。捏奥利安斯基有时也提笔附上几句，大多数都是赞扬安德里沙。后来安德里沙很少写信了，到了最后根本就不写了。整整一年，塔吉雅娜·鲍里索夫娜没有收到一点儿关于侄子的消息。塔吉雅娜·鲍里索芙娜开始有些不放心了，正待她焦急不安的时候，有一天她收到了一封短信，内容如下：

　　献给姑妈和恩人塔吉雅娜·鲍里索芙娜·鲍格达诺娃，以表最深切的挚爱之情。

　　　　　　　　　　　　　　尊敬和热爱您的侄儿赠

塔吉雅娜·鲍里索芙娜立即汇给侄儿二百五十卢布。刚过两个月，侄儿又来信要钱。她把仅有的钱凑齐又汇去了。第二次汇款刚寄走不到六个礼拜，这个宝贝侄儿第三次来信要钱，理由是要为作画买颜料，而这个画就是给捷尔捷列舍涅娃画预订过的肖像。但这次塔吉雅娜·鲍里索芙娜已无款可汇了。侄儿没接到汇款，便给她来信："既然如此，我想回您的村子休养身体。"这位花花公子倒言出必行。就在这一年五月份，安德里沙果然回到小布勒基村。

塔吉雅娜·鲍里索芙娜刚见到他时，根本不敢相信眼前的人是自己的侄儿。她从他的来信推测他瘦弱多病，此刻看到的却是一个膀大腰圆的小伙子，长得又胖又结实，一张红红的大脸盘，一头油光发亮的鬈发。瘦弱又苍白的安德里沙，变成了健壮的安德列·伊凡内奇·别洛夫佐罗夫。但他不仅是外貌上变化了，他的性情举止也全变了。当年那个腼腆、拘谨、胆怯谨慎并且爱清洁、穿着整齐的小男孩，如今却变成一个粗暴蛮横、狂放不羁、脏得一塌糊涂的莽汉。他走路摇头摆尾，站没站相、坐没坐相，想坐便往安乐椅上一仰，或往桌子上一趴，伸胳膊抬腿都是一副懒洋洋的样子，冲着人就张大嘴打哈欠。不管是对待姑母还是对待仆人，他的态度都极其粗野无礼。他还大言不惭地说："我是艺术家！自由哥萨克！我们就该与众不同！"他经常好几天不摸笔，所谓的灵感一旦骤然而至，他就苦闷折腾、烦躁不安、装腔作势地乱蹦狂跳，犹如喝醉了酒，两颊烧得通红通红的，眼睛也模糊了。他大谈自己的天分与成功，谈自己如何发挥才能，如何获得卓越的成就。但实际上，他的本事也就只是凑合着画一些很不起眼的肖像。他是个不折不扣的大草包，不学无术。他从不好好地读书——是啊，艺术家还用读书吗？大自然、自由、幻想——就是他所谓的生存要素，整天只要摇摇鬈发，听听夜莺鸣啭，吧嗒吧嗒地抽抽"茹可夫"烟就足矣！俄罗斯人豪迈勇敢的性格是很值得称赞的，但并非每个人都当之无愧。而那些没有才能的讽刺作家所创作的平庸作品，更是令人无法忍受。

我们这个安德列·伊凡内奇在姑妈家安营扎寨地住了下来。显然，不花钱的面包，他吃起来会觉得更津津有味。他常使客人尴尬和厌烦。他还经常坐到钢琴前（塔吉雅娜·鲍里索芙娜家里也有一架钢琴）用一个指头敲着《勇敢的三套马车》，或是奏着和弦，敲打着键盘。有时他还一连几个钟头鬼哭狼嚎地唱着瓦尔莫夫的情歌《孤松》或《医生请你不要来》，眼睛胖得能挤出油来，腮帮子也像鼓皮一样的闪光发亮。突然间，他号叫起《平息吧，激情的波涛》来。每每此时，塔吉雅娜·鲍里索芙娜就会吓得全身发抖。"

"真奇怪，"一天塔吉雅娜·鲍里索芙娜对我说，"如今的歌曲怎么都是一些哭丧号叫的呀？我们那时可不这样的，创作出的歌曲也有哀伤的，可是听起来却是那么悦耳感人。"她小声唱起来："快来吧，快来到草原上吧，在这儿我已把眼睛望酸。快来吧，快来到草原上吧，在这儿我已等得泪水涟涟。唉，等你来到我身边，亲爱的朋友，已为时太晚！"

塔吉雅娜·鲍里索芙娜调皮仍不失含蓄地笑了一下。

"我好苦——闷，我好悲——伤。"侄儿安德列又在隔壁房间哀号起来。

"够了，别唱了，安德里沙。"塔吉雅娜·鲍里索芙娜终于开口制止他。

"离别时，我心悲伤。"这位歌手仍不肯罢休地号叫着。

塔吉雅娜·鲍里索芙娜无奈地摇了摇头。

"唉，这些艺术家真是折磨死人！"

从那时起到现在已经有一年了。至今安德里沙仍然赖在姑妈家里，尽管他一直声称要到彼得堡去。他在乡下开始养肥长膘了。又有谁料得到，姑妈白白对他倾注一腔心血和疼爱，左邻右舍的姑娘甚至还迷恋上了他。

现在这位女主人可是门庭冷落了。从前的很多朋友都不再来拜访塔吉雅娜·鲍里索芙娜了。

（一八四八年）

死 亡

我的一个乡邻是一位年轻的地主，他也很喜欢打猎。七月份一个晴朗的早晨，我骑马去拜访了他并邀请他一块儿去打松鸡。他欣然应邀，但马上又提出："不过，咱们先去我那片小树林，然后再赶往祖沙也不迟。我正巧顺路去看看那片恰普勒吉诺树林，您大概听说过，那是我的一片橡树林，如今正在被砍伐呢。""好吧，那我们就走吧。"于是他吩咐备马，穿上了一件饰有野猪头的青铜纽扣的绿色常礼服，背上一个用毛线绣花的猎袋和一个银水壶，扛上一支新购置的法国猎枪。而后他又兴致勃勃地在镜子前前顾后望地照了一番，呼唤着他的爱犬艾斯兰斯。这是他表姐送给他的，这位表姐是个头发全掉光了的老处女，但她确实是一个心肠极其善良的老太太。

一切准备就绪后，我们便策马扬鞭出发了。和我们同行的还有他带的另外两个人。一个是甲长阿尔希普，此人方脸盘，颧骨很高，是个矮胖的庄稼汉，另一个是新雇来的管家戈特里勃·封·德尔·科克先生。他来自波罗的海沿岸的某个省，大约十九岁，身材消瘦，淡黄头发，一双近视眼，塌肩膀上顶着个长脖子。我的乡邻接管这片领地的时间并不长，这片地是他不久前才从伯母那里继承的。这位伯母是五等文官的太太，名叫卡尔东·卡塔耶娃。她是一个胖得惊人的老妇人，哪怕安卧在床，喘起气来也都很费劲儿。

我们骑马来到了一片小树林，这时我的乡邻埃尔达里昂·米海雷奇对与我们同来的人说道："两位请在这块空地上稍候片刻。"那个德国管家行礼致意，表示听从主人的吩咐。他立即飞身下马坐在了一片树丛下，从衣兜里掏出一本小书，看样子好像是约翰·叔本华的小说，庄稼汉阿尔希普依旧站在太阳地里，而且站了一个多小时。我和乡邻埃尔达里昂·米海雷奇在灌木丛中转了一会儿，都连一个鸟窝都没看见。我的同伴对我说，他想去另一片林子，正中下怀。我对今天能打到猎物已失去信心，正好跟着去溜达一趟。我们返回那片空地时，德国管家立刻标记好书的页码。他站了起来，把书放回衣兜，又费了好大一番周折，才骑上那匹蹩脚的短尾巴母马。这匹小母马很不老实，一碰它就乱踢乱跳地折腾起来，还仰头嘶叫个不停。甲长阿尔希普骑的那匹马也受到了惊吓，但他紧紧拉住两条缰绳，两条腿紧紧地夹住马背，猛地一抖缰绳，那匹马终于放开四条短腿向前奔去。我们几个便一同策马前行。

对埃尔达里昂·米海雷奇的这片树林，我自幼就很熟悉。回想当年，我常和我的法国家庭教师德齐雷·弗勒利先生到这片树林中玩耍（这位法国佬心肠善良，但他每天晚上却要服一种名叫列鲁阿的药水，这种药差点儿把我的身体给毁了。但这是后话）。这片树林子有两三百株橡树和白蜡树，每一株树都又高又大，树干粗壮笔直，略呈墨绿色，它们矗立在榛树和花楸树那点缀着金锻般的绿叶丛中，显得分外挺拔庄严。再仰头观赏，高耸入空中的树冠向四面展开繁密的枝叶，仿佛是一个个拔地而起的华盖，大得可以遮蔽天日，令人叹为观止。苍鹰、青燕、红隼等鸟儿在岿然不动的树冠上嬉戏打闹，它们飞旋着，不时发出声声长鸣。长着五颜六色羽毛的啄木鸟尽情地用喙敲打厚厚的树皮，黄鹂在繁枝密叶中发出婉转啼鸣，百舌鸟不甘示弱也放喉鸣唱起来，树林中回响着悦耳的歌唱。在树下低矮的灌木丛中，知更鸟、黄雀和柳莺也都来竞显歌喉，啾啾地叫着唱着。苍头燕雀在小路上飞快地奔跑着、跳跃着，雪兔谨慎地蹦跳出来，在树林子边儿上找寻着属于自己的快乐，红褐色的松鼠欢快地从树上蹦到树下，又从树下蹿到树上，并时不时把长长的尾巴放到头顶之上，悠闲地蹲了下来。草地上，在形似高塔蚁窝的四周，羊齿植物伸展开雕饰有美丽花纹的大叶片，为茂密的花草贡献一片绿荫。紫罗兰和铃兰花竞相怒放，伞蕈、乳菇、卷边乳菇、橡蘑、红色的蛤蟆菇支起五彩斑斓的伞来。在一望无边的草地上，点缀着一颗颗鲜嫩欲滴的草莓。那时如果能小憩在树林中的绿荫下，该有多么沁人心脾呀！特别是在正午阳光最毒辣的时候，那里却像夜晚一样宁静而凉爽，空气中弥漫着醉人的芳香，真好似世外仙境！

　　恰普勒吉诺树林中那美妙的景色连同在那里度过的美好时光，一起铭刻在了我的心中。如今再次来到这里，我不由自主地有了一种见物怀旧的伤感之情。一八四〇年那个冬天，严寒与风雪给这片树林带来了毁灭性的灾难。冷酷无情的风雪摧残了我的老朋友——橡树和白蜡树。那一株株挺拔的参天大树，如今只剩下光秃秃的树枝。有的老树在稀疏的枝干上还吊着几片绿叶，凄凉地残留于新生的幼林之中，但与幼树相比，它们依然挺立，从高空俯瞰"取而代之"的幼树……有一些大树已经断了枝干，即使树干下部长着叶子，仍然失去了蓬勃的生命力。仅长着稀稀疏疏的几片叶子，大树带着责难和绝望的神情呆呆地耸立在那儿，让人不由得感到心酸和哀伤。还有一些树长着粗枝，枝子的顶端已经干枯、死去，即使树上长着一些叶子，但远不如往日那么浓密，因此也无法给人以慰藉。还有一些树干的皮已经脱落，像人的肢体完全裸露在外一样，任凭风吹日晒。还有一些树干已经翻倒在地，凄惨得像被暴尸荒野，经受着种种磨难，并开始腐烂，真是满目悲凉，惨不忍睹。那时又有谁会想到这场浩劫呢？如今在这片恰普勒吉诺树林中，竟找不到一片绿荫了！我惊讶地望着那一株株挣扎在死亡线上的大树，望着那折断的枝干，望着那枯枝残叶，心中哀伤地责问："或许你们此时该羞愧与悲伤了吧？"此时，我不由忆起柯尔卓夫的诗句：

　　　　何处去了呀，
　　　　那高雅的谈吐，
　　　　那傲慢的劲头，
　　　　那皇家有气度？
　　　　如今安在呢，
　　　　那绿色的势头？……

见此情景，我深感不解地向我的乡邻问道："怎么，埃尔达里昂·米海雷奇，当年为何不砍伐这些树呢？如今的价钱可不到那时的十分之一了。"

他缄口未答，只是耸耸肩膀。

"这事可要问我的伯母，不少商人曾多次来过，还带着钞票来，纠缠着要买。"沉默了一会儿，他开口了。

"我的天哪！我的天哪！"封·德尔·科克一步一叹地说，"多么荒唐！多么荒唐！"

"怎么荒唐？"我的乡邻苦笑着问。

"不要误会，我是说太可惜了。"

尤其使他惋惜的是那些横七竖八倒在地上的橡树。这些橡树是当时有些磨坊主想出高价买走的。甲长阿尔希普却置若罔闻，无动于衷。令人奇怪的是他反而感到很开心，在这些倒下的树上蹦去跳来，甚至他还用鞭子抽打它们取乐。

我们来到了伐木地点，突然，一株大树轰隆一声倒地了，随后传来了一阵叫喊声和喧闹声。没过一会儿，一个年轻的庄稼汉从密林处向我们跑了过来。只见他面色苍白，披头散发，显得异常惊慌。

"怎么回事？你往哪儿跑？"埃尔达里昂·米海雷奇问。

他猛然站住。

"哎呀，老爷，尊敬的埃尔达里昂·米海雷奇老爷，不好了！"

"出什么事儿了？"埃尔达里昂·米海雷奇连忙问道。

"老爷，马克西姆让树砸着了。"

"怎么会砸着呢？是那个包工头马克西姆吗？"

"正是他，老爷。我们正伐一棵白蜡树，他站在旁边看呢。他站在那儿看，看着看着，突然走向井边，可能渴了吧。就在这时，那棵白蜡树咯吧咯吧地响起来，正好朝着他倒了下去。我大声地喊着：'快跑！快跑！快跑呀！'他如果向旁边跑就好了，谁知道他却朝前面跑去。他一定是被吓昏了，树顶上的枝子就砸着他了。说来也怪，树倒得那么快，真是没想到！大概是因为树心烂空了吧。"

"这么说，马克西姆被砸坏了？"

"那还用说，老爷！"

"死了吗？"

"没死，老爷，他还活着呢。可是他的胳膊和腿全给砸断了。我正赶忙去请医生呢。"

埃尔达里昂·米海雷奇立即打发甲长骑马去村里请医生谢尔维里斯特奇，自己也纵马朝着伐木的地点飞奔。我紧随其后。我们看到不幸的马克西姆躺在地上，四周站着十几个庄稼汉。我们下马朝他走去。他疼得没法呻吟一声，只是偶尔睁开眼睛，带着惊魂未定的神情向四周张望，嘴唇都咬得发青了，下巴不住地打哆嗦。他的头发紧贴在前额上，胸部随着呼吸一起一伏的，但可以看出他的呼吸已经十分不均匀了。看样子他已经奄奄一息。一株小菩提树羸弱的影子随着风向在他的脸上轻微地摆动着。

我们俯身看他，此时的他尚能认出埃尔达里昂·米海雷奇。

"老爷，"他声音已经非常微弱，"您快叫人……去请……牧师吧！上帝……惩罚我……胳膊、腿，全断了……今天……是星期天……唉……可是我……这不是……还没有让弟兄们休息。"

他沉默一会儿。他的呼吸越来越困难了。

"请把我的工钱……交给我老婆……老婆……扣除欠的……哦，奥尼西姆知道……我欠……欠谁的钱。"他断断续续地又吐了一些字"我们已派人请医生去了，马克西姆，"我的乡邻说，"也许还有救。"

他使劲儿睁睁眼睛，吃力地扬起眉毛，睁开了眼睑。

"不，我不行了，要死了，这不是……看……死神来了……来了……弟兄们，宽恕我吧……要有什么对不住……"他还未说完，周围的人便打断了他。"上帝会宽恕你的，马克西姆·安德列伊奇。"庄稼汉们异口同声地安慰，并都摘下帽子，"请你原谅我们。"

忽然他极其悲伤绝望地摇摇头，痛苦地把胸挺起来，但马上又有气无力地缩了回去。

"但是无论如何也不能让他在这儿等死啊！"埃尔达里昂·米海雷奇焦急地高声说道，"伙计们，快把马车上那领席子拿来，我们送他到医院去。"

两三个人立即跑向马车。

"我昨天……在谢乔夫村买了……叶菲姆……"这个垂危的人含糊不清地说，"一匹马……交了定钱……那匹马是我的……也把它……交给我老婆。"

几个人小心翼翼地把他抬到席子上，他却像中弹的鸟一样，全身猛烈抽搐，折腾一会儿就突然直挺挺不动了。

"死了。"抬他的几个庄稼汉低声说。

我们都沉默不语，上了马，离开了伐木地。

马克西姆的不幸惨死，让我不禁陷入了沉思。俄罗斯庄稼汉死得多么奇怪！他们在离开人世之前的心境，既不能说是淡漠无求，也不能说麻木不仁，他们赴死犹如参与和完成一种仪式。他们死了，死得那么冷静安详，朴实从容。

数年前，在我另一个乡邻的村子里，我看到有个庄稼汉在烘干房里被火烧伤了。他险些在火中丧命，多亏一个过路的城里人把他救出烘干房。他被烧得非常严重，那个过路人见义勇为，自己先在一个大木桶里用水把全身泡湿，然后冲上去把烧着的房门撞开并救出了他。闻讯我跑到他家去看望他。屋里黑乎乎的，烟雾弥漫开来，呛得我喘不过气。我赶紧问道："受伤的人在哪儿？""在那儿，老爷，在炕上。"一个农妇一把鼻涕一把泪地对我哭诉。我走到炕边，看见病人躺在那里，盖着一件皮袄，费劲儿地呼吸着。"你觉得身上难受吗？"我关切地问道。他听到问话以后，想挣扎着坐起身，但全身都是伤而且伤势很重，所以无法再动，他的样子很危险。"别动弹，躺着吧，躺着吧。怎么样啊？嗯？"

"当然很难受了。"他答道。

"很疼吧？"他没吭声。

"你想要点什么？"他仍不吭声。

"要喝点儿茶吗？"

"不喝。"他终于应了一声。

我扭过身走到一旁，在一张板凳上坐下来。一刻钟、半小时过去了，屋里死气沉沉，没有一点声音。

在屋角摆放着一张桌子，桌子正上方是一幅圣像，桌子旁边有一个五六岁的小女孩，正躲在那儿吃面包，她妈妈不时地吼她两句。过道里有人在走动、说话，不知敲什么弄得叮当乱响。病人的妻子在切白菜。"喂，阿克西妮娅！"病人终于喊了一声。

"啥事？"

"我要喝点格瓦斯。"

阿克西妮娅闻声拿给他一瓶格瓦斯。接下来好长一段时间又没人说话了。于是，我悄悄地问阿克西妮娅道："给他行过圣餐礼了吗？""行过了。"啊，看来一切都准备妥当，只等死神索命。等着，等着，我实在太难受，便冲出门外……

我见此不禁又想起另一件类似事情：

有一天我顺道来到了红山村医院去探望我的朋友、助理医生卡皮尔，他也是个打猎迷。

从前这家医院是地主宅院的一间厢房，而这家医院正是这个女地主自己创办的。她亲自吩咐下人在门框上钉上一块浅蓝色牌子，木牌上写着几个白色大字"红山医院"。然后她又亲自交给卡皮尔一本漂亮的册子，作为专门用来登记病人名字的花名册。在花名册扉页由一个奉承、追随这位善女的仰慕者用法语题写如下几行诗句：

> 在欢喜无比的美好之乡，
> 美人亲自创建了这座殿堂；
> 赞叹你们主人的慷慨好施吧，
> 我们善良的红山村人！——

在下面还有另外一位绅士写了一句附笔：

我也热爱大自然！

　　助理医生自己掏钱买了六张病床，满怀一片慈悲之心开始为老百姓救死扶伤。除他外，医院里还有两个人。一个是精神并不十分正常的雕刻师，名叫巴维尔，另一个是一只手残疾的厨娘，名叫梅利基特里萨。这两人管调制药剂，把药草烘干或浸湿，同时他们还要看护发热病的人。精神不大正常的雕刻师整天闷闷不乐，不轻易开口说话，可是一到夜里，他就扯着嗓门唱起《美丽的维纳斯》等歌，而且还缠着每个过路的人要求人家准他跟那个早不在人世的姑娘玛拉妮娅结婚。而一只手残疾的厨娘又常打骂他，非让他去照看火鸡。

　　有一天，我正和助理医生卡皮尔聊天，我们刚谈到最近一次打猎，突然一辆大车跑进院子。拉车的是一匹膘肥体壮的灰色马，只有磨坊主才养得起。大车上坐着一个身体很结实的庄稼汉，我惊奇地发现他的胡子夹杂着几种不同的颜色。他身穿一件新上衣。"啊，瓦希利·德米特利奇，"卡皮尔望着窗外跟他打招呼，"欢迎，欢迎！"接着卡皮尔小声对我说，"这是留波夫希诺的磨坊主。"那个庄稼汉叽里咕噜地说着话下了车，他一进医生的房间就开始举目找圣像，找到后他在胸前画了个十字。见此情景卡皮尔不由得奇怪，他问："怎么了，瓦希利·德米特利奇，有什么新鲜事吗？喂，您大概哪里不舒服吧？您气色可不大好。"

　　"就是，就是，卡皮尔·季末非奇，我是觉得有点不得劲儿。"

　　"怎么回事？"

　　"唉，几天前我进城买了几块磨盘拉回家里。也许是在卸车的时候用力过猛，只觉肚子里咯噔一下，有什么东西好像断了一样……从那天起就一直不得劲儿，特别是今天觉得更不舒服。"

　　"嗯，"卡皮尔应了一声，闻闻鼻烟，"这么说，可能是疝气吧，您有多长时间不舒服了？"

　　"已经十天了。""十天了？"助理医生咬着牙倒吸了一口气，又摇了摇头，"让我来检查一下。"

"唉，瓦希利·德米特利奇，"卡皮尔检查后说道，"你这个大好人呀，真让人可怜，看情形可不太妙啊！您这病可一定要费点心了。你就住在这儿吧，我会尽全力给您治，不过，也不敢担保一定治好。"

"真有这么严重吗？"磨坊主既有些惊讶，又有些怀疑地问道。

"是的，真的不轻，你要是早来几天，就啥事也不会有了。可是现在患处都已经发炎了，这就不好办了，很快就要变坏疽了。"卡皮尔神情凝重。

"哪儿能呢？会那么严重吗？卡皮尔·季末非奇。"磨坊主无法掩饰内心的惊讶与慌张。

"我对您说的可都是实话。"

"这不大可能吧？（助理医生无可奈何地耸了耸肩。）就这么一点小毛病还会要了我的命？"

"我可没说会要了你的……我只是请你住下治病。"

磨坊主思索了一阵，往地上瞧瞧，又看看我们，挠了挠后脑勺，最后他伸手拿起帽子。"你要去哪儿，瓦希利·德米特利奇？"卡皮尔想拉住他。

"去哪儿？还能去哪儿？——回家去呗！既然病得这么严重，就该回家料理后事了！"

"那你可就要害了自己呀，瓦希利·德米特利奇。得了，快别动了。你怎么能来我这儿，我都纳闷。别走了，住下来吧！"皮卡尔不禁为他担心。

"不，卡皮尔·季末非奇老弟，既然快死了，那也该死在家里，死在这儿成何体统！——天知道家里还会出什么事儿呢？"他没有一点害怕的神色。

"病情发展还说不定会怎样呢，瓦希利·德米特利奇，但病情很危险了，很危险了，这是肯定的。所以你最好还是留在这儿。"卡皮尔再三挽留。

磨坊主仍旧摇头，"不，卡皮尔·季末非奇，我不能住在这儿。您倒是可以给我开个药方。"

"老是吃药解决不了问题。"

"那我也不留在这儿，我已经说过了。"

"啊，既然如此，那就悉听尊便了……不过，以后可不要埋怨我！"卡皮尔无可奈何地松手投降了。

　　助理医生从记事本撕下一页，给他开了个药方，并再三嘱咐注意事项。这个庄稼汉接过药方，给了卡皮尔半个卢布，便走出医院，坐上车准备回家。"再见了，卡皮尔·季末非奇。过去要是有什么让你不如意的地方，请多原谅。万一有什么不测，请多多关照我可怜的孩子们！"

　　"唉，还是留在这儿吧，瓦希利！"卡皮尔妄图再搏一回说服他，那个庄稼汉仍旧摇摇头，用缰绳抽了一下马，便赶着大车走出院子。我也来到街上，望着他的背影渐渐远去。道路很不好走，坑坑洼洼的路面上都是烂泥。磨坊主熟练地赶着车，小心地驾驭马匹，从容不迫地走着，还不停地和过路的行人打招呼。但到第四天，他便一命呜呼了。

　　唉，总的说来，俄罗斯人的死令人感到惊奇费解。如今常有许多过世的人仍萦绕在我心头。当然，我也常想起你，我昔日的好朋友，尚未完成大学学业的阿维尼尔·索罗科乌莫夫。你是一个多么杰出高尚的人啊！此时此刻，我好像又看到你那张因肺病折磨而憔悴苍白的面孔，你那稀疏的淡褐色头发，你那和蔼可亲的笑容，你那激情四溢的眼神，你那瘦弱颀长的身躯。我仿佛又听到你那声音低微但热情洋溢的话语，当时你住在大俄罗斯地主古尔·克鲁比亚尼科夫家，给他的孩子弗法和焦琪娅讲俄语、地理和历史课。你总是大度又痛苦地忍受着主人古尔仗势欺人的戏耍，管家粗野的待遇，男孩子们不怀好意的恶作剧。你总是苦笑着忍气吞声地去满足闲极无聊的女主人那刁钻的要求。但是每天吃过晚饭以后，当你解脱了一天繁杂琐碎的事情之后，你又是多么轻松，多么悠闲呀！完成了应尽的职责，该清闲清闲了。这时你便坐在窗前，抽一点烟，想着心事聊以自慰。有时你会专心致志读起书来，那是和你一样还是单身的土地丈量员从城里给带来的好大一本残缺油污的杂志。你如饥似渴地读诗歌和小说，你的感情是多么丰富啊！你多愁善感，常常被感动得涕泪滂沱，或者欣喜若狂。你有孩子般纯真的心，充满了对人类的热爱，充满对美好事物的向往，充满对人间不平高尚可贵的同情！

我们是莫逆之交，应该实话实说。请允许我做出很客观的评价：你并不很聪慧机敏，你既没有天生的好记忆力，也没有与生俱来的刻苦勤奋。在大学里读书时，你被看成是一个不求上进的劣等生，你上课时居然能酣然入梦，你考试时面对考卷不知所云。但是品德高尚的你却为同学的优异成绩和进步而由衷地欢欣祝贺，甚至高兴得忘乎所以！阿维尼尔呀，你总是真心真意地赞赏朋友们的聪明才智，真心诚意地赞扬他们、维护他们。你从不嫉妒自己的朋友，你从不贪图虚荣，而是为朋友济困解危乐于助人，总是善良对待他人。更难能可贵的是，对那些你本该不屑一顾之人，你仍然能以礼相待。如此真诚待人、宽宏大度之人是谁？那就是你，我的故友阿维尼尔呀！

　　我还记得，在你应聘赴职即将远行时，面对着即将告别的朋友时，你是何等的悲伤！你预感到了未来的坎坷与不幸……不出所料，你到了穷乡僻壤的荒莽之地，那儿没有可以让你崇敬或虚心求教的人，没有让你倾慕思念的人。草原上的居民和缺乏教养的地主对待你这样一个教师，态度粗鲁，毫无礼貌可言。你的相貌算不上出类拔萃，你又不是口若悬河卖弄辞藻的人。向来胆小怕事、腼腆怯懦的你一跟人说话就面红耳赤，满头大汗，一着急就心跳加快还会口吃。草原乡野里的清新空气也未能使你的病情好转，反而使你日益消瘦，你就像蜡烛一样垂泪耗油般燃烧自己的生命。你呀，多么可怜哪！是的，虽然你的房间有面朝花园的窗户，虽然那些李子树、苹果树和菩提树常把散发着清香的花瓣撒落在你的桌上、书上和墨水瓶上，虽然墙上悬着一个系着蓝色绸子的挂钟垫子，它是那个金发碧眼的德国女教师临别时送给你的，那一个善良温柔又美丽多情的女郎赠予你垫时钟用的，虽然有时好友和同窗从莫斯科来看望你，并为你热情地朗诵他们自己或他人的诗篇，给你友谊与慰藉、愉悦与欢欣，但这些并没有消除你长年的孤独。处境的尴尬，心情的压抑，无法摆脱的哀伤，以及周而复始的秋冬岁月给你不断增添磨难，那纠缠不休的病魔更是让你痛苦不堪……最后，终于把你……可怜的阿维尼尔，好可怜啊！

　　就在阿维尼尔去世前不久，我还曾专程探望过他。当时他行动已相当不便了，甚至都不能走动。地主古尔·克鲁比亚尼科夫没有赶他出家门，但是已不再支付给他薪水。他给女儿焦琪娅另请一名教师，把儿子弗法送进中等武备学堂。那时，阿维尼尔半倚半坐在一张旧的伏尔泰式安乐椅上。

那天天气非常好，晴空万里，秋风轻拂。在一排深褐色的菩提树几乎光秃的枝上还挂着几片金色树叶，在阳光下闪闪发光，随着微风轻轻颤动，仿佛在簌簌地低声絮语。已经结冰的大地在阳光下升腾出稀薄的雾气，弥漫开来，这像极了春天雪化消冻的时节。嫣红的夕阳以微弱的光芒照射着那些已被冰霜打蔫的野草，空中还隐约回荡着噼啪声，花园里传来园丁们清晰响亮的谈笑声。阿维尼尔呆呆地坐在那儿，穿着一件布哈拉长袍，袍子已经十分破旧，颈上围着一条绿色的围巾，这使他那张面孔显得更憔悴，我感到心酸。一看到我来了，他显得非常兴奋同时也很欣慰，立刻伸出枯瘦苍白的手。他高兴地说了起来，全然忘了自己还在病中。但残酷的是，他时不时被剧烈的咳嗽打断，我抚慰他一阵子，便紧靠他身边坐下。阿维尼尔的膝上放着手抄本的柯尔卓夫诗集，抄写得极为工整且字迹美观。他苦笑着拍拍那本诗集说："这才是真正的诗人。"他尽力忍住咳嗽，憋着气说出这几个字，然后就用含糊得难以听清的声音朗读起来：

"莫非鹰的双翅

已经被缚住了？

莫非条条大路

全都被封闭了？"

我劝他别念了，因为医生不允许他说话。我想知道怎样才能使他开心。阿维尼尔从不像人们常说的那样，去"追踪"科学的发展信息，不过倒可以说他对当代大学者们取得的成就都很感兴趣。他常在路上或屋角拉住一个同学，仔细询问有关情况。他总是耐心地倾听，表现出惊喜，不仅相信别人的话，还接着别人介绍的情况来讲述。他对德国哲学情有独钟。所以此刻，我就专门跟他聊黑格尔。虽然这都是老掉了牙的往事，但阿维尼尔依旧毫不怀疑地听着，兴致勃勃地摇着脑袋，容光焕发地微笑着，还轻声说道："我清楚了，清楚了！啊！妙极了，妙极了！"他虽然已经病入膏肓，挣扎在地狱门口，但这个无依无靠即将成为孤魂野鬼的人，仍然有着一种孩子般强烈的求知欲，这使我感动得热泪盈眶，泣不成声。应该强调的是，阿维尼尔同每个害肺病的人不同，他从不隐讳谈论自己的病，绝不以自欺欺人的方式来蒙骗自己和他人。可是又能怎样呢？尽管他从不伤感悲叹，从不怨天尤人，甚至从不向别人唠叨或倾诉自己的病痛，我知道他很快就要离开这个世界了。

他勉强地打起精神，聊起莫斯科，聊起同学们，也谈论普希金、戏剧和俄罗斯文学。他也回忆我们的宴饮嬉戏，我们小组的激烈争辩，还深怀惋惜地谈到了两三个已不在人世的挚友和知己……

"你还记得达莎吗？"最后他又问我，"她有一颗金子般的心！她是我的心肝！她又那样地爱我！她如今怎么样？这个可怜人，恐怕瘦多了吧？太劳神操心了吧？"

我不想给他泼冷水，说真的，何必让他伤心失望呢？事实上，如今他的达莎发胖了，整天和商人康达奇科夫兄弟鬼混，学会了浓妆艳抹，连说话也变得妖里妖气的，还学会打情骂俏了。

可是我望着他那没有血色的脸，思忖着是不是让他搬出这里更好些呢？或许换个地方能医好他的病……但阿维尼尔根本就不让我说完。

"不必了，老兄，谢谢你。"他神志清楚地说道，"在哪儿死不还一样。无论如何我也挺不到冬天了。何必给人家添麻烦？在这儿我已住惯了，虽然这家人……"

"都对你不好吗？"我接着他的话茬问道。

"不，说不上好坏，个个都像冷漠的木头人。但我也不恨他们。这儿倒有个邻居，地主卡萨特金有个女儿，有教养的好姑娘。她温柔善良，平易近人，也不傲慢……"

说到这儿，阿维尼尔又咳嗽了起来。

"我反正什么也不在乎，"他稍停一会儿，继续说，"能让我抽几口烟该多好啊！我可不愿就这么死去，我要过足了烟瘾！"他顽皮地挤挤眼睛，补充了一句："谢天谢地，我活得够本儿了，结识了这么多的好人！"

"不管怎样，你也该给亲人们写封信哪。"我打断他的话，劝慰道。

"没必要给他们写信。寻求帮助吗？他们才不管呢！我死了以后他们自然会知道。唉，何苦说这些事呢？还是请你给我说说你在国外的见闻吧。"

我答应了，便和他讲了起来。他目不转睛地望着我，听得津津有味。直到傍晚，我才不舍地与他告别了。十几天过了，我收到了克鲁比亚尼科夫先生的一封信：

> 阁下，请允许我告知您一个不幸的消息，您的友人阿维尼尔·索罗科乌莫夫先生，即住在我家的大学生，已于三日前午后二时病故，今日我出资将他安葬于本区一教堂内。他嘱我转交一些书籍和本子，今随函寄奉。他遗下二十二个半卢布，还有其他一些物件，均已交其有关亲戚。您的友人之死，使她深为感伤；至于我，托上帝的福，身体尚佳。
>
> 顺致敬意。
>
> 吉尔·克鲁比亚尼科夫

此外还有很多类似的事，萦绕于胸怀，我无法一一列举。趁此机会不妨再举一个例子吧。

有一个年迈的女地主，我亲眼目睹她临终的情景。牧师已经在病榻前为她念送终祈祷，忽然发现这个老妇人马上就断气了，便赶紧递过十字架让她吻。女地主却很不高兴地转过头去："你干吗这么着急，牧师，"她的舌头已不灵便了，"还来得及……"然后她虔诚地吻过十字架，刚把手伸到枕头下面，就没气了。原来在枕头下面放1枚银卢布。这是她原先准备好给神甫的酬金……

真的，俄罗斯人个个都这样慷慨赴死，真令人惊奇！

（一八四八年）

酒 店

科洛托夫卡是一座不大的村庄，先前的主人是个女地主（此人是个泼悍的女人，因此左右村庄的人就送给她一个绰号"刁妇"，真名实姓反倒失传了）。现在这个村庄属于彼得堡的一个德国人了。这座小村庄有一个寸草不生的山坡，山坡被一条可怕的河谷从上到下切分开来。这条河谷如同一道万丈深渊，带着到处都是的崩塌或冲毁的痕迹弯弯曲曲地从街道中心穿过。它比河流更加粗暴地把这座小村庄横切为两段。之所以这样说，是因为河流上至少还可以架桥搭索。几丛枯瘦的爆竹柳战战兢兢地挂在黏土质谷坡上。在干涸得像铜般发黄的山谷底部，是大块大块横七竖八的黏土质石板。当然这种景象谈不上美观，倒是显得非常凄凉。但附近村民都很熟悉通往科洛托夫卡村的道路，因此他们还很喜欢常到此地游逛。

河谷上方，在距河谷刚开始裂缝处几步远处，孤零零地竖立着一座四方形的小木屋。说它孤零零是因为它和其他房屋相隔较远。屋顶是用麦秸盖的，还竖着个烟囱，一扇窗子像一只锐利的眼睛，直勾勾地盯着河谷，在严冬夜里，人们从很远的地方透过朦胧的寒雾便可以看到这扇灯光闪烁的窗户。它就像一颗指路星一样为许多过往的行人指路。在小屋的门框上钉着一块蓝色木牌，上面写着几个大字"安乐居"。哦，原来是家酒店。这家店里酒价并不比法定价格便宜，然而到这来的顾客却比其他酒店的顾客多。原因是这家酒店的老板尼库拉·伊凡内奇善于招揽顾客。

尼库拉·伊凡内奇当年是一个身强体壮、一头鬈发、面色红润的小伙子，如今却已变成了一个花白头发的大胖子。他的脸好像浮肿一样，一双机灵而和善的眼睛，让这张脸并不可怕。他肉滚滚的前额爬上了一道道细皱纹，这也难怪，他在科洛托夫卡村已经住了二十几年了。

尼库拉·伊凡内奇像大多数酒店老板一样，是一个精明伶俐的人。他对人并不特别亲热，也不伶牙俐齿地多说，但他却有吸引顾客和挽留顾客的本事。顾客坐在他的柜台前，在这位温和的老板那种安详和蔼中带有些锐利的目光下却能感到愉快开心。他有很多真知灼见，他既熟悉地主和农民的生活，又很熟悉市井小民和商贾游人的生活。人们遇到困难或难以排解的忧愁时，他都能及时地给他们出化解困难的好主意。但他又是个谨小慎微之人，他有些自私自利，遇事经常是隔岸观火置身事外，最多也只不过说些旁敲侧击的话。他若有若无地说一些毫无暗示或诱导意义的话，而且还是对他特别喜欢的顾客才说的。他们听到后便从中得到启示或者悟出道理。他对俄国人很喜爱，对感兴趣的问题或事情都很通晓。比如，他对马匹和家畜、对森林和土地、对石块砖瓦、对器皿家什、对毛布匹呢和皮革制品、对歌曲和舞蹈，不说是样样精通，也可以说事事在行。在没有顾客时，他总是盘着两条细腿，像装满谷物的麻袋一样坐在自己的门前，和街上所有过往的人热情地打招呼，然后亲热地聊上几句。他这一辈子可以说见多识广。他眼看着几十个常常光顾他酒店小贵族相继告别人世。他知道方圆一百俄里内发生的各种事情，连最为精明机警的警察局长想要知道但又无从得知的种种秘闻要事，他都了解得一清二楚。但他从不随便乱说，而是装作一无所知。他总是沉默寡言地待着，面带微笑地摆弄酒杯。

左右村庄的人都很敬重他，哪怕是县城里最有身份的地主，同时也是高等文官的舍列别津科，每次路过他的门口时，都要恭敬地同他打招呼，或者点头以示敬意或友好。尼库拉·伊凡内奇在这一带也算一位举足轻重颇有声望的人。一次一个臭名昭著的盗马贼偷了他朋友的一匹马，他要这个盗马贼把马还回来，这个贼便乖乖地送还马。邻村庄稼汉不服从新来的主管人，他也说服了这些人。诸如此类，不胜枚举，恕我不一一赘述了。但是，不要以为他搞这些是出于正义感，不要认为他是一个古道热肠的人，愿意见义勇为、拔刀相助。根本不是那么回事！他只不过是为息事宁人，尽量防止意外事故，更是为了不让这些事或人影响他的宁静安闲，不要影响他的生意。

尼库拉·伊凡内奇已经成家立业娶妻生子了。他的妻子是一个干事麻利为人爽快的人，尖尖的鼻子，一双明亮的大眼睛。她出身市商之家，人到中年的她也和她的丈夫一样有些发福。尼库拉·伊凡内奇做什么都很信赖她，她的确也是个贤内助，家里的收支账目由她收藏，钱财也由她掌管。那些醉汉和耍酒疯的人都很怕她，因为她很不喜欢这号人物，这些人除了瞎胡闹，不能使酒店增加多少收入，还要带来很多麻烦。闷闷不乐和沉默寡言的顾客倒很受她欢迎。尼库拉·伊凡内奇的孩子们都还年幼。早生的几个孩子相继夭折了，活下来的几个长得都很像父母。看着这几个天真活泼又健壮可爱的孩子，再看着他们聪明稚嫩的小脸蛋，也可算是人间一大快事。

七月里一个酷热难当的日子，我带着我的猎犬，顺着科洛托夫卡村的那条河谷，漫步闲游，不由自主地向安乐居酒店走去。太阳在空中炽烈地燃烧着，像在往大地喷火，使地面和空气像火一样的炎热。空气中到处弥漫着令人呼吸困难的灰尘，简直窒息得要命。羽毛闪光发亮的白嘴鸦和乌鸦张开嘴喘息，可怜巴巴地望着来往行人，仿佛在乞求同情和救援。只有麻雀无忧无虑满不在乎地抖着羽毛，比平时叫得更欢。它们叽叽喳喳叫个没完，一会儿在墙上嬉闹玩耍，一会儿又从尘土飞扬的大路上飞起，像一团团小乌云一样在如同绿色海洋的大麻地上空盘旋。我热得有些口干舌燥，很想解渴，但是附近却没有水。和其他的草原村庄一样，在科洛托夫卡村，因为没有泉水、井水或其他水源，村民们只好喝池塘里的浑水。但又有谁能把这种难以入口的东西称为水呢？突然我灵机一动——还是到尼库拉·伊凡内奇的安乐居要一杯啤酒或格瓦斯喝喝吧。

老实说来，科洛托夫卡村一年四季都没有令人赏心悦目的景色，尤其令人感到心酸的是，七月份炎炎烈日炙烤下，你能见到的只是破旧不堪的褐色屋顶，一眼望不到底的河谷，晒得发蔫枯黄又蒙着很厚灰尘的草场，在绝望地踯躅着的瘦弱的长腿鸡。灰色的白杨木屋只剩下空架子，窗子也变成一个个黑洞，这是从前地主邸宅的残骸。此时的木屋已长满了荨麻、杂草和苦艾。池塘的水面上漂着许多鹅毛，被晒得发烫的水已变得黑乎乎的了。池塘周围都是像浓粥一样的烂泥，堤坝也歪向一侧。绵羊在晒成细灰的土地上走着，热得直喘吁，还不停地打着喷嚏。它们忽地紧紧挤在一起，悲哀地互相偎依着，十分可怜地尽力将头向地面低垂，像是在垂头丧气地企盼着这难熬的炎热赶快过去。

　　我拖着疲惫的双腿，终于来到尼库拉·伊凡尼奇的安乐居门口。我的到来照例引起人们的惊讶，他们好奇地睁大眼睛，呆呆地望着我。这样的反应引起几条狗的不满与愤怒，它们用吠叫声来表达这种情绪，几乎声嘶力竭，吠叫得十分凶狠。那嘶哑的吠叫声就像是内脏爆裂而发出来的声音，以至于吠叫一阵后，连它们自己也呛得喘不过气。恰在此刻，酒店门口突然出现了一个身形高大的男人。他光着头，身穿黑呢大衣，腰上低低地束着天蓝色的腰带。一看这身打扮，就知此人一准是个家仆。他一头乱蓬蓬的灰色长发又浓又密，还向上耸立起来。蓬乱的头发下面是一张干瘪的脸，脸上布满了皱纹。他站在那儿急匆匆地挥舞着双手叫唤着一个人，那两只手挥动得显然比他自己希望的更剧烈。很明显，他是喝醉了，在耍酒疯呢。

　　"来，你快过来！"他使劲儿地挑动着两道浓密的眉毛，嘟嘟囔囔地喊叫起来，"来呀，眨眼儿，来呀！老兄，瞧你，磨磨蹭蹭的！真不像话，老兄！人家在等你，可你看看你这个磨蹭劲儿……快来呀！"

　　"哎，来了，来了。"一个颤抖的声音说，接着从屋子右面走出一个又矮又胖的瘸子来。他穿一件干净整洁的外套，但却只有一只袖子，他戴着高高的尖顶帽，帽子一直压到了眉毛，这使他那圆圆的胖脸更加滑稽可笑。他那双黄色的小眼睛贼溜溜地转着，两张薄嘴唇总是露出不自然的微笑，显得很拘谨。他的鼻子又尖又长，像船舵一样难看地向前伸着，"来了，伙计。"他说着，一瘸一拐地向那醉鬼走去，"你干吗叫我？谁在等我？"

　　"我叫你干吗？"穿厚呢大衣的人责备地说，"眨眼儿，你这人可真怪。老兄，叫你到酒店来，你还问'干吗'！好几个朋友在等你！土耳其的雅科夫，还有古怪老爷，还有来自兹拉德的包工头。雅科夫在和包工头打赌，赌一大瓶啤酒——看谁能赢，也就是说，看谁唱得好！听明白了吗？"

　　"雅科夫要唱歌了？"绰号"眨眼儿"的人兴冲冲地，"你不是在说谎吧，傻瓜蛋？"

　　"好，那我们去吧，呆子。""眨眼儿"回答道。"那么，至少你也该吻我一下，我的宝贝。""傻瓜蛋"张开两只胳膊，疯疯癫癫地嘟嚷着。

　　"瞧你这娇气的伊索。""眨眼儿"轻蔑地说，接下来，两个人弯着身子，走进低矮的门里。

听到这两个人的对话之后，我不禁产生了强烈的好奇感。我已不止一次听说过，土耳其人雅科夫是这一带最好的歌手，现在竟然让我碰上了如此绝妙的机会，何不去看看他和另一名歌手的比赛呢？于是我便快走几步，来到了酒店里。

在我的读者中，大概没多少人光顾过乡村酒店。但我们这些痴迷于打猎的人，还有什么地方没到过！这种酒店的结构很简单，它们多数都是由两部分组成——一间幽暗的前室，一间有烟囱的正屋。正屋用一道板壁隔成里外两间，里间不准许任何客人进去。在这道板壁边上放着一张宽大的橡木桌子作为柜台，在桌子上方的板壁上被打开了一个长方形的大洞。酒店老板就在这张桌子上卖酒。在正对大洞的架子上，并排摆着各式大小不一的酒瓶，酒瓶都是没有开封的。正屋的前半部分是用来接待顾客的，在这狭小的空间里摆着一些长条板凳，两三个空酒桶，屋角里还放着一张桌子。大部分的乡村酒店光线都不好，屋子里黑乎乎的。在用原木垒起来的墙壁上，你根本就看不到什么版画，与一般酒家的墙壁上挂的那些五光十色、琳琅满目的版画相比，真是逊色多了。

我踏进安乐居酒店时，里面已经聚集了不少人。柜台后面，照例站着酒店老板尼库拉·伊凡内奇，他的宽阔的肩背差不多把墙上的洞全给挡住了。只见他身穿印花布衬衣，胖脸上带着懒洋洋的笑容，他正用白胖的手给刚进来的顾客"眨眼儿"和"傻瓜蛋"两个杯子里斟酒。在他身后的角落里，在那靠近窗子的地方，站着他那位有着一双机灵大眼睛的妻子。站在房间中央的是土耳其人雅科夫，他身材有些瘦削，但十分挺拔匀称，他二十三四岁，身穿一件蓝色土布长襟外衣。看样子他像是一个活跃在工厂里的职工。身体并不那么健壮，面颊略显干瘪，一双灰色大眼睛调皮地转着。他的鼻子很端正，两个小鼻孔不停地翕动，额头又白又平，淡黄色鬈发向后梳着，双唇略厚却很漂亮，而且富有表现力。整张面孔都表明他是个感情丰富、热情洋溢之人。此时的他很激动，不停地眨动着眼睛，呼吸急促，两只手不停地抖动着，仿佛发热病一般。他确实在发热病。一个人当众讲话或唱歌时，由于过度紧张而表现出惶惑不安会使他像发热病一样颤抖起来。他身边站着一个男人，四十岁左右，肩背宽阔，高颧骨，低额头，一双像鞑靼人一样的狭长眼睛，鼻子又扁又短，下巴颏儿是方的。他有着一头乌黑发亮的头发，根根像鬃毛一般又粗又硬。他面孔黝黑而略呈铅色，嘴唇显得很苍白。他的那副面相要不是因为此刻沉着安静的话，几乎可以说是又凶又狠。他站在那儿纹丝不动，带着那种像一头套在轭下的公牛般不动声色的神情，慢慢地环顾四周。他身穿一件旧的常礼服，铜纽扣光滑闪亮。他那粗壮的脖颈上围着条旧的黑绸围巾，他绰号叫"古怪老爷"。在他正对面的圣像下面的一条长板凳上，坐着雅科夫的竞赛歌手——从兹拉德来的包工头。这是一个三十来岁的男子，个头不大，长得却很结实健壮。他一脸麻子加一头鬈发，嘴巴上方贴着一个扁扁的狮子鼻，栗色的眼睛灵活地转动着，有一撮稀稀拉拉的胡子。他把两手塞到大腿下面。他的脚上穿一双带绳边的漂亮长筒皮靴，悠闲自得地晃着，不时发出相撞的响声。他穿着一件崭新的灰色呢子上衣，带着棉绒领子，内穿一件红色衬衣，他把衬衣的扣子一直扣到喉咙，在棉绒领子衬托下，红色显得更加鲜艳醒目。在他对面靠屋门的右边一张桌子坐着个庄稼汉，穿着一件灰色的旧长袍，长袍的肩膀处已经破了个大洞。

太阳抛出一条稀薄的金黄色光带，穿过两扇积满灰尘的小玻璃窗射进屋里。但这还不足以战胜总是盘踞于屋子的黑暗，屋子里的所有物件依然沉寂在幽暗里。屋子里很凉爽，我一跨进门，那种在烈日下躁动的炎热和闷气立刻消失了。

我看得出来，我的到来起初使尼库拉·伊凡内奇的顾客们略显惊奇不安，但当他们看到酒店老板像对熟人一样跟我打招呼时，也就全都安下心，不再用惊奇的目光注视我了。我要了一杯啤酒，便在屋角坐下，正好挨着那个身穿破旧长袍的庄稼汉。

"喂，好了！""傻瓜蛋"一仰脖子把一杯酒一饮而尽，突然喊起来，还舞动着两只手来配合他的叫喊声。显然这么手舞足蹈使他连一个字也说不出。"还等啥呀？要唱就唱，何必扭扭捏捏的！雅科夫快！"

"开始吧，开始吧！"尼库拉·伊凡内奇在一旁给他们鼓劲儿。

"好吧，我们就开始唱吧。"包工头带着一种充满自信的微笑，冷静地说道，"我已经准备好了。"

"我也准备好了。"雅科夫显得兴奋而激动。

"那好，开始吧！伙计们，开始吧。""眨眼儿"尖声叫道。

虽然大家都说马上开始，却没人开始唱。包工头儿仍旧稳当地坐在凳子上——大家都好像在等待着什么。

"开始吧！"那个古怪老爷下命令似的阴沉地说道。

雅科夫听了，身子为之一震。包工头也乖乖站起身，掖了掖腰带，咳嗽了几声。

"可是谁先唱呢？"包工头用略有些异样的声音询问古怪老爷。古怪老爷仍然一动不动地站在屋子中央，他那条两条粗壮的腿大大地劈着，并把两只有力的大手插在裤兜里，几乎都要没过胳膊肘了。

"你先唱，你先唱，包工师傅。""傻瓜蛋"低声说，"你先唱吧，老兄。"

古怪老爷紧皱眉头，瞟了他一眼。"傻瓜蛋"轻轻吭了一声，乖乖低下头，显得有些尴尬。他望望天花板，耸耸肩膀，不作声了。

"抓阄吧。"古怪老爷从容不迫地说，"把酒放到柜台上。"

尼库拉·伊凡内奇弯下身，从地板上呼哧呼哧地把酒拿起来放了柜台上。

古怪老爷看了看雅科夫，说："来吧！"

雅科夫把手伸进衣兜里，掏出一枚半戈比的铜币，用牙在上面咬出一个记号。包工头从怀里掏出一个新的皮钱包，不慌不忙地解开带子，把许多零钱倒在手掌上，选出一枚新的半戈比铜币。"傻瓜蛋"摘下掉了帽檐的旧帽子，送到古怪老爷手中。雅科夫放进去自己的铜币，包工头把自己的铜币投了进去。

"你先抓。"古怪老爷对"眨眼儿"说。

"眨眼儿"得意的微笑了一下，就双手捧着帽子摇动起来。屋子里一下子静悄无声了，只听到两枚铜币互相碰撞发出的轻轻地叮当声。我仔细向周围观看，发现每个人脸上都显出一种紧张期待的神情。古怪老爷也眯起眼睛，连那个穿破长袍的庄稼汉也很焦急，好奇地伸长了脖子。"眨眼儿"把手伸进了帽子，摸出的是包工头的铜币。大伙儿都松一口气。雅科夫红了一会儿脸，包工头则用手摸了摸头发。

"我说过了，就该你先唱，""傻瓜蛋"高声叫道，像是强调自己的重要性一般，"我说过了。"

"好了，好了，不要啰唆了！"古怪老爷不耐烦地挥了挥手，"开始吧。"说完他向包工头点头示意。

"我唱哪一首歌好呢？"包工头兴奋地问。

"唱你最爱唱的好了。""眨眼儿"帮助出主意，"你想唱哪个就唱哪个吧。"

"当然，唱你最爱唱的歌。"尼库拉·伊凡内奇慢悠悠把两只手交叉到胸前附和道，"这事别人不好给你指定，你还是爱唱什么就唱什么吧，可是得好好地唱。然后由我们大家平心而定。"

"当然要平心啦。""傻瓜蛋"接过话，一边端起酒杯舔了舔空酒杯的边儿。

"伙计们，让我把嗓子清一清。"包工头用手摸了摸上衣领子。

"好啦好啦，别再磨蹭了——开始吧！"古怪老爷严厉地说道，然后低下了头像是不耐烦了。

包工头稍加思索，昂首挺胸向前走两步。雅科夫睁大眼睛出神地盯着他。

但是，在我描述这场比赛之前，我认为有必要先把这篇故事中每个登场人物介绍一下。其中几人的情况，我在安乐居酒店碰上他们时就已知道，另外几个人的情况，我后来才了解到。

还是先从"傻瓜蛋"说起吧。此人的真名叫叶甫格拉弗·伊凡诺夫，但附近一带的人都叫他"傻瓜蛋"。他自己也承认了这个绰号，因此这个绰号也就尽人皆知。确实这个绰号对他再合适不过了。他本就是一个吊儿郎当之人，干什么都慌慌张张冒冒失失的。他是一个光棍家仆，浪荡成性，嗜酒如命，整天游手好闲，不好好干活，因此原来的主人把他赶走了。他没有拿到一点儿工钱，可他却有本事每天都挥霍别人的钱去买酒来喝。他认识许多人，他们都请他喝酒喝茶，这些人自己也不明白为何对他如此慷慨大方。他不仅不能给大家开心取乐，相反，他爱无聊地饶舌。他那烦人的纠缠，轻狂不羁的举止，装腔作势的大笑，都使他们感到不快甚至厌恶。他既不会唱歌也不会跳舞，大概生平就不曾说过一句聪明的话，也不曾说过一句有用的话。他总是喋喋不休、胡言乱语、废话连篇。他可真是一个十足的傻瓜蛋！然而令人大惑不解的是，在这方圆四十里的范围之内，凡是酒席宴会，你都可以看到他那瘦高的身影在客人中间游来荡去。人们对他已经习以为常了，就像逃避不掉的灾祸一样迁就他、容忍他。固然大家都鄙视他，但是谁也制伏不了他，谁也无法制止他的狂妄不羁和胡说八道，除了古怪老爷。只有他才能让傻瓜蛋乖乖听从吩咐，不敢大胆妄为。

"眨眼儿"和"傻瓜蛋"毫无相像之处。"眨眼儿"这个绰号对他也算名副其实，尽管他眼睛眨得不比别人多。众所周知，俄罗斯人是给别人取绰号的好手。虽然我千方百计打听"眨眼儿"的经历，但始终没有收集到更多情况，也就是说在此人的人生经历中，尚有很多未知之处，很多人也都觉得"眨眼儿"像一个未解开的谜。正如读书人所说的，有一些东西隐没在不可知的深渊中，人们无从得知了。我只是探听到他曾给一个无儿女的老太太赶过马车，但却把老太太托付给他的三匹马拐走了。整整一年，他逃得无影无踪，后来大概受不了流浪生活的颠簸，又自动回来了，但是他却变成了瘸子。他向女主人叩头求饶，在后来的几年中，勤恳地干活，以赎自己的罪过，渐渐讨得女主人的欢心。他最终得到了女主人的充分信任，居然还当上了管家。女主人谢世后，不知道怎的，他竟获得了自由，摇身一变成为市井小商，向邻人租地种瓜做起生意来。看样子他是发了财，如今日子过得逍遥自在。

他是个见多识广但又狡猾多端的人，当然他不是狠毒之徒，却也非慈悲为怀的善良之辈。此人颇有心计，谙于世故，他能依人行事，见什么人说什么话，善于利用他人。他行事小心谨慎，似乎很懂得生存之道，像狐狸一样机灵狡猾。他像老太婆一样喜欢喋喋不休，可从未因说走了嘴而暴露本心，却又有本事套出别人的秘密来。他不会像有一类狡猾之人，佯装痴呆愚笨。况且他想要这样也十分困难——我从未见到有谁的眼睛比他那双小眼睛更狡黠更机灵的了。他那双眼睛从来都不是简单地看看就罢了，而是带着张望、察看或窥视的神态。在眨眼儿看来，即使是简单的事他也要冥思苦想好几个礼拜。有时他会心血来潮，去干些荒诞而大胆的事情，旁人都以为这下他该要倒大霉了，可事实并非如此——他往往都大功告成，一切顺利。他是个很走运的人，他也相信自己很有运气，相信预兆。总之，此人相当迷信。人们都很不喜欢他，因为他从不关心他人，但人们又都尊敬他——更确切地说是敬而远之吧。

　　除了一个宝贝儿子他再没有别的亲人了。他非常娇惯这么一个独生子，儿子受到父亲如此这般的教导，想必今后会像他老子一样出人头地、前途无量。"小眨眼儿和他老子长得一模一样"，如今，在夏日傍晚，有些老年人坐在墙根下聊天的时候，就会低声议论着他们俩。大家都心照不宣，全都清楚弦外之音，因此也就无须再多说什么了。

　　有关土耳其佬雅科夫和包工头，也没有更多可以奉告的事情。雅科夫绰号"土耳其佬"，因为他由一个被俘的土耳其女人所生。从他的心灵来看，他确实是一个艺术家，就其身份而言，他不过是一家私人造纸厂里的一名汲水工。至于包工头，说实在的，我至今尚未搞清他的身世。我只觉得他是一个精明能干的市井小民。可有关古怪老爷的情况，倒是值得详细一谈。

　　此人那副长相给人的第一印象是粗野蛮横、笨拙敦实。然而这样一个人却具有一种无法抗拒的蛮劲儿。他身材笨拙，正如人们常说的，是一个"傻大粗"，却显示出不可制伏的威严与刚健。而且，说来也怪——他那像狗熊一样壮硕的身体并不缺乏某种优雅，这种优雅仿佛来自于他那镇定自若的自信与威力。初次见面，很难判断这个貌似希腊神话中的大力士之人究竟属于哪个阶层。他不像侍奉别人的家仆，不像一般市井小民，不像退职书吏，也不像领地不多或是破了产的贵族的猎犬师或打手。他简直成了一个特殊人物。无人知道，他究竟是从何处流落到我们这个县城里来的。据传闻，他曾是个独院地主，以前好像还在什么地方担任过官职。但是这些相关的情况，仅仅是些道听途说，真实情况没人知道，也无从得知。从别人那儿打听不到，从他嘴里就更难打听到了。因为他一直都是沉默寡言，在我看来没有比他更能守口如瓶的人了。至今也无人能够准确地说出他到底靠什么过日子，有哪门手艺，从什么地方来。不，他没有任何手艺，也从不外出远游，也不去别人家拜访或串门，几乎不和任何人来往。可是他却有钱。钱虽不多，但却花不完。他并非一个谦谦君子——因为他根本没有必要谦恭。但是他倒很安详持重。他安闲度日，逍遥自在，根本不去关注周围的人。不管是什么人，他向来都不闻不问，好像这个人根本就不存在似的。他也不需要任何人，所有事情都是他自己一个人来打理。

"古怪老爷"（这是他的绰号，他真正的姓是彼列夫列索夫）却远近闻名，尤其是在附近这一带。虽然他无权对任何人发号施令，但是人们总会心甘情愿地服从他。他自己也绝不听从任何人的指使，哪怕是偶尔一次也不曾有过。他说什么，人们就做什么，他那无形中的威力总是能发挥作用。他滴酒不沾，也不同女人交往，但他非常喜欢唱歌。这个人有很多神秘之处，一种巨大的力量似乎正潜藏在他的身上，他自己也像是清楚这一点，这种力量一旦控制不住爆发出来，就会使他和他遇到的一切遭受灭顶之灾。如果说这种力量在他的生活中不曾有过爆发，如果说他不是因为幸免于难接受沉痛教训才时时刻刻严格约束自己，那样的话就大错特错了。特别令我惊奇的是，在他身上混杂着一种与生俱来的凶残性和高尚性。这种复杂的混合，我在别人的身上还从来没有见过。

现在我们再转回来看歌手比赛。只见包工头走过来，眼睛半闭着，用高亢的假声开始唱了起来。他的声音虽然有些沙哑，但是却非常动听。他歌声悠扬婉转，音乐像陀螺一样不断旋转变化，不停地由高音滑向低音接着又从低音转向高音。回复到高音以后，他又尽力地保持了好长一会儿，才逐渐减弱下来。突然他又以热情奔放而又铿锵有力的气势重唱刚唱过的曲调。他的曲调转换有时很大胆有新意，有时又显得有些滑稽，但这样唱法使内行人听起来非常过瘾。倘若是德国人听了，会把鼻子气歪了，这是俄罗斯的抒情男高音，和德国人的唱法大相径庭。他唱的是一支欢快的舞曲。略去反复的装饰音，附加的辅音和哼鸣，我只听清下面几句歌词：

> 虽然我年纪幼小，
> 却要开出这片农田；
> 虽然我年纪幼小，

却要让花儿开得鲜艳。

　　他兴致勃勃地唱着，大家都全神贯注地倾听。他显然明白这是演唱给内行人，因此使出吃奶的劲儿来。确实在我们这一带，人们对唱歌都很在行，难怪奥加尔大道上的谢尔盖夫村以其村人那悠扬悦耳的歌声驰名全俄罗斯呢。包工头唱了好长时间，却没在听众中引起特别强烈的反响，大概是因为缺少伴唱和和声。最后，当他在一个转折的地方唱得特别成功时，连古怪老爷都满意地微笑了。这时"傻瓜蛋"也高兴极了，竟然忍不住叫喊起来，引得所有在场的人也都振奋起来。"眨眼儿"和"傻瓜蛋"开始低声附和地唱起来，时而又高声喊叫几声："棒极了！加油啊，好小子！加油，再使点劲儿！鬼东西，再加油，再使点劲儿！你这个鬼东西！再来一段更精彩的！快啊，否则魔鬼也不会放过你的！"翻来覆去，他们喊的都是这一套。老板尼库拉·伊凡内奇站在柜台后听得出了神，还带着赞扬的神情随着节拍摇晃着脑袋。终于"傻瓜蛋"忍不住了，跺着脚，踏着小碎步，扭动着肩膀，兴奋地跳起舞来。再看看土耳其人雅科夫，两眼像炭火般燃烧起来，不由自主地笑了起来。这使得他全身上下像树叶一样颤抖着，只有古怪老爷的脸上没有什么变化，站在原地一动未动，但他凝视包工头的目光却柔和了，尽管他嘴边的表情仍带着轻蔑。

　　包工头看到听众们都很满意，就更加兴奋起来。他的劲头儿更足了，他使出浑身解数将整首歌推向了高潮。他唱起了花腔，拼命增加装饰音，像鹭哢莺啼一般地鼓着喉咙，打鼓一样弹动着舌头，不停地转换着音调。唱啊唱，他面色苍白，累得筋疲力尽了。他全身大汗淋漓，于是身子向后一仰，唱出了最后一个高音，形成余音缭绕的效果。此时全体听众爆发出雷鸣般的掌声，他博得了满堂喝彩。"傻瓜蛋"扑过去搂住他的脖子，骨瘦如柴的长臂把他搂得差点喘不过气。尼库拉·伊凡内奇的胖脸也顿时变得红扑扑的，这使他看上去年轻了不少。雅科夫像发疯似的大叫起来："太棒了！太棒了！真是顶呱呱！"连我邻座的那个穿破旧长袍的庄稼汉也忍不住了，激动地向桌子上擂了一拳，喊道："哎呀！好极了，真他妈好极了！"喊完他还使劲儿地往旁边吐了一口唾沫。

"嘿，伙计，太棒了！""傻瓜蛋"紧抱着筋疲力尽的包工头，喊道："痛快，没话可说了！你赢了！你赢了！伙计，恭喜你——来，把这杯干了！这是你的！雅科夫比你差远了！"他先干为敬又继续喊道："我跟你说，他差远了，你就相信我吧，没错儿！"他又使劲儿把包工头往怀里搂了搂。

　　"喂，快放开他，快放开，别缠着他了！""眨眼儿"实在看不下去了，气呼呼地说道，"让他坐在板凳上一会儿，清静一下吧！看，他都累坏了。你这个傻瓜，伙计，你真是个大傻瓜！干吗死缠着他不放？"

　　"好，好，就让他坐下休息一会儿吧，可是，我还是要为他干一杯。""傻瓜蛋"说完就走到柜台前。"你请客，伙计。"他转头来对包工头说。

　　包工头点点头，坐在长凳上，从帽子里边拿出一条毛巾，开始擦起脸来。傻瓜蛋立刻贪婪地把酒喝干，嗓子眼里咯咯作响，一副无奈酒鬼的模样，然后他又佯装出一副悲天悯人的样子走回来。

　　"唱得真棒，伙计！真棒。"尼库拉·伊凡内奇赞扬包工头，又转身亲热地对土耳人说道，"现在轮到你唱，雅科夫。要沉着，别胆怯，让我们来看看究竟谁能赢。包工师傅唱得真好，实在是好。"

　　"妙极了！"尼库拉·伊凡内奇的妻子附和道，然后笑眯眯地冲着雅科夫看了一眼。

　　"妙极了！"我邻座的庄稼汉轻声重复了一遍。

　　"啊，窝囊废波列哈！"忽然"傻瓜蛋"叫了起来，然后走到衣服肩上有洞的庄稼汉前面，手指着他，连蹦带跳地笑得直发抖，"波列哈！波列哈！哈！吧！滚出去！窝囊废！你来干什么？"他一边狂笑不止一边盛气凌人地冲那可怜的庄稼汉叫道。

　　庄稼汉被弄得有些惶惑不安，打算站起赶紧溜掉，忽然他听到了古怪老爷那亮如洪钟般的声音："你这个畜生怎么这样讨厌呢？"他咬牙切齿地说道。

　　"我没干什么……""傻瓜蛋"嗫嚅地说，"我没干什么……我只是……"

　　"好了，那就闭上嘴巴！"古怪老爷厉声训斥，"雅科夫，快唱吧！"

　　雅科夫用手掐住喉咙，"伙计，怎么有点儿……有点儿……噢……真不知道，怎么有点儿……"

"哎，得了，别慌张吗。真不害臊！干吗扭扭捏捏的？想怎么唱就怎么唱吗。"古怪老爷说完便低下了头，等着他唱。

　　雅科夫不再说话了，只是望了望周围，用一只手捂住了脸。在场的人都睁大了眼睛紧张地盯着他，尤其是包工头。包工头脸上带着他常有的自信，又在刚才的喝彩声中受到鼓舞，他更显得得意扬扬，但他的脸上也不由得表现出一丝不安。他把身子靠在墙上，再次把两只手塞到大腿底下，但这回他的两条腿不再晃动了。雅科夫终于露出了脸，那张脸惨白得有些可怕，他那两眼透过垂下的睫毛闪射出轻微的亮光。他长长喘了一口气，便唱了起来。他的起音是微弱的，颤抖而不平稳，好像不是从胸腔里发出，而像是来自远方的声音，不经意间飘进屋子里来。这颤抖的却带着金属质感的声音，对我们在场的所有人都产生了一种奇妙的作用。我不禁开始望向屋子里的人，尼库拉·伊凡内奇竟然直直地挺着身子。紧接着起唱之后是一个坚定而悠长的声音，隐隐约约还是在颤抖。那种感觉就像是琴弦突然被手指头猛劲儿一拨，发出铮铮的响声之后，还要颤动一会儿并且迅速地变低音调一样。进入第三个音后，凄凉的歌声渐渐激昂起来，情绪转向豪放亢奋。他唱着："田野里的小路，一条又一条……"听着他优美的歌声，大家都如饮甘泉般心神激荡。说实话，我很少听到这样的歌声。刚开始这种歌声有些像金属器皿碎裂的声音，后来又有玉珠互相撞击之声，甚至带有哀伤凄婉的韵味。但是在这歌声中带有真挚而深沉的感情，有青春勃发的气息，有生机盎然的萌动和甜蜜甘美的情调，同时又有一种令人心驰神往的悲凉寂寥。俄罗斯人那颗真挚而热情的心在歌声中激荡着、回响着。这歌声能紧紧地抓住你的心，拨弹着俄罗斯人的心弦。雅科夫自己显然也已经如醉如痴了。他不再怯懦了，完全沉醉在幸福之中。他的歌声不再战栗，而只是有轻微的颤抖。但这也就仿佛是箭一样穿入听众的心灵中，隐隐地发出内在的震颤。这声音越来越激昂，越来越高亢，越来越嘹亮。随着他的歌声，我不由想到有一天黄昏时分，那正是大海退潮的时刻，远处传来了海波威严而深沉的呼啸声。我在平缓的黄沙海滩上看到一只大白鸥落下来。它一动不动地蹲着，那丝绸一般闪着光泽的胸脯映着晚霞的红光，向着熟悉的大海，迎着酡红的落日，缓缓展开它那对长长的翅膀。我听着雅科夫的歌声，竟想起了那只白鸥。

雅科夫唱着，唱着，完全沉醉在出神入化的境地，似乎忘记了他的竞争者和所有在场的听众。但我想他还是受到我们这无声的、热情的共鸣带来的鼓舞，就像游泳的人受到波浪的推拥一样，会感到力量倍增，精神焕发。他的歌声给人一种异常亲切而又无限壮阔的感觉，就好像一片熟悉的大草原在你面前展开，伸向一望无际的远方。泪水在我的心中奔涌不息，使我热泪盈眶了。突然旁边响起了一阵喑哑的低咽，我大吃一惊，立刻回头张望，原来是酒店老板的妻子把胸脯伏在窗上，激动地哭泣。雅科夫很快瞥了她一眼，唱得比先前更动听更甜美悦耳了。尼库拉·伊凡内奇低下头，"眨眼儿"把脸转向一旁，听得入迷了的"傻瓜蛋"呆站着，嘴巴张得老大，穿灰色长袍的庄稼汉也在屋角动情地低声啜泣，不时一边悲伤地低语一边轻轻地摇头。就连"古怪老爷"那紧锁着的浓眉下也涌出大颗大颗的泪珠儿，从他那钢铁般坚毅的脸上漫漫滚落下来。包工头用握紧的拳头撑着前额，坐在那儿一动不动。要不是雅科夫在一个极高且尖的音上骤然停下，我真不知道在场的听众该怎样解脱出痴迷的状态。无人惊呼或喝彩，甚至没有人动一下。大家仿佛还在等待，看雅科夫是否还唱。但他只是睁大眼睛，好像对我们大家的沉默感到惊讶，用询问的目光扫视了所有听众之后，他才看出他的歌声征服了所有人。他获胜了。

"雅科夫！""古怪老爷"叫了他一声，并意味深长地把一只手放在他的肩上，然后就再也没说什么了。

我们大家仿佛都痴呆了。只见包工头慢慢地站起身，走到雅科夫面前。"你，是你，你赢了。"他终于很吃力地说出这番话，接着便冲出了屋子。

他快速而果断的举动把大家从痴迷的状态中唤醒，所有人一下子欢笑着喧闹起来。"傻瓜蛋"纵身一跳，嘴里叽里呱啦地叫着，并把他那两只胳膊抡得像转动着的风车一样。眨眼儿一瘸一拐地走到雅科夫面前，亲吻起他来。这时候尼库拉·伊凡内奇站起身来，郑重其事地宣布，他再犒劳自己一杯啤酒。古怪老爷也显得那么和蔼可亲，我根本没想到他脸上也会出现这样迷人的笑容。身穿灰色长袍的庄稼汉不停地用两只衣袖擦着眼睛、面颊、鼻子和胡须，在角落里反复地说："啊，好，真好！我发誓，真好！"

尼库拉·伊凡内奇的妻子因激动而满面通红，于是赶紧起身走开。

　　雅科夫因为自己的胜利，一下子变得像孩子一样地喜气盈盈。他那张脸不再因紧张而苍白，而是显得容光焕发、神采奕奕。尤其是他那双眼睛，一直闪耀着幸福的光芒。几个人兴冲冲地把他簇拥到柜台前，争先恐后地祝贺他。他把仍在哭泣的庄稼汉也拉到柜台前面，又打发酒店老板的儿子去找包工头，却没找到。于是大家开始举杯畅饮。"你再给我们唱几支吧，一直唱到晚上！""傻瓜蛋"高举着双手，激动地重复着这个请求。

　　当我再次看雅科夫时，他已不声不响地走出了酒店。我也不想继续待在这里，生怕破坏了我所得到的印象。

　　天气仍然热得令人难以忍受，大地依旧笼罩在厚实而闷热的气层中。此时已是晚上，深蓝色的夜空中，似乎有许多小星星在细微而暗色的灰尘中闪烁着、回旋着。四周一片寂静。在大自然这种疲惫不堪的深沉寂静之中，我不由得感受到一种无法逃避的压抑。我走进了一家干草棚，躺在刚割下不久的草堆上，草堆差不多要干了，正适合休息，但我却久久不能入眠，耳旁仍旧回荡着雅科夫那令人心驰神往的歌声。但最后，还是那因酷热而引起的疲倦占了上风，我睡着了，而且睡得十分香甜。等我一觉醒来，周围已经变得漆黑一片。身下的干草散发着它独特而浓郁的香味，但因为被我压着，部分地方已经有点发潮了。破旧的棚顶是用一根根细木条搭成的，透过那些木条，我可以看到闪烁着微弱光芒的星星。

　　我走出了干草棚。此刻的晚霞早已消失了踪迹，只是在天边残留着它那隐隐发白的余晖。刚才这里还是一片炙人的热气，而现在，已弥漫着夜晚的凉气。虽是如此，我多少还感觉有些热烘烘的。我多么渴望能有凉风吹拂一下啊！然而，没有一丝风，也没有一片云。整个天空幽暗而清澈，只是有数不尽的星星，像千百万双眼睛调皮地眨着，灵活地闪烁着，发出忽隐忽现的光亮。村子里已经灯火阑珊，灯光在夜幕中时隐时现。从附近灯火辉煌的酒店传来一阵又一阵的喧哗声，我好像听到了其中有雅科夫的声音。那里不时地还爆发出快活的大笑声。我好奇地走到窗前，把脸贴在玻璃上往里看。我看到了一个生动喧闹但也令人不快的场面：屋里的几个人全都喝醉了，从雅科夫开始，一个个都醉醺醺的。雅科夫袒胸露怀地坐在一条板凳上，一面用嘶哑的声音哼唱着一支庸俗下流的舞曲，一面懒洋洋地拨弹着六弦琴。他那汗水淋漓的头发一绺一绺地披散在苍白得吓人的脸上。在酒店中央，"傻瓜蛋"也是一副袒胸露背的样子，他像一个疯子一样折腾着，在庄稼汉面前跳着花样舞。再看看那个庄稼汉，他也拖着已经发软的腿在跺着跳着，同时咧开蓬乱胡子下的大嘴傻笑着，时不时还挥起一只手，似乎想要说："就这么着！"他的那副样子简直可笑至极。不管他怎样卖力地扬自己的眉毛，他那两张眼皮始终显得非常沉重，怎么样也不肯向上抬，直盖着那双几乎看不见的无神而又带着甜蜜的眼睛。他已烂醉如泥，处在无意识状态之中了，无论哪个过路人看到他这副嘴脸，一定会说："好家伙，伙计，好家伙！"他全身红得像大虾一样，眨巴着眼睛，张大鼻孔，在屋角里带着嘲讽笑着。屋里精神还正常的只有尼库拉·伊凡内奇，他毕竟是个久经江湖又见多识广的酒店老板，只有他仍旧保持着一贯的冷静。屋子里又增加了许多新来的客人，但是我却没有看到"古怪老爷"的身影。

我从酒店外边的窗子处转过身来，加快了脚步，走下科洛托夫卡村所在的小山冈。这座小山冈的脚边展开了一片辽阔的平原，在茫茫夜雾笼罩中，平原显得更加广袤无边，似乎已和黑夜笼罩下的天空浑然成为一体。我正顺着河谷旁的大道大步往下走，忽然听到从平原的另一头传来一个男孩子清脆的呼喊："安特罗普卡！安特罗普卡！啊……啊……"我听出了他呼唤声中充满哀伤和绝望，但是他仍然顽强地呼喊着，而且把最后一个音拉得很长很长。

他稍停片刻，接着又呼叫起来。他的声音在沉闷的令人昏昏欲睡的空气中振动回荡着。他一遍遍地呼唤安特罗普卡的名字，反复了至少三十多次。这时从平原的另一端，又传来了模糊的回应声，就像是来自另一个世界的回音一样：

"什么事——事——事？"

男孩子立刻用欢快又气恼的声音叫起来："快到这儿来，你这鬼东西——鬼——东——西！"

"干——什——么呀——什么呀？"过了好一会儿，回应的那个人问道。

"爸爸要——打——你。"喊人的那个男孩子又急急叫道。

回话的孩子再没吭声,喊人的男孩子再次不安地叫起来。但是他喊的次数越来越少了,声音也越来越低沉了。天色完全黑下来了,此时我还能隐约听到一点儿。这时我已走到离开科洛托夫卡村四俄里远的地方了,这里正是那片环绕着我村子的树林。

"安特罗普卡!啊,安——特——罗——普——卡!"这个呼声一直在夜色渐浓的空中轻轻回荡。

（一八五〇年）

彼得·彼得洛维奇·卡拉塔耶夫

　　五六年前秋季的一天，我从莫斯科前往图拉。由于租不到驿马，我在驿站的屋子里差不多滞留了整整一天。这一次我是打猎归来，因为考虑不周便把自己的三匹马先打发回去了。驿站长是上了年纪之人，他总是脸色阴沉，头发散乱得都快要盖到鼻子上了，那一双眼睛小小的像是还没睡醒。不论我如何诉苦、如何求情，他都是一边不耐烦地发着牢骚，一边气势汹汹地把门摔得砰啪直响，仿佛在抱怨自己这倒霉的差使。再不然他就走到台阶上去骂手下的车夫来出气。车夫们根本不理他这一套，依旧捧着沉重的马轭在泥泞的地上磨蹭着，或者坐在板凳上哈欠连天地搔痒痒，完全把上司的咒骂和斥责当作耳边风。我只好靠一遍又一遍地喝茶打发时间，都已经喝了三四壶茶了。好几次我都想睡觉，但总是睡不着，只好把墙上和窗子上的题词全都看遍，着实烦人。

　　我正怀着绝望的心情望着我的马车那竖起来的辕子，忽然听到远处传来一阵马铃声，我抬头一看，只见一辆套着三匹马的中型马车停到了驿站的台阶前。那三匹马已经大汗淋漓、精疲力竭了。来客跳下车来，大声地喊着："赶快换马！"便走进了房间。就在他听到驿站长说"没有马"时，脸上露出了惊疑而失望的表情。就在这段时间里我怀着烦躁无奈而又充满好奇的心情把这位新同伴从头到脚地打量了一遍。来人看起来三十岁左右，脸上留下了得过天花的痕迹，那张脸枯黄消瘦，面色透着令人压抑的铜色。他满头青黑色的长发，脑袋后面的长发一缕一缕地悬在衣领上方，而两鬓上则长着神气活现的小鬓发。他那一双眼睛由于还带着肿眼泡更显得呆滞无神，最逗的是他上嘴唇那稀稀疏疏的胡须，居然直挺挺地向上翘着。他的穿着打扮像一个赶马市的霸气十足豪放不羁的地主。他身穿一件沾满油垢的花上衣，脖子上吊着条褪色的雪青色绸领带，上身套着一件带铜纽扣的背心，下身穿一条大喇叭口灰裤子，裤脚下露出脏兮兮的靴子尖儿。他身上散发着令人讨厌的烟酒味。在他那勉强露出袖子又红又粗的指头上面戴着一枚银戒指和一枚图拉戒指。俄罗斯到处可见这样的人物，不足为奇。说心里话，同这号人物交往，毫无情趣可言。然而，尽管我对此人不屑一顾，但却不能忽视他脸上表现出的亲切和善和真诚热情。

"看，这位先生已经在这儿等了一个多钟头了。"驿站长最后只得搬出我做例子。

我心中有点不满，这个家伙在拿我开心呢，我何止等了一个多小时？

"那或许，这位先生并不那么着急吧？"新来的人试探性地问道。

"这我们可就不知道了。"驿站长阴阳怪气地回答。

"难道真的一点儿办法都没有？真的一匹马都弄不到？"他还是不相信。

"真的是一丁点儿办法也没有。一匹马也弄不到。"驿站长继续着他冷漠的作风。

"唉，那您吩咐一声，叫人给我烧茶炊吧。有什么办法呢，只好等了。"新来的人最终投降了。

于是他在板凳上坐了下来，把帽子丢在桌子上，然后用手拢了拢头发。

"您喝过茶了吗？"他问我。

"喝过了。"

"请赏光，再陪我喝两杯怎样？"他递给了我一只茶杯。

实在是盛情难却，我只好同意了。那个又高又大的棕红色茶炊已经是第四次摆在我面前的桌子上了。我拿出来一瓶罗姆酒。看他的行为举止，我推测他是一个领地不多的贵族。果然不出所料，在交谈中我得知他叫彼得·彼得洛维奇·卡拉塔耶夫。

我们闲聊了起来。他来了还不到半小时，就开始坦率地丝毫没有顾忌地向我说起他平生的经历了。

"我现在到莫斯科去。"他在喝第四杯茶时这样对我说，"现在，在乡下我已经没有什么事情可干了。"

"为什么没事可干呢？"我问。

"实在是没事可干了，家业败落了。说实话，那些可怜的庄稼人也都让我给搞破产了。年景不好，遇到灾荒，不仅粮食歉收，还碰上了一桩桩倒霉事。"回忆起过去，他心灰意冷地向旁边望了一眼，接着说，"说实在的，我算个什么当家人！"

"到底为什么呀？"我不由得更加好奇。

"没用啊没用啊，"他不理睬我的话，说道，"哪有像我这号的当家人！"他把头转向一边，不停地吸着烟，接着说，"您看我，您大概以为我是一个……"他停住了，叹了口气又说，"可是，说实在的，我只受过中等教育，财产又不多，请您见谅，我是个直爽的人，而且……"

他还没有说完，就摆了摆手，耸了耸肩然后继续吸烟。看样子他不打算再说下去了。我便开始劝慰他，劝他不该这么想，并告诉他我很高兴与他相遇并能如此心无城府地聊天等。后来我又向他指出，经管产业似乎并不需要很高层次的教育，重要的是一个人的品德与头脑。

"我有同感，"他回答道，"我赞成您的意见。不过从事这类工作总还是需要一种特殊的管理方法和不能用权力随意欺压人的能力！有的人随心所欲地压迫庄稼人，居然也无所谓！可是我却实在不能这样。对了，请问，您是从彼得堡来的还是从莫斯科来的？"

"我是从彼得堡来的。"我答道。

他从鼻孔里喷出了一股很长的烟雾，像在听我继续讲完。

"我到莫斯科去找差使。"

"您打算找什么样的差使呢？"

"我现在还没决定，等到了莫斯科再说吧。说心里话，我怕担任公职，因为一担任公职就有点身不由己了。您知道的，担任公职就要负责任。我一直住在乡下，您知道，我已经住惯了。可是实在别无选择，太穷了！唉，真是穷得受不了啦。"他又狠狠地吸了一口烟。

"这么说您以后就住在莫斯科了。"我被他的真诚打动了。

"住在莫斯科里？唉，我也不知道。莫斯科里有什么好的。暂时住住看吧，也许，莫斯科也不错，或许能多些机会。可是，我觉得没有什么会比乡下更好的了。"他流露出对乡下的怀念与不舍。

"难道您在乡下再也住不下去了吗?"我不禁为他难过。

他长长地叹了一口气,不再说什么。停了过一会儿他才又说:"不能住下去了。村子现在几乎不属于我了。"

"到底是怎么回事呢?"我问。

"那儿有一个好心肠的人——一个邻居他掌管了——一张票据——"他断断续续说了些不相干的词,脸上露出无奈之情。

可怜的彼得·彼得洛维奇抬起手摸摸脸,想了一下,摇了摇头苦笑着。"唉,还有什么好说的呢?"他停顿了一小会儿,接着说,"可是,说实在的,这一切都怨不得别人,全怪我自己。我就爱瞎折腾!真他妈的见鬼了!我总是瞎折腾!"他又狠狠吸了几口烟,一副懊恼的样子。

"在乡下您过得愉快吗?"我问他。

"先生,"他盯着我的眼睛,认真地回答道,"我有十二条猎狗。说老实话,这样好的猎狗可是不多见的(他拖着长音说出最后一句话)。我这十二条猎狗逮起兔子来,那可是十拿九稳。至于对付那些珍贵的兽类,它们更是厉害得很,甚至有时像蛇一样凶猛,毫不留情。再有我那些良驹,也是很值得夸耀一番的。可是,这都是往事了,现在的我没有什么再可以夸口的了。曾经我也经常背着枪去打猎。我有一条叫康捷斯卡的猎犬,它棒极了!发现猎物时它伏在那里,那种伺机待逮的姿势好看极了!您不知道,它的嗅觉灵敏得很。我时常一边向沼泽地走去一边吆喝道:'快追!'如果它不想去找,你就是再带上一打狗去找,什么也甭想找到!如果它去找了,那就非要找到,绝不善罢甘休!在家里又非常懂礼貌,而且很通人性,听得懂我说的话。如果你用左手给它面包并且说:'犹太佬吃过的',它就不吃;如果你用右手拿面包给它说道:'这是小姐吃的',它就叼过去吃了。我还有一条小狗,也是棒得出奇,我本来打算把它带到莫斯科去的,可是我的一位朋友把我这条狗和一支猎枪一并要了去。他对我说:'老兄,你到莫斯科去还要这些玩意儿干吗呢?老兄,那里完全是另外一个世界啦,这些玩意儿统统用不着了。'于是,我就把那条心爱的小狗和枪都送给了他。不瞒您说,这样一来,我就把其他所有的东西都留在那儿了。"

"其实您到了莫斯科照样也可以打猎呀。"我建议道。

"不打了，还打什么呀？也没有那份劲儿头了。以前不知道节制自己，自己酿的苦酒只能自己喝。现在这样我也只好忍受了。刚到这儿我什么也不懂，还请您指教呢。在莫斯科生活开销怎么样，很大吗？这里的东西是不是很贵呀？"

"不，开销不太大。"我摇摇头微笑着说。

"不太大吗？"他有些吃惊，像是有些不相信，"那莫斯科有茨冈人吗？"

"什么样的茨冈人？"我问。

"就是在集市上东游西逛的那些人。"他有些不好意思。

"有的，在莫斯科……"

"哦，太好了！我很喜欢茨冈人！真见鬼了，我就是喜欢他们！"他激动地打断了我的话。

彼得·彼得洛维奇的眼中流露出豪爽而欢快的神情。但他忽然变得有些不安稳了，仿佛有什么心事，不停地转来转去的，接着就陷入沉思，并且把手中的空杯向我递过来，说道："请把您的罗姆酒倒给我一些，好吗？"

"可是茶已经喝光了。"我犹豫着，毕竟罗姆酒酒性太烈。

"没关系，光喝酒就行，不用茶。唉！"他又发出了一声长叹。彼得·彼得洛维奇用两只手托住头，把胳膊撑在桌子上。我沉默不语地望着他，等待着醉酒的人最常发出的那种带着深深哀伤的叹息声，还有那在酒精作用下因激动而流出来的眼泪。没料到，待我抬起头来再看他时，他的脸上呈现的却是一种沉痛而凝重的表情。这使我颇为意外。

"您怎么了？"我关切地问。

"没有什么，我只是突然想起了一段往事，一段让我难以忘怀的风流韵事。很想说给您听，但是我又有些难为情，不知是否合适在这种情况下说。"他脸上露出一丝腼腆。

"哪儿的话，您怎能这么说呢！"我有些意外的惊喜。"啊，那就好，"他舒了一口气，说了下去，"世上往往有这样的稀奇事，我也亲身经历过。如果您感兴趣，我就讲给您听。可是我实在不知道……"

"那就讲讲吧，亲爱的彼得·彼得洛维奇。"我有点迫不及待了，有些失礼地打断了他的话。

　　"这事或许有点……啊，是这么回事。"他开始说，"但我实在不知道……"他又犹犹豫豫的。

　　"好了，别磨蹭了，快讲吧，亲爱的彼得·彼得洛维奇。"我有点不耐烦了，只想快点听到他的故事。

　　"好，那我就讲了。我经历了这样一件事。我当时住在乡下，不经意间就喜欢上了一个姑娘。啊，那是多好的一个姑娘啊！长得很漂亮，又聪明伶俐，而且心肠特别善良！她的名字叫马特廖娜。可她是一个平民百姓家的姑娘，您明白吗？确切地说她是个农奴，唉，说白了她是一个奴仆，而且还不是我家的，是别人家的。最大的问题就在这里。哦，我就爱上了她——真的！这在我们那儿的确是一件新鲜事儿——她也爱上了我。因此，马特廖娜就一再请求我去找她的女主人为她赎身，而我自己也在考虑这件事。但是，她的女主人却是个不好惹的老太婆，财大气粗而又蛮不讲理，住在离我家十五六俄里的地方。有一天我终于拿定主意，我吩咐仆人给我备一辆三套马的马车。我的辕马是一匹溜蹄马，那是特种亚细亚马，因此我把它叫作兰布尔道斯。我穿了一身考究的衣服，坐上马车就去拜访马特廖娜的女主人。我到那里一看，她的房子高大而气派，还配有厢房和一座大花园。马特廖娜在大路拐弯处等我，本来想和我说说知心话，最终她只是吻吻我的手，就匆匆忙忙地走开了。于是我走进前室，问道：'主人在家吗？'一个高大的仆人说：'请问尊姓大名，怎么通报？'我说：'伙计，你就通报说地主卡拉塔耶夫求见，有事想要跟主人谈一谈。'仆人进去了。我就在那里等着，心里琢磨着：不会有什么问题吧？也许这个鬼老太婆会敲我的竹杠，漫天要价。这世道啊，真是越有钱的人越贪心。说不定她一开口就要五六百个卢布。正想到这儿，那个仆人回来了，说道：'请进。'我跟着他走进客厅。安乐椅上坐着个身材瘦小脸色发黄的老太婆，一双眼睛眨个不停。'您光临寒舍有何贵干？'她话虽客气可态度依然傲慢。起初，我认为我应说几句'有缘结识，不胜荣幸'之类的话，但当我说完后她却说：'您搞错了，我不是这里的女主人，我是她的亲戚。您有何贵干呢？'

我便和她说，我要和女主人谈点事。'马利娅·伊里尼奇娜今天不会客，她身体欠佳。您究竟有何贵干？'我心想，没办法，只好把我的事情对她说了。老太婆听我说完，便问：'马特廖娜，哪个马特廖娜？'我说：'马特廖娜·费多罗娃，就是库里克的女儿。''啊，费多尔·库里克的女儿呀。'她像是突然记起了什么，'那您是怎样认识她的呢？''偶然的一次机会相识的。''她知道您的心意吗？'她问。'知道。'老太婆沉默了片刻，忽然说道，'这个贱货，看我怎样收拾她！'听到这里我不由得非常吃惊，连忙说：'这是为什么？何必难为她呢！我心甘情愿为她赎身，您说个钱数吧。'这个老妖婆怪声怪气地叫起来：'您可别把赎身当法宝，我们可不稀罕您的钱！您瞧好吧，看我怎么整她，我要，我要整整她的傻气！'老太婆骂得直咳嗽，'怎么，在我这儿她还嫌不好？哼，这个小妖精，上帝原谅我嘴上无德！'我这一下子可真发火了：'为什么你要狠心整这个可怜姑娘呢？她有什么错？'老太婆在胸前画个十字，恶狠狠地说：'哎呀，我的上帝，主耶稣基督！难道我就不能处置我的奴仆吗？''她又不是你的奴仆！'我更火大了。'这是马利娅·伊里尼奇娜的事。先生，不用您操心！我要叫马特廖娜看看我的厉害，叫她知道她是哪家的奴仆！'说实话，当时我气得差一点儿冲过去教训这个可恶老妖婆了，可是一想起马特廖娜，我才强忍下这口恶气，把都已经举起来的双手放了下来。当时我心里真是又焦急又胆怯，那种感觉简直无法形容。我实在是无可奈何，只得央求起这个老妖婆：'随您的便，要多少钱都可以。''您要她干什么呀？'老妖婆明知故问。'我喜欢她，老妈妈，请发发慈悲，为我想一想吧。请允许我吻吻您的手。'上帝啊，我真的吻了这老妖怪的手！老妖婆说道：'那好，就让我去和马利娅·伊里尼奇娜说。一切就看她怎样吩咐了。过两三天您再来听消息吧。'于是我只好惶惑不安地告辞了。我越发感觉这件事办得太鲁莽了，我不应该让她们知道我对马特廖娜的痴情，这样反而会害了她。可是我后悔已经来不及了！

　　"焦急地挨过两天之后，我又到马特廖娜的女主人那里去了。这一回仆人把我领进了书房。屋里摆放着许多她们自己养的鲜花，房间的陈设也极为奢华，女主人一脸严肃地坐在一把特别讲究的安乐椅上，把头靠在一个软垫上。上次见到的那个老妖婆也坐那儿，她的身旁立着一位身穿绿色连衣裙的姑娘，长了一头淡黄色的秀发，只可惜嘴巴有点歪斜。这大概是女主人的贴身侍女吧。女主人用很重的鼻音对我说道：'请坐。'我有些不安地坐了下来。她询问起我来，问一些年龄多大，在哪里供职，到她家来有什么事之类的问题。她说话时的样子很傲慢，像是对一个下人一样。为了马特廖娜我只好一一作答。这个老太婆从桌上拿起一块手帕，在自己面前挥动着，然后指着身旁的老妖婆说：'卡捷琳娜·卡尔波芙娜已经把您的意思转告过我了。'停了一会儿她又接着说，'可是我立过一条家规：不放任何一个仆人去伺候别人。您要知道这种事有失体面，对大户人家来说是多么不成体统！这种事有伤风化。不过这件事我已经处理好了，您就无须劳神费心了。'我生气了，说：'算了吧，说什么劳神费心，您是不是很需要马特廖娜·费多罗娃呢？''不，'她说，'我不需要她。'我更加怒火中烧：'那您为什么不肯把她让给我呢？''因为我不愿意。不愿意就是不愿意，没有什么好说的了，我已经把她打发到草原村庄那边去了。'我一听，如五雷轰顶。老太婆用法语和那个穿绿衣服的姑娘嘀咕了两句，那个姑娘便走了出去。这个可恨的老太婆又说：'我是一个循规蹈矩的人，身体柔弱经不起烦扰。您还年轻力壮，而我却已近风烛残年，所以我有资格对您规劝。您最好还是找个差事，娶妻生子，成家立业。要找一个姑娘结婚的话，您也应该找一个门当户对的。有钱的未婚女子不多，但小家碧玉品德贤淑的姑娘还是不难找到的。'我愣愣地望着这个老太婆，完全没听到她在说些什么，那些在我听来都是胡言乱语，只听到她在说成家立业，我的耳朵里一直萦绕着'草原村庄'这几个字儿。还成家立业呢！见她的鬼去吧！"

卡拉塔耶夫说到这儿突然停了，过了一会儿，他看了看我，问道：

"您结婚了吗？"

"没有。"

"哦，是的，看得出来，您这么年轻。我忍不住了，当下就怒气冲冲地说：'老妈妈，您胡扯些什么？现在还说什么结婚？我只想问您，您肯不肯把马特廖娜姑娘让给我？'老太婆皱着眉头说道，'哎呀，你真太烦人了！哎呀，叫他快走吧！哎呀！快走！'这时她那个亲戚跑到她身边，冲着我大声斥责起来。可那个老太婆仍然在唉声叹气地抱怨个不停：'我怎么这么倒霉呀？如此看来，在家里我都做不了主啦？哎呀，哎呀呀！'听到她不断地哼哼唧唧，我再也受不了了，抓起了帽子，发了疯一般跑了出来。"

"或许，"卡拉塔耶夫又继续说道，"您会责备我，怎么会如此热烈地爱上一个出身下层的姑娘。我也不想多做解释，反正就是这么一回事了！您相信吗？我不论昼夜都在想着这件事，终日心神不宁。我真的非常痛苦！我一直自责，我为什么要去伤害这个不幸的姑娘！一想到她穿着粗布衣衫去放鹅，一想到她在主人威逼下遭凌辱，受着穿涂柏油靴子的鲁莽庄稼汉出身的村长喋喋不休的辱骂和痛苦的折磨，我就焦急得浑身冷汗。我实在忍受不住了，打听到她被发配的那个村子后，终于不顾一切地骑上马闯到那儿去。一路上我心急如焚，但路途遥远，直到第二天傍晚才赶到那儿。他们显然想不到我会做出这样的举动，所以根本就没有采取什么防范措施。我佯装成个乡邻，直接找到村长家里。我走进院子一看，马特廖娜刚好在那儿！她坐在台阶上，用手托着头。一看到我，她激动得想叫喊，我赶紧打个手势叫她不要出声。我看了看四周，然后往后院那边的田野一指，示意她过去。我走进屋去，装模作样地和村长闲扯了几句，编了一套瞎话把他蒙住了。然后我就找了个机会去找马特廖娜。我那可怜的姑娘又惊又喜，一下子搂住我的脖子。我可怜的心上人马特廖娜瘦多了，脸色苍白。我心疼不已，赶紧对她说：'不要紧，马特廖娜，不要紧，快别哭。'然而，说这些话的时候我自己也泪流满面。后来连我自己也觉得难为情，就对她说道：'马特廖娜，光哭是没用的，眼泪冲不走痛苦。我们必须采取坚决的行动。你要跟我一起逃跑，是的，就只能这样了。'马特廖娜一下子惊呆了：'那怎么行啊！那我就完了，他们非要我的命！''你真傻，谁能找到你呢？'她一脸的惊恐，'他们准能找得到，准能找得到！谢谢你的一片苦心，彼得·彼得洛维奇！我今生今世也忘不了你的恩德情义，但这样不行，你还是丢下我别管了！看来，我是命该如此，我也只有认命了！'我着急了，'哎，马特廖娜！'我知道她在为我着想。马特廖娜刚烈坚强，她有一颗高尚的心，一颗金子一般的心！'你留在这儿不会有好出路的！反正这日子是没法过的了，逃跑也许还能跳出火坑！难道说，村长的拳头你还没挨够吗？啊？'听到我这么说，马特廖娜的脸刷地一下红了，嘴唇也开始颤抖，'但是，我不能连累我家里的人。他们都会因为我而活不成的。''怎么，他们会把你家里的人都流放吗？'我吃了一惊，'他们会这么干的！他们准会把我哥哥流放到更苦的地方。''那你的父亲呢？''啊，您放心他们不会赶走他，因为这里只有他这么一个顶呱呱的裁缝。''那就好了。即使你哥哥遭到流放，也不会就完了。'我还是不放弃，努力说服她。您信不信，我费了好多口舌才说服她。但是她又像突然想起什么似的，说将来这件事会给我招来麻烦。我劝她说：'你就别想这么多了，不必管这么多。'我终于还是带她走了，但不是这一次，而是另外一次。有一天夜里，我再次坐着马车去到那，就想办法带她走了。"

"您还是把她带走了？"我问

"带走了。真的，我就让她住在我家里。我的房子没有她原先的女主人那么大，也没几个仆人。但是，我坦白告诉您，我的仆人个个都很尊敬我，他们个个都很忠实可靠。不管别人出多少钱或者要弄什么样的阴谋诡计，都不会出卖我。我就无忧无虑地和马特寥娜在我家中过了一段安静美好的日子。可爱的马特廖娜经过一段时间的休息和调养，身体也渐渐康复了。我们俩如胶似漆，更加难分难舍了。她真是一个不可多得的好姑娘啊！她多才多艺，不知她那么多的才艺是怎么学来的！她不仅能歌善舞，还会弹六弦琴！我不让左邻右舍看到她，怕人多嘴杂走漏风声。我有一个好朋友，可以说是我的莫逆之交，叫戈尔诺斯塔耶夫·潘杰列伊，您是否认识他？他很敬慕马特廖娜，就像对待贵夫人一般吻她的手。我告诉您，戈尔诺斯塔耶夫可是和我大不一样的人，他是个学识渊博的年轻人，普希金的著作他全看过。他有时同马特廖娜和我一起聊天，听着他说话，我们都听得入了迷。他还教会马特廖娜写字。他这个人可真怪！我尽量把马特廖娜打扮得漂漂亮亮的，穿戴得简直比省长太太还讲究。我给她定做了一件毛皮镶边的大红色丝绒外套，她穿在身上显得既得体又精神！这件外套是莫斯科一家时装店的女店主亲手制作的，外套还带着褶边呢，那可是当时最时髦的样式了。但是这个马特廖娜可真怪！有时她会坐在那儿沉思起来，大概是想心事吧，一连几个钟头不声不响，眼睛直直地盯着地板，连眉毛也不动一下。于是我也坐在那儿，目不转睛地看着她，她可真是百看不厌啊！我看着她，就像是第一次见到她一样。她看到我，就嫣然一笑，我们不由自主地感到欢欣愉悦，就好似有人在给我挠痒痒一样想要跳起来。有时她又突然朗声大笑还跳起舞来。她会快活地向我跑来，和我说说笑笑，然后热情地拥抱我，抱我抱得紧紧的，真把我弄得神魂颠倒如醉如痴了。我经常整天冥思苦想：我该怎么使她更快活更开心呢？信不信由您，我每次送给她礼物，都只是为了看看我这个心肝宝贝儿开心快乐，我喜欢见到她收到礼物时欢天喜地的样子，她的脸蛋变得红扑扑的，可爱极了。她试穿我给她买的新装那高兴劲儿呀！再看着她穿上新装后是那样兴高采烈地来拥抱我、吻我，我真是开心极了。不知怎的，她父亲库里克打听到她在我这儿，老头便跑来看我们。他哭得特别厉害，但是那是因为高兴才哭的。您知道吗，我们尽量地安慰他，使他宽心。我们还感谢他，给了他一些钱。后来，当我亲爱的马特廖娜亲自把一张五卢布钞票放到他手里时，老人竟然"扑通"一声跪在地给她磕了个头——您说这个老头奇不奇怪！我们俩就像度蜜月一样在一起过了将近半年。我多希望能今生今世都跟她在一起啊！可惜好景不长，命运偏偏跟我作对！"

彼得·彼得洛维奇说到这儿又停住不说了，脸上露出十分难过的神情。

"出了什么事儿呀？"我满怀同情而又关切地问道。

他充满愧疚而又无可奈何地摆摆手，说道：

"全怨我，全怪我，是我害了她。我的马特廖娜很喜欢乘雪橇出去兜风，而且她常常亲自驾雪橇出去玩。只要她一高兴，她便激动地跳起，快速穿上外套，戴上托尔若克式的绣花手套，然后就驾上雪橇飞一样地走了。高兴起来她一路上还会兴奋地唱着、喊着。我俩总是在傍晚或夜间才出去，您知道，这是为了避免碰到什么认识的人。有一次，我们选了一个好日子，那天天气很冷，天空晴朗无云，又没有风。我们驾着雪橇出发了。马特廖娜拿着缰绳驾驭。我就静静地看着，看她到底要把雪橇赶到什么地方去。看着她驶去的方向我心里琢磨，难道她要到库库耶夫村去？也就是说她要到她的女主人的村子里？果然不出我所料，她真是要到库库耶夫村去。我吓了一大跳，赶紧对她说：'你疯了，傻丫头，你要去哪里？'她转过头看看我，笑着说：'让我去冒一次险吧。'我拗不过她，只好答应：'好，就闯一次吧，豁出去了！'于是我们驾着雪橇从女主人的宅院旁边跑去。我的溜蹄辕马一直跑得很平稳，两匹拉套的马，告诉您，那速度快得完全像旋风一样。过了一小会儿，我们就看到了库库耶夫的礼拜堂了。这时，我们忽然看到一辆老式的绿色轿车沿着大路慢腾腾地朝我们驶过来，一名仆人站在车后的脚蹬上，车上坐着的正是女主人！天哪，那正是女主人坐的车！我真的吓了一跳，有些怕了，想快掉过头去。谁知我的马特廖娜却拿着缰绳猛抽了几下马背，我们的雪橇像离弦的箭一样朝着轿车冲了过去！那车夫看到一辆雪橇迎面飞奔而来，一下子慌了手脚，本想躲开，但由于他转得太急了，轿车猛然翻倒在雪堆里。轿车车窗也摔碎了，只听到女主人没命地吼叫起来：'哎哟，哎哟，哎哟！哎哟哟，哎哟哟，哎哟哟！'她的女侍伴也失声地尖叫：'停车！停车！'我们乘机溜之大吉。我一边飞驰着，一边想：'糟了！一定被她们认出来了！我实在不应该让马特廖娜到库库耶夫村来！'您猜结果如何？果然不出所料，那个老妖婆认出了马特廖娜，也认出了我。于是这个老妖婆就到处对人家说，她的逃亡女仆藏在了贵族卡拉塔耶夫家里。她还向县警察局送了一大笔贿赂金，买通了好些层关系。没过几天，县警察局局长来找我。警察局长斯潘杰·谢尔盖伊奇·库佐夫金是我的一个熟人，表面上看起来他是个好人，但事实上他是个不折不扣的坏种。他刚一进门就说了一大堆教训我的话。他说：'彼得·彼得洛维奇啊，你怎么能干出这种事情呢？这件事非同小可，你要知道，私藏逃亡的奴仆是很严重的事情，法律对此是有严格规定的。'我就对他说：'是的，我知道。关于这件事，我们要仔细谈一谈的。不过，您一路上风尘仆仆太辛苦了，是不是先吃点东西再说呢？'他同意了先吃些东西，可同时他又说：'吃是吃，但我们还是要公事公办。彼得·彼得洛维奇，你自己好好斟酌一下吧。'我赶紧答道：'那是自然，要公事公办。那是自然——不过，我听说，您有一匹铁青色小马。您想不想用它来换我那匹名马兰布尔道斯呢？至于您说的那个姑娘马特廖娜·费多罗娃，她根本就不在我这里。'‘嗯，’他说，‘彼得·彼得洛维奇，那个姑娘确实是在您这里，这你就不要瞒我了。你可要明白，我们是在俄罗斯，不是住在瑞士，至于你说的要用我的马换兰布尔道斯我看这倒是可以。或者，我就先带走兰布尔道斯也行。'这家伙，真不愧是个老滑头！这一次我可是费了好大劲儿才算把他应付过去了。但是那个老妖婆怎么也不肯死心，她比上一次闹得更凶了。她还声称，就是花上一万卢布也在所不惜，一定要讨个公道。您猜这个老妖婆为什么不肯罢休呢？您知道吗，说来好笑，第一次看到我时，她就异想天开，希望我娶她身边那个穿绿色连衣裙的女侍伴——这也是我后来才知道的。正因为我喜欢上了马特廖娜，这个老妖精才那么生气。唉，这些太太真是什么鬼主意都想得出来！大概是她们闲得太无聊了吧。我的情况越来越糟，我决定不惜倾家荡产也要反抗到底，绝不把马特廖娜交出去。我还把她藏了起来。可这也不是长久之计啊！他们老是死死缠着我不放，我就像兔子被猎狗紧紧追踪一样。为此我终日不得安宁，不仅负债累累，身体也被拖得日渐衰弱。有一天夜里，我正在床上辗转反侧，心想：‘天哪！我干吗要受这份罪呢？可是我不想抛弃、不想背叛马特廖娜，那我到底该怎么办呢？唉，不能，绝不能把她交出去！’正在此时，马特廖娜突然跑进我的房间。当时我已经把她藏到离我家两俄里远的一个农庄里，她的到来，使我大吃一惊。我焦急地问道：‘怎么，是不是你在那儿被他们发现了？’‘没有，彼得·彼得洛维奇。’她说，‘在布勃诺沃村没有任何人来打扰我。不过，这件事不能再这样拖下去了。我的心乱极了，痛苦极了。亲爱的彼得·彼得洛维奇，我很心疼你。我亲爱的彼得·彼得洛维奇，我今生今世都忘不了你对我的恩德和深情。但是，我不能这样拖下去了。我会把你拖垮的，你会被拖累死的！彼得·彼得洛维奇，我实在不忍心，我来和你告别。'‘你怎么了？怎么了？你疯了吗？什么告别，告别什么呀？'‘我想好了我要去自首！'‘你疯了吗？你这个傻丫头！胡说些什么呀！你再这样想我就把你锁到阁楼里。你想毁了我吗？你想要我的命吗？你说呀！'这个傻姑娘顿时不吭声了，眼睛呆呆地望着地板。‘你说话呀，说呀！'‘我不想再拖累你了，现在这情况已经够你受的了，彼得·彼得洛维奇！还要我继续看着你为我受苦吗？'唉，看样子，她已经铁了心，我没办法再说服她了。'可是你知道吗，傻丫头，你这是自己往火坑里跳哇！你疯了，你知道吗，这是跳火坑！你真——疯了——'"

说到这里，彼得·彼得洛维奇再也控制不住自己的感情，伤心地呜咽起来。

"您猜怎么样？"他用拳头往桌子上猛地砸了一下，接着说下去了。此时的他紧皱着双眉，泪水从他那通红的面颊上滚滚而下，"马特廖娜这个傻姑娘真去自首了，真的去自首了……"

"马准备好了！"驿站长走进房间，郑重其事地对我们说。

我们一起应声站了起来。

"后来马特廖娜怎么样啊？"我很想知道后来的情况。

卡拉塔耶夫只是摆摆手，没有回答。

自从我与卡拉塔耶夫邂逅之后，又过了一年，我因偶然机会再次来到莫斯科。有一天，在午餐前，我来到了猎人市场后面的一家咖啡厅——这是莫斯科一家别有风味的咖啡厅。咖啡厅带着台球室，在台球室里，烟雾弥漫，隐隐约约可以看到一张张通红通红的脸，一撮撮小胡子，一堆又一堆蓬松散乱的头发，一件件老式的匈牙利外衣或是最时髦的斯拉夫外衣，几个穿着朴素常礼服的瘦削老头在角落里看俄罗斯报纸。侍仆们端着茶盘，脚步轻快地走在绿色地毯上，穿梭于各色各样的客人之间。商人们怀着忐忑不安的心情喝茶，显出一副紧张又难受的神色。这时我看到从台球室里走出来一个人，他的头发有些散乱，脚步也有点踉跄。他把两只手插在裤兜里，低垂着头，一声不吭地抬起头，茫然地环顾一下四周。我惊奇地发现，那正是彼得·彼得洛维奇！

"哎呀，哎呀，哎呀呀！彼得·彼得洛维奇！您近来可好！"我激动地迎上去。

彼得·彼得洛维奇见到我，出乎意料地高兴，他差一点就扑上来搂我的脖子了。他拉住我，微微地摇晃着身子，然后把我拉进了一个小单间。

"就在这儿吧，"他一边说着一边亲亲热热地把我拉到一把安乐椅上坐下，"您坐在这儿会舒服一些。茶房，拿啤酒来！不，**拿香槟来**！哎呀，真是想不到，实在是想不到啊！您来了很久了吗？准备住多久？这真是有缘千里来相会啊！"彼得洛维奇一定是太激动了，一个劲儿地说个不停。

"是的，您该记得……"我刚一开口，又被他打断了。

"怎么会不记得，怎么会不记得，"他抢着说，"是过去的事了，过去的事了。"

"啊，那您如今在此都做些什么呢？亲爱的彼得·彼得洛维奇，这一年来您过得怎样？"

"这不是吗，我就是在这里混日子呢。这里的日子很好混，这里的人都殷勤好客。我在这儿过得很舒适。"

他长出了一口气，然后抬起眼睛望着天花板。

"那您有担任什么公职吗？"我问。

"不，没担任公职，可我打算过一段时间就任职去。不过当差又有什么意思？对我来说广交朋友才最重要。在这儿我结识了许多好人啊！"

一个童仆用一个托盘端着一瓶香槟恭恭敬敬地走了进来。

"看，这也是个好人……是不是，瓦夏，你是好人吧？为你的健康而干杯！"

那个童仆站了片刻，很有礼貌地摇摇头，笑了笑，就走了出去。

"的确，这里人都很好，"彼得·彼得洛维奇接着说，"都有人情味儿，都有美好的心……您想结识吗？都是些出色的朋友……他们也都会很高兴与您结识。我告诉您……鲍布罗夫去世了，真让人伤心。"

"哪一个鲍布罗夫？"

"就是谢尔盖·鲍布罗夫。他可真是个大好人，他曾关照过我这没有知识的乡下人。戈尔诺斯塔耶夫·潘杰列伊也离开人世了。都死了，一个个都死了！"

"您一直都待在莫斯科吗？您没有回到您的村子去看看吗？"我问。

"回到村子去看看？我的村子已经被卖掉了。"他一脸沮丧。

"卖掉了？"我有些不敢相信。

"是拍卖掉的——可惜您没买！"他抬起头睁大眼睛望着我。

"那么以后您靠什么度日呢，彼得·彼得洛维奇？"我不由得为他感到担忧。

"我不会饿死的，上帝保佑！我没钱不要紧，我的许多朋友会有钱的。钱算什么？钱只不过是粪土！黄金也只不过是粪土！"

他眯起眼睛，把手伸进衣兜摸索了一会儿，掏出两枚十五戈比的硬币和一枚十戈比硬币，堆在手掌上给我看。

"这是什么？是粪土！（他愤然地把钱扔到地板上）唉，您最好还是告诉我，您看见过波列扎耶夫的诗吗？"

"看过。"

"您看到过莫恰洛夫扮演的哈姆莱特吗？"他又问。

还未等我回答，他就自言自语地说："我没看到过，没看到过。"卡拉塔耶夫的脸顿时变得煞白，眼神也变得惶惑不安，眼珠不停地转动。他把脸扭过去，嘴唇轻轻地颤抖了一下，"啊，莫恰洛夫，莫恰洛夫！'死了——睡着了。'"他用低沉的声音说道：

"不能再忍受了，假如一梦可解千愁，

消除心灵的创痛，血肉之躯所受的磨难，

从此跳出人生的苦海，那才是求之不得的归宿。

去死吧——在梦中长眠……"

"长眠，长眠！"彼得·彼得洛维奇喃喃自语，不断重复这句话。

"请问——"我正想问他，可他马上又慷慨激昂地背诵下去：

"有谁甘愿忍受尘世的鞭刑与嘲弄，

受权势者欺压，对傲慢者俯首听命，

忍受爱情被践踏的痛苦，法律的推搪，

官吏的残暴，还要忍气吞声受小人的欺凌，

只要他敢举起锋利的匕首引颈自刎，

就能了却这苦不堪言的残生？

啊，女神哪，在你祈祷之时，
　　千万不要忘记替我忏悔我的罪行。"

　　到这里他突然停住了，头无力地垂向桌子。他开始结结巴巴地胡言乱语起来。

　　"再过一个月！"忽地他重新又打起精神念道：

　　　"就这么短短的一个月前，
　　　她哭得死去活来，泪人一样，
　　　就连给我那可怜的父亲送葬之时，
　　　穿的那双鞋依然闪光发亮，
　　　啊，上帝呀！就是一只无理性的牲畜，
　　　也不会这样快就忘记了哀伤……"

　　这时，他把那杯香槟举到了唇边，但是他没有喝，而是继续念道：

　　　"为了赫古芭？只为赫古芭？
　　　那么赫古芭和他有何相干？
　　　或者他与赫古芭又有什么关系？
　　　他却要为赫古芭哭地号天！
　　　可是我，成天只知垂头丧气，
　　　活像个愁眉苦脸的傻瓜笨蛋。
　　　我是个懦夫吗？谁说我是恶棍？
　　　谁曾当面斥责过我说我撒谎欺骗？
　　　妈的！我活该挨骂，自作自受，
　　　因为我是胆小如鼠的无能之辈，
　　　只知逆来顺受的蠢货笨蛋！"

　　卡拉塔耶夫的酒杯从手中滑落到地上，他拼命地揪扯着自己的头发。

我仿佛已经看透他的内心。

"唉，算了，"最后他说道，"何必旧事重提呢？难道不是吗？"他不自然地笑起来，"来，为您的健康干杯！"

"您打算长住在莫斯科吗？"我问他。

"我要死在莫斯科！"他坚定地说。

"卡拉塔耶夫！"有人在隔壁房间叫他，"卡拉塔耶夫，你在哪儿？快到我这来，亲爱的人啊！"

"有人在喊我呢，"他一边说着一边费劲儿地站起来，"再见吧！如果您有空，请到我那儿去聊聊。"

但是因为突发情况，第二天我必须离开莫斯科，也就再没有和彼得·彼得洛维奇·卡拉塔耶夫见面了。

（一八四七年）

约　会

　　时近九月中旬，正值秋天，我在白桦林中席地而坐。天空中飘洒着毛毛细雨，从清晨起就断断续续地下个没完。透过树梢，太阳星星点点地透射出温暖的光芒。这个时节的天气就是这样变幻无常。天空中会不时地飘荡着轻柔舒卷的白云，云朵飘过之后，你就会看见蔚蓝色的晴空。那是多么明亮而清澈的天空啊，仿佛年轻姑娘美丽的明眸在闪动。我悠闲地坐在那儿，举目眺望着四周，侧耳倾听树叶在我头上的低声絮语。听着树叶发出的声响便可以推测出一年四季。这不像春天生机蓬勃时树木展枝吐叶的欢闹声，也不同于夏天浓密的林间叶子们轻柔的私语声，也不是深秋来到的令人战栗的呼啸声。此时发出的这种声音，是那样隐约可闻而又分辨不清，是催人入眠的絮语声。

　　一会儿轻风曼舞，拂过树梢，树枝随风摆动，发出窸窸窣窣的声响。还带着雨滴的林木，借着雨滴的反射，在阳光下奕奕闪光，一会儿又像披上了雾裳一般。沐浴着细雨的树林不断变换着自己的景色。有时阳光灿烂，林中的一切仿佛都绽放了笑脸，那些稀疏的白桦树的细干发出绸缎般柔润的白光，那一片片落在地上的小树叶刹那间变得金黄耀眼。那些高大而茂盛的啮齿类植物，譬如伸展着的宽大的长茎，本是像熟葡萄一样，紫色的茎蔓在阳光下闪耀着玛瑙一样的光泽，蔓藤参差交错，令你眼花缭乱。周围的一切，有时会流溢出淡淡的青色。艳丽的色泽顿时不见了，白桦失去了光泽又变回到原初的白色。那白色，就如同刚刚飘落下来还未见到阳光的雪花一样，洁白无瑕。毛毛细雨像是故意捉弄人一样，悄悄地飘洒下来，在树林中发出轻轻的噼里啪啦声。白桦树的叶子尽管不再焕发出金色光泽，但是它们几乎全部都呈现出浅绿色。除了远处某些地方立着那么一棵孤零零的小白桦，红色或金色的叶子。你可以观察到，当灿烂的阳光一下子照射到这些刚沐浴过晶莹雨水的浓密叶子时，那棵小小的白桦树显得是那样的光彩夺目。此时，听不到一声鸟鸣。鸟儿们都躲进巢里，默默地等待雨过天晴。树林中只有一向不安分的山雀偶尔放开铜铃般的歌喉，鸣啭几声，像在嘲笑那些不出声的同伴。

我在来到这片一向不安分的白桦林之前，曾带着我的猎犬穿越过一片高大的白杨林。老实说，我并不十分喜欢白杨树。我不爱看它那白中透紫的树干，也不喜欢它那一个劲儿往上蹿的、在高空中不断向上伸长又不停颤动着的闪着金属般灰绿色光泽的叶子，而那些风中的叶子就像是贵妇人的团扇在不停招摇。我也不喜欢那些傻乎乎吊在细枝上的椭圆阔叶，它们总是凌乱地摇摇摆摆。只有在夏日的某些天，太阳即将落山时，我可以看见它孤傲地立于一片低矮的灌木丛，沐浴着落日红色的余晖，它的根到树冠都披上了一层橘红色，红光闪动着，是那样的迷人。或者是在晴朗的天气里，微风轻徐，白杨的整个树冠在清澈的蓝天中尽情地摇摆，像是恋人间温柔的絮语。每片叶子好像焦急地等待展翅高飞的那一刻。它们，飞呀飞，飞向高远的晴空。——只有在这些时候，白杨树才能令我心旷神怡。

但是总的来说，我仍然不十分喜欢白杨林，因此从不在白杨林中歇息，而选择白桦林作为我的歇息地。我选了一株枝条浓密而低矮的小白桦，试想要是坐在树下避雨该有多惬意呀！我悠闲地观赏了一会儿四周的景色，便渐渐地进入了梦乡。这种安适而又甜美的梦境，只有猎人才能享受得到。不知睡了多久，当我睁开双眼时，整片树林光华璀璨，树叶在澄澈的蓝天中快活地喧闹着，这一切真是令人心旷神怡！云朵被渐渐强劲的风吹散了，消失无踪。碧空如洗，空气中荡漾着一种特别的清爽气息，我不禁感觉神清气爽，精神也为之振奋——这就是秋天常有的景色。在连绵细雨之后，在寂静的林中，你会享有一个晴朗温馨的夜晚。

在我正想站起来抖擞一下精神，再去碰碰运气时，我看见一个静止的人影。仔细一看，原来是一个年轻的村姑。她坐在离我大约二十步远的地方。她垂着头，满腹心事地在沉思。她的双手放在膝上，一只手半握着一束五颜六色的野花，那束花随着她呼吸的频率正一点点地从花格子裙裾上滑落。她身着一件雪白的衬衣，领口和袖口都系得很整齐，衬衣的皱褶紧裹着她丰满的腰身，她圆润的脖子上垂挂着由大颗黄珍珠穿成的项链，项链绕了两圈坠饰在胸前。她长相俊俏，有一头浓密而漂亮的浅色金发，她用一条细长的红发带将那柔顺的金发束成两个整齐的半圆形，发带扎得很朝下，把那象牙一样白皙的前额几乎全被遮住了，她脸庞的其他部分略呈暗金黄色，大概是太阳晒的吧，但也只有皮肤细嫩的人才会被晒出这种颜色。我没看清她的双眸，因为她一直不曾抬头。我看清了她高高细细的双眉和那可爱的长长的睫毛，睫毛上还挂着泪珠。她的面颊上有流泪的痕迹，泪定是一直流淌到苍白的嘴唇边，虽然泪痕已经干了，但是在阳光的照射下仍十分清楚显现出泪痕。除了鼻子略显大了一点还有些圆鼓鼓的，她的整张脸都长得很秀美。不过这无伤大雅。我特别关注她面部的表情，她是那样的憨厚温存，忧伤中不乏优雅，看她的神色似乎对自己的忧愁充满了天真稚气的困惑。

从她这副面部表情我推断出她是在等待一个人。恰在此时，林中传来了一阵轻微的沙沙声。她立即抬头向四周寻望，仔细地寻觅着什么。正由于她的抬头，她那双晶莹的大眼睛映入我的眼帘——那眼神，像麋鹿一样胆怯，在透明的阴影中快速地闪动起来。她把那双明眸睁得大大的，神情专注地盯着发出响声的地方，又细心地倾听了一会儿。什么也没有发现，她深深地叹了一口气，又慢慢把头扭回来，低下头抚弄着那束野花。我看到她的眼圈发红了，双唇伤心地颤动了几下，静默地坐着，开始流泪。一颗颗晶莹的泪珠从浓密的睫毛上滚落下来，泪水在面颊上潸然不止，在阳光照射下发出闪闪的亮光。这位村姑静静地坐在那儿，就这样过了好长一段时间。她有时会苦闷而又无奈地挥挥手，但她始终都在悉心聆听着。

忽然树林里又传来了响声，她的精神为之振奋。响声继续传来，而且声音越来越近，越来越清晰，终于变成坚实而急促的脚步声。她立刻挺起了胸脯，但随即又显出一副怯懦的神情。她专注的目光中带着颤动，闪露出无比期待的神采。她目不转睛地望着声音传来的方向，这时一个男人的身影从密林中显露出来。村姑凝神地盯了一会儿，那张苍白的面颊上立刻飞起了红晕，双唇立刻绽放出幸福的微笑。她本想立刻站起来，但又马上把头低下，脸上的红晕也消失不见了，显出慌张困窘的样子。直到那个男人走到她面前收住脚步，她才又抬起眼睛，以颤抖的几乎恳求的目光望着他。

我感到十分好奇，悄悄地把这个男人打量了一番。说实话，我对这个人并没有产生什么好感。从他的表情和衣着来看，他只不过是一个大地主雇用的一个年轻侍仆或亲信。他那身儿打扮给人一种追求时髦且轻狂放浪的不良印象。他身上穿着一件古铜色的短大衣，可能是主子的或赏给他的。纽扣一直系到下巴颏，他戴着一条粉红色的领带，两头却是雪青色的，头上扣着一顶黑色丝绒帽，还镶着金边。他把帽子压得很低，把眉毛都盖住了。他那白衬衫的圆领浆得硬硬的，支着他的两只耳朵，还紧紧地夹着他的腮帮子，他的两只手上盖着浆硬了的袖口，只露出红润的手指头，指头上还戴着两枚戒指，一枚金一枚银，上面还镶着勿忘我草形状的绿松石。那张脸长得倒是很红润光鲜，但是不知怎的却给人一种厚颜无耻的感觉。这种面孔男人看了便会反感，而女人一见却会着迷。很明显，他正竭力使他那副粗野的蠢相表现出一种鄙视、厌烦和倦怠。他那对乳灰色的小眼睛一直眯着，一边紧锁着眉头一边撇着嘴，做作地打着哈欠，故意装出一副满不在乎的样子。但他潇洒不上来，一会儿伸手抚弄一下自以为卷曲得很漂亮的火红色的鬓发，一会儿又捻一捻厚嘴唇上的黄色胡须——总之，他表现出的尽是一副拙劣得令人作呕的丑态。

他一看到这位年轻的村姑，就立刻装腔作势地表演起来。他懒洋洋迈着方步走到她的面前，站了一小会儿，耸了耸肩膀，摆了摆胯，大模大样地把两手插进衣兜里，佯装不睬地扫视了那个可怜的姑娘一眼，便冷漠地就地坐了下来。

"怎么，"他心不在焉地开了腔，眼睛仍旧望着别处，还摇晃着两腿打着哈欠说，"你在这儿等了好长时间了？"

村姑没有立刻答话，过了好一会儿才说："好长一会儿了，维克多·亚历山大雷奇。"她用低得几乎让人听不到的声音回答。

"噢！"他摘下帽子，傲慢地用手抚弄两下几乎从眉毛边上就开始生长的浓密鬓发，神气十足地环顾四周，又小心翼翼地把帽子盖在他那宝贝脑袋瓜子上，"我把这事儿给忘了。而且你看，天又一直在下雨！"他又打了个哈欠，"事情多得要命，哪能每件事儿都顾上呢？我这么忙，搞不好又要挨主人骂了。我们明天就要走。"

"明天就走？"村姑惊慌地问道，两只眼睛直直地盯着他。

"明天就走。哎，得了得了，别哭了，"他看到她全身颤抖地把头低下，就立刻恼怒地吼道，"阿库丽娜，你快别哭了好不好？你知道我最烦的就是你这一套！"他皱起他那圆鼻头又说，"你再哭，我马上就走！你真蠢，有什么好哭的！"

"好，我不哭，不哭了。"阿库丽娜赶紧说着，拼命把泪水擦干忍住，"您真的明天就动身吗？"她停了一会儿又小心翼翼地问道，"那我什么时候才能再和您见面呢，维克多·亚历山大雷奇？"

"咱们会再见面的，会再见面的。不是明年就是以后，反正会再见面的。老爷可能要去彼得堡任职。"他满不在乎地答道，说话声夹着鼻音，"我们大概还要去国外一趟。"

"您一定会把我给忘了的，维克多·亚历山大雷奇。"阿库丽娜悲戚地说，忍不住又要哭了。

"不会的不会的，我不会忘掉你。只是你得机灵点儿，别总是傻乎乎的，要听你爸爸的话。我不会把你忘了的，绝对不会。"他不耐烦地伸了个懒腰，打了个哈欠。

"你可千万别忘了我呀，维克多·亚历山大雷奇！"她哀求着说，"我非常非常的爱您，我的一切都是为您！维克多·亚历山大雷奇，您刚才说我要听爸爸的话，我该怎么样听他的话呀？"

"什么？"他把两只手垫在后脑勺下，仰面躺在地上。他那副不耐烦的样子，使得他的问话好像是从胃里冒出来的。

"该怎么听呢，维克多·亚历山大雷奇？您又不是不知道……"她又不吭声了。

维克多摆弄着表链子，过了好一会儿，他终于开口了："阿库丽娜，你一点儿也不蠢，所以就不要说傻话。我是为你好，你明白我的心思吗？当然喽，你不蠢，可以说，你不全是一个乡下人。你妈妈也并不总是个乡巴佬的样子。不过你没有念过书，因此不论别人怎么说你，你都应听信。"

"可是这多让人害怕呀，维克多·亚力山大雷奇。"阿库丽娜小声地颤抖着说。

"哎，别乱说，亲爱的！有啥可怕的呢？你手上拿的是什么？"他挪近了一点儿看了看，问道，"是花吗？"

"是花。"阿库丽娜无精打采地说道，"这是我摘来的艾菊。"她略微打起精神说，"给牛犊吃最好了。还有，这种花叫鬼针草，能治瘰疬病呢。您再看，这种花多美啊，我还从来没有看到过这么美丽的花呢。还有，这是勿忘我，这是香堇菜……还有这种花，这是我专门采来要送给您的。"

她一边说着一边从黄色的艾菊下面拿出一小束用细草捆好的浅蓝色矢车菊，"您要吗？"她满脸激动的神色，期待着维克多的反应。

维克多爱理不理地伸手把花接过来，不以为然地闻了闻，然后随意地把花束转动起来，同时又带着满不在意的样子傲慢地望着天空。阿库丽娜专注地望着他，她那哀伤的目光中饱含着温存、顺从、倾慕和倾诉不尽的爱恋。她爱他，但她满腔的委屈又不敢哭诉出来。她想和他依依惜别，又想要和他最后一次分享她的爱恋。然而维克多却像土耳其苏丹一样趾高气扬地躺在那儿，摆出一副宽容忍让且屈身低就的姿态来接受她的倾慕。说老实话，我看到他的举动和那副令人作呕的表情，感到十分愤怒，特别是他那红红的胖脸上显出的装模作样的神态没有一点真情可言！最气愤的是他故意表现出那种鄙视和冷漠的丑态，那种自我陶醉狂傲自负的样子。

然而此时此刻阿库丽娜却表现得真诚痴情，她无比信任地把整个心奉献给他，向他表示出恋恋不舍，期求得到他的体贴和怜爱。可是这小子呢？他随意地把矢车菊丢掷在草地上，从大衣的兜里掏一个镶铜边的圆玻璃片，想放在一只眼睛前，可是不管他怎么弄，不管他是皱眉、鼓腮，还是挤眼、挺鼻子，那个镜片就是放不上去。他使了半天劲儿，那个玻璃片还是滑落下来，掉在他的手里。

"这是什么？"阿库丽娜忍不住好奇地问。

"单片眼镜。"

"干啥用的？"

"看东西用，戴上能看得更清楚。"

"让我看看吧。"

阿库丽娜胆怯地恳求。

维克多不耐烦地皱皱眉，可还是递给了她。

"别打碎了，小心点儿。"他又加了一句。

"放心好了，不会打碎的。"她怯生生地把玻璃片扣到一只眼睛上，"我怎么一点也看不到呀？"她天真地说道。"你得把一只眼睛眯起来才行。"他自以为是而又带着鄙视地说道。

阿库丽娜把扣着玻璃片的那只眼睛眯了起来。

"不是那只，不是那只眼睛！真笨！是另一只眼睛！"他大声叫着，没等她再试一下，就把单片眼镜夺了回来。

阿库丽娜羞红了脸，但她丝毫没有怪维克多的粗鲁，微微一笑后把脸扭了过去。

"可见我不配用这玩意儿。"她嗫嚅地说道。"就是吗！"维克多又懒懒的躺下。

可怜的阿库丽娜又沉默了一会儿，深深地叹了一口气。"唉，维克多·亚历山大雷奇，您走了，我该多痛苦！我们的事儿可怎么办哪！"

维克多用衣襟擦了一下单片眼镜放回了衣兜。"是啊是啊。"他终于又搭腔了，"确实，走的时候确实会非常不好受。"他自以为是又故作体贴地拍了拍她的肩膀。这时她轻轻地从肩上把他的手拉过来，羞怯地吻了吻，然后羞红着脸望着他。"唉，是啊！你的确是个不错的姑娘，"他扬扬得意地笑着说，"可是又有什么办法呢？我也是身不由己呀！你想想就明白了！我和老爷是绝不会待在这儿的。眼看冬天就要到了，在这乡下过冬，你也知道的，我怎么能受得了呢！在彼得堡可就大不一样了！在那儿，那才叫棒呢！像你这样的傻丫头，就连做梦也梦不到。那里的高楼大厦是多么漂亮啊！一条条笔直的街道，来来往往的行人，现代文明会让你眼花缭乱，那才叫绝了！"阿库丽娜孩子般微微张着嘴贪婪地听着，听得出神。"不过，"维克多在地上翻腾着身子，"唉，我干吗和你说这些？反正你听不懂。"他一脸的不屑。

"为啥不说了，维克多·亚历山大雷奇？我听得懂，我全明白。"阿库丽娜脸红扑扑的，激动地问。

"瞧你那副傻样！"维克多又摆出一副傲慢的神情。

阿库丽娜难为情而又胆怯地低下了头。

"您从前和我说话可不是这种腔调，维克多·亚历山大雷奇。"她低下头带着哭腔地说。

"从前？从前！说什么从前！从前！"他突然怒吼起来。

于是他们两个都不再吭声了。

"啊，我该走了。"维克多说罢，便用臂肘把身子支了起来。

"再多待一小会儿吧。"阿库丽娜抬头望着他，恳求着说。

"还待个什么劲儿？我都跟你告别过了。"维克多并不理睬，不耐烦地说。

"再多待一小会儿吧。"阿库丽娜又恳求了一次。

他只好又躺下来，径自吹起口哨并不理她。阿库丽娜一直恋恋不舍地望着他。我看得出来，她在焦急地期待着什么，她的双唇不住地颤动，苍白的面颊又涌起了红晕。

"维克多·亚历山大雷奇，"她鼓足勇气结结巴巴地说，"您真狠心，您真是太狠心了！维克多·亚历山大雷奇，真的。"

"怎么狠心？"听到这话维克多皱着眉，转过头对她说。

"你太狠心了，维克多·亚历山大雷奇。在分别的时候你至少也该和我说几句贴心的话呀！哪怕说上一句半句也行，你也该可怜我这个苦命的人呀。"阿库丽娜带着几分埋怨和恳求说道。

"什么贴心的话呢？"维克多挑起眉毛问。

"我不知道，您自己应该清楚，维克多·亚历山大雷奇。您就要走了，总该说上一句半句的话吧。我怎么会落到这样的下场啊？"阿库丽娜感到万分悲伤。

"你这也太怪了！我怎么知道该说什么？"维克多不屑地甩甩手。

"你总该说句贴心的话呀……"阿库丽娜胆怯地重复道。

"哼，你又来这一套！"他气呼呼地说着，站了起来。

"您别生气，维克多·亚历山大雷奇。"她使劲儿忍着泪水赶紧抚慰他。

"我没生气，只是你太死心眼了。你到底要怎样？我反正不会娶你！你记住了，我不会娶你！和你结婚是不可能的事，这你也是知道的。那你还要怎么样呢？"他伸长了脖子掰着手指头，仿佛在等着她回答。

"我没想怎么……没想怎么样，"她战战兢兢地回答，同时壮着胆子向他伸出抖得厉害的手，"在分别之时，哪怕你能说上一句贴心的话也好啊……"

她再也忍不住了，眼泪像泉水般奔涌出来。

"瞧你。别这样，你怎么又哭了。"维克多态度冷淡且极不耐烦地说道。说完他把帽子往前使劲儿一拉，把眼睛盖上了。

"我并没想怎么样。"她抽泣着，用手把脸捂住继续说，"您叫我今后怎么在家里待呢？我该怎么待呢？我今后的日子可怎么办？我这个苦命的人啊，以后会怎么样呢？他们会逼着我这孤苦伶仃的人嫁给一个我不喜欢的人……我的命怎么这么苦啊！"她开始大哭起来。

"老是这一套，老是这一套！"维克多倒换着双脚，不耐烦地唠叨。

"说一句，哪怕一句贴心话也好……你就说，阿库丽娜，就说，我……"她猛然间失声地痛哭起来，再也说不下去了，一下子扑倒在地，把脸紧紧地贴着地，无比哀伤地痛哭起来。她全身痉挛般抽搐着，脑袋也不停颤抖着，压抑了许久的痛苦像冲出闸门的水一样在此刻全部奔泻出来。

维克多在她面前无动于衷地站着，十分不耐烦地等了一会儿后，他耸了耸肩膀，就来了个急转身，大步地溜之大吉了。

过了好一会儿，阿库丽娜才止住哭声。她抬起头一看，发现他不见了，"噌"的一下子从地上跳了起来。她转头四顾，这才惊慌地把两手一甩，想追上前去。可是她又两腿一软跪在了地上。我实在于心不忍，便朝着她飞奔过去。谁知她一看到我，突然间一使劲儿，站了起来，轻轻地惊叫一声，迅速地钻进密林中去了，只有那些野花散落在草地上。我呆呆地站立了片刻，弯腰拾起那些散落在地的矢车菊，走出树林，来到田野上。

太阳低低地垂挂在淡白而澄澈的天空中，它的光芒不再那么强烈。此时的天有些变凉了，阳光不再是照射而是均匀地洒落下来，显得格外舒适爽快。再过半个多小时，黄昏就要降临了。晚霞尚未染红西天，阵阵秋风吹来，掠过了枯黄的庄稼。我沐浴在风中，卷曲的枯叶迎风飞扬，飘过大路，在树林边上飞旋。朝着田野边的大树枝叶迎风摇曳起来，反射出细碎的阳光，那光亮若隐若现，时明时暗。在草地橙红色的蔓茎上，在金黄色的麦秸上，飘荡着数不尽的蜘蛛丝，在阳光下发出一闪一闪的亮光，煞是迷人。

　　我停住了脚步，迎风而立。一种哀伤愁绪盘旋在我的心中。目睹这万物枯凋的悲凉景色，即使秋高气爽我却难以展现笑容。再看看那在秋风中西沉的夕阳，我不由得感觉到凛冽的寒冬和那令人毛骨悚然的暴风雨即将来临。一只老鸦孤独地盘旋在上空，扇动着沉甸甸的翅膀，哀号着从我的头顶上高高飞过。飞着飞着，它突然转过头来向我斜睨一眼，然后继续越飞越高。远处传来了它的叫声，不一会儿它的身形消失就在树林后面了。一大群鸽子从打谷场上像疾驰的云朵般飞了过来，它们顷刻之间盘旋成圆柱形，纷纷落在了田野上——这就是秋天的标志！远远望见有个人赶着一辆空马车从没有林木和野草的小丘后面走了过去，一路上马车发出咔噔咔噔的响声……

　　我回到家里，但可怜的阿库丽娜那忧伤颤抖的身影却一直在我脑海中浮现，她丢弃的那些矢车菊早已枯萎了，但我却像保存纪念品一样将它们珍藏到现在，就算是对这段往事的见证吧。

（一八五〇年）

希格罗县的哈姆莱特

　　有一次我在游猎途中受到一位有钱地主的邀请前去赴宴。这个地主名叫亚历山大·米哈伊蕾奇，也是一个爱打猎的人。他的村子离我当时住的那个小村子五六俄里远。我穿上了燕尾服应邀去了亚历山大·米哈伊蕾奇家。我奉劝诸位，凡是要外出，就算是出去打猎，最好也要带着燕尾服。宴会定在六点钟开始，我五点钟就到了。我到达时已经有很多的嘉宾都到了。他们都是些贵族，有的穿制服，有的穿便服，还有的穿着叫不出名称的服装。主人十分热情地出来迎接我，但他又急匆匆地朝餐室管理人员的房间跑去，不知出了什么事。后来我才知道，他正在等待一位大人物，心情不免有些激动。但他这种心情和他那种无须依靠别人的社会地位及财富完全不相称。亚历山大·米哈伊蕾奇没有结过婚，他也不曾爱上过哪个女人。和他交往的那些人也都是单身汉。他过日子大手大脚，挥金如土，还把祖传的房舍大规模地扩建并装修得富丽堂皇。每年他都从莫斯科订购大约一万五千卢布的美酒。他在这一带享有很高的地位，受到人们极大的尊重。亚历山大·米哈伊蕾奇很早以前就退休了，但他没获得任何荣誉头衔。到底是什么原因让他非要请这位高官光临不可呢？他又为什么在举办宴会的这一天从清晨起就如此激动呢？真是令人费解。这正如我所认识的一位司法缉查官，当别人问他会不会接受他人一定要并乐意奉送的财物时，他所回答的是：无可奉告。

　　我和主人分开以后，就到各个房间随意转了一转。几乎所有的客人我都不认识，其中的大部分根本就没见过面。已经有二十几个人围在牌桌旁了。在这些牌迷之中，有两个军人。他们气质高雅，但相貌有点衰老憔悴。有几个文官领带系得又紧又高，胡须还染过色，但也只有刚毅果断且安分守己的人才会留这样的胡须。这几个安分守己的人认真地理着纸牌，没有像其他人一样摇头晃脑左顾右盼，只是侧目扫视走过来的人。有五六个县城来的官吏，一个个大腹便便，双手胖得滚圆且汗津津的，他们的两只脚规规矩矩地并拢着，一动也不动。这几位先生说话的声调都软绵绵的，温和地向四周的人微笑致意，并把纸牌紧紧拿在胸前，出王牌时也不会大呼小叫地敲桌子，恰好相反，他们用波浪式的动作把纸牌飞弹到绿呢子桌面上。在收取赢牌的时候，他们的动作也是极轻柔极斯文的，没发出一点点儿响声。余下的贵族，有的坐在长沙发上，有的簇拥在门口或窗子旁边。有一个年纪不轻言谈举止有点像女人的地主站在屋角里，他全身颤抖着，脸色红扑扑的，正忸怩不安地摆弄着挂在自己怀表上的小饰物。尽管没有人注意他，他正自得其乐。还有几位先生穿着圆形的燕尾服和格子纹裤子，这些都是在莫斯科制作的，出自一流的裁缝高手菲尔斯·克留辛之手。他们在那儿高谈阔论，毫无拘束地摇晃着他们那一颗颗又肥又光的脑袋。还有一个二十岁左右的青年人，眼睛近视，满头浅黄色的头发，他上身下身都穿着黑色的服装，显得很羞怯，然而他脸上的微笑却很刻薄。

　　我看着这些，渐渐感到寂寞无聊。恰在此时，有一名叫韦尼津的人忽然过来和我打招呼。他是一个尚未毕业的青年学生，寄宿在亚历山大·米哈伊蕾奇家里，他究竟算个什么样的人还很难说。他的枪法很准，又善于驯狗，我在莫斯科时就与他相识了。他是那种在五花八门的考试中"呆若木鸡"的青年。也就是说，不管教授们提出什么问题他都回答不出一个字。说得好听点，大家常把这类人称为"留连鬓胡子的人"。诸位可以想象得到，这已经是很久以前的事了。通常情况是这样的：比如，轮到韦尼津去应试了，在未去应试之前，他会挺直了身子老老实实地坐在自己座位上，浑身大汗淋漓，眼睛茫然缓慢地环顾四周。当听到有人喊他的名字时，他会"噌"地站起身来，赶紧把制服扣子扣好，然后侧着身子走到考试桌前。"请抽一道考题。"教授总是和颜悦色地对他说。于是韦尼津把手伸了过去，瑟瑟发抖地去摸那一大堆考题。"请不要随意挑选！"这是一个来参加监考的外系教授，他是一个爱激动的小老头儿，他忽然讨厌起这个不幸的"连鬓胡子"，用生气而颤抖的语调对他说道。韦尼津只得听天由命了，随便拿了一道考题向教授报告号码，然后就走到窗前坐了下来，等待着他前面那个考生回答完问题。韦尼津坐在窗前目不转睛地盯着自己的考卷，偶尔像刚才那样慢慢地环顾一下四周，身体仍然一动不动。等到他前面那个考生回答完了，教授们说："好，你去吧。"或者是："很好，答得好极了。"之后便轮到韦尼津答题了。他站了起来，步伐坚定地走到主考老师的桌前。"请把你的考题念一遍。"教授对他说。韦尼津把考卷捧到鼻前，慢慢地念完，然后把手慢慢垂下来。"现在请你回答吧。"那位教授懒洋洋地说着，把身子向后仰了仰，两只手交叉抱在胸前。可是没有一点回音，考场上安静极了。"你怎么啦？说话呀！"教授说。韦尼津还是不回答。外系来的那个小老头焦急起来，说道："多多少少你也要答一点啊！"我们的韦尼津仍旧一言不发，就像是突然间傻了一样。全班的同学都向他投去好奇的目光，幸灾乐祸地看着他那剃得光光的又一动不动的后脑勺。外系来的那个小老头气得睁大了眼睛，眼珠子几乎都鼓出来了。他简直恨透了韦尼津。"这倒是奇怪了，"另一个监考教师也忍不住说道，"你怎么像个哑巴一样傻站着？你是不是答不上来呀？要是真的回答不出来你就说嘛！""请允许我另拿一道考题。"可怜的韦尼津低声地请求道。教授们互相交换一下眼色。"好，你另拿一道吧。"主考人挥挥手不耐烦地说道。韦尼津重新又抽了一道考题，又走到窗前。过了片刻他人走到考试桌前，但是此时他仍然一声不响。外系来的那个小老头顿时气得火冒三丈，恨不得一口把他活吞下去。结果考试的老师们只好赶走他，给了他一个"大零蛋"。诸位认为此时他该走了吧？不，没有！他仍旧回到自己座位上，一动不动坐着，直到考试结束。他往外走的时候还大声抱怨道："唉，真倒霉！考题太难了！"整整一天，他在莫斯科的大街上浪荡，不时狠命地抓住自己的头发，痛苦地诅咒自己的不幸。尽管如此，他仍不开始苦读，甚至连书本都不碰一下，就这样日复一日地混下去。

就是这个韦尼津主动来和我打招呼，于是我们便聊了起来。我们谈了一些有关莫斯科的事，又聊到了打猎。突然他悄悄地对我说："要不要我给您介绍一下此地最爱说的人？"

"好哇，请吧。"我欣然同意。

韦尼津便带着我去见一个矮小的人。这个人额发倒竖，留着胡须，身穿一件咖啡色燕尾服，还系着条花领带。他那机敏灵活的举止也显示出了他尖酸刻薄的品质。他的双唇不断地歪扭，不时掠过一种蔑视人和讥讽人的笑来。他那长短不齐的睫毛下有一双黑黑的小眼睛，眼睛眯起来的时候更显出一种鲁莽狂放的神色。他身边站着一个肩膀宽阔的地主，他神态柔和而甜蜜，是一个地道的甜爷们儿，但却是一个独眼龙。他没等那个矮小的人张口说话，就先"咻咻"地笑了起来，高兴得全身筋骨都酥软了一样。韦尼津把我介绍给这位爱说俏皮话的人。我们就算相识了，彼此表达了初次见面的敬意。

　　"请允许我介绍我的一位朋友给您，"卢比欣——也就是爱说俏皮话的人，他拉住那位地主的手，用尖锐的声说，"不要走嘛，基利拉·谢里发内奇。"他接着又说，"人家又不会吃了你，来吧。"基利拉·谢里发内奇——也就是那位地主被弄得十分尴尬，一个劲儿地鞠躬表示歉意，他的肚子随着他的动作不断使劲儿往后缩，"来，我来介绍一下，这是一位鼎鼎大名的贵族。五十岁以前他身体一直很健康，可是有一天他心血来潮要治一治自己的眼睛，一只眼睛就这样不幸失明了。此后，他给自己的农夫看病，也取得了同样的效果。无须说，他的农夫们对治眼睛也表现出同样的热忱。"

　　"你这个人怎么这么说话啊！"基利拉·谢里发内奇不好意思地说着，随即又笑了起来。

　　"您说下去呀，我的朋友！哎，您说下去呀。"卢比欣接着说，"恐怕人家要选你当法官了，放心，一定会选上的。您就瞧好吧。那时就会有人给你出谋划策了。到时候，陪审官就会替你出主意，可是无论如何您总得说话呀，哪怕说说别人出的计谋也好。万一省长光临，就会怪罪：'这位法官怎么说起话来结结巴巴的呀？'别人就会回答：'他得了麻痹症。'省长就会说：'那就给他放放血吧。'在您这种地位上来说，可是不大像样的，您自己可要弄明白这一点。"

　　这话使甜蜜地主笑得前俯后仰的。

　　"瞧他笑得多起劲儿。"

卢比欣眼睛恶狠狠地望着基利拉·谢里发内奇那上下颤动着的大肚皮，"他怎么会不笑呢？"卢比欣转身对我说，"他每天酒足饭饱，又无病无灾，又没有孩子拖累，他手下的农夫又没典押出去——他还为他们治病呢——他的太太又呆头呆脑。"基利拉·谢里发内奇听到这句话把脸往一旁扭过去，装作没有听见的样子。但是他仍然在笑。"我也要发笑，因为我老婆和一个土地测量员私奔了。"卢比欣龇着牙齿装作发笑，"您不知道这回事吧？可不是吗！她不顾一切地跑了，还留给我一封信。她在信中说：'亲爱的彼得·彼得洛维奇，请原谅我吧！爱情使我发昏，因此我跟我的心上人走了。'这个土地测量员之所以能迷住她不过是因为他不剪指甲，而且穿紧身裤。您觉得奇怪吗？您会说：'这人真坦率。'唉，我的天！我们乡下人就是直肠子，有啥说啥。但我们还是一边儿去吧。不要紧挨着未来的法官站着说出这番话。"

他挽住我的胳膊，我们便走到窗前。

"这里人人都说我爱说俏皮话。"在聊天中他对我说，"您不要相信这种话。我只不过是一个脾气浮躁的人，稍不顺心我就会大声骂街。人们都说我狂放不羁。不过说实话，我干吗要规规矩矩的呢？不管是谁的看法，我都认为一文不值。不过我也一无所求。我是个恶人——但这又有什么关系呢？恶人至少不需要太多智慧。您大概不会相信当恶人是一件很开心的事儿吧。喏，比如说，您就看看款待咱们的主人吧！天哪，他干什么要跑来跑去的呢？你看他还不停地看表，强作欢笑，忙得大汗淋漓还硬要摆出煞有介事的神气劲儿，可是他却让我们饿肚子呢！何苦呢？一个显要人物，有什么稀罕的！有什么大惊小怪！你看，你看，他又跑起来了，还一瘸一拐的，您看看呀。"

说着卢比欣扯着嗓子尖笑起来。

"有一点美中不足，就是缺少太太们。"他深深叹了口气，接着说，"这是单身汉的宴会，否则，我们这些人该有多开心啊。您看，您看！"他突然叫了起来，"科捷尔斯基公爵来了。就是那个身材高大的，留着胡子，戴黄手套的。一看就知道他曾出过国。他总这样姗姗来迟。我坦白地告诉您，这个家伙是个大傻瓜！就像商人对马一样什么都不知道。要是在别的场合您就可以看到他和我们这些人说起话来总是显得宽宏大量，但在回答那些如饥似渴的贵妇小姐们的恭维之时，他又笑得那么慷慨、那么大方！他有时也会说说俏皮话。他只是顺路在此暂住一阵子，可是，他说的都是些什么俏皮话呀！那简直就像用钝刀子割纤绳一样。虽然他很讨厌我，我还是要过去跟他打个招呼。"

于是，卢比欣便跑去迎接这位公爵。

"唉，我的冤家对头来了。"忽然他又跑到我这儿来说道，"您看到了吗？就是那个胖子，脸色红得发紫，头发像刷子的硬毛一样竖起来的那个人。对，就是那个手里拿着帽子，贴着墙根走路，眼睛像狼一样贼溜溜地到处张望的人。我把一匹价值一千卢布的马卖给了他，可他只给了我四百卢布。这个家伙可有充分的权力蔑视我了。其实这个家伙头脑简单，不善于思考。特别是在早上，在喝早茶以前，或是刚刚吃过饭。你要是对他说一声'您好'，他就会回答：'什么事儿？'啊，将军来了！"卢比欣不知疲倦地继续说着，"这是个退役的将军，一个破了产的将军。他有一个做甜菜糖的女儿和一个生了瘰疬病的工厂。啊，对不起，我说倒个儿了。唉，反正您是听明白了。啊，建筑师也来了！他是个德国佬，却留着小胡子，最让人不屑的是他对自己的业务是大外行！真是怪事！但话又说回来了，他不用熟悉自己的业务，他要能拿些收受的贿赂，为我们这些贵族多竖起几根柱子就再好不过了！"

说完卢比欣又哈哈大笑起来。可是突然间整个房间里的人都兴奋得不安起来。显要的大人物来了！主人飞快地跑进前厅，几个忠实的奴仆和热心的客人也跟着飞奔而去。喧闹的言谈笑语立刻就变成了轻柔而欢快的絮语，那种情景就好像春天里的蜜蜂在蜂房里发出的嗡嗡声，只有一只喋喋不休且不知劳累的黄蜂——卢比欣和一只趾高气扬的雄蜂——科捷尔斯基没有把声音放低。

蜂王终于大摇大摆地进来——显要的大人物终于进来了。大伙儿一个个都心花怒放，欢呼雀跃地去迎接他，在座的所有人都纷纷起立，就连那个以低价买了卢比欣马的地主，也把下巴紧贴在胸前。那位显要的大人物昂首阔步，神采飞扬。他一面高傲地仰着头，又好像是在点头一样，说了几句赞许之词。他的每句话都以"啊"开头，而且把这个字用拉长的鼻音说出来。他带着极其愤怒的神情看了看大胡子的科捷尔斯基公爵，并把左手食指伸给那个有女儿和工厂但已经破了产的将军。在后来的几分钟里，那位显要的大人物把他没有迟到而感到特别欣慰的话重复了两三遍。然后大家都走向餐厅，当然，有权势的大人物都走在了前面。

我想我无须向读者赘述下列情景了：大家如何恭请那位显要的大人物就座首位，也就是坐在退职的将军和省首席贵族之间。省首席贵族面带随和且令人肃然起敬的神情，这种神情同他那浆得笔挺的胸衣、异常宽大的背心以及装着法国烟丝的鼻烟盒十分相称。也不用介绍我们的主人是如何忙碌，忙来跑去地为客人们敬酒，在经过贵宾大员身边时他又是怎样地冲着他们的脊背微笑，如何像小学生一样站在角落里，急急忙忙地喝一碟子汤或者吞两块牛肉，然后就指挥侍仆的领班端来一条一俄尺半长的鱼，鱼的嘴里还插着一朵花。也不用介绍那穿制服的仆役又是如何板着面孔例行公事般给每一位客人敬献各种香醇美酒。酒的品种丰富多样，一会儿是马拉加酒，一会儿又是马德拉酒。我也不用描述近乎所有的贵族特别是上了年纪的那些人是如何勉为其难，像尽义务似的干了一杯又一杯，最后，他们又是如何砰砰打开香槟，开始频频举杯互敬健康——这一切，我想读者都是再熟悉不过的了。因此描述一律从简。然而我认为有一件事特别值得说上一说。那就是大人物在全体宾客欢快而不失庄严的气氛中所讲的逸闻趣事。

我记得有那么一个人，好像是那位破产的将军，他很熟悉新文学，提到它对女性特别对青年女性所产生的普遍影响。"是的是的。"那位大人物接过话茬儿，"的确是这么回事。对青年人我们就应该严格管束，否则，他们一看到女人的裙子就要发疯发狂。"他说完在场的全体宾客都露出孩子般幼稚而欢快的微笑，一个地主的眼睛中竟然流露出感激之情。"因为年轻人都是那么愚蠢无知。"大概这位大人物是为了显示自己的尊严，有时会故意地改变某个单词通行的重音，"就拿我的儿子伊凡来说。"他接着说，"今年这个傻小子才二十岁，可是有一次他却突然对我说：'爸爸，让我娶个老婆吧。'我就和他说：'傻小子，你还是先去当兵锻炼锻炼吧。'

于是他就心灰意冷、伤心绝望，整日哭天抹泪的。可是我呢，我才不管他这一套呢。"大人物说，"我才不管他这一套呢。"这句话好像不是从嘴里说出来的，而像是从他肚子里出来的。他沉默了片刻，趾高气扬地看了看坐在他身边的那位退役将军。他神气地扬起眉，但他把眉毛扬得太高了，高得出乎人们的意料。这位退役将军愉快地略略转了一下头，然后迅速地对着大人物挤了挤眼。大人物接着又说："结果怎么样？现在他自己给我写信：'父亲大人，谢谢您的教诲，您开导了您这个傻儿子。'事情就应该这样办。"所有的客人当然对他这番高谈阔论表示完全赞同。所有人都为受益匪浅而快乐兴奋。

宴会结束之后，宾客们纷纷起身离开座位，然后一齐拥向客厅。尽管他们发出更大的嘈杂声，但是依旧有节制，仿佛是在进行着这种场合下特许的喧闹。他们坐上牌桌开始玩牌了。

我耐着性子熬到晚上，便交代我的车夫明早五点半为我套车。然后我就去睡觉了。就在这一天，我又结识了一位值得关注的人物。

因为宾客太多了，没有人能单独睡一个房间。亚历山大·米哈伊蕾奇仆役的领班带我走进一个小房间。房间墙壁是绿色的，还有些潮湿。这里已经住进了另外一位客人，他已经脱了衣服准备就寝了。一看到我来，他就迅速地钻进了被窝里，把被子一直拉到鼻子下。他在松软的鹅绒褥子上辗转反侧地折腾了一会儿，就躺着不动。但是他却用那双机灵的眼睛从布睡帽的圆边下注视着我。我走到另一张床前（这间屋里只有两张床），脱了衣服就躺在有些发潮的被窝里准备睡了。同房的那个人在另一张床上翻来覆去地动了起来，我向他道了晚安便不再说话。

过了半个多小时，我还醒着。无论我如何想入睡，始终睡不着。很多模糊不清又毫无意义的念头一个接着一个朝我涌来，那情景就像排着见不到尽头的长队，固执而又单调地在我的眼前晃动，就像是运水车上的水桶接连不断地往车下搬一样。

"您似乎还没睡着吧？"和我住同一个房间的人问我。

"是啊。"我回答道，"您也没睡着吧？"

"我从来都不想睡觉。"他说。

"那是怎么回事儿呢？"我不由得好奇了。

"谁知道呢，情况就是这样。我自己也不知道平时都是怎么睡着的。我就这样躺着躺着，不知不觉就睡着了。"

"既然您还不想睡，干吗这么早就上床呀？"我觉得奇怪。

"您说说，不上床又能干什么呢？"他答道。

我没有回答他的问题。

"我觉得很奇怪。"他沉默了片刻之后突然说道，"为什么这个地方没有跳蚤呢？我觉得应该到处都有跳蚤呀？"

"您好像很可怜跳蚤。"我更觉得眼前的这个人有些怪僻之处。

"不，那倒不是。我不是可怜它们，只不过我喜欢让一切事物都合乎正常逻辑罢了。"

"真想不到他还会用这样的字眼。"我心里想。

他又沉默了。

"您想不想和我打赌？"过了片刻他突然又大声问我。

"干吗要打赌呀？"我纳闷了。同时开始觉得我这位同屋人很有趣了。

"哎，为什么？就是为您把我当成了傻瓜。"他很肯定地说。

"哪有这种事？"我吃惊地辩驳。

"您把我当成乡巴佬了，把我当成大老粗了。您就实话实说吧。"他有些愤慨又有些得意。

"我还不曾有幸结识您，"我回答，"为什么您就能够断定我……"

"为什么？光是凭您说话的语调我就能知道。您如此漫不经心地回答我，难道不是因为您觉得我是傻瓜吗？可是，我完全不是您所认为的那种人。"他打断了我的话道。

"请听我说……"我意欲解释。

"不，还是请您听我说吧。首先，我法语讲得不会比您差，德语甚至比您讲得还要好些；其次，我在国外待过三年，单是在柏林我就住了八个月之久。我研究过黑格尔，还有，我亲爱的先生，对歌德的作品我可以说是倒背如流。不仅如此，在德国时我还一直爱恋着一位德国教授的女儿，回国以后我娶了一位人品出众的小姐。虽然她患了肺病，头发也掉光。

这也就是说，我和您是一类人物。所以我并不是您所认为的那种乡巴佬。但是我也经常犹豫不决，我这个人一点儿也不坦率。"

我抬起头，更加仔细地端详着眼前这个怪人。在寝室幽暗的灯光下，我勉强能看清楚他的模样。

"哦，您现在这样看着我，"他抚弄了一下自己的睡帽又接着说，"您大概在问自己，'我今天怎么没注意到他呢'，对吧？那么我就对您解释一下您为什么没有注意到我吧——因为我从来都不大声说话。我总是躲在别人的身后，或是站在门背后，不跟任何人闲聊。仆役领班端着盘子从我身边经过时，事先就把胳膊抬得和我的胸脯一样高。这一切又是为什么呢？有两个原因：第一，我穷；第二，我很驯服，与世无争。请您老实回答我，您的确没有注意到我对吧？"

"很抱歉，我的确没有注意。"

我有些难为情。"对啦，对啦，"他打断我的话说道，"我就知道会这样。

"他从床上坐了起来，两只胳膊交叉着抱在胸前，他那睡帽投在墙上，长长的影子打了个弯儿一直伸到天花板上。

"请您坦率地对我说。"突然他斜视了我一眼说道，"您一定觉得我是一个古怪的人，一个特殊的人，是吧？也许比这更糟——也许您以为我是一个故意特立独行的人，对吧？"

"我必须再一次郑重表明，我根本就不认识您呀。"我辩解道。

他把头低下去静默了一小会儿。

"为什么我跟您，跟一个我素不相识的人，如此冒昧地说起这些来呢？天知道，只有天知道！"他叹了一口气，"并不是因为我们心灵相通！你我都是正派的人，都是利己主义者，您与我毫不相干，我与您也毫不相干，难道不是吗？可是我们两个人都睡不着。为什么不可以聊一聊呢？我现在很有兴头谈谈天，这对我来说也是极其难得的。您大概也看出来了吧，我这个人胆子很小。胆子小倒不是因为我是外省人，或者是个没有一官半职的人，也不因为我是一个贫困的人，而是因为我是一个极有自尊心的人。有的时候，在一些我既不确定也无法预知的情况下，我的胆怯竟然会彻底消失。比如现在这样。即使现在让我同神父面对面坐在一起，我也会毫不胆怯地向他要点鼻烟闻闻。啊，大概您困乏想睡觉了吧？"

"不，正好相反，"我赶紧回答说，"我很高兴能和您聊一聊。"

"您的意思是说，我能让您开心？那真的太好了！好，那就让我讲给您听吧。这里的人都觉得我是个怪人，有些人在议论别人的无聊谈话中，在偶尔提到我的名字时他们就这样叫我。绝没有一个人来关心我的命运。他们是想刺激我、嘲弄我、侮辱我。唉，我的天哪！他们怎么会知道真实情况呢？我之所以遭到灭顶之灾正是因为我一点儿也不古怪，一点儿也不特殊，除了有时我会显得有一点儿鲁莽和冒失，正如我现在和您聊天一样。不过这种鲁莽是最不值钱的，是一种廉价而且最低级的怪癖。"

"善于体谅人的先生啊！"他突然喊了起来，"我认为一般来说，只有异人在世界上才能过得好！也只有他们才有权利活在世上。"他突然用法语说，"有人说我的杯子不大，可是我用的杯子是我自己的。您看，"他小声又得意地插了一句，"我的法语说得多棒！即使你的脑袋很大能装得下很多东西，即使你学识渊博，并且能与时俱进，但是如果你没有一点儿自己的独特的东西的话，就等于一无所有！你只不过是人间一个多余的堆放普通货色的仓库！又有谁能从这样的仓库中获得可以令人欢悦的东西呢？没有！就算你愚蠢，也要具备自己的特色，这一点至关重要！您不要以为我对这种特色要求得很高，不是那么回事！奇特的人多得很，不管您往哪儿看，到处都是奇特的人，任何一个人都是奇特的人，可是其中就是没有我！"他有些激动。

"其实，"他稍许沉默了一会儿又接着说道，"我在年轻时也曾怀有过雄心壮志啊！我在出国之前和回国初期，也曾有过远大的抱负！当时我是多么自恃清高啊！在国外的时候我尽量地使自己机灵聪慧，一直勤勤恳恳地独立钻研课题，干得很不错。我们这些人就应该如此！我们一直刻苦钻研，可到最后我们却啥也没有搞通！"

"奇特的人！奇特的人！"他带着责备的口气摇着头说，"大家都说我是奇特的人，可事实上，世界上没有比我更不奇特的人了。大概我生来就是为了去模仿别人。的确如此！我活着也好像是为了模仿，我研读过形形色色的作家。我活得好辛苦，好累呀！我也曾求学，也曾爱恋过女人，最后也结了婚，但这一切仿佛都不是我自己心甘情愿的，好像只是履行一种义务，或者说是在接受一种教训——但又有谁能分辨得清呢！"

他顺手把睡帽从头上摘下来，扔到了床上。

"您想不想听我给您讲一下我的生活经历呢？"他用忽高忽低的语调问我，"或者您想让我聊聊我生活中几件值得一提的事情呢？"

"好，那就请您讲一讲吧。"我答道。

"要不，我给您说一说我是怎么结婚的吧。婚姻本该是一件大事，它是一个人全部生活的试金石。婚姻是一面镜子，能反映出……啊，这种比喻太迂腐了！请您见谅，我要闻一闻鼻烟了。"他从枕头下面取出鼻烟盒来，一面用手摇着已经打开的鼻烟盒，一面继续说：

"先生，我知道您很能体谅人，那就请您设身处地为我想一想吧。请您自己想想，我能从黑格尔的百科全书中得到什么教益呢？您认为，这部百科全书和俄罗斯的现实生活之间有什么关联之处呢？再请问您，我们怎么能把这部百科全书——不单单是百科全书，包括德国哲学——进一步说，甚至把德国的全部科学运用到我们的日常生活中来呢？"

他说得兴奋了，竟从床上跳了起来，还咬牙切齿地叫嚷道："啊，原来如此，原来如此呀！那为什么还要到国外去？为什么不待在家里就地研究周围的现实生活呢？这样就可以了解生活的需求、生活的前景了，也可以搞清楚自己应该肩负的使命了。但是，算了吧，"他又变换一种语调，就好像是在为自己辩护，而且有点胆怯起来，"还没有一位贤哲在书里著述过的东西，我们这些人又如何研究它呢？我倒是愿意向俄罗斯的现实生活求教。可是它，我的宝贝儿，它却不肯开口啊。它沉默不语，却又仿佛在说，你就这样来理解我吧。但我又没有这种本领。您来给我做个结论吧，帮助我得出一个论断吧！有些人说，你听听我们莫斯科人说话吧——不是说俄罗斯人说话像夜莺一样吗？这就是一个结论。可是倒霉就倒霉在这里！他们像库尔斯克的夜莺一样啼鸣着，可毕竟说的不是人话啊！因此我左思右想，我认为：'科学大概到处都一样，真理也是如此。'于是我就拿定主意要到国外去，到异教徒那里去。有什么办法呢？我血气方刚，傲慢自负，因此就陷入了迷塘。您可知道，我是不愿意在还不到发福的年纪就胖起来的，虽然大家都说发胖是好事。不过话又说回来了，假如造物主不赐给你肉，你想胖也是胖不起来的！"

"等等，"他略微停了一下又说，"我似乎说过要给您说一说我结婚的情况对吧。那就请您听吧。第一，我要告诉您，我的妻子已经不在人世了；第二，第二嘛，我还是把我的青年时代的情况说给您听好了，否则您一点也不了解——啊，您大概想睡觉了吧？"

"不，不想睡。"我的好奇心战胜了睡意。

"啊，那太好了，那就请听好吧。唉，隔壁房间里鼾声如雷，那个叫康塔格留欣的先生太不高雅了！我出生在一个双亲并不富裕的家庭。我之所以说双亲，是因为据说我除了有一个母亲，还有一个父亲。但我不记得他了。也是据说，他并不是一个十分聪明的人，长着一个大鼻子，满脸雀斑，头发是火红色的。他用一个鼻孔吸鼻烟。在我母亲的卧室里挂着他的一幅肖像。上面的他身穿红色制服，黑色的衣领一直竖到耳朵根下。他的相貌非常丑陋，我经常被揪着站到他的肖像旁边去受惩罚。这种情况下，母亲总是指着他的肖像说："要是他活着的话，打得要更狠。'您可以想象，这对我是一种多么大的恩赐。我既没有兄弟，也没有姐妹。事实上，说实话，我有过一个短命的弟弟，由于后脑生了一种从英国传来的不治之症，刚出生不久就被痛苦地折磨死了。这种英国病怎么会被带到库尔斯克省希格罗县来呢？但是真正的问题却不出在这里。我的母亲像其他乡下女地主一样，怀着满腔期望来教导我。从我刚来到人世那个辉煌时刻开始，她就全力以赴，一直到我年满十六岁。您是否还在听我讲呢？"

"当然啦，我在听，请接着往下讲吧。"我赶紧说。

"啊，好的，那我继续。到了我年满十六岁时，我母亲毫不迟疑地辞退了我的法语家庭教师。那是一个从涅仁市来的一个名叫菲里波维奇的德国人。母亲把我带到了莫斯科，并给我在大学里报名注册。在把我托付给了我的亲叔叔照看后，她就在安详中魂归天国了。我这个叔叔科尔东·巴布拉是一位法院监察官，他可是一个大名鼎鼎的人物。不光是在希格罗这样一个县里，他可是名声在外。我这个亲叔叔，法院监察官科尔东·巴布拉，照例把我的财产搜刮得一干二净。但是问题也并不出在这里。我刚进大学的时候——我想我应该为我的母亲说句公道话——在她的教导下我已经具备相当不错的教养了，但就在那个时候，我的身上暴露出缺乏奇特性这个致命弱点。我的童年跟其他青年人没有一点儿差别，我也是稀里糊涂地、懵懵懂懂地长大，就好像是被包在羽绒被子里捂大的一样。我也是从很小的时候就开始记着那些诗篇，并且开始忧郁烦闷，还美其名曰'爱幻想'。幻想什么呢？啊，对了，幻想美以及其他。我在大学里并没有走别的路。一进大学我就加入了一个社团。那个时代与现在可大不一样。大概您不知道社团是怎么一回事儿吧？我记得席勒在一首诗里曾说道：

> 唤醒狮子可非常危险，
> 考虑的牙齿更令人心惊胆战。
> 可人世间最为可怕的，
> 是一个人的神经错乱！

我可以向您断言，席勒想说的并不是表面看到的这个，他想说的是莫斯科城里的'社团'！"

"您认为社团有什么可怕之处吗？"我奇怪地问道。

我这位同屋又从床上抓起睡帽戴在了头上，他戴得那么起劲儿快拉到鼻子上了。

"有什么可怕之处？"他喊了起来，"我认为社团——就是毁灭一切独立发展的场所，社团是社交、女性和生活丑陋不堪的替代场所。社团——唉，且慢，还是让我告诉您，社团究竟是什么玩意儿吧！社团就是闲散懒惰之人和过着萎靡不振生活之人的避风港，但有些人却偏偏给它加上正当合理的名义作为光鲜的外衣。社团用推理争辩来代替闲聊，教唆你养成高谈阔论却没有任何结果的不良习惯，它不让你从事有独创性的有益工作，而是让你沾染上文学疥疮，最后剥夺了你心中蓬勃的朝气和纯洁清白。社团就是打着团结和友爱的旗号搞一些庸俗无聊的东西而已。它以真诚坦率和关心照顾你为借口，进行相互打击、野心勃勃的活动。在社团里，每一个人在任何时候都有权把自己肮脏的手指直插进同伴的心灵深处，从而使每一个人的心灵都不再纯洁无瑕，而是伤痕累累。在社团里有那种专门推崇口若悬河的空谈人物，有妄自尊大目空一切的人，还有些少年老成或是未老先衰的人，以及主张内心藏有'隐秘'思想但却才智贫乏的平庸诗人。在社团里十六七岁的男孩子竟然大谈特谈女人和爱情问题，而且还谈得头头是道，可是他们在女人面前却噤若寒蝉，一声不吭，即使和她们谈话也就像对着书本说话一样。不知所云！社团里盛行诡辩空谈和花言巧语，社团里成员之间相互跟踪盯梢，相互监视，他们的本领真可以说胜过专门搞这种活动的警察和密探。啊，社团啊社团！你不是什么社团，你就是一个魔法圈套，这个圈套毁灭了何止一个正派的人！

"喂，请允许我插一问话——您太言过其实了，这太夸张了。"我打断他的话说道。

我的同屋默然看了看我，接着说："也许是吧，天晓得，也许是吧。我这种人也只剩下一件可以开心的事情了，那就是爱夸张。所以，我就这样在莫斯科混了四年。先生，我真是无法向您描述这四年的时光过得多么快，那真是快得可怕！此刻回想起来，我感到既悲愤又懊恼。就像是早晨一起床，就坐着雪橇从山下滑下来一样，一眨眼的工夫，已经飞到了山脚下。这时太阳也落山了，于是一个睡意蒙眬的仆人帮你穿上常礼服，你穿戴整齐懒洋洋地到朋友那里，抽几根香烟，喝几杯淡茶，聊聊德国哲学、爱情、精神之类的永恒话题，有时再扯到一些其他的问题。但是在那里我也遇到过一些奇特而又有独创精神的人。有的人无论怎样被摧残、被压制，却能始终保持着自己的本性不变。而我却是个不幸的人，就像柔软的熔蜡一样被捏来捏去，可我那可怜的本性居然丝毫不反抗！当时我已经二十一岁了。我继承家产，或者更准确地说，我接管了家产中我的保护人认为有必要留给我的那一部分，剩下的呢，我把全部领地委托给了一个已经赎身的家奴瓦希利·库德里亚舍夫看管，然后我就出国去了，到了柏林。在国外，就像刚才我和您说的那样，过了三年。可是又怎么样呢？我在国外依旧是一个很不奇特的人。首先——这自然不用说了，我对欧洲的历史、对欧洲的生活，一点儿都不了解，我只不过是在德国听听德国教授讲课，读一读德国的书籍罢了。和在国内不同的也就仅此一点。我过着孤单无依的生活，像个修道士一样。我和几个退役的俄罗斯陆军中尉整天厮混在一起。他们也和我一样，为渴望知识而苦恼伤神，然而遗憾的是他们头脑不开窍，理解力很差，而且口嘴笨拙，一点儿也不善于言谈。后来我又结交了从奔萨省等物质丰富的省份来的几个人，但他们的头脑也都是那么迟钝。有时我到咖啡馆里去坐坐，有时看看杂志，晚上去看看戏。我和当地人很少交往，和他们谈起话来也会显得很紧张，因此他们也没有来和我交往。只是有那么两三个犹太裔的不务正业的坏小子，经常纠缠着来找我借钱——他们都认为我这个俄国佬容易上当受骗。后来，一个意想不到的机会让我来到了我的一个教授家里。事情的经过是这样的：我本来是报名到他那儿去听课，但是出乎意料的是，他热情地邀请我参加他的家庭晚会。这位教授有两个女儿，年纪都是二十六七岁。天哪，她们两个人的身材都是又矮又结实，鼻子长得很漂亮，满头鬈发，眼睛是浅蓝色的，手柔软红润，指甲洁白剔透。她们一个叫林亨，另一个叫明亨。从那以后，我就经常到教授家里去。应该直言相告，这位教授并不愚笨，但是他精神上好像受过刺激，这使得他讲起课来有条不紊、思路清晰，但是在家里就有些糊里糊涂的了，而且还老是把眼镜放在额头上。不过他可真是个学识渊博的人。您猜怎么样？忽然有一天我觉得我爱上了林亨，而且整整有六个月，我都沉迷在这种感觉之中。虽然我很少和她交谈，聊天也只是全神贯注地望着她，但我经常给她读各种各样的动人故事，然后悄悄地握一握她的手。到了傍晚时分我就和她一起幻想，我们目不转睛地望着月亮，或者只是仰望着天空。嗬，她煮的咖啡太香了！如此看来，一切似乎都称心如意了，但有一点使我忐忑不安——在那种所谓妙不可言的幸福时刻，不知为何，我的心口总是隐隐作痛，胃里也觉得难受发堵，我还会一阵阵打冷战。我想我大概没有福气享受这种幸福，于是就逃之夭夭了。此后，我在国外又待了整整两年。我去过意大利，曾在罗马观赏过《基督变容》，又在佛罗伦萨见识了"维纳斯"。那时，我突然陷入了一种过分狂热的状态之中，就像着了魔一般！一到晚上我就诗兴大发，挥笔写起诗来。而且从那时开始就每天都记日记。总之，那个时候，我的言行举止也和大家一样。但是，您看，就这样我算得上是一个奇特的人了！但其实我对绘画和雕塑根本就一窍不通——这一点我本应该坦率地说出来——可是不，那怎么能行啊？还是找个导游去浏览一下壁画吧。"

说到这里他又低下了头，又把睡帽摘了下来。

"我终于回到了祖国。"他用疲惫嘶哑的声音继续说下去，"我回到了莫斯科。在莫斯科我发生了惊人的变化。在国外我是那样沉默寡言，可是到了这里，我突然变得能言善辩了，天知道，我竟然也变得高傲自负起来。我遇到了一些宽容厚道的人，他们几乎把我抬举成天才，贵妇小姐们津津有味地听着我高谈阔论，听凭我信口开河。但是我却不擅长保持自己的声望。一个晴朗的早晨，出现了诽谤我的流言蜚语。那是谁炮制出来的我并不知道，大概是一个变态的老处女传出来的——这样的老处女在莫斯科到处可见。流言蜚语一旦出现，就会像毒草一样遍地蔓延。我被纠缠住了，想跳出来，我想挣脱斩断缠在我身上的丝网，可是不论我怎样努力就是挣不脱、斩不断。实在无奈，我只有躲开。这也表明我是一个沉不住气的人。我本该平心静气地等待这一阵攻击成为过去，就像害荨麻疹一样，沉住气忍一忍也就挺过去了。到时候那些宽容厚道的人又会张开怀抱欢迎我，那些贵妇小姐们也会满面笑容地听我口若悬河。但是糟就糟在这里，我不是奇特的人。您知道吗，我的良知忽然觉醒了，我不好意思再信口开河，不好意思再在众人面前胡言乱语了。昨天在阿尔巴特瞎扯，今天在特鲁巴街胡说，明天又到符拉日街去发表言论。其实吹来吹去全是老一套。可是有些人就喜欢这一套又该怎么办呢？您就看看那些所谓的凭舌头闯荡江湖的英雄好汉吧！他们对这类行为满不在乎。恰恰相反，他们迷恋于此精于此道，整天乐此不疲。有的人二十几年就靠着这种本事过日子混饭吃，他们翻来覆去卖弄的全是老一套。这就是所谓的自信和自尊心！我也有过自尊心，而且现在也没有完全泯灭。但是我却要说，糟就糟在这里！我不得不再说一遍，我并不是一个奇特的人，我总是停留在中庸之道上。造物主应该赐予我更多的自尊心，要么他就完全不给。在最初那些日子里，我确实是无所适从，举步维艰呀。加上我旅居国外，把我的财产耗费一空，但我又想娶一个年轻的身体又像果子冻一样绵软的商人女儿。在这种情况下我只好一走了之，躲回我自己的一个村子里去了。"他又斜着眼睛看了我一下，接着说，"至于我到农村生活的最初感受，以及大自然的美景、清幽但孤寂生活的魅力等，我就无须向您——赘述了吧。"

"悉听尊便。"我回答道。

"况且，"他接着说，"这些全是胡言乱语，至少我所接触过的都是如此。我在乡下生活得很寂寞很无聊，犹如一条被关起来的狗一样不自在。虽然，在我归来的途中，第一次在春天里经过我所熟悉的白桦林时，我几乎有些晕眩了，我的心中突然萌发了一种模糊不清的甜蜜的期望，我的心怦怦地跳了起来。然而这种模糊不清的期望，您知道的，永远都不可能实现。相反地，生活中往往会出现完全不想见到或者预想不到的情况，比如兽疫啦、欠租啦、拍卖啦，诸如此类。由于我有总管雅可夫的协助和管理，我一天一天将就着混日子。这个总管代替了原来那个总管，可到后来他侵吞了我的财产，竟变得比原来的总管有过之而无不及！另外，他那双涂柏油的长筒靴子散发出的难闻气味更让我无法忍受。有一次我突然想起了一户熟悉的邻村人家——一个退役上校的夫人和两个女儿，便吩咐套车前去拜访这一家人。这一天应该是值得我永远纪念的日子！因为半年之后，我就娶了这位上校的次女为妻了！"

"不过，"他满怀热情地接着说，"我真不愿让您对我的亡妻有任何不好的看法。绝对不可以！她是个品德极其高尚、心地极其善良的人，她是一个仁厚慈爱和愿为她所爱的人牺牲一切的人。我应该对您说老实话，如果我没有遭遇丧妻之痛，今天恐怕就不会跟您说这番话了！我家库房里那道房梁还在那儿，我曾经不止一次想在上面悬梁自尽！"

"有些梨子，"他略微沉默片刻之后又说了起来，"要在地窖里放一段时间再吃，才能品尝到它们的真正滋味。我那亡妻大概就是属于这样一类人吧。她是天然的造物。到了现在，我才能为她说上一句真正的公道话。到了现在，比如说当我回忆起结婚前与她共同度过的那些个黄昏时，那时的欢乐非但没有勾起我一点儿哀伤，反而使我感动得潸然泪下。她家庭的经济状况并不怎么宽裕，家里的房舍都是老式的木质结构，但是却很舒适。房子坐落在一座小山冈上，一个荒芜的花园被掩盖在草木丛生的院落里。

山脚下流淌着一条小河，透过繁密的枝叶，隐隐约约地可以望得到波光粼粼的河水。房子带有一个大凉台，从屋子一直通向花园。凉台前是一个椭圆形的大花坛，花坛里种着五颜六色的玫瑰花，色彩是那样的鲜艳夺目。花坛的两端都有两株相思树，它们那已故的主人在它们还幼嫩的时候就把它们盘绕成了螺旋形。在稍远处，荒芜的野生马林果树丛环抱着一个凉亭。亭子内部粉刷得很精致，但是外边却已经衰败不堪，让人看了不免有些凄凉。凉台上有一扇玻璃门通向客厅。客厅里的陈设很能引起人们的好奇心和观赏的兴致。屋角里都有瓷砖砌的壁炉，屋子的右面摆着一架略显寒酸的钢琴，上面还堆放着一些手抄的乐谱。客厅里还有一张长沙发，上面罩着已经褪色的浅蓝色白花纹的缎套。房间里还放着一张圆桌，两个玻璃橱柜，橱柜里面陈列着叶卡捷琳娜时代的瓷器玩具和琉璃球玩具。墙上挂着一幅有名的肖像画，上面画的是一个胸前抱着一只鸽子的金发少女，眼睛注视着前方，桌子上放着一个花瓶，里面插着或是怒放或是含苞欲放的玫瑰花。您看，我描述得多么细致呀。我爱情的全部悲喜剧就是在这间客厅和那个凉台上上演的。上校的夫人是一只母老虎，不仅撒泼放刁，连说话也是恶狠狠的。她时常嘶哑地吼叫着，不仅蛮横而且总爱吵闹。她有两个女儿，一个叫薇拉，她同一般县城里的小姐没有什么两样；另外一个叫索菲娅，我爱上的就是这个索菲娅。姐妹两个共用一个房间作为她们的卧室。走进卧室你会看到里面摆着两张木质单人床，还能见到黄色的纪念册，一盆木樨草，还有画得很差劲儿的铅笔肖像画，画的都是青年男女。其中有一位先生的肖像很惹人注目。他面部的表情充满青春活力，而画上的签名更是潇洒有力。在年轻时代，他一定曾使人们对他寄予很高的期望，但是其归宿大概和我们大家没有什么两样——庸庸碌碌，一事无成。房间里还有席勒和歌德的半身塑像，一大堆德文书籍，以及已经干瘪的花冠和其他一些留作纪念的物品。我难得造访这个房间，而且我也不喜欢进去，在那里我总有一种憋闷的感觉。说来也怪，当我背对索菲娅坐着时，觉得她很可爱。当我在凉台上时，尤其是在黄昏时刻，当我思念着她或是幻想着她时，便觉得她最可爱。那时，我眺望着晚霞和树林，望着那些在有些幽暗的玫瑰色天空下还能清晰可辨的一片片小小的绿叶，陪伴着或者思念着我的心上人，那一刻我的心仿佛融化在了蜜糖里面。

　　"那是多么幸福啊！在客厅里，索菲娅坐在钢琴前，不断地弹奏着她喜欢的贝多芬作品中某一个充满激情而又睿智的乐章，那个刁蛮凶恶的老太婆就坐在长沙发上安稳地打瞌睡，还发出如雷的鼾声。在夕阳映照下薇拉在厨房里忙着煮茶，茶炊欢快地咝咝叫着，像遇到了什么喜事。掰开脆饼时发出了快活的清脆声，勺子碰到茶杯时发出了叮当声，金丝鸟一整天都在不知疲倦地啼鸣，然而现在它安静了下来，偶尔啾啾地叫上几声，仿佛在等待着什么。透明而轻柔的薄云中偶尔会稀稀疏疏地掉下些雨点来。我坐着坐着、听着听着、望着望着，心胸也觉得越来越开阔了。

　　"我越发觉得我真的爱上她了。于是，就在这种黄昏美景的感召下，我终于壮着胆子向老太婆请求，希望她答应把女儿嫁给我。大约过了两个月，我如愿以偿了，我真的和她结了婚！当时我觉得自己是爱她的。但是时至今日——我本应该早就知道——时至今日，我仍然不能确定我究竟爱不爱索菲娅。她是一个心地善良、聪明贤惠又内向稳重的人，她有一颗温情脉脉的心。只有老天知道，为什么她的心底深埋着一个无法愈合的伤口。也许是因为久居乡下，或者是别的什么原因，这处创伤——还是说伤口吧，一直在流血，在溃烂，根本没有办法医治。不管是她自己还是我，都说不出这个伤口的名字来。当然，这个深埋着的伤口是我在结婚以后才渐渐察觉到的。不管我费了多少心思帮助她医治，还是一点儿效果也没有！这让我想起了我在童年时代养过的一只黄雀。有一次它被猫给逮住了，幸好我及时把它解救出来，给它医好了伤。但是我这只可怜的黄雀再也不能康复如初了，它总是闷闷不乐，终日郁郁寡欢，而且越来越憔悴，再也不啼鸣了。结果一天深夜里，一只大老鼠钻进开着的笼子里咬死了它，这样它才彻底地呜呼了。不知一只什么样的猫把我的妻子给抓伤了，因此她也一直闷闷不乐，终日郁郁寡欢，越来越憔悴，就像我那只不幸的黄雀一样。有时，她自己显然也想打起精神来，在清新的空气里或是在温馨的阳光下，轻轻松松地自在一会儿。然而她刚一振奋，立即又萎缩了。她是真心爱我的，她曾经多次向我倾诉心声说她很幸福，有了我她再别无他求了——呸，见鬼！她的眼睛仍然没有一丝光彩。我不知道是不是她从前遇到过什么不愉快的事情，我千方百计地寻找原因，但还是一无所获。

"哎，那么请您判断一下吧。如果我是一个奇特的人，或许只需耸一耸肩膀叹两口气，就会像什么也没发生过的一样，照样可以过平静的生活。但事实上，我却不能。我不是一个奇特的人，因此我就想到了悬梁自尽。我的妻子已经深深地沉迷在老处女的那种习气之中了——她就喜爱贝多芬，还好夜游，而且喜欢养木樨草。她还经常和朋友通信，搞纪念册等，以至于无法改变原来的生活方式，因此也就无法适应其他生活方式，尤其是不适于做家庭主妇。但是，一个已经出嫁的女人整天都沉陷于无名的烦恼与惆怅之中，一到晚上就开始唱'你在黎明时刻不要唤醒她'，这不是太荒唐太可笑了吗？"他停了一会儿又继续说，"请看，我们就这样一起安享了三年和乐美满的生活。到了第四年，索菲娅因为头胎生产而丢掉了性命。说来也很奇怪，我仿佛早就预料到她不可能为我生一个女儿或者儿子，她不会赏给人世一个新的公民。直到现在，我还能清楚地记得为她举行葬礼时的情景。那是一个春天。我们教区的礼拜堂并不大，而且已经破旧不堪了。悬挂圣像的墙壁也已经发黑了，其他几面墙光秃秃的，没有任何装饰物。石灰已经斑斑驳驳，有些地方砖都露出来了。每一个唱诗班的席位上都供奉着一幅古老的大圣像。棺木抬进来之后就被摆放在圣幛正门前的正中央，罩上褪了色的盖棺布，周围再摆上三个蜡烛台。仪式开始了。一个老迈的教堂执事在读经台前悲哀地诵读经文，他的脑袋后面拖着一个小发辫，绿色的腰带系得很低。神甫也是一副老态龙钟的样子，但他显得慈眉善目，只是有些老眼昏花了。他身穿一件有黄色花纹的紫色法衣，兼当祭司和助祭。在一扇扇敞开着的窗子外面，纵横交错的白桦树枝上吐出了嫩芽，在风中不停地飘动，发出"簌簌"的响声。院子里飘来阵阵青草的气息，沁人心脾。蜡烛那红色的火焰在明媚的春光中显得既苍白又黯淡，麻雀的叫声在礼拜堂里回荡着。圆顶上不时飞下来一只燕子，发出叽叽啾啾的叫唤。在金色粉尘般的阳光里，几个浅褐色头发的庄稼汉在向死者鞠躬致哀，他们的头迅速地一起一伏，热诚地祈祷着。香炉孔洞里吐出的缕缕浅蓝色的烟在空中缭绕。我看了看妻子那张死气沉沉的面孔，她真的死了！死了，死神真的来了！就是死也没有医好她的创伤，没有使她得到彻底的解脱。她的面部仍旧是那样一副痛苦悲哀、胆怯羸弱的表情，她即使躺进了棺木也依然很不轻松、很不开心。我心如刀绞。她是一个多么温柔善良的人啊！可是为了让她能够得到解脱，死了或许可以一了百了，死了或许更好！"

他激动得满脸通红，热泪盈眶。

"终于，"他继续说，"我从因妻子死亡而陷入的悲哀和颓丧中解脱了出来。我想振作起来，于是我决心干一番事业。我在省里谋了一份公职。但是在公职机关的大办公室里，我的头却开始剧烈地疼痛，视力也越来越差。这时刚好发生其他事情，我便乘机辞去了公职。我原打算去莫斯科的，但是我又筹措不到那么多钱，而且——方才我已经跟您讲过，我过惯了与世无争的平静生活。这种生活追求可以说是心血来潮，也可以说并非心血来潮。从精神方面来说，我早就想过与世无争的平静生活了，尽管我仍然不肯俯就。我以为我的思想感情是淳朴的，这是由乡村生活的经历和那些不幸事件所造成的。从另一个角度来说，我早就看出来，几乎我所有的乡邻，不论男女老少，最初都很敬畏我的学识，羡慕我出国留学的经历、我的教养和举止还有其他一些优越条件。现在呢？他们不仅对这些习以为常，而且居然对我怠慢和轻视起来。他们对我的高谈阔论已经不感兴趣了，跟我说话也不再客气，不再用恭敬的言语。

"啊，我还忘记告诉您了，在我结婚的头一年中，因为寂寞无聊，我曾经尝试从事写作的工作，我还给杂志社寄去过一篇文章。要是我没有记错的话，当时我写的是一部中篇小说。但是过了一段时间，我收到了编辑的措辞礼貌的退稿信，其中有一段话是这样说的：'毫无疑问阁下是很有学识的，但是却缺少写作的才华，而从事文学创作最需要的正是才华。'不仅如此，我还听人家说，有一个迷路的莫斯科人，是一个很善良的青年人，他在省长家的晚会上无意中议论起了我，说我是一个才智枯竭了的人，一个无所作为的人。但是我仍然半梦半醒地混着，不愿给自己一个'大耳光'以便让自己清醒一些。终于有那么一天早晨，我才真正睁开了眼睛，清醒过来。是这么回事：县警察局长来到我家提醒我要注意，我的领地上有一座桥塌落了下来。然而当时我完全没有经济能力对桥进行修复或重建。这个社会秩序的维护者和监督者倒是很宽宏大量，他一面就着一块鲟鱼干喝着白酒，一面以长辈的口气责备我太散漫，然而他又体谅我的处境，劝我只要吩咐农户们在上面堆些粪土也就能敷衍过去了。只要这么做就算没有这回事了。说完此事，他就悠然自得地吸起烟叶，还和我聊起即将举行选举之事。当时有一个姓奥尔巴萨诺夫的人正在积极活动，打算竞争这个省首席贵族的荣誉称号。这个人是个信口开河的大骗子，而且还是一个贪污分子。他也并不是特别富有，更谈不上有什么崇高的威望。我这个人心直口快，便对他发表了一通议论，甚至说得很不客气。说老实话，我很看不起奥尔巴萨诺夫先生。警察局长听完了我这番议论，看了看我，又亲热地拍了拍我的肩膀和和气气地对我说：'哎呀，瓦希利·瓦希利耶维奇，这样的人物可不是您和我应该议论的呀！我们哪有这个资格？还是安分守己少发些议论为好，我们都应该有自知之明啊。''得了吧，'我懊恼地反驳说，'我和奥尔巴萨诺夫有什么差别呀？'听到这里警察局长把烟斗从嘴里拿开，睁大了眼睛，然后突然大笑起来：'哎，您这个人可太有趣了！'最后他笑得眼泪直流说道，'你这个人说话真逗！哎呀！你真会开玩笑！'他离开之前一直在嘲笑讽刺着我，还不时地用胳膊肘捅捅我，说起话来也很随便，毫无敬重之意。最后，他终于走了。我差一点就跟他发火了。我心里很不是滋味，在屋子里来来回回地转了好几圈，最后站在了镜子前，久久地看着自己那张因发窘而狼狈不堪的脸，缓缓地伸出舌头，苦笑着摇了摇头。这时我眼球上的白翳脱落了，蒙着眼睛的迷雾消散了，我更清楚地看到——而且比看镜子还要清楚地看到，我是一个多么空虚无聊、渺小无用的人，一个丝毫也不奇特之人！"说话的人又沉默了片刻。

"伏尔泰在一出悲剧里写道，"他十分颓丧地接着说道，"有一个贵族因为堕落到不幸的极限而感到欢欣。我的命运虽然没有遭遇太大的不幸，但我老实跟您说，我也有这样的感受。我在悲哀绝望时也产生过被麻醉般的狂喜。我曾经整个早晨都泰然自若地躺在自己的床上，诅咒着自己的生辰，这时我居然感到非常甜蜜。我还不能一下子就安于与世无争的平静生活。况且请您想想看，我因为穷困被迫待在我本来就痛恨的乡村，那荒芜僻远的乡村啊，产业、公职、文学——所有一切我都失去了。我竭力回避和地主们交往，读书也觉得厌腻了。那些摇晃着鬈发的又肥又胖的太太小姐们，整天多愁善感地谈论'人生'这个字眼，对此我早已不感兴趣。我不再信口开河了，于是这些肥婆胖妞们就再不理我了。我不习惯过离群索居寂寞冷清的生活。您猜一猜怎么样？我就经常到邻居家里去走访。我像是沉溺到自轻自贱的地步了，常常故意去招惹各种各样的屈辱和鄙视。可我得到的是什么呢？参加宴会时，或与某些人同桌进餐时，仆人常常在斟酒上菜的时候把我晾在一边。或者他们干脆故意漏掉我。人们对我既冷漠又傲慢，到后来干脆就不理我了。甚至和他们闲聊时，我都不能说话。于是我就故意地躲在角落里，对某一个狂妄而又愚蠢的牛皮大王低三下四地吹捧。想当初我在莫斯科时，让这种人舔一舔我皮鞋上的灰尘，让他摸一摸我的大衣边儿他都会欣喜若狂。我甚至强迫自己不要去想。这些，只能沉沦在讽刺讥笑带来的苦涩里。唉，见鬼去吧！在孤独凄凉的境遇中，还谈什么讽刺呢？我就这样一混混了好几年，时至今日还这样混着。"

"这可有点儿太不像话了！"隔壁房间里的康塔格留欣先生带着蒙眬的睡意恼怒地说道，"是哪个蠢货在大半夜还聊个没完？"

我同房间的人立刻钻进了被窝，战战兢兢地伸出头来望着，并且在嘴边竖起一个指头来警告我别乱说话。

"嘘——嘘——"他小声地提醒我。接着，他向传来康塔格留欣声音的方向，毕恭毕敬地赔礼道歉："知道了，知道了，真是对不起！"继而他又小声地说，"应该让他睡觉了，他需要睡觉，我们应该让他好好休息一下。至少我们让他明天吃起东西来胃口还是那么好，我们没有理由打扰他。况且，我要说的似乎都说完了，您一定也想休息了，祝您晚安。"

他说完立刻转过脸去，把头埋在枕头里。

"那么至少也请您告诉我，"我说，"您贵姓？"他立刻抬起头来，快速地说："不，看在上帝的份上！请不要问我姓什么，也无须向别人去打听。让我成为您的记忆中一个永远不知道姓氏的倒霉蛋儿吧。"

"您只要知道我名字叫瓦希利·瓦希利耶维奇就好了。而且，我不是一个奇特的人，也就不配有一个奇特的姓氏。但是如果您一定要给我一个什么称呼的话，那您就把我叫作——就把我叫作希格罗县的哈姆莱特吧。不管在哪个县，这样的哈姆莱特都不少。但是除了我，您大概还没有遇到过别的哈姆莱特。为此，只好请您见谅了。"说完他再次钻进羽绒被窝里。

第二天清晨，仆人把我唤醒的时候，已不见他的人影了。

（一八四九年）

潘捷列伊·切尔托普哈诺夫

正值盛夏里烈日炎炎的一天，我打完猎乘坐马车回家。耶尔莫莱坐在我的身旁快快地打着瞌睡。两条猎犬睡在我们的脚边，它们像死了一样随着马车不住地颠簸却一点儿反应也没有。车夫不断地挥动鞭子，驱赶着马身上的马蝇。马车不停飞奔，车后扬起了白茫茫的灰尘，像轻云一样飘散开去。我们的马车驶进了灌木丛。道路变得难走了，路面有些崎岖不平，车轮还时常被树枝缠住。真是艰难而讨厌的旅程。我们都很无奈地前行着，在这烈日之下，我的可怜的马也只能低头只顾着脚下前行的道路，仿佛也失去了疾驰相应的兴致。我无法快乐地畅谈或是欣赏美景。这样的天气已经让我的心情跌到了谷底，再也兴奋不起来了。耶尔莫莱停止了瞌睡强打起精神，向四周看了又看。"哎！"他开腔了，"这儿一定有松鸡，咱们就在这儿下车吧。"于是我们下了马车，走进了繁茂的树林。我的猎狗发现了一窝松鸡。我立刻开了一枪准备再装弹药，忽然身后传来了很响亮的声音。只见一个骑马的人用手拨着树枝，向我直奔过来。

"先生，"他神情傲慢地责备我，"您有什么权利在这儿随意打猎呢？"这个陌生的人说话虽然断断续续，但是语速却很快，鼻音很重。我扫了他一眼。我平生还从未见过这样的人。亲爱的读者，让我给你们描述一下这个人吧！他个子矮矮的，满头淡黄色头发，长着一个红红的大狮子鼻，留着长长的火红色胡子，头上还戴着一顶大红色尖顶波斯帽，帽子一直戴到眉毛上，直到把整个前额都盖住。他的身上穿着一件破旧的黄色短上衣，胸前挂一个黑色波斯绒弹药袋，全身的衣边上都镶着褪了色的银绦带。他肩上背着一个号角，腰带上挎着一柄短剑。他骑的是一匹枣红马。马儿瘦骨嶙峋，两个鼻孔向外翻着，还一个劲儿地踢着蹄蹦跳着。两条波扎尔亚猎狗拐着瘦得可怜的弯腿也在马旁边不停地绕着圈子打转转。这个陌生人的面孔、目光、声音及全身的每一个动作都表现出一种狂妄和从未见过的傲慢劲儿，十分惹人讨厌。他那一双晦暗无神的眼睛是淡蓝色的，像酒鬼一样滴溜滴溜地四处乱转。他斜着眼睛看人，神气十足地仰着脸鼓着两个腮帮子，鼻子还"哧哧"发出响声。他全身直打战，竭力想显示出自己的高贵与神气。那副令人可笑的样子活像一只吐绶鸡。

他把刚才说过的问话又重复了一次。

"请原谅，我不知道这儿是禁猎区。"我立刻回答道。

"先生，"他接着又说道，"您这可是在我的领地上呀。"

"实在对不起，我马上就走。"我转身就要离开。

"请问，"他又问道，"您是一位贵族吗？"

我说了名字和姓氏。

"啊，原来如此！多多见谅！那就请随意打猎吧。我本人也是一个贵族，很高兴能为您这样的贵族效劳。我的名字叫潘捷列伊·切尔托普哈诺夫。"

他俯下身子大吼一声，并在马脖子上狠狠地抽了一鞭子。那匹马痛苦地把头摇了一下，立刻扬起前蹄朝一旁冲去，踩住了一条狗的爪子。那条狗疼得号叫起来。切尔托普哈诺夫因此发起火来，嘴里嘟嘟囔囔地说着什么，同时挥起拳头在马的两耳之间狠狠地打了一下，那速度像闪电一样快，他飞身跳下马来，仔细地察看了一下被踩伤的狗的伤势，并且在伤口上抹了抹他的唾沫，然后朝狗肚子上猛踢了一脚，以制止它的号叫。随后他抓住马鬃，一只脚刚伸进马镫，那匹瘦马便昂首嘶鸣，扬起尾巴侧着身子"嗖"的一下向灌木丛奔去。他的另一只脚跟着马蹦弹了几下，终于飞身坐到马鞍子上。他发疯似的挥舞着马鞭，吹着号角疾驰而去。

切尔托普哈诺夫的突然出现使我惊愕，尚未等我回过神来，另一个骑着马的人又从灌木丛中走了过来。此人有四十来岁，长得胖胖的，骑的是一匹黑马。他走到我的面前勒住了马，然后摘下绿色的皮帽子，用尖锐但又柔和的声调问我是否看到一个骑枣红马的人。我立刻说我看到过。

"那位先生向哪个方向去了？"他用同样的声调问道，而且没有把帽子戴上。

"往那边去了。"我指了指方向。

"多谢，打扰您了。"他把嘴"吧嗒"了一下，两条腿轻轻地夹了夹马肚子，马儿便踩着碎步朝着我指的方向"嘚嘚"地走了过去。我目送着他，一直到他那顶多角的帽子消失在浓密的树枝丛中。这个胖胖的人和方才那个陌生人在外表上完全不一样。他有一张胖乎乎的脸，人也长得滚圆滚圆的，活像一个大肉球。他表现得很腼腆、温顺、和善。他的鼻子又胖又圆，但上面却布满了青筋，这表明他一定是个爱寻花问柳之辈。他前面的头发都已掉光了，后脑勺上翘着稀疏可数的淡褐色鬈发。他那一双眼睛小得实在可怜，就像是用芦苇叶子拉出来的一样。他不停地眨巴着小眼睛，倒是显得很亲切。他那两片红润润的嘴唇微微抿着，显得很和善。他身上穿着一件破旧的长礼服，硬领和铜纽扣却很齐全，而且十分洁净。他穿着一条呢裤，裤子吊得很高，他那一双镶黄边的长筒靴上面则露出滚圆的小腿肚子。

"这个是谁呀？"我问耶尔莫莱。

"这个人呐，叫吉洪·伊凡内奇·聂道比斯金，是切尔托普哈诺夫家里的一个食客。"

"这么说，他一定很穷了？"我说。

"可以这么说吧！他没有什么钱，但切尔托普哈诺夫也是身无分文啊。"

"那为什么他还要寄住在他家里呢？"我疑惑不解。

"嗬，您不知道，他俩好得很！不论在哪儿，他们两个人总是形影不离！真是穿一条裤子都嫌肥呀！"

说着说着我们已走出了灌木丛。突然听到附近传来了两条猎狗的吠叫声。这时我们看到一只又肥又大的雪兔连蹦带跳地进了长得相当高的燕麦田里，几条芒恰亚猎犬和波尔扎亚猎犬从灌木丛中蹿了出来紧紧跟随其后。

切尔托普哈诺夫跟在狗的后面也冲了出来。他并没吆喝，也没让狗去追捕，因为他已经累得上气不接下气了。谁也听不懂他张大嘴巴发出的断断续续的声音。他骑在马上，把两只眼睛瞪得圆溜溜的，他再次发疯似的挥舞着鞭子，抽打着那匹可怜的枣红马，急急追赶了过去。几条猎犬眼看就要追上那只雪兔，雪兔却十分狡猾，把身子一蹲，来了个急转弯，就像箭一样从耶尔莫莱身边跑了过去，然后一下子钻进了灌木丛里。几条猎狗同时追上来，却扑了个空。"快——追！快，快——追！"猎人急得慌张地喊着，口齿已经变得不清晰了，"老兄，快，快帮帮忙！"听到求助，耶尔莫莱开了一枪，中弹的雪兔在平坦的枯草地上打了几个滚，向上猛地蹦了一下就栽倒在地，被一条追上去的猎犬死死地咬住。可怜的雪兔发出凄惨的哀号，其余的几条猎犬纷纷围拢过去。切尔托普哈诺夫像翻筋斗一般飞身下马，立刻拔出短剑，甩开两条腿冲到猎犬的旁边，怒不可遏地叫骂着。他从猎犬的嘴里把兔子夺了过来，可兔子已被撕得支离破碎了。他被气得脸部痉挛，用短剑刺向兔子的喉咙，一直深深地刺到只见得到剑柄处之后，他便哈哈地大笑起来。这时吉洪·伊凡内奇也从树林子边走了过来。

"哈哈哈哈！"切尔托普哈诺夫再次得意扬扬地大笑起来，他的好友吉洪也跟着大笑起来。

"说实在的，夏天是不应该打猎的。"我用手指着被践踏的燕麦，不无惋惜地对切尔托普哈诺夫说道。

"没关系，这是我自己的田地。"切尔托普哈诺夫气喘吁吁地答道。

他把兔子的爪子割了下来丢给猎狗吃，然后把死兔子拴到了马鞍子后面的皮带上。

"老兄，感谢你的那一枪。"他对耶尔莫莱说道，"还有您，先生。"他还是用先前那种断断续续的声调对我说，"也多谢您了。"

他重新登上了马，又转过身来说道："啊，请问——我忘了——您的尊姓大名？"

我又把我的姓名说了一次。

"非常荣幸能和您结识，如果您有空闲时间，欢迎来舍下一叙。"说完他又气呼呼地问，"那个福姆卡又跑到哪儿去了？吉洪·伊凡内奇，追猎雪兔的时候他为什么也不在这儿？"

"他骑的那匹马垮掉了。"吉洪·伊凡内奇笑眯眯地答道。

"垮掉了？奥尔巴桑完蛋了！嘿嘿！那匹马在哪儿呀？在哪儿？"

"在那边，就在树林后面。"吉洪·伊内凡奇指了指林子。

切尔托普哈诺夫朝马脸上抽了一鞭子，那匹马便疾驰而去。吉洪·伊凡内奇向我连鞠两躬——一躬是为自己，一躬则是替他的同伴。然后他就迈着稳健的步子走进了灌木丛。

这两个人物引起了我强烈的好奇心。两个性格差别如此之大的人靠什么结成如此坚固的友谊呢？我决心弄个明白。

后来，我了解到如下情况。潘捷列伊·叶列美奇·切尔托普哈诺夫是这一带远近闻名的危险人物。他是个性情乖戾任意妄为而又极其傲慢的莽汉。早年他曾在军队里混过一段很短的时间，但因为犯下了"不愉快的事件"而被逐出军队，以一个"可有可无"的军衔退职了。他出身于一个原本很富裕的家族，他的先祖生活得很阔绰。按着草原居民的风俗习惯，他们接待客人十分豪爽殷勤，不管是邀请来的还是不请自来的客人，他们一律都盛情接待。他们不仅让客人吃饱喝足，还要赠给客人的车夫每人三匹马和一俄石燕麦。他先祖的家里养着乐师和歌手，还有一大帮食客以及一大群狗。逢年过节他们更是豪爽，款待大家放开肚皮地喝葡萄酒和麦酒。一到冬季，他们便坐着自家沉重的大马车到莫斯科去消闲。有的时候，他们难免一连几个月身无分文，只好靠着家禽糊口度日。

到潘捷列伊·叶列美奇的父亲时，继承下来的便只剩衰败了的家业了。再经他父亲一番挥霍，家产荡然无存。到他临终的时刻，留给潘捷列伊的家产也就是剩下的且已经抵押出去的别索诺夫村，另外再加上三十五个男农奴和七十六个女农奴，还有科罗布罗道沃荒原上十四又四分之一俄亩却无法耕种的土地。不过在其先祖的地契文件中却没有任何有关这片土地的契约。

他的先祖是以一种极其荒唐的方式破产的，是"经济核算"坑害了他。

他依照他的想法过活，坚信贵族们不应该依赖商人、市井小民和诸如此类的人物，他把他们统称为"强盗"。他在自己的领地上兴办各种各样的手工艺作坊。他经常说："这样干又体面又合算，这就是经济效益！"他一辈子也不曾放弃过这极其错误而且有害的想法。正是这种想法把他的家产折腾个精光。但是他却活得异常开心，不论怎样的奇思怪想他都试过了。为了实践他那奇奇怪怪的想法，有一次他还制造了一辆家用马车。马车非常大，却笨重极了。尽管他把全村的农家马匹连同它们的主人都召集过来，连人带马一齐上阵，想拉这辆笨重的大马车，但他们刚把这辆马车拖到第一道斜坡上的时候，马车便翻了个儿，摔得七零八落的。事情折腾到此还不算完，叶列美·卢基奇——这是潘捷列伊父亲的名字——又突发奇想，吩咐家里的人在这个斜坡上建一个纪念碑。他心中没有一点儿懊恼，反而心安理得。后来，他又心血来潮想修建一座礼拜堂，而且要自己别出心裁地来设计，不请设计师设计图样。为了烧砖制瓦，他把整片树林都烧光了。他把地基打得特别大，足可以建成一座城里的大教堂了！耗费了极大的人力终于把墙砌好了，之后他就命人开始架设大圆屋顶，可是圆屋顶却塌了下来。第二次再建时房顶还是塌了下来。他仍不死心，来了第三次，仍然没有成功。经过三次失败，这位叶列美·卢基奇开始反复琢磨。他认定这件事之所以蹊跷，一定是有巫婆从中捣鬼。于是他下了一道极为荒唐的命令——用鞭子抽打全村的老太婆。村里的老太婆可倒了大霉，一个个都挨了毒打。毫无疑问，圆房顶仍旧盖不起来。

接二连三的失败并没有使他就此止步。他又想出来了新的花样。他要按照一项新计划来改建农户的住房。他做的一切都是按着经济核算进行。他把每三家农户拉在一起，然后把住房按三角形来布局，在三户中间立起一根高杆子，杆子上装着一个油漆漆过的椋鸟笼子和一面旗子。

就这样，他几乎每天都能想出一个新的花样来。有时他让农户们用牛蒡叶来熬汤喝，有时又把马尾巴剪下来给家奴们做帽子，有时他用荨麻来取代亚麻，有时又用蘑菇来喂猪，总之千奇百怪。他不光是在经济上瞎折腾，某一天他突然又关心起他手下人的生活福利。有一次他在《莫斯科时报》上看到了哈尔科夫地主的一篇文章，写的是农民日常起居中的道德问题。他一看如获至宝，第二天便发布命令：他管辖下的农民们都必须来读哈尔科夫这位地主的文章。不仅要读，而且还要背得滚瓜烂熟。农民们谁敢违抗这个"古怪老爷"的命令？他们只好把文章都背熟了。这位地主老爷煞有介事地问："他们是不是把文章都读懂了？"管家只好毫不含糊地答道："怎么能不懂呢？"为了维护秩序，便于他的经济核算，他又下令把手下所有的农夫都编了号，并且让每个人都把自己的号码缝到衣领上。编好号码以后无论谁再要见到主人，都必须大声通报："××号到！"然后主人便和颜悦色地答道："好，你去吧！"

然而，不管这位先生如何的讲究经济核算，怎样注重秩序，叶列美·卢基奇还是一样走进了死胡同。他终于陷入了极其困难的境地。最初，他把自己的几个村子全都抵押了出去。后来实在无计可施，他只好又把它们一个一个地卖掉。最后就连他祖居的家园，也就是那个尚有一座未建礼拜堂的村子也未能幸免。他的一切都被官府卖掉了。值得庆幸的是，这件事是发生在荒唐的叶列美·卢基奇去世后的两个星期。要是发生在他生前的话，他一定经受不了这样的打击。不管怎么说，他总算是在自己的祖宅中寿终正寝的。死在自家的床上，死之前有家里的人守护在床前，还有自己的私人医生来诊治照料，总算是件幸事。折腾到如此地步，他那唯一的可怜儿子潘捷列伊所继承下来的也就只有一个别索诺夫村了。

潘捷列伊得知父亲生病的消息时，已经在军队中任职了。那会儿正是上述那件"不愉快的事件"闹得最凶的时候。当时他只有十九岁。他从童年起就不曾离开过家独立生活，他一直在他那位心地善良但又愚蠢至极的母亲瓦希利萨·瓦希利耶芙娜的呵护之下成长，以至于把他教养成一个娇生惯养的纨绔子弟。她一个人包揽了他的教育。他的父亲叶列美·卢基奇只是沉醉于自己的经济设计，根本无暇来管儿子。虽然曾经有那么一次，他因儿子读错了字母，亲自用鞭子打了他一顿。不过，儿子挨打的真正原因是因为他最心爱的一条好狗在树上撞死了，他又着急又心疼，就把儿子当作出气筒。但是事实上瓦希利萨·瓦希利耶芙娜对儿子潘捷列伊的关心和教育，也就那么一次罢了。

她费尽周折给儿子请来一位家庭教师。这位家庭教师是阿尔萨斯的一个退伍军人，名叫比尔科普甫。一直到她去世，她都对这位家庭教师毕恭毕敬的，一见到他还总是提心吊胆，生怕这个人辞职不干。她总是在心里不停地嘀咕："啊，要是比尔科普甫不干了那可就糟糕了！那样的话我该怎么办呢？我能到什么地方去请家庭教师呢？即使是这个家庭教师我也是费了九牛二虎之力才从邻村一个女地主家里抢过来的呢！"比尔科普甫是一个精明老练的家伙，他知道怎么利用自己享有的特殊地位作威作福。他整天都没命地喝酒，一天到晚只知道睡大觉，根本就没把潘捷列伊的学业放在心上。潘捷列伊也就此稀里糊涂地结束了"学业"。紧接着他就到军队中服役去了。这时，他那愚蠢的母亲瓦希利萨·瓦希利耶芙娜已经去世了。她是在那个重大事件发生前的半年因一场噩梦的惊吓致死。她梦见一个全身都穿着白衣服还骑着一头白熊，胸前戴着"基督的叛逆"标志的人。不久，叶列美·卢基奇也追随着贤妻归西了。

潘捷列伊得知父亲病重的消息后立即骑着马日夜兼程地赶回家里。但是已经来不及了，父亲临终也未能与他见上一面。当这个本来可以继承一大笔财产的富人，得知他一下子变成了一个穷光蛋的时候，简直惊呆了！这种剧烈的变化是没有几个人能承受得了的。受到打击之后潘捷列伊的性情变得异常粗野，心肠也变得冷酷无情。他原来虽然骄纵任性但却仍是一个正直、乐善好施、心地善良的人，如今却一下子变成了一个狂妄自大又粗暴无礼的莽汉。

从此他不再与乡邻们交往了。他既羞于见有钱有势的人，又十分厌恶穷人。他对所有人的态度都是那样粗暴无礼，甚至对地方上的当权者也是如此。他的口头禅是"老子是世袭贵族"。有一次警察局长来到他家，没有摘下帽子就走进了他的房间。他一怒之下差点儿开枪把他打死。当然，地方上的当权者是不会轻易放过他的。一有机会他们就找他的碴儿，让他知道当权者可不是好惹的。他们不断给他苦头吃。然而潘捷列伊周围的人还是很怕他，他的脾气暴躁得像火药一样，沾火就着。有时哪怕一句话合不来，他便要与人玩命，不是操枪就是动刀子。如果有谁敢不顺从或者顶撞了他，潘捷列伊的蛮劲儿就会上来。那时你就会看到他一双眼睛瞪得溜圆，还滴溜溜乱转，说话也变得断断续续的。他会"哎呀，呀——呀——呀——呀"地喊叫起来。"我这条命豁出去了！"他简直到了丧失理智的程度！可是他仍是一个洁身自好的人，从来不搞那些乌七八糟的事。他的古怪性情使得没有一个人会走访他家。

尽管如此，他的心地还是很善良的，可以说他还是有光明磊落之处。他好打抱不平，尤其很庇护他手下的庄稼汉。"怎么，"他经常使劲儿地敲着自己的脑壳说，"谁敢欺负我的人？想欺负我的人？休想！除非我切尔托普哈诺夫不知道！"

吉洪·伊凡内奇·聂道比斯金的身世就没有潘捷列伊·叶列美奇那么光彩了，也没有什么值得炫耀的。他的父亲是个独院地主，在经过了四十年的服役之后才取得了贵族的地位。老聂道比斯金也和世上那些走背运的人一样，灾难就像宿敌一样始终追逐着他，死缠着他不放。他实在是一个可怜的人，从出生到离开人世，整整六十年漫长的时间里，一直跟小人物必须经历的一切贫困、疾病和灾难搏斗。他像一条落在冰上的鱼，一直拼命挣扎着，可还是吃不饱穿不暖。他披星戴月地奔忙劳碌，因贫困而忧愁，因劳累而憔悴，为挣得一个铜板而积劳成疾，为恪尽职守而疲于奔命。最后他终因劳累过度悲惨地死在阁楼里。或者是在地窖里，但谁知道呢？他两手空空撒手而去，却没为子女挣得可以糊口活命的家业。命运女神就像一条猎狗一样折磨着他。

尽管如此贫困，但他却是一个善良而正直的人，即或有时他收受点贿赂，也只是从十戈比到两个卢布，从未巧取豪夺。老聂道比斯金娶了一个患肺病的女人做妻子，她瘦得弱不禁风，却是一个多产的婆娘。她给他生了一大堆子女，但可怜的孩子一个接一个地夭折了，最后只剩下吉洪和一个名字叫米特罗道拉的女儿。这个女儿有个绰号叫"自来俏"，经过了许多可笑而又可悲的波折之后，她总算嫁给了一个退了职的司法监察官。老聂道比斯金先生为了给儿子找一个可以养家的职业不知伤了多少脑筋，花了多少心血。功夫不负有心人，在命归西天之前他为他找到了一个事务所编外办事员的职务。但是在父亲去世后不久，吉洪便辞掉了这个编外办事员的职务。于是他天天为衣食发愁，时时刻刻在饥寒交迫中痛苦挣扎。他看到并经历了生活的磨难，他的母亲整天都在愁眉苦脸，父亲忧心忡忡地奔忙劳碌，拼命地挣扎，同时还要受店主和房东粗暴的辱骂和欺压。自从懂事以来，他便经历了这些令人提心吊胆的苦日子的折磨。因此，他的性情也就变得十分抑郁。一见到上司的身影他便吓得全身发抖，就好像是一只被捉住的小鸟。因此他只好辞职不干了。

　　也许是造物主的粗心大意又爱搞恶作剧，在赋予人们各种本性和爱好时，往往不考虑他们的社会地位和财产。他只凭着自己第一感观的关爱和体恤把吉洪这个穷困卑微的官吏的儿子塑造成了一个多愁善感、懒惰成性但又温和善良的人。吉洪根本不知道和命运抗争，对一切都逆来顺受。结果他只知道享乐。他有着极敏感的嗅觉和味觉，因此好吃懒做。造物主把他随心塑造好了之后，就让他去品味酸白菜和臭鱼的滋味了。这个造物主的杰作就在贫困中长大成人了，开始了所谓的"生活"。

　　命运女神把他的父亲老聂道比斯金折磨得饱受辛酸疾苦，现在她又毫不留情地来折磨他的儿子吉洪。显然，这个老妖婆是把他们折磨出滋味来了！她对吉洪的折磨改变了花样。她并不是让他忧愁痛苦，而是把他当作玩物一样耍弄，拿他开心取乐。命运从来不让他在绝望中挣扎，也从来不让他去遭受忍饥挨饿或是遭受由饥饿带来的痛苦和耻辱，而是逼迫他在俄罗斯大地上到处漂泊流浪，从大乌斯袄格到皇科克舍斯克。他从一个可悲可笑的职务换到另一个诸如此类的职务。有时命运女神会发善心让他在一个脾气暴躁又喋喋不休的贵族女人家里当"管家"，有时又把他安置到一个非常富有但却极其吝啬的商人家里当食客，有时他跑去给一个长着一双鱼眼睛、剪着英国式样头发的先生家当秘书，有时命运女神又派遣他去给一个养猎犬的人充当半家仆半小丑的角色。总之，命运驱使可怜的吉洪过着寄人篱下的生活，一滴一滴地品尝着靠人施舍的苦酒。他一辈子都在为作威作福的贵族老爷效命，竭尽全力地去满足他们恶毒而又无聊的要求，还要成为他们百无聊赖时开心取乐的对象。不知有多少次，那些百无聊赖的客人把他当作小丑一样地戏谑玩耍、开心取乐之后就把他赶回自己的房间。每到此时，他都羞得无地容身，眼里饱含着辛酸而凄冷的泪水。他暗暗地发誓不再供人驱使玩耍，第二天一定要摆脱这种屈辱的生活走得远远的。

他怀着期望跑到城里去碰碰运气，就算能混上一个小小的抄写员也可以，或者索性硬着头皮饿死在街上也行。但是到头来，他还是下不了决心。首先，他没有这种骨气；其次，他已经怯懦成性了；再次，他对他们仍存有幻想。他总觉得还能想办法为自己弄到一个满意的职务。然而他该去求谁呢？他冥思苦想还是没有办法。"人家是不会用我的。"这个可怜的人常常在床上辗转反侧想办法，但最后只好无可奈何地小声嘀咕着"人家不会用我的！"于是，第二天他仍然厚着脸皮重操旧业，像从前一样任人驱使。他之所以沦落到如此地步还有一个极其重要的原因。那就是造物主虽然对他关怀备至，却没有赋予他一点点当小丑吃滑稽饭的才能和本事。他没有反穿着熊皮大衣跳舞一直跳到累倒为止的能力。他也不善于在别人挥舞着鞭子的情况下给人们开心取乐或者献媚邀宠。他更不敢冒着零下二十度的严寒脱光了衣服供别人大饱眼福，因为这么做他很容易伤风感冒。他的胃也很不给他争气，他吃不消掺了墨水或者其他污物的酒，更消化不了用醋拌的小蛤蟆菇和红菇。

他最后的命运还是多亏了他的一位大恩人。一个发了横财的专卖商突然大发慈悲，兴高采烈之余他在遗嘱中为他多写了一笔。否则我真不知道穷困潦倒的吉洪怎样混过下半生呢。那个专卖商在遗嘱里写道："我自愿将我自购的别谢林杰耶夫村及其所属的田亩赠送给焦洛亚（*也就是吉洪*）以作为他永久世袭的产业。"几天之后，这位大恩人在喝鲟鱼汤时猝然中风死去了。

专卖商的猝然死亡立刻引起一片混乱，法院来了人把商人的财产全都严密查封了。专卖商的家里人和亲戚们也都闻讯赶来。他们打开遗嘱宣读了后，马上派人去找聂道比斯金。聂道比斯金只好跟着来了。听遗嘱时在场的大部分人都知道聂道比斯金在他的恩人这儿干的是什么差事，因此全都起哄。他们吵吵嚷嚷地叫喊着，用讽刺挖苦的口气来迎接并祝贺他："快看哪，地主来了，新地主大驾光临了！"有一些继承人也会跟着这般叫喊。"真的，"一个爱说俏皮话的滑稽家伙也接着叫嚷起来，"的的确确就是他！一点儿也没错，就是这个宝贝！可以称之为——继承人。"周围的人都打趣地大笑起来。聂道比斯金大半天都无法相信这从天而降的福气。于是人们便把遗嘱拿给他看了。他激动得满脸通红，感激得热泪盈眶。后来他竟然挥舞着双手嚎啕大哭起来。人们笑得更起劲儿了，结果形成了笑声喊声混杂在一起的大合唱。别谢林杰耶夫村总共才有二十二个农奴，没有什么人会为失去这个村子感到可惜。既然如此何不趁此机会闹一闹，寻寻开心呢？

只有那么一位从彼得堡来的继承人，长着希腊式鼻子，有着高贵的面部表情，气宇轩昂，名叫罗斯季斯拉夫·阿奇梅奇·什托别尔，他压抑不住好奇心也想来耍一耍威风。只见他侧着身子走到聂道比斯金的面前，十分傲慢地瞟了他一眼。"先生，据我所知，"他语气轻蔑而冷酷地说道，"您就是已经过世的可敬的费奥多尔·费多罗维奇家里那个专门给人充当取乐小丑的家奴吧？"这位彼得堡来的绅士这番话说得极其清楚而又尖酸刻薄。聂道比斯金被天降之喜弄得心慌意乱，根本就没有听清楚这位陌生绅士所说的话。但是其他人听到他的话全都沉默不语了，那个爱说俏皮话的人也佯装清高地微笑了一下。这位彼得堡来的绅士搓了搓手，把他的问话又重复了一次。这回聂道比斯金听懂了，他惊恐地抬起双眼，不知所措地张大了嘴巴。得逞的绅士不怀好意地眯起眼睛盯着他。

"恭喜你呀，先生，恭喜你！"他接着说道，"当然了，用这种卑下的方式为自己赚来可以活命的口粮，并不是每个人都心甘情愿的。但话又说回来了，人和人不一样，每个人有每个人的谋生方法。你说对不对？"

后面一个人听了这番论调竟然兴奋地尖叫了一声。但他的尖叫速度非常之快，并不辱没斯文。

"请问，"这位绅士得到了众人笑声的鼓动，更加来劲儿了，"你你有什么特殊的本事，能毫无愧色地接受这种恩赐呢？你来说说看。不要难为情嘛，这儿的人可以说都是自家人。真的是自家人，是不是，这位先生？我们全都是自家人对吧！"彼得堡的绅士突然向另外一个人问了这番话，可惜的是那个人对法语一窍不通，所以只是支支吾吾地哼了一声以表赞同。可是另一个继承人，一个额上长着黄斑的年轻人，赶紧接碴儿说道："是的，是的，没错。"

"也许，"彼得堡绅士又问聂道比斯金，"你会双手倒立走路吗？"

聂道比斯金苦恼而窘迫地望了望四周——在场所有的人都幸灾乐祸地冷笑着，还都笑得流出了眼泪。

"好，也许你会学公鸡打鸣吧？"

周围立即爆发出一阵刺耳的哄笑，但很快就安静下来，一个个都竖着耳朵等着听更为精彩的下文，等着看下面会有怎样的恶作剧。

"或许，你能在鼻子上……"

"住口！"一声愤怒的大声呵斥突然打断了这位绅士的话，"你这样欺负一个可怜的老实人，就不觉得脸红和羞愧吗？"

大家不约而同地回头看了看。门口站着的是切尔托普哈诺夫。他是已故专卖商人的一个远房侄子，因此也收到了请帖来参加此次亲戚聚会。在宣读遗嘱时，他同往常一样，为保持自己的尊严，一直站在远离人群的地方。

"住口！"他高傲地昂起头，声色俱厉地重复了一遍。

那位趾高气扬的彼得堡绅士也赶紧转过身，看见一个衣着寒酸、其貌不扬的人，便低声询问身边的人（小心谨慎一些总归有好处）"这人是谁？"

"切尔托普哈诺夫，不是什么了不得的大人物。"那个人凑到他的耳边说。

这位彼得堡的绅士一听，立马摆出一副盛气凌人的样子。

"你是什么人，竟敢在此发号施令？"他眯起眼睛故意做出一副神气的姿态，用鼻音挤出这句话，"请问，你算哪路英雄，竟敢跑这儿来充什么老大？"

切尔托普哈诺夫一听，就像火药碰到了火星一样，只气得咬牙切齿，差点没喘过气来。

"哧……哧……哧……噗，"他的喉咙好像卡住了什么东西一样，哧哧地叫着，突然像雷霆一下子轰鸣起来，"我是什么人？我是什么人？我是潘捷列伊·切尔托普哈诺夫，老子是世袭贵族，我的先祖曾为沙皇立下过汗马功劳，那你又是个什么人？"

"我是……我，我是……我是个……啊，啊！"

切尔托普哈诺夫立马冲上前。彼得堡来的这位绅士吓得心惊胆战，接连倒退向后。在场者都向这位怒气冲冲地主围拢过来。

"决斗，决斗！现在就隔着一块手帕开枪决斗！"潘捷列伊怒不可遏地大声吼道，"不然必须得向我赔礼道歉，也得向他赔礼道歉！"

"还是赔礼道歉吧，赔礼道歉吧，"惊慌的继承人们在彼得堡绅士的周围极力劝说，"他可是什么也不怕，动起肝火来就要舞刀动枪的，实在不得了！"

"对不起，请原谅，我不知道底细，"彼得堡绅士嗫嚅道，"我真的不知道底细……"

"还得向他道歉！"切尔托普哈诺夫依旧不依不饶地高声吼道。

"那也请您原谅。"彼得堡的绅士央求聂道比斯金，这时聂道比斯金正有如发疟疾一样全身颤抖。

切尔托普哈诺夫这才恢复平静，迈步走到聂道比斯金面前，拉住这个可怜家伙的手，昂首挺胸地望了望四周，压根无视别人的表情，在一片被震慑得鸦雀无声的气氛中，领着这位死者恩赐的别谢林杰耶夫村的新主人目不斜视地阔步走出房间。也就从这一天开始，这两人便成了形影不离的莫逆之交（别谢林杰耶夫村距别索诺夫村只有八俄里）。聂道比斯金对他的好友真是感激涕零，崇拜得五体投地。而且不只是崇拜，简直就是卑躬屈膝的顺从。胆小怕事、柔弱顺和而又不完全真诚的聂道比斯金，从此拜倒在这位胆大包天而又铁面无私的潘捷列伊脚下，对他言听计从，任其驱使。

"真了不起！"聂道比斯金有时在心里嘀咕，"他跟省长说话居然毫无惧色，还敢直视他的眼睛……真的，丝毫不假，直视省长的眼睛！"

聂道比斯金崇拜切尔托普哈诺夫就像崇拜神明一样。对他的赞叹和崇敬到了令人难以置信的程度，认为他大智大勇、聪明绝顶、学识渊博。当然，切尔托普哈诺夫所受过的教育，再怎么差，比起聂道比斯金，还是光彩得多。其实，切尔托普哈诺夫只读过一丁点儿俄文，法文也学得实在不怎么样，或是相当差。有一次，一个瑞士家庭教师问他："先生，您会说法语吗？"他却回答得令人哭笑不得，洋相百出。可他总算还记得世上有一个极为智慧博学的作家伏尔泰，记得腓特烈一世是普鲁士的国王，战功赫赫。在俄罗斯作家中，他尤其崇拜杰尔查文，还推崇马林斯基，因此给他最好的一条猎犬取名阿玛拉特·贝克……

我和这一对朋友初识之后，过了几天，我去别索诺夫村拜访潘捷列伊·叶列美奇。大老远就看见他那座小房子。这座房子位于距村子半俄里远的一片荒地，即所谓的"孤零零"地立在那里，犹如耕地上的一只苍鹰。切尔托普哈诺夫的院子共有四个大小不一的房子，都已破旧不堪了，分为厢房、马厩、板棚和澡堂。每一座房子都各自独立，自成一体，但全没有围墙，也没有大门。我的马车夫犹豫不决地把马车停在一口井旁边，井口已倒塌淤塞，井栏杆也烂倒了半边。板棚附近，有几条瘦弱的全身乱毛的猎狗在撕扯着一匹死马，大概这就是前面所说的那匹奥尔巴桑。有一条脸上沾满血的狗抬起头，匆匆吠叫了几声，又去啃那些剥露出来的肋骨。死马旁边站着一个十六七岁的小家奴，黄黄的面孔好像浮肿了一样，身穿侍童服装。他正精心照看着交给他看管的狗，有时挥鞭抽打最贪馋的狗。

"老爷在家吗？"我向他问道。

"谁知道呢！"小家奴回答，"您敲敲门就知道了。"

我跳下马车，举步走到阶前。

切尔托普哈诺夫先生的住宅十分荒凉：一根根圆木都发黑了，而且有些弯曲地向外凸出，烟囱也快倾圮了，屋角散发着霉味，墙壁都已经歪斜了，天蓝色小窗在已经蓬松低垂的屋檐下耷拉着，显得无精打采，就像某些老淫妇那失神的眼睛。我上前去敲敲门，却无人回应。我听见里面传出很大的声音："……喂，跟我念，笨家伙！"

听到这里，我又敲了敲门。

刚才那个声音在屋里喊道："进来，是谁？"

于是我便走进前室，小小的，空荡荡的，从敞开的门看得见切尔托普哈诺夫的身影了。他穿着一件油污斑斑的长袍，下身是一条肥大的灯笼裤，头戴一顶红色小便帽。他在一把椅子上坐着，一只手抓着一条小狮子狗的脑袋，另一只手则拿着块面包，在狗鼻子上面摇晃着。

"啊，"他郑重地说，"欢迎，欢迎，请坐，请看，我在训练这条文佐尔狗……"接着他又高声喊道："吉洪·伊凡内奇，快来这边，有客人来了。"

"马上来，马上来，"吉洪·伊凡内奇从隔壁房间回答，"玛沙，给我把领带拿来。"

切尔托普哈诺夫又转身对着文佐尔，还把那块面包放在它的鼻子上。在这个房间里，有一张可活动的桌子，有十三条长短不一、歪歪斜斜的桌子腿，边上还有两把被坐塌了的麦秆椅子，除此之外再没别的家具了。蓝色的墙壁上带着星形斑点，很多地方的石灰已经剥落，一看就知道许多年没有粉刷过了。两扇窗户中间挂着面大镜子，红木镶框，玻璃已经裂得模糊不清了。屋角墙根处放置着几支长烟袋和猎枪。天花板上布满粗黑的蜘蛛丝，有的还掉下来了。

切尔托普哈诺夫慢慢念着，突然生气地叫喊起来："该死的蠢东西！"

这条可怜的狮子狗只是浑身簌簌发抖，始终不肯开口。它依然卷着尾巴坐着，痛苦地歪着脑袋，无奈地眨着眼睛，后来干脆眯起眼，仿佛是在说："随便您折腾！"

"吃吧，来！抓住！"切尔普哈诺夫反复唠叨着。

"您吓坏它了。"我说了一句。

"那好，让它去吧！"

他踢了狗一脚。这条可怜的小东西慢慢站起来，抖落下鼻子上的面包。十足委屈地踮着脚溜向前室。它着实很不高兴，生客初次来访，主人竟如此折腾它。

有人小心翼翼地把通往另一个房间的门打开了，原来是聂道比斯金满面笑容地走了进来，立即鞠了一躬。我也马上起身回礼，鞠了一躬。

"不敢当，不敢当。"他很谦卑地说。

我们两人都坐了下来。切尔托普哈诺夫却去了隔壁房间。

"您在我们这里待了很长时间吧？"聂道比斯金用手捂着嘴轻轻咳嗽了一声，或许是出于礼貌，把嘴捂了一会儿以后，才柔声细语地问。

"约莫有一个月了。"

"啊，原来如此。"

我们两人都沉默了一会儿。

"近几天天气都不错啊，"聂道比斯金接着说，而且用感激的神情望着我，好像天气好是由于我的到来，"庄稼也长势喜人。"

我点头，以表示我也有同感。我们又都不作声了。"昨天潘捷列伊·叶列美奇的猎犬抓到两只灰兔，"聂道比斯金抖擞了一下精神，明显是要把话说得更为生动有趣，"是啊，一下子抓住了两只肥兔子。"

"切尔托普哈诺夫的狗很不错吧？"

"好得不能再好了！"聂道比斯金兴冲冲地回答道，"可以说，在全省也是头等的。（他凑近了我一些）啊呀！潘捷列伊·叶列美奇真是了不起！只要他打算干什么，只要他想要什么，他都能做得到，弄得到手，什么事都难不倒他！我告诉你吧，潘捷列伊·叶列美奇可不是普通人……"

这时，切尔托普哈诺夫进来了。聂道比斯金笑了一笑，不再说话了。只是递了个眼神让我好好看一看他，好像是在说："您自个儿观察一下，就一目了然了。"接着我们又谈起了狩猎的问题。

"您想看看我的猎犬吗？"切尔托普哈诺夫问我，还没等我回答，就唤卡尔普过来。应声走进一个小伙子，他身强体壮，穿一件绿色土布外衣，浅蓝色的衣领，还有标志着号码的纽扣。

"去跟福姆卡说，"切尔托普哈诺夫吩咐道，"让他把阿玛拉特和赛伊佳那两条狗带来，要收拾干净，听清楚了吗？"

卡尔普笑容可掬地答应了一声，随后就走出房间。片刻之后，福姆卡便走进来，头发梳得油光发亮，穿着整洁笔挺，脚蹬一双长筒靴，还牵着几条猎犬。为礼貌起见，我夸赞了几句这些蠢笨的畜生（这些品种的狗都是蠢货）。切尔托普哈诺夫往阿玛拉特的鼻孔处吐了几口唾沫，显然那条狗对此举并无一点欢快之意。聂道比斯金也走过去，在它背上抚摸了几下。我们接着又闲谈起来。切尔托普哈诺夫的神色渐渐温和了一些，不再那么气势逼人了。面部表情也开朗了一些。他抬头望了望我，又看了看聂道比斯金……

"哎，"突然他又叫起来，"她自个儿呆坐在那儿干什么？玛沙！喂，玛沙！到这边来！"

只听见走动的声音从隔壁房间里传来，却无人作答。

"玛——莎，"切尔托普哈诺夫又亲昵地喊道，"这儿来。别怕，快过来呀，没什么。"

门轻轻地打开了，我看见一个二十岁上下的女人走进来。她身材窈窕，修长匀称，有一张茨冈人黑黝黝的面孔，黄褐色双眸，脑后盘着一条黑油油的长辫子，丰满红润的双唇，一口洁白硕大的牙齿闪闪发亮。她身穿一件洁白的连衣裙，披着一条淡蓝色披肩，在脖颈下方用一根金别针扣着。这条大披肩把她那光滑圆润的两臂遮起一半。她露出村野女子的那种羞涩不安的神情，向前跨上两步，就站住不动了，低垂着头颅。

"好，我来介绍介绍，"切尔托普哈诺夫说，"说是妻子，却又不是妻子，可又和妻子没什么两样。"

玛沙立刻羞红了脸，局促不安地笑了笑。我向她深鞠了一躬。尽管初次见面，我却对她颇有好感。她那小巧玲珑的鹰式鼻子，半透明的张开的鼻孔，两道高高的浓密的眉毛，略凹而苍白的双颊——整个相貌，显露出一种毫无顾忌地任性和热情，又有一种野性之美。长长的发辫下，脖子上披散着两排黑亮的短发——这标志着茨冈血统和刚劲的特征。

她走到窗前坐下，我不想再使她窘迫，就与切尔托普哈诺夫聊起了天。此时，玛沙扭过头，羞涩地偷偷瞟了我两眼。她的目光像蛇芯子一般闪动着。聂道比斯金坐到她身旁，俯向她耳畔悄声说了些什么。她微笑了一下，笑时稍皱起鼻子，嘴唇也往上翘了一下，使她的面孔显出了一种既像猫儿又像狮子的表情……

"啊，玛沙，你真像是一株含羞草。"我心想，同时也偷偷看了一看她那窈窕而柔软的身躯，起伏而富于弹性的胸部和敏捷却又不大自然的动作。

"喂，玛沙，"切尔托普哈诺夫问，"拿点什么来招待一下客人吧，是不是？"

"我们家有果酱。"玛沙回答道。

"好吧，那就拿果酱，顺便再拿些白酒。还有，玛沙，听我说，"他冲着她的背影说道，"把六弦琴也拿过来吧。"

"干什么拿六弦琴？我又不愿意唱歌。"

"为什么不愿意唱？"

"你在说什么呀？你会愿意唱的，只要……"

"只要什么？"

"只要请你唱，你就会唱。"切尔托普哈诺夫未免有些难为情地说。

"啊！"

玛沙走出房间，过了一会儿就拿来了果酱和白酒，仍旧坐在窗边。但额头却皱了起来，两道浓眉也一起一伏，一皱一开，就像是黄蜂的触须……诸位读者，你们可曾见过黄蜂发怒时那副凶相？"哎呀，"我想，"暴风雨就要来了。"聊天也无法继续下去了，聂道比斯金一声不响，尴尬地笑着。切尔托普哈诺夫气呼呼地大声喘气，满面通红，两眼瞪得圆溜溜的。我一见情况不对头，就打算告辞……

这时，玛沙忽然站起身，使劲儿打开窗子，然后伸出头去，怒气冲冲地向一个过路的农妇大吼一声："阿克茜尼娅！"可把那个娘儿们吓了一大跳，原想转过身，不想脚底一滑，扑通一声重重地摔倒在地。玛沙向后一仰身子，哈哈大笑，切尔托普哈诺夫也跟着笑了，聂道比斯金笑得更来劲儿，竟还高兴地喊出了声。我们几个的心绪立刻转佳，都很兴奋。闪电过去了，"大雷雨"也就这么过去了……沉闷的气氛也欢快起来了。

过了半个钟头，简直谁都不认识我们了：我们像小孩子一样嬉戏玩乐起来。玛沙闹得最为起劲儿，切尔托普哈诺夫一直目不斜视地望她。玛沙已经累得脸色苍白，鼻孔也扩大了，那双眼睛一会儿明光闪烁，一会儿黯淡无光。这个村野女郎闹得发疯了。聂道比斯金拐着两条粗短的腿紧跟着她转悠，就如同公鸭追逐着母鸭般寸步不离。连那条猎狗文佐尔也闲不住了，从大板凳下爬出来，看看我们，有如凑热闹似的，也欢蹦乱跳地吠叫起来。

玛沙流星般地飞奔到另一个房间，拿过来一架六弦琴，往下一甩披肩，迅速坐下去，抬起头，高唱起茨冈歌谣。她的歌喉嘹亮而又悦耳，有些发颤，如同一只带裂纹的玻璃铃那样清脆。歌声真是悠扬动听：时而高亢，时而低吟……让人听来美妙甜蜜而又惊心动魄。"啊，燃烧吧，唱吧！……"切尔托普哈诺夫也跳起来，聂道比斯金也跟着跳，又是跺脚，又是飞快移动着小碎步。玛沙扭着身子，活像是在火里燃烧着的桦树皮。纤细的手指灵巧地弹拨着六弦琴，浅黑的喉部在双股琥珀项链下方一起一伏地滑动。有时歌声又戛然而止，她疲惫地坐下，仿佛并非心甘情愿地拨动琴弦。切尔托普哈诺夫也不跳了，只是耸动肩膀，站在原地倒换双脚。聂道比斯金仿佛中国的瓷器人一样机械地摇着脑袋。有时玛沙又疯狂地扯着嗓子唱起来，身板挺得直直的，胸脯也挺了起来，于是切尔托普哈诺夫又蹲下身跳起来，一蹦一跳的，几乎都要碰到天花板了，像陀螺般旋转着，灵巧而又快捷，嘴里还高喊：

"快！快！……""快，快！快，快！"聂道比斯金就像机关枪一样地跟着喊。那晚一直折腾到后半夜，我才离开别索诺夫村。

（一八四九年）

切尔托普哈诺夫的末路

时光飞逝！自从那次去拜访潘捷列伊·叶列美奇·切尔托普哈诺夫之后，两年过去了。但这两年中，切尔托普哈诺夫却遇到了一连串灾祸——真的，遭到了一连串不幸。此前他碰到过失意，挫折，甚至不幸，但他并不把这些事往心里去，仍然按照自己的方式清闲自在地潇洒度日。最先袭来的灾难，也是最令他痛苦伤心的不幸：玛沙抛弃了他。

玛沙在他家里仿佛已经习惯了，那么她究竟为什么要弃他而去呢？——好像很难说清。切尔托普哈诺夫到死一直认为玛沙背叛他的缘故，完全是那个邻近的年轻人，一个退伍的枪骑兵大尉的勾引，此人绰号雅弗。用切尔托普哈诺夫自己的话来说，这个家伙之所以能得到玛沙的垂青，只因为他总是不停地捻着小胡子，涂了好多胭脂香水来招摇，还总是别有用心地哼着小曲。然而，说实在的，更主要的原因是玛沙的的茨冈血统。

不管是什么缘故吧，反正一个夏日黄昏，玛沙把一些零碎的东西收集起来，捆成一个小包裹，就离开了切尔托普哈诺夫家。

玛沙出走之前，有三四天都一直躲在屋角，全身瑟瑟发抖，靠在墙上，就像一只受伤的狐狸，跟谁也不说话，只是一个劲儿地转着眼睛，陷入沉思与梦幻的状态。有时抖一下眉毛，微微张开嘴露出牙齿，有时又慢慢抬起两手，好像要遮盖住自己。诸如此类的心情和举动，她从前也有过，但却从未像这次持续这么久。切尔托普哈诺夫也了解她的这种表现，所以并未为此担忧，也从未去答理她。然而，当养猎犬的仆人向他报告最后两条猎犬的死讯之后，他急忙到狗棚去看了一下，回来时遇上了一个女仆。那个女仆战战兢兢地向他报告：玛丽娅·阿金菲耶芙娜（玛沙）叫她向主人转达致意，并转告他，玛沙祝他幸福，但从此再也不回到他身边来了。切尔托普哈诺夫听了，犹如晴天霹雳，急得原地乱转，继而扯着嗓子吼叫起来，立刻箭一般飞奔去追这个不告而别的叛逃者，随身还带了一把手枪。

他一直追到离家两俄里的地方，在一片白桦林边上，在通往县城里的大道上追上了她。此时太阳已经低垂天边，余晖把周围的一切都染得红彤彤的。

"你是去找雅弗！去找雅弗吧！"切尔托普哈诺夫一看见玛沙，便无力地嘟哝起来，"你去找雅弗！"他反复嘟哝着，几乎是一瘸一拐地扑向她。玛沙停住脚步，转脸毫无惧色地望着他。她逆着光站着，因此全身黑糊糊的，好像是用乌木雕成的一尊塑像。只有眼白显得很突出，像是银色扁桃仁，黑眼仁就显得更黑了。她把包裹往边上一丢，两只胳膊交叉着稳稳地站着。

"你想去找雅弗？不要脸的娘儿们！"切尔托普哈诺夫说，一边想去抓她的肩膀，但他一看到她那毫不畏惧的目光，便有些胆怯心虚了，只是心慌意乱地站着。

"我根本不是去找雅弗先生，潘捷列伊·叶列美奇，"玛沙镇定自若地低声回答，"但是我坚决不再跟你在一起了。"

"为什么不能和我在一起了呢？究竟为什么呀？难道我哪里对不住你了？"

玛沙毫不迟疑地摇摇头。

"你并没在哪儿对不住我，潘捷列伊·叶列美奇，不过是我在你的家里待腻了……过去你待我很不错，我感激不尽，但我不能再在你家住下去了——绝对住不下去了！"

切尔托普哈诺夫不仅大吃一惊，而且感到不可思议，于是在自己的大腿上狠狠拍了一下，暴跳如雷。

"那么到底怎么回事？咱们在一起过得和和美美的，幸福快活，现在你突然就过腻了！好，不耐烦了，丢下我就走，什么也不说，说走就走，扎上头巾就一走了事！你在我家享受的待遇和尊敬，哪一点儿比不上一位尊贵的夫人？"

"我对这些毫不在乎。"玛沙打断了他的话。

"毫不在乎？从一个茨冈贱货变成了一位夫人，可算一步登天了！还说什么不在乎，你真是天生贱货！这么说能叫人信吗？你一定见异思迁了，变心了！"切尔托普哈诺夫气得哼哼唧唧的。

"我从没想过什么见异思迁，也没变过心，从没变过心！"玛沙用她那清脆嘹亮的嗓音反驳着，"我已经告诉您了，住腻了，厌烦了。"

"玛沙！"切尔托普哈诺夫大吼一声，捶打着自己的前胸，"唉，别再这么折腾了吧，算了，你可把我折磨苦了……唉，够了！真的够了！你想想看，吉洪会怎么说，你至少也该可怜可怜他吧！"

"那你就替我向吉洪·伊凡内奇问好，就和他说……"

切尔托普哈诺夫无所适从地挥舞着双手。"不行，别瞎说了，你走不了！你那个雅弗是枉费心机！"

"雅弗先生……"玛沙正打算接着说。

"什么雅弗先生，"切尔托普哈诺夫粗暴地打断了她的话，还模仿着她的腔调说，"他算什么东西！他是个不折不扣的流氓，是个彻头彻尾的骗子，就会搞阴谋诡计，看他那副嘴脸，活像个猴子！"

切尔托普哈诺夫足足纠缠了玛沙半个多钟头。他一会儿走到她跟前，一会儿又跳回来，一会儿挥拳想打她，一会儿又卑躬屈膝地哀求她，又是痛哭，又是咒骂……

"我实在受不了，"玛沙伤心地说道，"我太痛苦了……烦闷死了。"她脸上渐渐表现出一种十分冷淡的神情，竟还表现出一种有气无力昏昏欲睡的样子。切尔托普哈诺夫看到她这副模样，竟关切地询问她，是否有人给她吃了迷魂药。

"我厌烦极了！"她第十次复述了这句话。

"那我就打死你，怎么样？"他突然大吼，而且从兜里掏出了手枪！

玛沙毫不在乎地笑笑，面部表情也活跃起来。"这又有什么了不起的呢？你打死我吧，潘捷列伊·叶列美奇，随你的便，我反正不会回去的。"

"真不回去了？"切尔托普哈诺夫摆弄着扳机。"真不回去了，亲爱的先生。即使一死，我也永远不回去了。我一旦拿定了主意，绝不会改变！"

突然切尔托普哈诺夫把枪塞进她手里，扑通一声坐到了地上。

"既然如此，那你就打死我吧！你走了，我也不想活了。你讨厌我，我也厌倦了世上的一切！"

玛沙弯腰拾起自己的包裹，顺手把手枪放在草地上，只是转过枪口，不朝着切尔托普哈诺夫，然后就挨着他身边坐了下来。

"哎，我的好人，干吗要伤心呢？你难道不了解我们茨冈女人吗？她们性情生来如此。我们已经习惯了，只要'厌烦'这个挑拨者一到，魂就被勾走了，心就飞到远处去了。哪还想留下来呢？记住你的玛沙吧，你再也找不到第二个这样的伴侣了。我不会忘记你的，我的好人。但咱俩的缘分已尽了，不能再一起过日子了。"

"我一直很爱你，玛沙！"切尔托普哈诺夫双手捂住脸，透过手指缝深情地说道。

"我也一直爱着你呀，我的贴心好友潘捷列伊·叶列美奇！"

"我过去爱你，现在更爱你，爱得发狂，爱得神魂颠倒！我们日子过得和和美美的，你却无缘无故地要离开我，就这样无情无义地抛弃我，非要到处去流浪漂泊，这就让我想，如果我不是一个可怜的穷人，大概你就不会抛弃我吧！"

玛沙听了后，不以为然地笑了笑。

"从前你不是说过，我是个不贪财的女人吗？怎么现在又变了！"说完这句话，她使劲儿拍了一下切尔托普哈诺夫的肩。

"既然如此，怎么也得让我给你一些钱，一个子儿都没有怎么行呢？不过，你最好还是打死我吧！这样就一了百了啦。我跟你说实在的，你还是一枪打死我好了！"

玛沙坚决地摇摇头说："打死你？我的好人儿，好让人流放我到西伯利亚去呀？"

切尔托普哈诺夫听了，全身一震，"原来如此，你怕去服苦役……"

他再一次扑倒在草地上。

玛沙站在他身边，好久没有作声。

"我很怜悯你，潘捷列伊·叶列美奇，"她一声长叹，"你是一个好人，但实在没办法，只得从此分手了！"

她转过身，走了几步。夜幕已经降临下来，到处笼罩着黑黝黝的暗影。切尔托普哈诺夫从地上一跃而起，从后面抓住玛沙的双臂。

"你就真的这么走了？狠心的娘儿们！去找雅弗吧！"

"再见了！"玛沙感情深厚而又毅然决然地说了一遍，挣开他的双手，毫不迟疑地走了。

切尔托普哈诺夫目送了一会儿她的背影，然后又匆匆跑到放手枪的地方，伸手抓起手枪，瞄准她的背影放了一枪……只不过扣扳机之前，向上抬了一下枪口，因此子弹从玛沙头顶掠过。她走着，一边又回头来望望他，接着又不慌不忙地继续朝前走去，还故意摇摆身躯，好像存心招惹他生气。

他无奈地捂住脸，绝望地跑掉了……但他刚到五十米处，突然就停了下来，像钉在那里一样一动不动地站着。突然传来了他再熟悉不过的，听惯了的声音。啊，是玛沙在唱歌。只听她唱："青年时代，美好的时光……"每个音都震荡在昏暗的夜空中，悲怆哀怨又热烈动人。切尔托普哈诺夫迷醉地倾听。歌声渐渐远去了，有时隐约可辨，有时高亢火辣，有时又低沉婉转……

"她有意来激怒我，"切尔托普哈诺夫心想，但他却又哀痛地呻吟起来，"唉，不是！她这是在和我诀别！"想到这里，泪水像决堤般一发不可收拾。

第二天，他满腔怒火地来到了雅弗先生家里。雅弗先生长期混迹于交际界，压根过不习惯这种孤苦冷清的乡下生活，因而住在城里，正如他自己所说，能够离"娘儿们近一些"。切尔托普哈诺夫扑了个空，据雅弗的侍仆说，前一天他就去莫斯科了。

"果真不出我所料！"切尔托普哈诺夫怒冲冲地大喊道，"他们一定串通好了。玛沙一定跟他私奔了……但是，别想做美梦，走着瞧！"

盛怒之下，他不顾雅弗侍仆的阻拦，闯进年轻骑兵大尉的书房，在书房里的长沙发上方，挂着一幅雅弗身穿枪骑兵制服的油画肖像。"嘿，你这秃尾猴，在这儿抖什么威风！"切尔托普哈诺夫吼叫着跳上沙发，挥拳朝油画打去，把油画打了个稀烂。

　　"告诉你那个浑账主人，"他对那个侍仆吼叫着，"我没找到他那丑恶嘴脸，因此贵族老爷切尔托普哈诺夫就毁了他的肖像，如果他要求赔偿，就让他去找我，他知道切尔托普哈诺夫的家在哪儿！否则，我就亲自找他！就是上天入地，我也要找到这个无耻的坏蛋！"

　　切尔托普哈诺夫说完之后，便跳下沙发，趾高气扬地出去了。但骑兵大尉雅弗并未找他索赔——甚至从未见过他。切尔托普哈诺夫也没再想去找他的"情敌"，他们的事也就不了了之了。可是玛沙从此杳无音讯，谁也没再见过她。切尔托普哈诺夫起初成天借酒消愁、烂醉如泥，后来不知为何倒"清醒"了，不再酗酒，但第二次灾难又接踵而来。

　　切尔托普哈诺夫的第二次灾难，就是他的密友吉洪·伊凡内奇·聂道比斯金的病逝。他去世前两年身体便每况愈下。他得了气喘病，长时期总是昏睡不醒，即使醒，神志也不能很快清醒。县里医生诊断他得了"轻度中风"。玛沙出走前三四天里，即她"不耐烦"的那几天，聂道比斯金患了重伤风，在自己的别谢林杰耶夫村里卧病在床。玛沙那几天的折腾和出走，对于他来说，甚至比切尔托普哈诺夫所受的打击还重。因为他天性怯弱又过于和顺，因此除了对他的密友兼恩人尽力讨取欢心和怜悯，以及几近病态的困惑之外，并没有表露出别的什么……然而他却心灰意冷，心绪全乱了。"她挖走了我的心。"他坐在自己喜欢的漆布沙发上，拨弄自己的手指头聊以解闷，自言自语地说。甚至切尔托普哈诺夫从沉迷中恢复之后，聂道比斯金仍旧陷于"内心空虚"之中。"唉，就是这里空了。"他指着胃部上方的胸部中间说道。

　　他就这样度日如年，一直拖到严寒的冬天。天刚开始转冷时，他的气喘病似乎好转了，谁知紧接着袭来的病魔已不是轻度中风，而是不折不扣的中风。但是，他并不是立刻就失去知觉，那时他还能认出自己的密友切尔托普哈诺夫，还能听得懂好友那绝望的呼唤："吉洪，你怎么了？你怎么能不经我允许就和玛沙一样抛下我？"当时，他还能用僵硬的舌头回答："我，潘……捷……列……伊·叶……奇，我……永远……都……听……你的……"可他就在这一天丢下好友告别了人间，甚至没等到城里的医生。

医生看着他那尚未完全冷却的尸体，只能怀着人生无常的感慨，要了些"白酒和鲟鱼干"。当然，不言而喻，吉洪·伊凡内奇将他的遗产赠给了自己最为尊崇的恩人和无私的保护者潘捷列伊·叶列美奇·切尔托普哈诺夫。可这笔产业并未给他最尊崇的恩人带来什么经济利益，因为这笔遗产很快就拍卖掉了——其中一部分得款用来支付墓碑和雕像的费用。雕像是切尔托普哈诺夫（他继承了他父亲的性格）力主竖立在他的好友墓前的。他是从莫斯科定购来的，本来应该塑一尊祈祷的天使，但是人家给他介绍的那个经纪人，知道外省很少人能够欣赏雕塑，因此没有给他塑天使像，而是给他弄来了一尊多年来一直耸立在莫斯科附近的一座废弃了的叶卡捷琳娜时代的花园里的司花女神像，而这位经纪人一文没花就搞到了。但是这尊雕像的工艺和样式俱佳，是洛可可风格的——圆润的手臂、蓬松的鬈发，赤裸的前胸雕饰着玫瑰花环，体态婀娜多姿，身躯微微前倾。这位神话中的女神至今依然在吉洪·伊凡内奇墓前耸立，还优雅地抬起一只脚，以真正的蓬帕杜夫人式的娇媚姿态眺望着在她四周悠闲漫步的牛犊和绵羊——它们是我们乡村里拜访墓地的常客。

切尔托普哈诺夫自从失去了最忠实的朋友，重又借酒消愁，长醉不醒了，而且比以前更加严重。经济日益拮据，几乎倾家荡产。他已经没有经济力量去打猎了，钱也几乎花光了，剩下的最后几个仆人也都走掉了。潘捷列伊·叶列美奇已经完全孤立无援。周围连聊天的人也没有，更不用说向谁倾吐衷肠了。只是他仍旧那么傲慢，可以说丝毫未改。恰恰相反，他的处境愈差，他越发孤傲不驯。而且愈是傲慢自大，就愈是使人难以接近。如此一来，他不仅变得孤僻，而且更加粗野。

此时，他略可聊以自慰的，是得到一匹他爱若珍宝的绝妙坐骑——顿河种的灰马，他叫它玛拉克·阿捷尔，此马堪称一匹宝马良驹。

他得到这匹马还有如下一段逸闻：一次，切尔托普哈诺夫骑马路经邻近的一个村子，听见有一群农夫在一家酒店附近大吵大闹。在人群中间，几只粗壮的手臂在同一地方一起一落地挥舞。

"那边出什么事了？"他用官气十足的口气问一个站在自家门口的中年妇女。

这个中年妇女倚着门框，好像是在打瞌睡，又睡眼惺忪地伸着脖子望着酒店那边。一个小男孩坐在她的两只树皮鞋中间，满头浅发，穿着印花布衬衣，袒露的前胸上挂着个柏木十字架，叉开两条小腿，还紧攥着小拳头。旁边有一只小鸡啄食一块面包皮，看上去硬得像木头一样。

"谁知怎么一回事，老爷，"中年妇女随口回答，然后弯下腰来，把一只布满皱纹的黝黑的手放在小男孩头上，"听说我们的一些年轻人在打一个犹太人。"

"犹太人？怎样的犹太人？"

"谁知道，老爷。我们这里来了个犹太人，谁也不知道打哪儿来的！瓦夏，快来妈妈这儿……嘘，嘘，这个畜生！"

中年妇女把小鸡赶走了，瓦夏拉住了妈妈的裙子。

"他们一直在打他，我的老爷。"

"一直在打他？为什么？"

"不知道，总有原因吧。再说了，犹太人也该挨打呀！老爷，您知道，就是犹太人把耶稣钉上十字架嘛！"

切尔托普哈诺夫听了，一声大吼，挥鞭抽了一下马脖子，就向那群人冲过去。冲入人群后，也没问一声，不分青红皂白地挥动鞭子左右开弓乱抽起来，那些人被抽得抱头鼠窜，他嘴里还断断续续地喊着："真是……无法……无天了！无法……无天了！有罪……也得……依法……行事呀！怎么能……随便……动刑呢！法律！法律！法律！"

不到两分钟，人群四散逃走了，这时才看见，酒店门前躺着一个瘦小而黝黑的人，身穿土布外套，乱蓬蓬的头发，满身尘土，脸色白得吓人，张着嘴巴，直翻白眼……怎么了？吓昏了，还是被打死了？

"你们为什么下此毒手？为什么这样毒打这个犹太人？"切尔托普哈诺夫声色俱厉地喝道，依旧不停挥着鞭子。周围的人都含糊而胆怯地起哄。有的抚着肩膀，有的揉着腰部，有的人还摸着鼻子。

"打得真狠！"后面有人说。

"谁也受不了鞭子抽！"另一个人接着说。

"为什么非要往死里打这个犹太人？回答我，这帮野蛮人！"切尔托普哈诺夫追问。

还没问清楚到底是什么缘由，那个躺着的人挣扎着迅速站了起来，跌跌撞撞地跑到切尔托普哈诺夫身后，全身筛糠一样地揪住他的马鞍边缘。

人群哄然大笑起来。

"真禁打，不会轻易丢命！"后面有人说，"就像猫一样！"

"大人，请为我主持公理，救救我吧！"这时犹太人整个前胸都紧贴在切尔托普哈诺夫的一条大腿上，苦苦哀求，"不然他们会打死我的，一定会打死的，大人！"

"那他们为什么要打你？"切尔托普哈诺夫问。

"我也不知道到底为什么！听说他们死了些家畜……就猜是我……可是我真……"

"好！这件事我们以后会查明白的！"切尔托普哈诺夫打断了他的话，"现在你抓住我的马鞍，跟我走吧。"他又转脸跟周围的人说，"喂，你们给我听着，我是地主老爷潘捷列伊·切尔托普哈诺夫，就住别索诺夫村，你们要是想控告我，就去告吧！真要想告的话，还可以告这个犹太人！"

"有什么好告的呢！"一个须发全白的老农郑重其事地说，神态酷似一位古代的家族族长（尽管刚才他打犹太人时并没比别人手下留多少情）。"潘捷列伊·叶列美奇先生，我们久闻您的大名。我们会把您刚才的一番教诲谨记在心的，我们都向您致敬，谢谢您！"

"干吗控告呢？"有人又接着说，"说到那个背叛基督的异教徒，我们会惩罚他的！反正他逃不出我们的手心！我们有法子收拾他，就像对付田野里的兔子……"

切尔托普哈诺夫捻捻小胡子，神神气气地哼了一声，骑着马，扬眉吐气地带着那个犹太人慢悠悠地回去了。他路见不平救出这个犹太人，就像重演了当年解救吉洪·聂道比斯金的壮举。

没过几天，切尔托普哈诺夫家里唯一剩下来的家仆跑来报告，来了一个骑者，想和主人说上几句话，切尔托普哈诺夫便走上台阶，一看，原来是他搭救的那个犹太人。只见他骑着一匹顿河种的高头大马，那匹马一动不动地站在院子中，威风十足地昂着头。那个犹太人为了表示尊敬，已经摘下帽子，夹到腋下。他的两脚不是插进马镫里，而是插在马镫的皮带里。他那件破外套的衣襟散在马鞍两边。他一看见切尔托普哈诺夫，便激动地吧嗒着嘴唇，双肘抽动，两腿摇荡，不知应该说什么。

切尔托普哈诺夫不但没有回礼，反倒勃然大怒道："这还了得，这个卑微的犹太佬竟敢如此大摇大摆地骑着这样一匹宝马……真是胆大包天，成何体统！"

"哎，你这狗东西！"他怒气冲冲地喊道，"还不快滚下来！不然我就要把你摔进烂泥坑！"犹太人如同听到圣旨，立即听话地从马鞍上连滚带翻地下来，就像一个粮食口袋似的。他一只手轻握着缰绳，满面堆笑地鞠躬施礼，然后走到切尔托普哈诺夫面前。

"你来干什么？"潘杰列伊·叶列美奇声色俱厉地问他。

"大人，请您看看，这匹马怎样？"犹太人不停地鞠着躬。

"嗯……很不错，是匹宝马。你是从哪儿搞来的？没准是偷来的吧？"

"怎么这样说呀，大人！我可是个守规矩的老实人，绝对不是偷的，我是专门弄来孝敬您的，我说的全是大实话，我费了不少劲儿才弄来。这可是一匹一等一的宝马！整个顿河地区，也没有第二匹。大人，请您快看看，这是一匹多好的马！请到这儿来！嘘……嘘！转头，侧身！我们卸下鞍子吧。怎么样，大人，太棒了，太帅了吧？"

"真是一匹骏马。"切尔托普哈诺夫故意装出一副很冷淡的样子，实际上他心里喜欢得要命。他爱马如命，相马十分在行。

"大人，您试试摸摸它！抚摩一下它的脖子，那可够舒服的！嘿嘿嘿，对，就是这样！"

切尔托普哈诺夫好似很不情愿地把手放在马脖子上，轻拍两下，然后用手从鬃脊一直顺着马的脊背摸了过去，直摸到肾的上部某处地方，像个行家一样轻轻按了两下。那匹马立刻拱起脊背，黑眼睛高傲地睥睨了切尔托普哈诺夫一下，喷了一口气，扬了扬前蹄。

犹太人笑了起来，兴冲冲地拍手说道："它认主人呢，大人，它认主人了！"

"哎，别胡扯，"切尔托普哈诺夫有些恼火地打断了他的话，说，"我要是买你这匹马吧……我又没钱；要是送给我吧，我非但没有接受过犹太人的礼物，就连上帝的馈赠也不曾接受过！"

"我怎么胆敢送您什么东西？没那么回事！"犹太人大声说，"那您就买好了，大人……钱的事以后再说。"

切尔托普哈诺夫盘算起来。

"你要多少钱？"他最后从牙缝中挤出了这句话。

犹太人耸耸肩膀。"就按我买的价钱吧，两百卢布。"

如果按质论价，这匹马恐怕价钱要翻两倍，可能翻三倍都不止。

切尔托普哈诺夫扭过脸，异常激动地打了个哈欠。

"那么……什么时候……付钱呢？"他问，故意紧紧皱着眉头，却没敢看犹太人。

"大人，悉听尊便，您什么时候方便，就什么时候付钱。"

切尔托普哈诺夫兴奋地向后一仰头，却没有抬起眼睛。

"这不能算回答，你要弄明白，你这伊罗德的龟孙子！怎么，难道你要我欠你的情不成？"

"那好，咱们一言为定，"犹太人急忙说道，"六个月以后吧……您说行吗？"

切尔托普哈诺夫一声不吭。犹太人察言观色地注视着他。"行吗？那我就把马牵进马厩里去了！"

"马鞍子我不要，"切尔托普哈诺夫又断断续续地说，"卸下鞍子，明白了吗？"

"好，好，大人。我拿走，我拿走。"犹太人兴冲冲地说，并取下马鞍子扛在肩上。

"钱嘛，"切尔托普哈诺夫说，"六个月后结清。但不是两百卢布，而是两百五十卢布。用不着多嘴！两百五十，我说了算！这是我欠你的。"

切尔托普哈诺夫一直难为情抬眼看犹太人，因为他的自尊心从未被如此严重地伤害过。"很明显这是变相赠送，"他思忖着，"他为了报恩才这么做，这个鬼东西真机灵！"他真想拥抱这个犹太人，却又想打他……

"大人，"犹太人壮壮胆，咧着大嘴笑着，接着说，"要按照俄罗斯的风俗？用衣襟裹着缰绳，手把手地交给您……"

"你还真想得出来！你这个犹太佬……还说什么俄罗斯风俗！喂！谁在那儿？好，把马牵过去，牵到马棚里，再喂它些燕麦。过一会儿我要亲自去看。好吧，给它取个名——就叫它玛拉克·阿捷尔吧！"

切尔托普哈诺夫刚走上台阶，突然又转过身，跑到犹太人面前，紧紧握了握他的手。犹太人受宠若惊，弯下身子，噘起嘴唇，想去吻他的手了，可切尔托普哈诺夫忙闪到一边，低声说道："可别对任何人说！"之后他便迈步走进屋。

从得到这匹马的那一天起，玛拉克·阿捷尔就成了切尔托普哈诺夫生活中唯一的大事、唯一的乐趣，他把所有的心思都倾注在了这匹宝马身上。他特别喜欢这匹马，比当初爱玛沙还要深，还要迷醉。他对这匹马的亲昵，比对他已故的好友聂道比斯金还要亲密。难怪他如此痴迷，这匹马着实太出众，太惹人喜欢了！这匹马性如烈火，真像火药般暴烈，但它又庄重沉稳，颇有贵族风范！它从不知疲倦，从不偷懒，吃苦耐劳，而且对主人总是百依百顺，唯命是从。喂养起来也很省事，从不让主人伤脑筋。倘若没什么饲料填肚子，它甚至能用蹄子刨些泥土来充饥。它慢步徐行时，就像把你抱在怀中那样平稳；它快步疾走时，就像让你坐在摇篮里那样舒适；它扬蹄飞奔的时候快过疾风！你骑在它的背上从不颠簸，舒服至极！无论怎样飞奔，它从不喘气颤抖，因为它的出气孔多。四条腿有如钢铁般坚强！

跌跌撞撞，那是从来不曾有过的！至于说到跨越壕沟、跳过栏杆，那就更不在话下了。而且这匹马又极通人性！只要你一声呼唤，它会立马应声而至。如果你让它停在那儿，你尽可以放心走开，它就会纹丝不动地在原地等你。只要一听到你回来，它就会低声嘶鸣，好像在说：我在这儿。它无所畏惧。在黑漆漆的夜里，它也不会迷路；在暴风雨中，它也不会走错路；不会让陌生人靠近它身边，倘若有人打它的鬼主意，它会嘶鸣咬牙！狗也别想靠近它，如果靠近它，它就扬起前蹄踢向狗头，那条狗就会立刻没命！这匹马的自尊很强。想让它赶路或飞驰，不用鞭子赶，对它来说，鞭子只是一种装饰品，只要用鞭子在它头顶一挥即可，压根用不着抽打它！真的，何必多说呢，一句话，它是一件无价珍宝，世间少有的良驹！

一说起自己这匹宝马玛拉克·阿捷尔来，切尔托普哈诺夫就会眉飞色舞，赞不绝口！他对它真是爱护备至！它全身皮毛闪烁着银光，是那种鲜亮耀眼的银色，而非黯淡无光的、银灰色的光泽。如果你用手抚摸一下，就像是在抚摸丝绒绸缎！马鞍、鞍垫、笼头——所有的用具和饰品都装备得恰恰好，美观大方而又清爽利索，全都让人赏心悦目！切尔托普哈诺夫对它真是爱到了极致，无可挑剔！他亲自动手给它编额鬃，亲自用啤酒给它清洗鬃毛和尾巴，甚至不止一次亲自用润滑油来涂抹它的四蹄……

他常常骑着自己的宝马出去兜风——但是依旧不去乡邻家，依旧不与他们交往——而是趾高气扬地从他们的土地上，从他们的宅院门前绕过……就像在说：你们这些乡巴佬，快来欣赏我的良驹吧！有时他听到有人在某处打猎——是阔绰的地主老爷打算到远处田野上打猎——他立刻纵马飞奔而去——一展雄姿，让所有观赏者都惊叹和艳羡宝马的神采和飞速，但却不让任何人走到他跟前。

一天，一个富贵的公爵来打猎，竟带着他的全部侍仆和人马去追切尔托普哈诺夫。切尔托普哈诺夫却故意催马疾驰躲开他。于是这位富翁便死命紧追，并且还高喊道："喂，听我说！把你的马卖给我吧，无论你开价多少，几千卢布都行！就是把老婆孩子给你也行！就算给你我的全部家产，我也毫不可惜！"

切尔托普哈诺夫突然勒住了玛拉克·阿捷尔。那个打猎者便飞奔而来。

"先生！"那位公爵死缠烂打地大喊，"你说吧，到底要什么，亲爹啊！"

"就算你是皇帝，我也不卖！"切尔托普哈诺夫平静地说（其实他平生从未听过莎士比亚），"就算用你的王国来换我的马，我也不换！"说完，便纵声大笑，然后一提缰绳，让马扬起前蹄，单单用后腿像陀螺一样在空中转上两圈，接着像离弦的箭一般飞驰而去！只见那匹马闪电般地在收割了的田野上飞驰。那个打猎者（听说是个豪富的公爵）把帽子向地上一甩，然后扑倒在地，把脸埋进了帽子里！而且不肯起来，一直躺在地上有半个多钟头。

切尔托普哈诺夫怎能不爱他这匹宝马呢？此外，他还有什么优势能向乡邻炫耀呢？只有这匹马，是他最显著的，也是最后一招了！这匹马才是他的撒手锏！

可是时间无情，一天天飞逝过去，付款的日期也慢慢逼近了，切尔托普哈诺夫非但凑不足二百五十卢布，甚至连五十卢布也凑不足。可怎么办呢？想个什么办法好来付账呢？思前想后，他终于拿定了主意："这又有什么关系？要是那个犹太人不讲情面，非得到期付款不可的话，那我也只得一不做，二不休了，干脆就给他我的房舍和土地，我自己就骑上玛拉克·阿捷尔到处漂泊流浪！宁愿饿死，也决不把这匹马还给他！"想到这里，他心情异常激动，不再心烦意乱，忧心忡忡了。然而天无绝人之路，命运第一次，但也是最后一次对他发了慈悲——命运向他微笑了。他远方的姑妈，切尔托普哈诺夫甚至都不知道她的名字，竟在她的遗嘱中留给了他一大笔款项，足有两千卢布！而且他收到钱的时候，正像热锅上的蚂蚁——正好是犹太人来讨债的前一天。切尔托普哈诺夫欣喜若狂，但他并未想到用酒来庆贺自己的欢乐。自从他得到宝马玛拉克·阿捷尔，他就滴酒未沾，而是把全部心思都用在这匹马身上。他发疯般地跑进马厩，捧起马头就吻，吻他的好友的鼻子两侧，又吻了马的皮肤最为柔软之处。"现在我们永远在一起，再不分离了！"他大声呼喊着，同时拍拍玛拉克·阿捷尔的脖子，它那梳得齐齐整整的鬃毛也随之兴奋地摇摆。

随后，切尔托普哈诺夫又兴高采烈地回到自己的房间，数出两百五十卢布，用纸包好。然后便仰躺在床，吸着烟，一面又琢磨怎样开销剩下来的钱——也就是说，他要去买什么样的狗。要买纯种柯斯特姆狗，而且一定要带红斑点的！他甚至还和唯一的侍仆别尔费什卡友好地聊起了天，允诺给他买一件镶黄丝带的哥萨克上衣。最后便心满意足地入梦了。

他做了一个不祥的梦：梦见自己出去打猎，但骑的并不是玛拉克·阿捷尔，而是一头像是骆驼的奇怪的牲口，迎面跑来一只雪白的狐狸……他想挥鞭子，想吆喝狗去追捕，忽然手里的鞭子变成了一块树皮，那只狐狸却逍遥自得地在他面前跑着，还伸着舌头引逗着嘲弄着他。他想去追，可是跳下骆驼之后，又被什么东西绊倒了，跌了一大跤……不想却摔到了宪兵手里。宪兵便把他带去见总督，谁知那个总督却是雅弗……

切尔托普哈诺夫一下子惊醒了。屋里黑沉沉的。公鸡刚啼过第二次……

马的嘶鸣从遥远的地方传来。切尔托普哈诺夫猛地抬起头，细细倾听……马的嘶鸣又传来了，但已十分微弱。

"是玛拉克·阿捷尔在嘶鸣！"他心想，"……是它的嘶鸣！没错儿！可为什么这么遥远呢？哎呀，我的老天！不可能的……"

切尔托普哈诺夫猛然吓出一身冷汗，噌地一下子跳下床，摸到靴子和衣服，胡乱穿上，又从枕头下面抓起马厩的钥匙，一路歪歪斜斜地跑进了院子。

马厩就在院子尽头，有一堵墙面向田野。切尔托普哈诺夫把钥匙弄了大半天，就是插不进锁孔，因为他的手一直在发抖，也无法立即扭转钥匙……他只得屏住呼吸，静静站一会儿，好让自己平静下来，但马厩里竟没有丝毫动静！"玛拉克！玛拉克！"他低声呼唤着。却没有一点回应——一片死寂！切尔托普哈诺夫不由得转了一下钥匙，那扇门吱呀一声开了……原来门并没有锁上。他立即跨进屋，又呼唤了两声自己的心肝宝马，这次还是叫的全名："玛拉克·阿捷尔！"但却没听到他忠实伙伴的回应，只有一只老鼠在草堆里窸窸窣窣地响了两声。切尔托普哈诺夫毫不犹豫地冲进有三间槽房的马厩中拴着玛拉克·阿捷尔的那一间里。虽然马厩里黑得像锅底一样，他还是无误地到了那一间……可玛拉克·阿捷尔已经没有影子了！他的脑袋里嗡地一响，觉得天旋地转。他本想说些什么，可是嘴里却呓呓作响。于是他伸出手上下左右地摸索，弯着双膝，直喘粗气，哪里都摸遍了。又从这一个马栏摸到另一个……最后摸到干草，那些干草几乎一直堆放到天花板，他撞上了一堵墙，躲过以后，又撞上了另一堵墙，还跌了一跤，摔了个跟斗，赶紧挣扎着爬起，猛地从半敞着的门冲进院子……

"失盗了！别尔费什卡！别尔费什卡！马被偷了！"他失声大喊起来。

侍仆别尔费什卡听了大惊失色，身上只穿一件衬衣，从他睡觉的储藏室里慌忙飞奔到屋外……主人和他唯一的仆人在院子中央撞上了，两人像醉汉一样撞了个满怀，他们发了疯似的面对面兜起圈子。主人急得说不清楚是怎么一回事，仆人也弄不明白为何把他叫出来。

"糟了！糟了！"切尔托普哈诺夫不住地嚷着。"糟了！糟了！"那个仆人也不由得跟着他一齐喊起来。

"拿灯来！拿灯来！快把灯点着！火！火！"从切尔托普哈诺夫那因过度紧张而麻木的脑中，迸出这些话来。别尔费什卡飞奔进屋里。

可是要点灯，得找到火呀，到哪儿去找呢？当时在俄罗斯黄磷火柴还算稀罕。再说厨房里余烬早已熄灭。真是急死人了！费了好大劲儿才找到了火刀和火石，却又不怎么好用。

切尔托普哈诺夫气冲冲地从别尔费什卡的手里夺过火刀和火石，这时仆人已吓得魂不附体。他亲自动手打火，火花四射，可就是点不着，气得切尔托普哈诺夫不断咒骂和焦急哀叹。真是活见鬼！火绒不是点不着，就是刚点着立刻就又灭了。四个腮帮子和两张嘴使尽气力，协作得很好，却还白费劲儿，怎么折腾都点不着。这样忙了有五六分钟或许更长的时间，他突然灵机一动，直接去点提灯底部的蜡烛头，感谢上帝，到底点着了！于是切尔托普哈诺夫由仆人陪着，一起冲进马厩，把提灯高举在头顶，把里面仔细查找了一遍……哪有宝马玛拉克·阿捷尔的影了！切尔托普哈诺夫又急忙地跑进院子，把院子的每个角落都找遍了，就是没找到这匹马！他宅院四周的篱笆早就破烂不堪了，许多处已经歪斜，有的地方已经倒在地上了……马厩附近有一俄尺长的地方，就和没有篱笆没什么两样！别尔费什卡还把这一段指给切尔托普哈诺夫看。

"老爷，您看这儿，今天白天可不是这种样子。看，木桩都从地里拔出来了，很明显这是有人故意拔出来的。"

切尔托普哈诺夫提灯跑来，往地上照了照……

"马蹄印，马蹄印，马掌印，是的，是新鲜的印迹！"他气急败坏地嘟哝着，"对，是打从这里牵出去的，就是这儿，没错！"

他飞身跳出篱笆，大声呼喊："玛拉克·阿捷尔！玛拉克·阿捷尔！"同时人也和声音一起飞奔向田野。

别尔费什卡不知所措地呆待在篱笆旁，提灯的光圈马上从他眼前消失了，没入黑沉沉的夜幕，没有星月的夜色一片黑漆。

切尔托普哈诺夫那悲痛绝望的呼喊越发嘶哑微弱了……

切尔托普哈诺夫回到家里时，已升起东方朝霞。他累得简直都没人样了，浑身是泥，脸上流露出一种令人毛骨悚然的神情——粗野而又可怕，两眼痴呆，令人感到阴森森的。他累得不能自支，但却没躺到床上休息，而是颓然坐到了门边一把椅子上，使劲敲打自己的头。

"被偷走了！……被偷走了！"

可这个盗马贼是怎么偷走玛拉克·阿捷尔的呢？马厩锁得好好的，更何况三更半夜怎么会一点儿声响都没有呢？而且玛拉克·阿捷尔白天不准任何人靠近，怎么会这样悄无声息轻而易举地失盗了呢？一条看家狗也没有吠叫，这到底为什么？又该如何解释？诚然，只有两条看家狗，两条小狗，还迫于饥寒而在地上蜷缩——可总也应该有所发觉啊，总该吠叫上几声啊！

"现在玛拉克·阿捷尔不见了，没有了，我该怎么办呢？我该怎么活呢？"切尔托普哈诺夫心想，"现在我失去了最后的慰藉和欢乐——说明我已经死期临头了。现在幸好还有钱，是不是要再买一匹马？可到哪儿才能找到这样的宝马？”

"潘捷列伊·叶列美奇！潘捷列伊·叶列美奇！"门外传来了胆怯的呼唤。

切尔托普哈诺夫一听，一下子跳了起来。"是谁？"他喊道，声音激动得都变了。

"是我，您的小厮，别尔费什卡。"

"你有什么事？找到马了？还是它自己跑回来了？"

"不，潘捷列伊·叶列美奇。是那个犹太人，就是卖马的那个……"

"嗯？"

"他来了。"

"呵呵呵！"切尔托普哈诺夫大叫道，猛地打开了门，"给我把他拖到这儿来！拖到这儿来！拖到这儿来！"

别尔费什卡背后站着的犹太人一见他"恩人"那副蓬头垢面、怒发冲冠的模样，那副凶狠蛮横的神情，立刻转身想溜之大吉。但是，切尔托普哈诺夫突然猛向前跨了两步，追上了他，像饿虎扑食一样死死地掐住了他的喉咙。

"哼！你是要钱来了！要钱来了！"他扯着嗓子嘶哑地大吼道，似乎他不是掐住别人的喉咙，而是别人掐住了他的喉咙，"夜里马刚被偷走，白天你就来要钱，啊，是不是？"

"哪里的事，大……大人。"犹太人哼哼唧唧地说。

"你告诉我，我的马在哪儿？你把马弄到哪儿去了？又转卖给谁了？快说，快说，给我坦白！"

犹太人被掐得喘不过气了，连恐怖的表情都从憋得发紫的脸上消失了。双臂垂直地耷拉着。他那被切尔托普哈诺夫猛烈摇晃的身子，前后摆动就像暴风中的芦苇。

"钱我会照付给你，全数付给你，一个戈比也不少你的，"切尔托普哈诺夫嚷道，"可是，如果你不立刻坦白交代，我就掐死你，就像掐一只小鸡一样把你掐死……"

"您已经掐死他了，老爷。"别尔费什卡恭顺而又胆怯地说。

切尔托普哈诺夫这时才清醒过来。

他急忙松手，放开了犹太人的脖子，犹太人便扑通一声倒在地上。切尔托普哈诺夫把他扶起，坐在凳子上，然后往他喉咙里灌了一杯酒，好让他清醒过来。过了一小会儿，犹太人苏醒了过来，然后就跟他说玛拉克·阿捷尔被盗之事。原来有关玛拉克·阿捷尔被盗的事情，犹太人压根就毫不知情。他费了好大力气为他"最尊敬的潘捷列伊·叶列美奇"弄来了这匹好马，他干吗又偷走它呢？这又是何苦呢？他怎么会这么干呢？

于是切尔托普哈诺夫领他进了马厩里。他们两又把马栏、食槽、门上的锁都察看了一遍，把干草和麦秸又仔细翻了一通，然后回到院子里。切尔托普哈诺夫把他领到篱笆旁，把马蹄印也指给他看——这时，切尔托普哈诺夫恍然大悟地往自己的大腿上猛拍一下，大声说道："对了！你在哪儿买的这匹马？"

"在阿尔汉格尔斯克县的维尔霍辛集市。"犹太人回答道。

"从谁手上买的？"

"一个哥萨克。"

"这就对了！这个哥萨克是青年还是老年？"

"是个中年人，看上去老实巴交的。"

"他是什么人？长什么样？恐怕是个狡诈的骗子吧？"

"说不准，没准儿是个骗子，大人。"

"那个骗子和你怎么说的？这匹马他养了多久？"

"他好像说过，养了很久了。"

"噢，那肯定是他偷走了马，别人偷不走，肯定是他！你想想看，你走近些，告诉我……你叫什么名字？"

犹太人吓得哆嗦了一下，抬起那双乌溜溜的小眼睛，呆望着切尔托普哈诺夫。

"您问我叫什么名字吗？"

"哎，是的，问你叫什么名字？"

"我叫莫舍尔·列伊伯。"

"喂，列伊伯，好朋友，你是聪明人，仔细动脑筋想想，除了原来的主人，还有谁能盗走玛拉克·阿捷尔呢？它是不会听别人的话的！偷马贼居然能给它放好鞍子，戴上嚼环，还脱去马衣！不是早先的主人，又能是谁呢？你看，就把马衣扔在了干草堆上！就像在自己家里那样从容不迫！除了原来的主人，别人非让玛拉克·阿捷尔给踢死不可！若是换了陌生人，它会发怒的，它会高声嘶鸣，甚至还会惊动整座村子！你看，我说的在理吧？"

"对极了，对极了，大人……"

"这样说来，我们先得要找到那个哥萨克！"

"可是，大人，我们去哪里找他呢？我只见过他一次，谁知道他现在在哪里呢？又不知道他的名字，可怎么找呢？哎呀呀，哎呀呀！"犹太人焦急地说，悲愁地摇着两鬓垂下的长发。

"列伊伯！"切尔托普哈诺夫心急如焚而又暴躁地说，"你快看看我，我都失去理性了，难以自制！如果你不帮我一把，我只好自杀了！"

"但我怎么……"

"你跟我一起去吧，我们一起去找那个盗马贼！"

"那我们到哪儿去找呢？"

"到集市上，到大路上，到小路上，到偷马贼那儿，到城里去，到村镇去，到农庄——哪怕走遍天下，到处都要找到！至于盘缠，你不用担心。老弟，我得了一笔遗产！哪怕花掉最后一个戈比，也要找到我的宝马，找到我的好朋友！那个哥萨克，这个坏蛋，绝对逃不出我们的手掌心！他到哪儿，我们就追到哪儿！就是上天入地，我们也要找到他！要是他跑去魔鬼那儿，我们也追到魔王那儿！"

"哎，找魔王干吗？"犹太人提心吊胆地问，"不去找魔王也行。"

"列伊伯，你这犹太佬，"切尔托普哈诺夫抢着说，"列伊伯，虽然你是犹太人，是个异教徒，但你的心肠好过有些基督教徒！你就可怜可怜我吧！我自己单枪匹马去不行，我一个人办不成这件事儿。因为我性子急、脾气坏，但你却有头脑，你办事机灵，会动脑筋！你们就是这么一个民族：不仅做事机灵，而且还能无师自通！什么办法都想得出来。你也许不信，心里犯嘀咕：他哪儿有钱？他在瞎吹呢。好！到我房间去，我把所有的钱都拿给你看。你把钱都拿走吧，把我脖上的十字架拿走也行——只要能把玛拉克·阿捷尔找回来就行！一定找回来，一定找回来！”

切尔托普哈诺夫就像发疟疾一样，全身瑟瑟发抖，大汗淋漓，汗珠子就像小河一样从脸上淌下去，泪与汗混在一起，湿透了小胡子。他紧握着犹太人的手，苦苦哀求，甚至还要吻他……这时，切尔托普哈诺夫已到了癫狂的程度。犹太人本来想劝慰他、婉拒他，想跟他说，他没法跟他走，他不能离开这儿，他有事要办……但完全没用！切尔托普哈诺夫什么都听不进去。再说什么都没用了，可怜的犹太人只好由他了。

次日，切尔托普哈诺夫和犹太人驾着一辆农家马车，从别索诺夫村出发了。犹太人看上去有些无所适从，一只手扶着车栏，那有气无力的身子随着车子摇摇摆摆地颠簸。他把另一只手放在怀中，紧攥着那个用报纸包着钞票的包。切尔托普哈诺夫像个木头人一样呆坐在那里，两眼痴呆呆地转着，深深叹息着。腰间还别着把短剑。

“哼，该死的偷马贼，想盗走我的伙伴，这下我们可得好好较量较量！”马车刚上大路时，他嘟囔着。

切尔托普哈诺夫把宅院托付给家仆别尔费什卡和厨娘，厨娘是个失聪的老太婆，无依无靠，主人看她可怜，收留了她。

“我一定会骑着玛拉克·阿捷尔回来见你们，”切尔托普哈诺夫上路时对他们大声说，“否则我就永远不回来了！”

“你干脆嫁给我好啦！”别尔费什卡用肘部捅捅厨娘的肋部，嬉皮笑脸地开玩笑，“反正咱们老爷不回来了，这样就不会无聊了！”

十二个月过去了……整整一年，潘捷列伊·叶列美奇杳无音信。老厨娘也死了。别尔费什卡已经盘算丢下这里的宅院，准备进城去一家理发店当学徒，他的堂兄曾经多次叫他过去。忽然有消息传来：主人切尔托普哈诺夫就快回来了！教区执事收到了切尔托普哈诺夫的一封亲笔信，信中说他很快就回别索诺夫村，并请执事转告仆人做好准备工作，迎接他回来。别尔费什卡认为这些话只不过是让他打扫一下灰尘，并没有完全相信主人真的要回来。然而，几天后，切尔托普哈诺夫果真骑着玛拉克·阿捷尔回到了自己的家园，他这才相信执事所说的话。

别尔费什卡立刻飞奔向主人，扶鞍捧镫，想搀他下马。不想主人自个儿飞身跃下马背，还神采飞扬地环顾四周，兴高采烈地大声说："怎么样！我说过的，一定会找到玛拉克·阿捷尔，果真就找到了，我终究战胜了仇敌和命运！"别尔费什卡过来吻了吻他的手，切尔托普哈诺夫却没怎么在意仆人的忠实和热情。

他拉着缰绳，趾高气扬地把玛拉克·阿捷尔牵进马厩，别尔费什卡全神贯注地打量了主人一番，有些惊讶和担心了，"哎呀，他这一年可瘦了不少，也老多了，脸色也更为阴郁可怕了！"潘捷列伊·叶列美奇按理说应该心满意足了，应该高兴了，因为他终于实现了愿望，而且他着实很高兴……别尔费什卡心里却很不踏实，提心吊胆，甚至觉得恐怖可怕，切尔托普哈诺夫把马拴到原来的槽头，爱抚地拍拍它的臀部，深情地说："好了，你又回家啦！从此可要当心点！"当天他又忙着从免除赋役的孤苦农夫中雇一个可靠的人来看管这匹马。他又重新在家里一如既往地安心度日……

可是已经不能一如既往安心度日了……不过，现在先不谈这个问题，后面会说到的。

切尔托普哈诺夫回家的第二天，便叫来别尔费什卡，因为没有别人可以谈，就把他找到玛拉克·阿捷尔的经过讲给他的仆人听——当然，说时保持着他的尊严，而且还是以意味深长的语调。在讲述时，切尔托普哈诺夫的脸一直冲着窗户坐着，用长烟管抽着烟。

别尔费什卡倒背着双手，站在门槛上，恭恭敬敬地望向主人的背影，听他从头至尾叙述一遍。讲他是怎样到处奔波、徒劳寻找，最后终于在罗姆内的一个马市上找到了玛拉克·阿捷尔。那时只剩他一个人，犹太人列伊伯没有陪着他。这家伙胆小，经不起这样的奔波和风险，就丢下他偷偷逃跑了。他讲到在第五天，他已打算离开罗姆内马市了，却在最后一次往返查找于一排排马车时，意外地在其他三匹马中发现了一匹车辕下的马，正是玛拉克·阿捷尔！他一眼就认出它来了，玛拉克·阿捷尔也立即认出了他，摇头摆尾地嘶鸣、挣扎，用蹄子不停地在地上乱刨。

"这匹马不在哥萨克那儿，"切尔托普哈诺夫接着说，自始至终都没有转过头来，仍然以那样意味深长的语调，"而是在一个茨冈马贩子手中找到的。当然，我一看见玛拉克·阿捷尔，立即死死抓住我的马不放，想把马硬抢过来，但那个茨冈人就像被火烫了一样大喊大叫，惊动了整个马市，他还一再赌咒发誓，说他这匹马是从另一个茨冈人手中买来的，还声称要找那个人来对质。我压根儿没答理他这一套，也不再和他纠缠，就大方地付钱买下这匹马，其他我都不管了！对我来说，找到了我的好朋友，这才是最重要，这样我才能安心，精神也才得以安宁。

中间还发生这样一件事，我在卡拉契夫县，听信了犹太人列伊伯，把一个哥萨克错认为是那个偷马贼，谁知他是一个牧师的儿子。我打了他一耳光，人家要我赔偿名誉损失，我只得赔他一百二十卢布。这又有什么关系？这叫花钱消灾，何况千金散尽还复来，最要紧的是找回了我的宝马玛拉克·阿捷尔！我现在时来运转，我很幸福，可以过安宁日子了。但是，别尔费什卡，我要特别嘱咐你一句：你要是在这附近一带发现那个哥萨克，你千万别作声，赶紧跑回家把枪拿给我，我知道自己该怎样对付他！"

虽说潘捷列伊·叶列美奇这样吩咐别尔费什卡，嘴上这么说，但心里并不像他说的那样轻松安然。是啊！在他内心深处，他并不完全相信他带回的马就是玛拉克·阿捷尔！呜呼，这匹马依旧是他最大的心病！

潘捷列伊·叶列美奇·切尔托普哈诺夫真正受苦的日子开始了！说实话，他几乎没有享受到一天的安宁和快乐！尽管这样的日子也曾经有过。每逢心情安宁和快乐之时，他便觉得心中的怀疑是荒唐的，这时他能够像驱赶和轰打一只缠着他不放的苍蝇一样，赶走这个荒唐的念头，甚至对此加以嘲笑。然而更多的却是痛苦和磨难的日子。那时，一个沉重的念头总是顽固地盘旋在心头，挥之不去，就像老鼠一样钻出来死死撕扯他的心，咬噬他的心，抓挠他的心——于是他觉察到了撕心裂肺般的疼痛，除此之外还感到苦闷难熬。

在那个可纪念的日子，也就是找到玛拉克·阿捷尔的那一天，切尔托普哈诺夫的确心花怒放，的确幸福快乐，但是，在他找到这匹宝马良驹，并在它身边守护一夜之后，也就是在次日早晨，当他在旅店低矮的屋檐下给它装配马鞍子之时，有什么东西好像在他心里猛刺了一下，他心里一阵剧痛……他只是摇摇头，但却埋下了不幸的种子。在回家旅途中（走了大约一个多星期），他心里很平静，很少怀疑和动摇。但他刚一回到自己的别索诺夫村，一来到以前那匹真正的玛拉克·阿捷尔栖身的槽头，他就更怀疑了，心中的不安更为强烈了……在回乡的途中，他总是骑着玛拉克缓步徐行、摇来摆去、逍遥自得，而且放眼四望，欣赏自然风光，悠闲地吸着一支短烟管，无忧无虑，只是有时暗暗思忖："哼！没有什么事是我切尔托普哈诺夫做不到的，无论干什么，想怎样就怎样，说到做到！"于是扬扬自得地笑着。但一回到家，心情就全变了。这一切当然深藏在他心里，仅就自尊心而言，他也绝不会透露内心的烦恼和恐惧。不管是谁，哪怕是婉转的猜疑或暗示，说这匹马似乎不是起先的玛拉克·阿捷尔，都会置他于死地。有时在路上遇见一些人，人家都恭喜他"顺利地找回马"，他只好无奈地接受这种恭喜。但他自己从不主动寻求这种恭喜，而且现在比以往任何时候都不愿同别人交流了，因为那是不祥之兆！他几乎无时无刻不在测试这匹新找回来的玛拉克·阿捷尔（如果可以这样说），他有时骑它到田野里去考核，或是不声不响走进马厩，锁上门，悄悄站在马的槽头，凝神望向马的眼睛，轻声问道："你真的就是玛拉克·阿捷尔吗？真是你吗？是你吗？"或者是不声不响地望着它，一连几个小时都目不转睛、仔仔细细地观察它。有时心花怒放地自言自语："是的，没错，就是它！"有时他又怀疑起来，甚至到了极度惶惑惊恐的地步。

新买回的玛拉克·阿捷尔和原来那匹玛拉克·阿捷尔在体态外形上的差别，并没有怎么让切尔托普哈诺夫惶恐不安。因为这两匹马虽有差异，却并不明显。原来那匹玛拉克·阿捷尔的尾巴和鬃毛好像更稀疏，耳朵更尖一些，蹄腕骨更短一些，眼睛更明亮一些——但这也可能只是一种感觉。

最使切尔托普哈诺夫不安的，实际上是马的精神气质的差异，也就是说现在这匹马和原来那匹习性迥异。比如说，原来那匹习性如下：每当切尔托普哈诺夫走进马厩，它总要回头张望，还要轻声嘶鸣起来；但现在这一匹只管若无其事地低头吃草，或者垂下头打瞌睡。每当主人跳下马鞍子之时，两匹马都是静静站着不动，但每当主人呼唤之时，原来那匹马会立刻应声而至，而现在这匹却呆立不动像个木头桩子。原来那匹马跑起来非常快，跳得更高更远；现在这匹马慢步徐行时虽然也轻松自如，然而快步奔驰时，却摇晃得相当厉害，而且马蹄有时还会撞在一起，即后蹄和前蹄相撞。原来那匹从未有过这种丑态，绝对不曾有过！切尔托普哈诺夫也觉察到：现在这匹总是竖着耳朵，蠢头蠢脑；而原来那匹则不一样，一只耳朵总是向后倒，总是以这种姿态注视主人，好似时刻等候主人！原来那匹马一看到周围不干净，立刻会用后蹄踢马栏的墙壁；可现在这匹却毫不在乎——即便粪堆一直顶到肚子也还若无其事。如果让原来那匹马迎风站立或者奔跑，它会立即用整个肺部来呼吸，而且全身都在抖动；而现在这匹马呢，不过打打响鼻。原来那匹马忍受不了雨水潮湿，现在这一匹则对此毫不在乎……这一匹马较粗鲁一些，粗鲁得多！也没有原来那匹马的潇洒风度。说到驾驭起来，也不那么敏捷机灵了，那匹马可招人疼了，而这匹……唉，还能说什么呢！

　　这就是切尔托普哈诺夫常常想到的问题，常常比较的问题，他一想到这些问题就痛苦难过得不行。但是在另外一些时候，比如说当他在刚耕作过的田野上纵马疾驰之际，或是策马飞越冲沟，或是从最陡峭的坡底向上飞跃之际，他简直兴奋得如痴如狂，嘴里还不断高声呼喊，这时他觉得，确实觉得，他胯下这匹马就是不容置疑的真正的玛拉克·阿捷尔，因为除真正的玛拉克·阿捷尔之外，还有哪匹马能如此杰出？

　　即便这样，切尔托普哈诺夫还是无法避免灾难和不幸。长期寻找玛拉克·阿捷尔使他花掉了好多钱。至于买什么良种猎犬，他已不存奢望了，只是一如既往，独自骑着马在附近转来转去。

　　一天早上，切尔托普哈诺夫在离别索诺夫村五俄里的地方，遇上了那位公爵的猎队，也就是一年以前执意要买他的玛拉克·阿捷尔的那位公爵。而且恰好又出现了与上次同样的情况：这一天和那一天一样，一只灰兔从斜坡上的田埂上跳出来，正好跑到猎犬的面前！"快追，快追，逮住它！"整个猎队疾风般的追猎过去。切尔托普哈诺夫也纵马追了过去，但却没有和公爵的猎队一起，而是在离他们二百多米之处，正如同上次一样。追着，追着，一条曲曲弯弯的水沟出现在斜坡上，横在他们面前，挡住了切尔托普哈诺夫的去路。水沟越往上去就越窄。可是就在他要跨越之处——正巧一年半以前就是在这儿跨越过去的——也同样是八九米宽，两俄丈深左右。切尔托普哈诺夫满怀着成功展示神马英姿的预兆——多巧妙的重演，又一次成功展示辉煌，他神采飞扬地挥舞着鞭子，扬扬得意地大笑起来。那个猎队的人们一边策马追赶，一面目不转睛地欣赏着这位英勇的骑手和这匹奇妙的良驹。切尔托普哈诺夫纵马箭一般飞驰着，水沟已经近在眼前——快！快！就像上次那样，一跃而过！

现在这匹玛拉克·阿捷尔却突然停下步子，猛转向左，顺着沟沿跑走了，切尔托普哈诺夫不管怎么向横越水沟的方向扭转马头，都白费力气。也就是说，这匹马胆怯了，自认失败了，而且不要脸地临阵脱逃了！这时，切尔托普哈诺夫羞得简直想钻进地里，继而转为怒火满腔，泪水盈眶，几乎都要哭出声来。他放松缰绳，策马飞奔向前，一直跑到山里，远远避开那群狩猎者，只求不要听到他们的嘲讽，只求快些躲开他们那如针如刺的可恶的目光。

这匹新买的玛拉克·阿捷尔身上遍布鞭痕，口吐白沫，大汗淋漓地跑回家。切尔托普哈诺夫立即把自己关在房间里。

"不对！这不可能是真正的玛拉克·阿捷尔，不是我那个原来忠实好朋友！要是原来那匹马，即使是搭上命，也绝不会出卖我——让我当众出丑！"

下面发生的这件事，彻底把切尔托普哈诺夫逼上了"绝路"。有一回他骑着玛拉克·阿捷尔，来到别索诺夫村所属教区的礼拜堂邻近的僧侣村后面。他把皮帽子戴得很低，差不多都快盖住眼睛，弯着腰，两手扶着马鞍，慢悠悠地走向前去。他有些心烦意乱。忽然听见有人叫他。他立即勒住马，抬起头，看见呼唤他的人就是跟他通信的那个教堂执事。执事在他那编成辫子的棕发上戴着一顶同是棕色的风帽，身穿一件黄色土布外套，腰束一条蓝色腰带，但是系得很低。他出来转转，专门察看他家的禾堆。他看见潘捷列伊·叶列美奇，觉得应向他表示敬意，顺便也想从他那里打听一些事。众所周知，教会里的神职人员如果没有事，他们不会随意和俗人交谈。但切尔托普哈诺夫却并无和教堂执事交谈的闲情逸致。他不得不向他答礼致敬，马马虎虎地应付了一声，就挥动马鞭……

"您的马可真英俊！"教堂执事急忙接着说，"这匹马可真值得夸耀。说实话，您真是一位足智多谋的男子汉大丈夫，就像一头狮子一样！"这个执事向来以伶牙俐齿、能言善辩闻名，这一点很令牧师嫉恨，因为他笨嘴拙舌，不善言谈，即使喝了酒，仍不会转动舌头说些花言巧语。"唉，虽然您遭到坏人的算计，失去一匹好马，"教堂执事接着说，"却毫不灰心，反而更加信仰天意，历尽磨难又为自己弄回一匹好马，一点儿也不比原来那匹差，甚至比原来那匹还要出色……因此……"

"你胡说些什么！"切尔托普哈诺夫不高兴地打断他的话，"什么另外一匹？分明就是原来那一匹马！这匹就是玛拉克·阿捷尔……我费了好大力气才找它回来，不要瞎说！……"

"唉！唉！唉！唉！"教堂执事好像故意和他为难，不慌不忙故意拉长了腔调说着，同时用手指抚弄着胡子，又用他那双明亮而又多疑的眼睛死死盯着切尔托普哈诺夫，"这是怎么回事啊，先生？你想想看，我记得可清楚了，您的马是去年圣母节后约两个星期被偷走的，现在都已经是十一月底了。"

"嗯，不错，那和此事又有何关系？"

教堂执事照旧用手抚摸着胡子，又开口说道："也就是说，从丢马的时候到现在，都过去一年多了。而那时您的马是灰色的，还有圆斑，现在却丝毫没变，颜色甚至更深了一些。这是怎么回事呢？不大对吧，因为一年内灰马的毛色要变浅一些才对呀？"

切尔托普哈诺夫全身颤抖了一下……就仿佛有人用长矛猛刺了一下他的心窝。一点儿不错，灰色皮毛是要变浅的！这么明白的道理，他怎么竟一直没想到呢？

"讨厌的家伙！给我闭上你的嘴！"切尔托普哈诺夫怒火三丈地吼道，发狂似的瞪圆双眼，立刻策马从执事面前飞奔而去，闪电一样消逝无踪了。

"唉，全完了！"

现在的确全完了，所有幻想都破灭了！最后一张王牌也输掉了！就因为这一句"颜色要浅"，一下子就把切尔托普哈诺夫逼上了死路！

灰马的毛色是要变浅的呀！

跑吧，跑吧，该死的畜生！这句话就判了你死刑！切尔托普哈诺夫气急败坏地跑回家，又把自己关进了房间。

现在全明白了。这匹没用的弩马压根就不是玛拉克·阿捷尔，这匹马和玛拉克·阿捷尔毫无一点相似之处。任何人，只要稍有头脑，一眼便看得出来。而他，切尔托普哈诺夫却用最不光彩的方法骗人——是的，他是在自欺欺人，他是想法子欺骗自己，蒙蔽自己的眼睛，可现在这一切全穿帮了！切尔托普哈诺夫在屋子里团团乱转焦急万分，每当走到墙根，便用同样的方式一转，那样子真像一头关在笼中的猛兽。由于自尊受到了严重损害，他忍受着难以承受的痛苦折磨。然而又不只是自尊心受伤害而痛苦。他竟灰心绝望，又怒火熊熊，心中产生了强烈的复仇之念。但是憎恨谁？向谁复仇？向犹太人，向雅弗，向玛沙，向教堂执事，向偷马的哥萨克，向所有乡邻，向天下所有人，还有他自己？他的心智错乱了，神志不清了。最后的一张王牌也输光了！（他喜欢这么比喻）他又变作一个最卑下的小人，最让人轻视之人，变成一个受人嘲弄的对象，一个十足滑稽的小丑，一个愚蠢至极的傻瓜，被教堂执事嘲笑的人物！他想象着，他清清楚楚地想象着：那个可恶的犹太佬会怎样对人们谈起这匹灰马，谈起这匹马的蠢主人……唉，真该死！

切尔托普哈诺夫想抑制住心中的怒火，却是白费工夫，徒劳无功。他再三说服自己，这匹马……尽管不是真正的玛拉克·阿捷尔，可是……还算一匹出众的好马，它还是可以侍候他许多年，想到这里，他立即打消了这个念头，仿佛这种想法是对先前那匹玛拉克·阿捷尔的一种新的侮辱，再说他本来就已对不起原来那匹宝马玛拉克·阿捷尔了……难道不是吗？他真是个睁眼瞎，窝囊透顶的大笨蛋，因此才把这么一匹没用的驽马当作了先前那匹宝马！竟把它们一视同仁！是啊，现在，这匹劣马倒还可以侍候他多年……难道他还想骑它吗？不！他绝对不会再骑它了，永远不再骑它了！把它送给鞑靼人吧，把它丢给狗吃了吧，总之它再没什么价值了……对！就是这个主意！这么处理它最好！

就这样切尔托普哈诺夫在自己的房间里走来走去，足有两个多小时！

"别尔费什卡！"他突然大声呼唤侍仆，并命令道，"你立刻去酒店，给我买半桶白酒！听到了吗？买半桶，马上就去！立刻把酒给我放在桌上！"

别尔费什卡很快把酒打来，切尔托普哈诺夫重新灌起了酒。

当时无论何人，只要看到切尔托普哈诺夫，只要亲眼看见他一杯接一杯酗酒的那副阴郁而凶狠的模样，一定会不由自主地惊骇颤抖。夜幕已然降临。桌上点着的蜡烛闪着昏暗的光。切尔托普哈诺夫不再在屋里转来转去。他呆坐在那儿，脸泛红紫，两眼发直又呆滞无神，一会儿看看地上，一会儿又死盯着黑漆漆的窗子，一会儿又站起身，斟上一杯酒，一饮而尽，再次坐下，又目不斜视地死盯着一个地方，又痴呆呆一动不动。只是呼吸越发急促，脸也愈来愈紫红，仿佛在默默下着决心。但这决心使他自己也惶恐和害怕。可他却渐渐对这个决心以及其形成的心理状态习以为常了。就是这同一个念头不停地纠缠他。就是这么一个念头在他眼前变得越发清晰了。而在他内心深处，在不断发作的酒劲儿的强烈作用下，愤恨之事已变作一种极为残忍的复仇心理，于是他的唇边闪出一种令人胆战心惊的冷笑……

"哦，该动手了！"他用一种煞有介事而又急不可耐的语调说，"应该当机立断了！"

他仰头饮尽最后一杯白酒，走到床头抄起手枪——就是他打玛沙的那支手枪，装好弹药，又多拿几个引火帽装进衣兜，以防万一——留作备用，然后便走向马厩。

在切尔托普哈诺夫开马厩门之时，那个看马人正要跑去看个明白，但他却对看马人大声怒吼："是我！你难道没看见吗？走开！"看马人只得往边上微微躲了一下。"你去睡觉吧！"切尔托普哈诺夫又冲他吼道，"这里不用看守了！它算什么稀罕，更不是什么宝贝！"说着，他走进马厩。玛拉克·阿捷尔……那个假的玛拉克·阿捷尔正躺在草垫上逍遥自在。切尔托普哈诺夫一见它便气不打一处来，上前猛踢了它一脚，大喊："快起来，蠢货！"随后从槽头上解下马笼头，脱去马衣，气急败坏地朝地上一丢，粗暴地拉着这匹驯顺的马在栏里转了个方向，把它牵进院子。又从院里牵到田野上。弄得那个看马人惊疑不止，他感到百思不解，怎么也弄不明白，主人干吗半夜三更拉着不戴马具的马呢？要去哪儿呢？究竟要干什么？当然他没敢问，只是眼巴巴地望着他的背影，一直目送他，看见他在通往邻近树林边上的大路转弯处一拐，就再也看不见了。

切尔托普哈诺夫大步走着，头也不回。玛拉克·阿捷尔——我们姑且这样叫它吧，就一直叫到底吧——顺从地跟他走着。这天夜里并不很黑，只是显得有些暗。切尔托普哈诺夫还能看见前面一片黑糊糊的树林，也能看清树林那像齿轮状的轮廓。他觉得深夜还有些凉，若不是……若不是他的全部身心都沉醉在另一种强烈的情感中，他一定会因饮酒过量而烂醉如泥。他愈来愈觉得头重脚轻，头愈来愈沉，血在喉咙和耳朵里直撞，弄得两耳嗡嗡作响，可是两条腿走起路来，尚未打晃，而且心里也还清楚前进的方向。

他下了狠心要打死玛拉克·阿捷尔，他脑中一整天都在考虑这件事……现在他下定决心要动手了！

他若无其事地干这些，不但镇定自若，而且义无反顾，毫不犹疑，如同履行一个人应尽的义务。他觉得"干这种事"再"简单"不过。干掉这个冒牌货，就一了百了啦，把"一切"都偿还清楚了。既惩戒了自己的愚蠢，又能够向那位真正的好朋友谢罪，同时又能够向天下所有人（*切尔托普哈*

诺夫很注重"天下人")表明：他切尔托普哈诺夫是绝不能弄虚作假的⋯⋯但最主要的是，他要将自己和这个冒牌货一起毁掉，否则他再在人世间苟延残喘，又有什么意义？这一切荒唐的想法如何浮现在他的脑海里，为什么这件事又让他觉得如此简单——那是很难解释的，别人也无从知晓，但又并非完全不可解释。

因为他满腹委屈，形单影只，身边没有一个亲朋好友，家业破产了，钱也花光了，一文不名了。再加借酒浇愁愁更愁，烈酒使他的血如潮涌，使得他已神经错乱。而神经错乱了的人，正因为失去理智，所以才把最荒诞不经的行为、最乖张可笑的举止，都看作是有道理的，是合乎逻辑、正确无误的。这时切尔托普哈诺夫正是如此，他认为自己百分之百正确。因此，他才毫不犹豫，心如火燎地要去惩罚罪犯——把那个罪犯枪决。可他却没完全清楚，他心中所指的罪犯到底是谁呢？说实话，他对自己所要做的事并未经过深思熟虑。"干掉它，必须干掉它，"他只是顽固而又严酷地重复着这句话，"必须干掉它！"

那个无辜的罪犯驯顺地迈着小碎步，跟在他的背后⋯⋯可是，切尔托普哈诺夫对它竟无丝毫怜悯。

切尔托普哈诺夫将他的玛拉克·阿捷尔牵到一片树林附近，这儿有一条小山谷，山谷里一半的地方都是繁茂的橡树丛。切尔托普哈诺夫走向山谷下边⋯⋯走着，走着，玛拉克·阿捷尔不知被什么给绊了一下，差点压倒在他身上。

"想压死我？你这该死的畜生！"切尔托普哈诺夫咬牙切齿地喊了起来，还不由得从衣兜里掏出手枪，仿佛是为了自卫，这时，他感觉到的已不是冷酷无情了，而是一种特别的麻木之感——据说，一个人犯罪之前只受这种麻木感的支配。但他自己的声音却使他觉得胆战心惊：这种声音在黑漆漆的繁密枝叶掩盖下，在树林和山谷里的枯枝败叶腐烂发霉的气味中，在令人窒息的潮湿气息中，显得十分怪诞而又残忍！

此刻，突然一只大鸟在他头顶的树枝上拍打着翅膀，仿佛有意回应他的叫喊⋯⋯切尔托普哈诺夫全身为之一震，并且瑟瑟发抖。这只鸟让他惊醒，它是他想干的事情的唯一见证者——这是在哪儿呢？在这个荒僻处，他不该遇上任何活物的呀！

"走吧，畜生，想去哪儿就去哪儿吧！"他从牙缝里挤出这句话，随后放了玛拉克·阿捷尔的缰绳，并使劲儿用枪柄在它肩上敲了一下。玛拉克·阿捷尔立即转过身，从河谷里往上爬去……扬蹄摆尾地跑掉了。过了不大一会儿，就听不到它的蹄声了。突然一阵风吹来，把所有声音都湮没和带走了。

切尔托普哈诺夫无精打采地慢慢爬上山谷，走到树林边上，沿着大路慢腾腾地往家里走。他对自己很不满意，心中有一种沉郁的感觉，渐渐蔓延到他的四肢。他走着，走着，越发气恼和郁闷，心中很不高兴，肚中又饥肠辘辘，似乎有谁凌辱了他，抢夺了他的猎物和食品……只有未能按计划行凶或是自杀未遂的人，才体会得到这种感觉。

突然什么东西碰了一下他的后肩中间。他猛地回过头一看……玛拉克·阿捷尔正站在路中间，它一直跟着主人走到这里，还用鼻子碰了碰他……好像是向他报告它来了……

"啊！"切尔托普哈诺夫立即喊了起来，"原来是你，你这不是自己找死吗？好，那就来吧！"

一瞬间，他掏出手枪，扣动扳机，枪口对准玛拉克·阿捷尔脑门开了一枪……

可怜的玛拉克·阿捷尔猛地跳向一旁，扬起前蹄，后蹄直立起来，跳跃了有十几步，突然沉重地摔倒在地，痉挛地打着滚，嘶哑地哀鸣着……

切尔托普哈诺夫两手捂住耳朵，发疯般奔跑起来。他双腿发软，像筛糠一样。他的酒劲、他的仇恨、他愚不可及的自信——都像皮球撒了气一样，一下子消逝无踪了！剩下的只有羞愧的感觉——还有一种意识，一种异常清晰的意识——这下子连他自己也完了。

过了五六个星期，碰巧区警察局长从别索诺夫村路过，侍仆别尔费什卡认为他应将主人的情况报告局长，于是他大着胆子拦住了他。

"你有什么事？"这位维持治安的执法者问他。

"大人，请到我们家看一看吧，"别尔费什卡深鞠一躬说，"我家主人潘捷列伊·叶列美奇的情况很坏，估计要死了，所以我很放心不下。"

"怎么？真的要死啦？"警察局长问。

"是啊。起初成天灌白酒，现在只能躺在床上了，瘦得都不成人样了。我想，这会儿他什么也不清楚了。什么话也不会说了。"

警察局长下了马车。"这么说来，至少应该请过牧师了吧？你的主人忏悔过了吗？行过圣餐礼了吗？"

"没有。"

警察局长听了，皱起眉头。"你怎么搞的，伙计？怎么能这样干呢，啊？难道你不知道，这种事……责任重大呀，啊？"

"前天和昨天我都问过他，"侍仆怯懦地说，"我说，'潘捷列伊·叶列美奇，我要不要去请牧师呀？请你吩咐。'可他却说，'闭上你的嘴，笨蛋。不归你管的事，你就别管。'可今天我再和他说话，他来回地看看我，微微动动胡子。"

"他喝了很多白酒吗？"

"太多了！大人，还是劳您大驾，去房间里看一看他吧！"

"好，那你带路吧！"警察局长无可奈何地吩咐，就跟着别尔费什卡走了。

一个令人震惊的场面在等待警察局长光临。

就在一间潮湿而又阴暗的后房里，切尔托普哈诺夫躺在一张简陋的破床上，床上只铺着马衣，枕头是用毛茸茸的毡斗篷卷成的，切尔托普哈诺夫的脸色已不再苍白，而是如同死人一样泛着青黄。更为可怕的是深陷在眼窝里，呆滞无神，淡无光的眼睛。胡子乱蓬蓬像干草一样，鼻子更显得尖了，还因充血而有点儿发红。他还是穿着那件一年到头不换的短上衣，胸前还佩戴着那个弹药袋，还是穿着那条契尔凯斯样式的蓝色灯笼裤。额上戴着大红顶的毛皮高帽子，直压到眉毛近旁。切尔托普哈诺夫一手紧攥着猎鞭，一只手里握着个绣花荷包——这是玛沙送给他的最后的礼物。床边一张桌子上放着个空酒瓶子。两幅水彩画挂在床头墙上：其中一幅的上面画的是个胖子，手拿六弦琴，仔细一辨认，好像是聂道比斯金；另一幅画上画着个策马飞驰的骑手……那匹马很像孩子们画在墙上的神话中的坐骑。但那画得非常精细的鬃毛，涂抹的圆斑，还有骑手胸前的那个弹药袋，他脚蹬的尖头长筒皮靴和乱蓬蓬的胡子，一看就知道画上一定是骑着玛拉克·阿捷尔的潘捷列伊·叶列美奇。

警察局长见状不知所措。房间里一片死寂。"他已经咽气了吧？"他心想，于是大声呼唤："潘捷列伊·叶列美奇！喂，潘捷列伊·叶列美奇！"

这时令人意想不到的情景出现了。切尔托普哈诺夫慢慢睁开眼睛，无神的呆滞的眼球先是从右往左转了一下，接着又从左往右转了一下，目光最后停留在访客身上，盯住不动了……在两只黯淡的白眼球里好像有什么东西闪烁，似乎射出了视线。两片青紫的嘴唇也张开了一点，并且发出一种嘶哑的、毫无生气的声音：

"世袭贵族潘捷列伊·叶列美奇·切尔托普哈诺夫快死了。谁能阻拦他呢？他不欠任何人的债，他一无所求……用不着你们来管他！走开吧！"

他想要举起那只执鞭的手……但却是徒劳的挣扎！两片嘴唇又合起来了，眼睛也合上了——切尔托普哈诺夫挺了挺身子，挺直后就不动了，又把双脚向一起靠拢，便在他那张坚硬的床铺上直挺挺地躺着。"他死了以后，来通报我一声，"警察局长从房间里往外走，低声吩咐别尔费什卡，"我看，马上就该去请牧师了。必须按规矩办，得给他涂圣油。"随即别尔费什卡就去把牧师请来了。第二天清早就通报了警察局长，昨夜潘捷列伊·叶列美奇就病故了。

殡葬之时，只有两人护送他的棺材：一个是侍仆别尔费什卡，另一个是犹太人列伊伯。不知是谁把切尔托普哈诺夫病故一事告诉犹太人的，他不能忘记自己的恩人，因此跑来送葬，以表最后的感激。

（一八七二年）

骷　髅

长期受难的故土——

你这俄国人民的土地!

　　有句法国谚语："干渔夫,湿猎人,可怜相。"

　　我一向不喜欢捕鱼,因此也就无法体会一个渔夫在烈日炎炎之时的心情。渔夫在阴雨连绵的日子里捉到许多鱼时,那种喜悦之情能大大超过淋成落汤鸡的郁闷。但对于猎人来说,遇上雨确实是件倒霉透顶的事情。有一天,我和耶尔莫莱到别廖夫县去打松鸡,正好就碰上这种倒霉事儿了。雨一大早就淅淅沥沥地下个没完,我们便千方百计地避雨! 我们用橡胶雨衣把头都包起来,为了尽量少淋雨,我们还躲到大树下面……雨衣不透水,可下雨天又怎能开枪射击! 站在树下,起初还算不错,好像淋不着了,可是时间一长,越来越多的雨水聚集在树叶上,到头来干脆一起倾泻下来。股股冰冷的水流一直钻进脖颈里,顺着领带和后背流下去。就像耶尔莫莱所说,这才是再倒霉不过的事。

　　"不行,彼得·彼得洛维奇,"耶尔莫莱着实忍不住叫了起来,"这样可不行! 今天是打不成猎了。猎犬的鼻子一旦淋湿,嗅觉就不灵了,枪也没法打火了……呸,可真晦气!"

　　"那又能怎样?"我无可奈何地问。"只好这样吧,咱们去阿列克谢耶夫村。大概您也知道,有这样一个村子,还是您家老夫人的领地,不很远,离这儿也就八九俄里。咱们就在那边凑合着过一夜吧,等到明天……"

　　"明天还回这边吗?"

　　"不,不回这边了……阿列克谢耶夫村那边好多地方我都很熟……在那儿打松鸡比这儿要好得多！"

我也没有详细询问我忠实的伙伴，为什么起初不带我去那里，既然弄成了现在这种局面，问清楚了又有何用。

也就是这一天，我们才头一次来到我母亲的这块领地，说实在的，此前我压根不知道母亲还有这么一块领地。田庄里有一间厢房，房子很破，但无人居住，还不算很脏，我们就在这儿睡了一夜，也还安静。

第二天我起得很早。太阳初升，万里无云，一切景物都显得格外明朗清新，这大概是朝阳的辉映和昨日一场大雨的洗濯所致吧。我趁着备车套马的工夫，便举步走进花园，想观赏一下朝景。这座小花园以前是一个果园，如今已经废弃不用了。这间厢房便掩映在芬芳翠绿的树丛之中。啊，在这新鲜的空气中，在这晴朗的天空下，真是妙不可言！云雀在天空中啼鸣，声音清脆，犹如银珠落玉盘的那种悦耳之音！云雀的翅膀上还沾着朝露，犹如珍珠一般璀璨，再仔细倾听它们那曼妙的歌喉，犹如在沐浴朝霞一样令人神往。我甚至兴奋地摘下了帽子，让大脑来感受一下晨风的清爽，深深地呼吸着。

在一条深浅适中的溪谷斜坡上，在一道篱笆墙近旁，我到了一个养蜂场。有一条羊肠小道通向那里，小路蜿蜒曲折，穿过茂密的野草和荨麻，还有众多深绿色的大麻枝干耸立其间。

我信步走上这条小路，不知不觉就到了养蜂场。养蜂场旁边有一间用树条编成的棚子，通常称作过冬蜂房，也就是说冬天把蜂巢贮存在这里。我穿过那半遮半掩的门，往里看了看，里面一片漆黑，静寂无声，没有一点潮气。棚子里还弥漫着一股薄荷和蜂蜜花的馨香。棚子角落摆着一张硬板床，床上好像有一个瘦小的人，身上盖着被子……我正想转身离开……

"老爷，喂，老爷！彼得·彼得洛维奇！"我忽然听见一声无力而又嘶哑舒缓的呼叫，和风吹水草发出的沙沙声差不多。

我立刻停了下来。

"彼得·彼得洛维奇！请您过来！"这呼唤声是从角落里那张板床上传来的。

于是我迈步走到床前一看，差点儿没吓昏过去。床上躺着一个人，可那副模样实在太奇怪了。脑袋的形状已经一点儿也不像人头了，干瘪了下去，完全成了青铜色——就像古画中的圣像一个样。鼻子干枯得像刀刃那样成一窄条，嘴唇已经看不到了——只有白皙的牙齿外露着，还能看到一双深深凹陷下去的眼睛，脑袋上还盖着头巾，几绺稀疏的黄发散在额上。被子一直盖到下巴，瘦骨嶙峋的小手还一点点地抚弄着。我静下心来仔细一看，真是难以置信，但这幅恐怖景象就活生生地在我眼前。那副面孔曾经一定很娇美——但如今看了却令人不寒而栗。特别是那副脸容，让人看了感到恐惧和心酸。青铜色的两颊竭力想挤出笑容，却又无能为力。

"您不认识我了吗，老爷？"那个声音颤悠悠地说，竭尽全力从嘴里挤出来，"是啊，怎么可能认得出来呢！我是露凯莉雅……您记起来了吗？在斯巴斯克村，在您家老太太那儿，那个领跳轮舞的……记起来了吗？我还当过领唱呢！"

"露凯莉雅！"我不敢相信地失声惊叫起来，"真是你吗？怎么可能是你呢？"

"是我，老爷，真的是我。我就是那个露凯莉雅。"

猛然间我真的不知应该说什么才好，呆呆望着她那张黝黑死寂的脸庞，她那双明亮却又呆滞的眼睛死死地盯着我。怎么可能有这种事儿呢？眼前这具干尸式的人竟是露凯莉雅！当年她可是我家所有女仆中最为美貌的一个，她身材窈窕，胸脯丰满，皮肤白里透红，细嫩光滑，她就是往昔那个能歌善舞的露凯莉雅！露凯莉雅呀，聪明伶俐而又活泼愉快的露凯莉雅，令我们当年的这些青年人为之倾倒的露凯莉雅！那时我年方十六，但也曾暗恋过露凯莉雅！

"我的老天，露凯莉雅，"我大梦初醒般地问道，"你到底是怎么回事呀？怎么变成这副模样了？"

"我倒大霉了！你可别嫌弃我呀，老爷，千万别因为我遇到劫难而讨厌我。请您坐近一点儿，就请您坐在这个小木桶上，不然您听不清我的话……您试一试，我没劲儿大声说话了！啊，我多么高兴能见到您啊！您为啥来阿列克谢耶夫？"露凯莉雅说话声音很低，还有点发抖，但却不结巴，很连贯。

"猎人耶尔莫莱领我过来的。还是请你跟我说一说……"

"讲一讲我苦难的遭遇？好吧，老爷。这是很久以前的事了，六七年了。那时，我刚刚和瓦希利·波利亚科夫订婚不久——您还记得？就是那个很英俊的小伙子，一头鬈发，在餐厅里服侍您家老太太的，但那时您已经不在乡下了，去莫斯科念书了。我和瓦希利深深相爱，无时无刻不在想念他。不料春天就出事了。有一天深夜不，都快天亮了……不知为何，我翻来覆去就是睡不着。夜莺的歌声从花园里传来，动听极了！我忍不住了，就爬起来到凉台上去听，夜莺唱啊，不停地唱啊……忽然，我听到似乎有人在叫我，仔细一听，原来是瓦希利，声音低低的：'露凯莉雅！'我一高兴，急忙转身一看，也许是因为没睡好觉，脑袋还迷糊，刚抬脚就踩空了，一下子就摔下了台阶，扑通一声摔在了地上！当时没觉得怎样，马上就爬起来回到自己屋里。只觉得身子里不太对劲儿，肚子里，不知什么东西就像断了一样……让我先喘口气……歇一会儿……老爷。"

露凯莉雅不作声了，我吃惊地望着她。尤其令我吃惊的是，她述说自己的悲惨遭遇时，是那样的轻松平静，既不哀叹，也不呻吟，毫无诉苦和抱怨之意，更没向别人乞怜。

"从摔跤的时候开始，"露凯莉雅接着说，"不知为何，我渐渐消瘦了下去，全身无力，浑身皮肤也越来越黑了，走路很是费力，双腿无力，到后来压根儿就不听使唤了。站不得、坐不得，整天只得在床上躺着。吃不下饭，连水也不想喝，身体越来越差了。您家老太太真慈悲，心肠可好了，不光给我请医生，还送我去医院看病。但我的病丝毫没见好转，哪个医生也诊不出我到底得了什么病，连名字都叫不出来。医生想尽办法诊治我：用烙铁给我烫背，把我放在冰里……什么法子都试过了，全治不好。到最后我全身都僵了。那些先生无计可施，只好说：'她的病没办法了。'但主人家怎么能养一个生活不能自理的残废呀……没办法，只好把我安置在这儿，这也得感谢主人的恩德，何况这儿还有我的亲戚照应呢。您也看到了，我还活着。"露凯莉雅又不作声了，而且拼命地想笑出来。

"你真是太惨了！唉，太可怕了！"我实在忍不住了，悲叹地说道，真不知如何去安慰她，只得硬着头皮问："瓦希利·波利亚科夫没过问此事吗？"问过后，我才觉得太莽撞了。

"波利亚科夫怎么过问？他也伤心了很久，但过了一段时间，就娶了另一个姑娘，她是格林村的。您知道这个村子吗？离我们这儿不远。那姑娘名叫阿格拉菲娜。波利亚科夫原本很爱我，可他毕竟还年轻，总不能一辈子不结婚呀。我不能误了他一辈子呀，我还怎么能和他成亲呢？听说他这个妻子很不错，心肠也好，他们都已经有孩子了。他给邻村一户人家当管家——您家老太太给他办了身份证，容许他走的。感谢上帝，如今他日子过得挺好。"

"你就一直这样躺着吗？"我又问道。

"是的，我这样都已经六七年了，老爷。夏天我躺在这小棚子里，等到天冷了，就把我挪到更衣室里，我就躺在那里。"

"有人照看你，侍候你吗？"

"这里有几个好人，他们都来照顾我。再说我也不需要关照。比如饭食，我几乎什么都不吃；水呢，喝得也很少，何况杯子里总是有水，还是新鲜泉水。我自己能拿杯子，因为我的一只手还能用。再说了，这儿还有一个小姑娘，是个孤儿，时常来照看我，我真不知该怎么感谢她才好。您来时没见到她吗？她刚刚还在这儿呢……这孩子很漂亮，小脸蛋白白的，很讨人喜欢。她常常送些花给我，我很喜欢花，太爱看花了。现在在我们花园里没有花了——从前这儿的花可多了，但后来不久就没有了。不过野花也很好，比自己养的花还要美，还要香呢。就拿这种铃兰来说……又香又美丽！"

"我可怜的露凯莉雅，你就不伤心，不烦闷吗？"

"那又怎么办呢？跟您说实话吧，刚生病时又伤心又着急呀，但到了后来，就挺过来了，习惯了，现在也没有什么不能忍受得了。我也该知足了，有些人还不如我呢！"

"这话怎么说？"

"有的人连个栖身之处都没有呢！还有人双眼失明或是双耳失聪的！但是我呢，感谢上帝，两只眼睛都不赖，两只耳朵也都好使。连田鼠在地底下打洞，我也听得见。不管什么气味，只要一点点，我也闻得出来！田里的荞麦一开花，或是园中的菩提树开花了，即使没人告诉我，我也能第一个闻出来。只要有一点风吹来就足够了。那我为何要埋怨上帝呢？世间比我悲惨的人多了去了。再说，有些没病没灾的人还可能犯罪。那我呢？就不会再造什么孽了。前些天，牧师阿列克谢来给我授圣餐，他就对我说：'不必忏悔了，你都病成这个样子了，怎么还会犯罪呢？'但我却回答他：'如果有犯罪的念头呢，牧师？'他听了后，笑着说：'这算不得罪过。'"

"可是，我连犯罪的念头都没了，"露凯莉雅坦诚地说，"因为我早就习惯了。压根什么事也不想，尤其是不想以前的事。这样日子就好过多了，就觉得时间过得快些了。"

说实在的，我听了后又惊讶又难过。"露凯莉雅，你总是独自躺在这儿，多孤独，多寂寞呀，又怎么能让自己的脑袋什么也不想呢？莫非你就成天睡觉吗？"

"可不是，老爷！哪有那么多觉啊，哪能一直睡得着呢。尽管身上不怎么难过，可是肚子里总是发疼发酸的，骨头也是，躺着就更不好受，总是又酸又疼，这样哪还能睡着哇！我只能这么呆躺着，就这样躺着，什么也不想。心里只知道我还活着，还在呼吸，还在喘气——这就够了。我的心愿就是，能用眼睛看，能用耳朵听。听着蜂房里蜜蜂的嗡嗡声，屋顶上鸽子的咕咕声，还有看见母鸡带着一群小雏鸡啄面包渣儿，麻雀飞翔，蝴蝶翻飞——那时我都觉得很高兴，很开心！前年竟还有燕子飞到棚子角上筑巢，轻声呢喃，还孵出了小燕子，真是好看极了！看吧，一只燕子飞进来，落在巢上，喂过小燕子，就飞出去了。再一看，另一只燕子飞进来替换它。有时燕子不飞进来，只在门口飞来飞去，那些小燕子马上叽叽喳喳地叫了起来，还把一张张小嘴张得很大……第二年，我还总盼着燕子飞来，但却没来，听说，本地有一个猎人射杀了它们。这个猎人多贪心呀！一只燕子才多大？比甲虫大不了多少！你们这些猎人先生心肠也太狠啦！"

"我可从来不打燕子。"我赶紧辩白道。

"一天，"露凯莉雅接着说，"真好玩儿！一只兔子跑进来了，真的！肯定有狗追它，它一头就闯进来了……上气不接下气地，就蹲在我眼前，还待了好一阵子，鼻子不停地动着，胡子也一翘一翘的——那样子真像个军官！它目不转睛地望着我，好像知道我不会害它。再后来，它就站起来，蹦蹦跳跳地跑出去了，到门口还回头望了我一眼，便又飞快跑掉了！多好玩啊！"

露凯莉雅望了望我……那神情好像在问："是不是很好玩呀？"为表示分享她的快活和给她安慰，我就笑了一笑。她咬了咬干涩的嘴唇说："是啊，每到冬天我就难过了。因为棚子里阴暗寒冷。一直点着蜡烛挺可惜的，再说又有什么用？我虽然认字，又一直都喜欢看书，可是看什么书呀？这儿什么书都没有，就算有书，我也没办法拿着看哪。牧师阿列克谢为了让我找点事干，解解闷，一回带给我一本历书，但他一看我没办法读，就又拿回去了。不过，虽然棚子里很暗，但暗也没什么，我还能用耳朵听：蟋蟀的叫声，或是老鼠找东西刨地的声音。每到这时，我就能什么也不想了！"

"要不我就祈祷，默念祈祷词，"露凯莉雅休息了一会儿，接着说，"但我能背的祈祷词不多。我又一想，干吗总打扰上帝呢？我又能向他祈求什么呢？我需要什么，上帝比我更明白。他赐给我一个十字架，表明他爱我，每当我诵念《大家的主》《圣母颂歌》《赞美一切受难者》时，或是念完以后，我都能心平气和起来，我就能躺得更安稳，也不乱想了，不，压根儿什么都不想了。"

她又沉默了两三分钟。我也沉默着，呆坐在小木桶上，一动不动。躺在我面前的这个活人多么不幸啊！她那石化的僵直的状态，仿佛也传染了我，我仿佛也僵硬不动了。

"听我说，露凯莉雅，"我忍不住又说话了，"听我说，我给你拿个主意好吗？我派人送你住医院，送到城里一家很好的医院，你想去吗？在医院里或许能把你的病治好，省得你一个人躺在这里熬……"

露凯莉雅双眉耸动了一下。"唉，不劳您费心了，老爷，"她又怀疑又忧伤地说，"不劳您送我住医院了，别挪动我。如果送进医院去，我会更难受。再说了，我这种病哪儿也没法子，治不了了！一回请来个医生，想给我检查一下。我就求他：'看在耶稣的面子上，别折腾我了。'他不管三七二十一就折腾了起来，把我翻过来倒过去，又揉搓我的胳膊和腿，连抽带拉的……医生说，'我是在进行科学实验，我是科学工作者，这可是我的天职！你不能阻止我做研究。为此我得过勋章。我这么辛苦，就是为服务你们这些糊涂虫。'他翻来覆去地折腾了我老半天，还告诉我病名——很难懂的一个病名——说完后他甩了甩袖子就走了。折腾了这一次之后，整整一个星期我全身疼，尤其是骨头。

"您说我老是一个人，很孤单。不，不完全这样，也总有人来我这儿。这样也好，我安下了心，不打扰别人。偶尔也来几个村姑，那我们就聊聊天。有时会来一个女香客，她跟我说关于耶路撒冷、基辅，或是说说圣城的一些事。再说了，即使只有我自个儿，我也不怕。倒觉得很悠闲，真是这样！老爷，我知道您一片好心，谢谢您，请别费心了，用不着送我去医院。只要别再搬动我，我就称心了，我的好老爷。"

"好吧，我听你的，随你的便吧，随你的便吧，露凯莉雅。但你要知道，我也是为你好呀……"

"我知道，老爷，您是为我好。可是，我的老爷，帮一个人好帮，可谁帮得了一个人的心呢？这就叫：帮人易帮心难啊！归根结底，一个人，还是得自救呀！我要说出来，您恐怕不信。有时候我自个儿静静躺着，仿佛就感到全世界除了我就再没别人了。只有我独自活在世上！于是我的脑子里就思绪万千，充满各种奇思妙想——太妙了！"

"那你都有什么奇思妙想呢，露凯莉雅？"

"这些想法嘛，老爷，没办法全说出来。就是想说也说不清，而且想过后，很快就又忘记了。思潮翻腾的时候，就如同天上白云朵朵，舒卷着，飘流着，显是那么美妙、那么新奇、那么可爱，但究竟是什么，我也弄不清，也说不清！我只明白一点：如果我身边有别人，我就犯不着这么想了。那时我就会觉得，除了我的不幸之外，再没有别的感觉。"

露凯莉雅费力叹了口气。她的前胸和全身一样，都不听她使唤了。

"老爷，我看您的神态，"她接着说，"您真的很怜悯我，但我求求您，用不着那么可怜我，真的！比如说，现在，我有时……您记得吗，从前我是一个多么活泼的人呀，还算是个无忧无虑的姑娘！……您猜怎样？就是现在我还唱歌呢！"

"唱歌？……你还能唱歌？"

"是的，能唱歌：唱古老的歌，唱轮舞歌，还唱复盆歌及圣歌，唱各种歌曲！从前我会唱的歌曲可多了，到今天也没忘记。不过现在我不唱伴舞歌了。您看着我现在这副模样，已经没资格唱这种歌了。"

"那你怎么唱？……在心里默唱吗？""在心里默唱，也唱出声来。要是大声唱，我可唱不出来，但是总唱得能让人听见听懂。方才我告诉您，一个小女孩常来我这儿，是个孤儿，挺聪明伶俐的。我常常教她唱歌，她也喜欢和我学，都学会了四支歌了。您大概不信吧？等一下我就唱给您听……"

露凯莉雅深吸了一口气，在用劲儿……我听到一个病重垂死的可怜人要唱歌，心中不禁生发出一种怜悯而恐惧的感情。然而，还没等我说出什么，就听到了一种悠长而细腻的、准确而清晰的歌声，歌声颤巍巍的……一声接一声地唱了起来。她唱的是《牧场之上》，她唱的时候，脸上依旧是那种石化的呆滞神情，一双眼睛也是凝滞不动的。她竭尽全力地唱着，歌声犹如轻烟缕缕，犹如轻风丝丝，颤抖飘动着，让人为之迷醉，她似乎要把心中的美好感情全都倾泻出来……

我不再有任何恐惧感了，只是心里溢满了一种难以言传的无限怜爱和撕心裂肺的痛楚。

"啊呀，我唱不了啦！"突然她无奈地说，"我一点劲儿也没了……我见到您太高兴了。"

她静静合上了双眼。我伸出一只手轻轻抚摩她那枯瘦而冰凉的小手……她向我望了一眼——她那如同古代雕像的镶着金色睫毛的黑眼睛，重又闭了起来。片刻之后，那双眼睛又在阴暗中映射出星星亮光……啊，那是点点泪珠闪烁。

我仍旧呆坐在那里。

"我这个人可真是！"露凯莉雅忽然以一种难以预料的劲头儿说，眼睛也睁得大大的，竭力想挤掉眼中的泪水。"这多难为情啊，怎么回事呀？我好久没哭了……唉，自从去年瓦希利·波利亚科夫来过之后，我就没再哭过。他坐在这儿跟我说话时，我倒没觉得什么，但等他一走，我就哭起来了，哭得还很厉害，连我自己也弄不明白，哪来这么多的眼泪呢？但我们女人的眼泪从来就不值钱，老爷，"露凯莉雅问我道，"您一定带手帕了吧……请别嫌弃我，帮我擦擦眼泪吧。"

我忙给她擦干眼泪，并把手帕也送给了她。起初她无论如何也不肯要……还说，"我要这样的礼物有什么用呢？"这是一块极普通的白手帕，但还很新。后来她就收下了，瘦弱的手抓住手帕，就一直紧抓着不放了。

棚子里面依旧很暗，我待了一段时间已经习惯了，已经能看清她的容貌和表情了。这时我还看见她那青铜色的脸上泛起了一片红晕，我甚至能依稀觉察出她昔日俊美的风采。

"老爷，方才您问我，"露凯莉雅又想起刚才提到的话题，"我是不是成天总睡觉？说实在的，我确实睡不了多少觉，但是，我只要一打瞌睡就会做梦，还都是好梦呢！我可一次也没梦到过自己生病。在梦里，我总是年轻又健康……只有一点让我很难受，每当我醒来，想舒舒服服地伸展一下身体，但全身都像被钉牢了一样。有那么一回，我做的梦真叫奇妙呢！要不，我就讲给您听听，可以吗……好，那我讲给您听。

"——我梦见自己站在田野之中，周围全是长得高高的黑麦，全都熟了，麦浪金光闪烁，仿佛等待着被人采摘、收获！我似乎还领着一条火红色的狗，这条狗可凶了，一个劲儿想咬我。我手里好像还拿着一把镰刀，还不是一把普通的镰刀，就跟月亮一个样，也就是镰刀形状的月牙儿。我得用这个月牙儿割完黑麦。但是我全身就像火烤一样的难耐，而且月牙儿照花了我的眼睛，我就觉得全身疲倦，四肢乏力。忽然我周围又出现了好多矢车菊，每一朵都可大了！那些矢车菊还都转过头望着我，于是我心想，我就先采些矢车菊吧。瓦希利说他一定会来这儿，我先给自己编一个花冠戴吧，不会误了割黑麦的。想着，想着，我就动手采集起来，但不知为何，矢车菊一到我手中就消逝不见，无论怎样都采不到手！也就没法给自己编花冠了！

"这时我听见有人向我走来，走着，走着，快走到我跟前了，还在喊我：'露凯莉雅！露凯莉雅！……'我焦急地想：'哎呀，糟了，来不及编了！别管了，我就把月牙儿戴在头上，来代替矢车菊花冠吧。'于是，我就把月亮戴在头顶，就像戴头巾一个样，结果我全身上下立刻光彩四射，把周围的田野全都照得灿烂辉煌。我惊奇万分，定睛一看，有一个人踏着麦穗飞快地向我走来——但他不是瓦希利，而是基督亲临！我为什么一下就认出是基督呢，那我就不知道了——和画像上的基督并不一样——但我却知道这就是基督！没有胡子，身材高大，显得非常年轻，一身白衣，腰系一条金光闪闪的腰带。他把手伸向我，说道：'不用害怕，我穿着节日盛装的姑娘，请跟我走吧。请你到我的天国里去领跳轮舞，还要唱天堂之歌。'于是我紧拉住他的手。那条狗立刻跟在我的腿旁。一瞬间，我们就腾飞了起来！他在前面引导……他在空中展开了巨大的双翅，就像巨型海鸥那庞大的翅膀——而我紧跟在他的身后！那条狗不能去，只得离开我。这时我才如梦初醒，这条狗就是纠缠我的病魔，是不会容许它去天国的。"

露凯莉雅似乎累了，又休息了片刻，然后又接着说：

"我还做过这样的梦，但也许是我的幻觉——那我就不知道了。好像我就是躺在这间小棚子里，我那已故的二老，也就是我的父母，到了我这儿，您说怪不怪，还深深地给我鞠起躬来，但是两人都不说话。我就开口问他们：'爸爸，妈妈，你们为什么要给我鞠躬呀？'他俩就一起回答：'你在这人世间吃了太多苦，你不仅解救了自己的灵魂，也为我们赎了罪，这样，在阴间我们就不会再遭那么多罪了。你已经把自己的罪完全赎清了，现在正在为我们赎清，'我双亲说完这番话，又给我鞠了个躬，然后就消逝无踪了，棚里四壁空空。后来我心中一直疑惑不解。到底怎么回事呢？因为一直想不通，我就在忏悔时把这件事讲给了牧师，他听了后，肯定地说这不是一种幻觉，因为只有超脱尘世的神职人员才会有幻觉。"

她讲完了这个故事依然余兴未减，又兴致勃勃地接着讲了起来：

"除此之外，我还做过这样一个梦：我梦见自己坐在大路边上一株柳树下，手里拿了根光滑的手杖，背着个包袱，头戴头巾——样子就像朝圣的女香客！我要到老远的地方去朝圣。很多朝圣的香客走过我身边，但个个都磨磨蹭蹭，好像并不乐意去，而且都朝着同一个方向走去。他们个个愁容满面，而且模样大都相同。我发现有一个女人在人群中转来转去，个子很高，比别人足足高出一头，她的服装也与众不同，不像是我们俄罗斯人的打扮。还有，她的长相也很奇怪，板着脸，阴森森怪可怕的。周遭都绕开她走，或者干脆就避开她。谁知道她却猛一个转身，直向着我走过来，到了我面前停下了，死死盯着。那双眼睛就像老鹰的眼睛，黄黄的，瞪得溜圆，可亮了。于是我问她：'你是什么人？'她立刻回答道：'我是你的死神。'按道理说，我听了以后应该胆战心惊才是，没想到，我反倒很高兴，竟然还画起十字来！这个女人，也就是我的死神，又对我说：'我很可怜你，露凯莉雅，可是我却没法带你走。再见吧！'天哪，我可悲痛了！哀求她：'带我走吧，妈妈，我的好妈妈，带我走吧！'我的死神见了，又转过身对我说——我知道她是在限定我的死期，可是却说得很含混，我也没听清楚，也没弄明白——说是在圣彼得节之后……这时我就醒了……我老是做这种奇怪的梦！"

露凯莉雅向上翻了翻眼睛，陷入了沉思……

"只有一件事很叫我苦恼：有时一连六七天，我一点儿都睡不着。去年，有一位太太从这里路过，看到了我，送给我一小瓶治失眠的药，她告诉我一次服用十滴。我吃了后还真不错，真的睡得着觉了。但那一小瓶才能管多久，早就服完了……您大概知道吧，这是什么药，在哪里，或者怎么才弄得到？"

我断定，那位路过的太太给露凯莉雅的药，准是鸦片。我答应设法弄给她一小瓶，而且，我一再向她坦白，我极为佩服她的坚忍。

"哎呀，老爷，"她感动地说，"您怎么能这么说呀？这点忍耐又算得了什么呀？圣西蒙的忍耐才叫伟大呢！他在圆柱顶上站了足足三十三年！还有一位圣徒，叫人把他埋在坑里，一直埋到胸口，还有无数蚂蚁叮咬他的脸庞……还有一个熟读经卷的人给我讲了这么个故事：从前有那么个国家，被阿拉伯人侵略了，所有民众都遭到迫害和屠杀，全体民众都奋起反抗，但总没法解放自己的人民和家乡。这时从民众中涌现出一位神圣的贞女，手握一柄巨大的宝剑，身穿两普特重的铠甲，英勇地迎战阿拉伯人，把侵略者全部赶到大海对岸。等到她把敌人赶过了大海，就告诉他们：'现在你们把我烧死吧，因为我曾发过誓：我要为自己的人民葬身火海。'于是，阿拉伯人果真把她抓起来，残酷地烧死了她。她虽然在烈火中牺牲了，可她的人民却得到了解放和自由，这才是一个真正伟大的人！我和她相比多么渺小，多么不值一提啊！"

我听了后，心中十分震惊，不知为何法国的圣女贞德的故事，竟会传得如此远，而且会演变成这般。我们俩都沉默了一会儿，还是我先问露凯莉雅："今年多大了？""二十八岁……也许是二十九岁……反正不到三十。还问年龄有什么用？我还要跟你说一件事……"

露凯莉雅突然剧烈咳嗽了一声，声音憋闷而嘶哑，然后又长叹了一口气……

"你说话太多了，"我暗示道，"对你的身体不太好吧？"

"是的，"她的声音微弱得都快听不见了，"咱们说话确实不少了，但这也没什么，等您走了，我就可以好好休息了，至少，今天我把积在心底的话都说出来了……"

于是我便向她告辞，并且一再表明：一定要把药给她送来，并且再次问她，是否还需要别的什么。

"我不再需要什么了，感谢上帝，我什么都足够了。"她满怀感激吃力地说，"愿大家身体都好！啊，对了，老爷，您最好劝劝您的母亲大人。这里的庄稼人都很穷，请她老人家发发善心，减轻他们的代役租吧，哪怕减轻一点也好！他们的田亩很少，又没有别的谋生之路……只要能减轻一点儿……他们都会为您祈祷上帝的……我倒什么都不需要了，一切都满足了。"

我向露凯莉雅保证，一定实现她的心愿。我已经到了门口，她又把我叫回来。

"您还没忘吧，老爷，"她又说，而且这一瞬，她的眼睛和嘴角都现出一种令人感动的神情，"从前我的辫子多漂亮啊！您记得吧——直到膝盖那么长！我好久下不了狠心……多长多好的头发！但是怎么梳洗呢？尤其是我现在这样！没法子，我只得把头发剪掉了……嗯……好了，再见，老爷！我不能再多说了……"

就在这一天，出发打猎之前，我和村子里的甲长谈起露凯莉雅。从他那里我知道，村里人都叫她"活尸"，但大家并不嫌弃她，因为她从不诉苦，也从不抱怨，也不给别人添什么麻烦。"她从来没要求过什么，反倒对一切都很感激，她真是个本本分分的老实人，一个善良的大好人，或者，是一个非常忠厚老实的姑娘，"甲长盖棺定论地评价她，"大概前生有罪，才受到上帝这般惩罚吧。要说她不好，却没有人责难她，不，我们都不责难她，也不能说她怎么不好。由她去吧！"

几个星期之后，我听说露凯莉雅离开了人间。看来，死神还是没有放过她……而且的确是在圣彼得节后。

听说，在临终那一天，她听到有钟声一直在响，但是从阿列克谢耶夫村到礼拜堂有五六俄里之远，何况那一天也不是礼拜的日子。听露凯莉雅自己说，钟声不是从礼拜堂里传来的，好像是"从上面"传来的。

我揣测，她也许不敢说是"从天上"传来的。

（一八七四年）

车轮声响

　　"我可得向您禀报：咱们的霰弹全都用完了。"耶尔莫莱走进小屋，郑重地对我说。

　　这是七月中旬的一天，天气酷热难耐。这一天打松鸡收获颇丰，就是搞得太累了，所以午饭以后，我就立刻躺在了行军床上，本来打算好好休息一下。这不，耶尔莫莱就跑来报告。

　　我听他说完，立刻一跃而起。

　　"霰弹用没了！那怎么可能？我们从村里出来时带了满满一口袋，足有三十俄磅呀！"

　　"一点不假，而且装了那么一大口袋，足足能用两个星期，真弄不明白是怎么回事！口袋漏了个洞，反正霰弹着实没有了……最多还剩十多发。"

　　"那我们现在可怎么办？前面就是打猎的好地方——明天我们还想打到六窝鸟呢……"

　　"那么您就派我跑一趟图拉吧，没多远的路，最多四十五俄里。只要您点个头，或者一声吩咐，我马上就去，保证能买回一普特霰弹。"

　　"那你打算何时出发呢？"

　　"我马上就出发，干吗拖拖拉拉呢？但是，先得雇几匹马。"

　　"干吗要雇马呢？不能用咱们自己的马吗？""自己的马不能用了。辕马的腿瘸了，走路总是拐！"

　　"什么时候开始瘸的？"

"几天前就瘸了——让马车夫牵去钉铁掌了。马掌倒是钉好了，但马却瘸了，估计是碰上了一个半调子铁匠。现在，这匹马的一只蹄子都没法落地了。还是一只前蹄，好可怜呀，整个前腿老是缩着，同狗一个样。"

"那可怎么办才好？至少，也先该把铁掌弄下来呀？"

"没有，还没弄下来。倒还真应该把铁掌弄下来，大概是钉子钉进肉里去了。唉，真是胡闹！"

我当下吩咐叫马车夫来。耶尔莫莱果然是对的，辕马的一只前蹄不敢着地了。我立马吩咐把马的铁掌弄下来，让马站在湿软的泥土地上。

"决定主意了吗？让我雇马去图拉吗？"耶尔莫莱问道，催促我作答。

"这么个荒山野岭的，还能雇到马吗？唉！"我渐渐有些急了，大声说道。

我们暂时落脚的这个村子，偏僻而荒凉，每家每户都很穷，就看现在我们借住的这家农舍吧，连烟囱都没有，房间倒还宽敞，能找到这么一个地方，已经算是走运了。

"一准儿能雇到。"耶尔莫莱一如往常那样很有信心地回答，"您说这个村子很荒僻，的确不假。可是，这里以前有个农民，精明能干，也很富裕！他自己就有九匹好马。如今已经不在了，现在由他的大儿子当家。这个小子真是个蠢材，不过还没有把他爹留下的家产折腾光，我估计从他那儿也许能搞到马。是不是让我把他给您叫来……他有两个弟弟，据说很是聪明能干……但他是一家之主啊，还是由他说了算。"

"那又是为什么？"

"就因为他是老大呀！做弟弟的，当然得听哥哥的了！"耶尔莫莱借机斥责了弟弟一通，言辞激烈而难听，在此我也就不复述了。"我现在去叫他来。他这个人老实忠厚，和他准能谈成！"

耶尔莫莱去叫这个"老实忠厚"的人了，这时我突然灵机一动，我亲自去一趟图拉，岂不更好？理由如下：第一，我得吸取教训，不能完全信任耶尔莫莱，一天我交代他去城里买东西，他一口答应，担保一天内准能把事情办妥就回来。可是结果怎么样，他把买东西的钱全都买酒喝了。原本是坐着马车去的，却靠两条腿走回来了。第二，我在图拉认识一个马贩子，可以找他去买一匹马来代替我那匹瘸了腿的辕马。

"这事就这么办吧！"我暗自在心里说道，"亲自跑一趟，路上还能乘机睡会儿觉，休息休息——坐四轮马车一定不会颠簸。"

"把人叫来了！"过了一刻钟，耶尔莫莱闯进了屋，后面跟着一个高大的庄稼汉。他身穿白衬衣，蓝裤子，脚蹬一双树皮鞋，淡黄色头发，眯着眼睛，留着棕黄色的山羊胡子，鼻子又长又大，嘴巴咧得大大的。多"老实"的模样！

"您自己跟他谈吧，"耶尔莫莱对我说，"他有马，愿意出租。"

"是的，喏，我……"这个庄稼汉嗓音嘶哑地说，摇着黄发稀疏的脑袋，手指不住地摆弄着手里的帽檐。"我，就是……"

"你叫什么？"我问他。

这个人低着头，似乎在想什么心事。

"我叫什么名字呀？"

"对，你叫什么名字？"

"我的名字叫费洛菲。"

"啊，这样，费洛菲，伙计，我听说你有马，你去牵三匹，然后套在我的四轮马车上——我这辆车很古怪——你给赶车，咱们到图拉去一趟。这几天月亮很好，赶车亮堂而又凉爽。你们这儿的路好走吗？"

"路吗？倒也好走，从这里走到大路，一共有二十几俄里。只是有一个地方……不太好走，其他地方都还行。"

"哪儿不太好走呢？"

"要过一道浅滩，弄不好还得涉水过河。""这么说，您要亲自去图拉呀？"耶尔莫莱忽然插嘴道。

"是的，我要亲自去一趟。"

"噢！"我的忠仆不以为然地摇摇头，"噢！"他重复一遍，不很高兴地啐了一口,便转身出去了。

看来他对图拉之行已经没有一点儿兴趣了,他认为这件事和他无甚关系,所以也就没什么好操心的了。

"这条路,你熟吗?"我又问费洛菲。

"我怎么会不熟呢!可是,就是说,听任你吩咐了,但总不能……因为太过突然……"

原来耶尔莫莱去叫费洛菲时,就已经跟他说清楚,让他放心,会付工钱给他这个傻瓜……事先就说了这么一句!按照耶尔莫莱的说法,费洛菲尽管缺心眼,但对这句话,他却很相信或是满意了。因此,他一张口就向我要五十个卢布,这真是狮子大开口。我还了他十个卢布。于是我俩就这么讲起了价。费洛菲一开始就不肯压低要价,但到后来还是让步了,尽管依旧不是很痛快利落。

在我们两讨价还价的过程中,耶尔莫莱进来过一次,待了一会儿,还再三和我说:"他是个傻瓜。"费洛菲听到后,小声说:"瞧,他就喜欢这样说话!他压根就不会算,不知道多少钱。"他同时还提到另一件事:"也许是二十年前吧,我母亲在两条大路的交叉口处,一个相当繁华的地方开设一家旅店,但没多久就倒闭了,就是因为当时派去管理这家旅店的老仆人不会算账,不懂得看钱币面值,只知钱多就是好。比如,常常把一枚二十五戈比银币当作是六枚五戈比铜币(其实当时一枚十戈比铜币只等价三个银戈比)付给人家,不仅大大地亏了本,而且还得和人家吵上一通。"

"嘿,你呀,费洛菲,好个费洛菲!"耶尔莫莱终于忍不住嚷了起来,气呼呼地把门一摔,扬长而去。费洛菲没有反驳他一个字,他也许意识到自己叫费洛菲这个名字实在不怎么样,有那么一个人应该为起这个名字而受到谴责,虽然实际上应该责怪那个牧师,也许在行施礼的时候,没有很好地酬谢他。

经过一番讲价,我们定好二十卢布。费洛菲便回家牵马去了。一小时以后,他总共牵来五匹马以供我挑选。看上去,五匹马全都很好,美中不足的是，鬃毛和尾巴都很乱，肚子很大，就像鼓一样绷得紧紧的，费洛菲的两个弟弟也跟来了，样子跟哥哥完全不同。都是矮个子，黑眼睛，尖鼻子，看模样确实"精明"一些，说话像放连珠炮一样又多又快，正如耶尔莫莱说的那样，"叽里呱啦"地没完，但是兄弟俩唯大哥之命是从。

他们从棚子里拖出四轮马车，忙着套马备车，一直忙活了一个半小时。套绳不是勒得太紧，就是弄得太松。两个弟弟非要用"灰斑马"来当辕马，因为这匹马"下坡时会煞劲儿"，可是费洛菲却坚持要用"粗毛马"当辕马，最后还是套上"粗毛马"来驾辕。

他们还在车篷里铺了许多干草，并把原来那匹瘸腿的辕马的轭塞进座位下面，准备在图拉买到新马的时候用……趁着忙活的时候，费洛菲还回了一趟家，穿上了他父亲那件肥大的白色长袍，戴上了一顶高高的毡帽，脚上穿上了亮皮的靴子。这副打扮很让他高兴，神气十足地跨上了驾驭座。我紧跟着上了车，看了下表，十一点一刻。耶尔莫莱和我故意赌气不来告别，靠打他那条猎犬瓦特列卡出气。费洛菲抖了抖缰绳，扯着嗓子尖声吆喝起来："嘿，走哇，鬼东西！"他的两个兄弟从边上跑了过来，往两匹拉套的马肚子上抽了两鞭子，马车就驶动起来了，出了大门就到了街上。驾辕的粗毛马还想回家，但是费洛菲抽了它几鞭子——我们的马车就出了村子，走上了那条平坦的大道，路旁都是高大茂密的树木。

多么宁静的夜晚啊，明月当空，走起夜路来，令人何等的心旷神怡呀！微风游荡在繁茂的枝叶之间，簌簌作响，一会儿又寂然不见，万物便静默无声。几朵银色云彩挂在空中，好像是在那儿静静小憩。澄澈的空中皓月高悬，向大地泼洒着银辉，使天地之间更加澄净，令人如同身处世外桃源，我躺在干草之上，四肢舒展，正要入梦……忽然想起那段"不太好走的道路"，便像遇到冷风般打了个冷战，差点睡意全消。

"哎，费洛菲，离河滩还有多远哪？"

"不很远了，还有八九俄里吧。"

"八九俄里，"我琢磨着，"还得一个多小时的路程，正好趁此睡一觉。"

"费洛菲，这条路你熟吗？"我还是不很放心地问。

"放心吧，这条路我早跑熟了，又不是第一次走……"

他接着又说了几句，但是我已经混混沌沌了……就睡着了。我本来打算安稳地睡上一小时，到时自然就会醒来，可是不想这会儿有一种声音把我惊醒了。只听一种不很大但却很清楚而又奇异的哗啦哗啦声。于是我便抬起头来……

真是莫名其妙！我依旧躺在马车里，但马车周围全都是水！平静的水面上波光闪烁，粼粼微波显得分外清晰。我举目前望：费洛菲正低着头，弓着背，呆坐在驾驭座上，就像一尊雕像一样。再往前看，在潺潺水流上，是弯弯的马轭，马头和马背。周围一切都凝滞不动，没有一点儿其他声音，仿佛进入了幻境，进入了梦乡，进入了神话王国……究竟到了哪里？我撩起车篷往后看……啊，我们正待在河水里……距河岸只有三十几步远了！

"费洛菲！"我惊叫了一声。

"怎么？"他反问我一句。

"怎么？你还好意思问！我问你，咱们这是在哪儿啊！"

"在河里。"

"我知道在河里！我们待在这儿，一会儿非被淹死不可。你就这么过河？哼！你一准是睡着了，费洛菲！你倒是给我说清楚！"

"我走偏了一点儿，"我的车夫说道，"就错了一点儿，就偏了一点儿，现在我们要稍稍等一下。"

"怎么还要等啊！还要等什么呢？"

"让这匹辕马好好认一下路，等它认清楚了，它朝哪儿转头，我们就朝哪走。"

我无可奈何地从干草上坐起身。那匹辕马的头却在水面上一动不动，明亮的月光下，只见马的一只耳朵轻轻地动着，时而向前，时而向后。仿佛在探求着前进的路。但同时也透着一种安静的恐惧。像是在思索，又像是被周围的浩瀚大水吓破了胆。周围一片宁静，没有一丝的声响，除了载马低低的呼吸声。好可怕的气氛呀！静谧得让人窒息。一切都仿佛睡着了一般，我们就是这样，被困在这片宁静中不得动弹。

"看来，您这匹辕马睡着了！"

"没有的事，"费洛菲肯定地说，"它在闻水呢。"

我们不说话了，周围又静下来了，只有河水在潺潺流动，我也不知所措地呆坐不动。

皎洁的月光，幽静的夜色，粼粼的河水，还有置身河水中的我们……

"这是什么声音？"我问费洛菲。

"这个声音吗？是芦苇丛中的小鸭子……也许是蛇。"

辕马忽然摇了一下头，竖起两只耳朵，紧接着打了个响鼻，全身动了起来。

"噢……噢……噢……噢！"费洛菲猛然放开嗓门吆喝起来，挺直身子，挥动马鞭。辕马全身一用劲儿，马车离开了原地，横跨着流水冲向前去，摇晃着行进了起来……起初，我觉得马车似乎在下沉，可颠簸了几下，跨越了几处坑洼后，河水好像突然变浅了，而且越来越浅，马车仿佛突然钻出水一样——快看，车轮和马尾也都看得一清二楚了。瞧，那三匹马奋力扬蹄猛冲向前，溅起一大片水花，水花在迷蒙的月光中飘洒飞舞，折射出钻石般的光泽，不，不是钻石，而是蓝宝石那绚丽的光泽。

几匹马高高兴兴同心协力地把车拉上河岸，然后又争先恐后地扬起水淋淋的四蹄奋力向前冲去，在月光下还闪闪发亮，向着高坡飞奔而去，直冲上大路。

我心中嘀咕，费洛菲也许会说"您瞧，我说得没错吧"或一些诸如此类的话。可是他却没作声。因此我也就不想再责怪他的粗心了，只想躺在干草上再睡上一觉。可我却怎么也睡不着了。倒不是由于没有打猎而不疲倦，也不是由于河中的一场虚惊赶走了我的睡意，而是由于我们驶入了一个夜色奇妙而诱人的境界。这是一片广阔无垠、碧绿肥美的草原，草原上又散落着无数小草地、小湖泊，一条条小溪蜿蜒曲折，河湾里遍布柳树林子和茂密的灌木丛。这才是真正美丽的俄罗斯景色，是俄罗斯人民钟爱的自然风光，仿佛真的到了我国古代传说中的圣境——勇士们骑着骏马射猎白天鹅和灰鸭子的地方。平坦的大道如同一条金色绸带蜿蜒曲折，伸向遥远的天际。三匹马精神焕发地向前飞驰。令人目不暇接的美景从眼前飞掠过去，我早已没有丝毫睡意，睁大眼睛，欣赏美不胜收的景色，呼吸清新的空气，甚至连眼睛都不敢眨！连木头似的费洛菲也激动了起来。"我们叫这里圣叶格尔草原，"费洛菲回过头兴奋地告诉我，"再走一段路，前面就是大公草原。这样美的草原，你在全俄罗斯再也找不到第二片……太美了！"不知为何，辕马突然打了个响鼻，全身颤抖了一下，它大概也为这美丽的景色激动吧。"上帝保佑你！"费洛菲庄重地低声说，"太美了！"他又赞叹了一句，随后又轻松地深呼一口气，快活地说，"就快要割草了，等到把割下的草收集在一起，那可多得数不清！河湾里的鱼也很多，尤其是鳊鱼，鲜美得不得了！"他像唱歌一样，"说句心里话，活在这世上可真好！"

说着，说着，他突然举手一指，感慨地说道："喂！快看！看湖面上，好像有一只苍鹭在那儿站着！苍鹭难道晚上也在啄鱼吗？哈哈！分明是树枝，哪是苍鹭呀！我看走眼了！唉，是月光搞的鬼。"

我们一路欣赏美丽的夜色，边走边看，不知不觉就走到了草原尽头。紧接着又是一片片小树林，一片片耕种了的田亩。隐约出现了一座小村庄，只有两三处有灯火闪耀——啊，快上大路了，也许只有五俄里了。这时我进入了梦乡。

我睡得正香，费洛菲却叫醒了我。

"老爷……喂，老爷！"

我急忙坐起身，马车已停在了大路中央，这里地势平坦。费洛菲仍旧坐在驾车台上，脸朝向我，两眼瞪得圆溜溜的（我大吃一惊，没想他的眼睛这么大），神秘而惊奇地低声说："大车来了！有大车来了！"

"你说什么？"

"我说大车来了！你弯下身仔细听听，听到了吗？"

我从马车里伸出头，屏住呼吸仔细一听——果然听到了，从我们车后远处，确实有大车轻微的走动声，很像是大车轮子滚动的声音。

"听到了吗？"费洛菲又问。

"嗯，听到了，"我回答他，"确实有一辆大车驶了过来。"

"您再仔细听听……听！这是……铃声……还打着口哨……听清楚了吗？您摘下帽子……能听得更清楚些。"

我没有摘帽子，但却聚精会神地听着。

"嗯，对……可能是。可这又有什么关系呢？"

费洛菲转过头，望着前面的马。

"来的一准是辆大货车……好像没装什么货，轮子是铁包的。"他有些紧张地说着，顺手拿起缰绳，"老爷，肯定是来坏人了。在这里，在图拉附近，常有拦路抢劫的……可多了！"

"别瞎说！你凭什么断定，来的肯定是坏人？"

"我说得没错，真的，凡是带着铃铛……又坐着空车……一准不是什么好人！"

我虽然不是很相信费洛菲的话，心里确实也有些打鼓，因此再也睡不着了。倘若果真是坏人，那可怎么办呢？心里突然烦恼不安。我有些烦闷地坐起身——在此之前，我一直躺在车里——开始张望着四周。在我刚才睡着的时候，大地笼上了一层薄雾，而且慢慢升向空中，然后在空中飘浮，仿佛给月亮蒙上了一层面纱。月亮隐现在雾中，变成了一轮苍白的圆盘，犹如笼罩在烟幕中。一切都变得黯然失色，模糊不清了，只有贴近地面的地方才略微清晰一点。周围一切都有些凄凉了，坦荡如砥的田野接连通向远方。其间出现一片片的灌木丛，一条条山谷，再往前去，又是一望无垠的田野，未耕种的处女地、休闲地，稀疏的杂草连绵不断。一派空旷荒凉的景象……死寂中连一声鹌鹑的啼叫都听不到。我们就在这死气沉沉中走了半个多小时。费洛菲不停挥动着鞭子，偶尔吆喝一两声，但是我俩都沉默不语，一句话也不说。走着，走着，我们的车爬上了一个山冈，费洛菲忽然又勒马停车，而且有些紧张地说："大车来了……大车来了，老爷！"

随着他的话音我又把头伸出车篷，其实在车篷里面也听得到。大车轮子的响声、吹口哨声、铃铛的响声，还有马蹄声都越来越近，听得也越来越清楚，我还听到了人们的笑语和歌声。尽管逆风，可声音还是越来越大，因此能够断定，后面追来的人，离我们越来越近了，估计只有一两俄里远。

我俩不由得对视了一下——费洛菲使劲儿把帽子从后脑勺向额头推了推，立刻俯身拉动缰绳，朝着马猛抽了两鞭。三匹马飞奔起来，但没有大步跑多久，就又不慌不忙地慢跑着了。唉，该死的马，真是不解人意呀！费洛菲仍然一个劲儿挥鞭抽马。真是让人急得团团转，我们得快点逃走啊！

此刻，我自己也感到不可思议，为什么最初对费洛菲的担忧置之不理，现在却又疑心后面追来的一定是坏人呢？若是早点提高警惕的话，何至于陷入现在这么被动的境地呢？此时我听到的全是铃铛的响声，空车轧轧的响声，令人心烦的口哨声和那不很清晰的言谈笑语的嘈杂，此外什么也听不到了……

不容置疑，事实证明费洛菲的担心是对的！他的话一点儿没错！

又熬过了二十几分钟……就在这二十几分钟的时间里，除了我们自己的马车奔驰的轰轰声以外，的确清楚地听到另一辆大车奔驰的声音了，一清二楚！

"停车吧，费洛菲，"我束手无策地吩咐他说，"别跑了，反正在劫难逃了，要完就完吧！"

费洛菲提心吊胆地把马吆喝了一声。三匹马闻声立刻收住脚步，似乎很开心，因为能休息一会儿了。

天哪！我们身后顿时响声大作：铃声、大车跑动的轰隆声、刺耳的口哨声、扰人的吵闹声、歌唱声、马打着响鼻仿佛在凑热闹，马蹄敲打路面的嘚嘚声，一片嘈杂……

后面的大车真的追上来了！

"糟了！"费洛菲神色紧张地低声说，接着犹疑地吧嗒着嘴，又想吆喝马继续跑。就在此刻，突然仿佛有什么东西爆裂了似的响了起来，一阵轰隆隆和哐当当的声音从我们身边飞快地掠过，一辆套着三匹马的大车晃晃悠悠地跑来，旋风似的超过了我们，向前跑了几步，放慢速度，就横挡在我们面前。

"这就是拦路抢劫！"费洛菲声音微颤地嘟哝了一句。

见此情景，我真吓得哑口无言，不知如何是好……连周围幽暗的月光，迷蒙的雾气顿时也紧张起来。我镇静了一下，仔细一看，就在我们前面的那辆大车上，乱糟糟的有六七个人，不知是坐着还是躺着，有的穿着衬衣，有的则袒胸露怀。其中两人还光着脑袋，几条粗壮的大腿搭在车栏杆上，还摇来晃去。一只胳膊也挥来舞去，身子也是摇摇摆摆的……很清楚，这是一伙酩酊大醉的酒鬼，况且有几个人还在乱喊乱叫，有一个人吹着口哨，尖锐刺耳，还有一个人在大骂什么人。一个彪形大汉坐在驾驶座上，气势汹汹地赶着车。

他们那辆大车正不慌不忙地走着，就好像压根儿没有看到我们。看来是存心跟我们过不去，但我们又不敢超车，只得硬着头皮跟在他们后面慢慢走着，心里实在别扭，敢怒而不敢言！可是又有什么办法呢？

我们就这么忍气吞声地走着，磨蹭了大约有四分之一俄里的路程。这种忍耐和等待太让人忍无可忍了！逃也逃不得，斗也斗不起。最好的办法，就是大着胆子硬挺下去！他们有六七个人，而且人人虎背熊腰，可我们呢？甚至连一根木棍都没有——赤手空拳！要是掉头向后呢？这些家伙准会立马追上来。唉，真是进退维谷！我的脑海中突然浮现出茹科夫斯基的诗句（就是他在写到卡敏斯基元帅被害处的诗句）：

强盗的斧头是卑鄙可耻的……

也可能，用一条肮脏的绳子往脖子上一套，随便往沟里一丢，就像被抓住的兔子一样，在沟里挣扎呻吟，多可怜！

嘿，这可太过分了！

可是他们的大车仍旧慢悠悠地走着，压根儿就不理会我们。"费洛菲，"我小声提示他，"不妨试试，往右边一点，做出故意要超过去的样子。"

费洛菲仿佛对我的话心领神会——立马把车向右偏了偏，但他们那辆车也向右走过来，没法超过去。费洛菲心有不甘地再试一下，把车又往左边赶，他们好像故意要挡路似的，也把车向左边赶，还心怀叵测地笑了起来。看来，他们不会让我们超过去，一定准备收拾我们了。

"没错，一准是强盗！"费洛菲别过头小声骂了一句。

"那他们究竟在等什么呢？"我也低声问道。

"啊，就在前边不远处，有一片洼地，一条小河上面横跨着一座桥……大概他们是想在那里对我们下手！这些强盗就是这样，在那座桥附近。老爷，我们是在劫难逃了，再清楚不过了！恐怕我们难逃一死了，他们一向是这样，这就叫杀人灭口！老爷，我只心疼一件事: 这三匹马我保不住了——我两个弟弟也别想得到这几匹马了。"

他最后这句话令我非常惊奇。费洛菲在这性命难保的危急关头，他竟能不担忧自己的性命，而是担忧他的马！说实在的，此时我顾不得想别的事情了，更没心思去想什么马……

"他们真的会下毒手杀人吗？"我反复琢磨着，"为什么非要赶尽杀绝呢？我把身上所有东西都交出去，难道还不会放我一条生路？"我心里一团乱麻！看，桥越来越近，越来越清楚地展现在眼前了。

突然就像什么东西炸开了似的，爆发出了刺耳的尖叫，前面那辆车发疯似的狂奔起来，飞奔到桥边，又一个急刹车，停在大路边，就像是钉在了那里一样不动了。我的心一下子凉了，怦怦直跳。

"哎呀，费洛菲，伙计，"我脱口而出，"我们的小命难保了，宽恕我吧，是我害了你。"

"干吗要怪你！老爷，这是生死在天，在劫难逃！喂，粗毛马，我的好伙伴，"费洛菲转过身深情地对辕马说，"走吧，我的好伙伴，往前走吧，你也算尽心了！反正都一样……只求上帝保佑！"

于是，他放开缰绳赶着三匹马飞快跑了起来。

我们离那座桥，离那辆停着的大车，那令人心寒的大车越发近了……那辆大车突然静了下来，不再说笑吵闹，也不再唱歌了。真像故意做给我们看一样，四周也是一片岑寂，鸦雀无声！众所周知，梭鱼、苍鹰，所有凶禽猛兽，猎物来到附近时都是这么静静地等待出击。我们的大车终于和那辆大车并排了……

那个身穿短袄的大汉跳下车，直奔我们而来！他根本没理睬费洛菲，但费洛菲立即机械地勒住辕马，我们的大车也立即停下了。

只见那个彪形大汉两手撑在车门上，把生着乱蓬蓬毛发的脑袋伸过来。

他龇牙咧嘴地开腔了，用一种拉着长音而又不动声色的语调，就像说行话一般说道：

"尊敬的先生，我们刚刚离开盛宴，吃完了喜宴才回来……也就是说，我们给自家好弟兄举办结婚典礼，把新郎新娘送入洞房，我们就回来了。我们这几个哥们个个年轻力壮，还都是天不怕地不怕的好汉……都怪我们没出息，都喝过头了，都有点醉了，但又没什么可以醒酒的，就请您赏个脸，给我点零钱，让我们弟兄再喝半瓶，就可以醒酒了！我们也会为您的健康干杯，一定会把您这位先生的大方铭记在心。如果您不肯赏脸，那就甭怪我们不客气了！"

"这是在搞什么鬼呢？"真把我弄糊涂了，我想，"是在拿我开心吗？还是玩什么花样？"

那个大汉仍低着头站在那儿。就在这时，月亮从雾里钻了出来，清辉洒在了他脸上。他得意地笑着——嘴角、眉梢、眼角全在笑。这张笑容可掬的脸没有一点儿令人害怕和威胁的神情，只是一种警惕和戒备……露出一口白白的大板牙……

"好吧，好吧……请拿去……"我急忙回答着，一边赶紧从兜里掏出钱包，取出两枚银卢布——那时俄国还通用银卢布。

"那就多谢了！"大汉犹如兵油子油嘴滑舌地说，粗大的手立刻抓走银币——并没有抢我的钱包。"多谢！"他重复了一句，抖抖头发，便跑回那辆大车去。

"伙计们！"他兴高采烈地大喊，"过路的那位先生真不错，赏了咱们两个银卢布！"他们六个一起哄然大笑起来，那个大汉立即坐到了驾驭座上。

"祝您好运！"他回过头来大喊一声。

他们瞬间就驾车飞驰而去！几匹马铆足劲儿，在大车的轰隆声中冲上高坡，飞快奔向前去，在模糊不清的天地交界处一闪，就踪影皆无。于是，车轮的轰隆声、喧闹声、铃声也都消逝了……

周围顿时死寂下来。我和费洛菲仍旧沉浸在惊恐之中。

"哎呀，真滑稽！"还是费洛菲先打破了这沉闷的气氛，如梦初醒地摘下帽子，画着十字。"真滑稽！"他重复了一次，然后高兴地把脸转向我，"看来，这家伙还不坏，真的，噢——噢——噢——噢！快走吧，鬼东西！你们没事了！咱们都没事了！就是这家伙不让我们过，是他赶车呢。这小子真逗！噢——噢——噢——噢！快走吧！"

我一直不作声，但心里轻快多了。"我们没事了！"我心里也这么想，我又躺在干草上。"总算有惊无险！"

想着，想着，甚至我自己都觉得有些害臊了，为什么刚才想起了茹科夫斯基的诗句呢？

这时，我忽然又想起了另一个问题：

"费洛菲！"

"啥事？"

"你成家了吗？"

"成家了。"

"有孩子吗？"

"有了。"

"那为什么你刚才没有想到老婆孩子，却单单想到你的马，怜惜你的马呢？难道你就不怜惜老婆孩子吗？"

"我为啥要担心他们呢？他们又不会遇上强盗。但说实话，我老挂念着他们——现在也挂念……真是这样的。"费洛菲停了一会儿没说话，接着又说，"或许……就是因为挂念着他们，上帝才保佑了咱们。"

"也许这些人不是强盗吧？"

"谁又知道呢？又没法子钻进他们心里去！俗话说得好，人心隔肚皮哪！可是，心中总想着上帝，就会逢凶化吉！不，您可知道，我总是想着自己的亲人……噢——噢——噢——噢，鬼东西，快走！"

我们来到图拉城郊时，天已经大亮了。我还处于睡意蒙眬之中……

"老爷，"费洛菲忽然喊了我一声，"快看，那伙人就在酒店里呢，他们的大车就停在那儿。"

我立刻抬眼望去……对，正是他们，那是他们的大车，还有他们的马！那个身穿短皮袄的大汉此刻正站在酒店门口。

"先生！"他挥舞着帽子大喊道，"我们正拿您的赏钱喝酒呢！"他又向费洛菲打招呼："赶车的伙计，你怎么样？"又点头问道，"大概刚才受惊了吧？"

"这个家伙太有意思了！"等我们走过那家酒店有一段距离之后，费洛菲便这么说。

经过了胆战心惊的一夜，我们终于来到了图拉城。我买完了霰弹，顺便又买了点茶叶和酒，再从马贩子手中买了匹马。到了中午，我们就开始往回赶。费洛菲在图拉三杯酒下肚，便打开了话匣子，一路上说个不停，还给我讲起故事来。当我们再次经过"遇险"的地方，也就是那辆大车追来的地方时，费洛菲不知为何大笑起来："您还记得吧，老爷，我曾一个劲儿对您说：'大车来了……大车来了……大车来了！'"他用力甩了几下手……他觉得这句话说得太滑稽了。

当天夜里，我们就回到了费洛菲住的村子。

我把我和费洛菲在路上的遭遇和耶尔莫莱说了一遍，尽管他并没喝酒，却也没说半句同情话，只是哼了一声——到底是赞扬，还是幸灾乐祸，大概连他自己也搞不清楚。但是两天之后，他又兴冲冲地向我报告：就在我和费洛菲去图拉的那天夜里，就在我们走的那条路上，有一个商人不仅被洗劫一空，还送了命。我乍一听到有些不太相信，但后来证实了完全是真的。区警察局局长都骑马亲自去调查此案去了，因而不能不信了。我一直在想，大概那天夜晚，正是我们偶遇的那伙人干的吧？他们不是说去参加"婚礼"吗，也许就是要钱的那个彪形大汉所说的安顿好了"新郎"？他们回来时杀害了那个商人？

我在费洛菲的村里住了五六天，只要一遇上他，我就会问："哎，伙计，大车来了吗？"

他每次都嬉皮笑脸地答道："这家伙太有意思了。"每次说完都还要笑一会儿。

（一八七四年）

森林和草原

于是他渐渐地向往过去，
回到村子，到幽静的花园里，
那一株株椴树高大阴凉，
朵朵铃兰花怒放，散发着阵阵芳香，
一丛丛爆竹柳排成行，
从岸边倒垂到水面上，
地里生长着肥壮的橡树，
还有大麻和荨麻飘散着醉人的芬芳。
……
回去吧，快快回到那片无垠的原野，
那儿的泥土绵软得像天鹅绒，油黑发亮，
再看看那一望无际的黑麦，
缓缓起伏，泛起如水的波浪，
天空中舒卷着朵朵洁白透明的云朵，
倾泻下沉甸甸的金色光芒，
回去吧，快快回去吧，
回到那令人神往的好地方！

　　亲爱的读者，我这些游猎随笔大概已经让诸位厌倦了。诸君大可放心，除掉已公诸于世的几篇片段，保证不再赘述。但是与读者告别之际，不得不再稍谈几句有关打猎的话题。

背着枪，带着猎犬出去游猎，本身就是一件其乐无穷之事。也许您生来不喜欢打猎，但您总该热爱大自然，向往自由吧。因此，您也就不会不羡慕我们这些打猎迷了……那就请您再听我赘言几句吧。

譬如说，您是否知道，春天，尚未破晓之时，乘车出去游猎是多么令人舒心快意吗？穿戴整齐以后，您迈步走上台阶。举目望去，昏暗的天空中，有些地方星星还在闪耀，潮湿温和的轻风如细浪一般飘游过来。不时还传来夜晚那时隐时现的絮语，一株株影影绰绰的树木轻轻摇曳着枝叶，低低喧响着。仆人忙碌着铺好车毯，把盛放茶炊的小箱子放在脚边。两匹拉帮套的马尚未舒展开身躯，打着响鼻，气宇轩昂地倒换着四蹄。一对还有些睡意蒙眬的白鹅，不声不响地踱着四方步子扭过。在用篱笆围住的花园里，更夫还在睡梦中，打着鼾声。空气似乎凝滞不动了，连那些最轻微的声音也好像在空气中凝结。

于是，您上车落座，几匹马便一并扬蹄起步，马车立即发出震耳欲聋的隆隆声……马车经过教堂下了坡，然后向右拐弯，登上堤坝继续远行……池塘上空笼罩着初升的薄雾，您忽然感觉到凌晨的凉意，便竖起大衣领子遮住脸，又仿佛进入迷蒙的梦乡。马蹄跋涉在水洼里，发出响亮的溅水声。马车夫悠闲自得地吹着口哨，这时，不觉地已走出了四五俄里的路程……

东方欲晓，天边渐渐泛上了红晕。寒鸦抖落了睡梦，呆头呆脑地在白桦林中来回飞旋。麻雀在暗色的麦秸上嬉戏，唧喳乱叫。天空越发明亮了，道路已然清晰可辨，空中的云朵渐渐泛白，田野里翠绿一片。每间农舍中都燃起松明，闪射出红色的火光。从大门里传出人们刚刚睡醒的哈欠声和说话声。

看！朝霞已经烧红了天边，天空中闪耀着万道金光，团团的雾气从山谷里升腾起来，在空中飘游缭绕。云雀放开歌喉，空气中回荡着它们嘹亮的歌声。拂晓前的清风徐徐吹来，红艳艳的太阳冉冉升起，金色的阳光喷射出来，像一条条湍急的水流向四面八方迸射。您的心欢跃起来，就像鸟儿一样展翅欲翔。

此时，您举目环顾周围，一切都那么清新鲜活、赏心悦目，令人神清气爽！极目远望，能够看到天地相连的尽头。看吧，一切都非常明晰地映现在眼前：一个村庄掩映在小树林后面，稍远处是另一个村庄，村子里矗立着一座白色的教堂。山坡上有一片白桦林，再往前看去，是一片沼泽地，那就是您此行的目的地……

快跑吧，马儿，驾！驾！马儿扬蹄飞奔起来！就快到了，最多不过三里地，太阳继续攀向高空，天空中万里无云，澄碧无瑕，万物都像沐浴过那般清新——今天一定风和日丽。

一群牲畜慢腾腾地走出村子，仿佛是专门来迎接您的。您驱车登上高坡，造化的美景便展现在您眼前！一条河流宛若银白色的缎带，曲曲弯弯，延伸出去十多俄里。流到远方，透过朝雾，碧蓝的河水又隐约呈现在眼前。河对岸绿草如茵，过了草地，是座座起伏不平的丘陵，但斜坡却很舒缓。再望向远处，就能看到凤头麦鸡飞旋在沼泽地上空，不时发出咯咯的叫声。阳光照射着湿润的空气，令远方的景物更为清晰——不像夏天那般雾气弥漫。

你可以敞开胸怀，深深呼吸这令人心旷神怡的空气，精神必然会为之一振，多么自由！多么舒畅！全身就像注入了新的活力，沉浸在这清新的春日气息中，您会觉得四肢，乃至全身有使不完的劲儿，会感到从未有过的旺盛蓬勃！

您再体会一下夏天的风景吧。啊，夏日里七月的清晨也是美不胜收！除猎人以外，又有谁能感受到黎明时分漫游在灌木丛的那种愉悦的心情呢？您举步向前，踏在捧着银色露珠的草地上，留下您那一行行绿色足迹。您用双手拨开沐浴着晨露的灌木丛的繁密枝叶，夜间积蓄下来的温暖气流就会扑面而来。空气中到处飘逸着苦艾清新的涩味儿，还有荞麦及三叶草甘甜的馨香。远处有一片茂密的橡树林，在耀眼的阳光中泛射出红光。但此时的天气还不很热，炎夏就要来临了。芬芳四溢，香气扑鼻，使人有些晕眩。灌木丛一片接一片，一眼望不到头……远处又出现了黑麦田，已经成熟了，变成金黄色，还有一条条长带状的荞麦田，呈粉红色。

这时走来一辆大车，轧轧作响。一个农夫不慌不忙地走了过来，还没等太阳升上高空，就先把马牵到树荫下。您同他打过招呼之后，继续往前走去……镰刀在您身后碰撞作响，阳光下飘荡着热浪。一个钟头过去了，又一个钟头过去了，天边仿佛拉起了帷幕，空气静止不动了，喷射出灼人的热气。

"老弟，哪里能搞到水喝呀？"您问割草的人。

"往那边儿走，山谷里有泉水。"

您顺着那个人指的方向横穿过一片杂草丛生的茂密的榛树林，一直走到谷底。啊，果真不错，断崖下方一股清泉潺潺流动着。橡树枝叶有如伸开的手掌般倾覆在水面上，仿佛在贪婪地喝水。水下柔嫩的青苔，把那些大颗珍珠般的水泡捧出水面。您立刻伏在地上，直接伸头喝水，直喝了个够，顿时又觉得全身酥软，不愿再起身走动了。此时您已躲在阴凉处，使劲儿呼吸着馨香弥漫的潮气，顿觉全身心旷神怡。但您对面的灌木丛在似火的阳光下，蔫巴巴地站着，枝叶都变蔫变黄了。

喂，这是怎么一回事？突然吹来一阵风，一下子飞驰而去，凝止不动的空气猛烈地颤抖了起来。紧接着传来了轰隆声，这不是雷声吗？您赶快走出山谷，只见铅灰色的东西从天边涌出，那是什么呢？暑气变浓了吗？啊，不是，是团团乌云翻滚？啊，快看，一道道刺眼明亮的闪电……啊，暴雨要来了！虽然周围还闪耀着明亮的阳光，您还想继续打猎吗？可以，但风起云涌，乌云滚滚，铺天盖地涌来，它好像长袖飘飘，黑幕般遮盖住整片天空。一瞬间，草地、灌木丛和周围万物，都突然沉入阴暗……快跑！那边好像有一个干草棚……快跑！您飞奔到那里，刚走进去，好大的雨呀！道道闪电横空而过，耀人眼目，雷声震耳欲聋，大雨倾盆！骤雨打在草棚顶上，啊，大事不好，有的地方漏雨了，雨水流淌到香气弥漫的干草上……但是，您不用焦急，您瞧，雨过天晴，太阳驱走了乌云，重又高挂在天上。

一场暴风雨眨眼间就过去了，您又悠然自得地走出草棚。天哪！经过暴风雨的洗礼，大自然中一切都更令人赏心悦目：空气澄澈清新，万物绽放笑脸，草地一片嫩绿，草莓更加红润，蘑菇还撑着色彩缤纷的小伞，雨珠儿还在闪闪发亮，空气中飘荡着沁人心脾的芬芳……

嗬，时间过得多快呀！看，黄昏已经降临，晚霞似火燃烧，红了半片天空！太阳就要落山休息去了。周围的空气分外澄澈，像玻璃般晶莹剔透。远处飘荡着轻柔温和的雾霭。红艳艳的落日余晖衬着株株高大的树木，片片浓密的灌木丛，堆堆干草垛都拖着一个个长长的影子……太阳躲到山后去寻找甜梦了。在为落日护航的火红晚霞那里，一颗晶莹的星星颤颤地眨眼睛……火红的西天渐渐泛白了，天空也慢慢变得湛蓝了，一个个长长的影子也渐渐消失了，空中渐渐罩上了暮霭的轻纱薄幕。

　　天色不早了，该回去了，于是，您便走向那间临时寄宿的村子里的农舍。您背着猎枪，不顾一路跋涉的疲劳，快步往回赶，愈走天色愈黑，二十步以外就什么都看不见了。黑暗中隐隐约约还能看得见狗的一身白毛。在一片片黝黑的灌木丛上空，天边隐约发亮……那是什么呀？着火了吗？不，是月亮爬上了天幕。再往地上看，向右边看，村子里的灯火闪烁……看，您已走到了借宿的小屋前。您透过窗子看到一张桌子，已经铺好白桌布，蜡烛闪闪发光，满桌摆好饭菜……

　　有时您来了兴致，便立即吩咐备车套马，乘上竞走马车，一路直奔树林中猎松鸡。车子走在一条窄路上，看着两旁迎风波动的黑麦，摇着浓密而又沉甸甸的麦穗向您致意。您该是多么心旷神怡啊！麦穗轻抚着您的面孔，矢车菊嬉戏地缠着您的双腿，鹌鹑在四周好似唱着迎宾曲鸣叫着，马儿悠闲地踏着小碎步，您会更流连忘返！您忘情地走进树林，头顶绿荫，周围一片静谧。再看那一株株高大挺拔的白杨树浓密的枝叶，仿佛在您的心头温存地絮语。白桦伸展着长枝，抖着翠叶，仿佛在为您鼓掌，欢迎您莅临！一株粗壮而健美的橡树，站在姿态优美的菩提树旁，像一名威武的卫士。

　　您驱车继续前进，踏在绿草如茵和树荫斑驳的小路上。一只金蝇在空气中飞舞，就好像静止了一样，一会儿突然又飞走了。成团的小飞虫上下盘旋，在暗处闪闪发亮，光亮处又显现出黑压压一片。鸟儿在悠然歌唱，知更鸟竞展金嗓子，天真烂漫而又欢快地倾诉着，和铃兰的馨香化作一体。再走远些，再走远些，走到密林深处……您会感觉到心中难以言传的宁静。

四周的一切都仿佛投入了睡神的怀抱，静谧极了。但是，风却挥着翅膀翩然而至，树顶的枝叶哗啦啦作响，犹如从高处跌下的波浪，某些地方，新长出的青草拨开去年褐色的落叶，身子挺得高高的，每只蘑菇都戴着一顶伞一样的圆帽，静静地站在那里。一只雪兔连蹦带跳出来游玩，猎犬大声叫着追了过去……

就是这同一片树林，深秋时节，山鹬翩然而至之际，则是另一番美景！根据山鹬的习性，它们不会在密林深处停留，要寻找它们的踪迹，您最好是沿着树林边去寻觅。风停息了，太阳还没露面，因此看不到光与影，没什么东西走动，周围一片静谧。空气清新柔和，飘荡着溢满葡萄酒气味的秋气。远处的田野金灿灿的，披上薄雾的纱巾。仰头望过褐色的树枝，就能看到宁静发白的天空。菩提树依旧伸展着枝干，有些枝子上还挂着最后的几片金叶。双脚踏在湿漉漉的土地上，觉得绵软而富有弹性。野草高举枯叶，静静地站着。长蛛丝缠绕在苍凉的枯草上，闪闪发光。这时你深深呼吸几口气，顿觉心胸开阔，心中却油然而生一种奇异的感觉，不知是怅惘还是惋惜。

您继续沿着林边走去，看着猎狗活蹦乱跳地欢跑，此时您头脑中像过电影一样：许多亲爱的形象，亲爱的脸庞，有的已经离开人间，有的还健在世上，从眼前闪过，那些早已忘怀的往事，人们的音容笑貌突然间又活生生涌现在您的眼前。想象力如鸟一样振翅高飞，一切都那么栩栩如生、活灵活现。您那颗心蓦然震颤起来，激情会催促着您回想，以致使您完全沉浸在往事之中。全部人生犹如一幅画卷般飞快展开。此刻，一个人能洞悉他全部的往昔年华，能洞悉自己全部的情感、才华和心灵。仿佛忘记了周围的一切，不受任何干扰——不管是阳光、风还是声响……

而在深秋时节，清晨峭冷、晴朗的白昼略略有些寒意，那时您走进白桦树林，一片金光闪烁，仿佛进入了一个神话世界，一株株白桦在蔚蓝的晴空中，展示着它们那俏丽的身姿。太阳刚刚露出脸庞，尚未射出温暖的光线，却比夏日的太阳更加辉煌灿烂，小片的白杨树林里阳光充盈，似乎因抖落了细枝密叶而轻松愉快。谷底结着白霜，微风飘然而至，追着落叶嬉戏——这时河水奔腾，翻卷着青色的波浪，逍遥游耍的白鹅和鸭子此起彼伏地漂浮。远处传来掩映在柳树丛中水磨的轧轧声，一群鸽子在水磨上空飞快地画着圆圈，在透明光亮的空气中扇动着彩色的翅膀……

夏季，雾霭沉沉的时日也很惬意，尽管猎人不喜欢这种天气，这种日子里打猎无法准确射击，即使鸟儿从您身边或脚下振翅起飞，也会立即消失在白茫茫的凝滞的雾中。然后，周围的一切便又陷入死寂之中，一点儿声响都听不到！一切都醒来了，但又都一声不响，您走过树旁，树也是静悄悄地站在那里，摆出一副高傲的神气，对您的来访无动于衷。穿过弥漫于空中的薄雾，您面前出现了又长又黑的大片阴影，您还误认为那是一片树林。等您过去一看，却原来是田塍上的一排苦艾高高耸立着。在您周围，在您头顶的高空中，全都大雾弥漫……但是吹来一阵轻风——雾气稀薄了，渐渐露出一块蓝色天空，灿烂的阳光也箭一般地射进来，形成一柱柱炫目的光束，瀑布般倾泻在田野上，倾泻在树林里——但顷刻间光束消失了，万物都坠入了迷雾中。光与雾就这样不断较量、搏斗，但最后还是光明获胜了，主宰了大自然的一切！浓雾和薄雾都被强烈的阳光照射着，时而凝聚，时而疏散，时而缭绕上升，仓皇地逃往蓝色天穹！天穹渐渐柔和光亮起来，这天一定是艳阳高照，壮丽的骄阳一定会高悬天空！

此刻，您又整装待发，计划到离庄园很远的原野草原上去游猎，您乘马车在乡村土路上飞驰了十多俄里，终于踏上宽阔的大路。您一路交错着超过了无数辆大马车和大货车，路过一家家敞开大门的旅店，能看得见水井，屋檐下有沸腾的茶炊，还有滋滋的水汽响声。穿过一座又一座村庄，驰过广袤无垠的田野，沿着一片一片油绿的大麻田，您的马车奔驰了好久。喜鹊欢跳着，唰啾着，从一株柳树飞上另一株柳树。农妇们手拿长长的草耙，笑语喧哗地在田野上悠然自得地走着。

一个过路人身穿破烂的土布外衣，背着一个背包，看样子已是疲惫不堪，却仍挣扎着赶路。一辆地主的马车迎面驶来，是笨重的轿式马车，六匹高头大马累得直喘。坐垫一角从车窗里露出来，在车脚镫上，一个身穿外套的侍仆手抓绳子，侧身坐在一个口袋上，一路风尘仆仆，眉毛也溅上了泥。

这时您的马车已经驶入一座小县城，一幢幢东倒西歪的小木屋出现在眼前，歪斜的栅栏望不到头，一家没有主顾的石造店铺，深沟上还横跨着一条年久失修的古桥……继续往前，继续往前！穿过小城，您来到了一片草原。您站在山冈上放眼望去——真是美得像画一样！那是望不到头的丘陵。一座座丘陵都是又圆又矮的，底部到顶部全变成耕地，就如同波浪翻滚。座座丘陵间都有灌木丛生的沟壑蜿蜒。一片片小丛林犹如椭圆形的绿色小岛星罗棋布。一条条狭路小径连接起一座座村庄，每村都有白色礼拜堂。柳丛中奔流着一条小河，河水闪闪发光，四五处还建有一道道堤坝。再望向远处，许多野雁成群结队地站在田野中。又看见一座地主宅院，还附设有一些厢房和棚子，一个池塘岸边有一座果园和打谷场。若是您的马车继续向前，再走远一些，丘陵越发平缓矮小，而且几乎看不见任何树木。到了，终于到了，快看！那是一片广阔无垠的大草原！

冬天，您选一个好天气，在高大的雪堆上飞奔，追猎兔子，刺骨的寒气使您呼出的气立即变成团团白气，您就像喷云吐雾一般直喘气。刺骨的寒气给您的脸涂上玫瑰色的红晕，您却感到精神振奋、神清气爽！柔软的白雪在阳光下反射出耀眼光芒，使您不得不眯起眼来观赏红色的树林，欣赏如洗的碧空！这一切多么令人向往啊！早春到了，无垠的白雪在明亮的阳光下，开始融化变暗了。一团团水汽从地面蒸腾起来，土地也散发着湿气。雪融冰消之处，阳光照射下，云雀活泼地放声歌唱，多么悦耳动听！融化了的雪水汇成激流，欢乐地奔腾，喧闹地呼啸着，从一处山谷飞驰向另一处……

（一八四九年）